Lisa Jackson

Was die Nacht verspricht

Zwischen Zweifel und Begierde

MIRA® TASCHENBUCH
Band 25868
1. Auflage: Oktober 2015

MIRA® TASCHENBÜCHER
erscheinen in der HarperCollins Germany GmbH,
Valentinskamp 24, 20354 Hamburg
Geschäftsführer: Thomas Beckmann

Konzeption/Reihengestaltung: fredebold&partner GmbH, Köln
Umschlaggestaltung: pecher und soiron, Köln
Redaktion: Mareike Müller
Titelabbildung: Harlequin Enterprises S.A., Schweiz
Autorenfoto: Harlequin Enterprises S.A., Schweiz
Satz: GGP Media GmbH, Pößneck
Druck und Bindearbeiten: CPI books GmbH, Leck – Germany
Printed in Germany
Dieses Buch wurde auf FSC®-zertifiziertem Papier gedruckt.
ISBN 978-3-95649-225-9

www.mira-taschenbuch.de

Werden Sie Fan von MIRA Taschenbuch auf Facebook!

Lisa Jackson

Was die Nacht verspricht

Roman

Aus dem Amerikanischen von
Barbara Alberter

DIE LEGENDE DES WHITEFIRE LAKE

Es heißt, wenn der Gott der Sonne sich über die Berge erhebt und seinen flammenden Pfeil auf den See richtet, fallen Funken und glühende Asche hinein, die einen Nebel wie weißes Feuer über dem Wasser aufsteigen lassen. Demjenigen, der von dem Wasser trinkt, bevor die Sonne den Nebel vertreibt, werden Reichtum und Glück geschenkt, und er wird die Hügel um den See nie wieder verlassen. Aber er darf nur sparsam aus der magischen Quelle trinken, nur so viel, bis der Durst erloschen ist. Befolgt er dies nicht, erzürnt er den Gott der Sonne, und der Mensch wird verflucht sein, seinen Reichtum verlieren und das, was er auf Erden am meisten liebt, wird ihm entrissen.

Whitefire Lake, Kalifornien
Gegenwart

*N*adine Warne knetete ihre verspannten Nackenmuskeln und dachte an ein heißes Schaumbad, das ihre steifen Gelenke lockern würde. Wie lange war es jetzt her, dass sie sich den Luxus gegönnt hatte, in der Badewanne zu entspannen?

Jahre.

Sie hatte einfach nicht die Zeit dazu. Bei ihrer anstrengenden Arbeit, die Häuser anderer Leute zu putzen, und einem kleineren Geschäft, das sie sich nebenbei aufbauen wollte, schien es für die alleinerziehende Mutter von zwei ungestümen Jungen in der Vorpubertät nicht eine freie Minute zu geben, die sie für sich beanspruchen konnte.

„So ist das Leben", sagte sie sich pragmatisch.

Sie trug ihre Putzlappen nebst Eimern, Wachsbehältern und Reinigungsmitteln ins Haus und verstaute sie im Schrank neben der Hintertür. Das kleine Holzhaus war nicht viel, aber es war bezahlt, und das Land, auf dem es stand, lag am Südufer des Sees und würde eines Tages viel wert sein. Darauf verließ sie sich. Dieses kleine Stück Land war ihre Investition in die Zukunft – die Ausbildung ihrer Jungs. Und nichts, weder Himmel noch Hölle, würde ihr das nehmen. Sie selbst war um die Ausbildung gebracht worden, die ihr versprochen worden war, und damals hatte sie sich geschworen, dass ihre Kinder dieses spezielle Opfer nicht würden bringen müssen.

So dumm wie ihr Vater, der an den Traum eines reichen Mannes geglaubt hatte, würde sie nicht sein. Sie presste die Lippen zusammen und weigerte sich, an den wohlhabenden Mistkerl zu denken, der ihren Vater betrogen hatte.

Auf dieser kleinen Immobilie ruhte ihre ganze Hoffnung und all ihre Träume. Denn obwohl die besten Grundstücke am Nordufer des Whitefire Lake lagen, würde es dort kein freies Plätzchen mehr geben, auf dem die Reichen ihre Luxusvillen bauen könnten. Und dann würden sie woanders nach einem geeigneten Stück Land suchen müssen, höchstwahrscheinlich auf der Südseite des Sees.

Nadine war fest davon überzeugt, dass der Moment kommen würde, wenn sämtliche am Wasser gelegenen Grundstücke einen ganz ansehnlichen Wert haben würden. Jedenfalls hoffte sie das. Das war auch der Grund, weshalb sie bei der Scheidung von Sam, ihrem Ex, wie eine Löwin darum gekämpft hatte, dieses alte Cottage behalten zu können.

Lächelnd wärmte sie den Kaffee in der Kanne auf und blickte sich in der Küche um. Sie war groß genug für einen an die Wand gerückten Tisch. Ansonsten war der gemütliche Raum mit ein paar Kiefernschränken eingerichtet. Außerdem gab es noch einen kleinen Holztresen und ein Fenster mit roten Baumwollvorhängen, die zu den Platzsets passten, die übereinander gestapelt unter dem Serviettenständer mit Salz- und Pfefferstreuer auf dem Tisch lagen. Es war nicht viel, mehr allerdings konnte sie sich nicht leisten.

Neben der Küche gab es noch ein Wohnzimmer, ein Bad, ein Schlafzimmer, eine große Vorratskammer, die sie in ihr Nähzimmer und „Büro" verwandelt hatte, dazu einen Dachboden, in dem das Etagenbett ihrer Jungs stand. Es war nicht gerade das Ritz, aber gemütlich, und was John und Bobby an häuslichen Annehmlichkeiten fehlen mochte, wurde mehr als ausgeglichen durch die Tatsache, dass das Seeufer keine zwanzig Meter von der Haustür entfernt war. Sie lebten praktisch in der Natur.

Hier gab es Frösche, Hirsche, Kaninchen, Eichhörnchen, Waschbären und Vögel zuhauf. Ob sie es wussten oder nicht, ihre Kinder waren weit davon entfernt, benachteiligt zu sein.

Sie müssten bald zu Hause sein, dachte sie und blickte zur Straße. Jeden Tag fuhren die beiden mit den Fahrrädern zu einer Nachbarin, wo sie bleiben konnten, bis Nadine heimkam. John war alt genug, um sich darüber zu beschweren, weil er der Meinung war, dass er keinen Babysitter brauchte. Aber beide waren zu jung, um allein zurechtzukommen, und sei es auch nur für ein paar Stunden.

Während sie den Kaffee in einen Becher goss, stellte sie sich vor, wie ihre Situation jetzt aussehen würde, wenn Turner Brooks – ein Rancher, für den sie gearbeitet hatte – einen Funken Interesse an ihr gezeigt hätte, so wie sie es sich damals erhofft hatte. Jahrelang hatte sie sich zu ihm hingezogen gefühlt und sogar davon fantasiert, dass er sie eines Tages mit anderen Augen sehen würde und er sich in sie verlieben würde. Aber das war nicht geschehen. Stattdessen hatte er seine wahre Liebe in Heather Leonetti gefunden, einer schönen Frau aus seiner Vergangenheit, und Nadine hatte sich selbst damit überrascht, wie leicht sie ihren eigenen Traum hatte loslassen können. Vielleicht hatte sie ihn am Ende gar nicht wirklich geliebt. Turner, ein nüchterner Cowboy, der Klartext redete und ihr nicht den Himmel auf Erden versprochen hatte, war ihr nach der schmerzlichen Scheidung vielleicht einfach sicher erschienen.

Anders als die anderen Männer in ihrem Leben.

Ihr Exmann Sam war ein Träumer, der zu viele Stunden mit Trinken verschwendet hatte, um irgendeinen seiner Pläne wirklich in die Tat umzusetzen, und der andere Mann – der Mann, dem sie vor sehr vielen Jahren ihr Herz geschenkt hatte – war heute nur noch ein verbotener, bitterer Gedanke.

Hayden Garreth Monroe IV. Schon sein Name klang nach Wohlstand. Es hatte einmal eine Zeit gegeben, da war Hayden der reichste Junge im Ort gewesen, und nur seine Cousins, die Söhne der Fitzpatricks, hätten ihm diesen Titel streitig machen können. Und für eine kurze Zeit war sie so dumm gewesen zu glauben, dass ihm etwas an ihr lag.

Dummes, dummes Mädchen. Aber das war mittlerweile Gott sei Dank alles sehr lange her.

Als sie den Kies auf der Einfahrt knirschen hörte, wusste sie, dass ihre Jungs mit den Fahrrädern eingetroffen waren. Hershel, die Promenadenmischung, die sie adoptiert hatten, nachdem ihn jemand als halb ausgewachsenen Welpen ausgesetzt hatte, jaulte aufgeregt an der Hintertür. Sie hörte das Trampeln schneller Schritte, ein paar wechselseitige Beleidigungen, und schon stürmten die Jungs ins Haus, während Hershel ihnen um die Füße sprang.

„Schuhe ausziehen!", rief Nadine.

„Och, Mom!", beklagte sich John, schnitt eine Grimasse und kickte seine Turnschuhe von den Füßen.

Der siebenjährige Bobby tat es ihm nach. Ein paar schwarze Sneaker flogen an die Wand, danach lief er auf Strümpfen schnurstracks auf das Glas mit den Plätzchen zu.

„Hey, Moment mal!", verlangte John besorgt, weil er befürchtete, nicht genauso viele Plätzchen abzubekommen wie sein jüngerer Bruder.

„Ihr wartet beide mal einen Augenblick", schaltete Nadine sich ein und hielt John an den dünnen Schultern zurück, um ihn zu umarmen. „Ihr könntet mir zumindest erst mal Hallo sagen und erzählen, wie's in der Schule war."

„Hallo", rief Bobby fröhlich und schnappte sich zwei Erdnussbutterplätzchen, bevor John ihm das Glas entriss. „Ich habe eine Zwei im Buchstabiertest."

„Das ist ja toll."

„Tja, und ich war heute der Blödmann der Klasse", erwiderte John leicht trotzig, während er sich ebenfalls ein paar Kekse nahm.

„Was ist passiert?"

„Er musste in der Pause an der Wand stehen", erklärte Bobby eifrig. „Dazu hat ihn die Aufsicht verdonnert."

„Warum?"

„Weil sie meinte, ich hätte ein schlimmes Wort gesagt. Aber ehrlich, Mom, das war ich nicht. Das war Katie Osgood. *Sie* hat *Sch...*"

„Ich glaube, das reicht. Aber ich will nicht, dass du irgendetwas von dir gibt, das auch nur annähernd als Schimpfwort gelten könnte. Verstanden?"

„Ja, klar", erwiderte John mürrisch und sah zu Boden. „Ähm, Mrs Zalinski wird dich anrufen."

Nadine hielt die Luft an, als John den Namen seiner Lehrerin nannte. „Warum?"

„Weil sie glaubt, dass ich bei einem Test gemogelt hab, und das habe ich nicht, Mom, wirklich. Katie Osgood wollte einen Stift von mir haben, und ich habe zu ihr gemeint, dass sie mich in Ruhe lassen soll und …"

„Halt dich von Katie Osgood fern", unterbrach ihn Nadine, und John murmelte etwas davon, dass Katie eine Streberin sei, und folgte Bobby ins Wohnzimmer. Die Kekse in ihren Händen nicht aus den Augen lassend, raste Hershel den Jungs hinterher, während er wild mit dem schwarz-weißen Schwanz wedelte.

Das Telefon klingelte und angesichts der bevorstehenden Konfrontation mit der Lehrerin schickte Nadine ein stilles Gebet zum Himmel. John hatte ständig Ärger in der Schule. Seit der Scheidung vor zwei Jahren war er aufmüpfig und zeigte seinen Groll deutlicher als Bobby.

„Hallo?", meldete sie sich, während aus dem Wohnzimmer die Titelmusik der Lieblings-Zeichentricksendung ihrer Söhne zu ihr herüberklang.

„Mrs Warne?" Die Stimme klang kühl und männlich. *Direktor Strand!* Nadine machte sich auf einiges gefasst.

„Ja."

„Hier ist William Bradworth aus der Kanzlei ‚Smythe, Mills und Bradworth' in San Francisco. Ich vertrete den Nachlass von Hayden Garreth Monroe III. …"

Nadines Herz setzte einen Schlag aus, und ihr Magen zog sich zusammen. Hayden Garreth Monroe III war derjenige gewesen, der das langsame Auseinanderbrechen ihrer Familie eingeleitet hatte. Sie war ihm nur einmal begegnet, vor Jahren, aber der Mann war eiskalt. Ein gnadenloser Geschäftsmann, der alles und jeden niedermachte – einschließlich ihres Vaters –, um zu bekommen, was er wollte. In Nadines Augen war Monroe ein Krimineller, und sein Tod löste wenig Bedauern bei ihr aus.

„Was wollen Sie, Mr Bradworth?"

„Velma Swaggart hat mir Sie empfohlen. Ich bin auf der Suche nach einer Reinigungskraft." In diesem Moment hätte Nadine ihre Tante Velma am liebsten erwürgt. Allein der Name Monroe hätte ihr reichen sollen, um einen anderen Reinigungsservice zu empfehlen. „Ich bin bereit, Ihnen den üblichen Lohn zu zahlen, wenn Sie das Haus Nr. 1451 am Lakeshore Drive sauber machen", fuhr Bradworth fort, und Nadine verkniff sich eine scharfe Antwort.

Stattdessen trat sie vors Fenster, um über den See blicken zu können. Umringt von Mammutbäumen und Kiefern stand in weiter Ferne am Nordufer das Sommerhaus der Monroes auf einem erstklassigen Seegrundstück.

„Der Auftrag umfasst eine gründliche Reinigung, und ich benötige außerdem eine Liste aller erforderlichen Reparaturen. Falls Sie jemanden in der Gegend finden könnten, der die Instandsetzung übernimmt, möchte ich Sie bitten, mir den Namen …"

„Ich muss darüber nachdenken, Mr Bradworth." Sie beschloss, den Mann nicht allzu schnell abzuwürgen, obwohl sie ihm am liebsten gesagt hätte, wohin er sich sein Angebot stecken könnte. Aber das Geld war knapp bei ihnen. Sehr knapp. Tante Velma wusste, dass es harte Zeiten für sie waren, und hatte vermutlich selbst ihren Stolz hinunterschlucken müssen, als sie Nadine empfohlen hatte.

Am anderen Ende der Leitung entstand eine lange Pause. Offenbar war Mr Bradworth es nicht gewohnt, dass man ihn hinhielt. „Bis morgen Nachmittag brauche ich eine Antwort", meinte er schroff.

„Die werden Sie bekommen", erwiderte sie und verfluchte sich im Stillen, weil sie einem geschenkten Gaul ins Maul geschaut hatte. Wen interessierte es schon, woher das Geld kam? Sie brauchte es, um ihren Wagen reparieren zu lassen, und Weihnachten rückte näher … Wie sollte sie all die Sachen für die Jungs finanzieren? Doch Geld anzunehmen, das aus dem Nachlass des alten Monroe stammte? Sie zitterte, als sie auflegte.

Tränen verschleierten ihren Blick, während sie durch die Hintertür trat und über den Pfad ging, der ums Haus herum zur Anlegestelle führte. Der kühle Novemberwind hatte sich gedreht und ließ auf der normalerweise ruhigen Seeoberfläche

Wellen mit Schaumkronen entstehen. Die alte Legende vom See fiel ihr ein, wonach der Sonnengott einen segnete, wenn man vom Wasser des Sees trank, bevor die Morgensonne den Nebel über dem See vertrieb. Die Legende stammte von den Ureinwohnern Amerikas, wurde jedoch von den ersten weißen Siedlern verbreitet. Von einer Generation war die Geschichte an die nächste weitererzählt worden, und Nadine fragte sich, wie viel von dem alten Mythos wahr sein mochte.

Während sie sich die Arme rieb, starrte sie auf das grau werdende Wasser hinaus, ohne zu bemerken, dass es anfing zu regnen. Das Anwesen der Monroes. Seit beinahe dreizehn Jahren stand es nun leer. Es war ein prunkvolles Sommerhaus. Nadine hatte nie die Ehre gehabt, es einmal betreten zu dürfen. Aber nachdem sich herausgestellt hatte, dass Jackson Moore und Rachelle Tremont in der Todesnacht von Roy Fitzpatrick gemeinsam dort gewesen waren, hatte es traurige Berühmtheit erlangt. Jackson war der Hauptverdächtige gewesen, und Rachelle hatte ihm ein Alibi gegeben. Sie hatte ihren guten Ruf ruiniert, indem sie gestand, die ganze Nacht mit ihm zusammen gewesen zu sein.

Seitdem hatten nur wenige das Gebäude noch einmal betreten, jedenfalls wenn man der Gerüchteküche von Gold Creek Glauben schenken durfte. Nadine hätte unmöglich wissen können, ob es der Wahrheit entsprach.

Einen quälenden Augenblick lang dachte sie an Hayden, den Sohn des alten Mannes. Benannt nach seinem Vater, geboren und aufgewachsen mit einem goldenen Löffel im Mund, war Hayden Garreth Monroe IV mehr gewesen als ein reicher Junge. Zumindest für Nadine. Wenn auch nur für kurze Zeit. So lange, bis er sein wahres Gesicht gezeigt hatte. Bis er bewiesen hatte, dass er nicht anders war als sein Vater.

Nadine biss sich auf die Unterlippe. Sie war eine solche Idiotin gewesen! Eine naive Idiotin, die ihn angehimmelt hatte!

Ihre Sneaker knirschten auf den alten Planken des Docks, und der Wind blies ihr die Haare aus dem Gesicht. Fröstelnd rieb sie sich die Arme und starrte über den See zu den Häusern der Wohlhabenden, die den Lakeshore Drive am Nordufer säumten.

Richtung Westen war das Haus der Fitzpatricks durch das Dickicht der Bäume zu erkennen, und weiter östlich lugte der Dachfirst des Sommerdomizils der Monroes aus den Kiefern- und Zedernzweigen hervor.

„Verdammt noch mal", flüsterte sie, noch immer den Tag verfluchend, an dem sie Hayden kennengelernt hatte.

Damals schien alles so richtig ... ihn kennenzulernen ... in seinem Boot mitzufahren ... zu glauben, dass sie sich in ihn verliebt hatte. Heute wusste sie, dass ihre Vernarrtheit in Hayden ein Fehler gewesen war, der sie für den Rest ihres Lebens begleiten würde. Mit einer kristallenen Klarheit, die ihr Angst einjagte, konnte sie sich an die kurze Zeit ihres Zusammenseins erinnern.

Während ein Nieselregen vom Himmel fiel, wanderte sie in Gedanken in die Zeit zurück, an die zu denken sie sich verboten hatte – die Zeit, als sie – jung und naiv – auf ein Abenteuer gewartet hatte, und Hayden Garreth Monroe IV. in ihr Leben getreten war und es auf den Kopf gestellt hatte ...

1. KAPITEL

Gold Creek, Kalifornien
Die Vergangenheit

„Vergiss nicht, mich rechtzeitig zum Feierabend abzuholen", sagte Nadines Vater, während sein Wagen über das Schottergelände der „Monroe Sawmill" holperte, wo er arbeitete. Er parkte im Schatten eines Schuppens, drehte den Schlüssel um und zog ihn aus dem Zündschloss seines alten Ford Pick-up. Er reichte seiner Tochter den Schlüssel.

„Ich werde nicht zu spät kommen", versprach Nadine.

Ihr Vater zwinkerte ihr zu. „Das ist mein Mädchen."

Nadine hielt Bonanza, den Hund ihres Vaters, am Halsband fest, als er jaulend zur Tür stürzte, während George Powell aus dem Auto stieg und zum Büro marschierte, um sich einzustechen, bevor er seine Schicht begann. „Immer schön mit der Ruhe", erklärte sie dem aufgeregten Schäferhund. „Wir sind ja gleich zu Hause."

Bei dem Gedanken an das Haus, das die Familie Powell bewohnte, zog sich ihr der Magen zusammen. Ihr Zuhause war nicht mehr der Zufluchtsort, der es einmal gewesen war, und die Anzeichen von Unzufriedenheit in der Ehe ihrer Eltern waren in den letzten Monaten mehr geworden. Manchmal hatte Nadine das Gefühl, auf einem Schlachtfeld festzusitzen, ohne zu wissen, wohin sie sich wenden könnte. Jedes Mal, wenn sie den Mund aufmachte, um etwas zu sagen, war es, als beträte sie ein verbales und emotionales Minenfeld.

Während sie durch die staubige Windschutzscheibe spähte, versuchte sie, nicht an das Leben in dem Haus am Fluss zu denken, sondern konzentrierte sich stattdessen auf das Geschehen im Hof der Sägemühle. Durch riesige Tore aus Maschendraht rollten Lastwagen mit Anhängern herein und brachten eine Ladung astfreier Tannenbäume nach der anderen an, die von einem gewaltigen Kran aufgehoben und auf die bereits gigantischen Holzhalden umgeladen wurden. Mit anderen Kränen wurden

Holzstämme aus dem Fluss gefischt und zum Trocknen übereinander gestapelt.

Männer mit Schutzhelmen dirigierten jede Ladung mit lauten Rufen an ihren Platz. Stück für Stück wurden die Stämme sortiert und entrindet, bevor man sie schließlich grob zu Balken schnitt, die nach Qualität und Größe gestapelt wurden. Ihr Vater war praktisch schon sein ganzes Leben mit dem Sägewerk verbunden, und schon oft hatte er ihr den Prozess erklärt, wie ein Baum aus dem Wald geholt und in Nutzholz, Sperrholz, Pressholz, Mulch und manchmal auch Papier verwandelt wurde. George Powell war stolz darauf, einer Familie von Holzarbeitern zu entstammen, und in dieser Sägemühle hatten sowohl sein Vater als auch sein Großvater gearbeitet. Seitdem die „Monroe Sawmill Company" in Gold Creek existierte, hatte immer ein Powell auf der Lohnliste des Unternehmens gestanden.

Aus dem Augenwinkel bemerkte Nadine, wie ein Auto auf das Gelände fuhr – ein schnittiges, marineblaues Cabriolet. Es glänzte so stark, dass der Lack im Licht der Sonne wie feucht schimmerte. In der Ansammlung alter Pick-ups und staubiger Wagen wirkte der Mercedes wie ein Vollblüter unter lauter Ackergäulen deutlich fehl am Platz.

Nadine rutschte auf die Fahrerseite des Autos und streichelte Bonanza, während sie den Fahrer musterte, der jetzt dem ledergepolsterten Innenraum entstieg. Er war groß, aber jung, wahrscheinlich noch keine zwanzig, mit dichten kaffeeschwarzen Haaren, die vom Wind zerzaust waren. Seine Augen waren hinter einer Sonnenbrille mit Spiegelglas verborgen, und er warf sich eine Lederjacke über die Schulter.

Nadine biss sich auf die Lippe. Sie musste nicht raten, sondern wusste, wer er war. Hayden Garreth Monroe IV., Sohn des Besitzers der Sägemühle. Vor Jahren, als er noch die Grundschule von Gold Creek besuchte, hatte sie ihn einmal gesehen. Für kurze Zeit hatte er, das einzige Kind reicher Eltern, hier gelebt. Seine Cousins ersten Grades waren die Söhne der Fitzpatricks, denen das Abholzungsunternehmen gehörte, das dem Sägewerk den größten Teil der Stämme lieferte.

„Die Monroes und die Fitzpatricks – sie halten zusammen wie Pech und Schwefel", hatte ihre Mutter oft gesagt, und zusammen gehörte den beiden Familien fast alles in Gold Creek.

Nadine erinnerte sich an Hayden als zwölfjährigen Jungen, nicht als wütenden jungen Mann. Doch jetzt schien er stinksauer zu sein. Den Unterkiefer vorgeschoben und den Mund entschlossen zu einer Linie zusammengepresst, bewegte er sich mit großen, steifen Schritten. Ohne nach rechts oder links zu schauen, hielt er den zornigen Blick geradeaus gerichtet und nahm die zwei Stufen zum Büro des Sägewerks auf einmal. Dann stürmte er in das kleine Büro der Firma und knallte die Tür hinter sich zu.

Nadine hielt die Luft an. Wem auch immer sein offensichtlicher Zorn gelten mochte, er tat ihr leid, denn Hayden strahlte einen unbändigen Zorn aus.

Plötzlich wünschte sie, sie wüsste mehr über ihn, aber ihre Erinnerungen an die Monroes und ihren einzigen Sohn – „der Prinz", wie ihr Bruder Ben ihn nannte – waren vage.

Sie war sich ziemlich sicher, dass die Monroes etwa zu der Zeit, als Hayden auf die Highschool kommen sollte, nach San Francisco gezogen waren. Seitdem kamen sie nur noch zurück, um die Sommermonate in ihrem Haus am See zu verbringen. Und obwohl Haydens Vater nach wie vor der Besitzer der Sägemühle war, besaß er auch noch ein paar andere Unternehmen, weshalb er nur ein- oder zweimal in der Woche Gold Creek einen Besuch abstattete.

Ihr Vater hatte es einmal beim Abendessen angesprochen: „Das ist ein Job, den Monroe da hat, was?" George Powells Stimme war eine Mischung aus Ehrfurcht und Neid anzuhören. „Garreth steigt auf dem Dach seines Bürogebäudes in einen Firmenhubschrauber, schwirrt hierher, kommt gegen neun ins Büro geschlendert, wo er einen Blick in die Bücher wirft und ein paar Schecks unterschreibt, und für sein Golfspiel am Nachmittag ist er dann rechtzeitig zurück in der Stadt. Ein hartes Leben."

Nadine hatte sich nie groß Gedanken über die Monroes gemacht. Sie waren reich, so wie auch die Fitzpatricks. Die übrigen

Ortsbewohner waren das nicht. So war es immer gewesen, und vermutlich würde es auch immer so bleiben.

Langsam lockerte sie den Griff um Bonanzas Halsband. Der Hund leckte ihr übers Gesicht, allerdings nahm sie das kaum wahr. Sie entdeckte ihren Vater, als er das Büro verließ und zum Haupttor des Arbeitsgeländes marschierte. Er winkte ihr zu, dann verschwand er in einem der Gebäude, sie legte den Rückwärtsgang ein, setzte zurück und schaltete in den ersten Gang. Der Wagen machte einen Satz nach vorn und begann zur Straße zu rollen.

„Hey!", drang die Stimme eines Mannes durch die offenen Fenster.

Nadine blickte in den Rückspiegel und trat auf die Bremse. Sie spürte ein dummes Flattern im Bauch, kaum dass sie sah, wie Hayden, der Prinz höchstpersönlich, in einen Laufschritt fiel, um sie einzuholen … wahrscheinlich, weil er ihr mitteilen wollte, dass die Heckklappe mal wieder offen stand.

In einer Staubwolke, die einem das Atmen erschwerte, riss er die Tür an der Beifahrerseite des Fords auf, und Bonanza knurrte.

„Können Sie mich mit…?" Abrupt brach er ab, und Nadine begriff, dass er geglaubt haben musste, es mit einem Arbeiter aus dem Sägewerk zu tun zu haben. Offensichtlich hatte er nicht mit einem Mädchen am Steuer eines verbeulten alten Pick-ups gerechnet.

Sie warf einen Blick auf den Mercedes. „Ist das nicht Ihr Auto?"

Finster kniff er die Augenbrauen zusammen. „Hören Sie, ich brauche nur eine Mitfahrgelegenheit. Ich bin Hayden Monroe." Er schob die Sonnenbrille hoch und reichte ihr die Hand.

„Nadine Powell." Verlegen streckte sie an Bonanza vorbei den Arm aus und ergriff seine Hand. Seine Finger umschlossen ihre Hand mit festem Griff, der ein leichtes Herzklopfen bei ihr auslöste.

„Ben und Kevins kleine Schwester", stellte er fest, nachdem er ihre Hand wieder losgelassen hatte.

Es gefiel ihr aus irgendeinem Grund gar nicht, dass er sie als Kind betrachtete. „Richtig."

„Fährst du in den Ort?"

Das hatte sie zwar eigentlich nicht vor, aber irgendetwas in ihr hielt sie davon ab, das zuzugeben, denn sie wusste, wenn sie ihm die Wahrheit sagte, würde er die Tür des Pick-ups auf der Stelle zuschmeißen. Sie zog die Schultern hoch. „Äh ... natürlich, steig ein. Ich, äh, muss nur zu Hause vorbeischauen ... das liegt auf dem Weg ... und meiner Mutter sagen, wo ich bin."

„Wenn es Umstände macht ..."

„Nein! Steig ein", wiederholte sie lächelnd. Schuldbewusst warf sie einen Blick durch die schmutzige Heckscheibe und betete im Stillen darum, dass ihr Vater nicht sah, wie Hayden in die Fahrerkabine stieg. Als die Tür zufiel, knurrte Bonanza zwar noch einmal, machte dann allerdings widerstrebend den Platz frei und rutschte näher an ihre Seite. Nadine nahm den Fuß von der Kupplung. Mit einem magenerschütternden Satz begannen sie, vom Gelände zu holpern. Sie konnte nur hoffen, dass ihre Mutter Verständnis haben und ihr erlauben würde, Hayden nach Gold Creek zu bringen. Neuerdings war ihre Mutter nicht sehr verständnisvoll ... manchmal nicht einmal vernünftig. Und auch wenn ihr Dad die Launenhaftigkeit seiner Frau und ihrem „monatlichen Fluch" zuschrieb oder dem Stress, der von der Erziehung drei eigenwilliger Teenager herrührte, zuschrieb, wusste Nadine es besser. Sie hatte genug von den Auseinandersetzungen ihrer Eltern mitbekommen, um zu erkennen, dass die Probleme in ihrer Familie viel tiefer lagen und nichts mit dem Monatszyklus ihrer Mutter zu tun hatten.

Wie also würde Donna auf die Bitte ihrer einzigen Tochter reagieren? Plötzlich hatte Nadine ganz feuchte Hände. Sie könnte Hayden einfach im Ort absetzten, zu spät nach Hause kommen und mit den Konsequenzen leben, aber sie wollte nicht noch mehr Ärger heraufbeschwören.

„Ich muss nur den Hund nach Hause bringen", erklärte sie und schaute ihn kurz an.

„Ich hab's nicht eilig." Aber seine angespannte Körperhaltung sagte etwas anderes. Von dem Moment an, als er mit kreischenden Bremsen auf dem Hof der Sägemühle gehalten hatte, war er ihr vorgekommen wie ein sprungbereiter Tiger hinter Gittern. Seine Muskeln traten hervor und seine Mine war genauso angespannt. Er stülpte sich die Sonnenbrille wieder auf die Nase.

„Ärger mit dem Auto?", fragte sie.

„So kann man es auch nennen." Er starrte aus dem Fenster und presste die Lippen zusammen, während Nadine auf die Hauptstraße einbog, die in den Ort führte.

„Es ist … es ist ein schönes Auto."

Durch die Sonnenbrille warf er ihr einen Blick zu, der nicht zu deuten war. „Ich habe meinem alten Herrn erklärt, er soll es verkaufen."

„Aber … das Auto scheint ganz neu zu sein." Der Mercedes hatte noch nicht einmal Nummernschilder.

„Ist es auch."

„Ich würde für einen solchen Wagen morden", meinte sie, um die Spannung zu lockern, die sich zwischen ihnen aufzubauen schien.

Um seinen Mund zuckte es leicht. „Ach, wirklich?" Schnell drehte er den Kopf und richtete seine Aufmerksamkeit auf sie. Ihre Haare. Ihr Hals. Nichts schien seinem prüfenden Blick zu entgehen, und plötzlich war sie verlegen wegen ihrer abgeschnittenen Jeans und der ebenso alten Bluse. Stolz reckte sie das Kinn, spürte jedoch, wie ihr der Schweiß über den Rücken rann. Während er sie mit einer Eindringlichkeit musterte, unter der sie sich am liebsten gewunden hätte, begann ihr Puls heftig zu pochen.

„Ich … Du weißt schon, was ich meine."

„Nun, mein Alter hat zwar nicht von mir verlangt, dafür zu töten, aber es kommt dem ziemlich nahe …" Er rieb sich die verspannten Muskeln an einer Schulter.

„Was meinst du damit?"

„Hast du den Dritten schon mal kennengelernt?"

„Wie bitte?"

„Hayden Garreth Monroe, ‚Der Dritte‘."

Sie schüttelte den Kopf. „Nicht wirklich. Doch ich habe ihn ein paarmal gesehen. Bei Firmenpicknicks."

„Oh, stimmt." Er nickte und starrte wieder aus der verstaubten Windschutzscheibe. „Da war ich auch schon ein paarmal. Vor langer Zeit. Jedenfalls weißt du dann ja, wie mein Vater sein kann. Sagen wir einfach, er ist ‚überzeugend‘. Ein besseres Wort fällt mir nicht ein. Was immer ‚Der Dritte‘ haben will, in der Regel kriegt er es. Auf die ein oder andere Weise."

„Was hat das mit deinem Auto zu tun?"

„Er hat einen Preis … nicht in Dollars oder Cents, aber dennoch ist es ein Preis, den ich nicht zu zahlen bereit bin."

„Oh." Sie hätte gern weiter gefragt, weil sie herausfinden wollte, was Hayden wirklich dachte, doch dieser schwieg erneut. An seiner verschlossenen Miene erkannte sie, dass das Thema für ihn erledigt war.

Sie fuhren an trockenen Stoppelfeldern vorbei, in denen Gras und Wildblumen wuchsen, und Nadine bog auf eine Landstraße ab, die sich durch die Hügel zu dem kleinen Haus am Fluss wand. Noch nie war es ihr peinlich gewesen, wo sie wohnte, aber mit diesem reichen Jungen im Pick-up fühlte sie sich plötzlich verlegen. Es war schon schlimm genug, dass er den ramponierten Sitz eines verbeulten zwanzig Jahre alten Wagens mit einem übel riechenden Hund teilen musste, nachdem er gerade die gepflegte Lederinnenausstattung eines neues Sportautos genossen hatte, doch jetzt würde Hayden auch noch die windschiefe Eingangsveranda, die rostigen Dachrinnen und den Garten sehen, der im Unkraut erstickte.

Sie hielt im Carport. „Es dauert nur eine Minute …", meinte sie. Dann erinnerte sie sich an ihre guten Manieren und fügte hinzu: „Möchtest du mit reinkommen und meine Mom kennenlernen?"

Er zögerte, doch dann schien seine gute Erziehung die Oberhand zu gewinnen. „Gerne."

Während Bonanza durch das trockene Gras flitzte und die Rotkehlchen in den Büschen aufschreckte, stieg Nadine vor

Hayden die Treppe zur hinteren Veranda hinauf und öffnete die Fliegengittertür. „Mom?", rief sie, während sie die Küche betraten.

Auf dem Herd kühlte ein Apfelkuchen ab, und der kleine Raum war erfüllt vom Duft gebackener Äpfel und Zimt. Hayden nahm seine Sonnenbrille ab, und Nadine blickte in intensiv blaue Augen von der Schattierung des Himmels kurz vor der Dämmerung. Beinahe stockte ihr das Herz, und ihre Stimme klang etwas schwach und atemlos, als sie den Blick von ihm losriss und noch einmal ihre Mutter rief. „Bist du zu Hause?"

„Bin gleich unten", meinte Donna vom oberen Ende der Treppe, und schon hörte man sie über die bloßen Holzdielen eilen. „Weshalb hast du so lange gebraucht? Ben hat den Wagen. Ich muss ein paar Sachen einkaufen, und …" Den Wäschekorb auf der Hüfte, ohne eine Spur ihres üblichen Make-ups und die Haare nachlässig zu einem Pferdeschwanz zusammengebunden, kam Donna um die Ecke und blieb abrupt stehen. Überrascht schaute sie ihre Tochter und den Jungen an.

Nadine reagierte schnell. „Ich hole dir alles, was du brauchst. Ich muss ohnehin in die Stadt, ich habe es Hayden versprochen." Sie wies auf ihn. „Das ist …"

„Hayden Monroe?", vermutete ihre Mutter und reichte ihm ihre freie Hand, wobei sie es schaffte, ihre Wäsche weiter festzuhalten. Sie rang sich ein künstlich wirkendes Lächeln ab.

„Richtig." Er schüttelte ihr kräftig die Hand.

„Und das ist meine Mutter, Donna Powell."

„Freut mich, Sie kennenzulernen", erwiderte er.

„Gleichfalls."

Nadine war erstaunt und beschämt zugleich. Normalerweise war ihre Mutter warmherzig und freute sich, jeden ihrer Freunde kennenzulernen, aber ihrem Lächeln zum Trotz verströmte Donna Powell eine Frostigkeit, die sie gewöhnlich für ihren Mann reservierte.

„Du solltest deinem Freund etwas zu trinken anbieten", tadelte sie ihre Tochter und bedachte sie mit einem eiskalten Blick.

„Und ja, du kannst die Lebensmittel besorgen. Die Liste hängt an der Pinnwand, und in meinem Portemonnaie steckt ein Zwanziger …" Sie sah Hayden erneut an und öffnete den Mund, um etwas zu sagen, überlegte es sich dann allerdings anders. „Aber trödel nicht. Ich brauche die Eier für den Hackbraten." Sie stellte die Wäsche auf dem Tisch ab und strich sich eine verirrte Locke hinters Ohr, bevor sie entschlossen zum Küchenschrank schritt, in dem sie ihre Handtasche aufbewahrte. Sie holte den Zwanzig-Dollar-Schein aus ihrer Geldbörse und reichte ihn ihrer Tochter.

„Ich bleibe nicht lange weg!" Nadine war froh, dass sie verschwinden konnte. Sie nahm sich zwei Cola-Dosen aus dem Kühlschrank und schnappte sich auf dem Weg nach draußen die Einkaufsliste. Hayden verabschiedete sich noch von ihrer Mutter und blieb im Garten stehen, um Bonanza hinter den Ohren zu kraulen. Schließlich riss er die Tür auf der Beifahrerseite des Wagens auf und machte es sich auf dem Sitz bequem.

Nadine war so nervös, dass sie es kaum schaffte, den Motor zu starten. „Du musst meine Mutter entschuldigen. Normalerweise ist sie viel freundlicher … aber wir, ähm, haben sie überrascht, und …"

„Sie war doch nett." Wieder starrte er sie mit seinen blauen Augen an, und diesmal schien sein Blick – ohne Sonnenbrille – direkt in ihre Seele zu dringen. Sie fragte sich, was er von ihrem winzigen Haus am Fluss halten mochte. Lachte er innerlich über das Cottage, das ihm wie ein Symbol jämmerlicher Armut erscheinen musste? In dem Wagen schien er sich durchaus wohlzufühlen, und doch hatte sie den Verdacht, dass er daran gewöhnt war, in BMWs, Ferraris und Limousinen zu fahren.

„Halt mal fest." Sie reichte ihm die beiden Cola-Dosen, wendete den Pick-up und brauste los in Richtung Stadt. Nadine wusste, dass sie nicht danach fragen sollte, aber sie sprach immer aus, was ihr gerade durch den Kopf ging. Ihr Bruder Ben hatte ich schon oft vorgeworfen, dass sie erst redete und dann nachdachte.

„Was hast du damit gemeint, als du von dem Preis gesprochen hast, den du nicht zahlen willst … für den Mercedes?"

Er öffnete beide Dosen und gab ihr eine. Danach starrte er erneut vor sich hin nach draußen – trockene windgepeitschte Felder. Lässig lehnte er den Ellbogen raus und sagte: „Mein Vater will meine Freiheit kaufen."

„Wie das?"

Er lächelte kühl und setzte die Brille wieder auf. „Auf viele Arten." Langsam trank er einen großen Schluck. Nadine wartete, doch Hayden sprach nicht weiter. Ohne seine kryptische Bemerkung zu erklären blickte er durch die Windschutzscheibe. Sie bemerkte, wie er ungeduldig mit den Fingern auf sein Knie trommelte. Es schien ganz so, als existierte sie überhaupt nicht. Sie sorgte lediglich für den Transport, und was ihn betraf, hätte das wohl ebenso gut ein grauhaariger Mann von achtzig Jahren erledigen können. Empört über den Gedanken, jonglierte sie mit ihrer Cola-Dose, während sie das Lenkrad umklammerte, die Gänge einlegte und über die vertrauten Straßen der Stadt fuhr, in der sie aufgewachsen war.

„Wohin soll ich dich bringen?", fragte sie, nachdem sie die Unterführungen, die unter den Bahnschienen hindurchführte, erreicht hatten. Sie befanden sich jetzt im Randbezirk von Gold Creek, und die Hauptstraße war von Häusern gesäumt, die anscheinend alle nach denselben drei bis vier Bauplänen Ende der vierziger Jahre entstanden waren.

„Wohin?", wiederholte er wie gedankenverloren. „Wie wär's mit Anchorage?"

„Alaska?"

„Oder Mexico City."

Sie lachte, denn sie hielt es für einen Scherz, aber er lächelte nicht einmal. „So viel Sprit habe ich nicht", witzelte sie.

„Den würde ich bezahlen." Er sagte es, als wäre jedes Wort sein voller Ernst. Doch er meinte es nicht ernst. Das war unmöglich. Mit einer Hand strich er über das alte Armaturenbrett, in dem das Heizgebläse klapperte. „Was glaubst du, wie weit würde uns dieser Pick-up bringen?"

„Uns?", fragte sie, wobei sie sich bemühte, lässig zu klingen.

„Hmmm."

„Vielleicht bis nach San José. Oder Monterey, wenn wir Glück haben", erwiderte sie nervös. Er machte Witze, oder? Das musste es sein.

„Das ist nicht weit genug."

Er schaute sie an, und durch die verspiegelten Gläser hindurch hielten ihre Blicke einander eine Sekunde lang fest. Danach streckte er den Arm aus, packte das Lenkrad und half ihr auf der Straße zu bleiben. „Ich schätze, wenn wir weiter weg wollten, hatten wir doch besser einfach den verdammten Mercedes nehmen sollen."

Mit zitternden Händen umfasste sie das Lenkrad. Obwohl er so verrückte Sachen von sich gab, mochte sie ihn. Seine rebellische Art faszinierte sie und nahm sie für ihn ein.

Er ließ sich in den Sitz zurückfallen und schob sich die dunklen Haare aus dem Gesicht. Sie fuhren am Park vorbei und kamen an eine rote Ampel.

Als der Pick-up stand, warf Nadine ihrem Beifahrer einen Blick zu. „Da wir den Mercedes nicht haben und dieser Wagen es nicht über die Stadtgrenze hinaus schaffen wird, schätze ich, dass du mir sagen musst, wohin du willst."

„Wohin ich will", meinte er und schüttelte den Kopf. „Lass mich einfach am Busbahnhof raus."

„Am Busbahnhof?" Fast hätte sie gelacht. Der Junge, der die Schlüssel für einen Mercedes abgegeben hatte, wollte eine Fahrkarte für einen Bus kaufen?

„Damit komme ich hin, wohin ich will."

Es wurde grün, und sie bog links ab. „Und wo ist das?"

„Überall und nirgends." Wieder versank er in tiefem Schweigen. Der Busbahnhof tauchte vor ihnen auf, und sie bog auf den Parkplatz ein. Dort hielt sie an, ließ jedoch den Motor laufen. Hayden stürzte die Cola herunter, legte die leere Dose auf den Sitz, griff nach seiner Jacke und holte seinen Geldbeutel aus der Tasche. „Ich möchte dich für deine Mühe bezahlen …"

„Das war keine Mühe", entgegnete sie schnell.

„Doch für den Sprit und deine Zeit und ..."

„Ich habe dich nur mitgenommen. Keine große Sache." Sie versuchte ihm in die Augen schauen, sah jedoch nur sich selbst in seinen verspiegelten Gläsern.

„Ich will aber." Er zog einen Zehner heraus und hielt ihn ihr hin. „Kauf dir irgendwas."

„Ich soll mir was kaufen?", wiederholte sie, und fühlte sich plötzlich extrem gedemütigt. Auf einmal war ihr wieder bewusst, dass sie eine ausgebleichte abgeschnittene Jeans trug und dazu eine Baumwollbluse nebst geerbten Sneakers.

„Ja, irgendetwas Schönes."

Er hatte *Mitleid* mit ihr! Der Schein war direkt vor ihrer Nase, aber sie ignorierte ihn. „Ich lasse mich auch nicht kaufen", stieß sie hervor und legte den Gang ein. „Es war eine Gefälligkeit. Weiter nichts."

„Aber ich fände es schön, wenn du ..."

„*Ich* fände es schön, wenn du aussteigen würdest. Jetzt."

Offensichtlich überrascht von ihrem Stimmungswandel, zögerte er. „Wenn du sicher bist ..."

„Ich bin mir absolut sicher."

Finster dreinschauend stopfte er den Schein wieder in seinen Geldbeutel. „Ich schätze, ich bin dir was schuldig." Auf seiner Stirn bildeten sich Falten. „Ich mag es nicht, wenn ich jemandem etwas schulde."

„Mach dir deswegen keine Gedanken! Du schuldest mir nichts", versicherte sie ihm, und allmählich regte sich Wut in ihr. Bei seinem ganzen Gerede davon, aus Gold Creek abzuhauen, hatte sie einen Moment geglaubt, dass er Interesse an ihr zeigte. Doch da hatte sie sich geirrt. Die Demütigung trieb ihr die Hitze in die Wangen. Wie dumm von ihr!

„Danke, dass du mich mitgenommen hast." Er öffnete die Tür und sprang auf den staubigen Asphalt.

„Kein Problem, Prinz." Bevor er überhaupt eine Chance hatte, die Tür zu schließen, trat sie aufs Gas. Es war ihr egal. Sie musste einfach weg von ihm. Die Reifen des alten Pick-ups quietschten. Beschämt beugte sie sich über den Sitz und riss die

Beifahrertür zu, dann blinzelte sie frustriert gegen die Tränen an. Was hatte sie sich denn gedacht? Dass ein Junge wie er – ein reicher Junge – sie attraktiv finden würde?

„Dumme Kuh!", schimpfte sie sich selbst, und hasste die Tränen in ihren Augen und die roten Flecken auf ihren Wangen. Ein wenig zu schnell fuhr sie um eine Ecke, und der Pick-up geriet leicht ins Schlingern, bevor die abgenutzten Reifen wieder griffen. „Vergiss ihn", wies sie sich an, aber tief innen wusste sie, dass Hayden Monroe nicht zu den Jungs gehörte, die man leicht vergessen konnte.

*N*adines Mutter erwartete sie in der Küche. Gerade rieb sie mit einem fleckigen Tuch über die zerkratzten Schranktüren, als Nadine die Tür öffnete. Donna warf ihr einen Blick über die Schulter zu und wischte sich die Hände ab, während Nadine den Beutel mit den Lebensmitteln auf den Tresen stellte. Schwer lag der Duft von Möbelpolitur in der Luft, sodass man kaum noch atmen konnte.

„Du bist jetzt also mit einer ziemlich reichen Clique unterwegs?"

„Ich bin mit gar keiner Clique unterwegs." Nadine schob die Hand in die Tasche ihrer abgeschnittenen Jeans, holte das Wechselgeld für ihre Mutter heraus und legte vier Dollar und zweiunddreißig Cent neben den Beutel.

„Und wie ist Hayden Monroe dann in unserem Wagen gelandet?"

„Ich war zur falschen Zeit am falschen Ort", räumte Nadine ein.

„Ich dachte, du hättest deinen Vater zur Mühle gefahren."

„Genau." Während sie anfing, die Lebensmittel auszupacken, erklärte sie ihrer Mutter in groben Zügen, wie sie Hayden begegnet war. Donna sagte kein Wort, hörte nur zu, faltete ihr Staubtuch und hängte es innen an die Schanktür unter der Spüle.

„Und er hat einen nagelneuen Mercedes einfach auf dem Parkplatz der Mühle stehen lassen?" Sie drehte den Wasserhahn auf und wusch sich die Hände mit dem flüssigen Spülmittel.

„Japp."

Während sie sich das Wasser von den Fingern schüttelte, sagte sie: „Weißt du, am besten gibt man sich gar nicht erst mit den Reichen ab. Das gilt vor allem für die Monroes."

„Ich dachte, es wären die Fitzpatricks, von denen man sich fernhalten sollte."

„Von denen auch. Sie sind alle miteinander verwandt, weißt du. Haydens Mutter, Sylvia Monroe, ist die Schwester von Thomas Fitzpatrick. Sie hatten ihr ganzes Leben lang Geld, und zwar reichlich. Sie wissen gar nicht, wie andere Leute leben. Und ich würde einiges wetten, dass dein Freund Hayden genauso ist."

Nadine dachte an den Zehn-Dollar-Schein, den Hayden ihr hatte geben wollen, und plötzlich fühlte ihr Gesicht sich ganz heiß an. Aber ihre Mutter schien ihre Verlegenheit nicht zu bemerken, denn sie war bereits damit beschäftigt, Eier in eine Schüssel mit Hackfleisch, Brötchen und Zwiebeln zu schlagen.

„Wie Pech und Schwefel, wenn du mich fragst."

„Du kennst ihn nicht. Er ist nicht ..." Ein kurzer Blick ihrer Mutter setzte Nadines Rechtfertigung ein Ende, und rasch biss sie sich auf die Zunge. Was wusste sie schon von Hayden? Und warum hatte sie das Gefühl, einen Jungen verteidigen zu müssen, der sie gedemütigt hatte? Sie erinnerte sich an seinen Gesichtsausdruck, als er versucht hatte, sie für ihre Freundlichkeit zu bezahlen. Er war definitiv überrascht gewesen, als sie sein Geld nicht annehmen wollte. Ihre Mutter hatte recht. Hayden hatte nichts anderes gelernt, als dass jeder, der ihm einen Gefallen tat, im Gegenzug Geld von ihm erwartete. Menschen waren für ihn Waren, die man kaufen konnte ... wenn der Preis stimmte. „So ist er nicht", sagte sie lahm.

„Eins ist er mit Sicherheit ‚nicht': Er ist nicht so wie wir. Es hat Gerüchte über ihn gegeben, Nadine, und auch wenn ich nicht jeden Klatsch glaube, der hier im Ort umgeht, weiß ich doch, dass da, wo Rauch ist, auch ein Feuer sein muss."

„Was für Gerüchte?", hakte Nadine nach.

„Vergiss es ..."

„Du hast davon angefangen."

„Also gut." Ihre Mutter trocknete sich die Hände an der Schürze und drehte sich zu ihrer Tochter um.

Nadine spürte, wie ihr Herz anfing wild zu klopfen, und sie wünschte, sie hätte lieber nicht nachgefragt.

„Genau wie seinerzeit sein Vater und davor sein Großvater hat auch Hayden Monroe einen Ruf."

„Einen Ruf?"

„In Bezug auf Frauen", erklärte ihre Mutter und wurde leicht rot. Sie richtete ihre Aufmerksamkeit wieder auf ihre Schüssel.

„Ich habe in Verbindung mit mehreren Mädchen von ihm reden hören … vor allem eine …"

„Wer?", drängte Nadine, aber ihre Mutter schüttelte den Kopf und würzte das Fleisch mit einer Prise Salz. „Wer?", wiederholte Nadine.

„Ich glaube nicht, dass ich Klatsch verbreiten sollte."

„Dann wirf ihm auch nicht vor, dass er irgendetwas Falsches getan hat!", erwiderte Nadine heftiger als beabsichtigt.

Einen Augenblick herrschte Schweigen. Es war dasselbe ohrenbetäubende Schweigen, das jedes Mal eintrat, wenn ihre Eltern miteinander stritten. Donna spitzte die Lippen und fettete eine Kastenform ein, in der sie anschließend ihre Mischung an den Boden drückte. „Ich dachte, du würdest mit Sam ausgehen."

Nadine hätte gern mehr über Hayden und seinen Ruf erfahren, wusste jedoch, dass ihre Mutter kaum umzustimmen war, wenn sie einmal beschlossen hatte, dass ein Thema erledigt war. Bei der Erwähnung von Sam Warne hob sie nur die Schultern. Sie hatte sich ein paar Mal mit ihm verabredet, und es machte Spaß, etwas mit ihm zu unternehmen. Aber für sie war es nichts Ernstes. „Vielleicht fahren wir am Freitagabend nach Coleville und gehen ins Kino."

Auf den Lippen ihrer Mutter erschien der Hauch eines Lächelns. Mit Sam war sie einverstanden. Er war ein netter Junge, der aus einer guten Familie im Ort stammte. Sein Vater arbeitete bei „Fitzpatrick Logging", und seine Mutter kam häufig in die Bücherei, wo Donna an ein paar Nachmittagen in der Woche arbeitete. Soweit es Donna betraf, erfüllte Sam Warne alle Kriterien eines zukünftigen Schwiegersohns. Sam sah gut aus. Sam gehörte zur Mittelklasse. Sam war nur ein Jahr älter als Nadine. Sam war sicher. Wahrscheinlich würde Sam eines Tages einen guten Ehemann abgeben; aber Nadine hatte noch lange nicht vor zu heiraten. Sie musste die Highschool abschließen und das College … wenn schon nicht für ganze vier Jahre, dann doch wenigstens das zweijährige Junior College.

Obwohl sie nicht aufhören konnte, an Hayden zu denken, hielt Nadine lieber den Mund. Sie beschloss, ihre Neugier auszublenden, während sie die nächsten Stunden damit zubrachte staubzusaugen und ihrer Mutter beim Unkrautjäten im Garten zu helfen, wo Erdbeeren, Himbeeren, Bohnen und Mais in Reihen nebeneinander wuchsen.

Eine Stunde vor dem Schichtende ihres Vaters sprang Nadine rasch unter die Dusche und kämmte anschließend ihre roten Haare so lange, bis sie ihr in glänzenden Wellen über den Rücken fielen. Sie schlüpfte in ein Sommerkleid und legte Lipgloss auf, weil sie glaubte, Hayden vielleicht noch einmal zu sehen. Ihr dummes Herz raste, als sie zum Pick-up lief und Bonanza hinter ihr her sprang. Schuldbewusst ließ sie den Hund zurück, denn sie konnte es nicht riskieren, dass er in seiner Begeisterung fürs Autofahren ihr Kleid verschmutzte oder gar zerriss.

Ein paar Minuten vor Feierabend fuhr Nadine mit dem alten Wagen auf den Parkplatz der Mühle. Andere Arbeiter trafen für die nächste Schicht ein, und die Männer versammelten sich mit ihren Schutzhelmen vor den Toren, wo sie lachten, rauchten oder Tabak kauten, sich miteinander unterhielten oder zwischen zwei Schichten ein paar Minuten entspannten.

Aus der Kabine des Fords suchte Nadine jeden Meter des Parkplatzes ab, musste jedoch feststellen, dass der Mercedes nicht mehr da war. Ihr Herz machte einen Sturzflug. Noch einmal sah sie sich um, in der Hoffnung, ein Zeichen von dem Wagen oder Hayden zu entdecken, wurde jedoch enttäuscht. Sie runzelte die Stirn und kam sich in ihrem Kleid plötzlich albern vor.

„Na, du siehst aber hübsch aus!" Ihr Vater öffnete die Tür auf der Beifahrerseite. Der Geruch von Sägemehl und Schweiß drang herein, als er seine San-Francisco-Giants-Kappe ausschüttelte, sie wieder auf seinen Kopf setzte und in die warme Kabine stieg. „Gehst du aus?"

„Nee." Sie trat aufs Gaspedal. „Ich wollte nur sauber sein."

Er lächelte sie an, und sie kam sich lächerlich vor. „Ich dachte, dass du mit Sam vielleicht irgendwo hinfahren wolltest."

„Heute Abend nicht", antwortete sie gereizt, weil er Sam erwähnte. Ja, sie ging mit ihm aus, aber das war auch alles. Jeder glaubte, sie würden miteinander gehen, selbst ihre Familie.

„Mensch, bin ich froh, dass Feierabend ist", sagte er und knetete seine verspannten Muskeln im Nacken. „Heute hatte ich kaum Zeit fürs Mittagessen." Er lehnte sich in seinem Sitz zurück und schloss die Augen, während Nadine ihn nach Hause fuhr.

Es war erst später, während des Abendessens, als Haydens Name fiel. Die Familie Powell saß – mit Ausnahme von Kevin, der die Nachtschicht in der Mühle machte – an dem kleinen Esstisch. Über dem Geräusch von Gabeln, die auf den Tellern kratzten, klang die Stimme des lokalen Nachrichtensprechers aus dem Wohnzimmer herüber. Von seinem Stuhl am Kopfende des Tisches aus hatte George einen Blick auf den Fernseher, und trotz der ständigen Einwände seiner Frau, sah er sich die Nachrichten an. „Es ist das gute Recht eines Mannes", hatte er mehr als einmal gesagt, „zu erfahren, was in der Welt los ist, nachdem er acht Stunden lang Baumstämme sortiert hat."

Donna hatte immer dagegen argumentiert, letztendlich aber den Mund gehalten und schweigend während des Essens weitergegrollt, während ihr Mann es entweder nicht bemerkt oder beschlossen hatte, die leise köchelnde Wut seiner Frau nicht zu beachten.

An diesem Abend jedoch hatte George kaum einen Blick für den Fernseher übrig. „Ihr hättet sehen sollen, wie heute Nachmittag die Fetzen in der Mühle geflogen sind", berichtete er seiner Frau und den Kindern. Während er den Hackbraten und die Kartoffeln auf seinem Teller in Soße ertränkte, fuhr er fort: „Ich hatte gerade eingestochen, als der Junge vom Boss auftauchte." Er schob sich einen Bissen in den Mund und schluckte ihn schnell hinunter. „Der Junge war wütender als ein Bär in der Falle, das kann ich euch sagen. Sein Gesicht war knallrot, und er bestand mit geballten Fäusten darauf, seinen Vater zu sprechen. Dora, die Sekretärin, drehte fast durch und wollte ihn nicht ins Büro lassen. Aber der Alte hörte den Tumult und kam in den Empfangsbereich gestürmt. Kaum hatte er einen Blick auf Hayden geworfen, schmeißt der seinem Vater auch schon einen Schlüsselbund hin, knallt ihm ein paar sehr spezielle Worte an den Kopf, die ich an diesem Tisch lieber nicht wiederholen möchte, macht auf dem Absatz kehrt und marschiert wieder raus. Aber verdammt, war der wütend."

„Worum ging es denn?", fragte Ben, der sich Butter auf eine Scheibe Brot schmierte und wenig interessiert schien.

„Ich bin nicht lange genug geblieben, um das herauszufinden. Aber der Kleine wollte sein Auto nicht ... eine Wahnsinnsmaschine ... ich glaube, ein Mercedes-Cabriolet."

„Warum nicht?", fragte Ben, plötzlich aufhorchend.

„Hayden meinte, er wäre alt genug, um sich zu treffen, mit wem er will, und zu tun, was und wann und mit wem er will ... ihr wisst schon, derselbe Bockmist, den wir hier zu hören bekommen. Wie auch immer, im Prinzip ging es darum, dass er sich von Garreth nicht sagen lassen wollte, was er zu tun hatte. Er meinte, er hätte nicht vor ... wie hat er es ausgedrückt?" Ihr Vater dachte einen Augenblick nach, während er langsam kaute. „Irgendwas in dem Sinne, dass er sich nicht kaufen und verkaufen ließe wie Garreths Rennpferde. Dann ist er einfach abgedampft. Dora und ich konnten ihm nur mit offenem Mund nachblicken, während der alte Garreth so wütend war, dass seine Halsvenen dick wie Regenwürmer hervortraten."

„Klingt, als wäre Hayden endlich klug geworden", bemerkte Ben, während er nach der Schüssel mit den Maiskolben griff. „Sein alter Herr hat ihn seit Jahren herumkommandiert. Es war wahrscheinlich an der Zeit, sich gegen ihn zu wehren. Obwohl ... ich persönlich würde einen solchen Wagen *niemals* aufgeben."

„Vielleicht würdest du es doch tun, wenn der Preis dafür zu hoch wäre", warf Nadine ein.

„Himmel, nein! Ich würde dem Teufel meine Seele verkaufen, nur um einen Mercedes fahren zu dürfen."

„Ben!" Donna warf ihrem Sohn einen warnenden Blick zu, bevor sie Nadine wissend ansah. Eine Sekunde glaubte Nadine, ihre Mutter würde der Familie von Haydens Besuch erzählen, aber sie kam gar nicht zu Wort.

„So wütend habe ich Garreth noch nie erlebt", berichtete George. „Der Alte sah aus, als würde er explodieren. Ich bin schnell in den Hof geflüchtet und habe mich an die Arbeit gemacht. Es geht mich eh nichts an, aber wie es aussieht, hat Garreth ganz schöne Schwierigkeiten mit ihm."

Donna sah ihre Tochter immer noch an. „Nadine hat Hayden in die Stadt mitgenommen."

Nadine wand sich auf ihrem Stuhl, als Ben sie neugierig anstarrte. „Tatsächlich?", fragte er.

Auch ihr Vater blickte in ihre Richtung.

„Was hat er gesagt?", wollte Ben wissen, wobei er sich bemühte, nicht zu lächeln.

„Ungefähr dasselbe wie das, was Dad erzählt hat."

Ben schnaubte verächtlich. „Wenn ihr mich fragt, geht es bei dem ganzen Streit nicht um das Auto, sondern um Wynona Galveston."

„Galveston?" Donna griff nach ihrem Glas. „Die Tochter von Dr. Galveston?"

„Ich glaube, ja", antwortete Ben. „Wie auch immer, ich habe von seinem Cousin Roy etwas darüber gehört."

„Ich würde nichts von dem glauben, was Roy Fitzgerald erzählt", warf Nadine ein.

Schulterzuckend fuhr Ben fort: „Alles, was ich weiß, ist, dass Hayden sich mit ihr verloben soll, und dass sie die Tochter eines berühmten Herzchirurgen ist oder so. Dann hat Roy noch davon geschwafelt, wie reich sie sei."

„Nun, wie es aussieht, ist Hayden nicht daran interessiert." George blickte zum Fernseher, wo die Sportergebnisse eingeblendet wurden. Die Unterhaltung erstarb, während er die Neuigkeiten über die Oakland Athletics und die San Francisco Giants verfolgte, und Nadine war froh, dass das Thema Hayden Monroe erledigt war. Sie nahm ihren Teller und ihr Glas und wollte beides gerade in die Küche tragen, als sie einen warnenden Blick von ihrer Mutter auffing. *Siehst du, was ich meine,* sagte ihre Mutter ohne Worte, indem sie die schön geschwungenen Augenbrauen hob. *Hayden Garreth Monroe IV. spielt in einer völlig anderen Liga als du.*

Das nächste Mal sah sie Hayden Sonntagnachmittag am See. Nadine und Ben waren mit dem kleinen Motorboot unterwegs, das Ben sich gekauft hatte, nachdem er für Nachbarn kleinere Arbeiten ausgeführt hatte. Den ganzen Nachmittag waren sie geschwommen, Wasserski gefahren oder hatten in der Nähe des Anglergeschäfts am Südufer des Sees in der Sonne gelegen.

Mehrere Jugendliche aus der Schule hatten sich zu ihnen gesellt und saßen auf Decken, die sie auf dem felsigen Strand ausgebreitet hatten, tranken Softdrinks und hörten Radio.

Um keinen Sonnenbrand zu bekommen, trug Nadine eine weiße Bluse über ihrem Badeanzug, die sie unter der Brust verknotet hatte. Während sie darauf wartete, beim Wasserski wieder an die Reihe zu kommen, beobachtete sie die Boote, die die glatte Seeoberfläche durchschnitten.

Aus dem Augenwinkel sah sie, dass Patty Osgood und ihr Bruder Tim eintrafen. Patty trug eine alte Decke und eine Strandtasche, während Tim die Kühlbox hin und her schwang.

„Ich hätte nie geglaubt, dass wir das schaffen!", gestand Patty, während sie sich neben Nadine fallen ließ und anfing, an den Knöpfen des Radios herumzufummeln.

„Ich frage mich, wie sie entkommen konnte", flüsterte Mary Beth Carter Nadine ins Ohr. „Ich dachte, Reverend Osgood predigt immer, dass der Sonntag ein Ruhetag ist."

„Vielleicht hält er es für Ruhe, am Strand zu liegen", erwiderte Nadine. Obwohl sie und Mary Beth Freundinnen waren, standen sie sich nicht besonders nahe. Mary Beth spitzte immer die Ohren, wenn getratscht wurde, und war sehr auf ihren sozialen Aufstieg an der Schule bedacht. Sie versuchte bereits, in die Clique um Laura Chandler zu kommen, und wenn sie erst einmal von der Cheerleaderin Laura akzeptiert worden war, würde Mary Beth ihre anderen Freundinnen wahrscheinlich fallen lassen.

Patty fand einen Softrock-Sender und summte einen Song von Olivia Newton-John mit, während sie anfing, ihre Haut mit Sonnenöl einzureiben. „Ist dein Bruder auch hier?", fragte sie unschuldig, und Nadine kochte innerlich. In letzter Zeit hatte sie das Gefühl, dass Patty an Ben interessiert war, und Nadines Gesellschaft nur suchte, um an ihn heranzukommen. Patty band ihre glatten blonden Haare zu einem Pferdeschwanz zusammen, zog sich die Bluse aus und enthüllte ein rosa Top mit Nackenträger, das Reverend Osgood den Schock seines Lebens versetzt hätte. Da war Nadine sicher.

„Er ist im Boot", beantwortete sie die Frage, obwohl sie den Verdacht hatte, dass Patty, die den Blick längst über den See gleiten ließ, genau wusste, wo Ben war.

Als Bens kleines Boot in Sicht kam, verzog sie die hübschen Lippen zu einem Lächeln. „Hmm. Ich frage mich, ob er mich wohl einmal mitnehmen würde."

„Bestimmt." Nadine blickte hinaus aufs Wasser. Es war ein heißer Tag, und das Sonnenlicht glitzerte auf der Oberfläche des Whitefire Lake. Mehrere Ruderboote trieben träge dahin, während Angler versuchten, Regenbogenforellen an ihre Haken zu locken. Andere etwas stärkere Motorboote fegten über das Wasser, zogen Leute auf Wasserskiern hinter sich her und schufen ein gewaltiges Kielwasser, das in leichten Wogen zum Ufer trieb.

Mit einer ungeheuren Geschwindigkeit raste ein Rennboot, rot wie ein kandierter Apfel, übers Wasser. Nadine stockte der Atem. Hayden stand am Steuer. Sie schloss den offen stehenden Mund rasch und versuchte das komische Stolpern ihres Herzens zu ignorieren.

Die Arme um die Knie gelegt, starrte Mary Beth auf das rote Boot und schnalzte mit der Zunge, als es an ihnen vorbeischoss. „Dann ist er diesen Sommer also wiedergekommen." Sie kniff die Augen leicht zusammen. „Ich dachte, er würde sich hier nicht mehr blicken lassen."

„Seine Familie kommt doch jedes Jahr hierher", erinnerte Nadine sie, und wunderte sich, warum sie wieder einmal das Gefühl hatte, ihn verteidigen zu müssen.

„Ich weiß. Aber nach dem *letzten* Sommer hätte ich nicht gedacht, dass er noch mal kommen würde." Mary Beth und Patty tauschten Blicke aus.

„Wieso?", fragte Nadine und stieß einen Stein mit dem Zeh an.

„Oh, du weißt schon. Wegen Trish", antwortete Patty lässig.

„Trish?"

„Trish London", zischte Mary Beth, als nähme sie ein Schimpfwort in den Mund. „Du weißt doch. Sie hat letztes Jahr die Schule verlassen."

„Sie ist nach Portland gezogen, um bei ihrer Schwester zu wohnen", sagte Nadine und versuchte den Geheimcode der beiden zu entschlüsseln. Trish London war ein Mädchen, von dem es hieß, sie sei schnell und leicht für Jungs zu haben, ein Mädchen, das immer kurz davor gestanden hatte, in ernsthafte Schwierigkeiten zu geraten. Aber in Verbindung mit Hayden hatte Nadine nie von ihr reden hören. Eigentlich war sie sicher, dass die Gerüchte um Trish größtenteils massive Übertreibungen von Jungs waren, die sich mit sexuellen Heldentaten brüsteten, von denen sie nur geträumt hatten. Und das Gerede von Hayden war wahrscheinlich nichts anderes als gemeiner Tratsch.

„Du meinst, du weißt gar nicht, warum sie gegangen ist?", fragte Patty unschuldig, obwohl ihre Augen vor hämischer Freude zu glänzen schienen.

Nadines Magen zog sich zusammen. Sie wollte den Mund halten, konnte aber ihre Neugier nicht bremsen. „Ich habe nie darüber nachgedacht."

„Sie war schwanger!", sagte Mary Beth, wobei sie das Kinn leicht anhob. „Sie ist nach Portland gegangen, um das Baby zu bekommen und es zur Adoption freizugeben, damit niemand hier etwas davon mitbekommt."

„Aber ..."

„Und das Baby ist von Hayden Monroe", beharrte Patty, wobei ein grausames kleines Lächeln ihre Lippen umspielte.

„Woher willst du das wissen?"

„Das weiß jeder! Haydens Vater hat ihn letzten Sommer mit Trish im Bootshaus ertappt. Garreth hat sich darüber aufgeregt, dass sein Sohn sich mit einem Mädchen aus ärmlichen Verhältnissen abgab, und hat ihn so schnell nach San Francisco zurückgeschickt, dass er nicht einmal Zeit hatte, sich von ihr zu verabschieden. Nicht, dass ihm daran etwas gelegen hätte. Jedenfalls ist Trish ein paar Wochen später nach Portland gezogen. Sehr schnell. Ohne jemandem ein Wort zu sagen. Man muss kein Genie sein, um sich zu denken, was passiert ist." Patty zog die blonden Augenbrauen so hoch, dass sie über den Rand ihrer Sonnenbrille hinausragten.

Nadine war nicht überzeugt. „Nur weil sie zusammen waren, heißt das noch längst nicht, dass …"

Patty tat ihren Einwand mit einer Handbewegung ab, während sie ihr Gesicht in einem Handspiegel betrachtete. Sie runzelte leicht die Stirn, griff in ihre Strandtasche und zog einen Lippenstift heraus. „Natürlich bedeutet das nicht, dass er der Vater ist. Aber Tim kennt Haydens Cousins Roy und Brian, und die beiden haben ihm erzählt, dass der alte Monroe einen Haufen Geld dafür hingelegt hat, dass Trishs Familie den Mund hält."

„Roy und Brian Fitzpatrick sind selbst nicht gerade ein Ausbund an Tugend", betonte Nadine.

„Glaub, was du willst, Nadine. Aber die Geschichte stimmt", fügte Mary Beth selbstgefällig lächelnd hinzu. „Und was Trish angeht, überrascht mich überhaupt nichts mehr. Sie tritt in die Fußstapfen ihrer Mutter, und im Ort weiß jeder über Eve London Bescheid!"

Nadines Magen drehte sich um. Eve London hatte den Ruf, das Flittchen im Ort zu sein. Bei drei geschiedenen Ehemännern und mehreren Liebhabern hatte sie sich schon oft zum Stadtgespräch gemacht. Trish war im Schatten ihrer Mutter aufgewachsen.

Patty tupfte sich den Mundwinkel ab, wo sie ein wenig Lippenstift verschmiert hatte. „Aber das ist alles Schnee von gestern. Ich habe gehört, dass Hayden kurz davor steht, sich mit einem reichen Mädchen aus San Francisco zu verloben. Ich frage mich, was sie dazu sagen wird, wenn sie das mit Trish herausfindet."

„Das wird sie nie erfahren", prophezeite Mary Beth.

Patty zuckte mit den Schultern. „Angeblich soll sie Hayden im Sommerhaus besuchen kommen. Da besteht immerhin die

Möglichkeit, dass sie etwas Tratsch aufschnappt." Sie begann wieder am Radio herumzufummeln. „Ich frage mich, was sie sagen würde, wenn sie herausfände, dass Hayden Vater ist."

„Das weißt du nicht …"

„Ach, Nadine, werd' erwachsen!", schaltete Mary Beth sich ein. „Was ist los mit dir? Warum willst du nicht glauben, dass Hayden Monroe es mit Trish getrieben hat?"

„Vielleicht hat Nadine sich in den reichen Jungen verknallt", bemerkte Patty. Als sie einen Sender mit Country-Musik gefunden hatte, legte sie sich wieder auf die Decke und nahm Nadine ins Visier. „Ist es das?"

„Ich kenne ihn nicht einmal."

„Aber ich wette, du würdest ihn gern kennenlernen", sagte Mary Beth. „Nicht, dass man dir das zum Vorwurf machen könnte. Sexy, gut aussehend und reich. Ja, bei so einem Kerl würde ich wohl selbst schwach werden."

Nadine hatte genug gehört. Es gefiel ihr nicht, welche Wendung das Gespräch genommen hatte, und den Klatsch, den Patty und Mary Beth erzählten, wollte sie nicht glauben. Die Tatsache, dass ihre eigene Mutter sie vor ein paar Tagen auf eine Art Skandal um Hayden hingewiesen hatte, beunruhigte sie, aber sie hatte lange genug in Gold Creek gelebt, um zu wissen, dass sich der Klatsch in dieser kleinen Stadt ausbreitete wie ein Lauffeuer. Manchmal entsprachen die Geschichten der Wahrheit, manchmal war es einfach so, dass die Leute Gerüchte in die Welt setzten, um ihrem eigenen langweiligen Leben etwas Würze zu verleihen.

Sie legte sich das Handtuch um den Nacken und ging zum Dock, wo sie sich an den Rand setzte und die Füße ins Wasser baumeln ließ. Die Sonne brannte. Nadine spürte ihre intensiven Strahlen auf der Kopfhaut, während die Bretter des Docks ihren Po wärmten. Blinzelnd beobachtete sie Hayden, der mit Höchstgeschwindigkeit über den See bretterte, während sein Motor aufjaulte und der Bug seines Boots das Wasser teilte.

Ihr Herz machte einen kleinen Purzelbaum, als sie sich auf seine dunklen Haare konzentrierte, die der Wind zerzauste, und auf seine nackte muskulöse Brust. Konnte die Geschichte über Trish London wahr sein? Oder war sie nur ein Fantasieprodukt, das der Einbildungskraft eines kleinen Orts entsprungen war? Und was war mit seiner angeblichen Verlobung mit Wynona Galveston? Bei dem Gedanken, dass Hayden heiraten könnte, spürte sie ein leichtes Stechen im Magen, aber sie schalt sich innerlich selbst wegen ihrer dummen Fantasien. Sie hatte ihm eine Mitfahrgelegenheit in den Ort geboten. Mehr nicht. Für Hayden existierte sie vermutlich nicht einmal.

Ben kehrte zurück, vertäute sein Boot und stemmte sich aufs Dock. „Kommst du mit?", fragte er und tupfte sich das Gesicht mit einem Zipfel ihres Handtuchs ab. Nadine schüttelte den Kopf. „Na schön. Wie du willst." Über dem Klang der heiseren Stimme von Kenny Rogers hörte Nadine seine sich entfernenden Schritte und dann das leise Lachen von Patty Osgood. Als sie einen Blick über die Schulter warf, dachte Nadine, ihr würde gleich schlecht. Die korallenroten Lippen zu einem süßen Lächeln verzogen, hatte Patty sich auf den Ellbogen abgestützt und streckte kokett die von der Sonne gebräunte, vor Öl glänzende Brust heraus. Ben setzte sich neben sie und konnte seine Augen kaum vom Top der Tochter des Reverends und den darin eingeschlossenen üppigen Brüsten abwenden.

Schaudernd richtete Nadine ihre Aufmerksamkeit wieder auf den See und auf das Geräusch eines herannahenden Bootes. Fast wäre ihr das Herz stehengeblieben, als sie Hayden sah, der sich dem Dock mit seinem Rennboot näherte.

„Ich war mir ziemlich sicher, dass du es bist", sagte er, als das Boot im Leerlauf auf dem Wasser trieb. Er trug eine abgeschnittene Jeans, die ihm tief auf den Hüften saß und eine gebräunte Brust freigab, auf der sich ein paar dunkle Haare abzeichneten. Wieder verdeckte eine Sonnenbrille seine Augen, während die alte abgeschnittene Hose nur wenig von seinem Körperbau verbarg.

Nadines Kehle fühlte sich plötzlich staubtrocken an.

Hayden warf ein Seil um einen der Stützpfeiler, sprang herüber und setzte sich neben sie an den Rand des Docks. Wassertropfen hingen in seinen dunklen Haaren und liefen ihm über die Brust. Nadine schmolz beinahe dahin, als sie ihn musterte. „Ich dachte, ich könnte mich vielleicht für neulich revanchieren."

Bei dem Gedanken an ihr letztes Gespräch glomm leichte Wut in ihr auf. Warum hatte sie sich die Mühe gemacht, ihn ihrer Familie und ihren Freundinnen gegenüber zu verteidigen? Er war genauso schlimm, wie alle von ihm behaupteten. „Ich dachte, du hättest begriffen, was ich von deinem Geld halte."

Ein träges sexy Lächeln legte sich über sein Gesicht. „Ich habe nicht von Geld geredet. Wie wär's mit einer Mitfahrgelegenheit?" Er wies mit dem Kopf zum Boot.

„Das halte ich für keine gute Idee", sagte sie schnell, obwohl ein Teil von ihr sich danach sehnte, sein Angebot anzunehmen. Allein. Mit Hayden. Übers Wasser zu zischen, während der Wind einem die Haare ins Gesicht peitschte. Der Gedanke war mehr als verlockend, aber sie traute ihm nicht. Obwohl sie jeden Tag von ihm geträumt hatte, war sie nicht sicher, ob es richtig wäre, mit ihm allein zu sein.

„Hör zu, ich schulde dir …"

„Ich habe dir gesagt, dass du mir gar nichts schuldest. Wir sind quitt, okay?"

„Dann fände ich es einfach schön, wenn du mitkämst."

Nadine blies sich den Pony aus den Augen. „Hör mal, Prinz, es ist nicht nötig, dass du …"

Plötzlich legte er eine große, warme Hand auf ihre, und ihr Herz geriet erneut ins Stolpern. „Ich will es, Nadine. Komm schon."

Sie wusste, sie sollte ihm widerstehen, und wusste, dass es emotional gefährlich war, allein mit ihm mitzufahren. Wenn sie schon nicht auf die Warnungen ihrer Mutter und Schulfreundinnen hören wollte, sollte sie wenigstens auf den unregelmäßigen, fast schon ängstlichen Schlag ihres Herzens hören. Aber sie tat es nicht.

Er zog sie sanft am Arm und half ihr auf die Beine, und bevor ihr noch eine plausible Ausrede einfallen konnte, half er ihr auch schon ins Boot.

„Hey!"

Bens Stimme drang aus weiter Ferne zu ihnen, als Hayden das Anlegeseil losriss und Vollgas gab. Das Boot schoss mit einer solchen Wucht nach vorne, dass Nadine in den Sitz zurückgeworfen wurde und ihr die Haare aus dem Gesicht flogen. Aus dem Augenwinkel sah sie, wie Ben barfuß übers Dock lief, aus voller Lunge schrie und wie wahnsinnig mit den Armen wedelte. Geschah ihm recht, weil er Patty Osgood so angegafft hatte!

„Nadine! Hey! Warte! Monroe, du Mistkerl …", verklang Bens Stimme im Wind.

Nadines Lachen übertönte den Motor des Bootes. Sie drehte sich um, winkte zurück und setzte ein strahlendes Lächeln auf. Ben winkte noch aufgeregter, und Patty, zurückgelassen auf der Decke, machte ein finsteres Gesicht, wahrscheinlich weil ihr Bens Aufmerksamkeit entzogen wurde. Zu blöd aber auch. Nadine lachte noch einmal, bevor ihr Blick auf den Jungen … oder eher den Mann fiel, der am Bug stand. Der Wind blies ihm die Haare aus der Stirn, auf der eine kleine Narbe zu sehen war. Seine Wangenknochen sahen aus wie gemeißelt, und sein Kinn hatte er leicht vorgeschoben.

„Wohin sollen wir fahren?", rief er gegen den Wind.

Sie hob die Schultern und hoffte, dass er durch die Sonnenbrille nicht die Aufregung erkennen konnte, von der sie wusste, dass sie ihren Augen anzusehen war. „Du bist der Kapitän."

In seinem sonnengebräunten Gesicht wirkten seine Zähne sehr weiß, als er grinste. „Wenn du mir nicht sagst, was dir am liebsten wäre, wirst du meine Entscheidung akzeptieren müssen."

„Alles klar."

Er lachte, und das tiefe Geräusch überraschte sie. „Ich hoffe, du wirst nicht enttäuscht sein."

Sie dachte an die Gerüchte, die sie über ihn gehört hatte, tat sie dann aber alle ab. Während das Boot in einem Tempo, das ihr die Tränen in die Augen trieb, übers Wasser fegte, fühlte sie sich sorglos und auch etwas leichtsinnig.

Hayden drehte um und folgte der Uferlinie auf dem Weg, den sie gekommen waren. An der Südseite des Sees fuhren sie an dem alten Anglergeschäft und der Anlegestelle vorbei, wo Bens Boot noch immer auf den Wellen schaukelte. Ben stand auf dem Dock, und machte ein Gesicht, als wollte er sie umbringen. Nadine lächelte ihm zu. Sie ließen den öffentlichen Strand mit dem Liegeplatz hinter sich, ebenso das alte Sommercamp und die Kapelle. Der Uferbiegung folgend raste das Boot am Nordufer entlang, dem noblen Teil des Whitefire Lake. Nadine konnte ein paar kurze Blicke auf riesige Villen werfen, die diskret im dichten Gehölz aus Kiefern und Eichen eingebettet waren. Bootshäuser, Terrassen, Tennisplätze und Swimmingpools flogen vorbei. Gelegentlich ragte eine private Anlegestelle ins klare Wasser.

„Du fragst dich wahrscheinlich, warum ich das hier fahre …", sagte Hayden und deutete auf das Boat, als wäre er plötzlich verlegen.

„Gehört es dir?"

„Meinem Vater", gestand er und schnitt eine Grimasse. Als würde er ihre nächste Frage erraten, fügte er hinzu: „Auch wenn ich den Mercedes nicht haben wollte, ist das hier etwas anderes. Das Boot kann ich benutzen, ohne mir Sorgen machen zu müssen, dass irgendwelche Verpflichtungen daran geknüpft sind."

„Kein Preis, den du zahlen musst?"

„Noch nicht. Das kann aber noch kommen." Sein Lächeln verflog. „Bei meinem alten Herrn kann man das einfach nie wissen. Ihm geht es nur ums Geld." Sich bewusst werdend, wie wütend er klang, verstummte er und sah sie an. „Willst du immer noch etwas mit mir unternehmen?"

„Das Gerede über deinen Vater schüchtert mich nicht ein."

„Sollte es aber."

„Ich habe zwei ältere Brüder. So schnell kann man mir keine Angst einjagen", behauptete sie, obwohl sie bei der Lüge beinahe ins Stottern geriet. Sie hatte bereits jetzt Angst. Angst davor, mit ihm allein zu sein, Angst vor dem, was sie tun könnte.

Lachend schüttelte er den Kopf. „Du bist dem lieben guten Dad noch nicht begegnet."

Offenbar überzeugt davon, dass sie es sich nicht doch noch anders überlegen würde, fuhr er langsamer und lenkte das Boot in eine kleine Bucht am Nordufer. Nadines Herz klopfte so laut, dass sie glaubte, er könnte hören, wie sehr es außer Takt geraten war. Was machte sie hier, allein mit einem Jungen, den sie kaum kannte? Einem reichen Jungen, der einen schlechten Ruf hatte? Er fuhr so langsam, dass das Rennboot übers Wasser zu kriechen schien, und lenkte es durch einen schmalen Zufluss, der sich zu einer baumbeschatteten Lagune hin öffnete. „Warst du schon einmal hier?", fragte er, und sie schüttelte den Kopf.

Noch nie war sie den teuren Häusern auf dieser Seite des Sees so nahe gekommen. „Ist das euer Grundstück?"

„Es gehört meinem Vater." Eine Sekunde lang wirkte er betroffen. „Garreth bereitet es große Freude, Dinge und Menschen zu besitzen."

„Wie dich?"

Er hob einen Mundwinkel zu einem schiefen Lächeln. „Nun, ich bin das Einzige, was er nicht kaufen kann. Jedenfalls nicht mehr. Darüber ist er ziemlich frustriert."

„Und das freut dich sehr."

Er lächelte verschmitzt. „Es macht mir wirklich Spaß, ihn auf die Palme zu bringen." Hayden nahm ihre Hand und führte sie zu einer Stelle am Strand, wo das Sonnenlicht durch das Dach aus Kiefernzweigen fiel und den Sand glitzern ließ. „Als Kind bin ich immer hierhergekommen." Kritisch musterte er die Beerenranken, die beinahe den Waldrand erreichten. „Aber das war vor langer Zeit, als mein Vater mich noch kaufen konnte."

„Du tust so, als wäre dein Vater ein Monster."

„Ist er das nicht?"

„Mein Dad sieht ihn nicht so." Nadine setzte sich auf einen glatten Felsen und bohrte die Zehen in den warmen Sand. „Eigentlich hält er deinen Vater eher für das Paradebeispiel des amerikanischen Traums."

„Weil er ein oder zwei Sägemühlen geerbt hat?" Hayden schnaubte verächtlich. „Er war nur zufällig der Sohn eines reichen Mannes."

Ohne ein Wort zu sagen, blickte sie nur vielsagend zu ihm hoch.

„Ich weiß – wie ich. Das hast du doch gedacht, also kannst du es auch sagen."

„Es ist einfach so, dass ich nicht viel sehe, worüber du dich beschweren könntest."

„Aber du kennst meine Familie nicht, oder?"

Sie schüttelte den Kopf, wobei ihr die langen Haare über die Schultern fielen. Als sie aufschaute, hatte er die Beine weit auseinandergestellt, die Muskeln angespannt und starrte sie an. So deutlich wie die Brise, die die Zweige über ihr bewegte, spürte sie auch die unterschwellige Spannung in der Luft. Es roch nach Wasser und geschnittenem Zedernholz, und über ihrem wilden Herzklopfen hörte sie gedämpft das Zwitschern der Vögel und das Dröhnen der Motorboote aus der Ferne.

Ihre Kehle war wie ausgetrocknet. Sie schluckte und fuhr sich mit der Zunge über die Lippen.

„Weißt du, warum ich dich hierhergebracht habe?", fragte er plötzlich.

Oh, Gott! Sie konnte nicht mehr atmen. Die Luft steckte in ihrer Lunge fest.

„Seit neulich, als du mich mitgenommen hast, kann ich nicht mehr aufhören, an dich zu denken."

Nadine traute ihren Ohren kaum, und hätte sich am liebsten in den Arm gekniffen, um sicherzustellen, dass sie nicht träumte. „Du … hast mich nicht angerufen."

„Ich wollte nicht anrufen. Ich wollte dich nicht wiedersehen." Langsam kam er auf sie zu und setzte sich neben sie. Sein Körper war nur Zentimeter von ihrem entfernt. „Ich meine, ich habe mir eingeredet, dass ich es nicht wollte."

„Und warum bist du dann zum Dock gekommen?" Das Blut pulsierte in ihren Adern.

„Weil ich dich wiedergesehen habe und nicht anders konnte." Er ließ die Sonnenbrille in den Sand fallen und schaute sie eindringlich an, mit Augen, die so blau waren, wie sie es noch nie gesehen hatte. Intensiv. Elektrisierend. Erotisch.

Sie leckte sich die Lippen, und er stieß pfeifend die Luft aus.

„Warum wolltest du mich nicht sehen?"

Er lachte höhnisch und berührte ihren Arm. Als er ihr Handgelenk umfasste, brannte ihre Haut mit einer solch intensiven Hitze, dass sie sich fast losgerissen hätte. „Weil es nur Ärger geben wird."

„Ich dachte, Ärger liegt dir."

Seine Augen funkelten leicht. „Kommt darauf an."

„Aber …"

„Aber kein Ärger mit Mädchen." Er streichelte die Innenseite ihres Handgelenks. „Erzähl mir nicht, dass du die ganzen Geschichten, die über mich kursieren, nicht gehört hättest … all die dunklen Geschichten aus meiner Vergangenheit."

„Ich … ich glaube nicht alles, was ich höre."

Hayden sah sie lange und eindringlich an, und es breitete sich eine Wärme in ihr aus, die ihre Haut kribbeln ließ.

„Du hattest einen Spitznamen für mich."

„Was meinst du?"

„Prinz."

„Oh." Sie lächelte etwas nervös. „Den hattest du verdient."

„Ja, vermutlich", räumte er ein, ohne allerdings seine Hand zurückzuziehen. Wie ein Armband schlossen sich seine Finger fester, aber doch warm und zart, um ihr Handgelenk. „Was ist mit dir?"

„Mit mir?"

„Hast du an mich gedacht?"

Nadine wollte lügen. Sie sagte sich, dass sie ihn nicht wissen lassen durfte, was sie wirklich fühlte, und doch verachtete sie Frauen, die jede Tat und jedes Wort berechnend einsetzten, um Männer zu manipulieren. Obwohl sie ihm ihre Hand entziehen wollte, brachte sie es nicht fertig.

„Also, hast du?"

„An dich gedacht? Nicht besonders oft." Sie musste sich zwingen, diese Worte auszusprechen.

„Lügnerin."

„Warum sollte ich lügen?" Instinktiv hob sie ein wenig das Kinn, was dazu führte, dass sie in Augen blickte, die so blau waren, dass der Himmel vergleichsweise blass wirkte.

„Weil ich dir Angst mache."

„Ich hatte dir bereits gesagt, dass ich keine Angst habe."

Er zog eine Augenbraue hoch und hob die Hand, um die empfindliche Haut an ihrer Kehle zu berühren. „Du zitterst."

„Ich habe keine Angst."

„Was ist es dann?"

„Mir ist kalt", schleuderte sie ihm entgegen, anstatt zuzugeben, dass seine Berührung sie erzittern ließ.

Ein Lachen, das er unterdrückte, zeichnete sich in seinen Augen ab. „Heute. Wo es über dreißig Grad ist. Da frierst du?"

„Ja …"

„Vielleicht brütest du ja etwas aus. Eine Erkältung mit Fieber", sagte er schelmisch grinsend.

„Kann sein", stimmte sie ihm zu, obwohl sie annahm, dass sie beide wussten, weshalb ihr die Röte den Hals hinaufkroch, ihr ganzer Körper bebte und ihr Herz raste.

Sanft zog er sie am Arm zu sich und drehte sie so, dass sein Gesicht nur noch wenige Zentimeter von ihrem entfernt war und sein Atem warm über ihre Wangen strich. „Oder es könnte sein, dass du Angst hast", wiederholte er.

„Ich habe keine …"

Ihr Protest brach ab, als seine Lippen sich leicht auf ihre legten. Sein Mund fühlte sich warm und fest an, und überzeugend. Nadines gesamter Widerstand löste sich auf wie kleine Wellen, die langsam zum Strand strebten.

Seine kräftigen Arme umschlossen ihre Taille, und er presste sie enger an sich. Als sie auf den Boden sanken, schnappte sie nach Luft, und er glitt mit der Zunge zwischen ihre geöffneten Lippen, liebkoste und erforschte sie.

Sie wurde von einer berauschenden Wärme erfüllt und machte den Mund noch ein wenig weiter auf, schmeckte ihn, fühlte ihn, roch den Duft des Seewassers auf seiner Haut.

Sie erwiderte seine Leidenschaft und bog sich ihm entgegen. Als Hayden sich an ihr rieb, wurden ihre Brustspitzen unter dem aquamarinblauen Stoff ihres Badeanzugs ganz hart. Hayden stöhnte und drückte sie so fest an sich, dass ihr Körper wie eine Welle gegen ihn brandete.

Sie beide bebten vor Lust, und als er sich kurz von ihr löste, um sie anzusehen, brannte ein solches Verlangen in seinen Augen, wie sie sie noch nie erlebt hatte.

Erneut küsste er sie, und diesmal waren es ihre Lippen, die seine suchten. Die Begierde loderte in ihnen, und sie spürte seine Erektion, die sich an ihren Bauch drängte. Hayden ließ die Finger forschend über ihren Oberkörper wandern, während er ihr mit seinen Küssen den Atem raubte. Sanft schob er seine Hände langsam nach oben zu ihren Brüsten und streichelte sie.

Stöhnend schmiegte sie sich instinktiv noch enger an ihn, und er umschloss eine ihrer Brüste mit der Hand.

Irgendwo tief in sich wusste sie, dass sie ihn aufhalten sollte, dass sie in Schwierigkeiten geraten würde, an die sie bislang nicht einmal gedacht hatte, aber die Lust überwältigte sie, und die leichten Berührungen seiner Finger auf ihrem Badeanzug überzeugten sie, dass das, was sie taten, richtig war.

Hayden griff nach dem Knoten ihrer Bluse, löste ihn rasch und schob den Baumwollstoff auseinander, bevor er dazu überging, heiße, feuchte Küsse auf ihrem Hals bis hinunter zum Ansatz ihrer Brüste zu verteilen. Sie wölbte den Rücken, und etwas Wildes in ihr verwandelte sich unter seinen Liebkosungen und Küssen in Wachs. Während sie die Finger in seinen dichten Haaren vergrub, strich er mit der Zunge über ihr Brustbein, und sie erschauerte in köstlicher Vorfreude.

In ihren Ohren erklang ein dumpfes Dröhnen; es war ihr Herz, das heftig gegen ihre Rippen hämmerte, sowie er mit den Händen am Ausschnitt ihres Badeanzugs entlangstrich. Sie ersehnte seine Berührung an ihren Brüsten, deren Spitzen sich fordernd und flehend zugleich gegen den Stoff ihres Badeanzugs drückten.

„Verdammt, Nadine, ich habe geahnt, dass es mit dir so sein würde", raunte er und hob den Kopf. Seine Augen waren lustverhangen, und seine Haare fielen ihm in die Stirn, wo sie die Narbe über einer dunklen Augenbraue verdeckten.

Sie konnte kaum sprechen. „Wie denn?"

Er lächelte, und es war ein sexy jungenhaftes Lächeln, das ihr Herz berührte. „Als könnte es niemals genug sein."

„Oh." Sie leckte sich die geschwollenen Lippen, und wieder küsste er sie, diesmal heftiger und mit einer zunehmenden Leidenschaft, die von ihm auf sie überschwappte. Schnell hatte er sie auf den Rücken gedreht und ein Bein zwischen ihre Schenkel geschoben, während sie sich an ihn klammerte, fieberhaft seinen Kuss erwiderte und jeden Gedanken an Zurückhaltung vergaß. Er ließ das Becken kreisen, und sie stöhnte laut auf, erkannte ihre eigene Stimme nicht wieder. Mit einer Hand fuhr er ihr durch die Haare, wobei er mit der anderen zart über ihre Taille strich. Seine Lippen schienen überall zu sein. Auf ihrem Gesicht, ihrem Hals, ihren nackten Schultern. Und sie wollte mehr. Er schob einen Träger ihres Badeanzugs hinunter, und das elastische Material, aus dem er war, gab ihre Brust frei.

Keuchend umschloss er die nackte Brust und massierte die harte Knospe mit dem Daumen. „So schön", sagte er, und sein warmer Atem auf ihrer Brust ließ sie heftig erschauern. Er berührte die Brustspitze mit seiner Zunge, und Nadine reckte sich ihm entgegen, damit er sie noch intensiver verwöhnen konnte. Als er anfing, an der harten Perle zu saugen, rauschten Wellen von Hitze durch ihren Körper, und sie drängte sich an ihn und wollte mehr von seiner Berührung. Seine freie Hand glitt um ihre Taille und umfasste eine ihrer Pobacken.

Sie stöhnte laut auf.

„Oh, Nadine, tu mir das nicht an", flehte er und hob den Kopf wieder. Ihre Brustspitze, plötzlich der Luft ausgesetzt, versteifte sich vor Kälte.

„Hayden", flüsterte sie, und er kniff die Augen zu.

„Du willst das nicht", meinte er.

„Doch, ich ..."

„Verdammt, Nadine, nein."

Seine Finger auf ihrer Hüfte gruben sich in ihren Po. „Ich nicht!", rief er, stieß einen kehligen Laut aus und riss sich von ihr los. „Verflucht noch mal, Nadine!", murmelte er, kniete sich neben sie und strich sich mit zitternden Händen die Haare aus dem Gesicht. „Wir *können* das nicht machen!"

Plötzlich all der sinnlichen Empfindungen beraubt, spürte Nadine, wie eine Welle der Verlegenheit über ihr zusammenschlug und eine verräterische Röte in ihrem Gesicht aufstieg. Als wäre es ihre Idee gewesen, hierherzufahren und miteinander rumzumachen! „Du wolltest doch, dass ich mit dir hierherkomme", stellte sie klar.

„Hör zu … ich wollte nicht … ach, verdammt!" Er schlug mit der Faust auf den Boden, rollte sich auf den Rücken und starrte durch die Kiefernzweige zum Himmel hinauf. Die Wölbung in seiner Hose war noch immer deutlich zu erkennen, und dasselbe galt für die gespannten Muskeln in seinem Kiefer. „Ich wollte mit dir zusammen sein. Mir war nur nicht klar, dass die Dinge *so* außer Kontrolle geraten könnten."

„Keine Sorge", sagte sie, wobei sie hoffte, die irrationale Enttäuschung verbergen zu können, die sich tief in ihre Seele eingegraben hatte. Sie sollte ihm für seine Selbstbeherrschung dankbar sein. Weiß Gott, ihre hatte sich unter seinen Berührungen schlagartig in Luft aufgelöst. Sie wischte sich den Sand von der Haut und aus den Falten ihrer Bluse, und rang sich ein tapferes Lächeln ab. „Nichts passiert."

„*Noch* nicht. Bis jetzt ist noch nichts passiert. Aber es hätte nicht mehr lange gedauert." Er bedachte sie mit einem Blick, der sie an die knisternde Spannung von eben erinnerte. „Versuch nicht, so zu tun, als hättest du das nicht auch gespürt."

„Ich denke, du solltest mich einfach zum Dock zurückbringen." Sie fragte sich, wie sie sich so schamlos hatte verhalten können. Sie dachte an Trish London, und erkannte, dass sie sich viel zu leicht von Hayden hätte verführen lassen. Oder war es anders herum? Hatte sie versehentlich angefangen, ihn zu verführen? Ihre Beziehung war schon jetzt zu kompliziert und beängstigend, um darüber nachzudenken.

„Versteh mich nicht falsch", sagte Hayden. „Es hat mir *gefallen*, was zwischen uns passiert ist. Es war das, was ich mir gewünscht habe. Oder geglaubt habe, dass ich es mir wünsche. Aber …" Frustriert öffnete er eine Faust und schloss sie wieder. „Wir sollten an die Konsequenzen denken."

Die Konsequenzen, die sich ergeben, wenn man sich mit einem Mädchen einlässt, das auf der falschen Stufe der sozialen Leiter steht, dachte sie und hatte auf einmal einen bitteren Geschmack im Mund. „Wir sollten nicht darüber reden."

Er schüttelte den Kopf. „Und einfach so tun, als würde das, was wir füreinander empfinden, nicht existieren?"

Was wir für einander empfinden. Seine Worte schnürten ihr die Kehle zu. „Ich … Ich weiß nicht. So etwas habe ich noch nie erlebt!"

„Ich auch nicht", gestand er unsicher lächelnd und zog sie wieder in seine Arme. Sie wollte ihm widerstehen, aber als er sie zart auf die Wange küsste, zerschmolz sie innerlich. Seufzend legte er die Stirn an ihre. „Das ist ein Chaos, was?"

Fast hätte sie gelacht.

„Komm her", flüsterte er heiser, hob ihr Kinn an und gab ihr einen Kuss, der süß war und keusch, und so zärtlich, dass es Nadine beinahe das Herz brach.

„Was zum Teufel geht hier vor?" Bens Stimme dröhnte durch den Wald, hallte zwischen den Bäumen wider und veranlasste Nadine, von Hayden wegzuspringen. Allerdings kam sie nicht sehr weit. Blitzschnell griff er nach ihr und hielt sie am Handgelenk fest. Mit seinen mehr als ein Meter achtzig kam Ben wutschnaubend auf die Lichtung gestapft. Seine fast schwarzen Augen glühten vor Zorn.

„Ben, nicht …", versuchte Nadine ihn zu bremsen.

„Was zum Teufel denkst du dir dabei?" Er musterte sie von oben bis unten und presste die Lippen noch fester aufeinander, während er ihre Haare und die offene Bluse anstarrte. Ihr Badeanzug bedeckte ihre Brüste zwar wieder, aber noch immer hing ein Träger an ihrem Arm herunter.

„Oh, Gott, Nadine, was tust du nur?"

„Ich wüsste nicht, dass dich das etwas angeht!" Sie verknotete die Bluse unter ihrer Brust.

„Ja, klar!"

„Du warst nicht eingeladen, Powell", sagte Hayden, der weiterhin besitzergreifend ihre Hand festhielt.

„Sie ist meine Schwester."

„Ich kann selbst auf mich aufpassen!", warf Nadine ein.

„Du bist erst siebzehn!"

„Kein Grund für dich zu glauben, dass du mein Aufpasser bist!", schoss sie zurück.

„Nun, wie es aussieht, brauchst du aber einen!"

„Das reicht", sagte Hayden warnend und verengte die Augen.

Er spannte alle Muskeln an, aber Ben wich keinen Zentimeter zurück. Tatsächlich schien er sich regelrecht zu freuen, einen Grund zum Kämpfen zu haben.

Drohend ballte er die Fäuste. „Lass deine Pfoten von meiner Schwester!"

„Oh, hör auf damit!", rief Nadine und riss sich von Hayden los.

Haydens Nasenflügel bebten, und auch er wirkte mehr als begierig auf den Kampf, der in der Luft lag. „Lass dir nicht von ihm sagen, was du tun sollst, Nadine."

„Das habe ich nicht vor!" Stinksauer marschierte sie zu ihrem Bruder und stieß ihm einen Finger gegen die Brust. „Lass mich in Ruhe, Ben. Ich komme ohne dich klar! Ich bin ein großes Mädchen."

„Das dabei ist, einen großen Fehler zu machen! Wenn es nicht bereits geschehen ist." Ben zog einen Zweig aus ihren Haaren und zwirbelte ihn vor ihrer Nase.

„Dann ist es mein Fehler."

„Verdammt, Nadine. Benutz doch mal deinen Dickschädel."

„Und du verschwinde und spiel den großen Bruder woanders." Zitternd vor Wut starrte sie Ben in Grund und Boden.

„Nadine ..."

„Ich habe dir gesagt, dass ich selbst auf mich aufpassen kann."

„Du warst schon immer sturer, als es gut sein kann!" Er fluchte unterdrückt und warf noch einen tödlichen Blick über die Schulter seiner Schwester. „Wage es nicht, sie anzurühren, Monroe. Nicht mal mit einem Finger ..."

„Ben!"

Ihr Bruder funkelte sie nur an, aber unter seiner Wut bemerkte sie auch ein tiefes Bedauern, das in seinen Augen lag. Seine Worte trafen sie jedoch wie ein Peitschenhieb. „Hör zu, Nadine, ich erwarte dich in fünfzehn Minuten am Dock. Wenn du nicht dort bist, werde ich nicht auf dich warten. Dann kannst du das alles …", er breitete die Arme aus, „Mom und Dad erklären."

Prompt überbrückte Hayden die kurze Distanz und baute sich wütend vor Ben auf. Von seinem Körper schien Hitze aufzusteigen, und die Anspannung, die er brauchte, um sich zurückzuhalten, zeigte sich an der Ader, die an seiner Schläfe pulsierte. „Wage es nicht, ihr zu drohen", befahl er.

„Nur, wenn du sie in Ruhe lässt." Ben warf dem reichen Jungen noch einen vernichtenden Blick zu, murmelte noch einen ausgesucht derben Fluch, drehte sich um und verschwand einen Pfad hinunter. Sekunden später hörte Nadine den Motor seines Bootes aufheulen, das sich laut dröhnend entfernte und eine beunruhigende Stille hinterließ.

„Es tut mir leid", sagte sie, während Haydens Miene sich versteinerte. „Ich weiß nicht, was in Ben gefahren ist …"

„Ich bringe dich besser zurück."

„Das ist nicht nötig."

Er presste die Kiefer aufeinander. „Ben hat recht …"

„Ben hat *nie* recht!"

„Hör zu, du wirst wegen mir keine Schwierigkeiten bekommen. Komm schon." Ohne ein weiteres Wort der Erklärung griff er nach den Anlegeseilen und warf sie ins Boot. Nadine blieb gar nichts anderes übrig, als ihm zu folgen.

*Ü*berraschenderweise brachte Ben es fertig, den Mund zu halten. Nadine wusste nicht recht, ob er sich damit ehrenhaft an ihre unausgesprochene Übereinkunft hielt, sich gegenseitig nicht zu verpetzen, oder ob er genauso schuldig war wie sie, nachdem er sich mit Patty Osgood eingelassen hatte. Die lila Flecken auf seiner Haut, direkt unter seinem Hemdkragen, reichten als Beweis für Pattys Leidenschaft. Sollte Reverend Harry Osgood je herausfinden, dass Patty ihren Körper zur Schau gestellt und sich mit Ben in seinem Boot geküsst hatte, würde es beim Gottesdienst am Sonntag Feuer und Schwefel regnen.

Beim Abendessen hätte Ben reichlich Gelegenheit gehabt, die Familie davon in Kenntnis zu setzen, dass Nadine Zeit mit Hayden verbracht hatte, aber er war eifrig bemüht, das Thema Wasserskifahren am See zu vermeiden. Obwohl er Nadine mehrmals einen vielsagenden Blick über den Tisch zuwarf, verlor er kein Wort über den Tag am See. Nicht einmal, als ihr älterer Bruder Kevin von der Sägemühle sprach.

„Man sollte doch meinen, dass der alte Monroe mal einen Getränkeautomaten vor den Schuppen aufstellt", sagte er, während er eine Scheibe Schinken mit der Gabel aufspießte.

Ihr Vater, wie immer der Verteidiger von Garreth Monroe, schaufelte sich Nudelsalat auf den Teller. „In der Cafeteria gibt es doch Softdrinks."

„Na toll." Kevin funkelte seinen Vater böse an und beugte sich über seinen Teller, obwohl ihm ihre Mutter oft genug gesagt hatte, er solle gerade sitzen, aber mit zweiundzwanzig war er weit davon entfernt, auf sie zu hören. Nadine war der Meinung, dass er in mancherlei Hinsicht noch immer ein Kind war. Er mochte jüngere Mädchen, hatte jedes Interesse am College verloren, nachdem er dort nicht hatte Basketball spielen können, und schien sich hier nicht wohlzufühlen, obwohl er auch nicht aus Gold Creek weggehen wollte. „Alles, was Monroe interessiert, ist Geld zu machen." Er griff nach dem Salzstreuer.

„Und das ist genau das, woran er denken soll. Vergiss nicht, ich habe Geld bei ihm investiert."

Als er das Geld erwähnte, das er bei Garreth Monroe „investiert" hatte, ließ Nadines Mutter die Gabel fallen. Es war ein heikles Thema, das während der Essenszeit gewöhnlich vermieden wurde.

„Das hat mir nicht viel genützt, als mein Basketball-Stipendium ausgelaufen ist", stellte Kevin klar, und George schien vor Wut zu kochen.

Er wandte sich seinem Schinken zu und schnitt mit mehr Kraftaufwand als nötig ein mundgerechtes Stück davon ab. „Diese Dinge brauchen Zeit. Das Geld wird kommen … es ist nur eine Frage der Geduld."

„Ein paar von uns sind es leid, darauf zu warten", sagte Donna.

„Wenn du mich fragst, wirst du das Geld nie wiedersehen. Der alte Monroe wird einen Weg finden, seine eigenen Taschen damit zu füllen", prophezeite Kevin.

„Es wird sich auszahlen."

Nadine fielen die kleinen Schweißtropfen an der Schläfe ihres Vaters auf.

„Monroe ist ein Schweinehund."

Donna sog hörbar die Luft ein. „Kevin!"

„So etwas will ich an meinem Tisch nicht hören", befahl ihr Vater, und plötzlich wurde es still im Esszimmer. Ohrenbetäubend still. Abgesehen von dem Moderator aus dem Fernseher im Wohnzimmer, gab keiner einen Ton von sich.

In Nadines Kehle schien sich ein Stück Schinken festgesetzt zu haben. Sie trank einen großen Schluck Wasser, wobei sie über den Glasrand hinweg Bens besorgten Blick auffing. Auf der Stelle löste sich ihre Feindseligkeit in nichts auf, und sie wurden wieder Verbündete in dem Familienkrieg, der täglich schlimmer zu werden schien. Ein Krieg – da war Nadine sich sicher –, in dem es keinen Sieger geben würde.

In der darauf folgenden Woche drehte sich alles um den vierten Juli. Zur Feier des Unabhängigkeitstages sowie im Hinblick auf die zunehmende Brandgefahr in den Wäldern blieben die Säge-mühle und die Abholzungsfirma der Fitzpatricks geschlossen. Der ganze Ort machte Urlaub. In Gold Creek breitete sich fiebrige Aufregung bei der Vorbereitung einer Parade aus, die der Bürgermeister anführen würde. Außerdem sollte es in der ganzen Stadt Barbecues geben, die die Kirchen organisierten, und dazu einen Tanz im Park.

Das Firmenpicknick der Monroe Sawmill fand am Wochenende im Park am Westufer des Whitefire Lake statt.

Lange bevor sie Hayden kennengelernt hatte, hatte Nadine geplant, den größten Teil des Wochenendes mit Sam zu verbringen. Als die Feierlichkeiten jetzt aber näher rückten, konnte sie keine Begeisterung dafür aufbringen, mit ihm zusammen zu sein. Er war wirklich nett, und er mochte sie sehr, aber wenn sie ehrlich mit sich selbst war, wusste sie, dass sie ihre freie Zeit lieber mit Hayden verbracht hätte. Dummes Mädchen!

An dem Tag, als das Stadt-Barbecue stattfand, war es bereits in der Morgendämmerung drückend schwül. Schwere graue Wolken drängten sich im Westen am Himmel zusammen, und es schien sich kein Lüftchen zu rühren. Im Haus schien es fast vierzig Grad zu sein, während Donna drei Erdbeer-Rhabarber-Kuchen für das große Büfett backte.

Nadine fuhr mit ihren Eltern in den Ort, wo sie die Parade anschauten und dann in den Park gingen, wo man rote, weiße und blaue Bänder um die Stämme der größten Bäume gebunden hatte. Helium-Ballons stiegen zum Himmel hinauf, während die Kinder lachend umhertollten und die Erwachsenen die Tische aufstellten. In einem Partyzelt stellten mehrere Frauen das Büfett zusammen: Platten mit Maiskolben, grünen Bohnen, Salaten, Wackelpudding sowie alle vorstellbaren Kuchen und Torten. Schwitzend und lachend standen Männer an Barbecues und grillten Hähnchen und Spareribs.

Es herrschte eine fröhliche Atmosphäre, und selbst Nadine, die es bedrückte, dass sie Sam zugesagt hatte, sich mit ihm zu treffen, wurde von der guten Stimmung angesteckt. Immerhin bestand die Möglichkeit, Hayden bei diesem Picknick zu begegnen. Sie half ihrer Mutter am Büffet, und sah den Kindern zu, die Sackhüpfen spielten und Dreibeinlauf-Rennen veranstalteten. Ein paar Erwachsene waren mit einem Softball-Spiel beschäftigt, und die meisten Teenager spielten entweder Volleyball oder lagen in der Sonne.

Nadine konnte nicht anders, immer wieder sah sie sich in der Menge nach Hayden um. Obwohl sie sich freiwillig bereit erklärt hatte, Softdrinks in Pappbechern auszuschenken, schweifte ihr Blick so oft ab, dass sie schon bald völlig klebrige Finger hatte.

Sam traf am späten Nachmittag ein. Mit einer Gruppe Jungs aus der Schule kam er zum Getränkeausschank und schlug Nadine vor, jemanden zu suchen, der sie ablösen könnte.

„Das geht nicht. Ich habe versprochen, bis sieben zu arbeiten", sagte sie. „Es sei denn, du willst meine Schicht übernehmen und die nächsten zwei Stunden Getränke ausschenken."

„Sehr witzig", sagte er, ohne jedoch zu lächeln.

„Für Mom ist es wichtig. Der Erlös geht in den Bücherfonds der Bibliothek."

„Na toll."

Seine Haltung verärgerte Nadine. „Wenn man als Bibliothekarin arbeitet, ist es das auch."

„Wird wohl so sein." Sam bestellte eine Cola, und blieb dann an ihrem Stand, während sie weiterarbeitete. Als eine große Menschenmenge zum Abendessen eintraf, half er ihr sogar, aber dennoch ärgerte sie sich über ihn. Seit sie mit Hayden zusammen gewesen war, hatte ihr Interesse an Sam nachgelassen. Sie konnte ihn nach wie vor gut leiden; sie waren seit Jahren miteinander befreundet. Aber sie wusste, dass sie niemals vor Freude, ihn zu sehen, ganz kribbelig werden würde, und niemals den gewaltigen Ansturm an Gefühlen erleben würde, der jedes Mal in ihr explodierte, wenn sie Hayden in die Augen schaute.

Um sieben wurde sie schließlich von Thelma Surret und ihrer fünfzehnjährigen Tochter Carlie abgelöst. Thelma arbeitete als Bedienung an der Eistheke im Rexall Drugstore, und Carlie war in der Schule zwei Klassen unter Nadine. Mit ihren rabenschwarzen Haaren, den großen blauen Augen und den hohen Wangenknochen war Carlie einfach bildschön und hatte bereits die Aufmerksamkeit zahlreicher Männer auf sich gezogen. Selbst Kevin mit seinen zweiundzwanzig Jahren war sie aufgefallen.

Nadine zeigte ihnen rasch die Geldkassette und den Schrank, in dem sich weitere Pappbecher befanden, und erklärte ihnen, wie die Getränkekanister ausgetauscht wurden. Sie bot ihnen an, noch etwas länger zu arbeiten und ihnen zu helfen, aber Thelma winkte ab. „Ich habe mein halbes Leben damit zugebracht, diese Leute im Laden zu bedienen, da werde ich zusammen mit Carlie auch noch ein paar Becher Bier meistern. Geht nur, ihr beiden." Sie scheuchte Nadine aus dem Zelt. „Amüsiert euch. Geht tanzen."

Sam brauchte keine weitere Aufforderung. Er nahm Nadine an die Hand und strebte zur Bühne, wo eine lokale Band gerade die Instrumente stimmte, und ein Techniker damit beschäftigt war, das Mikrofon einzustellen.

Es blieb ihr nichts anderes übrig, als mit Sam zu tanzen. Sie hatte versprochen, sämtliche Festveranstaltungen mit ihm zu besuchen, und doch fühlte sie sich in seinen Armen nicht wohl, konnte kaum über seine Witze lachen und wich seinen Lippen aus, wenn er versuchte, sie zu küssen.

„Hey, was ist los?", fragte er, während er sich zu der Version der Band von „Yesterday" bewegte und sie an sich drückte.

„Nichts ist los", schwindelte sie, wohl wissend, dass Hayden Monroe der Grund für ihre Unzufriedenheit war.

„Ja, klar." Er versuchte sie näher zu ziehen, und anstatt sich mit ihm zu streiten, ließ sie zu, dass er sie eng umschlang. Wie hätte sie ihm auch erklären sollen, dass sie dabei war, sich in einen anderen Jungen zu verlieben, einen Jungen, den sie kaum kannte, einen Jungen, der sie wahrscheinlich nie wieder auch nur ansehen würde? Sie schloss die Augen und dachte an die Küsse, die sie mit Hayden geteilt hatte, wie sich seine Haut anfühlte, daran wie sie förmlich zu Wachs in seinen Händen geworden war.

„So ist es schon besser", flüsterte Sam ihr ins Ohr. Er küsste ihre Schläfe, und Nadine verspannte sich. Sie kam sich vor wie eine Heuchlerin, weil sie mit ihm tanzte und in seinen Armen lag, während sie mit dem Herzen weit weg bei Hayden Monroe war.

Als der Song zu Ende war, löste sie sich von ihm und entschuldigte sich damit, zur Toilette zu müssen. Sam ging zu seinen Freunden, und sie eilte in Richtung Damentoilette, um sich kaltes Wasser ins Gesicht zu spritzen und zu überlegen, wie sie Sam beibringen sollte, dass sie keine romantischen Gefühle für ihn hegte.

„Amüsierst du dich gut?"

Haydens Stimme riss sie aus ihren Gedanken. Sie wagte es kaum zu atmen, als sie sich umdrehte und ihn in den größer werdenden Schatten entdeckte, wo er lässig am rauen Stamm einer gewaltigen Zeder lehnte.

„Ich versuche es."

„Ist das dein Freund?" Er wies mit dem Kopf auf Sam, der wie ein paar seiner Freunde etwas aus einer Flasche, die in einer braunen Tüte steckte, in sein Getränk goss.

„Er ist … er ist nur ein Freund."

„Für mich sah es nach mehr aus."

„Du hast mich heimlich beobachtet?"

In der zunehmenden Dunkelheit sah sie seine weißen Zähne. „Ich habe dich nur zufällig gesehen." Er trat aus den Schatten, und Nadines Herz tat einen Sprung bei seinem Anblick … sein geschmeidiger Gang, seine dichten dunklen Haare und sein scharf geschnittener Mund. Seine im Zwielicht mitternachtsblauen Augen hielten ihre gefangen, und die Nacht schien sich um sie herum zu schließen. Plötzlich schienen Lachen, Musik und Gespräche weit entfernt zu sein, und die unbewegte schwüle Luft wurde noch schwerer. Als er den Blick auf ihren Hals richtete, wusste sie, dass er das Tempo ihres Herzschlags an ihrer pulsierenden Halsschlagader erkennen konnte.

„Es überrascht mich, dass du gekommen bist", sagte sie.

„Sondervorstellung."

„Wer hat sie angeordnet?"

„Der König." Als sie nicht lächelte, erklärte er: „Du hast mich Prinz genannt. Demnach wäre mein Vater …"

„Der König."

„Ich habe meine Pflicht erfüllt."

„Und jetzt gehst du", sage sie.

Blau glühende Augen hielten ihren Blick gefangen. „Willst du mitkommen?"

„Und wohin?"

„Spielt das eine Rolle?"

Nein! schrie sie im Stillen, aber sie wusste, dass sie nicht einfach verschwinden konnte. Nicht ohne ihren Eltern und Sam eine Erklärung abzugeben. „Ich kann nicht."

„Warum nicht?" Er wies mit dem Kopf auf die Gruppe von Jungs, die auf dem Parkplatz zusammenstand. „Hätte dein Freund etwas dagegen?"

„Ich habe dir gesagt, er ist nicht …" Hayden fasste sie an den Schultern, zog sie ungeduldig an sich und unterbrach ihre Erklärung mit einem Kuss. Heiß und weich und hungrig presste er seine Lippen auf ihren Mund.

Sie protestierte nicht, schmiegte sich vielmehr an ihn und schlang die Arme um seinen Hals. Sie nahm seinen Geruch tief in sich auf, seinen Geschmack, fühlte den süßen feuchten Druck seiner Zunge, die beharrlich an ihre Zähne stieß, um sie zu öffnen und ihren Mund zu erforschen.

Als er sie weiter unter das Blätterwerk zog, folgte sie ihm bereitwillig. Die Lippen noch immer auf seine gepresst, begann ihr Körper, in sträflich lustvoller Unbekümmertheit zu reagieren, und schmiegte sich an ihn. Seine Hände umfassten ihre Taille, und seine Lippen forderten ihre mit einer solchen Leidenschaft, dass sich ihr der Kopf drehte und ihr Körper vor Verlangen schmerzte.

Sie seufzte in seinen Mund, als er eine Hand nach oben schob, um ihre Brust zu umfassen. In schnellen Kreisen streifte sein Daumen über ihre Brustspitze, und plötzlich war ihr BH viel zu eng. Er ließ die Hand unter den Saum ihrer Bluse gleiten und weiter hinauf, bis er das Spitzengewebe berührte, das ihre Brüste umhüllte. Stöhnend drückte er sie rückwärts an einen Baum, und sie bekam weiche Knie, während seine Fingern erforschten, plünderten, ihre Brüste massierten und formten, bis sie das Gefühl hatte zu brennen und das Ziehen zwischen ihren Beinen zu einem Pochen wurde.

„Warum tust du mir das an?", flüsterte er heiser, so als wäre er wütend auf die Welt. Noch immer hielt er eine ihrer Brüste umfasst, aber jetzt hatte er seinen Körper an ihren gepresst und rang bebend in tiefen Zügen nach Luft.

„Was … was tue ich?"

„Du folterst mich."

„Mach ich nicht …"

„Oh, zum Teufel, das tust du! Das musst du doch wissen! Ich verliere fast den Verstand, wenn ich mit dir zusammen bin." Mit seiner freien Hand hob er ihr Kinn an, sodass sie gezwungen war, in seine Augen zu schauen, dann umkreiste er bewusst langsam ihre Brustspitze mit der anderen Hand und rollte die feste Knospe schließlich sanft zwischen den Fingern.

Nadine konnte kaum noch atmen. Er hatte seine Hüften an ihre geschmiegt, und seine harte Erektion drückte sich tief in ihren Bauch. „Seit Tagen denke ich nur noch an dich", gestand er. „Ich will dich, Nadine", sagte er schlicht. „Und ich kann dich nicht haben."

Sie wollte ihn fragen, warum. Aber ihr Herz kannte die Antwort bereits. Er war der Sohn eines reichen Mannes, der Junge, der daran gewöhnt war, sich zu nehmen, was er wollte; und sie war ein armes Mädchen, dessen Vater für seinen arbeitete, ein Niemand und deshalb tabu.

„Nadine?"

„Oh, Gott, das ist Ben!" Schwer atmend stieß sie ihn von sich.

„Was hat dein Bruder denn? Vertraut er dir nicht?"

Sie sah Hayden an, während sie ihre Haare zu ordnen versuchte. „Ich glaube, du bist es, dem er nicht traut."

Hayden verengte die Augen. „Dann ist er klüger, als ich dachte."

Nadine blickte zur Tanzfläche zurück, sah die Fackeln, die man inzwischen angezündet hatte, die Bänder und Ballons, und Sam, der etwas weniger sicher auf den Beinen stand und mit seinen Freunden lachte. Ben schritt zielsicher auf dem Weg voran, der zu ihnen führte, und hätte seine Schwester mit Hayden sicherlich entdeckt, wenn Patty Osgood ihn nicht gerufen hätte.

„Ich komme mit", sagte Nadine impulsiv, und eine Sekunde lang umspielte der Hauch eines Lächelns Haydens Lippen. Er griff nach ihrer Hand, ließ sie jedoch schnell wieder los.

„Vergiss es."

„Aber du hast mich doch gefragt ...“

Hayden starrte sie so eindringlich an, dass sie kein Wort mehr herausbrachte. „Es gibt nichts, was mir lieber wäre, als wenn du in den Wagen steigen und mit mir nach Hause kommen würdest." Er schob sich die dunklen Haare aus den Augen. „Aber das würde dich nur wieder in Schwierigkeiten bringen."

„Ist mir egal."

„Dein Bruder ...“

„Es geht ihn nichts an, was ich mache!", sagte sie ungehalten.

„Und deine Eltern?"

„Sie werden nichts davon erfahren, wenn wir schnell wieder zurück sind."

Er zögerte und stieß dann pfeifend die Luft aus. „Du machst es mir nicht gerade leicht, ist dir das bewusst? Außerdem, was ist mit deinem ‚Freund‘?"

„Ich schulde ihm nichts."

„Du bist mit ihm hergekommen."

„Ich bin mit meiner Familie gekommen."

„Du weißt, was ich meine."

Natürlich wusste sie das. Aber sie war bereit, das Risiko einzugehen und Sams Gefühle zu verletzen, um mit Hayden zusammen zu sein. „Es ist in Ordnung."

Er schüttelte den Kopf, obwohl ihm sein Widerstreben anzusehen war.

„Hayden", sagte sie mit kehliger Stimme, „ich will mit dir zusammen sein. Vielleicht ist es ein Fehler, aber wenn du mit mir zusammen sein willst, dann ...“ Impulsiv schlang sie ihm die Arme um den Hals, und er stöhnte.

„Du weißt nicht, worauf du dich einlässt."

„Dann sag es mir."

Er kniff die Augen zusammen, als könnte er sie aus seinen Gedanken verbannen, indem er ihren Anblick ausblendete. „Nadine, nicht …" Vorsichtig zog er ihre Arme herunter. Erschrocken schaute sie ihm in die Augen, und er stöhnte erneut laut. „Ich will dir nicht wehtun."

„Das wirst du nicht", erwiderte sie. „Das werde ich nicht zulassen."

„Versprochen?" Sein Gesicht war ihrem so nahe, dass sie das Gefühl hatte, sein ganzes Wesen einzuatmen.

„Versprochen."

Er küsste sie, und diesmal zog er ihre Unterlippe in seinen Mund und strich mit seiner Zungenspitze darüber. Flüssige Wärme breitete sich wellenartig in ihr aus, und plötzlich schienen ihre Gliedmaßen aus Gummi zu sein.

Haydens Zunge eroberte und erforschte ihren Mund; seine kräftigen Hände waren unruhig, und sie spürte, wie er zitterte, als er sein Gesicht in ihrem Haar vergrub.

„Was zum Teufel soll ich nur mit dir machen?", stieß er schweratmend hervor. „Was zum Teufel soll ich denn nur mit dir machen?"

„Vertrau mir."

Das Lächeln, das er ihr schenkte, war absolut verrucht. „Ich glaube nicht, dass einer von uns dem anderen vertrauen sollte. Und ich *weiß*, dass du mir nicht vertrauen solltest. Mein Gott, Nadine, ich … Das wird nicht funktionieren."

„Ich will mit dir zusammen sein", meinte sie verzweifelt.

Sein Blick wanderte einer Liebkosung gleich über ihr Gesicht, und er lächelte leicht, obwohl ihm noch immer anzusehen war, wie sehr er mit sich kämpfte. „Komm später zu mir."

„Nadine?"

Schon wieder Ben!

Sie erstarrte. „Später?", fragte sie Hayden. Verzweifelt wünschte sie sich, ihn wiederzusehen und verfluchte ihren Bruder, weil er sie unterbrochen hatte. „Aber wie …"

Als er nicht antwortete trat sie, überrascht von ihrer eigenen Kühnheit, auf ihn zu und berührte ihn leicht an der Schulter. Er schloss die Augen und presste die Zähne aufeinander. „Wo?"

„Tu das nicht …"

„Wo?", blieb sie beharrlich.

Er nahm sie in die Arme und küsste sie. Anscheinend hatte er ihr Schicksal akzeptiert. „Am See. Morgen Abend", antwortete er schließlich, drehte sich um und verschwand in der Dunkelheit. „In der Lagune, wo wir schon einmal waren."

Als er gegangen war, begann Nadine zu zittern. Sie rieb sich die Arme und fragte sich, ob sie den Mut besaß, ihn noch einmal zu treffen. Was wusste sie von ihm? Er war reich. Er hatte nie erfahren, was Verzicht bedeutete. Er hatte nicht viel Respekt vor seinem Vater. Und wenn er sie küsste, verlor sie jeden Sinn für Vernunft.

Sie führte sich auf wie eine Idiotin und war nicht besser als Patty Osgood oder Trish London. Aber sie konnte nicht anders. Die Hölle könnte losbrechen, und Nadine wusste, dass sie trotz allem morgen Abend auf ihn warten würde. *Am See.*

Auch beim Picknick der Monroe Sawmill Company war es stickig und schwül, und der Himmel verschleiert. Anders als am Tag zuvor wurden Essen und Getränke von einem Catering-Service aus Coleville geliefert und serviert. Mit den besten Wünschen von Garreth Monroe.

Ein ganzes Schwein röstete am Spieß, und unter einem großen Zelt wurden Tische mit Stofftischdecken zusammengerückt, Salate auf Serviertabletts mit gestoßenem Eis gekühlt und Sahne zu frischen Erdbeerkuchen angerührt.

Obwohl ein Gewitter in der Luft lag, herrschte unter den Angestellten des Sägewerks eine ausgelassene Stimmung. Man lachte und unterhielt sich, während der Duft von brutzelndem Schweinefleisch, das mit Barbecuesoße übergossen worden war, über allem lag.

Auf dem Gras wurden Decken ausgebreitet, und die Sonnenanbeter genossen die wärmenden Strahlen, während die kleineren Kinder in dem mit einem Seil abgegrenzten Teil des Sees planschten und die größeren weiter rausschwammen.

Nadines gesamte Familie war da. Ihre Mutter saß an einem Tisch und plauderte mit anderen Frauen der Sägewerksarbeiter, während sie in kleinen Schlucken ihren Eistee trank. George Powell spielte mit ein paar Freunden Hufeisenwerfen. Sie redeten, lachten und tranken Bier, das aus einem großen Fass gezapft wurde.

Kevin schwamm mit seinen jüngeren Arbeitskollegen im See, und Ben tat sich mit Patty Osgood zusammen, die als Gast der Tochter eines Vorarbeiters mitgekommen war.

Die schwüle Luft war fast unerträglich, und auf Nadines Haut glänzte ein leichter Schweißfilm, während sie neben Sam auf der Decke saß. Ihre Augen waren versteckt hinter ihrer dunklen Sonnenbrille, und sie suchte ständig die Menge nach Hayden ab. Ihr war klar, dass es töricht war, doch sie konnte es nicht lassen, unter den Menschengruppen nach ihm Ausschau zu halten. Mit Sicherheit würde er kommen. Sein Vater war hier, schüttelte übertrieben freundlich allen die Hände und benahm sich wie die Männer, die für ihn arbeiteten. Er warf Hufeisen, trank Bier in großen Zügen und tauschte schlüpfrige Witze mit seinen Angestellten aus. Bekleidet mit einer nagelneuen Jeans und Poloshirt führte er seine Frau Sylvia Fitzgerald Monroe umher. Haydens Mutter hatte zwar ein Lächeln aufgesetzt, das aber nicht ihre kühlen blauen Augen erreichte. Ihre silberblonden Haare waren am Hinterkopf zu einem französischen Zopf geflochten. Ihr Nagellack war von dem gleichen altrosa Ton wie der elegante Overall, den sie trug. Um ihren Hals lag ein hauchfeiner Schal, und Diamanten blitzten an ihren Ohrläppchen.

Hayden war nirgends zu sehen.

Nadine versuchte ihre Enttäuschung zu verbergen und tat so, als würde sie sich für ein Wasser-Volleyballspiel interessieren.

„Du bist noch sauer auf mich", sagte Sam und berührte ihren Arm.

„Ich bin nicht sauer."

„Nur weil ich etwas betrunken war. Es war dumm von mir, und es tut mir leid. Es wird nicht wieder vorkommen. Komm schon, Nadine, du kannst mir doch zwei Drinks nicht übelnehmen."

„Das waren mehr als zwei."

„Es ist ein bisschen außer Kontrolle geraten …"

„Du hast dich auf der Veranda übergeben, Sam", hielt sie ihm gereizt vor. Sogar ihre Eltern waren verärgert.

„Es tut mir leid. Verzeihst du mir?"

„Es gibt nichts zu verzeihen." Sie beugte sich vor und schlang die Arme um ihre Knie. Letzte Nacht hatte Sam sich Alkohol ins Getränk gekippt; es war das erste Mal überhaupt, dass Nadine ihn betrunken gesehen hatte.

Sam lehnte sich auf den Ellbogen zurück und rückte seine Sonnenbrille zurecht, um seine Augen zu schützen. Mittlerweile war er zwar wieder nüchtern, litt jedoch an einem Kater. Seine Haut war blasser als normal, und zwei Aspirin reichten offenbar nicht, um seine hämmernden Kopfschmerzen – wie er sie beschrieben hatte – zu lindern. „Du musst es mir nicht sagen. Ich weiß es", sagte er und zuckte zusammen, als ein Junge, allen Vorschriften des Parks zum Trotz, ein paar Knallfrösche hochgehen ließ. Prompt wurde er von seiner Mutter ausgeschimpft. „Ich habe es verdient." Sam griff nach ihrer Hand und hielt sie mit beiden Händen fest. „Wahrscheinlich hätte ich nicht so viel getrunken, wenn du nicht so schlecht gelaunt gewesen wärst."

„Dann ist es also jetzt meine Schuld?" Beklommen entzog Nadine ihm ihre Hand.

„Was ist los, Nadine? Irgendetwas stimmt doch nicht … Und mach dir gar nicht erst die Mühe, es zu leugnen."

Das konnte sie auch nicht. Es war an der Zeit, aufrichtig zu Sam zu sein. So viel war sie ihm schuldig. „Ich … ich denke nur, dass wir uns nicht so oft sehen sollten", stieß sie in einem einzigen Atemzug schnell hervor.

Sam rührte keinen Muskel, sondern starrte einfach weiter auf den See hinaus. „Nicht mehr so oft sehen?"

„Ja …"

„Du willst mit anderen Jungs ausgehen?"

„Ich …"

„Wer?" Plötzlich sah er sie an. Sein Gesicht wurde knallrot, während seine Lippen jegliche Farbe verloren.

„Wer was?"

„Wer ist es?", fragte er mit leiser Stimme. „Es gibt einen anderen, nicht wahr?"

„Niemand Bestimmtes", log sie.

„Von wegen! Verdammt, Nadine, wo hast du ihn kennengelernt?"

„Ich denke nur, es wird Zeit, dass wir uns auch mal mit anderen treffen. Weiter nichts."

„Wieso jetzt?" Er sah sich um, als erwartete er, dass einer der Jungs auf Nadine zukäme und sie für sich beanspruchte. „Es ist ja nicht so, als würden wir fest miteinander gehen oder so."

Nadine schob sich eine Haarsträhne hinters Ohr und konnte nur hoffen, dass ihr Gespräch nicht von den anderen gehört wurde, die in Gruppen an diesem Teil des Strands zusammensaßen. „Hier im Ort bedeutet es so viel wie fest miteinander gehen, wenn man mal zwei Dates hatte. Das wissen wir beide. Die Leute werden zu Paaren."

„Und du willst nicht Teil eines Paares sein."

Sie stählte sich, denn sie wollte ihn nicht verletzen, konnte aber auch nicht mit einer Lüge leben. „Zurzeit nicht, Sam."

Er ließ die Schultern hängen, als drückte ein unsichtbares Gewicht sie nieder, und sofort tat er ihr leid. Sie mochte Sam wirklich. Aber er wünschte sich, dass ihre Beziehung enger wurde, und für sie war er nicht der richtige Junge. Je früher er das begriff, desto besser für ihn, argumentierte sie im Stillen, fühlte sich aber dennoch schlecht.

Und wer sollte der richtige Junge für dich sein? fragte sie sich. Etwa Hayden Garreth Monroe IV? Stirnrunzelnd hob sie einen kleinen Stein auf, ließ ihn über die Wasserfläche hüpfen und beobachtete die Wellen, die sich in perfekten Kreisen ausbreiteten.

„Ich schätze, das war's dann", sagte Sam schließlich, das Kinn in eiserner Entschlossenheit vorgeschoben.

„Wir …"

„Sag jetzt nicht, dass wir Freunde bleiben können, Nadine, denn das geht nicht. Ich kann es jedenfalls nicht. Nicht sofort."

„Ich wollte dich nicht …"

Mit einer Handbewegung tat er ihre Entschuldigung ab, stand auf und ohne noch einen Blick über die Schulter zu werfen, ging er zu ein paar Freunden, die mit Joe Knapp, Bobby Kramer, Rachelle Tremont und ihrer jüngeren Schwester Heather zusammenstanden. Rachelle war ein auffallend hübsches Mädchen mit langen mahagoniroten Haaren und schönen haselnussbraunen Augen, in denen Intelligenz aufblitzte. Heather war blond, klein und zierlich, aber sehr viel extrovertierter als ihre ältere Schwester. Obwohl die Jüngste in der Gruppe, stand sie im Mittelpunkt der Aufmerksamkeit mehrerer Jungs, einschließlich der von Sam, als er sich zu ihnen gesellte.

Nadine seufzte erleichtert auf und wischte sich den Schweiß von der Stirn. Grau, bedrohlich und regenschwer rückten Gewitterwolken über die Berge heran.

Sie warf noch einen Stein ins Wasser, schloss die Augen und wünschte sich insgeheim, dass sie Hayden bald wiedersehen würde.

Eine Dreiviertelstunde später, als das Schwein gerade zerlegt wurde, raste ein Rennboot auf die Anlegestelle zu. Nadines Herz tat einen Sprung, als sie Hayden erkannte, der das Boot an Land steuerte. Aber ihre Euphorie wurde schnell gedämpft, als sie seinen Passagier bemerkte – ein großes, gertenschlankes Mädchen, das aus dem Boot sprang, bevor Hayden richtig anlegen konnte.

Seine Begleitung sah fantastisch aus. Sie hatte kurzes volles blondes Haar mit Strähnchen in diversen Goldschattierungen. Ein weißes Sommerkleid unterstrich ihre Bräune und ließ ihre Beine frei, die unendlich lang schienen. Mehr als ein Meter siebzig groß, hatte sie die Maße und das strahlende Aussehen eines Models. Ein ungezwungenes Lächeln umspielte ihre vollen Lippen, als sie sich bei Hayden unterhakte und geradewegs auf seine Eltern zuging.

Sylvia Monroe umarmte sie, und Haydens Vater gab ihr augenzwinkernd einen liebevollen Klaps auf den Po, während Hayden ein finsteres Gesicht machte, und das Mädchen – Wynona Galveston, wie Nadine vermutete – seinen Arm nicht losließ. Sie sagte irgendetwas, alle außer Hayden lachten, und Garreth trieb die beiden vor sich her in eins der schattigen Zelte.

Nadine hatte das Gefühl, als hätte man ihr eine ganze Wagenladung Steine ins Herz gekippt. Kläglich saß sie allein auf ihrer Decke und tat so, als interessiere sie sich für die Schwimmwettbewerbe, die man für die Kinder organisiert hatte, während sie sich todunglücklich fühlte. Wie hatte sie nur glauben können, dass ihm etwas an ihr lag – einem einfachen, nicht besonders hübschen Mädchen vom Lande, wenn er an eine derart kultivierte Schönheit gewöhnt war? Sie kam sich unglaublich naiv und erbärmlich vor.

Sie wünschte, ihr fiele eine Entschuldigung ein, um nach Hause gehen und Hayden meiden zu können. Ihr fehlte jedoch eine Fahrmöglichkeit, es sei denn, ihr Vater würde sie nach Hause bringen. Aber so wie er aussah, mit seinem Dauerlächeln im Gesicht, das sich unter der Kombination aus Bier und zu viel verschleierter Sonne zu röten begann, bezweifelte sie, dass er bereit war, die Party zu verlassen.

Auch ihre Mutter schien damit zufrieden zu sein, mit den anderen Frauen zusammenzusitzen und Klatschgeschichten auszutauschen, während sie sich mit der Hand Luft zufächelte. Ben amüsierte sich großartig mit Patty Osgood, und selbst Kevin lachte und scherzte mit seinen Freunden und ein paar jüngeren Kids.

Sam hatte bereits die Aufmerksamkeit einiger Mädchen gewonnen, aber das machte Nadine nichts aus. Er hatte eine Freundin verdient, die tiefere Gefühle für ihn aufbringen konnte als sie selbst. Was Hayden anging, so schien er sich kaum mehr zu amüsieren, als sie es tat.

Sie saß an einem Picknicktisch und schob eine gebackene Kartoffel auf ihrem Teller hin und her, als Ben sich neben sie setzte. „Sieht so aus, als hätte dein Lover Boy eine andere gefunden."

Nadine warf ihrem Bruder einen Blick zu, den er nicht überlebt hätte, wenn Blicke töten könnten.

„Dr. Galvestons Tochter. Eine Menge Geld." Er nahm seinen Maiskolben in die Hand. „Obendrein sieht sie auch noch gut aus ... blond und sexy."

„Wie Patty Osgood."

Leicht mürrisch erwiderte Ben: „Ich habe nur festgestellt, dass Wynona Galveston gut aussieht und Geld hat. Was könnte man sich mehr wünschen?"

„Werd' erwachsen", murmelte sie.

„Vielleicht solltest du diesen Rat selbst befolgen." Ben knabberte eine Reihe Maiskörner von seinem Kolben und hob dann einen gekrümmten Finger, um auf das Zelt zu weisen, in dem Garreth Monroe Hof hielt. „Sieh den Tatsachen ins Auge, Kleine. Du würdest nie dort hineinpassen. Und sei froh darüber. Wenn Hayden Wynona heiratet, wird sie sicher unglücklich werden."

„Wieso?"

„Wenn ihr Mann nicht dafür sorgt, musst du dir nur ihren Schwiegervater anschauen. Er hatte mehr Affären, als man zählen kann, und sieh doch, wie er sie anlächelt. Ich sage dir, er hat sie bereits im Visier."

„Das ist abstoßend. Er ist alt ..."

„... genug, um ihr Vater zu sein", beendete er den Satz für sie. „Oder ihr Schwiegervater. Das spielt keine Rolle. Er ist ein Schürzenjäger. Ständig auf Jagd. Die ganze Familie bedeutet Ärger. Mit jemand anders bist du besser dran."

„Mit jemandem wie Sam?" Zu ihrer Überraschung schüttelte Ben den Kopf.

„Sei nicht so bescheiden, Kleine. Du könntest die Besten haben. Versteh' mich nicht falsch. Sam ist ein guter Kerl, aber ... nun ja, wenn du die Wahrheit wissen willst, er hat einen Haufen Probleme."

„Ist überhaupt jemand gut genug?", fragte sie, allmählich etwas verärgert. Was fiel Ben ein, ihr sagen zu wollen, was sie mit ihrem Leben anstellen sollte?

„Vielleicht nicht."

„Wie wär's denn mit Tim Osgood? Pattys Bruder?"

Bens gute Laune verflog, und er warf seinen Maiskolben auf den Teller. „Ich wollte dir nur helfen."

„Ich komme schon alleine klar."

„Natürlich", sagte er wenig überzeugt. „Mach nur nichts Dummes."

„Nichts, was du nicht auch machen würdest", erwiderte sie, und er riss den Kopf hoch, als hätte ihn etwas gestochen. Offenbar wollte er noch etwas sagen, überlegte es sich dann aber anders und machte sich über den Rest seines Essens her. Nadine brachte keinen Bissen mehr hinunter. Sie warf die Reste von ihrem Teller in einen Mülleimer und wollte wieder zum See zurückkehren, blieb jedoch wie angewurzelt stehen, als sie fast mit Hayden und Wynona zusammengestoßen wäre, die regelrecht aneinanderklebten.

„Nadine!" Hayden hielt sie am Arm fest, nur eine Sekunde lang, als fürchtete er, sie könnte einfach weitergehen.

„Hi." Ihr Herz schlug so schnell, dass sie kaum atmen konnte. Bestimmt konnten die beiden das wilde Pochen hören. Bildete sie es sich nur ein, oder deutete sich bei ihrem Anblick in seinen Mundwinkeln ein winziges Lächeln an? Hastig stellte er die beiden einander vor, und Wynona, die nach wie vor an seinem anderen Arm hing, lächelte kurz, so als würde sie sich wirklich freuen, ein weiteres Familienmitglied eines Angestellten von Haydens Vater kennenzulernen. Sie war eine gute Schauspielerin; das musste Nadine ihr lassen.

Haydens Augen waren wieder hinter einer Sonnenbrille verborgen, aber Nadine spürte seinen Blick auf sich. Irgendwie gelang es ihr, ein paar Sätze Small Talk zustande zu bringen, dann entdeckte sie Mary Beth. „Es war wirklich schön, euch zu treffen, aber ich muss los", sagte sie in der Hoffnung, das Gespräch damit zu beenden.

„Es war nett, dich kennenzulernen", rief Wynona ihr noch nach, als Nadine auch schon weitereilte. In dem kurzen Moment, in dem Hayden sie zurückgehalten hatte, hatte Nadine spüren können, wie seine Finger sich besitzergreifend um ihren Arm geschlossen hatten, als wollte er sie daran erinnern, dass sie verabredet waren.

Oder fantasierte sie bloß? Er war mit Wynona zusammen, um Himmels willen, und auch wenn es nicht so aussah, als würde er sich amüsieren, war das leicht zu erklären. Angesichts der Gefühle, die er für seinen Vater hegte, suchte er wahrscheinlich nach einer Möglichkeit, dieser Farce von einer Feier zu entkommen.

Sie rammte die Fäuste in die Taschen ihrer Shorts und entschied, dass es nur eine Möglichkeit gab, herauszufinden, was Hayden empfand. Heute Nacht. So wie sie es geplant hatten, wollte sie ihn heute Nacht am See treffen. Sollte er sie versetzen, würde sie wissen, dass er sie nur ein bisschen Spaß gewollt hatte.

Aber wenn er kam … Oh, Gott, was sollte sie dann tun?

4. KAPITEL

*D*enkst du überhaupt einmal an die Kinder? Oder an mich?" Donna Powells Stimme hallte bis nach oben in ihr Zimmer. Nadine kniff die Augen zusammen und wünschte, sie würde den Streit nicht mitanhören müssen, wie so viele Male zuvor schon. Obwohl sie die Tür geschlossen hatte und auf dem Bett an der gegenüberliegenden Seite ihres kleinen Zimmers lag, schien der Streit um sie herum zu pulsieren, wie Hitze zu den Dachsparren aufzusteigen und von der tapezierten schrägen Zimmerdecke abzuprallen. Sie hatte zwei Stunden gewartet und gehofft, ihre Eltern würden die Treppe hochsteigen und ins Bett gehen, sodass sie sich hinausschleichen könnte. Aber ihre Auseinandersetzung hatte erst vor ein paar Minuten begonnen und sich ganz schnell zu einem schrecklichen Streit gesteigert.

„Was ist mit all den Versprechungen?", fuhr Donna fort. „Die ganzen Träume, die du den Kindern in den Kopf gesetzt hast?"

Nadine wagte kaum zu atmen und legte die Hände über die Ohren, während sie darum betete, dass sie aufhören würden, dass dieser langjährige Krieg einfach ein Ende fand. Aber sie wusste, dass das nicht geschehen würde, und ihr Magen zog sich zusammen, wenn sie daran dachte, dass ihre Mutter irgendwann vielleicht die Scheidung einreichen würde.

„Bitte, lieber Gott, nein", flüsterte sie und kämpfte mit den Tränen. Das Zimmer war stickig und eng, und sie musste weg. Weg von den Vorwürfen. Weg von der Wut. Weg von diesem Haus, in dem die Liebe vor langer Zeit gestorben war.

Zu Hayden.

Wenn er sie noch wollte. Wenn er nicht längst an Wynona Galveston gebunden war.

Ohne aufzustehen, griff sie nach ihrer abgeschnittenen Jeans, die sie nachlässig über den Bettpfosten geworfen hatte, und lauschte dem Schluchzen ihrer Mutter, das nur von abgedroschenen Phrasen unterbrochen wurde.

„Wie konntest du nur … Alles, wofür wir gearbeitet haben … Die Kinder … Hast du einmal an sie gedacht?"

Die Antwort ihres Vaters war gedämpft und klang bedauernd. Nadine konnte einfach nicht länger auf ihrer durchhängenden Matratze herumliegen, die vergilbten Tapeten anstarren und sich fragen, ob ihre Eltern diesmal heraufkommen und ihren Kindern mitteilen würden, dass sie sich trennten.

Abgesehen davon wartete Hayden auf sie. Er *musste* einfach auf sie warten.

Sie rutschte aus dem Bett, schlüpfte in ihre Shorts und in die ramponierten Nikes, die Ben vor drei Jahren getragen hatte. Während sie sich ein T-Shirt über den Kopf zog, betete sie, dass ihre Mutter nicht raufkommen und nach ihr sehen würde.

Wie früher, als sie noch zur Grundschule gegangen war, öffnete sie das Fenster und sprang auf den breiten Sims. Ein breiter Zweig des nahe stehenden Ahornbaums war keine dreißig Zentimeter entfernt. Gewandt schwang Nadine sich auf den federnden Ast, krabbelte zum Baumstamm und ließ sich mühelos nach unten gleiten.

Obwohl es spät war, stieg die Sommerhitze noch immer vom Boden auf. Es war Vollmond, aber der war teilweise von Wolken verdeckt, und aus weiter Ferne blinkten die Lichter des Sägewerks durch die Bäume. Sie warf einen Blick über die Schulter zu dem Holzhaus, das ihre Familie gemietet hatte. Nur in der Küche brannte noch Licht, und durch die hauchdünnen Gardinen hindurch konnte Nadine ihre Mutter sehen, die mit hängenden Schultern am Tresen lehnte. Ihr Vater saß am Tisch, vor sich eine Flasche Bier, von der er mit finsterer Miene das Etikett abpellte. Zum ersten Mal in ihrem Leben fand Nadine, dass ihr Vater alt aussah.

Seit der Rückkehr von der Firmenfeier war er schlecht gelaunt, und Nadine fragte sich, ob Haydens Vater dafür verantwortlich war. Garreth hatte George Powell kurz vor Ende des Fests beiseitegenommen, und anstatt sich über die Aufmerksamkeit seines Arbeitgebers zu freuen, hatte George auf dem ganzen Heimweg kein Wort darüber verloren und nur still vor sich hingebrütet.

Nadine biss sich auf die Unterlippe, drehte sich um und begann ihren Weg durch die schwüle Nacht – weg von dem Ärger, dem Hass, der Lügerei und dem Kummer in diesem kleinen Haus, in dem einmal so viel Liebe gewohnt hatte.

Lieber Gott, was war nur geschehen? Sie konnte sich noch an ihre Eltern in jungen Jahren erinnern, an die Zeit, als sie und ihre Brüder noch zur Grundschule gingen. Damals wohnten sie in dem Haus in der Larch Street in Gold Creek, das voller Hoffnung, Lachen und Gesang gewesen war. Jeden Freitagabend hatte ihre Mutter ihnen scherzhaft verkündet, dass sie „heute frei machte". Wenn ihr Vater dann von der Arbeit in der Sägemühle nach Hause gekommen war, hatte sich die ganze Familie an dem großen runden Küchentisch versammelt und Sandwiches verspeist. Anschließend hatte Dad die Karten hervorgeholt und ihr und ihren Brüdern gezeigt, wie man Rommé, Binokel und sogar Poker spielte, während Mom aufräumte. Später am Abend, als die Karten wieder in der Schublade lagen, hatte Mom sich ans Klavier gesetzt, und die ganze Familie kam ins Wohnzimmer und sang zu ihrem Spiel. Selbst ihr Vater hatte mitgesungen, und sein voller Bariton hatte den schönen Sopran ihrer Mom unterstrichen.

Wann also hatte sich alles verändert? Schnellen Schrittes setzte Nadine ihren Weg fort. Sie runzelte die Stirn und biss sich fest auf die Unterlippe. Hin und wieder fuhr ein Wagen an ihr vorbei, aber instinktiv verbarg sie sich in den Schatten und wartete so lange, bis die Schlusslichter als glühend rote Punkte in der Ferne verschwunden waren.

Das Leben war schön gewesen, als die Familie Powell noch in der Stadt gewohnt hatte, in ihrem eigenen Haus mit drei winzigen Schlafzimmern und einem Wohnzimmer – klein, aber gemütlich. Vor ein paar Jahren hatte ihr Vater dann entschieden, dass seine Familie das Haus in der Stadt verkaufen und in ein Mietshaus ziehen sollte, das keine zwei Meilen vom See entfernt lag.

Nadines Schritte knirschten auf dem Schotter, der auf dem Streifen zwischen der Straße und dem Graben lag. Die Nacht war feucht und schwül, aber sie ging weiter. Bald würde sie am See sein, und in der Nähe des Wassers würde es kühler werden. Und Hayden. Er würde dort sein. Er musste dort sein.

An den Tag konnte Nadine sich lebhaft erinnern. Es war einer dieser heißen, trägen Sommertage, und die ganze Familie hatte geplant, ihn gemeinsam zu verbringen. In der Vergangenheit waren diese Tage immer wundervoll gewesen. Es gab ein Picknick im Garten, und alle hatten sich Moms Brathähnchen, Kartoffelsalat, Beerenkuchen und Wassermelonen schmecken lassen.

Die ersten Anzeichen darauf, dass in der Ehe ihrer Eltern etwas nicht stimmte, gab es, kurz nachdem sie umgezogen waren.

Aber an diesem speziellen Sonntag war von Anfang an alles schiefgelaufen. Ben und Kevin hatten sich gestritten und balgten sich in ihrem Zimmer am Ende des Flurs. In dem Versuch, mit seinem älteren Bruder fertigzuwerden, schlug Ben mit der Faust zu, ein Schlag, der durch die Rigipsplatte drang, die das Zimmer vom Treppenaufgang trennte.

Dad war ausgerastet und hatte den Jungs gedroht, ihnen mit dem Gürtel eins überzuziehen. Als sie sah, wie groß das Loch in der Wand war, wich jegliche Farbe aus dem Gesicht ihrer Mutter, und sie bemühte sich vergeblich, gegen die Tränen anzukämpfen. Nadine hatte nur dagestanden und auf die Wand gestarrt, als ihr Vater sich die Jungen schnappte und sie zwang, mit nach unten zu kommen. „Wir können das Feuerholz auch sehr gut heute abholen", erklärte er seiner Frau, während er Ben und Kevin zum Pick-up scheuchte.

Mom hatte kein Wort gesagt, sondern nur von der Veranda aus zugesehen, wie der alte Pick-up rückwärts aus der Einfahrt fuhr. Ohne ihre Tochter anzusehen, meinte sie schließlich: „Du solltest dich lieber für die Kirche fertig machen, Nadine."

Nadine, die sehnsüchtig der Staubwolke in der Einfahrt nachschaute, wollte protestieren, aber ihre Mutter verengte die Augen. „Widersprich mir jetzt nicht, dazu bin ich nicht in der Stimmung. Ich merke, dass ich Kopfschmerzen bekomme, und wir sind ohnehin spät dran. Beeil dich also, und sieh zu, dass du nach oben kommst!"

Nadine erhob keine Einwände, stattdessen ging sie nach oben in ihr Zimmer, schlüpfte in ihr einziges gutes Kleid und band ihre wilden rotbraunen Locken zu einem Pferdeschwanz zusammen. Auf der Fahrt in die Stadt sprach ihre Mutter kaum ein Wort. Offensichtlich war sie mit ihren Gedanken meilenweit entfernt, aber als sie den alten Kombi vor der Kirche parkte, drehte sie plötzlich den Kopf und blickte Nadine derart eindringlich an, dass diese sich die Wangen rieb, weil sie überzeugt war, einen Fleck im Gesicht zu haben.

Donnas Augen waren feucht und gerötet. Sie rang sich ein zittriges Lächeln ab, streichelte Nadine über die Haare und sagte: „Hör auf meinen Rat. Überlege dir gut, wen du heiratest, und glaube nicht an Märchen."

Nadine wollte sie fragen, warum sie das sagte, aber die Miene ihrer Mutter stellte klar, dass sie die Frage besser unausgesprochen ließ. Später, nachdem sie einer glühenden Rede von Reverend Osgood über die Kosten von Sünden gelauscht und sich ein paar neugierige Blicke von Mrs Nelson eingefangen hatten, war Donna nach Hause gefahren, ohne das Radio anzustellen. Sie war so in Gedanken versunken, dass sie vermutlich nicht einmal die Straße vor sich sah.

Zu Hause zog Donna sich um, bevor sie Erdbeerkuchen backte und die Hähnchen zubereitete. Die ganze Zeit über schien sie wütend zu sein und kommandierte Nadine herum, ihr das Öl zu bringen, das Mehl und was sie sonst noch brauchte. Das Schlimmste war, dass sie nicht sang. Keinen einzigen Ton. So lange Nadine denken konnte, hatte Mom gesungen, wenn sie in der Küche arbeitete. Sie sang im Kirchenchor, sie sang, wenn sie die Wäsche auf der Veranda aufhängte, sie sang mit dem Radio mit, wenn sie zu ihrem Teilzeitjob in die Stadtbücherei fuhr, und sie summte vor sich hin, wenn sie Zeitschriften durchblätterte und träumte. Musik hatte immer zum Leben der Familie gehört. Aber an diesem schrecklichen Sonntag blieben Donnas Lippen fest zusammengepresst, während sie die brutzelnden Hähnchenstücke wendete, und zwischen ihren Augenbrauen erschienen Falten, die sonst nicht da waren.

Auch später, als ihr Vater und ihre Brüder zurückkehrten, änderte sich nichts an ihrer schlechten Laune. Das Huhn brutzelte im Herd, die Kuchen kühlten auf dem Küchentresen ab, und mit finsterem Gesicht kehrte Donna die Veranda, als hinge ihr Leben davon ab. Sie schaute nur auf, als sie das vertraute Geräusch von Kies hörte, der unter den alten Reifen des verbeulten Pick-up knirschte.

Die Linien um ihren Mund vertieften sich, aber sie hörte nicht auf zu fegen. Nadine, die die Aufgabe hatte, die Kartoffelschalen auf den Komposthaufen zu werfen, blieb wie angewurzelt stehen.

George Powell schien das schlechte Benehmen seiner Söhne vergessen zu haben. Vor sich hin pfeifend parkte er den alten Pick-up beim Carport. Seine dichten roten Haare waren schweißfeucht und sein Gesicht knallrot. Kevin und Ben sprangen aus dem Wagen und liefen zum Gartenschlauch. Nachdem sie sich erfrischt hatten, machten sie sich einen Spaß daraus, einander nass zu spritzen und richteten den Schlauch auch ein- oder zweimal in Nadines Richtung.

„Riecht gut", sagte George zu seiner Frau, als er die Treppe hinaufging und ihre Wange mit seinen Lippen streifte. „Gott, habe ich einen Hunger!" Er versuchte, seine schmutzigen Arme um sie zu legen, aber sie entzog sich ihm.

„Das Essen ist in einer Stunde fertig."

Zurückgewiesen rieb Nadines Vater die schmerzende Stelle in seinem Rücken und drehte den Hals, bis es knackte. Als er seine Tochter entdeckte, zwinkerte er ihr zu. „Hast du ein Glück, Mädchen! Du wirst dir den Rücken bei der Arbeit nicht krumm schuften, niemals!"

„Erzähl den Kindern keinen Unsinn …"

Breit grinsend nahm er Nadine auf seine starken Arme. „Du, Missy, könntest eines Tages glatt die erste Präsidentin sein."

„Ich habe dir gesagt, du sollst den Kindern keinen Unsinn erzählen."

„Deine Ma ist ein Spielverderber", flüsterte George ihr ins Ohr und ließ sie wieder herunter. „Wir haben jetzt eine kleine Kapitalanlage."

„Bei Garreth Monroe", betonte ihre Mutter und fegte den Boden so fest, dass Nadine befürchtete, der Besenstil könnte abbrechen.

„Und Thomas Fitzpatrick", verteidigte sich ihr Vater und rieb sich den Schweiß aus dem roten Gesicht.

„Mit dem Geld, das wir von unserem Haus hatten." Donnas Lippen waren weiß. „Reiche Leute teilen ihr Vermögen für gewöhnlich nicht."

„Nun, du könntest überrascht werden." George ignorierte die Ablehnung seiner Frau und schaffte es, seinen Söhnen den Schlauch zu entwinden. „Ihr werdet es erleben", verkündete er allen, drehte den Wasserhahn ab und schlenderte in den Carport, wo er einen Kasten Bier in einem klappernden alten Kühlschrank stehen hatte. „Wenn ihr Kinder einmal bekannte Rechtsanwälte und Chirurgen seid, werden wir es ja sehen. Mensch, vielleicht kaufe ich eurer Mutter sogar ein neues Haus und mache mit ihr eine Kreuzfahrt."

Die Linien um Donna Powells Mund schienen sich in ihre Haut einzugraben. „Das will ich sehen", murmelte sie, und Nadine fragte sich, warum ihre Mutter so grausam war und nicht an die Träume ihres Vaters glaubte. „Bisher habe ich noch nicht erlebt, dass ein Monroe oder ein Fitzpatrick jemandem einen Gefallen getan hätte."

„Garreth Monroe ist mein Boss. Er wird mich nicht übers Ohr hauen." George öffnete sein Bier, stellte den Fuß auf den Kotflügel ihres alten Kombis und trank einen langen Zug. „Jawohl", fuhr er fort und blickte missbilligend auf den kleinen Garten. „Wir werden von hier wegziehen ... uns vielleicht eins dieser schicken Häuser am See zulegen. Was würdest du davon halten, Schatz?"

Donna hörte einen Augenblick lang auf zu fegen. Sie stützte sich auf den Besenstiel und die Falten um ihre Augen glätteten sich etwas. Um ihre Lippen spielte ein Lächeln, und Nadine bewunderte ihre Mutter, die so schön war, wenn sie keinen Kummer hatte.

„Du würdest schicke Kleider tragen, und Schmuck, und du müsstest auch nicht mehr in dieser Klapperkiste von Kombi herumfahren." Um seinen Worten Nachdruck zu verleihen, trat er gegen die Stoßstange des Wagens. „Auf keinen Fall. Wir würden uns einen tollen Sportwagen zulegen. Einen BMW oder Mercedes."

„Einen Cadillac", sagte sie. „Mit Ledersitzen, Klimaanlage und Sonnendach."

„Sollst du haben!", rief George.

Als hätte man sie dabei ertappt, leichtsinnig zu sein, machte Donna plötzlich wieder ein finsteres Gesicht und stieß mit dem Besen in die Ecke des Verandadachs über ihrem Kopf, wo eine Wespe ihr Nest gebaut hatte. Verzweifelt surrte die Wespe um den Kopf ihrer Angreiferin herum, aber Donna gab nicht nach, sondern trieb das abgenutzte Stroh ihres Besens so lange gegen die Balken, bis das trockene Schlammnest zu Boden fiel. Grimmig fegte sie die Reste – Babywespen, Larven und alles – unter dem Geländer hindurch in die Rhododendronbüsche.

„Du wirst die reichste Frau in drei Countys sein", prophezeite George und trank sein Bier aus.

„Das will ich sehen", wiederholte ihre Mutter, und ihre Stimme war so voller bitterer Enttäuschung, dass sich Nadines Magen zu einem Knoten zusammenzog.

„Los jetzt, Kev, Ben. Wir haben noch Arbeit vor uns. Ihr beiden entladet den Wagen, und ich werde das Holz spalten. Nadine, du kannst das Kleinholz bündeln."

Während Nadine zur Rückseite des Holzschuppens ging, wo die Axt ihres Vaters in einem schrammigen Holzklotz steckte, sah sie sich über die Schulter noch einmal nach ihrer Mutter um, die den Besen in eine Ecke der Veranda gestellt hatte und mit steifen Bewegungen durch die Fliegengittertür ins Haus ging.

Wenn Mom doch nur daran glauben könnte, hatte sie damals gedacht, so wie sie es seitdem noch häufig getan hatte. Wenn sie Dad doch nur vertrauen könnte!

Seit jenem Tag waren fünf Jahre vergangen. Fünf Jahre, in denen sie zusehen musste, wie das Glück, das die kleine Familie einmal miteinander geteilt hatte, sich von Auseinandersetzung zu Auseinandersetzung weiter auflöste. Dabei waren die Streitereien gar nicht mal das Schlimmste. Das Schmerzvollste für Nadine war das ausgedehnte Schweigen, wenn ihre Mutter manchmal tagelang mit niemandem im Haus ein Wort wechselte.

„Macht euch deswegen keine Sorgen", hatte ihr Vater seinen Kindern geraten. „Das ist nur wieder eine ihrer Launen." Oder aber er führte die mürrische Gemütslage seiner Frau auf „ihre Zeit im Monat" zurück. Aber Nadine wusste, dass die Probleme viel tiefer lagen. Sie war kein Kind mehr, nicht mehr ganz so naiv, und wusste, dass der Grund für die Unzufriedenheit ihrer Mutter vielmehr mit ihrem Mann zu tun hatte als mit ihrem Monatszyklus.

Die Träume ihres Vaters waren zunehmend verblasst, nachdem sie ein Jahr nach dem anderen noch immer in dem Mietshaus außerhalb der Stadt wohnten. Und jetzt arbeitete nicht nur ihr Vater noch immer in der Sägemühle, sondern auch ihr ältester Bruder Kevin. Kevin hatte das College verlassen und war wieder nach Gold Creek zurückgekehrt – in Nadines Augen ein fataler Fehler. Ein Fehler, den sie niemals machen würde.

Sie ging so schnell, dass ihr die Beine allmählich wehtaten. Ihre Haut war feucht von Schweiß. Der Wald, der den See umgab, wurde dichter, und die einzigen Geräusche im Dunkeln waren ihre Schritte und ihr eigener Atem. Sie dachte an Hayden und wischte ihre verschwitzten Hände an der abgeschnittenen Jeans ab. War es nicht völlig idiotisch, was sie hier machte? Was war denn, wenn er nicht auf sie wartete?

Der Wind trug den Geruch von Wasser herüber, und unbeirrt eilte Nadine ans sandige Ufer des Whitefire Lake. Sie verzog das Gesicht, als sie an die alte Legende der Indianer dachte, die man sich hin und wieder in den Straßen von Gold Creek zuflüsterte, und fragte sich, ob sie bis morgen früh hierbleiben sollte, um Seewasser zu trinken und darauf zu hoffen, dass der Gott der Sonne sie segnete. Sie musste lächeln, als sie an den Reverend dachte und daran, was er wohl zu ihren gotteslästerlichen Gedanken sagen würde.

Als sie am Seeufer entlang zum Dock ging, erkannte sie Bens Boot. Für sein Boot war Bens Lohn eines ganzen Sommers als

Handlanger und Laufbursche draufgegangen. Dennoch hatte Nadine keine Skrupel, das Boot zu benutzen. Sie stieg ein, ruderte los und beobachtete, wie das Mondlicht in einem Streifen aufs Wasser fiel und die Fische unter der ruhigen Oberfläche schwammen.

Selbst auf dem See wehte keine erfrischende Brise. Das Wasser war still und ruhig, und die einzigen Geräusche waren das Platschen der Ruder, wenn sie ins Wasser tauchten, und ihr schneller Herzschlag. Irgendwo in weiter Ferne klang aus den Bergen ein unheilvoll grollender Donner herüber.

Sie ruderte auf die Mitte des Sees zu, und nachdem sie genug Abstand zwischen sich und das Ufer gebracht hatte, warf sie den Motor an. Die alte Maschine röchelte und soff erst einmal ab, bevor sie schließlich dröhnend zum Leben erwachte. Mit dem teils verdeckten Mond als ihr Führer und der Hilfe einer Taschenlampe, die Ben im Boot aufbewahrte, steuerte sie das Nordufer an.

Dreimal fuhr sie am Eingang der Bucht vorbei, bevor sie den Einschnitt in der Uferlinie fand, der zur Lagune führte. Ihre Hände auf dem Ruder waren ölverschmiert, als sie schließlich landeinwärts abbog, durch die schmale Gerade steuerte und den Motor abstellte, sobald der See wieder breiter wurde. Sie legte sich das Anlegeseil über die Schulter, sprang aus dem Boot und machte es fest. Unbehaglich dachte sie daran, dass ihr Bruder sie umbringen würde, wenn er herausfände, was sie tat. Aber sie verbannte alle Gedanken an ihre Familie und die Probleme daheim aus ihrem Kopf. Im Augenblick musste sie sich wegen Hayden Sorgen machen. Sollte er nicht kommen, würde sie versuchen, Bens Rat zu folgen und ihn zu vergessen; und wenn er kam, würde ihr Leben noch komplizierter werden.

Wie du's auch machst, es ist verkehrt. Eins der Lieblingssprichwörter ihres Vaters gewann plötzlich eine viel größere Bedeutung.

Sie lauschte auf die Geräusche der Nacht und erkannte den leisen Ruf einer Eule, das Rascheln im Unterholz, als irgendein Geschöpf der Nacht vorbeihuschte, das Säuseln einer plötzlichen Windbö, die kam und sich drehte und die Äste über ihrem Kopf bewegte. Nervös sah sie alle drei Minuten auf das Leuchtzifferblatt ihrer Uhr.

Nachdem die erste halbe Stunde verstrichen war, nahmen ihre Bedenken zu. Wie lange sollte sie warten? Eine Stunde? Zwei? Bis zur Morgendämmerung? Die ersten Regentropfen fielen vom Himmel.

Beim Knacken eines Asts sprang sie auf, und das Herz schlug ihr in der Kehle, als sie zu dem Geräusch herumfuhr. Was, wenn es nicht Hayden war? Wenn sein Vater … oder irgendein Krimineller, der sich dem Gesetz entzog und Unterschlupf im …

„Nadine?"

Als sie seine Stimme hörte, bekam sie weiche Knie. „Hier bin ich."

Dann sah sie ihn. Seine Silhouette zeichnete sich vor einem Pfad ab, der zwischen zwei Bäumen hindurchführte. Erleichterung verscheuchte ihre Befürchtungen, und sie eilte ihm entgegen.

„Ich habe nicht damit gerechnet, dass du kommst", sagte er und ging auf sie zu. Noch ehe sie etwas dazu sagen konnte, hielt er sie auch schon in den Armen und küsste sie mit einer solchen Leidenschaft, dass sie innerlich zu schmelzen schien. Begierig erwiderte sie seine Küsse und schlang die Arme um ihn. Er war zu ihr gekommen!

Sein Kuss war heiß und fordernd. Unruhig glitt er mit der Zunge zwischen ihre Lippen. Zusammen taumelten Nadine und Hayden zu Boden und hielten sich gegenseitig eng umschlungen. „Nadine, Nadine", flüsterte er heiser, wieder und wieder.

„Ich hatte Angst, du würdest nicht hier sein", meinte sie leise, und auf einmal stiegen ihr Tränen in die Augen.

„Das hatte ich dir doch gesagt."

„Aber du warst mit …"

„Schsch." Wieder küsste er sie, diesmal zärtlicher. „Selbst wenn ich gewollt hätte, es wäre mir unmöglich gewesen, nicht zu kommen", gestand er ihr seufzend, als wäre sein Schicksal besiegelt, ohne die geringste Möglichkeit, daran noch etwas zu ändern. „Ich hatte nur Angst, du würdest nicht hier sein."

„Ich hatte mir vorgenommen, bis zum Morgengrauen zu warten."

„Und dann?"

„Dann hätte ich angenommen, dass du nicht mit mir zusammen sein willst."

„Wenn du wüsstest", flüsterte er ihr ins Ohr und vergrub die Finger in ihren Haaren.

Er berührte ihr Kinn und legte die Hände um ihr Gesicht. Seine Augen waren dunkel, während ihm ein Regentropfen über die Nase lief. „Nichts hätte mich davon abhalten können, hier zu sein. Weder Gott noch der Teufel. Nicht einmal mein Vater."

Sie erbebte, sowie seine Lippen ihren Mund wiederfanden, und sie küsste ihn fieberhaft. Er stöhnte dicht an ihren Mund und vertiefte den Kuss, mit dem er ihre Seele zu berühren schien. Sanft streichelte er sie überall, während er ein Bein zwischen ihre schob. Sie umklammerte seine Schultern. Tief in ihr breitete sich eine Wärme aus, die ihresgleichen suchte und Nadine, sich fester an ihn pressen ließ.

Er ließ die Finger unter ihr Shirt wandern und strich über ihren flachen Bauch, suchend und forschend wanderten sie mit jeder Bewegung ein kleines Stück weiter der Taille entlang nach oben. Nadine hatte das Gefühl, vor Begierde verrückt zu werden, und zog das Hemd aus seiner Jeans. Mit zitternden Händen knöpfte sie es auf, dann ertastet sie seinen muskulösen Oberkörper, die weichen Haare und die flachen Brustwarzen, die sich unter ihrer Liebkosungen aufrichteten. Seufzend ließ Hayden die Finger in ihren BH gleiten und umfasste ihre Brüste, die vor Sehnsucht nach seinen Berührungen schmerzten.

Sie wollte mehr. Genau wie er. Ungeduldig streifte er ihr das T-Shirt ab und blickte zu ihr hinunter. In Windeseile hatte er sie auch von dem Stück Spitze befreit und massierte zärtlich ihre Brüste. Seine gebräunten Hände hoben sich dunkel von ihrer weißen Haut ab, und der Regen tropfte um sie herum auf den

Boden, und durchnässte auch sie, doch keiner von ihnen schien es zu bemerken.

Sie seufzte, und als er den Kopf senkte, um an ihren Brustwarzen zu saugen, durchfuhr sie die Empfindung wie eine Stoßwelle, die sie veranlasste, sich aufzubäumen und ihre Hüften instinktiv an seine zu pressen.

„Gott, du bist so schön …" Kaum dass sein Atem über ihre feuchten Knospen strich, spürte sie ein köstliches Ziehen zwischen ihren Oberschenkeln. Sie wand sich, als seine Zunge über eine der harten Spitzen schnellte, riss ihm das Hemd herunter und krallte die Finger in die sehnigen Muskeln an seinen Schultern.

Er nahm sanft ihre Hand und legte sie auf seinen Hosenschlitzt. Nadine reagierte, als hätte sie sich verbrannt und riss die Finger zurück. „Es ist okay", versicherte er ihr und platzierte ihre Handfläche erneut auf seinem Schritt. Ihre Kehle fühlte sich so trocken an wie eine Wüste; ihr Puls rauschte ihr in den Ohren. Unter seiner Jeans konnte sie ihn fühlen, hart und begierig. „Das machst du mit mir", gestand er, und auf einmal fühlte sie sich sehr mächtig.

Kühn bedeckte sie seine Brust mit kleinen Küssen, wobei sie mit ihrer Hand weiterhin seine Härte berührte. Sowie sie mit ihrer Zunge eine seiner Brustwarzen neckte, stieß er einen animalischen Laut aus.

Sie wusste, dass sie mit dem Feuer spielte, dass dies hier bald aus dem Ruder laufen könnte, aber es war ihr egal. Trotz Regen war die Nacht noch immer heiß, und Hayden sogar noch heißer, und mehr als alles andere wollte sie nicht mehr aufhören, ihn zu küssen. Wenn sie mit ihm zusammen war, lösten sich ihre Probleme in nichts auf. Alles, was zählte, war Hayden.

Er schloss sie in die Arme und widmete sich wieder ihren Lippen. Er küsste sie, bis sie keine Luft mehr bekam, presste seine steinharte Brust an ihre nackten Brüste und bewegte sich an ihr. Dabei drückte er seine Erektion, die noch immer hinter dem Jeansstoff verschlossen war, tief in ihren Bauch, wobei er zitterte, als versuchte er sich zu beherrschen.

„Ich hätte dich niemals hierherbitten dürfen", sagte er und brach schweratmend den Kuss ab.

„Warum?", fragte Nadine zaghaft.

„Weil ich mit dir schlafen möchte, Nadine." Seufzend vergrub er das Gesicht in ihren Haaren, und all seine Muskeln spannten sich an und traten unter seiner dunklen Haut hervor. „Nichts in meinem Leben läuft richtig, und alles, woran ich denke, bist du, und ich … ich will dich." Wie er das sagte, klang es, als wäre es falsch.

„Ist das so verkehrt?" Sie hob ihm das Gesicht entgegen und blinzelte gegen den Regen an.

Er lachte, doch es klang nicht fröhlich. „Normalerweise nicht, aber meine Absichten sind nicht nobel."

Sie spürte ihr Herz brechen. „Was meinst du damit?"

Zähneknirschend schob er sie auf Armeslänge von sich und schaute ihr tief in die Augen. „Alles, woran ich denke, ist, mich mit dir zu vereinen. Hier, am Strand, in meinem Boot, in meinem Bett, in irgendeinem schäbigen Hotelzimmer. Es spielt keine Rolle, wo, aber ich will dich. Mehr als ich je ein Mädchen gewollt habe. Es macht mich verrückt. Auch jetzt im Moment will ich nichts anderes, als dich zu küssen, bist du nicht mehr klar denken kannst und deinen Körper an Stellen berühren, an denen dich noch niemand zuvor gestreichelt hat. Ich möchte deine Schenkel spreizen, und mich auf dich schieben und dich lieben, bis ich nicht mehr kann."

Nadine wusste, dass sie Angst haben sollte; dass er das sagte, damit sie sich fürchtete, doch das tat sie nicht. Selbst im Dunkeln konnte sie sehen, wie gequält seine Miene war, und seine Selbstverachtung zeigte sich an der Art, wie er den Mund verzog. Der Wind blies ihm die Haare aus der Stirn, und sie spürte ihn auf ihrer Haut. Aber anstatt ihre Lust abzukühlen, schien der schwüle Lufthauch das Feuer ihres Verlangens nur weiter anzufachen.

Er löste sich von ihr und setzte sich auf, ihr den muskulösen Rücken zuwendend, und schlang die Arme um die Knie. „Ich bringe dich nach Hause. Komm mit mir zum Haus, und ich hole den Wagen und fahre dich …"

„Ich will noch nicht gehen."

Er spannte die Muskeln. „Nadine, das ist nicht richtig ..."

Sie beugte sich vor und zeichnete mit einem Finger den Umriss seiner feuchten Schulter nach.

Pfeifend stieß er die Luft durch die Zähne aus. „Mach das nicht."

„Ich will aber."

Er fuhr herum, griff nach ihrer Hand und hielt sie fest. „Das könnte zu weit gehen."

„Ich glaube nicht ..."

„Natürlich wird es das!" Er ließ sie los und strich sich mit den Fingern durchs Haar. „Bist du noch Jungfrau?"

Nadine hatte das Gefühl, als hätte er ihr eine Ohrfeige verpasst. „Was hat das damit ...?"

„Verflucht, bist du noch Jungfrau?" Plötzlich fasste er sie an den Schultern und schüttelte sie leicht.

„Ja, aber ..."

Fluchend rappelte er sich auf. „Steh auf!"

Plötzlich verlegen befolgte sie seine Aufforderung, konnte allerdings ihren Mund nicht halten. „Und du?"

„Was?"

„Bist du noch Jungfrau?"

Er trat auf sie zu, seine Augen schwarz wie die Nacht. „Ich wüsste nicht, dass das eine Rolle spielt."

„Du hast damit angefangen."

Er presste die Lippen zusammen. „Nein."

„Schön. Dann muss du ja nicht besorgt darüber sein, dass ich deinen Ruf ruinieren könnte, nicht wahr?" Sie stellte sich auf die Zehenspitzen, schlang die Arme um seinen Hals und legte den Kopf in den Nacken. Stöhnend küsste er sie erneut, während ein Blitz über den Himmel zuckte.

„Das ist ein Fehler, Nadine."

„Nur, wenn du es so siehst."

Er war schon dabei auf die Knie zu gehen und zog sie mit sich, küsste ihr Kinn, ihren Hals, und ließ seine Zunge über ihre Brüste gleiten. Während es laut in den Bergen donnerte und sie im

Mondlicht knieten, umfasste er eine ihrer Brüste und schloss seinen Mund um die Spitze. Langsam saugte er an der Knospe, und Nadine bebte bis ins Innerste.

„Ist es das, was du willst?", fragte er.

„Hmm." Sie konnte nicht mehr denken oder antworten.

„Oh, Nadine." Sämtliche Muskeln in seinem Körper spannten sich, während er tief einatmete. Wieder nahm er sie in die Arme, hielt sie fest und stützte das Kinn auf ihren Kopf. „Ich denke, wir sollten es lieber langsam angehen ... oder zumindest langsamer. Wenn möglich."

Er drückte einen Kuss auf ihren Scheitel, fand ihr T-Shirt und warf es ihr zu. „Lass uns spazieren fahren ... in deinem Boot."

„Das Boot gehört meinem Bruder", korrigierte sie ihn leicht verletzt. Hatte sie etwas falsch gemacht? Sicher, sie hatte keine große Ahnung davon, wie ein Mann zu befriedigen oder auch nur anzutörnen war, aber wenn sie an Haydens und ihre eigene Reaktion dachte, glaubte sie doch, dass alles in Ordnung war.

Linkisch zog sie sich an und watete anschließend zu Bens Boot. Hayden half ihr, es ins offene Wasser zu lenken, und als sie die Mitte des Sees erreicht hatten, griff er hinüber, schaltete die Zündung ab und ließ das Boot treiben. Sie küssten sich im Regen, und als sich ihre Lippen berührten, erhellte ein Blitz die Nacht.

Hayden legte ihr seine Jacke um die Schultern und sagte: „Wir müssen nach Hause. Hier sind wir nicht sicher."

„Das macht mir nichts aus ..."

„Wird es aber." Er fuhr das Boot zur Anlegestelle. Dann half er ihr heraus und schlang den Arm um ihre Schultern. Auf dem Weg zur Landstraße schob er ihr eine Locke von der Wange. „Hast du nicht vor, mich nach Wynona zu fragen?"

„Möchtest du über sie reden?"

„Nicht unbedingt."

Nadine war sich nicht sicher, ob sie etwas über die anderen Mädchen in seinem Leben erfahren wollte. Dennoch war sie neugierig auf alles, was mit ihm zu tun hatte. Vor allem die Frauen.

„Sie ist diejenige, die meine Eltern für mich als Ehefrau auserkoren haben."

Nadines Herz landete im Freiflug auf dem harten Boden der Tatsachen. „Deine Frau?" Plötzlich war ihr ganz schlecht. Er würde jemand anders heiraten? Oh, Gott, wie hatte sie sich so verhalten können? Wie hatte *er* beinahe Liebe mit ihr machen können?

„Es ist das, was mein alter Herr sich wünscht. Das ist der Grund für das ganze Theater um den Mercedes. Er war als ‚Verlobungsgeschenk' gedacht. Das Problem ist nur, dass ich nicht verlobt bin."

„Noch nicht."

Er berührte ihren Arm. „Nie. Jedenfalls nicht mit Wynona."

„Sie ist hübsch."

„Findest du?" Er schnaufte verächtlich.

„Hmm." Sie zitterte. Was dachte sie sich nur dabei, hier draußen allein mit ihm über die körperlichen Attribute der Frau, die er heiraten sollte, zu sprechen?

„Nun, sie selbst findet das auch."

„Glaubt … Denkt sie denn, dass ihr heiraten werdet?"

Er machte ein finsteres Gesicht. „Es ist schwer zu sagen, was Wynona denkt, aber ich habe das Gefühl, sie würde so gut wie alles tun, um einen Teil des Vermögens meines alten Herrn zu bekommen. Mich zu heiraten wäre der leichte Weg."

Nadines Herz zerbrach in tausend Stücke. Hayden sprach über die Ehe, als wäre sie ein Preis, den man verhandeln könnte. Sie dachte an die Verbindung ihrer Eltern und wusste, dass Eheglück ein Märchen war. Dennoch war sie romantisch genug, um daran zu glauben, dass die wahre Liebe irgendwo existieren musste. Sie musste einfach!

Bei der Vorstellung, dass Hayden Wynona küssen und berühren könnte, so wie er Nadine liebkost hatte, geriet ihr Magen in Aufruhr. Eine Frage stand noch zwischen ihnen, und sie sagte sich, dass sie sie nicht stellen sollte, aber sie musste die Wahrheit wissen. „Du hast gesagt, dass du keine Jungfrau mehr bist."

Er antwortete nicht.

„Hast du … hast du … mit Wynona?“

Hayden räusperte sich, griff sie am Arm und zwang sie, stehen zu bleiben. „Niemals.“

„Aber …“

„Es war ein anderes Mädchen.“

„Trish London“, vermutete Nadine.

„Dann hat es sich also herumgesprochen.“ Er setzte sich wieder in Bewegung und verschränkte die Finger mit ihren. „Du darfst nicht alles glauben, was du hörst, Nadine. Jedenfalls nicht in Gold Creek. Die Leute neigen dazu, die Wahrheit zu verdrehen.“

Instinktiv wusste sie, dass das Thema damit erledigt war.

Hayden begleitete sie nach Hause. Allen Protesten zum Trotz, bestand er darauf, sie sicher bis zur Veranda zu bringen, wo er sie noch einmal zärtlich küsste und dann zurück zur Straße lief. Sie sah ihm nach, bis er in der Nacht verschwand, und erst nachdem sie sich vergewissert hatte, dass er wirklich nicht mehr da war, lief sie durch den Nieselregen zum Baum vor ihrem Fenster und kletterte bis zu dem dicken Zweig, der bis an dieses reichte. Vorsichtig, um keinen Lärm zu machen, rutschte sie über den Sims und landete schließlich sanft auf dem kahlen Fußboden.

Erleichtert stieß sie die Luft aus und begann, ihre durchweichten Nikes auszuziehen, hielt jedoch erschrocken inne, als sie das Klicken eines Feuerzeugs hörte. Entsetzt sah sie, wie ihre Mutter, die am Schreibtisch lehnte, sich eine Zigarette anzündete. Die kleine Flamme verlieh Donnas Gesicht ein gelbes eingefallenes Aussehen, als sie mit spitzen Lippen den ersten Rauch seit fünf Jahren inhalierte.

Nadine blieb fast das Herz stehen. Sie war erwischt worden.

„Willst du mir nicht sagen, wo du warst?“, fragte Donna, und weißer Rauch quoll ihr aus Mund und Nase. Sie klappte das Feuerzeug zu.

„Am See.“

„Mit wem?“

„Ich bin allein dorthin", antwortete Nadine, um nicht lügen zu müssen.

„Was hast du dort gemacht?"

„Ich bin mit Bens Boot gefahren."

„Hmm." Ein zweiter tiefer, langer Zug an der Zigarette. Die rot glühende Spitze war das einzige Licht im Raum, und der Geruch des verbrennenden Tabaks vermischte sich mit dem von Regenwasser.

„Wohin?"

Schulterzuckend antwortete Nadine: „Ich bin nur so herumgefahren."

„Allein?"

Offensichtlich glaubte Donna ihr nicht. „Ich … ich hatte dich und Dad gehört. Euren Streit. Ich … ich musste einfach raus." Nadine warf ihre durchnässten Haare über die Schultern zurück.

„Demnach wärst du also bei einem Gewitter fast zwei Meilen gelaufen und die nächsten drei Stunden im Dunkeln auf dem Whitefire Lake herumgekurvt. Das soll ich dir glauben?"

„Ja."

Seufzend rieb ihre Mutter sich die Stirn. „Nadine, du warst immer das Kind, das mir den geringsten Kummer bereitet hat. Kevin … nun ja, er hat seine Probleme. Als er nicht mehr Baseball spielen konnte, hat er das College verlassen und sich aufgegeben. Er fand, sein Leben sei gelaufen, und hat einen Job in dieser verdammten Sägemühle angenommen. Was Ben angeht … wir wissen alle, was er für ein Hitzkopf ist. Er glaubt, er könnte sämtliche Probleme mit seinen Fäusten lösen oder … wenn es um Mädchen geht, indem er seine Hose aufmacht." Als Nadine kurz nach Luft schnappte, fügte ihre Mutter hinzu: „Ich gebe es nur ungern zu, aber Ben ist verrückt nach Mädchen. Aber du … oh, Nadine …" Ihr versagte die Stimme und noch einmal zog sie kräftig an ihrer Zigarette.

Nadine fühlte sich elend. Sie hatte nicht vorgehabt, ihre Mutter zu enttäuschen.

„Also, sag es mir. Ich vermute, dass du dich mit einem Jungen getroffen hast. War es Sam?"

Kläglich schüttelte Nadine den Kopf.

„Wer dann?"

„Das … das kann ich dir nicht sagen."

„Warum nicht? Weil ich nicht mit ihm einverstanden wäre?" Als sie keine Antwort erhielt, machte Donna eine wegwerfende Handbewegung. „Das heißt wohl, ich wäre es nicht. Wenn man so spät in der Nacht einen Jungen trifft, Nadine, fordert man die Probleme geradezu heraus, ganz gleich, wer es ist." Sie setzte sich auf den Rand von Nadines Bett und die alte Matratze quietschte. „Ich … ich schätze, ich hätte es dir schon vor langer Zeit sagen sollen. Vielleicht bist du auch schon von selbst darauf gekommen, aber Kevin wurde nicht zu früh geboren. Ich war schwanger und musste deinen Vater heiraten." Sie fuhr sich mit den Fingern ihrer freien Hand durch die Haare. „Oh, versteh mich nicht falsch. Ich hätte George wahrscheinlich ohnehin geheiratet. Aber angesichts der Tatsache, dass ich ein Baby erwartete, nun ja, da blieb mir keine andere Wahl. Das heißt, ich sah keinen Ausweg. Ich saß fest." Heftig blinzelnd fügte sie hinzu: „Ich will einfach nicht, dass es dir genauso ergeht."

„Das wird es nicht", sagte Nadine obwohl sie leicht ins Stottern geriet, als ihr bewusst wurde, wie nahe sie in dieser Nacht davor gestanden hatte, ihre Jungfräulichkeit zu verlieren. Hätte Hayden sie gedrängt und verführt, hätte sie keine Einwände erhoben. Im Gegenteil, sie hatte sich *gewünscht*, mit ihm zu schlafen.

„Also, wer ist der Junge?"

„Mom, bitte, frag mich nicht."

Verärgert drückte Donna ihre Zigarette in einem Teller aus, der auf dem Nachttisch stand, und reckte das Kinn. „Hast du vor, ihn wiederzusehen?"

„Ich … ich weiß nicht."

„Dann werde ich dir die Entscheidung abnehmen. Triff dich nicht mehr mit ihm … nie wieder." Ihre Mutter stand auf und kam auf Nadine zu. „Ich werde es herausfinden, das weißt du. Das ist ein verdammt kleiner Ort hier, und irgendjemand wird sich ausrechnen können, mit wem du dich herumgetrieben hast. Die Wahrheit wird herauskommen, Nadine, also nimm ihn nicht in Schutz. Wahrscheinlich ist er es eh nicht wert."

Nadines Gedanken kreisten um Ben ... Aber nein, er würde sie nicht verpfeifen. Patty Osgood schon, und dasselbe galt für Mary Beth Carter. Eine Menge Leute hatten gesehen, wie sie am See in Haydens Rennboot gestiegen war. Ihre Mutter hatte recht, es würde nicht lange dauern, bis das Ganze herauskam. Aber sie wollte nicht diejenige sein, die seinen Namen preisgab. Nein. Stattdessen würde sie ihn warnen, dass ihre Mutter auf dem Kriegspfad war.

„Also?"

„Ich kann nicht, Mom."

Entrüstet presste ihre Mutter die Lippen zusammen. „Nun, wer immer es sein mag, ich hoffe, er ist so nobel wie du." Sie ging zur Tür, blieb jedoch noch einmal stehen, als ihre Hand bereits auf der Klinke lag. „Es versteht sich von selbst, dass du Hausarrest hast. Die nächsten zwei Wochen. Und sollte ich dich irgendwann noch einmal dabei erwischen, wie du dich wieder aus deinem Zimmer schleichst, werde ich ein Schloss an die Tür hängen und die Fenster verriegeln."

„Mom ..."

„Keine Diskussion, Nadine. Und glaube mir", sie drehte sich um, in ihrem Gesicht lag ein Ausdruck von Entschlossenheit, „ich werde alles tun, wirklich *alles*, was in meiner Macht steht, um zu verhindern, dass du denselben Fehler machst wie ich."

Sie trat hinaus und warf die Tür hinter sich zu, während ihre Warnung im Raum widerhallte.

„Dieser Schweinehund!" Donna warf das Geschirrtuch ins Spülbecken, und die Tränen liefen ihr übers Gesicht. Ihr Mann versuchte, sie zu beruhigen und seine großen Hände auf ihre Schultern zu legen, aber sie entzog sich ihm. „Wie konntest du nur, George? Wie konntest du Garreth Monroe vertrauen?"

Nadine wollte gerade die Fliegengittertür öffnen, aber als sie das letzte Bruchstück der Auseinandersetzung mitbekam, ließ sie ihre Hand fallen. Ben kam die Hintertreppe heraufgelaufen, und Bonanza hing ihm springend und bellend an den Fersen. Schnell legte Nadine den Finger an den Mund. „Schsch!" Aber es war zu spät. Ihre Eltern drehten sich beide um und sahen sie nebeneinander auf der Veranda stehen.

Am liebsten wäre Nadine in den staubigen Dielen versunken, aber Ben, der von dem brodelnden Streit in der Küche nichts mitbekommen hatte, riss die Tür auf.

„Ihr könnt ruhig hereinkommen", sagte ihr Vater, und Nadine fiel auf, dass seine normalerweise eher rötliche Gesichtshaut aschgrau war. Er nagte an der Unterlippe und seine Hände spielten an dem schmutzigen rotschwarzen Elastikband seiner Hosenträger herum. Seine Haare waren voller Sägemehl, und seine breiten Schultern sahen aus, als wären sie mit unsichtbaren Ziegelsteinen beladen. „Da es jeden in dieser Familie betrifft, sollten wir darüber reden. Setzt euch." Er zog einen Stuhl vom Esstisch weg, und Nadine und Ben setzten sich wortlos zu ihm an den Tisch. „Kevin werde ich es erzählen, wenn er nach Hause kommt. Wie ihr alle wisst, hatte ich jedem in dieser Familie eine Menge Geld versprochen. Eine Ausbildung für euch Kinder, ein neues Haus und Auto für eure Mutter …" Sein Kinn zitterte leicht, und er machte eine Pause, um sich zu räuspern. Niemand im Raum wagte es, zu atmen. „Also, all das wird es nicht geben. Das Geld, das ich Mr Monroe gegeben habe, um es anzulegen, ist weg."

„Weg?", schrie Ben. „Wohin denn weg?"

George zuckte mit den Schultern. „Die Investition hat sich nicht ausgezahlt."

„Was meinst du mit ‚nicht ausgezahlt'?", hakte Ben nach, und Nadines Magen zog sich schmerzhaft zusammen. „Wo ist das Geld denn hin? In die Taschen des alten Monroe gewandert? Damit er seine Liebhaberinnen bezahlen kann? Um seinen Sohn auf eine Privatschule zu schicken?" Ben war knallrot im Gesicht und seine Augen sprühten Funken.

„Jetzt beruhige dich erst mal. Ich wusste, dass es eine riskante Investition war", gestand ihr Vater, und Donna ließ ein leises

Wimmern hören. Haltsuchend lehnte sie sich gegen die Spüle. „Nur so kann man Geld machen, großes Geld. Je riskanter die Investition, desto größer der Gewinn."

„*Welche* Investition?"

„Ölquellen."

„Oh, Gott", flüsterte Donna.

„Du meinst trockene Bohrlöcher?", fragte Ben beharrlich nach.

Nadine hatte Mitleid mit ihrem Vater, als dieser kurz nickte. „Sieht so aus."

„Aber wer sagt das? Monroe?"

„Ich habe das geologische Gutachten gesehen", erwiderte ihr Vater. „Da ist nichts außer einem leeren Loch."

„Oh, es ist nicht leer", sagte Donna bitter. „Es ist mit jedem Dollar gefüllt, den wir je gespart hatten! Es ist gefüllt mit dem Haus, das wir einmal besessen haben, und es ist mit unseren Träumen gefüllt, George, unseren verfluchten, wunderschönen, törichten Träumen!" Die Tränen flossen ihr ungebremst über die Wangen, und Nadine wollte davonlaufen, egal wohin, nur fort von der schrecklichen Wahrheit und dem drohenden Unheil, das sie in den Augen ihrer Mutter sah.

„Wie konntest du einem Monroe vertrauen?", fragte Ben. „Der ganze Ort weiß, dass der alte Garreth genauso habgierig und betrügerisch ist wie sein Schwager. Der hatte doch auch seine Finger im Spiel, nicht wahr? Ich wette, es war Thomas Fitzpatricks Idee. Monroe ist gar nicht clever genug, um einen solchen Betrug zu planen!"

„Das war kein Betrug."

„Ja, klar!" Ben stand auf und trat gegen den Tisch.

„Ben!" Donna richtete sich auf, aber er hörte nicht auf seine Mutter.

Er fuhr herum, stützte beide Hände auf den Tisch und funkelte Nadine böse an. „Jetzt weißt du, wie die Monroes sind, kleine Schwester", fuhr er sie an. „Sie alle. Aus demselben Holz geschnitzt. Und dein edler Hayden ist nicht anders als sein alter Herr."

„Oh, Gott", wisperte Donna. „Nadine. Nicht Hayden Monroe!" Die Linien in ihrem Gesicht gruben sich tief in ihre sonst schöne Haut, und Ben presste die Kiefer aufeinander, als ihm aufging, was er getan hatte.

Nadine versteifte sich. Auch wenn die nicht vergossenen Tränen heiß in ihren Augen brannten, sie hatte nicht vor, zusammenzubrechen. Sie mochte Hayden, wahrscheinlich liebte sie ihn sogar. Und tief im Innern empfand er dasselbe für sie. Das wusste sie.

„Ist das der Junge, mit dem du dich davongeschlichen hast?", hakte Donna nach.

„Ach, verdammt", grummelte Ben, der sich offenbar selbst nicht mehr leiden konnte.

„Wer hat sich davongeschlichen?", wollte Kevin wissen, als er die Fliegengittertür aufschob.

„Nadine. Mit Hayden Monroe." Donna kam näher, umklammerte den Tischrand und ihr vernichtender Blick traf ihre Tochter mit voller Kraft. „Da ist nur noch eine Sache, die ich gerne wüsste", sagte sie mit zitternder Stimme, und Nadine wappnete sich vor dem nächsten verbalen Schlag. „Sag mir die Wahrheit, Nadine. Wenn du lügst, werde ich es auch so herausfinden."

Nadine hob den Kopf und sah ihrer Mutter in die Augen. „Was willst du wissen?"

„Bist du schwanger?"

„Schwanger?", wiederholte Kevin kopfschüttelnd. „Was ist denn hier los?"

Ihr Vater musterte seinen Erstgeborenen kritisch. „Was machst du denn so früh hier zu Hause?"

„Ich bin jetzt für längere Zeit zu Hause, Dad", antwortete Kevin und ließ sich auf einen Stuhl fallen. „Ich wurde entlassen."

„Entlassen?", fragte Donna, und Nadine hasste es, die Enttäuschung in den Augen ihrer Eltern zu sehen.

„Wusstest du das nicht? Sie fahren jetzt weniger Schichten, und Leute wie ich, die noch nicht so lange dabei sind, haben ihre Kündigung bekommen."

Nadine spürte, wie sich das Verhängnis auf das Dach des kleinen Hauses legte.

„Wenn ihr mich fragt, dreht der alte Monroe durch. Wahrscheinlich hat es mit seinem Sohn zu tun. Der Junge ist völlig durchgeknallt. Er hat das Boot seines Alten zu Schrott gefahren, und das Mädchen, das bei ihm war, seine Verlobte, musste mit einem Rettungshubschrauber nach San Francisco gebracht werden. Es ist noch unklar, ob sie durchkommt oder nicht."

Nadines Herz zerbrach in tausend Stücke. „Und Hayden … ist er …?"

„Oh, der kommt wieder in Ordnung. Diese Monroes sind verdammte Glückspilze. Soweit ich weiß, soll er sich zwei Rippen gebrochen und ein Bein aufgeschrammt haben, aber das wird er überleben."

Donna hatte bereits den Telefonhörer in der Hand, zweifellos, um sich die Nachricht bestätigen zu lassen. Nadine rutschte auf ihrem Stuhl ein Stück tiefer, und Tränen brannten in ihren Augen.

Die Küche um sie herum schien zu verschwinden, aber die kurzen Fragen, die ihre Mutter an ihre Freundin richtete, die im Bezirkskrankenhaus arbeitete, konnte sie immer noch hören. Es stimmte – Hayden lag in der Notaufnahme, hatte Schmerzen und war vielleicht doch etwas ernsthafter verletzt, als Kevin gehört hatte.

Als sie hörte, wie ihre Mutter das Telefon auflegte, hob Nadine langsam den Kopf und sah ihr in die Augen. Donna nickte. „Der Zustand des Mädchens ist kritisch – das Becken zerquetscht, mögliche innere Verletzungen, aber Hayden Monroe wird wieder auf die Beine kommen. Bislang ist zwar noch unklar, ob er je wieder laufen kann, ohne zu humpeln, aber er wird durchkommen."

„Er liegt im Bezirkskrankenhaus?", fragte Nadine und griff unbewusst nach ihrer Handtasche.

„Ja."

Sie spürte die Hand ihres Vaters auf ihrer Schulter. „Ich tue das nur sehr ungern, Missy", sagte er, die Stimme rau vor Bedauern, „aber du wirst nirgendwo hingehen."

„Ich muss aber ins …" Sie wurde sich bewusst, dass alle Augen auf sie gerichtet waren.

„Du hast Hausarrest. Frag mich gar nicht erst, für wie lange, denn ich kann es dir wirklich nicht sagen. Hör mir zu, junge Dame. Es wird sich nicht mehr aus dem Haus geschlichen. Und solange Hayden Monroe nicht in ein Krankenhaus nach San Francisco verlegt worden ist, um sich dort von seinen Ärzten behandeln zu lassen, wirst du nirgendwo hingehen."

„Aber …"

„Diskutier nicht mit mir, Nadine. Glaub mir, ich weiß es besser als du." Er hielt ihren Blick mit seinem fest. „Ich habe meine Lektion über die Monroes auf die harte Tour gelernt, und ich werde nicht tatenlos dabei zusehen, wie du verletzt wirst."

Sie geriet in Panik. „Ich werde nicht …"

„Du hast gehört, was ich gesagt habe. Das reicht. Wir werden nicht mehr darüber reden. Am besten vergisst du einfach, dass du Hayden Monroe je begegnet bist."

5. KAPITEL

San Francisco, Kalifornien
Gegenwart

*D*er Nebel verdichtete sich um den Grabstein, und das Gras darum, das erst vor Kurzem umgegraben worden war, roch frisch und erdig. Hayden fror bis auf die Knochen und schob die Hände in die Jackentaschen. Eiskalter Regen rann ihm in den aufgestellten Kragen seiner alten Lederjacke und tropfte ihm von seinem unbedeckten Kopf und der Nase.

Er starrte auf die letzte Ruhestätte seines Vaters, die mit Rosen, Nelken und Lilien bedeckt war, und flüsterte leise: „Ich hoffe, du hast bekommen, was du verdient hast, du elender Mistkerl."

Ein Knoten schnürte ihm den Hals zu, und in seinen Augen brannten Tränen, die er auf keinen Fall vergießen wollte. Hayden Garreth Monroe III war eine erbärmliche Version eines Vaters gewesen. Er hatte seinem Sohn keine Liebe gezeigt, kein freundliches Wort für ihn übrig gehabt … Für ihn hatten immer nur strikte Disziplin und die Werte der oberen Zehntausend etwas gegolten.

Hayden zog einen Baseball aus der Jackentasche – signiert von Reggie Jackson – und feuerte ihn in die aufgeweichte Erde. Der Ball sank tief ein und wurde beinahe so vergraben wie sein Vater. Das passt, dachte Hayden bitter. Für den Ball hatte sein Vater ein Vermögen bezahlt, und er hatte ihn Hayden geschenkt. Aber kein einziges Mal hatte er mit seinem einzigen Sohn ein paar Bälle geworfen. Dazu hatte er nie die Zeit gehabt, oder die Lust.

„Ruhe in Frieden", murmelte Hayden, drehte sich um und warf keinen Blick mehr zurück, als er sich von dem Grab entfernte.

Sein alter Jeep stand im Leerlauf am Straßenrand, und Hayden rutschte auf den zerschlissenen Fahrersitz, drehte das Lenkrad und trat aufs Gaspedal. Leo, ein kampferprobter Labrador und sein bester Freund auf der Welt – vielleicht auch sein einziger –, saß auf dem Rücksitz. „Nur noch einmal kurz halten", informierte er den Hund. „Dann sind wir hier Geschichte."

Nachdem er die Friedhofstore hinter sich gelassen hatte, fuhr er in die Innenstadt, um sich einer weiteren Tortur zu unterziehen – einem Treffen mit William Bradworth aus der Kanzlei „Smythe, Mills und Bradworth", den Anwälten seines Vaters.

Das Büro des Anwalts stank geradezu nach Geld. Von der Mahagonitäfelung an den Wänden bis hin zu den ledernen Clubsesseln, die steif um einen massiven Schreibtisch platziert waren, luden die Räumlichkeiten geradezu dazu ein, Gespräche über Geld, Geld und noch mehr Geld zu führen. Selbst der Ausblick auf die San Francisco Bay tat der Wall-Street-Atmosphäre keinen Abbruch, die ein hoch bezahlter Dekorateur von der Ostküste an die Westküste zu übertragen versucht hatte.

Das künstliche Ambiente löste bei Hayden Übelkeit aus.

Unruhig rutschte er im Sessel umher und blickte von William Bradworths Halbglatze zum Fenster, wo ein Schneeregen gegen die Fenster spritzte und der Himmel die Farbe von Stahl angenommen hatte.

Die Stimme des Anwalts war ein monotones Brummen, das kein Ende zu nehmen schien. „... Sie sehen also, Mr Monroe, dass Sie – abgesehen von dem Geld, das Ihrer Mutter zugedacht ist, ihrem Haus, ihrem Wagen und ihrem Schmuck – praktisch alles geerbt haben, was Ihr Vater besessen hat."

„Ich dachte, er hätte mich vor ein paar Jahren enterbt."

Bradworth räusperte sich. „Das hatte er auch. Später hat er es sich jedoch wieder anders überlegt."

„Wie großzügig von ihm", murmelte Hayden.

„Vermutlich, ja."

„Nun, ich will es nicht haben. Nicht einen grob geschnittenen Balken, nicht einen roten Heller vom Geld des alten Mannes und schon gar keine stinkende Ölquelle. Haben Sie das verstanden?"

„Aber Ihnen wurde gerade ein Vermögen hinterlassen ..."

„Was mir hinterlassen wurde, Bradworth, ist eine Fußfessel mit Kugel als Erinnerung daran, dass mein Vater mich kontrollieren wollte, als er noch lebte, und nun versucht er vom Grab aus weiterhin, mir vorzuschreiben, wie ich zu leben habe." Hayden warf einen flüchtigen Blick auf seine Kopie des Letzen Willens von Hayden Garreth Monroe III, die vor ihm auf dem polierten Schreibtisch lag, und schob sie dem arroganten Schurken von Anwalt zu. „Aber das wird nicht funktionieren."

„Aber …"

Hayden erhob sich, stützte die Hände auf den Schreibtisch, beugte sich vor und bohrte den Blick in die ausdruckslosen Augen des Mannes, der jahrelang für seinen Vater gearbeitet hatte. „Ich habe die Firma nicht gewollt, als der alte Mann noch lebte", sagte er mit ruhiger Stimme, „und mit hundertprozentiger Sicherheit will ich sie auch jetzt nicht haben."

„Ich sehe nicht, dass Sie eine große Wahl hätten." Wie üblich durch nichts aus der Fassung zu bringen, lehnte Bradworth sich in seinem Sessel zurück, und brachte somit etwas mehr Distanz zwischen sich und Haydens aggressive Haltung. Wie ein Geistlicher, der bereit war, Beistand zu leisten, legte er die Hände unter dem Kinn zusammen und meinte: „Natürlich können Sie das Unternehmen verkaufen, aber das braucht Zeit, und Sie werden mit Ihrem Onkel verhandeln müssen …"

Bei der Erwähnung von Thomas Fitzpatrick schnitt Hayden eine Grimasse.

„Tom besitzt beträchtliche Aktienanteile. Währenddessen werden die Angestellten weiterbezahlt werden wollen, und wenn Sie nicht dichtmachen und diese Leute zur Arbeitslosigkeit verdammen wollen, wird die Monroe Sawmill auch in Zukunft massenhaft Nutzholz in den einzelnen Sägewerken produzieren."

Hayden presste die Zähne zusammen. Selbst aus dem Grab heraus schien der alte Mann ihn noch in der Zange zu halten. Für Gold Creek, wo die älteste und größte der Mühlen stand, hatte er nicht allzu viel übrig, aber er hasste die Menschen, die dort lebten, nicht. Ein paar von ihnen waren gute, bodenständige

Leute, die seit Jahren für das Unternehmen arbeiteten. Wenn sie ihre Arbeit verloren, hatten sie keine Alternative. Von einem fünfundfünfzigjährigen Sägewerkarbeiter konnte man nicht erwarten, dass er wieder die Schulbank drückte, um eine Umschulung zu machen. Der gesamte Ort war auf die eine oder andere Weise von dieser Mühle abhängig. Selbst die Leute, die für die Fitzpatrick Logging Company arbeiteten, brauchten eine Sägemühle, an die sie das Holz, das sie gefällt hatten, verkaufen konnten. Die Banken, die Geschäfte, die Cafés, die Gasthäuser, ja selbst die Kirchen waren auf die Mühle angewiesen, um das Wirtschaftssystem des kleinen Orts liquide zu halten. Dasselbe galt für die anderen Ortschaften, die um die kleineren Mühlen entstanden waren, die er jetzt besaß.

Mit dem Gefühl, langsam unterzugehen, sagte Hayden: „Hören Sie, Bradworth, ich weiß, wie man Firmen verkauft. In Klamath Falls, Oregon, habe ich gerade den Verkauf einer Abholzungsfirma abgewickelt, also muss es auch einen Weg geben, die Mühlen in Gold Creek und Umgebung loszuwerden."

Der Anwalt verzog die Lippen auf eine Weise, von der Hayden nur annehmen konnte, dass es ein Lächeln sein sollte. „Ihr kleiner Betrieb in Klamath Falls ... woraus hat er bestanden? Ein paar Wagen, vielleicht ein oder zwei Mühlen und etwas Bauholz? Es ist etwas völlig anderes, für eine kleine Firma verantwortlich zu sein, als ein Unternehmen vom Umfang der Monroe Sawmill zu führen."

„Wie auch immer, ich will das nicht. Es ist mir egal, ob ich jemals einen Cent vom Geld des alten Mannes zu sehen bekomme."

Leicht erstaunt hob Bradworth die Augenbrauen. „Dann wollen Sie das Unternehmen mit allem Drum und Dran also spenden? An wen? Die Obdachlosen? Der Krebsgesellschaft? Bedürftigen Kindern?"

Hayden presste die Lippen zusammen. „Das wäre ein Anfang."

„Und wie?"

„Sie sind der Anwalt ..."

„Richtig. Deshalb sage ich es Ihnen ja. Wir können nicht losziehen und der Heilsarmee einen Hackschnitzler schenken. Wie Sie wissen, würden die meisten Menschen sich darum reißen, ein Unternehmen wie dieses zu besitzen."

„Ich bin nicht wie die meisten Menschen."

„Offensichtlich nicht." Bradworth musterte Hayden von Kopf bis Fuß und taxierte kurz dessen feuchte Jeans, das Flanellhemd und die abgetragenen Laufschuhe. Seine nasse Lederjacke hatte er nachlässig über die Rückenlehne eines der Lederpolsterstühle geworfen, und das Wasser tropfte auf den teuren burgunderroten Teppich des Anwalts. „Was die Wohlfahrtseinrichtung Ihrer Wahl angeht … ich bin sicher, der Aufsichtsrat wird mehr als glücklich sein, Ihr Geld anzunehmen. Aber nicht in Form des Unternehmens selbst. Sie werden die Monroe Sawmill Company also an ein Konkurrenzunternehmen verkaufen können, wenn es denn eins gibt, das sie haben will. Es ist Ihre Entscheidung. Aber fürs Erste sind Sie, ob es Ihnen gefällt oder nicht, der Besitzer der Aktienmehrheit und Firmenboss, und die nächste Vorstandssitzung ist geplant für den 15. Januar." Vielsagend warf Bradworth einen Blick auf den Terminplaner, der auf seinem Schreibtisch lag. „Das sind kaum noch zwei Monate, und ich möchte bezweifeln, dass Sie bis dahin einen Käufer für die Firma gefunden haben werden." Er griff hinter sich, öffnete eine Anrichte aus gepflegtem Nussbaum und zog mehrere Heftmappen heraus. „Das hier", erklärte er mit ruhiger Autorität, „sind Kopien der Geschäftsbücher. Ich würde vorschlagen, dass Sie sich damit beschäftigen. Was das Stadthaus in den Heights betrifft, hier sind die Schlüssel, auch die für den Mercedes, den BMW und den Ferrari. Dann ist da noch das Sommerdomizil am …"

„Whitefire Lake", ergänzte Hayden und dachte an das abgelegene Haus am Ufer, der einzige Ort aus seiner Jugend, an den er sich einigermaßen gern erinnerte. Er hatte die wenigen Jahre am See genossen und später die Sommer … bis sein ganzes Leben auf den Kopf gestellt worden war. „Ich weiß."

Bradworth spitzte die Lippen. „Was das Geld und das Firmenkapital betrifft, wird es eine Weile dauern, bis das Testament gerichtlich bestätigt ist, und alles an Sie überwiesen werden kann. Ich habe bereits damit begonnen, alles in die Wege zu leiten. Einige Gebäude müssen gereinigt und instand gesetzt werden, und Mietverträge müssen übertragen werden. Ein paar Vermögenswerte der Firma sind persönliches Eigentum und …"

„Es interessiert mich nicht!" Ein Bleigewicht schien sich auf Haydens Schultern zu legen. „Das ist grotesk", sagte er, obwohl der Anwalt wahrscheinlich dasselbe dachte. Es war kein Geheimnis, dass Hayden und sein Vater nie miteinander ausgekommen waren. Aber der alte Mann hatte darauf bestanden, ihn zu verfluchen, selbst noch aus dem Jenseits.

„Ich könnte es nicht besser ausdrücken", gestand Bradworth und schob ihm das Testament wieder zu. „Aber so ist es nun einmal. Also, wie kann ich Sie erreichen?"

„Das können Sie nicht. Kümmern Sie sich einfach um alles, bis ich wieder zurück bin."

„Aber ich muss wissen, wo Sie sind und wie ich Sie erreichen kann …"

„Keine Sorge. Ich werde Sie anrufen." Er packte die verdammten Dokumente und die Schlüssel mit einer Hand, schnappte sich seine Jacke mit der anderen und schritt über den meterlangen kostspieligen Teppich zur Tür. Die Hand schon an der Türklinke, blieb er noch einmal stehen. „Was wird aus Wynona?", fragte er und sah den Anwalt an.

„Aus wem?", fragte Bradworth, aber sein Gesicht wirkte krampfhaft angespannt, und Hayden drehte es den Magen um.

„Wynona Galveston", antwortete Hayden ohne eine Spur von Bitterkeit.

„Ich weiß nicht, von wem Sie …"

„Sparen Sie sich das, Bradworth. Lassen Sie sie einfach wissen, dass der alte Mann verstorben ist. Es wird sie interessieren."

Bradworth räusperte sich. „Sie ist versorgt …"

„Gekauft, meinen Sie. So wie alle anderen auch." Angewidert warf er ihm noch einen Blick über die Schulter zu. „Der alte Herr hat ein höllisches Chaos hinterlassen, nicht wahr?" Ohne auf eine Antwort zu warten, trat er durch die Tür, warf sie hinter sich zu und ging schnell durch das dezent beleuchtete Labyrinth der Korridore. An jeder Schnittstelle dieses Labyrinths schmückten Originalgemälde und Zeichnungen von idyllischen Landschaftsszenen die Wände. Messinglampen, blutrote Ledersessel und Mahagonitische, auf denen Wirtschafts- und Lifestylemagazine wie Forbes und GQ lagen, standen in vertrauliche Kreise gruppiert im Empfangsbereich. Die Dekoration erinnerte Hayden stark an das Arbeitszimmer seines Vaters. Es fehlte nur der alte Mann selbst sowie der ewig präsente süße Duft seiner Pfeifentabakmischung.

Seltsam, dass er nostalgische Gefühle für einen Mann hegte, den er mit zunehmendem Alter zu hassen gelernt hatte. Hayden schob die Hände in die Jackentaschen und nahm den Fahrstuhl zur Tiefgarage, wo sein alter Jeep auf ihn wartete. Leo klopfte mit dem Schwanz auf den Rücksitz, als Hayden sich ans Steuer setzte. Der Hund versuchte auf den Beifahrersitz zu klettern, aber Hayden befahl ihm, hinten zu bleiben, und schnaufend legte Leo den Kopf zwischen die Beine und blickte mit feucht-braunen Augen zu seinem Herrchen auf. „Wir werden einen kleinen Urlaub machen", verkündete Hayden seinem Hund, während er in den Rückspiegel blickte und den Motor startete.

Er setzte rückwärts aus der Parklücke und steuerte den Jeep durch die Garage in das Nieselwetter eines Winternachmittags in San Francisco. In den feuchten Straßen wimmelte es von geschäftigen Menschen und Autos. Rot und grün blinkten die Weihnachtslichter in den großen Warenhäusern, und vor den Eingängen standen Leute mit Glocken, die für die Bedürftigen in dieser Festtagszeit um Spenden baten. Im Schritttempo ließ Hayden die Stadt hinter sich. „Whitefire Lake", sagte er und sah Leo im Rückspiegel an. „Glaub mir, es wird dir dort gefallen." Als wüsste der Hund, wovon ich spreche! dachte er. Mein Gott, ich verliere den Verstand!

Bei der Erinnerung an den kleinen Ort runzelte er die Stirn und stellte das Radio an. Die meisten Sommerferien hatte er am See verbracht, wo er mit seinen Cousins Roy, Brian und Toni Fitzpatrick herumgehangen hatte. Jetzt war Roy tot, und am

Ende hatte sich herausgestellt, dass Brians Frau seine Mörderin war. Haydens Miene verfinsterte sich. Nein, allzu viele angenehme Erinnerungen an Gold Creek gab es nicht.

Da hatte es einmal ein Mädchen gegeben. Nadine Powell. Sie war anders gewesen … jedenfalls hatte er das geglaubt. Sie hatte seine Ansichten auf den Kopf gestellt, letztendlich aber, wie alle anderen auch, ihr wahres Gesicht gezeigt. Als man ihr Geld geboten hatte, damit sie sich vom Sohn des alten Monroe fernhielt, hatte sie eifrig ihre gierigen kleinen Finger danach ausgestreckt.

Er schnitt eine Grimasse, als er an ihre Hände dachte und daran, wie sie seinen Körper berührt hatte. Lieber Himmel, zweimal hätte er sie fast verführt. Ohne Zweifel war es das, was sie sich erhofft hatte. Wenn er daran dachte, wie sie ihn antörnen konnte …

„Verdammt!" Der Motor heulte auf, als er schaltete, und der Jeep geriet leicht ins Schlingern. Als die vertrauten Klänge von „Santa Claus Is Coming To Town" durch den Jeep schallten, stellte Hayden das Radio auf einen Sender ein, der nur Nachrichten brachte. Er brauchte keine Erinnerungen an frühere Weihnachten, denn die waren mit Emotionen verknüpft, die er lieber vergessen wollte.

Obwohl Garreth immer gesagt hatte, dass Weihnachten die Zeit sei, die die Familie zusammen verbringen müsste, war er öfter erst Stunden später zu einem Essen erschienen, das kalt geworden war, und die Kerzen längst heruntergebrannt waren.

Auch wenn er der verwöhnte Sohn von Garreth Monroe war, Hayden hatte nie wie sein Vater werden wollen. Selbst wenn er das gleiche Händchen für Geld wie seine Vorfahren besaß, hatte Hayden kein Interesse daran, Geld zu machen. Aber, zum Teufel, allein mit dieser lausigen Firma in Oregon war ihm das bereits gelungen.

Vor unterdrückter Wut presste er die Lippen zusammen. Vielleicht, dachte er, sollte ich meinen Namen ändern. Würde das den alten Mann nicht auf die Palme bringen?

Nur spielte das jetzt keine Rolle mehr. Hayden war der einzige noch lebende Monroe. Er hatte keine Brüder, die den befleckten Namen weitergeben würden. Das Geschlecht der Monroes war dazu verdammt, mit ihm auszusterben, denn er hatte sich geschworen, kein weiterer Monroe-Mogul zu werden.

Hayden hatte nicht vor zu heiraten und würde niemals Kinder in die Welt setzen. Ohnehin interessierte es niemanden wirklich, was er aus seinem Leben machte. Er wusste, dass er ausschließlich aus dem Grund gezeugt worden war, die Linie der Monroes fortzusetzen, und wäre er ein Mädchen gewesen, hätte man seine Mutter unter Druck gesetzt, ein weiteres Kind zu bekommen, einen Erben.

Ein Mädchen nach dem anderen wäre geboren worden, bis schließlich ein Junge gekommen wäre. Zum Glück für Sylvia Fitzpatrick Monroe, die nicht wirklich an der Mutterschaft interessiert gewesen war, hatte sie gleich einen Jungen zustande gebracht. Gepriesen seien alle Heiligen, die Linie würde weiterbestehen! Hayden konnte die Magnumflaschen Dom Pérignon vor sich sehen, die entkorkt worden waren, als die Zeugungskraft seines Vaters erwiesen und sein Sohn auf die Welt gebracht worden war, um den Fortbestand des Familiennamens zu garantieren.

Was für ein Witz, dachte Hayden, während der Jeep sich die Hügel der Stadt hinaufquälte, bevor sie die Autobahn Richtung Norden erreichten. Er drückte auf die Hupe, als ein alter weißer Sedan versuchte, ihn zu überholen. „Idiot", schimpfte er, und Leo schnaufte zustimmend.

Die Scheibenwischer klatschten den Regen zur Seite, und der Motor heulte auf, als Hayden zurückschaltete. Kalte Luft drang durch die Fenster herein, die nicht ganz schlossen, und Regen träufelte innen an der Scheibe herunter. Hayden ignorierte es. Er hatte nicht vor, zum Haus seines Vaters zurückzukehren und den verdammten Ferrari zu nehmen.

„Fahr zur Hölle, Garreth", grollte er, als könnte sein Vater ihn hören. „Lass mich endlich in Frieden!" *So wie du es getan hast, als ich noch ein Kind war.*

Wenn es doch eine so große Sache war, einen Sohn zu haben, warum hatte der Alte nicht das geringste Interesse an ihm gezeigt, bis Hayden alt genug gewesen war, das Wall Street Journal zu lesen?

„Mistkerl." Hayden war völlig allein aufgewachsen, und so wollte er auch den Rest seines Lebens verbringen. Allein.

Er konnte sich eine schlechtere Gesellschaft vorstellen.

Die Hände in die Hüften gestemmt, stand Nadine neben ihrem Chevy und starrte auf das Bollwerk, das das Sommerdomizil der Monroes schützte. In den ganzen dreißig Jahren ihres Lebens hatte sie noch nie – auch nicht in der kurzen Zeit, in der sie sich heimlich mit Hayden getroffen hatte – die schmiedeeisernen Tore passiert, die zu der Villa führten, von der es einmal geheißen hatte, sie sei die nobelste am ganzen See. Ende der zwanziger Jahre hatte ein Filmstar sie bauen lassen, und in den fünfziger Jahren hatte die Familie Monroe sie erworben … oder wohl eher gestohlen.

Sie runzelte die Stirn, als sie die Mauer in Augenschein nahm, die die sechs Hektar des Seegrundstücks komplett umschloss. Über dem zweieinhalb Meter hoch aufgetürmten Basalt und Mörtel waren nur die oberen Äste der größten Kiefern zu sehen.

Und jetzt war ihr – als Bedienstete, erinnerte sie sich – der Zutritt zu dem legendären Anwesen gestattet. Der Sicherheitscode, den ihr der Promi-Anwalt aus San Francisco gegeben hatte, funktionierte. Nachdem sie die Zahlen auf der Tastatur eingegeben hatte, schwangen die Tore mit lautem Geklapper und Ächzen nach innen auf.

Ironie des Schicksals, dachte sie, dass sie jetzt hier stand und den alten Landsitz reinigen sollte, um ihn für seinen neuen Besitzer vorzubereiten. Wie es aussah, wusste der Anwalt, der sie angeheuert hatte, nichts von ihrer Verbindung zu den Monroes. Umso besser.

Sie setzte sich ans Lenkrad ihres Chevy und löste die Handbremse. Der kleine Wagen, der im Leerlauf gestanden hatte, machte einen Satz nach vorn, als wäre er genauso darauf erpicht wie sie, die Villa des Mannes zu sehen, der beinahe im Alleingang ihre Familie ruiniert hatte.

Die Zufahrt war von Unkraut überwuchert, wirkte aber dennoch einladend, während sie sich durch einen Wald aus Mammutbäumen, Eichen und Kiefern schlängelte. Eine blasse Wintersonne fiel durch die blätterlosen Zweige und verteilte schimmernde Lichtflecken auf dem Boden.

Im Rückspiegel konnte sie beobachten, wie sich die riesigen Torflügel wieder schlossen und sie von der Straße abschnitten, die sich durch die Berge um den Whitefire Lake schlängelte.

Sie hatte oft daran gedacht, aus Gold Creek wegzuziehen. Nach ihrer niederschmetternden Erfahrung mit Hayden und dem, was ihr als direktes Resultat der kurzlebigen Romanze mit ihm widerfahren war, hatte sie den Ort jedoch nicht noch einmal verlassen. Ihre Familie, oder das, was von ihr noch übrig war, wohnte im Ort, und sie war keine Frau, die in eine hektische Großstadt gepasst hätte. Diese Lektion hatte sie auf die harte Tour gelernt. Nachdem sie in ein Internat gesteckt worden war, das ihre Eltern sich kaum hatten leisten können, war sie nach Gold Creek und zu ihrer angeschlagenen Familie zurückgekehrt. Und sie war geblieben, während ihre Eltern sich hatten scheiden lassen, ihr ältester Bruder gestorben war und sie selbst eine schlechte Ehe durchlebt hatte.

Eine kurze Zeit hatte sie sich sogar eingebildet, in Turner Brooks verliebt zu sein, ein raubeiniger Cowboy, dessen Haus sie wöchentlich geputzt hatte.

Diesen speziellen Gedanken unterdrückte Nadine. Seit mehreren Monaten hatte sie sich nicht mehr erlaubt, an Turner zu denken. Er war jetzt verheiratet, wiedervereint mit Heather Tremont, dem Mädchen seiner Träume, und hatte nie erfahren, dass Nadine sich einmal etwas aus ihm gemacht hatte.

Wie kam es, dass sie sich immer die falschen Männer aussuchte?

„Masochistin", schalt sie sich, als der Weg um eine Kurve führte und der See plötzlich glatt wie Glas eine halbe Meile weit zum anderen Ufer hin ausgestreckt vor ihr lag. Über dem ruhi-

gen Wasser erhoben sich die Berge, und ihre zerklüfteten schnee-
bedeckten Gipfel wurden von dem Spiegel reflektiert, in den der
Whitefire Lake sich verwandelt hatte.

Nadine hielt an und stieg aus dem Wagen. Sie schob die Hände
in die Taschen ihrer Jeans und zitterte, als eine kalte Brise übers
Wasser huschte und sich in ihren Haaren verfing. Während sie
sich die Arme rieb, blickte sie an dem Pavillon, der privaten Anlegestelle und dem Bootshaus vorbei und versuchte ihr eigenes
kleines Haus zu sehen, das am gegenüberliegenden Seeufer
stand, konnte jedoch nur die öffentliche Anlegestelle und das
Anglergeschäft ausmachen.

Ihr kleines Cottage hatte wenig mit dieser dreistöckigen
„Hütte", die einst das Sommerdomizil der Monroes gewesen
war, gemein. Das Herrenhaus – in Nadines Augen war es genau
das – sah aus, als gehörte es in das Nobelviertel einer Stadt in
New England. Mit seinem schiefergrauen Anstrich und den ma-
rineblauen Fensterläden, die gegen den Wind verschlossen waren, stand es eingebettet in einem Kieferndickicht und wurde
flankiert von verwilderten Rhododendron- und Azaleenbü-
schen.

Hier haben die Monroes also ihre Sommer verbracht, dachte
sie, überrascht von ihrer Bitterkeit. Vor dem Unfall, der Wynona
Galveston fast das Leben gekostet hätte, hatte Hayden hier der
jungen Dame der Gesellschaft den Hof gemacht. Er hatte Nadine
nie angerufen, ihr nie geschrieben. Nadine hatte sich eingeredet,
den Schmerz und die Enttäuschung darüber längst überwunden
zu haben, aber sie hatte sich geirrt. Selbst jetzt erinnerte sie sich
noch an das Gesicht ihres Vaters, als er nach Hause gekommen
war und sie dabei erwischt hatte, wie sie versuchte davonzu-
schleichen, um Hayden zu besuchen, bevor er nach San Francisco verlegt wurde. Sie hatte so lange gebettelt und gefleht, bis
Ben sich schließlich bereit erklärt hatte, sie ins Bezirkskrankenhaus zu fahren, solange ihre Mutter in der Bibliothek war. Aber
dann war George Powell, dessen Schicht an diesem Tag – und
für viele weitere Tage danach – gekürzt worden war, früher nach
Hause gekommen und hatte sie überrascht. Tiefe Sorgenfalten

gruben sich in die rötliche Haut ihres Vaters, und in seinen Augen stand helle Wut.

Nachdem er Ben aus dem Zimmer geschickt hatte, fuhr er seine Tochter an: „Habe ich dir nicht gesagt, du sollst dich von ihm fernhalten?"

„Ich kann nicht, Dad. Ich liebe ihn."

Er hatte sie auf ihr Zimmer geschickt, und als sie später herunterkam, traf sie ihre Eltern bei einer weiteren Auseinandersetzung an, ein schrecklicher Streit, den sie ungewollt verursacht hatte.

„Ich werde den Kerl umbringen", tobte George.

„Daddy, das würdest du nicht …"

Er änderte seine Taktik. „Ich werde ihn wissen lassen, was ich davon halte, dass er meine Tochter ausnutzt. Ich werde niemandem durchgehen lassen, dass er mein kleines Mädchen verletzt."

„Du glaubst, du kannst ihn davon abhalten?", warf Donna grimmig ein und durchbohrte ihn mit einem hasserfüllten Blick. „Hast du noch nicht begriffen, dass diese Leute keine Seele haben? Was könntest du einem Mann wie Hayden Monroe schon anhaben? Würdest du es ihm genauso zeigen wie seinem Vater?"

„Hört auf!", hatte Ben sie barsch angefahren. „Hört einfach auf!"

An diesem Punkt wäre Nadines Vater fast zusammengebrochen. Es war das einzige Mal, dass Nadine gesehen hatte, wie er mit den Tränen kämpfte, die ihm in den sonst vor Schalk funkelnden Augen standen.

Und jetzt, Jahre später, erkannte sie die Ironie der Situation. Offensichtlich hatte der Anwalt, der ihrem Vater eine Abfindung gezahlt hatte, sie nicht wiedererkannt, weil sie nicht mehr Powell hieß. Stattdessen hatte er ihr angeboten, das Haus für einen unglaublich hohen Stundensatz von oben bis unten zu reinigen. „… und es ist mir egal, wie lange es dauert. Ich möchte, dass das Haus so gut aussieht wie an dem Tag, an dem es erbaut wurde", hatte Bradworth angeordnet.

Dazu wird einiges nötig sein, dachte Nadine, als sie das Moos sah, das sich auf den verwitterten Dachziegeln gebildet hatte.

Fast hätte sie das Angebot abgelehnt, in letzter Minute jedoch ihre Meinung geändert. Das war ihre Chance, einen Bruchteil des verlorenen Vermögens ihres Vaters wiederzubekommen. Abgesehen davon war für sie alles, was mit den Monroes zu tun hatte, mit einer bitteren Faszination erfüllt. Außerdem musste sie sich beweisen, dass es sie nicht die Bohne interessierte, was aus Hayden geworden war.

Deshalb war sie jetzt hier.

„Und bereit, süße Rache zu üben", bemerkte sie sarkastisch, als sie ihren Mopp, den Eimer und die anderen Putzutensilien aus dem Wagen holte.

Der Schlüssel, den man ihr geschickt hatte, ließ sich problemlos im Schloss drehen, und die Haustür – komplett aus Glas und Holz – öffnete sich lautlos. Während ihre Augen sich an die Dunkelheit gewöhnten, trat sie zwei Schritte in den Flur. Alle Möbel waren mit Tüchern abgedeckt, die einmal weiß gewesen und jetzt vergilbt waren, und eine dunkle Staubschicht bedeckte den Fußboden. Spinnennetze hingen in den Ecken unter der Decke, und der Mäusekot an den Fußleisten war der Beweis dafür, dass sie nicht ganz allein war.

„Na super. Spinnen und Mäuse." Das ganze Haus erinnerte sie an ein Grab, und es lief ihr kalt über den Rücken.

Um die düstere Stimmung zu vertreiben, riss sie Türen, Fenster und Fensterläden auf und erlaubte der kühlen frischen Bergluft durch die muffigen alten Räume zu wehen. Was für eine Schande, dachte sie traurig. Vom Wohnzimmer führten verglaste Türen in einen Wintergarten, in dem unter einem großen Laken ein Klavier stand, das jetzt wahrscheinlich ruiniert war. Lang vergessene Pflanzen waren in Töpfen mit wüstentrockener Erde zu Staub verdorrt.

Es sah aus, als wäre seit Jahren niemand mehr in dem Haus gewesen.

Nun, das war nicht ihr Problem. Sie hatte die Hälfte ihres Lohns bereits im Voraus erhalten. Davon hatte sie Weihnachtsgeschenke für die Jungs gekauft und auch eine Rate für das Seniorenwohnheim gezahlt, in dem ihr Vater lebte. Das Geld hatte nicht lange vorgehalten. Nach wie vor musste sie sich wegen der Hypothek Sorgen machen. John würde wahrscheinlich bald eine Zahnspange brauchen, und Gott allein wusste, wie lange es ihr alter Wagen noch machen würde. Aber dieser Job, der gut eine Woche, vielleicht auch zwei in Anspruch nahm, würde alles etwas erleichtern. Und der Gedanke, dass sie vom Geld der Monroes bezahlt wurde, machte das Ganze noch besser.

Sie band sich ein kariertes Tuch um den Kopf, beschloss, von oben nach unten zu arbeiten und begann im dritten Stock, wo sie Armaturen polierte, Spinnweben wegfegte und Räume lüftete, die offenbar einst als Unterkunft für die Dienstboten gedient hatten. Die Decken, wie die Wände mit einem faserigen Kiefernholz verkleidet, waren niedrig und abgeschrägt. Zweimal stieß sie sich den Kopf an, als sie versuchte, mehrere Wespennester zu entfernen, wobei sie nur hoffen konnte, dass der alte getrocknete Schlamm keine lebenden Exemplare mehr enthielt.

Als sie sich den Betten zuwandte, suchte sie sie zuerst nach Mäusen oder Ratten ab, und war erleichtert, keine zu finden.

Gegen halb zwei hatte sie die Böden geputzt und gewachst und ging ins zweite Stockwerk, das eine sehr viel größere Fläche aufwies als der obere Stock. Sechs Schlafzimmer und vier Bäder, einschließlich der Master-Suite nebst Sauna in Kiefernholzausstattung und einer versenkten Marmorwanne.

Ein wahres Sommerhaus. Die meisten Bürger von Gold Creek hatten eine solch verschwenderische Unterkunft noch nie auch nur zu sehen bekommen.

Im Hauptschlafzimmer entdeckte sie ein Radio. Nachdem sie es eingesteckt und am Einstellknopf herumgefummelt hatte, gelang es ihr, einen Sender zu finden, der Soft Rock spielte. Über den Geräuschen von rostigen Leitungen und laufendem Wasser summte sie mit der Musik, während sie wie wild die riesige Wanne schrubbte.

Als sie mit ihrem Putztuch über die Messingarmaturen wischte, spürte sie einen kühlen Luftzug im Nacken.

Plötzlich hatte sie das Gefühl, ein Dutzend Augenpaare seien auf sie gerichtet. Ihr Herz klopfte wild, ihre Kehle zog sich zusammen und eine Sekunde lang war sie wie erstarrt. Als sie dann langsam den Blick zum Spiegel über dem Waschbecken hob, sah sie darin einen Mann – einen sehr großen Mann –, der sie wütend anfunkelte. Kurz hielt sie die Luft an und wappnete sich, während sich die Gedanken in ihrem Kopf überschlugen, als sie Hayden erkannte.

Innerlich zerrissen, konnte sie kaum noch atmen. Er sah besser aus, als sie ihn in Erinnerung hatte. Mit den Jahren war sein Körper kräftiger geworden.

„Wer zum Teufel sind Sie?", fragte er unwirsch. Sein Gesicht war kantig geschnitten und wies arrogante Züge auf, die aber irgendwie zu der attraktiven, wenn auch wilden Erscheinung passten. Seine schwarzen Haare waren immer noch dicht, und sie erkannte die kleine Narbe, die eine seiner Augenbrauen teilte. Und er war zornig, so sehr, dass sich seine dunkle Haut am Hals gerötet hatte.

Es brach ihr das Herz, als ihr bewusst wurde, dass er sie nicht erkannte. Aber warum sollte er auch? Seit ihrer letzten Begegnung in einer schwülen Sommernacht musste er mit hundert – vielleicht auch zweihundert – Frauen zusammen gewesen sein.

„Ich werde dafür bezahlt, hier zu sein", antwortete sie, noch immer ohne sich zu rühren. Ihre Stimme ließ ihn aufhorchen, und seinen Augen war anzusehen, dass er sie erkannte.

„Bezahlt?", wiederholte er skeptisch, verengte die Augen und musterte sie so eindringlich, dass sie beinahe zitterte. „Von wem? Falls sich in den letzten vier Stunden nichts geändert hat, ist das hier …", er machte eine ausholende Handbewegung, „… mein Haus."

„Das weiß ich, Hayden."

Er sog die Luft scharf ein und sah aus, als hätte er einen Geist gesehen. „Ich will verdammt sein!"

„Zweifellos." Ohne den Blick von seinem Spiegelbild abzuwenden, stellte sie langsam das Wasser ab und richtete sich auf. Als sie sich zu ihm umdrehte, war ihr bewusst, dass sowohl ihr Pullover als auch ihre Jeans vorne feucht waren, dazu war ihr Haar unter dem Tuch versteckt und ihr Gesicht ohne Make-up.

„Ich putze dein Bad", erklärte sie ruhig, obwohl sie sicher war, dass ihre Augen Feuer spuckten.

„Das sehe ich." Ein alter Hund mit gold-grauem Fell trottete ins Zimmer und knurrte leise. „Das reicht, Leo", befahl Hayden. Der Labrador gehorchte und legte sich neben der Reisetasche, die Hayden offensichtlich hereingetragen hatte, auf den Boden.

Zufrieden, dass Leo ihm keine Probleme mehr machen würde, konzentrierte Hayden sich wieder ganz auf die kleine Frau, die wie ein Soldat kampfbereit vor seiner Wanne stand. Er traute seinen Augen nicht. „Nadine?"

„In Fleisch und Blut", witzelte sie, ohne allerdings zu lächeln.

„Wieso bist *du* hier?"

Ihre Mundwinkel verzogen sich leicht, als würde sie sich über ihn amüsieren. „Ich wurde von William Bradworth beauftragt, das Haus zu reinigen und …"

„Es ist nicht sein Haus", unterbrach er sie. Den aufdringlichen Anwalt hatte er allmählich gründlich satt. „Er hätte mich informieren müssen. Ach, zum Teufel!" Er schob sich die Haare aus den Augen. „Was ich sagen wollte, ist …"

„Spar's dir, Hayden", erwiderte sie rasch. „Es interessiert mich nicht, was du gemeint hast." Ihre hellgrünen Augen funkelten vor Wut, aber sie rührte sich nicht von der Stelle. Sie sah lächerlich aus. Ihre Kleidung war vorne völlig durchnässt, und um den Kopf hatte sie ein altes Tuch gewickelt. Ihre Hände steckten in Handschuhen, die viel zu groß waren, und doch … trotz des Aufzugs strahlte sie diesen Trotz aus, der vor all diesen Jahren seine Aufmerksamkeit geweckt hatte. Sie hob das schmale Kinn und fügte hinzu: „Bradworth hat mich dafür bezahlt, die Arbeit auszuführen."

„Dann sieh sie als ausgeführt an."

„Nie und nimmer. Es ist vielleicht nicht die Art, wie du die Dinge angehst, Hayden, aber wenn ich einen Job annehme", versicherte sie ihm, und ihre Augen sprühten immer noch grüne Flammen, „dann bringe ich ihn auch zu Ende. Du kannst gern da stehen bleiben und den ganzen Tag mit mir streiten, aber ich habe wirklich viel zu tun und möchte diesen Raum noch fertig machen, bevor ich nach Hause fahre."

„Du bist Putzfrau?", fragte er und sah, wie sie leicht zusammenzuckte.

„Unter anderem. Und im Augenblick habe ich zu arbeiten. Wenn du mich bitte entschuldigst …" Schnell beugte sie sich wieder über die Wanne und drehte an den Reglern. Wasser floss aus dem Hahn, mit dem sie den Rest des Putzmittels in den Abfluss spülte.

„Was machst du sonst noch?", fragte er, als sie das Wasser wieder abdrehte.

Sie warf ihm einen Blick zu, der unmöglich zu interpretieren war, und erklärte: „Oh, ich habe viele Talente. Badewannen schrubben, Fußböden wachsen und Mausefallen aufstellen sind nur ein paar davon." Sie riss sich die Handschuhe herunter und warf sie in einen leeren Eimer. Dann neigte sie den Kopf, löste den Knoten an ihrem Tuch und entfesselte eine wirre Masse rotbrauner Locken, die ihr über die Schultern fielen und dafür sorgten, dass sein Magen sich in der Erinnerung daran zusammenzog.

„Also, ich muss jetzt nach Hause, aber ich werde morgen wiederkommen."

„Das ist nicht mehr nötig …"

„Oh, doch. Ich werde kommen", sagte sie bestimmt, und die entschlossene Art, wie sie das Kinn vorschob, legte nahe, dass sie eine ganz schön schwere Last auf den schmalen Schultern trug. „Ich schätze, ich habe mich nicht klar genug ausgedrückt. Ich lasse einen Job nicht einfach unabgeschlossen, ganz gleich, wer die Rechnung bezahlt."

„Was soll das heißen?"

„Finde es heraus, Hayden." Es klang, als würde sie einen Groll gegen ihn hegen … als wäre *er* es gewesen, der *ihr* ein schweres Unrecht angetan hätte, wo doch sie es gewesen war, die ihn benutzt hatte.

Aufgebracht packte sie ihre Mopps, Eimer und Putzmittel zusammen und ging schnell an ihm vorbei. Ihre flammend rote Mähne schwang auf dem Rücken hin und her, und die Jeans umschloss eng ihren Po, als sie aus dem Zimmer hastete und geräuschvoll die Treppe hinuntertrampelte. Hayden blieb zwischen Bad und Schlafzimmer zurück und fragte sich, ob sie zu einem Ehemann oder Freund nach Hause ging.

Als er hörte, wie die Haustür zufiel, ging er zum Fenster und sah zu, wie sie ihre Utensilien in den verbeulten alten Chevy lud, der ihm vorhin bereits aufgefallen war, sich ans Lenkrad setzte und, ohne auch nur einen Blick zurückzuwerfen, Gas gab. Der kleine Wagen machte einen Satz nach vorn und wirbelte eine Menge Kies unter den Reifen auf, bevor er durch die Bäume verschwand.

Nun, wenigstens war sie gegangen. Fürs Erste. Dafür sollte er dankbar sein. Als er sich bückte, um seine Reisetasche aufzuheben, bemerkte er ein Funkeln, das vom Rand der Badewanne kam. Er ging etwas näher, um das Glitzern zu inspizieren, und sah, dass es ein Ring war, den sie offensichtlich vergessen hatte. Stirnrunzelnd hob er das schmale Goldband auf. Ein einzelner blauer Stein zwinkerte ihm zu. Schlicht und ohne Schnickschnack wie die Frau, die ihn trug.

Er überlegte, ob es ein Ehe- oder Verlobungsring sein könnte, sagte sich aber, dass es keine Rolle spielte. Er würde ihr den Ring zurückgeben und ihr einen Scheck für alle geleisteten und nicht geleisteten Dienste ausstellen. Im Augenblick konnte er keine Frau in seiner Nähe gebrauchen, vor allem keine Frau, deren sengender Blick ihm durch und durch ging und sein Blut in Wallung brachte.

Hayden Monroe! Wieder zurück in Gold Creek! Nadine konnte ihr Pech nicht fassen. Sie hätte sich niemals bereiterklären dürfen, für den Mistkerl zu arbeiten, und sie hatte nicht übel Lust, Tante Velma den langen Hals umzudrehen! Aber sie hatte die Summe, die Bradworth ihr angeboten hatte, nicht ablehnen können. Und niemals hätte sie damit gerechnet, Hayden von Angesicht zu attraktivem Angesicht noch einmal gegenüberzustehen. Natürlich hatte sie gewusst, dass irgendjemand in dem Haus wohnen sollte, aber sie war davon ausgegangen, dass es wahrscheinlich vermietet oder verkauft würde. Mit Hayden hatte sie nicht gerechnet. Das Letzte, was sie über ihn gehört hatte, war, dass er nach Oregon gezogen sei und sich seinem Vater entfremdet hatte.

Ben hatte recht gehabt, was Hayden und seinen Vater anging. Sie waren aus demselben Holz geschnitzt, gefährlich gutaussehend, extrem wohlhabend; Männer, die sich um nichts und niemanden scherten. Außer um Geld.

Sie umklammerte das Lenkrad und machte sich Vorwürfe. Mehr konnte sie nicht tun, nachdem sie sein Angebot nicht angenommen und den Job geschmissen hatte. Aber guten Gewissens hätte sie ihm einfach nicht sagen können, dass er sich seinen Job sonst wohin stecken sollte, denn einen großen Teil des Geldes hatte sie bereits ausgegeben. Und sie wollte nicht, dass ihre Söhne wegen ihrer Dummheit auf das schönste Weihnachtsfest verzichten mussten, das sie seit Jahren haben würden.

„Verdammt, verdammt, verdammt und noch mal verdammt!", fluchte sie, während sie mit ihrem kleinen Wagen auf dem Rückweg in den Ort die Kurven schnitt. Mit finsterer Miene lenkte sie den Chevy unter der Brücke hindurch, die seit mehr als hundert Jahren ein Wahrzeichen von Gold Creek war. Hayden Monroe! Attraktiv wie immer und doppelt so gefährlich. Sie fuhr durch die Seitenstraßen der Stadt und hielt an einem Supermarkt, um Lebensmittel einzukaufen. Am Nebeneingang standen ordentlich aufgereiht Weihnachtsbäume – Fichten und Kiefern, die darauf warteten, mit nach Hause genommen zu werden. Noch nicht. Nicht von dem unerwarteten Geldregen, den sie erst vor Kurzem erhalten hatte. Nur für den Fall, dass sie den Job nicht behalten konnte. Später würden die Bäume in den Ausverkauf kommen. Sie kaufte ein paar Lebensmittel, setzte sich wieder in ihren Wagen und fuhr zur Südseite des Whitefire Lake.

Wieder ärgerte sie sich darüber, dass Hayden sie überrascht hatte, und das berauschende Gefühl, das sie empfunden hatte, als sie in seine blauen Augen geblickt hatte, entmutigte sie. Aber sie war über ihn hinweg. Sie musste es sein. Es war Jahre her. Fast dreizehn!

Sie würde nur ein bis zwei Wochen mit ihm fertigwerden müssen. Nadine verdrehte die Augen und biss sich auf die Unterlippe. Vierzehn Tage schienen plötzlich eine Ewigkeit zu sein.

Sie hatte keine andere Wahl, deshalb musste sie das Beste daraus machen und ihm so weit wie möglich aus dem Weg gehen. Lächelnd würde sie Hayden Monroe mit seinem sexy Lächeln, den klugen Augen und Mund, aus dem nur Lügen kamen, ertragen, bis ihre Arbeit erledigt war.

Und dann hieß es „Sayonara".

Nadine verließ die Straße, die um den See herumführte, und folgte einem einspurigen Gässchen, das mehreren kleinen Häusern am Ufer als Zufahrt diente. Vor ihrer Garage – einem windschiefen Gebäude, in dem Feuerholz und Gartengeräte verstaut waren – hielt sie an und stellte den Motor ab. Sie packte beide Einkaufstüten nebst Handtasche, stieg aus und blieb auf der Schottereinfahrt stehen. „Jungs!", rief sie, ohne wirklich mit einer Antwort zu rechnen, denn beide Fahrräder, die normalerweise mitten auf der Einfahrt lagen, waren nirgends zu sehen, und auch das lärmende Lachen ihrer Söhne war in der kühlen Bergluft nicht zu hören. „Jungs! Ich bin zu Hause."

Nichts.

Nun, es war früh. Wahrscheinlich waren sie noch auf dem Nachhauseweg vom Haus der Nachbarin, die auf sie aufpasste.

Sie nahm die Tüten mit den Einkäufen auf einen Arm, holte den Schlüssel aus ihrer Handtasche und öffnete die Fliegengittertür, nur um dann festzustellen, dass ihre Söhne tatsächlich bereits zu Hause waren. Die Tür war nicht abgeschlossen, und Rucksäcke, Sneakers und Jacken lagen verstreut auf Couch und Boden herum.

Sie stellte die Tüten auf den Tresen und ging wieder raus. „John? Bobby?", rief sie erneut, und hörte in der Ferne knirschenden Kies.

Nadine trug gerade ihre Putzsachen ins Haus, als sie die Stimmen ihrer Jungs hörte

„Du bist ein Lügner!" Bobbys Stimme schallte bis ins Haus, und Nadine ging rasch zum Fenster, wo sie sah, dass ihr Jüngster, trotzig die Unterlippe vorgeschoben, seinen Bruder boxte.

John, gut achtzehn Monate älter als der siebeneinhalbjährige Bobby und fast zehn Zentimeter größer als er, wich dem Schlag behände aus, wobei es ihm gelang, nicht auf Bobbys Fahrrad zu treten. Er schüttelte sein weizenblondes Haupt mit der Autorität des Älteren und verkündete: „*Ich* glaube nicht an den Weihnachtsmann."

„Dann bist du einfach dumm."

„Und *du* bist der Lügner." John blickte auf seinen Bruder hinab, als dieser noch einmal ausholte. Ganz schnell trat er zur Seite und sah zu, wie Bobby mit einem „Uff!" auf dem Boden landete.

John bückte sich und spottete: „Lügen haben kurze Beine, Lügen haben …"

„Das reicht jetzt!", befahl Nadine, die genau wusste, dass diese Auseinandersetzung ganz schnell in einen ausgewachsenen Ringkampf ausarten konnte. „Ich will euch nicht auf eure Zimmer schicken müssen. Bobby, alles in Ordnung mit dir?"

„Wir haben nur ein Zimmer", erinnerte John sie.

„Du weißt, was ich meine …"

„John macht sich über mich lustig", klagte Bobby empört. Sein rotblonder Haarschopf fiel ihm ins sommersprossige Gesicht, und er sah Nadine an, als suchte er nach einer göttlichen Intervention. „Und letztes Jahr habe ich den Weihnachtsmann gesehen, ehrlich", fügte er ernst hinzu.

„Erzähl mir noch einen Witz", provozierte John ihn und grinste höhnisch. „So was wie den Weihnachtsmann gibt's nicht, und auch keine blöden Elfen oder Rudolph!"

Bobby kämpfte mit den Tränen. „Dann bleib doch einfach Heiligabend auf. Du wirst schon sehen. Auf dem Dach …"

„Und wie soll ich da raufkommen? Soll ich etwa fliegen?", höhnte John, ohne auf den schneidenden Blick zu achten, den Nadine ihm zuwarf. „Aber vielleicht werden ja Dancer und

Vixen kommen und mich mitnehmen! Mann, bist du blöd! Alles kommt von Toys 'R' Us und nicht aus einer kleinen lausigen Elfen-Werkstatt!"

„Ich habe gesagt, es reicht!", warnte Nadine, wobei sie sich fragte, wie sie die bevorstehenden zwei Wochen Weihnachtsferien mit den beiden überleben sollte. Derzeit vertrugen ihre Söhne sich nicht, und Nadines ohnehin geschäftiges Leben hatte sich in einen wahren Strudel verwandelt, der sie nicht zur Ruhe kommen ließ. John und Bobby schienen alles daranzusetzen, den Spannungs- und Lärmpegel knapp unter der Ozonschicht zu halten, und konnten nicht einmal fünf Minuten zusammen sein, ohne sich gleich wieder zu boxen, zu treten oder miteinander zu ringen.

„Du schickst uns doch nicht wirklich aufs Zimmer, oder?", fragte Bobby und kaute besorgt auf seiner Unterlippe herum.

„Noch nicht ..."

„Er ist so ein Trottel!", rief John über die Schulter zurück, während er zu seinem rostigen Fahrrad ging, das er an die Hauswand gelehnt hatte. „Ein dummer kleiner Trottel!"

„John ..."

„Bin ich nicht!", schrie Bobby.

Aber John hörte nicht länger zu. Er trat in die Pedale und fuhr über den sandigen Weg davon, der zum See führte. Hershel schoss hinter ihm her.

„Ich bin kein Trottel", wiederholte Bobby, als wollte er sich selbst davon überzeugen.

„Natürlich bist du das nicht, Schätzchen."

„Nenn mich nicht so!" Er rappelte sich hoch, klopfte seine Jeans ab und stampfte wütend auf den Boden. In seinen Augen standen Tränen und sein Gesicht war verschmutzt. „John ist ein ... ein großer Blödmann!"

Diesmal musste Nadine ihm insgeheim zustimmen, behielt ihre Meinung aber für sich, und nahm ihren jüngsten Sohn in die Arme. „Alles in Ordnung?", fragte sie noch einmal.

„Ja." Aber in seinen braunen Augen schimmerten immer noch Tränen.

„Bist du sicher?", hakte Nadine nach, vermutete allerdings, dass vor allem sein Stolz verletzt war. „Wie wär's mit einer Tasse Kakao mit Marshmallows und vielleicht ein paar Plätzchen?"

„Hast du welche aus dem Laden mitgebracht?", fragte er und sein Gesicht hellte sich etwas auf.

„Na klar."

Er blinzelte, nickte und folgte seiner Mutter schniefend ins Haus.

Sie stellte zwei Tassen Wasser in die Mikrowelle, während Bobby auf einen der abgewetzten Stühle am zerkratzten Tisch rutschte. Als das Wasser heiß war, rührte sie Kakaopulver in die Tassen und sagte: „Ich glaube übrigens noch an den Weihnachtsmann."

„Echt?"

„Mhm. Aber gekaufte Plätzchen sind nicht gut genug für ihn. Wir beide werden ein paar spezielle Weihnachtsplätzchen backen und auf dem Herd stehen lassen müssen."

Bobby bedachte sie mit einem Blick, der besagte, dass er ihr nicht wirklich glaubte, aber er wandte auch nichts dagegen ein. „Danke", murmelte er, als sie ihm eine dampfende Tasse und einen kleinen Teller Oreos hinstellte. „Dann kann John uns beim Backen auch nicht helfen, wenn er nicht an den Weihnachtsmann glaubt."

„Nun ja, wenn er seine Meinung ändert …"

„Wird er nicht. Er ist viel zu … zu … blöd!"

Nadine, die ihren Ältesten noch nicht ganz verdammen, aber Bobby unbedingt beruhigen wollte, pustete in ihre Tasse. „Ich weiß, wie schwer es mit John sein kann, Liebling. Ich bin auch die Jüngste in der Familie." Sie dachte an ihre Brüder, und bei der Erinnerung an Kevin, dem ältesten der Geschwister Powell, zog sich ihr Herz schmerzvoll zusammen. Er war ein Goldjunge gewesen, dem einst alle Möglichkeiten offengestanden hatten, bevor er seine Träume und später sein Leben verlor. Jetzt gibt es nur noch Ben und mich, dachte sie traurig, zwang sich aber zu einem Lächeln, als sie die erwartungsvolle Miene ihres Sohnes sah. „Erinnerst du dich noch an Onkel Ben?" Sie tauchte einen

Teebeutel in ihr Wasser, und bald vermischte sich der Duft von Jasmin mit dem Aroma von Schokolade und breitete sich in der gemütlichen kleinen Küche aus.

„Ist er ein Blödmann?" Bobby tauchte ein Oreo in seine heiße Schokolade.

„Ben?" Sie lachte, und ihre Melancholie verflog beim Anblick des hoffnungsvollen Ausdrucks in den Augen ihres Sohnes. „Manchmal." Nadine wünschte, Ben würde noch in der Nähe leben. Aber bald würde er nach Hause kommen, nachdem er zehn Jahre in der Army zugebracht hatte, und sie konnte es kaum erwarten, ihn wieder in Gold Creek zu haben. Ben war das einzige Mitglied ihrer zerbrochenen Familie, dem sie sich noch nahe fühlte.

Bobby schien sich etwas beruhigt zu haben. „John hat keine Ahnung! Ich habe den Weihnachtsmann gesehen und werde nicht sagen, dass es nicht so war!", stellte er klar und schob entschlossen das kleine Kinn nach vorne. Dann warf er eine Handvoll Marshmallows in seinen Kakao und sah zu, wie sie langsam zerschmolzen.

Zur Freude ihres Sohnes brach Nadine ein Oreo auseinander und leckte zuerst die weiße Füllung von den dunklen Hälften. „Und was hat der Weihnachtsmann gemacht, als du ihn letztes Jahr gesehen hast?"

Bobby zuckte mit den Schultern. „Keine Ahnung", murmelte er. „Wahrscheinlich hat er gerade versucht herauszufinden, welches Geschenk für mich war." Er runzelte die Stirn. „Ich hoffe, John kriegt nichts von ihm!"

„Ich bin mir sicher, dass er das nicht macht", sagte Nadine, während er hastig seinen Kakao trank und sich anschließend mit seiner schmuddeligen Hand den Mund abwischte.

„Na klar, das macht er. Der Weihnachtsmann weiß, wenn John lügt. Er weiß alles."

„Ich glaube, es ist Gott, der so viel weiß", korrigierte sie.

Ihr Sohn zuckte nur mit den Schultern, als wären Gott und der Weihnachtsmann ein und dasselbe, und Nadine sah keinen Grund für eine weitere Debatte. Offenbar lief Bobbys Fantasie auf Hochtouren. Aber sie liebte ihn wegen seiner Unschuld, seiner strahlenden Augen und diesem Köpfchen, das von dem Moment an, wo er aufwachte, vor Ideen schwirrte, bis er abends einschlief.

„Komm mit, du!" Liebevoll tippte sie ihm auf die Nase. „Du kannst mir dabei helfen, die ganze Weihnachtsdekoration auszugraben und das Geschenkpapier. Ich glaube, das meiste davon ist in dem Schrank unter der Treppe …"

„Mom, hey, Mom!", hallte Johns Stimme heran.

Bobby verdrehte die Augen und seufzte theatralisch. „Na super. Er ist wieder da."

„Hey … da ist jemand, der mit dir sprechen will! Er sagt, du hättest etwas in seinem Haus vergessen", brüllte John.

Als Nadine aus dem Fenster blickte, sah sie, wie John auf seinem alten Fahrrad angerast kam, als wäre der Teufel hinter ihm her. Mit wildem Gebell raste Herschel neben ihm her.

Nadine erstarrte, als sie den Grund für die ganze Aufregung erkannte. Hinter John schritt niemand anders als Hayden Garreth Monroe IV. entschlossen aufs Haus zu, das kantige Gesicht eine Maske der Arroganz.

*N*adine wappnete sich innerlich und trat auf die Veranda hinaus, die Arme vor der Brust verschränkt. In seiner alten Jacke, dem Flanellhemd und der verwaschenen Jeans, die tief auf seinen Hüften saß, wirkte er nicht gerade wie der Multimillionär, zu dem er über Nacht geworden war. Noch immer war er viel zu sexy, als ihm guttat. Oder ihr.

„Ich glaube, du hast etwas vergessen", sagte er, während er den leichten Anstieg zu ihrem Haus heraufkam. Sein Gang war ein wenig ungleichmäßig, aber das lag vermutlich eher an dem steinigen Boden als an den Folgen seines Bootunfalls vor Jahren.

„Etwas vergessen?" Sie schüttelte den Kopf. „Glaub mir, Hayden, ich habe nichts vergessen." Böse funkelte sie ihn an und alle bitteren Erinnerungen aus ihrer Jugend stürzten wie eine Flutwelle auf sie ein.

Er verengte die Augen, presste verärgert die Kiefer zusammen und griff vorn in seine Hosentasche, aus der er einen Ring herauszog. Ihren Ring. Instinktiv berührte sie ihre Finger, um festzustellen, ob der Ring mit dem Steinimitat tatsächlich fehlte. „Ist das deiner?", fragte er, und stieg die zwei breiten Stufen zur Veranda hinauf.

„Oh." Plötzlich kam sie sich dumm vor. Und fühlte sich in die Enge getrieben. Er war ihr zu nahe. Zu bedrohlich. Zu männlich. Sie straffte die Schultern und fand auch ihre Stimme wieder. „Danke. Ich hatte gar nicht gemerkt, dass ich ihn vergessen habe." Sie nahm ihm den Ring aus der ausgestreckten Hand, wobei sie darauf achtete, ihn nicht zu berühren. „Du hättest dir nicht die Mühe machen müssen, ihn mir zu bringen. Morgen wäre ich wieder da gewesen."

Er sah ihr in die Augen, und sie konnte kaum atmen, aber er wandte den Blick schnell wieder ab. „Ich war mir nicht sicher, ob du wiederkommen würdest."

„Ich habe doch gesagt, dass ich komme …"

„Du hast auch früher schon vieles gesagt, Nadine." Seine Bemerkung traf sie wie ein Peitschenhieb. Er beleidigte sie, aber warum? Sie hatte nie etwas getan, um ihn zu verletzen. Oder seine Familie.

„Hey, Mister, ist das Ihr Boot?" Mit großen Augen blickte John neidisch zum Dock, wo ein silberglänzendes Rennboot mit schwarzen Zierleisten auf den Wellen schaukelte.

„Jetzt ja."

„Oh, wow!"

„Gefällt es dir?"

John schmachtete es regelrecht an. „Was könnte einem daran nicht gefallen? Es ist echt cool!"

„Ist das dein Sohn?", fragte Hayden.

Bildete sie es sich ein, oder lag da tatsächlich eine Spur von Bedauern in seiner Frage? Schweren Herzens stellte sie die beiden einander vor. „Hayden Monroe, mein ältester Sohn John." Als sie Bobby entdeckte, der einen verstohlenen Blick durchs Fenster warf, bedeutete sie ihm, herauszukommen. Vorsichtig kam er durch die Tür. „Und das ist mein Baby ..."

„Du sollst mich nicht so nennen", beschwerte er sich.

„Entschuldigung." Lächelnd zerzauste Nadine ihm die rotblonden Haare. „Das ist mein zweiter Sohn Bobby. Oder bist du heute Robert?", zog sie ihn auf.

„Hallo, Bobby. John." Hayden schüttelte beiden Jungen die Hand, während Nadine überlegte, ob der Schatten, der sich in seine sommerblauen Augen stahl, ein Anflug von schlechtem Gewissen war.

„Sind Sie der Mann, dem die Sägemühle gehört?", fragte John, und Nadines höfliches Lächeln erstarrte.

„Vorläufig, ja."

„Die ganze Mühle", erkundigte sich Bobby, offenbar sehr beeindruckt.

Bevor Hayden darauf antworten konnte, kam John ihm zuvor: „Mein Dad sagt, der Besitzer ist ein ganz gemeiner Mist..."

„John!", rief Nadine.

„Dein Dad hat recht", entgegnete Hayden, wobei seine Augen funkelten.

John runzelte die Stirn.

„Hayden hat die Mühle gerade erst von seinem Vater geerbt", vermutete Nadine und warf Hayden einen Bestätigung suchenden Blick zu. „Er besitzt sie noch nicht so lange. Daddy hat nicht von ihm gesprochen."

„Kannst du deinen Dad nicht leiden?", wollte Bobby wissen, und Nadine sandte ein stilles Gebet zum Himmel. Sie wollte mit Hayden nichts zu tun haben; sie wollte nicht, dass ihre Kinder sich bei ihm wohlfühlten; sie wollte nichts über sein Leben wissen.

„Mein Dad lebt nicht mehr", sagte Hayden nur. Als er jedoch Bobbys verwirrte Miene sah, fügte er hinzu: „Wir haben uns nicht besonders gut verstanden. Wir waren nie einer Meinung."

„Mein Dad ist der Beste!", verkündete John stolz und warf seiner Mutter einen trotzigen Blick zu.

Haydens Mundwinkel sanken leicht nach unten. „So sollte es sein."

Zufrieden mit seiner Ansage, winkte John seinen Bruder zu sich. „Komm mit, Bobby, lass uns das Boot mal unter die Lupe nehmen!" Und schon lief er runter zum Dock.

„Seid vorsichtig. Fasst nichts …"

Nadine spürte Haydens Hand auf der Schulter und schnappte nach Luft. „Ihnen wird schon nichts passieren", sagte er. „Kein Grund, sie übermäßig zu bemuttern."

„Aber …"

„Ich wette, sie wissen, wie man ein Boot fährt und wovon sie die Finger lassen sollen."

„Du kennst meine Jungs nicht einmal", entgegnete sie empört.

„Mag sein, aber mit überfürsorglichen Müttern kenne ich mich aus."

Seine Hand lag warm auf ihrer Schulter, aber sie schüttelte sie ab. „Es geht dich nichts an, Hayden, wie ich meine Kinder erziehe", sagte sie verärgert.

„Nur ein kleiner Rat, der nichts kostet."

„Genau, und er ist das wert, was ich dafür bezahlt habe, nämlich nichts."

„Jungen müssen neugierig sein und die Welt selbstständig erforschen dürfen."

„Hast du das irgendwo gelesen oder sprichst du aus Erfahrung?"

„Ich war selbst einmal ein Junge."

„Das weiß ich." Ihr Herz pochte in einem unnatürlichen
Rhythmus. „Ich erinnere mich."

Er sah sie mit einem Blick an, der ihr durch und durch ging,
und obwohl er kein Wort sagte, schienen plötzlich tausend
Vorwürfe in der Luft zu liegen. Sie konnte es nicht fassen, aber
er schien einen Groll gegen *sie* zu hegen. Als hätte sie ihm vor
all diesen Jahren unrecht getan! Als hätten er und sein Vater
ihr Leben nicht unwiderruflich auf den Kopf gestellt! Als hätte
er sie nicht verlassen, ohne auch nur einen Blick über die Schulter zurückzuwerfen! Es zerriss sie, und sie musste sich auf die
Zunge beißen, um nicht mit wütenden Vorwürfen um sich zu
werfen.

Es war unerträglich, so nahe bei ihm auf der Veranda zu stehen. Sie fühlte sich unwohl in seiner Nähe. Und doch musste sie
höflich sein. Immerhin war er ebenso ihr Boss wie auch der Arbeitgeber ihres Exmannes. Also rang sie sich eine Einladung ab.
„Wenn du keine Angst hast, dass die Jungs dein Boot demolieren
könnten, warum kommst du dann nicht auf eine Tasse Kaffee
herein?"

Er zog eine Augenbraue hoch. „Dein Mann hätte nichts dagegen?"

„Nein, ganz und gar nicht", antwortete sie schnell und beschloss, ihm nicht zu sagen, dass sie geschieden war. Noch nicht.

„Ein Friedensangebot?"

„Wir haben es falsch angefangen. Ich finde, wir sollten es noch
einmal versuchen." Sowie die letzte Silbe über ihre Lippen war,
wünschte sie, ihre Worte zurücknehmen zu können. Aber das
war unmöglich. In dem anschließenden Schweigen stiegen die
Erinnerungen an ihre Jugend wieder auf.

An seinem Kiefer zuckte ein Muskel. Er zögerte und warf
einen Blick zum Boot. Nadine kam sich vor wie eine Idiotin.

Natürlich würde er ihr Angebot nicht annehmen. Er wollte ihr nur den Ring bringen – und das auch sicher nur, um sie persönlich feuern zu können. Zweifellos hatte er, sowie sie sein Haus verlassen hatte, William Bradworth angerufen, dem Anwalt in einem wütenden Redeschwall den Kopf zurechtgerückt und es bei der Gelegenheit geschafft, ihre Adresse herauszufinden. Anschließend war er wild entschlossen über den See gedüst, um ihr mitzuteilen, dass sie morgen nicht mehr kommen musste. Nun, der Teufel sollte sie holen, wenn sie es ihm leicht machte.

„Okay. Abgemacht." Es überraschte sie, dass er auf ihren Vorschlag einging und ihr ins Haus folgte.

Sie goss Kaffee in zwei Keramikbecher, bot ihm Zucker und Sahne an und ging mit ihm wieder nach draußen, wo sie auf der Veranda sitzen und die Jungs im Auge behalten konnte.

Nadine setzte sich auf die alte Hollywoodschaukel. Hayden lehnte sich mit der Hüfte an das verwitterte Geländer, den Rücken dem See zugewandt, und kreuzte die Beine. Ein scharfer Wind zerzauste seine Haare und trug ihr seinen Geruch zu – sauber und männlich, keine Spur von Aftershave oder Eau de Cologne.

„Bradworth hat mir gesagt, dass du jetzt Warne heißt", bemerkte er. „Du hast Sam also geheiratet", stellte er gleichmütig fest.

„So ist es."

„Ich dachte, er wäre nur ein Freund."

„War er auch. Dann wurde er ein besserer Freund." Sie musste Hayden gar nichts erklären, schon gar nicht etwas, das so schwierig und komplex war wie ihre Beziehung zu Sam. Sam, der sie einmal angebetet hatte. Sam, der sie hatte heiraten und der Vater ihrer Kinder sein wollen. Sam, der bereits zu Beginn ihrer Ehe Anzeichen erkennen ließ, dass er nicht in der Lage war, seinen Alkoholkonsum zu kontrollieren. Nadine hatte geglaubt, ihm bei diesem Problem helfen zu können, aber er hatte geleugnet, dass es überhaupt ein Problem gab.

Sie trank einen großen Schluck Kaffee und genoss es, wie die warme Flüssigkeit ihre Kehle hinunterrann. Vor langer Zeit war

Sam ihr Freund gewesen. Er hatte Sicherheit bedeutet. Er war da gewesen, als Hayden und ihre Familie es nicht waren. Obwohl ihre Ehe nicht immer glücklich gewesen war, bedauerte sie es nicht, Sam geheiratet zu haben, wenn sie an ihre Söhne dachte. Selbst bei allen Schwierigkeiten, die John und Bobby ihr bereiteten, liebte sie die beiden von ganzem Herzen. Daran würde nichts je etwas ändern können, und Sam hatte ihr diese Jungs geschenkt, die ihr so viel bedeuteten.

Nadine spürte Haydens Blick auf sich und legte die Finger um die warme Tasse, als sie zu ihm hoch sah. „Was ist mit dir, Hayden? Ich habe irgendwo gelesen, dass du dich mit Wynona verlobt hast, um sie zu heiraten."

Er schnaubte. „Das ist auch nicht geschehen."

„Ihr habt nie geheiratet?"

Seine Augen nahmen einen dunklen Blauton an. „Nein, nie." Er machte sich nicht die Mühe, weitere Erklärungen dazu abzugeben, und sie fragte nicht nach. Je weniger sie voneinander wussten, desto besser. Sie hatte eine Arbeit zu erledigen, und ihre Beziehung war rein professionell. Die Tatsache, dass sie in seiner Gegenwart nervös wurde, ließ sich leicht erklären. Damit musste sie einfach fertigwerden. Was immer sie vor langer Zeit verbunden hatte, es hatte keinen Bestand gehabt und war endgültig vorbei.

Hayden trank seinen Kaffee aus, als die beiden Jungen genug gesehen hatten. John kam als Erster über den schmalen Pfad zur Veranda heraufgerannt. „Das ist ein tolles Boot, Mr Monroe."

„Findest du?"

„Ja, und ob!", stimmte Bobby mit ein.

„Ich wette, das fährt echt schnell", winkte John mit dem Zaunpfahl, und Nadine wäre am liebsten gestorben.

„Geht ihr beiden mal lieber ins Haus …"

„Wollt ihr mal eine Spritztour machen?", fragte Hayden plötzlich.

Vor Schreck goss Nadine sich Kaffee über die Hände. „Nein!", rief sie panisch.

„Ob ich will?", wiederholte John vergnügt. „Aber klar doch!"

„Ich auch!" Aufgeregt hüpfte Bobby auf und ab.

Was immer hier abging, es durfte nicht geschehen! „Jetzt wartet mal einen Augenblick. Ihr müsst eure Hausaufgaben machen und habt auch sonst noch einiges zu …"

„Och, Mom, nur ganz kurz?", bat John. Seine Streitlust von eben war verflogen, und sein Gesicht hatte sich vor lauter Vorfreude gerötet. „Bitte!"

„Mr Monroe ist ein viel beschäftigter Mann." In der Hoffnung, dass Hayden ihr half, sah sie ihn an, musste jedoch feststellen, dass er sich grinsend über ihr Unbehagen amüsierte. Sie wischte sich die Hände an der Jeans ab. „Ich halte es einfach nicht für eine so gute Idee, heute Abend …"

„So beschäftigt bin ich nicht", erwiderte Hayden. „Für mich ist es okay. Natürlich nur, wenn es auch für dich okay ist."

Auf der Stelle fingen beide Jungen an zu betteln und zu flehen.

„Deine Erfolgsbilanz, was Boote angeht, ist nicht besonders gut." Sie sah, wie sich seine Miene bei der Erwähnung des Unfalls, der Wynona Galveston beinahe das Leben gekostet hätte, versteinerte.

Dennoch machte er keinen Rückzieher, und Nadine wusste, dass sie zu weit gegangen war. Im Grunde ihres Herzens war sie sicher, dass er ihre Kinder nicht verletzen würde … nicht absichtlich. Und dennoch fiel es ihr schwer, sie mit ihm gehen zu lassen. „Hast du Schwimmwesten an Bord?", fragte sie schließlich.

„Schwimmwesten sind was für Babys!", verkündete John.

„Ich habe sogar eine für dich", antwortete Hayden mit undurchdringlicher Miene, und Nadine biss die Zähne zusammen. Es war nicht so, dass sie den Jungs den Spaß nicht gönnte, sie wollte sich einfach nicht auf Hayden einlassen, egal auf welche Weise.

„Ich habe keine Zeit, und die Jungs sollten wirklich anfangen, ihre …"

Bobby stiegen die Tränen in die Augen. Wortlos flehte ihr Jüngster sie an. Sie wusste nicht, ob er nur Theater spielte, aber in letzter Zeit war er so unglücklich, sie brachte es einfach nicht fertig, nein zu sagen. „Ich schätze, wenn es nicht zu lange dauert, wird es wohl in Ordnung sein", gab sie nach, wohlwissend, dass sie nicht nur mit den Füßen in gefährliches Fahrwasser geriet, wenn sie Hayden Einblick in ihr Leben oder das ihrer Familie gab, sondern gleich kopfüber darin eintauchte! Bobby, der kleine Schauspieler, strahlte gleich übers ganze Gesicht, und seine Tränen schienen sich in Luft aufgelöst zu haben. „Kommt zurück, bevor es dunkel wird", verlangte sie in dem Versuch, ihre Autorität zu beweisen. Schließlich war sie noch immer ihre Mutter und deshalb auch noch immer der Boss.

„Wird gemacht!" Schon liefen ihre Söhne wieder zum Dock.

Vorsichtig stellte Hayden seine leere Tasse aufs Geländer. „Danke für den Kaffee. Ich werde sie bald zurückbringen", versicherte er ihr, aber es lag keine Wärme in seiner Stimme.

Sofort fühlte Nadine sich schlecht. Er verschaffte ihren Kindern nur eine dringend notwendige Abwechslung und etwas männliche Aufmerksamkeit. „Hör zu, es tut mir leid, dass ich das mit dem Bootsunfall erwähnt habe. Es ist nur, dass …"

„Mach dir keinen Kopf deswegen", unterbrach er sie kurz angebunden.

Sie sah zu ihren Söhnen, die bereits ins Rennboot kletterten. „Ich hoffe, du weißt, worauf du dich da einlässt."

„Es ist nur eine kleine Spritztour. Interpretiere nicht mehr hinein, Nadine." Sie merkte, wie sie rot wurde. „Glaube mir, ich lasse mich auf nichts ein."

Die Kinder waren ungestüm und aufgeregt. Sie konnten kaum still sitzen und schubsten sich gegenseitig aus dem Weg, um vorne sitzen und das Kommando übernehmen zu können. Der Wind fegte ihnen in Haare und Gesicht, und sie lachten mit einer Unbekümmertheit, die Hayden überraschte. In seiner Kindheit war es nur wenige Male vorgekommen, dass er sich so sorglos gefühlt hatte wie diese beiden Rowdys. Hätte er einen Bruder oder eine Schwester gehabt, auf die sich die Kontrolle und Erwartungen seiner Eltern verteilt hätten, wäre er vielleicht in der Lage gewesen, sich als Kind ein wenig auszutoben. Vielleicht wäre es dann auch nie zu dieser Rebellion gekommen, die mit dem Wechsel zur Highschool begonnen hatte, und die ihn bis zum College angetrieben hatte.

Er warf einen Blick über die Schulter und sah das kleine Haus, in dem Nadine wohnte, in weiter Ferne liegen.

Stirnrunzelnd dachte er daran, wie sie sich verändert hatte. Sie war anders als das Mädchen, an das er sich erinnerte. Sie war weiblicher geworden und reifer. Ihre Haare waren jetzt dunkler, und ihre Hüften und Brüste runder. In ihren grünen Augen blitzte noch immer ihr scharfer Verstand auf, aber auch ihre Zunge war mit den Jahren schärfer geworden, und ihr Zynismus überraschte ihn. Sie hegte ihm gegenüber eine tief verwurzelte Bitterkeit, ganz so, als würde sie ihm irgendein Unrecht vorwerfen, das sie von seiner Hand erfahren hatte. Aber welches?

Er kaute auf seiner Unterlippe herum und verengte die Augen. Sicher, er hatte sie nach dem Unfall nie angerufen. Seine Eltern hatten ihm deutlich vor Augen geführt, dass sie nichts mit ihm zu tun haben wollte und nur an seinem Geld interessiert war. Natürlich hatte er ihnen nicht geglaubt, aber er hatte den Scheck gesehen, das „Schweigegeld" von fünftausend Dollar, die sein Vater an George Powell gezahlt hatte, um zu verhindern, dass seine Tochter „Vergewaltigung" schrie.

Aber das war verrückt. Sie hatten nie miteinander geschlafen … nicht, dass er es nicht gewollt hätte. Sie hatten kurz davor gestanden, und Nadine schien mehr als bereit dazu gewesen zu sein. Aber sie waren in ihrer Lust nie bis zum Ende gegangen, weil Hayden sich zurückgehalten hatte. Er hatte geglaubt, ihre Ehre zu schützen, und wollte ihr ersparen, was Trish London hatte ertragen müssen.

Er gab Vollgas und die Jungen jauchzten vor Freude. Ihre Gesichter waren rot von Wind und aufgepeitschtem Wasser, und die Haare klebten ihnen feucht am Kopf. „Vermutlich will keiner von euch mal gern ans Steuer, oder?", fragte er, was zur Folge hatte, dass beide Jungs mit lautem Geschrei verkündeten, dass jeweils er als Erster das Boot lenken wollte.

„Ruhe jetzt. Du zuerst." Er zeigte auf Bobby und nahm die Geschwindigkeit zurück, während er sich hinter den Jungen stellte, um jeden Augenblick das Lenkrad wieder übernehmen zu können. Bobby lachte, als sie über das Wasser brausten und in der Mitte des Sees schneller wurden.

Ungeduldig forderte John, dass jetzt er an der Reihe sei. Nachdem sie fünf oder sechs Runden auf dem See gefahren waren, dämmerte es schon. In Nadines Haus brannte Licht, und Rauch stieg kaum sichtbar in der heraufziehenden Dunkelheit aus dem Kamin.

„Wir sollten langsam zurück", sagte Hayden trotz des lauten Protests beider Jungen.

„Nur noch eine Runde", bettelte John.

„Und dann eure Mutter am Hals haben? Auf keinen Fall." Hayden fuhr ans Ufer und stellte den Motor ab, nachdem er das schaukelnde Boot fest gemacht hatte. Er folgte den Jungen, die den Weg zum Haus hinauf eilten, wo sie ihre Mutter auf der Veranda antrafen.

„Seht euch nur an", sagte Nadine, als sie ihre nasse Kleidung und die geröteten Gesichter sah, und schnalzte mit der Zunge. „Durchgefroren bis auf die Knochen."

Das Licht des Feuers fiel auf ihre Haare und tauchte sie in ein glühendes Rot, als sie dort im Türrahmen stand und jedem Jungen zärtlich den Kopf tätschelte. Hayden spürte, wie sich alles in ihm zusammenzog. Ihre Haut war cremeweiß mit ein paar Sommersprossen, die ihre Nase besprenkelten. Ihre Wangen hatten die Farbe von Aprikosen, die mit dem tiefen Grün ihrer Augen kontrastierte.

„Vorwärts. Unter die Dusche. Alle beide", kommandierte sie.

„Aber wir sind doch gar nicht schmutzig", wandte John ein.

„Ihr seid nass und friert."

John schien noch etwas sagen zu wollen, überlegte es sich aber anders und versuchte an ihr vorbeizuhuschen.

„Und lasst eure Schuhe hier draußen …"

„Ja, ja."

Brav traten die beiden sich ihre Sneaker von den Füßen und zogen die durchweichten Strümpfe aus, bevor sie ins Haus stapften. Auf der Türschwelle drehte John sich noch einmal um. „Oh. Danke, Mr Monroe."

„Gern geschehen."

„Sie können zum Essen bleiben!", rief Bobby, und Nadine wurde blass.

Hayden sah sie an und schüttelte den Kopf. „Besser nicht."

„Bitte", blieb Bobby beharrlich.

„Ein anderes Mal." Hayden hatte ein flaues Gefühl im Magen und fragte sich, warum, um alles in der Welt, ihm ein Abendessen in diesem vollgestopften gemütlichen Holzhaus so verlockend erschien. Vielleicht lag es an dem Haus. Vielleicht waren es die Kinder. Vielleicht war es aber auch die Frau. Die Frau eines anderen Mannes. Auf einmal hatte er einen bitteren Geschmack im Mund, den er nicht mehr loswurde.

„Mom, mach, dass er bleibt", bat John.

„Ich glaube nicht, dass irgendjemand *machen* kann, dass Mr Monroe etwas tut, was er nicht tun will."

„Aber er will doch. Er ist bloß höflich!", rief Bobby genervt, weil seine Mutter so blind war.

„Du könntest bleiben", sagte sie, aber es lag mehr als eine Spur von Widerwille in ihrer Stimme.

„Hätte dein Mann nichts dagegen?"

Eine Sekunde zögerte sie, als würde sie mit ihrem Gewissen kämpfen, aber dann schüttelte sie den Kopf. Es sah aus, als wollte sie noch etwas sagen, aber sie schwieg.

Hayden biss die Zähne zusammen. Gehörte sie zu den Frauen, die vor ihren Männern Geheimnisse hatten? Hayden hatte Sam Warne nie leiden können und ihn für einen weinerlichen, zügellosen Mistkerl gehalten. Aber wenn Nadine ihn geheiratet hatte, sollte sie ihr Ehegelöbnis ernst nehmen. Wütend sah er sie an. Gott, war sie sinnlich! Nicht wie ein Model oder eine Hollywood-Verkörperung von Schönheit, sondern auf eine rein feminine Weise, die direkt seine Seele ansprach. Verärgert schwor er sich, dass er nichts mehr mit ihr zu tun haben wollte. Sie war verheiratet, und das war's. Wenn sie Sam betrügen wollte, sollte sie das tun. Aber nicht mit ihm.

„Ich muss sowieso zurück", log er und versuchte sich einzureden, dass dieses gemütliche Holzhaus keinerlei Reiz für ihn hatte. Genauso wenig wie die Frau, die noch in der Tür stehen blieb. Bevor er seine Meinung ändern und beschließen konnte, dass ein Seitensprung doch keine so große Sünde wäre, bevor er etwas tat, was sie beide für den Rest ihres Lebens bereuen würden, machte er auf dem Absatz kehrt und eilte wieder zum Dock zurück. Die Fäuste tief in den Taschen seiner Lederjacke vergraben, senkte er den Kopf gegen den Wind. Er würde in dieses leere Sommerhaus zurückkehren, sich einen starken Drink einschenken und versuchen, aus den Unterlagen der Monroe Sawmill Company schlau zu werden. Irgendwie würde es ihm schon gelingen, jeden Gedanken an Nadine aus seinem Kopf zu verbannen.

Der Letzte, mit dem er gerechnet hätte, war sein Onkel. Aber da war er und wartete auf ihn – Thomas Fitzpatrick persönlich und in voller Lebensgröße, nachdem er sich aus einem geräumigen neuen Cadillac geschält hatte, der in der Nähe der Garage stand. Der weiße Lack des Wagens glänzte im Licht einer Lampe über dem Garagentor. Mit wildem Gebell, die Haare im Nacken aufgestellt, rannte Leo auf Thomas zu.

„Stopp!", befahl Hayden, und leise knurrend tat der Hund wie geheißen.

„Der sieht aus, als könnte er einem das Bein abreißen", bemerkte Thomas.

„Nur, wenn man ihn provoziert." Seit ein paar Jahren hatte Hayden seinen Onkel nicht mehr gesehen, und wieder überraschte es ihn, dass er nicht zu altern schien. Er hatte dichte weiße Haare, und an seinem schlanken Körper gab es kein Gramm Fett zu viel. Sein typischer Schnurrbart war sauber geschnitten, und seine Augen funkelten vor Scharfsinn. Mit seinen zirka sechzig Jahren war Thomas gerissen wie immer.

„Ich dachte mir, dass du wahrscheinlich irgendwann auftauchst", sagte Thomas und strich sich mit der flachen Hand über die Haare. „Deshalb habe ich gewartet. Bradworth sagte, du hättest ihn angerufen, und ich dachte, ich könnte dir vielleicht dabei helfen, ein paar Firmenangelegenheiten zu klären."

„Das schaffe ich schon", erwiderte Hayden leicht angefressen, weil sein Onkel glaubte, er würde bei der Entschlüsselung der Firmenbücher Hilfe benötigen.

„Dann ist ja gut." Thomas belohnte Hayden mit einem breiten Lächeln. „Bradworth hörte sich an, als hättest du vor, das gesamte Unternehmen der Wohlfahrt zu spenden."

„Bradworth redet zu viel." Hayden zog einen Schlüssel aus der Tasche und öffnete die Haustür. Er schob sie auf und Leo lief mit klickenden Krallen durchs Foyer.

„Er redet nur mit den richtigen Leuten." Thomas nahm Haydens stumme Einladung an, der ihm die Tür aufhielt. Als er das Haus betrat, verließ ihn sein geübtes Lächeln. Hayden nahm an, dass ihm eine Menge Erinnerungen durch den Kopf gingen. Gedankenverloren legte er eine Hand aufs Treppengeländer und presste die Lippen zusammen. Hayden konnte nur vermuten, woran Thomas dachte. Dies war der Ort, an dem Jackson Moore sich vor so vielen Jahren über Nacht versteckt hatte, als ganz Gold Creek glaubte, er hätte Thomas' Sohn Roy umgebracht. Erst im vergangenen Sommer war die Wahrheit endlich ans Licht gekommen. Nicht nur hatte Laura, die Frau von Thomas' jüngerem Sohn, das Verbrechen gestanden, vielmehr hatte auch der ganze Ort erfahren, dass Jackson Thomas' unehelicher Sohn war.

Hayden, der seinem Onkel nie nahegestanden hatte, wusste nicht, was er sagen sollte. „Mom hat mir von Laura erzählt", sagte er schließlich, vor allem, um das Eis zu brechen. „Es tut mir leid."

„Nicht halb so sehr wie mir", räumte Thomas ein, während sie ins Arbeitszimmer gingen. „Ich fürchte, Brian ist nie damit fertiggeworden ... Er arbeitet zwar noch für die Firma, aber ..." Thomas zuckte mit den Schultern und schien auf einmal ein wenig gebeugter zu laufen. Wie Hayden wusste, war sein Leben anders verlaufen als geplant. Sein Sohn Roy war ermordet worden; Brian hatte Firmengelder unterschlagen, und es hatte sich herausgestellt, dass seine Frau Roys Mörderin war. Toni … nun, der rebellische eigenwillige Toni besuchte ein College an der Ostküste, und Thomas' politische Ambitionen waren durch die Skandale um seine Kinder so gut wie aussichtslos geworden. Die Kluft zwischen Thomas und seinem unehelichen Sohn Jackson würde sich wahrscheinlich nie überbrücken lassen, und seiner Frau hatte er sich entfremdet.

Beinahe empfand Hayden Mitleid mit seinem Onkel. Beinahe. Aber er traute dem Mann, der so schmierig war wie ein ganzes Fass voll Öl, noch immer nicht. In der Bar fand er eine Flasche mit irischem Whiskey, die noch ungeöffnet war. „Kann ich dir einen Drink anbieten?"

Thomas nickte. „Ich nehme an, du wirst es dir jetzt ja leisten können."

Hayden holte zwei Kristallgläser aus dem Schrank, wischte sie mit einem Hemdzipfel aus und goss den bernsteinfarbenen Alkohol hinein. „Auf Roy", sagte er und reichte seinem Onkel ein Glas.

Finsteren Blickes stieß Thomas sein Glas an das von Hayden und kippte seinen Drink hinunter. „Ich wünschte, der Junge hätte überlebt."

„Ich auch." Roy war ein Freund von Hayden gewesen. Sicher, sie hatten sich oft gestritten, und selbst noch kurz vor seinem Tod hatte Roy bewiesen, dass er eine tierische Nervensäge sein konnte, aber es hatte Jahre gegeben … viele Jahre, in denen Hayden als einsames reiches Kind aufgewachsen war, und Roy und Brian seine einzigen Freunde gewesen waren.

Auch Hayden goss die brennende Flüssigkeit in einem Zug hinunter und spürte, wie sie ihm heiß durch die Kehle lief. Nachdem sie ihre Gläser geleert hatten, akzeptierte Thomas einen weiteren Schuss Whiskey in seinem Glas.

„Auf deinen Vater", sagte er, und Hayden biss die Zähne zusammen. „Möge er in Frieden ruhen."

„Und bekommen, was er verdient hat." Wieder ließen sie die Gläser klirren, aber diesmal trank Hayden seinen Drink langsam in kleinen Schlucken.

„Du machst ihm immer noch Vorwürfe."

„Ich mag es einfach nicht, wenn jemand versucht, mein Leben zu bestimmen."

Sie versanken in Schweigen, und es wurde schon unbehaglich, bevor Thomas versuchte, das Thema zu wechseln, und fragte: „Wo warst du heute Abend?" Er zog eine Staubabdeckung von einem abgenutzten Ledersessel, setzte sich hinein, platzierte einen Fuß auf den dazugehörigen Hocker und sah seinem Neffen zu, der die Luftklappe im Kamin öffnete und die staubtrockenen Holzscheite anzündete, die seit Jahren auf dem Rost gelegen hatten. „Ich habe das Boot gehört."

Hayden spannte sich leicht an. Ohne dass er genau hätte sagen können, warum, wollte er nicht über Nadine sprechen. „Bradworth hat eine Frau angeheuert, die das Haus reinigen soll. Sie hatte einen Ring hier vergessen, und den habe ich ihr zurückgebracht."

„Mit dem Boot?"

„Sie wohnt drüben am anderen Ufer."

Missmutig blickte Thomas in die Dunkelheit hinter den Fenstern. Der See war nicht sichtbar, aber in der Ferne blinkten am anderen Ufer ein paar Lichter durch die Nacht. „Wer ist sie?"

„Bradworth hat sie über eine Agentur in der Stadt gefunden. HELP!, glaube ich."

Kaum wahrnehmbar huschte ein Schatten über Thomas' Gesicht. „Nadine Warne?"

„Genau."

Thomas sagte nichts, aber seine Augen verdunkelten sich, und Hayden hatte das Gefühl, dass ihr Gespräch damit nicht beendet war; dass Thomas etwas über Nadine wusste, was ihm selbst unbekannt war. Nicht dass es mich interessiert, erinnerte er sich. Was sie, abgesehen davon, dass sie dieses verdammte Haus putzt, mit ihrem Leben anstellt, geht mich nichts an.

Während sie ihre Gläser leerten sprachen sie über seine Mutter und wie sie nach dem Tod seines Vaters zurechtkam. Dann drehte sich das Gespräch um die Mühlen, die er geerbt hatte. Die größte Sägemühle befand sich zwar in Gold Creek, aber es gab noch weitere kleinere Unternehmen in Nordkalifornien und auch im Süden von Oregon.

„Diese Sägemühlen befinden sich seit Jahrzehnten im Besitz der Familie", sagte Thomas und lehnte sich im Sessel zurück. „Vor allem die alte hier in Gold Creek. Das war die erste. Die Monroe Sawmill ist quasi eine Tradition für die Menschen in Gold Creek. In den harten Zeiten während der Depression haben die Sägemühle und das Abholzungsunternehmen die Stadt über Wasser gehalten. Auch wenn den Angestellten die Stunden gekürzt worden waren, haben sie Kredite erhalten, um Nahrung und Kleidung für ihre Familien kaufen zu können. Gold Creek war von der Mühle und dem Abholzungsunternehmen abhängig, um überleben zu können."

„Das war vor langer Zeit."

Thomas machte eine wegwerfende Handbewegung. „Ich weiß. Aber auch in der Zwischenzeit hat Nutzholz die Menschen in Gold Creek versorgt, durch zwei Weltkriege hindurch und während der Probleme in Korea und Vietnam. Ganze Generationen haben für ihren Lebensunterhalt auf das Abholzungsunternehmen und die Sägemühle gebaut. Das alles könnte noch früh genug knirschend zum Stillstand kommen, wenn die Regierung schärfere Maßnahmen gegen das Abholzen und Fällen von altem Baumbestand beschließt. Aber bis dahin sind wir der Stadt einiges schuldig."

„Für mich klingt das nach einem Haufen politischem Bockmist", stellte Hayden fest. „Ich dachte, du hättest es vor ein paar Jahren aufgegeben, für ein öffentliches Amt zu kandidieren."

Thomas legte die Hände auf die Knie und erhob sich. Hörbar knackten seine Gelenke. Das Feuer warf Schatten auf sein Gesicht, und seine Miene war ernst. „Ich kann dir nicht sagen, wie du zu leben hast, Hayden. Dazu war nicht einmal dein Vater in der Lage. Aber solange du nicht weißt, wie du sie loswerden kannst, besitzt du die Mehrheitsbeteiligung an einigen Mühlen von Wert. Nun kannst du das Unternehmen auf zwei Weisen betrachten – entweder du willst es, weil es dir Geld einbringt, oder du willst es, weil es der Lebenssaft dieser Gemeinde ist."

„Ich will es überhaupt nicht." Einen Augenblick musterte Hayden seinen Onkel. „Ich dachte, du wärst gekommen, um zu versuchen, mich auszubezahlen."

Thomas verzog die Lippen unter seinem Schnurrbart zu einem Lächeln, und seine Augen leuchteten auf. „Du erinnerst mich an Roy. Er ist auch immer gleich auf den Punkt gekommen."

Hayden rollte sein Glas zwischen den Handflächen. „Also, wie sieht's aus?"

„Ich brauche etwas Zeit. Zum größten Teil habe ich mein Geld in Ölquellen angelegt, und da komme ich nicht ran, jedenfalls vorläufig nicht. Dann versuche ich noch immer, etwas nördlich von hier Land zu kaufen. Die Badlands Ranch hat mich interessiert, aber der Besitzer ist stur geblieben." Sein Blick verdüsterte sich. Thomas gab sich ungern geschlagen. „Ich bin an Diversifikation interessiert", erklärte er. „Ich habe genug ins Holzfällen und die Weiterverarbeitung von Holz investiert und will nicht alles auf eine Karte setzen."

„Mir scheint, du hast eine Menge diversifiziert. Nutzholz, Sägemühlen, Immobilien und Öl."

„Das ist nur der Anfang." Er klopfte Hayden auf den Rücken. „Aber ich will dich nicht drängen. Die Firma steckt dir im Blut, ob es dir gefällt oder nicht."

Er ging raus zu seinem Cadillac, bevor er an der Wagentür noch einmal innehielt. „Diese Frau, die Bradworth engagiert hat …" Hayden merkte, wie er sich leicht versteifte.

„Was ist mit ihr?"

„Vielleicht solltest du mir mal sagen, was mit der Kleinen läuft." Hayden ballte die Hände zu Fäusten, und der ältere Mann lachte. „Mir scheint, dir steckt mehr im Blut als nur die Firma."

„Ich muss zwei Tage nachsitzen", verkündete John am nächsten Morgen beim Frühstück.

„Weshalb?", fragte Nadine, obwohl sie es eigentlich gar nicht wissen wollte. Sie war nicht gerade bester Stimmung. Seit sie Hayden wiedergesehen hatte, war sie gereizt und nervös. In weniger als einer Stunde musste sie ihm wieder gegenübertreten, und darauf war sie alles andere als erpicht.

„Mangelnder Respekt", antwortete John. „Mrs Zalinski hasst mich."

„Sie hasst niemanden", erwiderte Nadine und biss in ein Stück trockenen Toast, obwohl sie keinen Appetit hatte.

„Mich schon. Mich und Mike Katcher. Uns beide hasst sie."

Nadine kaute nachdenklich. Mike Katcher war ein Problem. Daran bestand kein Zweifel. Das Kind erinnerte sie sehr an Jackson Moore, mit dem sie vor Jahren zur Schule gegangen war. Auch Jackson war ein Störenfried gewesen, ein Junge, der ständig in Prügeleien verwickelt war, und Gefahr lief, mit dem Gesetz in Konflikt zu geraten. Jahre später war er über seine Vergangenheit hinausgewachsen und als bekannter Anwalt nach Gold Creek zurückgekehrt, ein Mann, der seinen schlechten Ruf abgeschüttelt hatte.

Was Mike Katcher anging, glaubte Nadine allerdings nicht, dass er sich jemals entwickeln würde. Auch Mikes Mutter war alleinerziehend, und sie verbrachte mehr Zeit damit, sich einen anderen Ehemann zu suchen, als mit ihrem Sohn. „Warum gibst du Mrs Zalinski nicht mal eine Chance, John?"

„Das solltest du wirklich tun", empfahl Bobby. „Ihr Mann ist ein Cop, und der könnte dich verhaften."

„Man wird nicht verhaftet, nur weil man Mädchen in der Toilette eingeschlossen hat", sagte John und bekam sofort einen knallroten Kopf.

„Hast du das getan?", fragte Nadine. „John ..."

„Mike hatte die Idee."

„Vielleicht solltest du mal eigene Ideen haben." Sie warf einen Blick auf die Uhr und biss die Zähne zusammen. „Hör zu, wir werden das heute Abend besprechen. Ich werde deine Lehrerin und Direktor Strand anrufen, und auch Mikes Mutter, um diesen Schlamassel zu klären."

„Mom, mach das nicht!", rief John entsetzt.

„Wir reden später."

„Versprich, dass du nicht anrufst."

„Heute Abend", wiederholte sie nur, als die Jungs auch schon von den Stühlen sprangen und zur Tür hinauseilten. Obwohl die ersten Regentropfen vom Himmel fielen, stiegen sie auf ihre Fahrräder und fuhren zu der Nachbarin, die auf sie aufpasste, um dort auf den Bus zu warten.

Nadine räumte den Tisch ab und stellte das Geschirr ins Spülbecken. John wurde immer aufsässiger. Bislang hatte sie ihm einiges nachgesehen, weil sie überzeugt war, dass er bei Sam würde leben wollen, wenn sie zu streng mit ihm wäre. Natürlich konnte er das nicht. Sie hatte das Sorgerecht. Aber Sam hatte verlauten lassen, dass er mehr Zeit mit den Jungs verbringen wollte; und wenn er wieder vor Gericht ging, und John dann sagte, dass er zu seinem Vater wollte ... Was für ein Chaos!

Heute Abend würde sie sich John zur Brust nehmen und ihm klare Grenzen setzen. Falls er dann wieder davon anfing, bei seinem Vater wohnen zu wollen, musste sie sich damit auseinandersetzen. Hoffentlich kam es nicht so weit.

Sie rief in der Schule an und bat um einen Termin mit Johns Lehrerin. Dann suchte sie ihre Putzutensilien zusammen, denn bevor sie sich auf ihren Sohn konzentrieren konnte, musste sie noch mit Hayden fertigwerden.

Als sie an dem kleinen Raum vorbeikam, der einmal die Vorratskammer gewesen war, runzelte sie die Stirn. Die Regale darin waren gefüllt mit Lederfetzen, Knöpfen, Farbe und Perlen. In ihrer Freizeit stellte sie Ohrringe und Anstecknadeln, Haarspangen, mit Nieten besetzte Jacken und sogar Batik-Shirts her, Designs, die sie selbst entworfen hatte. Ein paar ihrer Arbeiten hatte sie bereits verkauft, und die Bestellungen sammelten sich an. Immer mehr Leute wollten ihre „tragbare Kunst" kaufen. Aber in letzter Zeit schien sie keine fünf Minuten Zeit mehr am Tag dafür zu haben, und sie müsste Stunden in ihr Handwerk investieren, wenn sie jemals genug Geld damit verdienen wollte, um sich und ihre Kinder zu ernähren.

„Irgendwann", sagte sie sich, schloss die Tür zur Kammer und nahm ihren Eimer mit den Putzmitteln in die Hand.

Sie stieg in ihren alten Chevy, betete darum, dass er den Geist nicht aufgab, und lächelte kläglich, als der Motor beim ersten Versuch tatsächlich ansprang. Sie ließ den Wagen aus der Einfahrt rollen und schlug dann den Weg zum Nordufer des Sees ein.

Und zu Hayden.

*H*aydens Jeep, den Nadine gesehen hatte, als sie gestern das Haus verließ, stand nicht in der Einfahrt. Obwohl das elektrische Tor offen stand, war keine Spur von ihm zu sehen. Sie klopfte an die Tür, und als sie keine Antwort erhielt, ließ sie sich mit dem Schlüssel, den sie von Bradworth hatte, selbst herein.

„Hayden?", rief sie, und sein Name schallte durch die leeren Räume. Seltsamerweise fühlte sie sich heute mehr allein in diesem Haus als gestern. Sie fand Hinweise darauf, dass er im Haus gewesen sein musste – Gläser, die im Arbeitszimmer neben einer offenen Flasche Whiskey standen, einen Schlafsack, den er in der Master-Suite auf das große Bett geworfen hatte, und in der Duschkabine hingen noch die Wassertropfen an den Wänden. Sie wischte sie mit einem Handtuch trocken und fragte sich, wie lange er wohl vorhatte, hier zu campen. Ein paar Tage? Eine Woche? Einen Monat? So lange, wie es dauerte, das Haus zu verkaufen? Nicht, dass das eine Rolle spielen würde, erinnerte sie sich im Stillen selbst.

Alle Gedanken an Hayden ausblendend, verbrachte sie drei Stunden damit, im zweiten Stock die Spinnweben zu entfernen, zwei offene Kamine zu säubern und die Böden zu wienern, während sie gleichzeitig das gesamte Bettzeug wusch, das sie in den Schränken fand. Sie schüttelte Kissen auf und lüftete sie, und notierte alle notwendigen Reparaturen, vom tropfenden Wasserhahn in einem der Bäder bis hin zu den mit Kiefernnadeln angefüllten Regenrinnen und Fallrohren, die verstopft und verrostet waren. Auch eine Einkaufsliste stellte sie zusammen.

Als sie gerade das Treppengeländer einölte, das ins Parterre führte, ging die Haustür auf, und kalte Winterluft wehte die Treppe herauf. Vor Schreck zuckte Nadine zusammen und geriet auf der Treppenstufe gefährlich ins Wanken.

Mit zwei Einkaufstüten im Arm kam Hayden ins Foyer gestiefelt und starrte zum Treppenabsatz hinauf, wo sie arbeitete. Sein Blick war kalt wie ein Gletscher im Januar. „Du hast gelogen", sagte er, die zusammengepressten Lippen weiß vor Zorn.

„Ich ... was?"

„Du hast mich belogen!"

„Ich habe dich nicht ..."

Er stellte die beiden Tüten ab und kam zwei Stufen auf einmal nehmend die Treppe herauf, um sich drohend vor ihr aufzubauen. Unter seinem wütenden Blick fühlte sie sich schrecklich klein. „Ich weiß nicht, was dich so in Rage versetzt hat, aber du hast mich gerade tierisch erschreckt." Sie merkte, wie ihr die Röte in die Wangen stieg. „Ich habe deinen Wagen nicht gehört ..."

Er fasste sie am Handgelenk und sagte: „Du hast dich kein bisschen verändert, Frau."

„Du sprichst in Rätseln."

„Du bist nicht verheiratet", stieß er aus, und sie versteifte sich. Sein Blick glitt an ihrem Körper hinab zu ihrer linken Hand, die in einem Gummihandschuh steckte.

Das war es also. Sie wappnete sich innerlich. „Nicht mehr. Aber ich habe auch nie behauptet, dass ich verheiratet bin", erwiderte sie hitzig. „Du hast vorschnell deine Rückschlüsse gezogen."

„Und was sollte dann das ganze Gerede von deinem Mann, der nichts dagegen hätte, wenn ich zum Essen bliebe?" Er presste die Lippen vor mühsam unterdrückter Wut zusammen.

„Hätte er auch nicht."

„Natürlich hätte er nichts dagegen!", flüsterte Hayden heiser und schob sein Gesicht so nah an ihres heran, dass sie sehen konnte, wie sich seine Nasenflügel beim Atmen bewegten. „Er hat dich vor zwei Jahren verlassen."

„Ich wüsste nicht, dass dich das etwas anginge – oh!" Grob riss er sie an sich. Jetzt war er ihr so nahe, dass sein heißer Atem ihre Haut streifte.

„Es interessiert mich nicht die Bohne, ob du alleinstehend, verheiratet oder eine Bigamistin bist", fuhr er sie an, wobei seine Nase beinahe mit ihrer zusammenstieß. „Aber solange du für mich arbeitest, erwarte ich, dass du aufrichtig bist."

Allmählich wurde sie sauer. „Gerade du musst von Aufrichtigkeit reden, Hayden!"

„Ich habe dich nie belogen."

„Du bist gegangen …"

Sie hörte, wie er mit den Zähnen knirschte. „Hatte ich dir etwas anderes versprochen? Habe ich gesagt, dass ich bleibe?" Seine Finger gruben sich in ihre Arme. „Ich war im Krankenhaus, verdammt, und als ich wieder auf den Beinen war, warst du nicht mehr da. Du hattest dich in Luft aufgelöst!" Er lächelte kühl. „Aber du hattest ja, was du wolltest, nicht wahr?"

„Ich … was …"

„Das Geld, Nadine. Ich weiß über das Geld Bescheid."

„Welches Geld?"

Hayden zog seine Hände zurück, als hätte er sich verbrannt, eilte die Treppe hinunter und trat die Haustür zu, die krachend ins Schloss fiel. „Lass mich nie, *nie* wieder wie einen Idioten dastehen!"

„Ich glaube nicht, dass du dazu meine Hilfe brauchst. Das scheinst du sehr gut allein zu schaffen."

„Verdammte Sch…" Er schnappte sich seine Einkaufstüten und stürmte in die Küche.

„Du arroganter, egoistischer Mistkerl!", rief Nadine ihm aufgebracht hinterher. „Wie kannst du es wagen, hier hereinzustürmen und mir diese unausgegorenen Vorwürfe und Lügen an den Kopf zu werfen!"

Aus der Küche drang ein Krachen, gefolgt von einer Reihe Schimpfworte.

Nadine mahnte sich, ruhig zu bleiben. Normalerweise gelang es ihr immer, einen kühlen Kopf zu wahren. Selbst als sie sich eingebildet hatte, in Turner verliebt zu sein, hatte sie sich nichts von ihren Gefühlen anmerken lassen. Aber jedes Mal, wenn sie mit Hayden zusammentraf, waren ihre Gefühle in hellem Aufruhr, und sie stand kurz davor zu explodieren. Resolut biss sie die Zähne zusammen und griff nach ihrem Staubtuch. Das Klügste – das einzig Vernünftige – war, sich zu beruhigen und nachzudenken, bevor sie den Mund aufmachte.

Aber trotz aller Argumente, die dagegen sprachen, rannte sie fast die Treppe hinunter und eilte in die Küche, wo Hayden damit beschäftigt war, die Reste einer Kaffeetasse aufzulesen, die er heruntergeworfen hatte. Der Keramikbecher war zerbrochen, und der Kaffee hatte sich mit den Scherben über den Boden verteilt.

„Pass auf!", warnte er sie.

„Lass mich das machen. Ich bin verschüttete Flüssigkeiten und zerbrochene …"

„Lass es, verdammt", unterbrach er sie. „Und wenn du schon dabei bist, lass auch mich in Ruhe!" Wütend sah er zu ihr hoch, schob die Scherben mit einem feuchten Tuch zusammen und grummelte etwas von starrköpfigen Frauen.

„Falls du glaubst, du könntest mich mit diesem Macho-Gehabe beeindrucken, hast du dich geirrt."

„Ich versuche niemanden zu beeindrucken."

„Gut. Dann kannst du mir ja vielleicht erklären, was es mit diesem Geld auf sich hat, das ich angeblich gewollt haben soll."

Düster sah er sie eine Weile einfach nur vorwurfsvoll an.

„Von welchem Geld redest du?", wiederholte sie, bereit, ihn mit ihren gummibehandschuhten Händen zu erwürgen.

„Dem Erpressungsgeld!" Er schlug gegen eine Schranktür. „Dem verdammten Schweigegeld."

„Bist du verrückt? Erpressung? Wovon redest du?"

Mit beiden Händen fuhr er sich durch die Haare. „Das weißt du ganz genau, Nadine. Ich hatte geglaubt, du wärest anders. Ich war sogar schon so weit zu glauben, dass deine *Familie* anders wäre. Aber am Ende hat sich herausgestellt, dass du und Trish und Wynona alle gleich seid. Ihr seid alle aus demselben gierigen Holz geschnitzt."

„Ich weiß nicht, wovon du redest …"

„Natürlich nicht!" Er kam auf sie zu und zog sein Portemonnaie aus der Gesäßtasche seiner Hose. Sein Gesicht war gefährlich rot, als er wütend ein dickes Bündel Geld herauszog. „Hier bitte, Nadine. Nimm es und verschwinde. Betrachte deine Arbeit hier als beendet!" Er drückte ihr die Scheine in die Hand, und sie stand nur da, viel zu verblüfft, um etwas sagen zu können.

„Falls es nicht reicht, falls deine Vereinbarung mit Bradworth eine höhere Summe beinhaltet, ruf ihn einfach an. Er wird dir den Rest überweisen."

„Ich bin noch nicht fertig."

„Oh, doch, das bist du, Nadine. Das bist du schon seit langer Zeit."

„Du elender ..."

„Du weißt, wo die Tür ist."

„Ich meine die Arbeit. Ich bin noch nicht fertig damit."

Er lächelte kühl. Grausam. „Sieh das hier einfach als Kündigung an."

„Das hättest du gerne, was? Vergiss es. Ich habe vor, das zu tun, wofür ich engagiert wurde." Mit der Kraft des Zorns schleuderte sie ihm die Scheine entgegen. „Ich habe einen Vertrag unterschrieben, in dem steht, dass ich das Haus reinigen werde, und ich werde es reinigen, ob es dir gefällt oder nicht! Sollte ich dich damit stören, Mr Monroe, kannst du dich mit deinen lächerlichen Vorwürfen rarmachen."

„Ob du mich störst? Du hast schon vor langer Zeit aufgehört, mich zu stören."

„Gut. Dann haben wir ja kein Problem miteinander."

Seine Augen verengten sich leicht. „Ich glaube, wir werden immer ein Problem miteinander haben." Die Luft zwischen ihnen schien zu brodeln. Nadines Puls beschleunigte sich, und sie musste die Zähne zusammenbeißen, um nicht auf ihn einzuschlagen. „Ich habe zu arbeiten", sagte sie, machte auf dem Absatz kehrt und ging wieder zur Treppe zurück. „Und ich werde diese Arbeit zu Ende bringen. Du musst mir bloß aus dem Weg gehen!"

Leichter gesagt als getan, dachte Hayden, als er ins Arbeitszimmer ging. Warum ließ er zu, dass sie ihm so unter die Haut ging? Seitdem er zuletzt mit Nadine zu tun gehabt hatte, waren ihm viele Frauen begegnet. Er hatte mit ihnen zusammengearbeitet, sich mit einigen wenigen angefreundet, und noch seltener hatte er mit einer von ihnen geschlafen. Aber er hatte ihnen nie wirklich vertraut. Die Frauen in seinem Leben – seine Mutter, Trish, Wynona und Nadine – hatten ihm schon in jungen Jahren klargemacht, worum es ihnen wirklich ging: Geld, Geld und noch mehr Geld.

Die Frauen, mit denen er in Oregon zu tun gehabt hatte, hatten nichts davon gewusst, dass er Erbe eines Vermögens war. Aber er war der Chef … der Inhaber der kleinen Holzverarbeitungsfirma in einer Kleinstadt, und für viele schien selbst das Geld, das er dort erwirtschaftet hatte, ein Vermögen zu sein. Er hatte ihren Motiven nie getraut. Immer wenn eine Frau, ob nun Freundin oder Geliebte, ihm zu nahe gekommen war, hatte er den Kontakt abgebrochen.

Mit einem schrillen Pfiff rief er Leo zu sich und ging nach draußen. Eine blasse Novembersonne versuchte, den Boden zu wärmen, aber zwischen den Bäumen erhob sich ein Nebel und legte sich als dichte Decke über den See und das Umland.

Hayden trat einen Stein ins Wasser. Woran lag es nur, dass er bei Nadine ständig rot sah? Sie war keineswegs immer unfreundlich, obwohl ihm im ganzen Leben noch keine derart dickköpfige Frau begegnet war. Aber sie setzte ihm auf eine Weise zu, die ihn an den Punkt trieb, wo er sie hätte schütteln können, um ihr etwas Vernunft einzubläuen … oder er sie auf den Boden hätte werfen können, um sie auf eine sehr primitive, wilde Weise zu nehmen. Er träumte von ihrer Unterwerfung und wusste sogleich, dass er lange darauf warten konnte, denn Nadine gehörte nicht zu den Frauen, die sich unterordneten. Diese Art von Frauen törnte ihn ab. Nein, Nadine war eine Frau, die wusste, was sie wollte; eine Frau mit einem Pulverfass von Gefühlen mit einer kurzen Lunte, das nur darauf wartete, zur Explosion gebracht zu werden. Es war die Herausforderung in ihren Augen, die trotzige Art, wie sie das Kinn reckte, und ihre scharfen Worte, die ihn völlig verwirrten.

Aber sie war unehrlich. Das hatte sie bewiesen, als sie ihn über ihren Familienstand belogen und versucht hatte, ihm etwas vorzumachen, was dieses verfluchte Geld anging, das sein Vater ihr gegeben hatte. Verdammt, was für ein Chaos!

Trotz ihrer Unehrlichkeit faszinierte sie ihn. Sie machte ihn neugierig auf eine Art, die ebenso gefährlich wie unmöglich einfach zu ignorieren war.

Was war nur mit ihm los? Es reichte schon ein Blick auf diese vollen Lippen, und er wollte sie so heftig küssen, dass sie noch Tage später kaum würde atmen können. Volltrottel! Idiot!

Bradworth hatte einen Vertrag mit ihr abgeschlossen, wonach sie zwei Wochen hier arbeiten sollte. Dreizehn Tage waren davon noch übrig. Er würde ja wohl noch in der Lage sein, seine Gefühle zu kontrollieren, die Finger von ihr zu lassen und einen Weg zu finden, lausige dreizehn Tage lang zivilisiert mit ihr umzugehen.

Kopfschüttelnd bückte er sich und kraulte Leo hinter den Ohren. „Ein Heiliger war ich noch nie", gestand er ihm, und das war eine Untertreibung. „Der Umgang mit ihr wird mich noch umbringen, aber ich kann sie nicht gewinnen lassen. Wenn sie es aushält, kann ich es auch."

Leo winselte und klopfte mit dem Schwanz auf den Boden.

Nachdem seine Wut verraucht war, ging Hayden zurück ins Haus und schloss sich im Arbeitszimmer ein, wo er versuchte, sich auf die Firmenbücher zu konzentrieren. Aber er hörte ihre Schritte, als sie in die Küche ging. Und als er Bradworth anrief, um ihm ein paar Fragen zu stellen, wurde er abgelenkt, weil sie bei der Arbeit einen alten Roy Orbinson Song vor sich hin summte.

Er trommelte mit den Fingern auf dem Schreibtisch herum, versuchte sie komplett auszublenden und war gegen Mittag halb verrückt. Genervt klappte er die Bücher zu und überzeugte sich davon, dass es Zeit für eine Pause war. In großen Schritten ging er in die Küche, wo er sie dabei überraschte, als sie auf Hände und Knie gestützt einen Schrank unter dem Herd auswischte. Sie hatte ihm den Rücken zugewandt, und er verspürte ein Ziehen im Magen, als er sah, wie sich die Jeans über ihrem Po spannte, und sein Mund war plötzlich ausgetrocknet, als sie ihn über die Schulter ansah und die roten Locken ihr ungebändigt um Gesicht und Hals fielen. „Kann ich etwas für dich tun?", fragte sie ihn, und seine Stimmbänder drohten zu versagen.

Vergeblich versuchte er den Blick von ihr loszureißen. „Ich gehe raus. Schließ ab, wenn du gehst."

„Wird gemacht, Boss", sagte sie gedehnt und sah ihn herausfordernd an. „Sonst noch was?"

Er schob die Hände in die Taschen seiner Jeans und wandte den Blick von ihrem sinnlichen Mund ab. „Nein."

Nadine hob nur eine schmale mahagonirote Braue und wandte sich wieder ihrer Arbeit zu.

„Solltest du mich brauchen, kannst du mich in der Mühle erreichen."

„Ich komme zurecht." Ohne ihn auch nur eines weiteren Blickes zu würdigen, scheuerte sie den Schrankboden, als hinge ihr Leben davon ab. Sie hörte, wie er mit den Schlüsseln klapperte und seine Schritte sich entfernten. Sowie die Tür ins Schloss fiel, setzte sie sich auf die Fersen zurück und blies sich die Strähnen aus den Augen. Es war ihr zwar gelungen, ihm gegenüber gelassen und gleichgültig zu klingen, aber zu wissen, dass er im Haus war, machte sie extrem nervös. Ständig lauschte sie auf Geräusche von ihm, und an jeder Ecke hatte sie damit gerechnet, ihm zu begegnen, wobei sie sich fragte, was er denken mochte. *Er denkt, dass er der Boss ist und du die Putzfrau. Weiter nichts. Und du bist nicht mal eine Putzfrau, die er gewollt hat. Also krieg dich wieder ein. Er ist es nicht wert!*

Wenn sie das doch nur könnte.

Drei Stunden später hatte sie das Haus abgeschlossen und war zur Grundschule von Gold Creek gefahren. Hayden hatte sie nicht noch einmal gesehen und jeden Gedanken an ihn beiseitegeschoben, als sie jetzt auf einem kleinen Stuhl an einem runden Tisch in Wanda Zalinskis Klassenzimmer saß. Wanda ging auf die vierzig zu, war ein wenig mollig und ihre langen schwarzen Haare, die sie mit zwei bunten Haarspangen zurückgesteckt hatte, waren mit grauen Strähnen durchsetzt.

Ihr Lächeln war echt. „John ist kein schlechter Junge", sagte sie, wobei sie beim Sprechen die Hände bewegte. „Er hat nur eine Menge überschüssige Energie, und manchmal kommt diese

Energie nicht positiv zum Ausdruck. Auf dem Schulhof ist er ein Anführer, und wenn es Ärger gibt, steckt er immer mittendrin. Verstehen Sie mich nicht falsch, er ist nicht jedes Mal dafür verantwortlich, aber wenn ein Kampf droht, ist John dabei. Obendrein hat er dem Musiklehrer freche Antworten gegeben und für Unruhe in der Bibliothek gesorgt."

Nadines Schultern sackten leicht nach vorne.

„Andererseits ist John äußerst intelligent. Tatsächlich habe ich manchmal sogar den Verdacht, dass er sich langweilt. Ich habe ihm ein paar besonders schwere Aufgaben gegeben, und die hat er mühelos erledigt. Momentan hilft er einem anderen Schüler, der mit dem Stoff zu kämpfen hat."

Nadine runzelte bei der Vorstellung die Stirn. John, der ständig seinen jüngeren Bruder verspottete, schien ihr nicht gerade ein vorbildlicher Nachhilfelehrer zu sein.

„Oh, machen Sie sich keine Sorgen", sagte Wanda, als könnte sie ihre Gedanken lesen. „Er macht das wirklich gut. Der Junge, Tim, ist besser geworden." Sie lächelte aufmunternd. „Was seine Leistung angeht, ist John der ganzen Klasse voraus, und wir arbeiten an seinen sozialen Kompetenzen. Wenn Sie zu Hause bestärken, was wir hier in der Schule versuchen, denke ich, dass wir am Ende des Schuljahrs eine enorme Entwicklung erkennen werden."

Nadine konnte nur hoffen.

„Ich … hatte gehofft, dass Johns Vater an dieser Besprechung teilnehmen würde."

„Er musste arbeiten", sagte Nadine schnell.

„Dann erzählen Sie ihm bitte von unserem Gespräch. John braucht starke Vorbilder, und das schaffen Sie nicht allein."

„Sam wird mir helfen."

Wanda brachte ein freundliches Lächeln zustande, das ihre Augen jedoch nicht ganz erreichte. Natürlich kannte sie Sam. Fast alle im Ort kannten Sam. Als sie sich scheiden ließen, wurde viel getratscht, und Wanda Zalinski hatte zweifellos etwas davon gehört. Wandas Mann Paul war Deputy im Sheriff's Department und hatte Sam sogar einmal ins Gefängnis gesteckt, nachdem er zu lange und ausgiebig gefeiert hatte, angehalten worden war und den Alkoholtest nicht bestanden hatte.

Gold Creek war ein kleiner Ort. Jeder kannte jeden und wusste, was mit ihm los war. Wenn Nadine allerdings – und was das betraf, auch Sam – einmal Hilfe brauchte, gab es ein Netz von Freunden und Verwandten, das unendlich zu sein schien. Für diese Sicherheit war Nadine bereit, den Klatsch zu ertragen. Es war mehr als ein angemessener Ausgleich.

Hayden fühlte sich unwohl im Büro seines Vaters. Obwohl Garreth wöchentlich nur ein oder zwei Vormittage in der Sägemühle von Gold Creek zugebracht hatte, war sein Büro das größte im ganzen Gebäude. Dabei war der Raum nicht einmal besonders nobel – nichts im Vergleich zu seinem Büro in San Francisco. Aber gemessen am Standard dieser Mühle war er beeindruckend. Mit einem handelsüblichen zobelbraunen Teppichboden ausgelegt, konnte er eingebaute Metallregale und einen großen Holzschreibtisch vorweisen. Zwei abgenutzte orangefarbene Vinylsessel standen nahe beim Fenster und an der Wand gegenüber eine ziemlich mitgenommene olivgrüne Couch. Darüber hinaus gab es noch drei Aktenschränke, und die Wände waren geschmückt mit Fotos von Little-League-Baseballteams, die das Sägewerk gesponsert hatte. Auf keinem dieser Fotos war Hayden unter den lächelnden Jungs zu finden, die Trikots in allen möglichen Farben trugen. Aber er entdeckte ein paar Jungs, die er als Kind gekannt hatte. Roy Fitzpatrick und auch sein Bruder Brian waren auf mehreren Fotos zu sehen. Scott McDonald, Erik Patton und Nadines ältere Brüder Kevin und Ben waren vor mehr als zehn Jahren in einigen der Teams gewesen. Die Bilder waren mit der Zeit verblasst, aber es gab auch neuere Fotos von Kindern, die wahrscheinlich noch heute zur Schule gingen. Unwillkürlich suchte er die grinsenden Gesichter der Jungs ab, die in Trikots steckten, die aussahen, als kämen sie von denselben Herstellern, die auch die Profiligen ausstatteten. Aber auf keinem der Fotos waren Nadines Jungs zu finden.

Warum hat sie mir nur erzählt, dass sie verheiratet ist? fragte er sich zum hundertsten Mal.

Die Sekretärin seines Vaters, eine kleine zierliche Frau von etwa sechzig Jahren namens Marie Inman, war mehr als gern bereit, ihm alte Akten und Berichte zu bringen und dafür zu sorgen, dass seine Kaffeetasse gefüllt blieb. Sie weigerte sich, ihn Hayden zu nennen, obwohl er ihr mehrfach gesagt hatte, dass ihm das lieber wäre als „Mr Monroe".

Die meisten Kontoauszüge, Lohnabrechnungen und allgemeinen Informationen waren über den Computer abrufbar, aber Hayden ging es um eine alte Information, eine Information von vor dreizehn Jahren. Also blätterte er durch staubige, vergilbte Ausdrucke und Buchführungsunterlagen in der Hoffnung, dass sein alter Herr gelogen hatte und der Scheck, den er ihm unter die Nase gehalten hatte, eine Fälschung gewesen war.

Als er fand, was er suchte, spürte er einen Knoten im Magen: Es war ein Scheck über fünftausend Dollar, ausgestellt auf George Powell. Der Verwendungszweck lautete: „Investitionsrendite". Tolle Investition! Er spürte einen bitteren Geschmack im Mund, als er daran dachte, wie er in San Francisco im Krankenhaus gelegen hatte, das Bein in Gips und von heftigen Schmerzen geplagt, die nur nach den gnädig betäubenden Spritzen eines Schmerzmittels abgeflaut waren, und sein Vater ihn besucht hatte.

Garreth war knallrot im Gesicht gewesen und sein Blick so kalt wie der Grund des Whitefire Lake. „Das ist es, was das kleine Flittchen wollte, Hayden." Er wedelte mit einem Scheck vor der Nase seines Sohns herum. „Geld. Weiter nichts. Wenn Frauen dich ansehen, ist es das, was sie sehen – Dollarzeichen."

Hayden hatte versucht zu protestieren, aber Garreth tobte weiter.

„Ich kann nur hoffen, dass sie nicht schwanger ist! Das würde deine Mutter umbringen. Und Wynona! Gott allein weiß, was das gute Mädchen davon halten würde."

„Wynona interessiert mich nicht", konnte Hayden nur erwidern. Ans Bett gefesselt, fühlte er sich in die Ecke gedrängt wie ein Tier in einer Falle.

„Das sollte sie aber, Sohn. Denn sie hat vor, dich zu heiraten. Das heißt, *falls* sie überlebt. Sie liegt noch immer auf der Intensivstation, und das hat sie dir zu verdanken! Ich weiß nicht, was du dir dabei gedacht hast, ihr zu sagen, dass du sie nicht heiraten willst."

Hayden verkniff sich die scharfe Erwiderung, die ihm auf der Zunge lag. Die Wahrheit hätte seinen Vater nur noch mehr aufgebracht.

„Du kannst dankbar sein, dass Dr. Galveston so viele Beziehungen hat. Wynona erhält die bestmögliche Behandlung."

„Ich werde Wynona nicht heiraten", wiederholte Hayden bestimmt, als eine kleine dunkelhaarige Krankenschwester in sein Zimmer eilte und irgendetwas in seinen Infusionsbeutel spritzte.

„Schon dich einfach", blieb sein Vater beharrlich. „Darüber reden wir später."

„Ich habe nicht vor …"

Aber da war Garreth bereits aus dem Zimmer gerauscht, und das Medikament hatte nicht nur seine Schmerzen betäubt, sondern auch seinen Kopf, während er in selige, schmerzfreie Bewusstlosigkeit abtauchte.

In den Jahren danach hatte Hayden gehofft, dass er sich nicht richtig erinnerte, und der Scheck, der ihm vor die Nase gehalten worden war, entweder gar nicht existierte und nur ein Hirngespinst in seinem umnebelten Zustand gewesen war, oder aber nie eingelöst wurde.

Nadines Reaktion auf die Erwähnung des Schecks hatte ihm Hoffnung gemacht, dass sein Vertrauen in sie wiederhergestellt werden könnte, aber der Eintrag in den Büchern befand sich genau dort, wo er sein sollte, datiert auf zwei Tage nach dem Unfall.

Übereifrig eilte Marie ins Zimmer. „Kann ich Ihnen noch etwas bringen, Mr Monroe? Noch etwas Kaffee?"

„Gerade nicht. Danke. Und ich heiße Hayden." Nachdem sie so schnell, wie sie gekommen war, das Büro auch wieder verlassen hatte, sah er sich um, roch die Überreste von altem Tabak und fragte sich, was zum Teufel er hier machte.

In den nächsten Tagen herrschte im Hause Monroe eine angespannte Atmosphäre. Hayden und Nadine versuchten zwar, einander aus dem Weg zu gehen, aber selbst in einem dreistöckigen Haus von der Größe eines Landguts konnten zwei Menschen sich ungewollt begegnen, und Nadine graute jedes Mal davor.

Zum Teil verbrachte Hayden seine Zeit in der Mühle, zum Teil am Telefon und hin und wieder hielt er sich auch draußen auf, wo er ein paar Reparaturen erledigte, auf die sie ihn aufmerksam gemacht hatte. Gleichwohl blieben noch immer viele Stunden, in denen sie zusammen im Haus waren, und als hätte sie einen sechsten Sinn, wusste Nadine immer, wo er gerade war.

Was sie ärgerte. Sie wollte ihn ignorieren, so tun, als wäre er nicht da. Aber sie hörte seine Stiefel über den Boden schrammen, das weichere Auftreten seiner Laufschuhe und spürte einfach, wenn er sich im Nebenzimmer befand. Mehrmals erwischte sie ihn dabei, wie er sie mit seinen intensiv blauen Augen musterte, ein Blick, der ihr durch die Haut direkt in die Seele zu dringen schien.

Er hegte einen neuen Groll gegen sie, einen tiefen Zorn, den er zu verbergen suchte, der jedoch seiner finsteren Miene anzusehen war und der Art, wie die Sehnen an seinem Hals hervortraten, wenn sie mit ihm redete.

Am Freitag konnte sie die Anspannung keine Sekunde länger ertragen. Sie hatte den Kamin im Wohnzimmer sauber gemacht und die Asche rausgetragen. Die Feuerböcke glänzten, der Sims war poliert, und vermutlich zum ersten Mal seit Jahren glänzten auch die Kerzenständer aus Messing wieder.

Als sie sich die Hände an ihrer Jeans abwischte, warf sie einen Blick in den ovalen Spiegel über dem Kaminsims und ertappte Hayden dabei, wie er sie anstarrte. Mit einer Schulter hatte er sich in den Türbogen gelehnt, der Ess- und Wohnzimmer voneinander trennte. Mit gerunzelten Augenbrauen machte er ein derart finsteres Gesicht, dass sie längst im Sarg läge, wenn Blicke töten könnten.

„Sag's nicht … den Test mit dem weißen Handschuh wird das nicht bestehen." Sie bemerkte ein nervöses Zucken neben seiner vernarbten Augenbraue.

„Es ist mir völlig egal, wie sauber es ist."

„Dann hättest du mich nicht engagieren sollen."

„Habe ich auch nicht."

„Ende nächster Woche ist es geschafft." Sie versuchte ihre Enttäuschung darüber zu verbergen, dass er ihre Arbeit überhaupt nicht zu würdigen schien. Stundenlang hatte sie das Klavier poliert, die Fenster geputzt und den Kronleuchter abgestaubt, wobei sie auf eine Leiter gestiegen war und jeden Kristalltropfen einzeln mit einem feuchten Tuch abgewischt hatte. Das Eichenparkett hatte sie so lange gewachst, bis es eine dunkle Patina hatte, und wenn erst einmal das Team zum Reinigen der Teppiche hier gewesen war, würde das Wohnzimmer wieder so prächtig aussehen wie vor Jahren, als Haydens Eltern hier Partys geschmissen hatten. Aber sie hatte nicht vor, sich von Haydens Pessimismus runterziehen zu lassen. Sie hatte gute Arbeit geleistet, und darauf war sie stolz.

„Ehrlich, Hayden", begann sie, unfähig den Mund noch eine Minute länger zu halten, und glitt mit den Fingern über die Klaviertasten. Der Raum schien unter den Klängen zu erschaudern. „Ich verstehe nicht, warum du mir gegenüber so feindselig bist."

„Bin ich nicht."

Sie hielt seinen Blick mit ihrem fest. „Du tust so, als hätte ich dir etwas Schreckliches angetan. Etwas Unvorstellbares. Oder aber du kompensierst dein schlechtes Gewissen mit Zorn."

„Mein schlechtes Gewissen", wiederholte er und ließ seine vor der Brust verschränkten Arme sinken. „*Mein* schlechtes Gewissen?"

Sie ging ein paar Schritte auf ihn zu. „Du hattest neulich von Geld gesprochen … Erpressungsgeld oder Schweigegeld. In dem Moment hatte ich nur gedacht, dass du wirklich durchgedreht bist, und habe versucht, es zu vergessen. Aber das kann ich nicht. Was genau soll ich deiner Meinung nach eigentlich getan haben?"

„Ich weiß von den fünftausend Dollar."

„*Welchen* fünftausend Dollar?"

Haydens Augen waren dunkel vor Wut. „Das Geld, das mein Vater deinem gegeben hat, damit du mir nicht nachläufst oder Gerüchte über uns verbreitest und behauptest, wir hätten miteinander geschlafen."

„W-was …?" Nadine klappte der Mund auf, und sie merkte, wie ihr die Farbe aus dem Gesicht wich.

„Ja, Nadine, ich habe es herausgefunden. Mein alter Herr hat mir den Scheck gezeigt, er hat ihn mir im Krankenhaus unter die Nase gehalten." Er lächelte bitter. „Ich hatte geglaubt, du wärst anders."

„Es … dieses Geld hat es nie gegeben. Dein Vater hat gelogen."

„Das hatte ich auch gedacht", räumte er ein. „Ich hatte gehofft, dass er mir die größte Lüge aller Zeiten aufgetischt hatte, verdammt. Aber so war es nicht, Nadine. Der Scheck wurde eingelöst. Ich habe die Kontoauszüge gesehen. Der Scheck wurde zwei Tage nach dem Bootsunfall ausgestellt, drei Tage später wurde er ausbezahlt. Schweigegeld."

„Nein!" Ihre Beine drohten unter ihr nachzugeben; um sich abzustützen, legte sie eine Hand aufs Klavier, und es machte einen scheußlichen Lärm.

„Du musst dich nicht länger verstellen …"

„Ich habe nie einen Cent von eurem verdammten Geld gesehen, Hayden." Sie straffte die Schultern. „Und deine Information ist völlig falsch. Wir haben alles verloren … unser Haus, unser Erspartes, sogar unsere Familie … wegen eines Investitionsbetrugs, mit dem dein Vater meinen über den Tisch gezogen hat." Als sie daran dachte, wie sehr sie gelitten hatten, begann sie zu zittern. Sie packte ihre Poliermittel in den Eimer und strebte auf die Tür zu. „Ich hätte nie gedacht, dass ich das einmal sagen würde, Hayden, aber du bist genau wie dein Vater!"

Als sie versuchte, an ihm vorbeizukommen, hielt er sie am Arm fest und riss sie herum. Der Eimer fiel ihr aus der Hand und landete klappernd auf dem Boden. Eine Flasche Poliermittel zerbrach, die Plastikbehälter rollten wie wild übers Parkett, und Hayden schob Nadine zwischen sich und die Wand.

„Vergleiche mich niemals mit ihm", warnte er sie.

„Dann hör auf, dich wie er zu verhalten. Hör auf, an Lügen zu glauben, bei denen es nur um Geld geht! Um Himmels willen, Hayden, sei du selbst!"

Sie sah, wie seine Augen funkelten und seine Gesichtszüge sich spannten. Er atmete ungleichmäßig und drückte seinen Körper hart an ihren. Fluchend presste er plötzlich seine Lippen auf ihren Mund und küsste sie schonungslos. Er schob die Zunge zwischen ihre Zähne und schmeckte, berührte, erforschte sie.

Nadine war hin- und hergerissen und am Ende ihrer Geduld. Einerseits schmolz sie fast dahin, andererseits wollte sie ihn nicht küssen. Auf gar keinen Fall! Sie versuchte, ihn abzuwehren, aber ihre Hände, die sie zu Fäusten geballt hatte, öffneten sich langsam, und er ergriff ihre Handgelenke und hielt ihre Arme an ihren Seiten fest.

Ihre Brüste wurden an seinen harten Oberkörper, ihre Hüften intim an seine gepresst. Ihr Verstand verschloss sich ihren Argumenten, und sie erwiderte seinen Kuss und begrüßte seine Zunge mit ihrer, während ihr Körper unter der Berührung seiner Hände erbebte. Dann nahm er sie in die Arme und drückte sie noch leidenschaftlicher an sich. Wie damals begann Nadine sich vorzustellen, wie es wäre, mit ihm zu schlafen.

So plötzlich, wie er sie an sich gerissen hatte, ließ er sie wieder los, und obwohl sie sich beraubt fühlte, wollte sie ihm nicht zeigen, dass sie sich nach seiner Berührung sehnte. „Wolltest du mich damit von irgendetwas überzeugen? Wolltest du mich gefügig machen, damit ich deine ganzen Lügen glaube? Hast du angenommen, ich würde nachgeben wegen eines blöden Kusses?", schleuderte sie ihm entgegen.

Er fixierte sie mit einem harten Blick.

„Fass mich nie wieder an", warnte sie ihn. „Und was den Scheck deines Vaters angeht, der hat nie existiert. Du kannst dein Gewissen beruhigen, wie du willst, aber ich kenne die Wahrheit!"

„Das tue ich auch, Nadine."

Sie schaute auf den umgekippten Eimer, dachte, zum Teufel damit, und marschierte durch die Haustür. Mit zitternden Händen startete sie ihren kleinen Chevy. Tränen brannten ihr in den Augen, aber sie würde nicht einknicken und seinen schrecklichen Lügen glauben.

Sie dachte an ihren Vater, der jetzt in einer Wohnanlage für Senioren wohnte, und an ihre Mutter, die wieder geheiratet hatte und in Iowa ihre Kinder, die mittlerweile Teenager waren, aufzog; sie dachte an ihren ältesten Bruder Kevin, der gestorben war; und sie dachte an Ben, der in Afghanistan verwundet worden war, und endlich aus dem Dienst der Army freigestellt worden war. Wenn er nach Gold Creek zurückkehrte, würde er nichts hier haben. Ihre Finger umklammerten das Lenkrad, und fast hätte sie geschluchzt. Die Schuld für den Zerfall ihrer Familie konnte sie ganz allein Garreth Monroe zuschreiben.

Tränen liefen ihr über die Wangen, aber schniefend wischte sie sie weg. Das Wochenende stand ihr bevor. Ein langes, einsames Wochenende. Die Jungs würden bei Sam sein, und sie würde versuchen, Hayden und das emotionale Chaos, das er in ihr auslöste, zu vergessen.

Konnte es sein, dass er einen Fehler begangen hatte?

Hayden trat gegen den leeren Eimer, und geräuschvoll kullerte er in Richtung Arbeitszimmer. Er war völlig verspannt, ihm schwirrte der Kopf, und er wollte eine Frau. Aber nicht irgendeine Frau. Er wollte Nadine Powell Warne. Er hatte sie geküsst, um sie zu bestrafen, um sie auf primitivste Weise in ihre Schranken zu weisen. Wenn er jetzt darüber nachdachte, war es ihm peinlich, dass er sich wie ein Wilder aufgeführt hatte, der seine Dominanz unter Beweis hatte stellen müssen. Dennoch hatte er es genossen. Nadine zu küssen hatte ihm den Boden unter den Füßen weggezogen, und er wollte mehr. So verdammt viel mehr.

Leise vor sich hin fluchend, ging er durch die Küche und trat durch die Gartentür ins Freie. Der Wind drang schneidend kalt durch den Stoff seines Hemds, aber eine Jacke brauchte er nicht. Innerlich war ihm heiß, verdammt heiß. Er ging zu seinem Jeep. Ein Drink im „Silver Horseshoe", und anschließend würde er entscheiden, was er tun wollte – Nadine verfolgen oder nicht.

Der Kuss war sein erster Fehler gewesen. Er stand kurz davor, seinen zweiten zu begehen. Ihr nachzulaufen wäre der Beweis für eine unglaubliche Beeinträchtigung seines Urteilsvermögens, deshalb musste er den Impuls bekämpfen.

Als er jedoch in seinen Jeep stieg, hatte er das Gefühl, die Würfel seien bereits längst gefallen. Tief im Herzen akzeptierte er die Tatsache, dass er später vor Nadines Haustür landen würde.

„Vergiss ihn einfach", sagte sie sich, steckte sich die Haare hoch, zog den Bademantel aus und stieg ins warme Badewasser. Aber Hayden aus ihren Gedanken zu verbannen, war fast unmöglich. Da halfen auch zwei Gläser Chablis nicht. Wütend hatte sie das erste geleert und das zweite ins Badezimmer mitgenommen, weil sie hoffte, etwas Alkohol und ein heißes Bad würden ihre schmerzenden Muskeln entspannen und den Kummer in ihrem Herzen betäuben.

Sie wusste nicht, warum ihr so viel an Hayden lag. Oft brütete er vor sich hin, und manchmal war er ein richtiger Griesgram. Natürlich konnte er charmant sein, sogar lustig, aber das kam selten vor.

In der letzten Woche hatte sie bemerkt, wie er sie beobachtete, und jedes Mal hätte sie am liebsten die Flucht ergriffen. Sie hatte gesehen, wie seine Augen vor Leidenschaft glühten, und wusste, dass auch er die aufgeladene Spannung spürte, die zwischen ihnen in der Luft lag.

Aber warum? Warum fühlte sie sich zu Männern hingezogen, die sie nur verletzten? Sie trank einen großen Schluck Wein und wünschte, sie könnte ihn vergessen; wünschte, sein Gesicht und sein Körper würden nicht in ihre Träume dringen, und wünschte, sie könnte ihn tagsüber ignorieren.

Sie glitt bis zum Kinn ins Wasser, das ihre Muskelschmerzen linderte und wie Balsam für ihr angeschlagenes Ego war. Obwohl es jetzt Stunden her war, spürte sie noch immer den warmen Druck von Haydens Lippen auf ihren, deshalb nahm sie einen Waschlappen, tauchte ihn ins Wasser und wischte sich damit über den Mund, um jede Erinnerung an das Gefühl, das sein Kuss in ihr ausgelöst hatte, auszulöschen. Der raue Frotteestoff auf ihren Lippen bewirkte allerdings nur, dass sie sich daran erinnerte, wie er geschmeckt und sich angefühlt hatte. In seinen Händen war sie wachsweich geworden, und jetzt schämte sie sich dafür. Er hatte sie grob behandelt und eine Dominanz-Nummer abgezogen, die sie hätte abstoßen sollen. Stattdessen aber hätte sie ihn fast angefleht, Liebe mit ihr zu machen.

„Blöde Kuh!", flüsterte sie, warf den Waschlappen in einen Korb in der Ecke und trank ihren Wein in einem langen Zug aus. Sie verabscheute Frauen, die sich mit Männern einließen, die sie nicht respektierten, und schon vor Langem hatte sie sich geschworen, nicht den gleichen Fehler zu begehen. Und dennoch schien Hayden mit einem einzigen Kuss in der Lage zu sein, ihr den Verstand zu rauben und zugleich ihre Selbstachtung. „Idiot", murmelte sie und seifte sich ein. Nur noch eine Woche, dann konnte sie Mr Großkotz zum Abschied küssen … oder jedenfalls Auf Nimmerwiedersehen sagen. Ihn zu küssen konnte sich nur als gefährlich erweisen.

Hershel fing an, zu bellen, und Nadine verzog das Gesicht. Vielleicht hatten die Jungs etwas vergessen. Mit einem letzten sehnsüchtigen Blick auf ihr Bad, zog sie den Stöpsel aus der Wanne und trat auf den Vorleger, als es auch schon klopfte.

„Ich komm' ja schon, ich komme! Immer mit der Ruhe!", rief sie, während sie den Bademantel um die Taille schloss und durchs Wohnzimmer eilte.

Schwungvoll riss sie die Tür auf, und ein kalter Windstoß drang ins Haus, der den Bademantel um ihre nackten Beine blähte und das Feuer im Kamin aufglühen ließ. Als sie sich Hayden gegenüberfand, sprang Nadine fast das Herz aus der Brust.

Der Wind hatte sein Gesicht gerötet, seine Haare zerzaust, und die blauen Augen unter den wirren Strähnen waren dunkel und gefährlich. Ohne Jacke stand er dort, die Hände in die Hüften gestemmt, seine Gesichtszüge wie in Stein gemeißelt.

Da sie wie erstarrt war, schob er die Tür auf und trat ein. „Ich glaube, wir müssen reden."

„Haben wir das nicht oft genug gemacht?", fragte sie spöttisch. Als sie an ihm vorbeiwollte, hielt er sie am Ellbogen fest und drehte sie zu sich um.

„Wir haben uns angeschrien."

„So kommunizieren wir doch am besten miteinander."

„Oh, nein, da irrst du dich." Seine Augen fingen das Licht des Feuers ein. Er trat die Tür zu, und sie zuckte sichtbar zusammen. „Wir kommunizieren am besten auf eine andere Weise." Um sein Argument zu untermauern, zog er sie in seine Arme und bedeckte ihren Mund mit seinen Lippen. Er schmeckte nach Whiskey, roch nach Tabak und frischer Luft, und schob sie vor sich her, bis sie eine Wand im Rücken spürte.

Nadine wollte ihn wegstoßen, aber sein weicher Mund bewegte sich sanft auf ihrem, nicht hart und fordernd wie zuvor an diesem Tag, sondern heiß und hungrig und mit einer Verzweiflung, die sie erregte und ihr Herz schneller schlagen ließ. Sie hatte die Hände an seine Schultern gelegt, aber sie konnte ihn nicht wegschieben; offenbar hatte die Kraft dazu sie verlassen.

„Nadine", flüsterte er rau, hob den Kopf und sah ihr in die Augen. Er umschloss ihr Gesicht mit den Händen und küsste sie wieder, so zärtlich, dass sie glaubte, weinen zu müssen. Als seine Finger auf ihre Haarnadeln stießen, zog er sie vorsichtig heraus, bis ihre feuchten Locken herunterfielen und ihr Gesicht umrahmten.

Plötzlich wirkte er gequält, so als wäre sein sicherer Schutzwall mit einem Mal zusammengebrochen.

„Ich habe mir gesagt, dass ich nicht hierherkommen sollte."

„Ich habe dir gesagt, dass du mich nie wieder anfassen sollst."

„Ich kann nicht anders."

„Willenskraft, Hayden", riet sie ihm, auch wenn ihre eigene in seiner Gegenwart allmählich schwand. Sie versuchte, an die scheußlichen Sachen zu denken, die er am Nachmittag gesagt hatte, um ihre Wut auf ihn zu lenken.

Er zeichnete die Konturen ihrer Lippen mit dem Daumen nach, und Nadine erzitterte. „Ich habe dich nie vergessen. Ich wollte es. Aber ich habe dich nie vergessen."

Es musste am Alkohol liegen, dass er das sagte. „Du hast mich am Anfang nicht erkannt."

„Du …" Er berührte ihre Haare. „Du hast dich verändert."

„Du dich auch. Wir sollten nicht …"

Er küsste sie zärtlich, dann hob er den Kopf wieder, um sie anzuschauen. „Wo sind die Kinder?"

„Keine Sorge, wir sind allein, aber …" Es zerriss ihr das Herz. „Hayden, das hier ist ein Fehler", brachte sie schwer atmend heraus, während ihre Haut unter seiner Berührung anfing zu prickeln.

„Das kann nicht sein. Es fühlt sich richtig an."

Damit hatte er recht, aber Nadine befürchtete, dass ihr der Wein und Haydens umwerfende Männlichkeit zu Kopf gestiegen waren. Sie konnte nicht mehr klar denken. „Du hast schreckliche Sachen gesagt."

„Das hast du auch."

Die Vergangenheit schob sich unerbittlich in ihre Gedanken. „Du hast mich nicht angerufen. Damals nach dem Unfall habe ich darauf gewartet. Ich habe an dich geglaubt, aber …"

„Du hast mich nicht besucht."

„Ich konnte nicht … meine Eltern … oh!" Er strich mit dem Mund ihren Hals entlang, und seine Hände nestelten am Knoten ihres Gürtels. Ihr Magen schlug einen Purzelbaum.

Halt ihn auf! Halt ihn jetzt auf, solange du es noch kannst!

Er schob eine Hand zwischen die Falten des Velours und umfasste eine ihrer Brüste. Sie erschauerte. Es war so lange her … so schrecklich lange. Kaum dass er die Spitzen mit dem Daumen streifte, richtete sie sich auf. Nadine spürte, wie sich ein angenehmes Ziehen in ihrem Unterleib ausbreitete und sie stöhnte leise auf.

„Hayden", murmelte sie, während er sich hinkniete und sie so weit nach vorne zog, dass sie sich an ihm abstützen musste, um nicht zu fallen. „Hayden, nicht …" Trotz ihres leisen Protests hielt sie ihn nicht zurück, sowie er ihren Bademantel öffnete und seinen Lippen auf die harte Perle drückte. Verschwommen nahm sie wahr, dass sie nackt war, dass ihr Mantel ihren Körper nur noch halb bedeckte, dass seine kräftigen Hände ihren Po massierten, wobei er lustvoll an ihr saugte. Lust regte sich in ihr und schien sich in ihrer feuchten Hitze zu sammeln. Und als er den Kopf hob und ihre Brustspitze der kühlen Luft preisgab, keuchte sie auf.

Hayden drückte sein Gesicht an ihren Bauch, und sie spürte förmlich flüssiges Feuer in ihrem Schoß. Ganz von selbst schienen sich ihre Beine zu spreizen, als er sie unterhalb des Bauchnabels küsste. „Lass mich dich lieben", flüstere er, wobei sein Atem über ihren empfindsamsten Punkt strich.

Ein leiser, erstickter Schrei entfuhr ihr, als er sie genau dort küsste. Sie stützte sich an der Wand ab und wölbte den Rücken, reckte sich ihm entgegen … der süßen Folter seiner Zunge, der verführerischen Liebkosung seiner Lippen und Zähne, die suchten und fanden, sie erregten und eroberten. Sie hatte gar nicht bemerkt, dass ihr Bademantel heruntergerutscht war, und er ihren nackten Körper im Schein des Feuers betrachten konnte. Ihr war außerdem erst langsam bewusst, dass er sein Hemd nicht mehr trug und sie die Finger in seine kräftigen Schultern gekrallt hatte. Sie zitterte und bebte, und langsam dirigierte er sie zu sich herunter, um sich mit ihr auf den Boden zu legen. Seine Hände erkundeten sie, und er küsste ihre Lippen, bevor er sich noch einmal ihren Brustspitzen zuwandte.

„Davon habe ich geträumt", gestand er. „Oh, ich habe so oft davon geträumt …" Erneut fanden seine Lippen die ihren, und er führte ihre Hand an den Reißverschluss seiner Jeans. Ohne weitere Aufforderung öffnete sie die Jeans, und bald war auch Hayden nicht mehr bekleidet, sein Körper glatt und geschmeidig an ihrem. Sie bemerkte mehrere Narben an seinen Beinen, bevor ihr Blick auf seine Erektion fiel – groß und hart.

„Schöne, schöne Nadine", raunte er.

Sie wand sich unter ihm, und spürte das leichte Kratzen seiner Brusthaare an ihren Brüsten.

„Darauf habe ich ein Leben lang gewartet", gestand er ihr.

Als er sich sanft auf sie schob, stiegen ihr die Tränen in die Augen. „Ich auch, Hayden. Ich auch."

Ihre Lippen begegneten sich in einem weiteren Kuss, ihre Zungen vereinten sich, und Nadine verlor jedes Gefühl für Raum und Zeit. Er glitt in sie ein, und sie hob sich ihm entgegen, denn sie konnte es kaum erwarten, ihn in sich zu spüren. Seine Bewegungen waren schnell und hart, fast schon wütend, und sie erwiderte jeden seiner ungezügelten Stöße mit einem ebenso wilden Hunger.

Die Lichter verblassten, die Welt schien sich um sie herum zu drehen, und ein letztes Mal versenkte er sich in ihr, und bedeckte sie mit seinem Körper, während sie selbst von einer Welle der Erlösung mitgerissen wurde.

Als Nadine stoßweise atmete und sich an Hayden klammerte, wünschte sie sich verzweifelt, sie wäre dreizehn Jahre jünger.

Damals hätten sie eine Chance gehabt. Eine Zukunft. Aber jetzt gab es für sie nichts mehr. Ihre Schicksale hatten sie viel zu weit voneinander entfernt. Das Beste, worauf sie hoffen konnte, war eine kurze leidenschaftliche Affäre, das Schlechteste ein One-Night-Stand.

8. KAPITEL

*N*adine räkelte sich und seufzte zufrieden im Bett, wo sie schließlich nach ihrem leidenschaftlichen Liebesspiel gelandet waren. Sie hatte so sündhaft sinnliche Träume gehabt, in denen sie mit Hayden geschlafen hatte … Als sie das Gewicht seines Arms um ihre Taille spürte, riss sie die Augen auf und erkannte, dass die angenehme Wärme an ihrem Rücken seine Brust war, und das leichte Kitzeln im Nacken sein Atem. Seine Beine lagen angewinkelt unter ihren, und sie war splitterfasernackt.

Oh, Gott!

Sie versuchte, sich aufzusetzen, aber er hielt sie mit der Hand unter ihren Brüsten fest. „Aufgewacht?", murmelte er an ihren Haaren, und Nadine lief rot an.

„Ich kann nicht glauben, dass ich … dass du … dass wir …"

„Glaub's nur", flüsterte er heiser, und das Timbre seiner Stimme ging ihr unter die Haut.

„Hayden, das ist verrückt!"

„Vielleicht." Er schob ihre Haare aus dem Nacken und küsste ihn zärtlich. Ihr dummer Körper reagierte sofort, indem er anfing zu zittern, und im Stillen verfluchte sie sich. Mit Hayden zu schlafen! Damit machte sie sich zu einer weiteren Frau in seinem Leben, die sich mit teurem Schnickschnack, einem Schmuckstück oder ein paar freundlichen Worten kaufen ließ. So wie ihre Mutter es prophezeit hatte. Ihre Wangen brannten vor Scham, als sie daran dachte, wie leicht, wie bereitwillig, wie verzweifelt sie ihn gewollt hatte. „Das darf nicht wahr sein!"

„Ist es aber." Er küsste ihr Ohr, und sie erschauerte.

„Hör auf damit! Ich meine es ernst …"

„Ich auch." Behutsam drehte er sie um und zwang sie, in seine vom Schlaf verhangenen blauen Augen zu schauen. In seinem dunklen Bartschatten spielte die Andeutung eines Lächelns, und zum ersten Mal, seit sie ihn wiedergesehen hatte, erhaschte sie einen Blick auf den Jungen, der vor so vielen Jahren ihr Herz erobert hatte.

„Wir haben uns fürchterlich benommen", sagte sie, konnte sich ein Grinsen jedoch nicht ganz verkneifen.

„Schamlos", stimmte er ihr zu, sein Gesicht plötzlich eine Maske der Ernsthaftigkeit. Aber seine Augen funkelten.

„Völlig verantwortungslos."

Er nickte. „Wir müssen bestraft werden."

„Bestraft?"

„Hmm." Er warf die Bettdecke zurück und ließ seinen Blick über ihren Körper gleiten. „Lass uns mit dir anfangen."

„Mit mir?", fragte sie nervös.

„Du warst sehr, sehr böse." Sanft strich er mit seinen Lippen über ihren Mund, vertiefte den Kuss, und als sie ihn erwiderte, zog er den Kopf zurück. „Nichts da." Er drehte sie auf den Rücken, hielt ihre Handgelenke mit einer Hand über ihrem Kopf fest.

„Hey, warte mal …"

„Du wartest." Seine Augen verdunkelten sich. „Versuch, solange wie möglich geduldig zu sein." Wieder küsste er sie, und diesmal dauerte der Kuss länger, während er ihren Mund ausgiebig mit der Zunge erforschte. Nadine versuchte, den Kuss zu erwidern und ihre Lippen an seine zu schmiegen, aber da hob er erneut den Kopf. „Geduld", brummte er.

„Ich bin kein geduldiger Mensch … ooh!"

Während er weiter ihre Hände über dem Kopf festhielt, glitt er mit der Zunge an ihrem Hals entlang, sodass er eine feuchte Spur auf ihrer Haut hinterließ. Sie bäumte sich auf, ihre Knospen verhärteten sich und warteten sehnsüchtig auf seine Berührung. So langsam, dass sie glaubte verrückt zu werden, küsste er die Spalte zwischen ihren Brüsten und umkreiste ihre Brustspitzen mit der Zunge. Heiße Lust explodierte in ihr, und das Zentrum ihrer Weiblichkeit fühlte sich so leer an und feucht. Ihr Kopf war voller Erinnerungen an ihr Liebesspiel, das bis weit in die Nacht hinein angedauert hatte.

Schließlich nahm er eine der rosigen Spitzen zwischen die Zähne und knabberte daran. Nadine stöhnte und hob unruhig die Hüften. „Hayden."

„Ich bin ja hier." Um es ihr zu beweisen, küsste er ihre andere Brust, während er seine freie Hand an ihrer Seite nach unten wandern ließ, und sie an der Taille leicht kitzelte, bevor er ihre runden Pobacken massierte.

Als sie zu ihm hinabblickte, entdeckte sie, dass seine Pupillen sich geweitet hatten, und ihm der Schweiß auf der Stirn stand. Seine Muskeln waren angespannt. Es fiel ihm also schwer, sich zurückzuhalten. Gut so.

„Geduld", flüsterte sie ihm zu, und stöhnend verschloss er ihren Mund mit einem weiteren Kuss. Er ließ seine Hand tiefer wandern, um ihre Beine zu spreizen und ihren empfindsamen Punkt zu reizen. Sie schloss die Augen und verlor jegliches Zeitgefühl. Haydens Mund und Finger schienen überall zu sein.

Als kleine Schauer durch ihren Körper jagten, schrie sie seinen Namen. Hayden zog seine Hand zurück und gab ihre Handgelenke frei. Sofort richtete sie sich auf, umschlang ihn, und er tauchte in ihre feuchte Hitze ein.

„Geduld", wiederholte sie heiser flüstern.

„Vergiss es!" In langen, heftigen, verzweifelten Stößen vereinte er sich mit ihr, und in wilder Leidenschaft rief er ihren Namen, bevor er sie beide erneut über die Grenzen jeder Lust hinaustrieb und erschöpft auf sie sank. „Meine süße Nadine", hauchte er rau an ihrem Haar, während er schwer atmete. „Was sollen wir nur tun?"

Noch ganz erfüllt von dem Nachbeben, machte sie sich keine Sorgen. Nicht jetzt. Sie küsste seine verschwitzte Wange und strich mit den Handflächen über seine flachen Brustwarzen.

Als er sich zur Seite rollte, meinte sie: „Nicht so hastig."

„Was? Nadine? Noch einmal?", fragte er verwundert, während sie mit der Zunge seine Brustwarzen berührte, und ihn Schauer überliefen. „So schnell?"

Seine Bauchmuskeln zuckten, während sie seinen Nabel küsste, und kaum dass sie tiefer wanderte, rief er keuchend ihren Namen und gab sich ganz der Leidenschaft hin, die ihn immer überwältigte, wenn er mit ihr zusammen war. Ihre Lippen und ihre Zunge schienen eine ganz besondere Art Magie auf ihn auszuüben, und in einem Moment der Wahrheit und Ekstase wusste er, dass er nie genug von dieser Frau bekommen würde.

„Erzähl mir von deiner Ehe." Hayden saß an dem kleinen Küchentisch, einen Fuß auf einen anderen Stuhl gelegt, und sah ihr dabei zu, wie sie Kaffee in zwei Becher goss. Er beobachtete, wie der Bademantel jeder ihrer Bewegungen folgte, mit dem Saum über den Boden streifte und ihm einen Blick auf zwei lange, schlanke Beine bot, wie er ihre Brüste umschloss und ihre Taille umschmeichelte. Die Haare hatte sie im Nacken zusammengebunden, und ihre Wangen waren von ihrer Liebesnacht noch leicht gerötet.

„Da gibt es nicht viel zu erzählen. Sie ist gescheitert", gestand sie, die Lippen leicht zusammengepresst.

„Warum?"

Sie stellte die beiden Becher auf den Tisch, schob behutsam seinen Fuß herunter und setzte sich auf den Stuhl, den er als Schemel benutzt hatte. „Wir haben uns auseinandergelebt."

„Blödsinn."

„Es ist die Wahrheit."

„Hast du ihn geliebt?"

Sie war gerade dabei den Dampf über ihrer Tasse wegzublasen, hob bei der Frage jedoch kurz den Blick. Zögernd stellte sie ihren Becher ab und stützte das Kinn in eine Hand. „Ich weiß es nicht. Ich … nun, ich hatte geglaubt, dass es nicht darauf ankommt, ob man jemanden liebt oder nicht. Für mich war es wichtig, dass man den Menschen, den man heiratet, mag und respektiert. Sam war … zuverlässig, jedenfalls hatte ich das geglaubt. Und er hat mich geliebt. Er hatte mir gesagt, dass ich ihn eines Tages genauso lieben würde, dass wir nur Zeit brauchen würden." Sie zog die Unterlippe zwischen ihre Zähne und schüttelte den Kopf. „Heute weiß ich, dass ich damals nur nach einer Möglichkeit gesucht hatte, zu fliehen."

„Wovor?"

„Vor den Problemen bei mir zu Hause. Meine Mutter hatte meinen Vater bereits verlassen, als ich mit der Schule fertig war und aus dem Internat heimkehrte, und ich hatte das Gefühl, dass ich … dass ich, wenn ich dort bliebe, niemals frei sein würde." In ihren grünen Augen zeichneten sich Schuldgefühle ab. „Ich hatte nicht das Geld, um aufs College zu gehen, deshalb habe ich beschlossen zu heiraten." Sie wich seinem Blick aus. „Die Leute haben mich immer eine ‚Romantikerin' genannt, aber ich denke, ich habe ihnen bewiesen, dass sie sich geirrt haben." Stirnrunzelnd stand sie auf, wandte ihm den Rücken zu und steckte zwei Scheiben Weißbrot in den Toaster.

Er trank seinen Kaffee in kleinen Schlucken und lauschte dem Ticken der Uhr im Wohnzimmer. Jede Sekunde, die verstrich, erinnerte ihn an die Jahre, die er getrennt von ihr verbracht hatte. Leere Jahre. Vergeudete Jahre.

Hayden rieb sich das Kinn und beschloss, es zu riskieren. Solange sie die Vergangenheit nicht geklärt hatten, konnten sie an die Zukunft unmöglich auch nur denken. Was er auch nicht tat. Er hatte nicht vor, sich in Nadine Warne zu verlieben oder ihr Ehemann und Vater für ihre Kinder zu werden. Dennoch war er hier, fühlte sich pudelwohl, trank Kaffee und wartete auf Toast und Eier, die sie für ihn zubereitete. Das beunruhigte ihn leicht. Er sah zu, wie sie Eier in eine Pfanne schlug. Genauso wenig wie er war auch sie an einer kurzen Affäre interessiert. Aber was kam sonst in Frage? Wenn sie sich oft genug liebten, würde der Reiz sich vielleicht abtragen und die Jugendfantasien durch die raue Erwachsenenrealität ersetzt werden. Denn sie lebten doch lediglich ihre Frustration, die sie all die Jahre nicht hatten abschütteln können, jetzt aus, oder? Er trank einen großen Schluck Kaffee und beobachtete die kleinen sinnlichen Bewegungen ihrer Hüfte und ihres Pos unter dem Bademantel. Dabei erinnerte er sich lebhaft an das Gefühl, wenn sie sich fordernd an ihm rieb. Er räusperte sich und zwang seinen Blick zum Fenster, weg von den aufregenden Bewegungen ihres Körpers. Himmelherrgott, sie briet nur ein paar Eier!

Und dennoch – von den Schultern bis zu den Füßen in diesen Bademantel gehüllt, hatte Nadine Warne mehr Sexappeal als die meisten Frauen in Bikinis. „Verdammt", murmelte er, und sie zuckte zusammen, wobei etwas Fett auf ihr Handgelenk spritzte.

Leise fluchend ging sie zum Spülbecken und ließ kaltes Wasser über ihren Arm laufen.

Sofort war Hayden an ihrer Seite. Als er nach ihrem Arm griff, riss sie ihn weg. „Es geht schon", meinte sie, als er noch einmal versuchte, sie zu berühren.

„Ich will nur mal sehen …"

„Wenn du helfen willst, kümmere dich um die Eier." Schnell entwand sie sich seinem Griff, ging ins Badezimmer und warf die Tür hinter sich zu.

Hayden kam sich vor wie ein Idiot, während er die Eier in der Pfanne hin und her schob. Was zum Teufel machte er hier überhaupt? Wenn er einen Funken Verstand besäße, würde er in seinen Jeep steigen und wieder zum anderen Seeufer fahren, bevor er sich von dem Zauber einer Frau einwickeln ließ, bei der er das Gefühl hatte, sie ein Leben lang zu kennen, obwohl er sie doch eigentlich kaum kannte.

„Die Eier sind fertig", rief er, und als sie nicht antwortete, nahm er die Pfanne von der Platte und stellte den Herd ab. Er bestrich den Toast mit Butter und schob die Eier auf zwei kleine Teller. Als er sich setzte, um auf sie zu warten, tauchte sie wieder aus dem Badezimmer auf. Sie trug einen langen Jeansrock und einen blauen Pullover. Die Haare hatte sie aus dem Gesicht gekämmt und zu einem Zopf geflochten, und ein Hauch von Rouge färbte ihre Wangen.

„Ist alles in Ordnung mit dir?"

„Alles bestens."

„Und dein Handgelenk?" Er blickte auf das rote Brandmal an der Innenseite ihres Arms.

„Ich werde es überleben."

„Ich könnte es küssen, dann wird es besser."

Sie grinste leicht. „Das glaube ich sofort." Und dann, als wäre das Thema bereits zu intim, warf sie einen Blick auf den Tisch. „Du kannst also kochen."

„Nur das Wesentliche."

„Das überrascht mich", gestand sie und setzte sich.

„Warum?" Er griff nach der Heidelbeermarmelade und verteilte etwas davon auf einer Scheibe Toast.

„Ich dachte, du hättest Köche, Kindermädchen und Gouvernanten gehabt, die das für dich gemacht haben."

„Hatte ich auch." Genüsslich mampfte er seinen Toast und tupfte sich grinsend einen Tropfen Marmelade aus dem Mundwinkel. „Aber nach dem Unfall habe ich meine Familie verlassen und es dann einfach selbst probiert."

„Du hast sie verlassen?" Sie hatte ein Stück Ei aufgespießt, aber die Gabel blieb auf halbem Weg zu ihrem Mund in der Luft stehen. „Warum?"

„Mein alter Herr und ich hatten uns miteinander überworfen."

Sie wartete ab und beobachtete, wie seine Miene sich veränderte. Seine gute Laune war dahin und wurde von der düsteren Stimmung abgelöst, die sie inzwischen kannte. „Ihr habt euch gestritten."

„Es war schon eher ein Krieg."

„Worum ging es?"

Seine Augen funkelten vor unterdrückter Wut. „Um das Schlimmste überhaupt – eine Frau."

„Wynona."

„Bingo."

„Er war der Meinung, du solltest sie heiraten."

Einen kurzen Augenblick zögerte er, dann nickte er. „Ja. Ich war der Meinung, er hätte kein Recht, mir zu sagen, wen ich heiraten soll oder wann oder auch nur weshalb. Erst haben wir uns nur angeschrien, dann habe ich ihm einen Fausthieb verpasst, und als meine Mutter uns schließlich fand, waren wir beide völlig außer Atem, und hatten uns gegenseitig ganz schön zugerichtet. Meine Mutter hatte versucht, mich auf mein Zimmer zu schicken. Ich war fast neunzehn und bin ganz gegangen."

„Aber du bist wieder zurückgekehrt?"

„Nicht bevor ich mich bewiesen hatte, auf meine eigene Weise."

„Was haben deine Eltern dazu …?"

„Sie waren verletzt", sagte er leise. „Vor allem meine Mutter. Mein alter Herr war selbst schuld, aber ich hätte an meine Mom denken sollen. Sie war nicht die beste Mutter der Welt, aber sie hatte sich auf ihre Weise bemüht. Nachdem ich gegangen war, habe ich sie sechs Monate lang im Unklaren darüber gelassen, ob ich lebte oder tot war. Natürlich hatten sie Privatdetektive auf mich angesetzt. Irgendwann hatte einer von ihnen mich aufgespürt, ein schmieriger Typ namens Timms. Aber sie konnten nichts machen. Dem Gesetz nach war ich erwachsen. Also habe ich dem Kerl gesagt, er soll sich verziehen, und dann habe ich meine Mutter angerufen." Er tunkte ein Stück Toast in das weiche Gelb seines Spiegeleis. „Ich habe ihr versprochen, den Kontakt mit ihr aufrecht zu halten, wenn sie ihre Hunde zurückpfeift. So haben wir uns geeinigt. Ich habe mein Leben geführt, wie ich es wollte, und sie haben ihr Leben auf andere Weise gelebt. Wie nicht anders zu erwarten, hat mein Dad mich aus seinem Testament gestrichen."

„Aber wie kommt es dann …"

Hayden verzog den Mund zu einem grausamen Grinsen. „Ich schätze, er hatte einen Sinneswandel und ein schlechtes Gewissen. Entweder das, oder er hat gewusst, dass er mich aus dem Grabe verhöhnen kann, wenn er mir das meiste von dem überlässt, wofür er sein ganzes Leben gearbeitet hat."

„Oh, Hayden, du kannst doch nicht ernsthaft glauben, dass er so grausam war."

„Du hast meinen alten Herrn nicht gekannt … obwohl, doch, nicht wahr?", fragte er scharf und presste die Lippen zusammen. „Was hattest du neulich Abend noch gesagt, irgendetwas davon, dass er deinen Vater betrogen hätte?"

Nadine sah keinen Grund, weshalb sie lügen sollte. Sie hatte die Nacht mit ihm verbracht; das Mindeste, was sie tun konnte, war, ihm zu erklären, warum er der letzte Mann auf der Welt war, den sie mit in ihr Bett hätte nehmen dürfen. „Mein Vater hatte jeden Cent, den er gespart hatte, deinem Vater überlassen, um es in Ölquellen zu investieren, von denen er glaubte, dass sie ihn garantiert reich machen würden. Er hatte Pläne ohne Ende. College für uns drei Kinder. Ein neues Haus und ein Auto für Mom. Genug Geld auf der Bank für den Ruhestand. Aber eines Tages kam er nach Hause und hat uns erklärt, dass es all das nicht geben würde. Dass die Quelle trocken war."

Hayden verengte die Augen. „Erzähl weiter."

Ihr schauderte, wenn sie sich daran erinnerte, und das Loch in ihrem Herzen schien größer zu werden. „Es war, als wäre alles Leben aus der Ehe meiner Eltern gewichen. Mom hatte völlig dichtgemacht. Nicht lange danach fand mein ältester Bruder Kevin, dass er mit dem Leben nicht mehr klarkam, und hat es beendet."

Mit grimmiger Miene fragte Hayden: „Wegen des Geldes?"

Schnell schüttelte sie den Kopf. „Es ging um ein Mädchen, in das er verliebt war. Sie hatte seine Liebe nicht erwidert. Kevins Tod war mehr, als meine Mutter ertragen konnte. Sie ließ sich von Dad scheiden und hat uns verlassen. Ben hatte die Highschool abgeschlossen und war bei der Army, und ich war noch auf dem Internat. Mom bot mir an, mich nach Iowa mitzunehmen, aber ich entschied mich dafür, nach Hause zu kommen, um bei Dad zu bleiben."

„Und bei Sam?"

„Und bei Sam."

Als wäre er plötzlich müde, rieb er sich die Schläfen, sagte jedoch kein Wort, und sie sah sich gezwungen weiterzuerzählen. Wenn er die Wahrheit wirklich nicht kannte, war es an der Zeit, dass sie ihm davon erzählte.

„Ich weiß nicht, was mit den fünftausend Dollar passiert ist, Hayden. Wenn mein Dad sie bekommen hat, dann hat er mir nie etwas davon gesagt. Ich schätze, das Geld wurde verwendet, um ein paar Rechnungen zu bezahlen. Wir waren damit immer im Rückstand. Doch es besteht auch immer noch die Möglichkeit, dass dein Vater gelogen hat."

„Ich habe den Eintrag in den Firmenbüchern gesehen."

„Bücher können frisiert werden", gab sie zu bedenken. „Hast du den Scheck gesehen, ich meine den indossierten Scheck, der auf meinen Vater ausgestellt war? Und wenn ja, war es trotzdem kein Schweigegeld, Hayden. Allenfalls die Rückzahlung eines sehr kleinen Teils einer Schuld."

Er sah sie eindringlich an. „Ich frage mich, was aus uns geworden wäre, wenn es diesen Scheck nicht gegeben hätte."

Nadine war nicht töricht und wusste, dass er es ebenso wenig war. Sie schüttelte den Kopf und trank einen Schluck Kaffee. „Nichts wäre anders. Wir kommen aus verschiedenen Welten. Ich würde gern glauben, dass uns die Umstände auseinandergebracht haben, aber ich weiß es besser. Wenn wir wirklich hätten zusammen sein wollen, hätten unsere Familien keine Rolle gespielt. Und was die Gegenwart angeht, wir wissen beide, dass das, was letzte Nacht zwischen uns passiert ist, wahrscheinlich ein Fehler war." Sie merkte, wie sich ihr die Kehle bei den Worten zuschnürte, aber sie musste weitermachen. Es gab keinen Grund, sich etwas vorzumachen, auch wenn sie es noch so sehr wünschte. „Was wir beide empfunden haben … war angestaute sexuelle Energie. Weiter nichts."

Er schob seinen Stuhl zurück und trug seinen Teller zum Spülbecken.

„Wir passen nicht zusammen. Das wissen wir beide."

„Oder es wurde uns nur eingeredet", gab er zu bedenken.

Ihr dummes Herz flatterte leicht, und ihre Handflächen wurden feucht. Sie wusste, sie sollte es lieber dabei belassen. Aber sie konnte nicht anders. „Willst du damit sagen, dass du dir etwas Dauerhafteres wünschst? Von einer Frau mit zwei Jungs in der Vorpubertät?"

Wütend fuhr er herum. „Ich bin nicht der Typ, der heiratet", sagte er barsch.

„Nur mal schnell eine Runde im Heu, nicht wahr? Der Lassmich-dir-zeigen-wie-wir-kommunizieren-Typ?" Sie merkte, wie sie langsam sauer wurde.

„Ich habe dir nichts versprochen."

„Gut. So gibt es auch kein Versprechen, das du brechen könntest."

Er kam zu ihr und hob sie von ihrem Stuhl hoch.

„Du bist zweifellos die schönste und frustrierendste Frau, die ich je …"

„Lass mich runter!", forderte sie, und ihre Augen sprühten vor Zorn, während ihr Herz in tausend Stücke brach. Aber das würde sie ihm nicht zeigen, nicht solange sie noch einen Funken Stolz besaß. Als er sie losließ, hielt sie ihm wütend einen Finger vors Gesicht. „Ich mag vieles sein, Hayden, aber ich bin keine Frau, die sich einfach aufheben, herumschieben oder sonst wie behandeln lässt, als gehörte sie einem niedrigeren Geschlecht an. Seit zwei Jahren bin ich alleinstehend, komme gut zurecht und ziehe meine beiden großartigen Jungs auf … und kein Mann, weder du noch irgendein anderer, hat das Recht, mich so herumzuschubsen." Sichtlich vor Zorn bebend fügte sie hinzu: „Ich kann mich nicht erinnern, dich eingeladen zu haben, Hayden, anstatt mich also weiter zu beleidigen, warum gehst du nicht einfach dort durch die Tür?"

Er presste die Kiefer aufeinander und die Muskeln an seinem Hals traten deutlich hervor.

„Ich meine es ernst. Du suchst offensichtlich nach einer Möglichkeit, dich dieser Situation zu entziehen … Bitte sehr. Ich habe dich nicht verführt und habe dir ebenfalls nichts versprochen. Du hast also keinen Grund zu glauben, dass ich, nur weil wir die Nacht miteinander verbracht haben, von dir erwarte, dass du von ewiger Liebe sprichst. Ich bin nicht mehr siebzehn, Hayden. Ich bin eine erwachsene geschiedene Frau mit zwei Kindern. Ob du es glaubst oder nicht, ich will keinen Ehemann mehr, ebenso wenig wie du eine Ehefrau willst!" Sie breitete die Arme aus, als wollte sie ihr kleines Haus darin einschließen. „Das mag in deinen Augen nicht viel sein, aber es gehört mir. Mir und meinen Jungs, und wir sind all diese Jahre ohne dich gut zurechtgekommen. Denk also nicht, dass ich, nur weil du plötzlich vor meiner Haustür auftauchst, die Kinder zu einer Spritztour mit dem Boot mitgenommen hast und irgendwie in meinem Bett gelandet bist, mehr von dir erwarte oder *wünsche*."

„Dir reicht eine Affäre?", fragte er mit steinerner Miene.

„Das ist ja wohl kaum eine Affäre. Eine Affäre würde bedeuten, dass uns etwas am anderen liegt, und die Wahrheit ist, wir kennen uns kaum. Ich glaube daran, die Dinge zu benennen wie sie sind, und das alles zwischen uns ist Geschichte. Es war nett, versteh mich nicht falsch. Ich habe es genossen, aber es war nur ein One-Night-Stand, und es ist vorbei." Innerlich zerriss es sie, die Worte auszusprechen, aber sie sah ihn hoch erhobenen Hauptes an, denn sie wollte, dass er ihr glaubte. Er sollte nicht auf den Gedanken kommen, dass er ihr etwas bedeutete, es immer getan hatte. Sie glaubte an saubere Schnitte, selbst wenn diese ein gebrochenes Herz und zerstörte Träume mit sich brachten.

„Ein One-Night-Stand", wiederholte er, wobei er die Lippen kaum bewegte. „Ein ‚netter' One-Night-Stand. Du hast ihn ‚genossen'. Hörst du eigentlich, was du da sagst? Was wir gemacht haben, war nicht einmal ansatzweise ‚nett'. Es war leidenschaftlich und wild, und wahrscheinlich war es der beste Sex meines Lebens. Aber es war nicht ‚nett'."

Innerlich bebte sie zwar, aber sie reckte das Kinn. „Und wir sind uns einig, dass es vorbei ist."

„Auf keinen Fall." Wieder fasste er nach ihr, und diesmal küsste er sie. Er umklammerte ihre Handgelenke, sodass sie ihn nicht wegstoßen konnte, und verschloss ihren Mund mit seinen Lippen. Ihre Knie drohten bei diesem Angriff seiner Zunge und seines Mundes unter ihr nachzugeben, ihr Herz klopfte wie wild und das Blut pochte in ihren Schläfen, während ihr Tränen in den Augen brannten. Sie weigerte sich einzugestehen, dass er auch nur die geringste Macht über sie besaß. Als er schließlich den Kopf hob und ihre Hände freigab, reagierte sie schnell und gab ihm eine so heftige Ohrfeige, dass der Knall im Raum widerhallte und Hershel ihn von seiner Position unter dem Tisch aus anknurrte.

„Zu einer Beziehung gehören zwei, Hayden, und ich bin für etwas, das nur mit Sex zu tun hat, nicht zu haben. One-Night-Stands und Affären sind nicht mein Stil. Du bist der erste Mann, mit dem ich seit Jahren geschlafen habe ... der einzige Mann überhaupt, mit dem ich, außer mit meinem Ehemann, geschlafen habe. Ich glaube wirklich nicht, dass es gut ist, ohne eine gewisse emotionale Verbindung mit jemandem ins Bett zu hüpfen."

„Da ist schon wieder dieses Wort."

„Ich rede nicht von Heirat, Hayden." Es gelang ihr, sich nicht anmerken zu lassen, wie elend sie sich fühlte. „Ich finde nur, zwei Menschen sollten sich kennen, mögen und gegenseitig respektieren, bevor sie in ihrer Beziehung einen Schritt weitergehen."

„Aber du hast mir doch gesagt, dass wir keine Beziehung haben."

„Das stimmt, die haben wir auch nicht. Das, was wir haben, ist ein Fehler. Ich arbeite für dich. Du bist mein Boss. Aber du bist nicht mein Liebhaber. Jedenfalls nicht mehr." Ihr Herz klopfte so laut, dass sie befürchtete, er könnte es hören; die Hände hatte sie so fest zu Fäusten geballt, dass es schmerzte.

Langsam drehte Hayden sich um und ging zur Hintertür. „So muss es nicht enden."

Ihr Herz schien in tausend Stücke zu zerbechen. „Natürlich muss es das."

„Nadine ..."

Sie konnte sich kaum noch auf den Beinen halten. „Hör zu, Hayden. Lass uns aufrichtig sein. Du wirst nicht ewig in Gold Creek bleiben, und ich werde nicht von hier weggehen. Uns blieben höchstens ein paar Wochen." Sie kämpfte mit den Tränen. „Das ist einfach nicht gut genug. Nicht für mich."

Er verengte die Augen. „Du willst *doch* heiraten."

„Vielleicht", musste sie zugeben. „Eines Tages. Aber mehr als das will ich nicht zum Stadtgespräch werden. Ich muss an meinen Ruf und an meine Kinder denken. Auf Wiedersehen, Hayden." Als er zur Tür hinausging, sank sie gegen die Wand und fragte sich, ob sie den größten Fehler ihres Lebens gemacht hatte. Letzte Nacht hatte sie nicht einmal daran gedacht, dass sie schwanger werden oder er ihr, ohne es zu ahnen, eine Krankheit übertragen könnte. Sie hatte sich verhalten wie eine Närrin ... schlimmer als eine Närrin, aber das würde nicht wieder vorkommen. Sie war eine Mutter, verdammt noch mal. Sie hatte eine

Verantwortung gegenüber ihren Söhnen. Sie durfte nicht so leichtsinnig handeln und zulassen, dass Lust oder Leidenschaft ihren Verstand vernebelten.

„Nie wieder", schwor sie sich, und fragte sich, warum dieser Entschluss wie ein Messer in ihre Seele schnitt.

Das Sommerhaus hatte etwas von einer Gruft. Innen war es kalt und dunkel. Auch nachdem er überall Licht angemacht hatte, wirkte es kein bisschen wärmer. Im Vergleich mit Nadines kleinem Holzhaus, das nach vielen Kaminfeuern, gekochtem Essen, frischem Kaffee und Nadines Parfum roch, kam dieses riesige Haus schlecht weg. Groß und schön war es dennoch wie alle anderen Objekte im Leben seines Vaters: pompös und kalt.

Ihr Haus dagegen war voller Leben – Schuhe, die auf der Veranda standen, Jacken, die an einem Haken neben der Tür hingen, Fahrräder, die an der Garage lehnten und Steppdecken, die im Wohnzimmer nachlässig über die Armlehnen von Couch und Sesseln geworfen waren. Gemütlich. Warm. Bewohnt. *Geliebt.*

In diesem kleinen Haus war Leben, und natürlich war da Nadine. Hayden dachte daran, wie sie ausgesehen hatte, als sie ihm die Tür aufgemacht hatte, mit nassen Haaren, die sich um ihr Gesicht kringelten. Und ihr Bademantel hatte ihm einen provozierenden Blick auf ihre Haut offenbart.

„Verdammt", stieß er hervor. Die Wände schienen ihn in diesem Haus zu erdrücken. Er dachte daran, sich einen Drink zu genehmigen, aber es waren noch Stunden bis Mittag. Abgesehen davon war er das letzte Mal, als er sich einen Drink gegönnt hatte, vor Nadines Haus und schließlich in ihrem Bett gelandet.

Streit suchend pfiff er nach Leo und ging wieder zurück zu seinem Jeep. Er würde sie vergessen, indem er sich dem Problem widmete, wegen dem er überhaupt hier war: Was sollte er mit den verdammten Mühlen anfangen?

Er weigerte sich darüber nachzudenken, was er mit *ihr* anfangen sollte.

In der Hoffnung, durch Geschwindigkeit sein Verlangen nach ihr dämpfen und sich alle Gedanken an sie aus dem Kopf schlagen zu können, fuhr er wie der Teufel. Ein paar Stunden würde er sich mit den Büchern im alten Büro seines Vaters beschäftigen, dann wollte er zu den Schuppen gehen und mit einigen Angestellten reden, um ein wirkliches Gefühl für dieses Zahnrad im Getriebe der Sägemühlen-Kette zu bekommen, die im ganzen Staat und im Süden von Oregon verteilt war. Er hatte vor, jeden einzelnen Betrieb zu besuchen, und der Zeitpunkt dafür war jetzt so gut wie jeder andere. Wenn er es richtig plante, würde der Trip etwa zwei Wochen dauern, kaum lange genug, um sich Nadine Warne gänzlich aus dem Kopf zu schlagen, aber zumindest ein Anfang.

Sie hatte deutlich gemacht, was sie von ihm hielt, und er hatte nicht die Absicht zu versuchen, ihre Meinung zu ändern. Noch nie hatte er sich einer Frau aufgedrängt, und er würde jetzt nicht damit anfangen, ganz gleich wie sehr sein Körper nach ihr verlangte. Er fuhr zu schnell in eine Kurve, und es gelang ihm gerade noch so, den Jeep in einem Stück zu behalten. „Es hat dich schlimm erwischt, Monroe", erklärte er seinem Bild im Rückspiegel. Niemals zuvor hatte er eine Frau umwerben und in sein Bett locken müssen. Im Gegenteil, meist war er derjenige, der verführt worden war, und bisher schien auch keine Frau den Aufwand und die Mühe wert gewesen zu sein.

Bis auf Nadine.

Aber sie war raus aus seinem Leben.

Für immer.

9. KAPITEL

Hayden war nicht da. Sein Jeep stand nicht in der Einfahrt, sein alter Hund war verschwunden, das rote Licht des Anrufbeantworters im Arbeitszimmer blinkte und der Schlafsack, den er aufs Bett im Hauptschlafzimmer geworfen hatte, fehlte. Ohne ein Wort war er gegangen.

Nadine ärgerte sich über sich selbst. Sie hatte es doch so gewollt, oder nicht? Ein Leben ohne Hayden. Wieso also war sie so deprimiert? Eigentlich gehörte sie nicht zu den Menschen, die sich lange mit Fehlern aufhielten, die sie gemacht hatten, aber den Rest des Wochenendes hatte sie damit zugebracht, über Hayden und die Konsequenzen ihrer gemeinsamen Nacht nachzudenken. Dabei machte sie sich Vorwürfe, all diese Probleme nicht vorher in Erwägung gezogen zu haben, *bevor* sie mit ihm ins Bett gefallen war, aber was geschehen war, war geschehen, und jetzt musste sie mit den Folgen leben.

Dennoch war sie enttäuscht, weil er abgereist war. Sicher, ihre Arbeit würde ohne ihn leichter sein; sie konnte das alte Haus schneller auf Vordermann bringen und musste ihm nicht wieder gegenübertreten. Trotzdem war sie frustriert. Sie hatte sich ein wenig mehr Mühe als sonst gegeben, ihre Arbeitskleidung auszuwählen, ihre Haare zurechtzumachen und Make-up aufzulegen, ein stiller Beweis dafür, dass ihr etwas an ihm lag, wenn auch nur ein wenig.

Den Tag verbrachte sie damit, die gründliche Reinigung sämtlicher Schränke in der Küche abzuschließen und anschließend alle Böden zu putzen. Der Fleck im Wohnzimmer, wo Hayden den Eimer umgetreten hatte und etwas Politur ausgelaufen war, forderte stundenlangen Muskeleinsatz. Während sie arbeitete, klingelte mehrmals das Telefon, aber sie ignorierte es, und jedes Mal sprang der Anrufbeantworter an. Die Nachrichten hatte sie nicht gehört, denn immer hatte sie sich in einem anderen Teil des Hauses aufgehalten, aber als sie sich ihre Jacke über den Arm warf und ihre Putzmittel zusammenräumte, um zu gehen, klingelte es schon wieder. Diesmal befand sie sich in der Nähe des

Arbeitszimmers und konnte gar nicht anders als das einseitige Gespräch mitanzuhören.

„Hayden?", fragte eine weibliche Stimme und wartete ab. „Bist du da? Ich bin es noch einmal, Wynona."

Nadine hatte das Gefühl, als würde ihr Herz geradewegs durch den Fußboden krachen.

„Hayden? Wenn du da bist, geh ran", forderte Wynona. Es folgten ein paar angespannte Sekunden Stille. „Großartig." Nach einer weiteren Pause war ein gedehntes Seufzen zu hören. „Du hast keinen Grund, mich zu ignorieren. Das kannst du nicht machen. Du bist mir etwas *schuldig.*" Nadine sank gegen die Wand, und Wynonas Stimme nahm nun einen bettelnden Tonfall an. „Wir haben so viel gemeinsam durchgemacht, Baby. Lass uns jetzt nicht streiten. Ruf mich an. Ich bin die ganze Nacht zu Hause und warte auf deinen Anruf." Ein paar Sekunden später legte sie auf, und Nadine, die gar nicht gemerkt hatte, dass sie die Luft angehalten hatte, stieß sie zittrig aus.

Hayden hatte also noch immer Kontakt zu Wynona Galveston. Bei dem Gedanken drehte sich Nadine der Magen um, aber sie mahnte sich, keine voreiligen Schlüsse zu ziehen. Wynonas Worte konnten alles Mögliche bedeuten. Abgesehen davon spielte es keine Rolle; Nadine stellte keinen Anspruch auf Hayden. Nur weil sie sich eine Nacht lang geliebt hatten ... Sie schüttelte den Kopf und hätte sich am liebsten getreten. Sie war kein albernes liebeshungriges Weib und wusste, dass Menschen geschlechtliche Wesen waren. Ihre Nacht mit Hayden hatte etwas mit Rebellion zu tun oder auch mit sexuellen Fantasien, aber nichts mit Liebe, und deshalb war es völlig irrelevant, was ihn mit Wynona verband.

Auf dem Heimweg versuchte sie krampfhaft, nicht an den letzten Mann zu denken, für den sie Gefühle gehabt hatte. Hatte Turner Brooks nicht ihre Zuneigung ignoriert und sich wieder in seine Jugendliebe verliebt? Wahrscheinlich würde Hayden es genauso machen und wieder zu Wynona zurückkehren.

Ja, aber mit Turner Brooks hast du nicht geschlafen, hielt sie sich vor. Mit Turner hast du nicht Liebe gemacht. Du hast nicht davon fantasiert, den Rest deines Lebens mit Tur... „Hör auf damit!", herrschte sie sich an, stellte das Radio an und lauschte einem Song von Garth Brooks über eine verlorene Liebe.

Wütend auf sich selbst stellte sie das Radio ab, als sie in die Einfahrt zu ihrem Haus abbog. Sie hatte viel zu viel zu tun, um sich mit Hayden oder Wynona oder sonst etwas außer ihren Söhnen zu beschäftigen, die bereits zu Hause waren und aus dem Haus stürmten, als sie ihren Wagen hörten. Beide warfen sie sich ihr in die Arme, und zum ersten Mal, seit sie Wynonas Stimme auf dem Anrufbeantworter gehört hatte, fühlte sie sich besser. So lange sie John und Bobby hatte, wer brauchte da schon Hayden Monroe?

„Ich habe eine Eins in der Mathearbeit!", krähte John. „Und Tim, der Junge, dem ich helfe, hat eine Drei, die beste Note, die er je gehabt hat."

„Gut gemacht!" Nadine drückte ihren Ältesten.

„Ich hab' keine Arbeit zurück", schaltete Bobby sich ein, um sich bloß nicht ausstechen zu lassen. „Aber ich habe einen neuen Freund. Er heißt Alex und ist gerade hierhergezogen aus ... aus ..."

„Aus Florida, du trübe Tasse. Seine Schwester ist in meiner Klasse."

„Ich bin keine ..."

„Nein, das bist du nicht", ging Nadine dazwischen und sah ihren älteren Sohn warnend an. „John, hör auf, deinen Bruder zu beleidigen." Nadine gab Bobby einen Kuss auf die Stirn und zerzauste John die blonden Haare. „Kommt mit, ihr könnt mir dabei helfen, das Abendessen zu machen."

„Was gibt's denn?", fragte John misstrauisch.

„Hot Dogs mit allem, was ihr darauf haben wollt."

„Yippie!", rief Bobby, der die Beleidigung seines älteren Bruders offenbar bereits wieder vergessen hatte.

Nach dem Essen half sie den Kindern bei den Hausaufgaben, dann zwang sie sie zu duschen, bevor sie ins Bett fielen. Die nächsten drei Stunden verbrachte Nadine damit, Knöpfe und Perlen auf eine ausgewaschene Jeansjacke zu nähen und zu kleben, eine Jacke, die ein wesentlicher Bestandteil ihrer Kollektion war. Als sie schließlich ihre Küche aufgeräumt und ihre E-Mails gelesen hatte, war es ein Uhr morgens. Ihr Kopf sank aufs Kissen, und sie hoffte, die Erschöpfung würde sie einholen. Tat sie aber nicht. Obwohl sie unendlich müde war, konnte sie nicht schlafen. Wieder und wieder spulte Wynonas Nachricht in ihrem Kopf ab, und Nadine musste sich fragen, warum Wynona Galveston eine solche Bedeutung für sie hatte.

Jeden Tag rechnete sie damit, dass Hayden zurückkehrte, und jeden Tag wurde sie enttäuscht. Am Mittwoch erhielt sie einen Brief von ihrem Bruder Ben, der ihr mitteilte, dass er vor Weihnachten nach Gold Creek zurückkehren würde.

Am Donnerstag traf sie ihren Vater zum Lunch in der Stadt. Die Wohnanlage für Senioren, in der er lebte, lag zwar in Fußnähe zum Zentrum, aber Nadine fuhr jedes Mal mit ihm zum Restaurant. Mit sechzig hatte George Powell bereits viel von seiner früheren Vitalität eingebüßt. Beim Gehen benutzte er einen Stock, was er einem leichten Schlaganfall zu verdanken hatte, der mehrere Jahre zurücklag, und seine Haare waren dünn und grau geworden.

Im „Buckeye", seinem Lieblingsrestaurant, schob er sich auf eine abgewetzte rote Vinylbank, und sah seine Tochter an. „Hab' gehört, du arbeitest für Monroes Anwalt."

Nadine konnte ihre Überraschung nicht verbergen. „Wo hast du das gehört?"

„Das ist ein kleiner Ort, Missy. Schlechte Nachrichten verbreiten sich schnell."

„Tante Velma!"

„Dann stimmt es also. Himmelherrgott!" Er fuhr sich mit der Hand über die Stirn. „Was, zum Teufel, denkst du dir dabei, Nadine?"

„Dad, entspann dich."

Die Kellnerin brachte ihnen die in Plastik eingeschweißten Speisekarten, aber sie bestellten, ohne auch nur einen Blick auf die Spezialität des Tages zu werfen. Als sie wieder allein waren, fuhr ihr Vater fort: „Ich habe auch gehört, dass Hayden bereits das Haus am See in Beschlag genommen hat. Wahrscheinlich konnte er es gar nicht abwarten, das Geld seines alten Herrn in die Hände zu kriegen."

„Du hörst eine Menge." Abwehrend spannte Nadine sich an.

„Stimmt es, oder stimmt es nicht?"

Sie zuckte mit den Schultern. „Es stimmt, dass er dort ist. Oder zumindest war er das. Aber ich glaube nicht, dass er an dem Geld interessiert ist."

„Jeder ist an Geld interessiert. Du, ich, deine Ma. Jeder. Hayden ist auch nicht anders, also mach ihn nicht zum Heiligen."

„Würde mir im Traum nicht einfallen", sagte Nadine trocken.

„Dann ist er also in dem Haus, in dem du arbeitest?"

„War er."

„Verflucht ..."

„Es ist ein Job, Dad." Die Lüge kam ihr nur schwer über die Lippen. „Mehr nicht."

Seine grünen Augen, die ihren so ähnlich waren, sprühten Funken, und es war ihm anzusehen, dass er ihr nicht glaubte. Er sah aus, als wollte er etwas sagen, überlegte es sich dann aber anders und spielte mit der Zellophanverpackung an einem Päckchen Cracker. Die Kellnerin brachte ihr Essen – eine Schale Suppe und ein Chili-Burger für ihren Vater, und für Nadine einen Cheeseburger. Sie hatte ihren Burger zur Hälfte geschafft, als er fragte: „In letzter Zeit mal was von deiner Ma gehört?"

Nadines Herz zog sich zusammen, als sie den sorgsam verborgenen Schmerz in seinem Gesicht wahrnahm. „Schon eine ganze Weile nicht."

Seine grauen Brauen hoben sich leicht, aber er hakte nicht weiter nach. Angefangen vom Wetter bis hin zu einer ziemlich hitzigen Debatte darüber, wie sie ihre Söhne erziehen sollte, redeten sie über alles und nichts.

Nachdem ihr Vater die Rechnung bezahlt hatte – ein Ritual, auf dem er bestand, obwohl Nadine jeden Monat die Hälfte seiner Miete zahlte –, gab sie ihm Bens Brief. Als er ihn las, deutete sich in seiner Miene ein Lächeln an. „Er wird bald zurück sein."

191

„Rechtzeitig zu Weihnachten."

„Das ist ein Grund zu feiern." Er wollte Nadine den Brief zurückgeben, aber sie schob ihn in die Brusttasche seiner Wolljacke.

„Behalte du ihn, Dad."

Als sie aus dem Restaurant traten, war es kühl. Zwar schimmerte eine blasse Sonne durch die Wolken, aber es wehte ein rauer Novemberwind, der an Nadines Haaren zerrte und ihrem Vater Farbe in die Wangen trieb. Steif setzte er sich auf den Beifahrersitz ihres Chevys. Sie fuhr die wenigen Häuserblocks zu seinem Apartment und hielt an. Bevor er wieder ausstieg, drehte er sich noch einmal zu Nadine um. „Du bist klüger, als dir manchmal guttut, Missy. Wenn du deinen Kopf benutzt, wirst du wissen, dass Hayden Monroe nur Ärger bringt. Genau wie sein Vater."

„Dad." Sie berührte ihn leicht am Arm, um ihn aufzuhalten, und plötzlich schlug ihr das Herz in der Kehle. Sie hasste es, die Frage zu stellen, die ihr auf der Seele lag, aber sie musste die Wahrheit wissen. „Hayden hat mir gesagt, dass sein Vater dir Geld gegeben hat. Fünftausend Dollar. Um sicherzustellen, dass ich aus seinem Leben verschwinde." Ihr Vater sah aus, als wollte er es leugnen, deshalb fügte sie hinzu: „Hayden hat vor Jahren den Scheck gesehen, und vor ein paar Tagen hat er sich die Firmenbücher angeschaut."

„Dieser Schweinehund!", fluchte ihr Vater wütend und starrte durch die Windschutzscheibe auf die weitläufige Wohnanlage, die er seit zwei Jahren sein Zuhause nannte.

„Dad?"

George schnaufte verärgert. „Garreth hat mir etwas von dem Geld zurückgezahlt, das ich bei ihm investiert hatte. Einen kleinen Teil. Ich hatte ihm fast fünfzigtausend Dollar gegeben, also unsere gesamten Rücklagen. Und alles, was ich zurückbekommen habe, waren fünf Riesen." Plötzlich verlegen blickte er auf seine Füße. „Deine Mutter hat mich einen Idioten genannt, und sie hatte recht. Als ich den Scheck von Garreth bekam, habe ich ihr das Geld gegeben. Ich fand, es stehe ihr zu. Ein Teil davon ging in deine Ausbildung am Internat." Er schien plötzlich um zwanzig Jahre gealtert. „Weißt du, es hat Donna das Herz gebrochen und uns endgültig voneinander entfernt. Diese Investition bei den Monroes war der Anfang vom Ende." Er öffnete die Wagentür und stieg aus. „Ich glaube, ich kann es ihr nicht einmal verübeln. Stan Farley hat eine riesige Farm in Iowa, und kann ihr so viel mehr bieten." Während sie gemeinsam den zementierten Weg zur Haustür seines Einzimmerapartments hinaufgingen, sah er seine Tochter an. „Ist sie glücklich?"

Nadine nickte nur, denn sie konnte ihrer Stimme nicht trauen. Im Grunde ihres Herzens empfand sie noch immer einen glühenden Schmerz, wenn sie an ihre zerrüttete Familie dachte. Donna Powell Farley hatte mit einem anderen Mann, mehr als einhundertzwanzig Hektar Land und zwei Kindern ihr Glück gefunden. Stan Farley war ein ausgeglichener, anständiger Mann, der in sicheren finanziellen Verhältnissen lebte.

„Gut, gut", murmelte George. „Sie hat es verdient, glücklich zu sein." Er legte eine knochige Hand auf die Schulter seiner Tochter und fügte hinzu: „Deshalb solltest du dich auch von Hayden Monroe fernhalten. Er wird dir nichts als Ärger und Kummer bereiten."

Da hatte er recht, auch wenn Nadine es nur ungern zugab. „Und was ist mit dir, Dad? Bist du glücklich?"

„Kann mich nicht beklagen." Er hielt seiner Tochter die Glastür auf. „Alles, was ich brauche, habe ich hier in ‚Rosewood Terrace'."

Nachdem Hayden fünf Tage unterwegs gewesen war und sich in die Arbeit gestürzt hatte, spürte er jeden Muskel in seinem Körper. Er hatte fünfzehnhundert Meilen zurückgelegt und sieben Mühlen besucht. Er hatte mit den Angestellten gesprochen, ihnen bei der Arbeit zugesehen und sich Notizen gemacht über den Zustand der maschinellen Ausstattung, die Baumbestände, die Verträge mit Abholzungsunternehmen und die Vorräte an grob bearbeitetem Nutzholz. Dabei hatte er sich bestenfalls einen oberflächlichen Eindruck verschaffen können; jede Sägemühle würde einzeln noch einmal genau bewertet werden müssen. Aus den Gesprächen mit den Männern hatte er erfahren, dass sie sich Sorgen machten, ihre Jobs zu verlieren, weil wegen des schwindenden alten Baumbestands, Umweltbedenken und Einschränkungen der Regierung immer weniger Holz geschlagen wurde.

Die meisten Arbeiter stammten aus Familien, die seit Generationen in der Holzverarbeitung tätig waren. Bereits ihre Väter und Großväter gehörten einer Arbeitstradition an, in der Männer Bäume gefällt und Wälder in gehobelte Bretter verwandelt hatten. Diese Männer kannten nur ein Handwerk.

Hayden stieg aus seinem Jeep und spürte das Gewicht der Verantwortung auf seinen Schultern. Bradworth und sein Onkel hatten recht gehabt. Das Leben und die Lebensgrundlage der Leute hingen von ihm und seiner Entscheidung ab. Wie viele Angestellte, Männer wie Frauen, hatten ihm die Hand geschüttelt, ihn angelächelt und erwähnt, wie sie froh seien, die Mühlen noch immer in der Hand eines Monroe zu sehen? Er hatte ihre Sorgen bemerkt – die gerunzelten Stirnen, die Augen, die nicht lächelten, die verkniffenen Lippen – und hatte die unausgesprochenen Fragen der Arbeiter gespürt: *Werde ich entlassen? Wirst du die Mühlen schließen? Wirst du die Maschinen nach und nach verkaufen? Was soll ich machen, wenn es keine Arbeit mehr gibt? Wie soll ich meine Familie ernähren, meine Rechnungen zahlen, meine Kinder aufs College schicken?*

Leo sprang in die Büsche und schreckte einen Vogel auf, während Hayden sich zur Veranda schleppte und einen Schuh mit der Spitze des anderen abstreifte.

Er schloss die Hintertür auf und blieb wie angewurzelt stehen. Das Haus roch nach Öl und Wachs und alle Oberflächen glänzten. Die Stühle waren sorgsam um den Küchentisch gruppiert, auf dem eine Kristallvase stand, die mit verschiedenen duftenden Blumen gefüllt war. Die Messingarmaturen funkelten, und der alte Holzfußboden strahlte dank einer frischen Schicht Politur.

Nadine. Während er durchs Haus ging und die Spuren ihrer Arbeit betrachtete, zogen seine Eingeweide sich schmerzhaft zusammen. All die kleinen Details stachen ihm ins Auge: die Fotos auf dem Kaminsims, die sie neu angeordnet hatte, eine Gruppe Kerzen auf dem Tisch und eine weitere Vase mit Blumen.

Was hatte sie vor? Verdammt noch mal, sie war zum Putzen angeheuert worden, und jetzt schien es, als hätte sie dem Haus ihren eigenen Stempel aufgedrückt. Gefaltete Decken lagen auf der Armlehne der Couch im Wohnzimmer, und neben allen Kaminen hatte sie Feuerholz gestapelt.

Er ging die Treppe hinauf ins zweite Stockwerk und stellte fest, dass jedes Bett mit frischer Bettwäsche bezogen war. Auch im Hauptschlafzimmer war das King-Size-Bett gemacht, und ein Fenster stand einen Spalt weit offen, um die frische Bergluft hereinzulassen. Im Kamin lagen trockene Holzscheite und gespaltenes Anmachholz auf glänzenden Feuerböcken, und auf der Kommode stand eine halb mit Wasser gefüllte große Glasschale, in der Blüten schwammen.

Unwillkürlich musste er lächeln. Vielleicht hatte sie ihm verziehen. Dann sah er sich im Spiegel – seine schmutzige Jeans, das verwaschene Arbeitshemd, die Haare mit Sägemehl bestäubt und ein dummes Grinsen im Gesicht. Wegen ihr. Was war er doch für ein Idiot! Wütend funkelte er sein Spiegelbild an, drehte sich um und eilte ins Badezimmer, um zu duschen und Nadine aus seinen Gedanken zu vertreiben. Offensichtlich hatte sie ihre Arbeit hier abgeschlossen. Die Blumen mussten der letzte Touch gewesen sein, und deshalb gab es keinen Grund für ihn, noch länger an sie zu denken.

Dieser Gedanke war beunruhigend, aber er versuchte nicht zu analysieren, warum. Als sein Blick auf die Badewanne fiel, wo er ihren Ring gefunden hatte, entdeckte er eine Schale mit farbiger Seife und dazu passenden Handtüchern, die sorgfältig über die Halterungen drapiert worden waren. Er stellte das Wasser an, zog sich aus und versuchte, Schmutz und Dreck sowie seine Muskelschmerzen vom Körper zu waschen. Er hatte sich so ins Zeug gelegt, dass er nicht nur früher als erwartet fertig gewesen war, er hatte auch keine Zeit gehabt, an Nadine zu denken.

Aber jetzt, wo er wieder in Gold Creek war, und nur der Whitefire Lake sie voneinander trennte, konnte er die Bilder von ihr, die sich unerbittlich vor sein inneres Auge schoben, nicht so leicht verdrängen. Er lehnte sich an die Kacheln und ließ das Wasser auf seinen Körper prasseln. Die dampfenden Wasserstrahlen fühlten sich gut an; das Einzige, was sich jetzt noch besser angefühlt hätte, wäre Nadines geschmeidigen Körper an seinem zu fühlen. Er erinnerte sich daran, wie er sie geküsst hatte, ihr Gesicht berührt hatte, wie er in sie eingetaucht war und sich völlig in ihr verloren hatte ...

Zu seinem Entsetzen hatten seine Gedanken dafür gesorgt, dass ein gewisser Teil seiner Anatomie steinhart geworden war. Zähneknirschend drehte er am Wasserhahn und schnappte nach Luft, als eiskaltes Sprühwasser wie Nadelstiche auf seine Haut traf. „Hol dich der Teufel", murmelte er, ohne zu wissen, wen er meinte – sich selbst oder Nadine.

Wieder blickte Nadine zur Küchenuhr und runzelte finster die Stirn. Sam hatte versprochen, die Jungs vom Basketballtraining abzuholen und nach Hause zu bringen. Sie wischte sich die Hände an der Schürze ab, ließ ihre Soße köcheln und sagte sich, dass es keinen Grund zur Sorge gab. Sie waren weniger als eine Stunde zu spät; vielleicht hatte Sam beschlossen, noch ein paar Körbe mit ihnen zu werfen. Und doch ... in ihr regte sich leiser Zweifel. Sam wusste, dass sie das Abendessen für die Jungs vorbereitete, und sie mussten beide duschen und ihre Hausaufgaben machen.

Sie schaute aus dem Fenster, und ihr Blick schweifte zum See und darüber hinweg zu dem Baumdickicht, von dem sie wusste, dass es Haydens Haus vor neugierigen Blicken schützte. Fast blieb ihr das Herz stehen, als sie Licht durch die kahlen Äste schimmern sah.

Er war also wieder zurück. Und wenn es nicht Hayden selbst war, dann jemand, der ihm nahestand. Obwohl sie sich sagte, dass es sie nicht interessierte, dass ihre Arbeit so gut wie fertig war, dass sie die letzten Spinnenweben aus dem Haus der Monroes entfernt und eine Liste aller notwendigen Reparaturen hinterlassen hatte, merkte sie, wie ihr Herz schneller schlug. Wenn sie ihn doch nur noch einmal wiedersehen könnte! Vielleicht könnte sie noch einmal zum Haus fahren, um dem Ganzen den letzten Schliff zu geben ... Aber das konnte sie nicht tun. Sie wollte es nicht. Stattdessen würde sie die Namen von ein paar Handwerkern vor Ort aufschreiben und Bradworth die Liste nach San Francisco schicken. Dann konnten der Anwalt oder Hayden selbst die Reparatur des Verandageländers, den Austausch der Regenrinnen und alles andere überwachen. Nadine hatte nichts mehr damit zu tun.

Wenn sie an Hayden dachte, fühlte sie sich zutiefst einsam, aber sie redete sich ein, dass sie über ihn hinweg war. Wieder warf sie einen Blick auf die Uhr. Sie stellte den Herd ab, auf dem heißes Wasser kochte, als sie einen Wagen in der Einfahrt hörte.

„Was gibt's zu essen?", rief John, als er wenig später durch die Tür polterte. Naserümpfend verdrehte er die Augen, als er die Soße auf dem Herd sah und seufzte theatralisch. „Hackbraten. Schon wieder!"

„Ich dachte, du magst Hackbraten."

„Bobby mag das. Ich kann es nicht ausstehen. Ich mag Gulasch."

Irgendwie konnte sie sich das nie merken. „Stimmt." Sie tippte ihm zärtlich auf die Nase. „Nächstes Mal gibt es Gulasch. Geh jetzt duschen. Wenn du fertig bist, gibt es Essen. Und hilf deinem Bruder ..." Besorgt blickte sie zur Tür. „Wo ist er?"

John wich ihrem Blick aus, leckte sich nervös über die Lippen und trat von einem Bein aufs andere. „Bobby ist im Auto eingeschlafen."

„Aber die Schule ist doch nur zehn Minuten von hier entfernt."

„Ja, aber ... er war voll müde." Ohne weitere Erklärung stürmte er durchs Wohnzimmer davon. Nadine hörte, wie die Badezimmertür zufiel, als Sam den völlig weggetretenen Bobby in die Küche trug.

„Was ist los mit ihm?", fragte sie, besorgt, er könnte sich irgendeinen Virus eingefangen haben. Normalerweise war er nach dem Training so aufgedreht, dass sie ihn beruhigen musste, aber heute Abend schlief er tief und fest.

„Ich schätze, das Training hat ihn einfach geschafft."

Nadine legte Bobby eine Hand auf die Stirn, aber ihre Finger blieben kühl.

„Wir haben die Jungs wirklich hart rangenommen", sagte Sam, während er Bobby ins Wohnzimmer trug, wo er ihn vorsichtig auf die Couch legte. Bobby seufzte nur, ohne aufzuwachen. Der Gestank von Rauch und schalem Bier, ein Geruch, den Nadine aus den Jahren ihrer Ehe mit Sam kannte, hing ihrem Ex an, und Zorn regte sich in ihr.

„Er hat nicht einmal geschwitzt", stellte sie fest.

„Er war …"

„Irgendwo, wo er nicht sein sollte." Sie zupfte etwas Popcorn von Bobbys Jacke. „Ein kleiner Imbiss nach dem Training?", fragte sie, obwohl sie die Antwort längst kannte und sie vor Wut kochte.

„Du weißt doch, wie das ist. Phil und Rick wollten nach dem Training ein Bier, also sind wir im Buckeye schnell eins trinken gegangen."

Nadine presste die Kiefer zusammen. „Was haben die Jungs gemacht, während ihr ‚schnell' ein Bier getrunken habt?"

Sam lief rot an, und seine Augen funkelten kampflustig. „Ich habe sie im Wagen gelassen. Aber ich konnte sie durchs Fenster sehen, und ich habe jedem einen Becher Popcorn rausgebracht …"

„Wie konntest du nur!"

„Es waren nur zwanzig Minuten, Nadine!"

„Aber ihnen hätte sonst was zustoßen … oh, Gott, wer weiß welcher Abschaum sich dort abends auf dem Parkplatz herumtreibt. Das sind Kinder!"

„Und es geht ihnen gut, oder nicht?!"

„Sie hätten gekidnappt oder verletzt oder …"

„Aber das sind sie nicht, oder? Es geht ihnen blendend."

„Trotzdem!"

„Ich musste mit den Männern reden." Sam schrie beinahe, senkte dann aber die Stimme, als er es merkte, und fuhr sich mit den Fingern durch seine sich lichtenden blonden Haare. „Wer weiß, was aus unseren Jobs wird, bei den ganzen Veränderungen, die in der Mühle vor sich gehen."

„Du hättest sie zuerst nach Hause bringen können", zischte sie, noch immer stinksauer.

Sam zeigte auch weiterhin keine Einsicht. „Das Buckeye ist nur ein paar Straßen von der Schule entfernt. Es hätte doch keinen Sinn gemacht, den ganzen Weg hierherzukommen ..."

„Den ganzen Weg hierher? Wie weit ist es ... vier, vielleicht fünf Meilen? Zum Teufel, Sam, du hättest mich anrufen können. Ich hätte sie abgeholt."

Sam verzog gequält das Gesicht. „Ich war beschäftigt. Wir hatten was zu besprechen. Sachen, über die du wahrscheinlich längst Bescheid weißt."

„Sachen?", wiederholte sie, denn sie konnte der Wendung des Gesprächs nicht folgen.

„Monroe. Der Vierte. Ich habe gehört, dass er bereits hier war. Er war mit den Jungs Boot fahren." Angewidert sah er sie an und schüttelte den Kopf. „Hast du denn nichts gelernt, Nadine?"

„Ich verstehe nicht, was Hayden hiermit zu tun hat!"

„Nein? Du kannst ihm gegenüber doch nicht immer noch so blind sein wie damals auf der Highschool!"

Sie wollte protestieren, aber Sam legte gerade erst los. „Jetzt wo dem ‚Junior' die Mühle gehört wird sich einiges verändern. Es ist kein Geheimnis, dass er vorhat, uns und all seine anderen Mühlen dichtzumachen. Vielleicht eine nach der anderen, vielleicht alle auf einmal. Aber er wird Mühlen stilllegen und sie entweder zusammenlegen oder die gesamte Kette verkaufen. Und du kannst mir glauben, ganz gleich, wofür er sich entscheidet, für keinen von uns wird das gut sein. Auch für dich nicht, denn ich werde dann nicht mehr in der Lage sein, den Unterhalt zu zahlen, deshalb solltest du mal lieber hoffen, dass ‚dein Freund' die Mühle behält oder sie an seine Angestellten verkauft."

„Er ist nicht mein ‚Freund'."

Skeptisch hob Sam eine schmale blonde Augenbraue und seine Nasenflügel bebten leicht unter seinem unterdrückten Lachen. „Klar. Und was genau ist er dann für dich?"

„Mein Arbeitgeber … das war er zumindest."

„Wie praktisch. Er bezahlt dich dafür, dass du ihm seine verdammte Villa putzt."

Nadine straffte die Schultern. Sam hatte nie gewollt, dass sie arbeitete, schon gar nicht, wenn dies bedeutete, die Häuser anderer Leute zu putzen. Aber sie musste ihren Lebensunterhalt bestreiten, während sie zu Fortbildungskursen ging und versuchte, ihren Modeschmuck nebst Kleidung auf den Markt zu bringen. „Es ist ein Job, Sam, und nach allem, was ich von dir höre, ist es wohl kaum der richtige Zeitpunkt, jetzt damit aufzuhören, meinst du nicht?"

Er verengte leicht die Augen, und der Geruch von schalem Bier schien den Abstand zwischen ihnen auszufüllen. „Ich glaube, ich sollte lieber gehen."

„Nicht, bevor ich nicht fertig bin, Sam Warne." Nadine verstellte ihm den Weg zur Tür. „Wage es nicht, meine Söhne noch ein einziges Mal allein auf einem Parkplatz zu lassen. Und denk nicht einmal daran, mit ihnen irgendwohin zu fahren, wenn du etwas getrunken hast, verstanden?"

Sam wand sich, und beide dachten mit Sicherheit an die Nacht, in der er sich mit seinem Pick-up überschlagen hatte, als sie noch verheiratet waren. Ohne seinen Sicherheitsgurt wäre er aus dem Wagen geflogen und wahrscheinlich umgekommen. Damals hatte er dem Alkohol abgeschworen. Seine Abstinenz hatte ganze drei Monate angehalten.

„Du kannst mir nicht vorschreiben, wie ich mit meinen Söhnen umgehen soll."

„Oh, doch, das kann ich, Sam. Und das werde ich", verkündete sie. „Das sind auch meine Kinder, und wenn es um ihre Sicherheit geht …"

„Das muss ich mir nicht anhören." Wütend stürmte er nach draußen, die Tür fiel krachend hinter ihm ins Schloss, und mit quietschenden Reifen fuhr er davon.

„Mom?"

Erschrocken drehte Nadine sich um, und sah John in der Tür stehen – in ein gelbes Badetuch gehüllt, mit blauen Lippen, nassen Haaren und weit aufgerissenen Augen. „Zieh dich lieber schnell an, sonst holst du dir noch den Tod."

„Du sollst Dad nicht anschreien."

„Oh, John." Sie schloss ihn in die Arme und spürte an ihrer Schulter, wie seine Zähne klapperten. „Ich will doch gar nicht mit ihm streiten."

„Es hat Bobby und mir nichts ausgemacht, im Auto zu bleiben."

„Er hätte euch nicht allein lassen dürfen."

„Ich hatte keine Angst."

„Und was war mit Bobby? Hatte er auch keine Angst?", hakte sie wenig überzeugt nach, denn sie kannte die lebhafte Fantasie ihres Jüngsten.

John hob nur seine schmalen Schultern.

„Sag's mir."

„Na ja, vielleicht ein bisschen. Aber dann ist er eingeschlafen und alles war in Ordnung."

Als sie ihren ältesten Sohn sanft ein Stück von sich schob, um ihn anschauen zu können, sah sie den Stolz in seinen geröteten Augen und spürte, wie er die Schultern straffte. Für den Versuch, der Mann im Haus zu sein, war er einfach zu jung. Schmerzhaft zog sich ihr Herz zusammen, und sie gab ihm einen Kuss auf die feuchte Stirn. „Los jetzt, zieh dir deinen Pyjama an, und dann gibt es Essen." Spielerisch gab sie ihm einen Klaps auf den Po, und er eilte auf den Dachboden.

Als er wieder herunterkam, loderte ein Feuer im Kamin, und sie versuchte gerade den völlig erschöpften Bobby zu wecken.

John hatte einen gewaltigen Appetit, während Bobby, der Hackbraten eigentlich gerne aß, mürrisch und viel zu müde war, um sich besonders fürs Essen zu interessieren. Nach dem Essen badete sie ihn, trug ihn ins Bett und schaltete das Licht aus, nachdem John ins obere Bett geklettert war. Als sie nach dem Abwasch nach ihnen sah, waren sie längst eingeschlafen.

Noch immer wütend auf Sam machte sie sich eine Tasse Kaffee und holte ihr Nähzeug, die Klebepistole und die fast fertige Jacke, an der sie zurzeit arbeitete, aus der Vorratskammer. Bloß noch ein paar Perlen und Strasssteine, die sich über den linken Ärmel ziehen sollten, und es war geschafft. Sie empfand ein wenig Stolz. Wenigstens diese Jacke würde vor Weihnachten verkauft sein. Es war eine Sonderanfertigung für eine Rodeoreiterin, die Turner Brooks in seiner Zeit auf dem Rodeoparcours kennengelernt hatte. Diese Frau hatte ein Pferd von Turner gekauft und die Jacke gesehen, die Nadine für Heather gemacht hatte, und direkt eine für sich in Auftrag gegeben.

„Machen Sie sie nur ein bisschen auffälliger", hatte sie gesagt und an ihrer langen dünnen Zigarette gezogen. „Also einfach ein bisschen mehr Glitzer." Nun, auffällig war die Jacke auf jeden Fall.

Bevor Nadine sie jedoch fertigstellen konnte, klingelte es an der Haustür. Sie rechnete damit, sich Sam noch einmal stellen zu müssen, und wappnete sich für eine weitere Konfrontation. Aber als sie die Haustür aufriss, stand Hayden dort, die Haare vom Wind zerzaust, die Wangen rot von der Kälte. Der Schreck traf sie wie ein Schlag in den Magen.

„Das ist eine Überraschung."

„Für uns beide", gestand er. „Ich hatte nicht vor, noch einmal hierherzukommen."

„Habe ich wieder etwas vergessen?", fragte sie kühl, obwohl ihr Herz gegen ihre Rippen hämmerte.

Er schüttelte den Kopf. „Ich bin derjenige, der etwas vergessen hat."

Sie zog die Augenbrauen hoch. „Vergessen? Was hast du denn ver…" Bevor sie die Frage zu Ende bringen konnte, hatte er sie fest in die Arme geschlossen. Sein Mund fand ihren, und er küsste sie hungrig und fordernd.

Das durfte sie nicht noch einmal zulassen! Und das würde sie auch nicht! Mit aller Kraft, die sie aufbringen konnte, versuchte sie, ihn von sich zu schieben. „Hayden, bitte … nicht …"

Jeder Muskel in seinem Körper spannte sich an. Langsam lehnte er sich zurück und schaute ihr in die Augen. Was er in ihrem Blick las, konnte sie nur vermuten, aber er ließ sie zögernd los. „Ich …" Er strich sich die Haare aus der Stirn und fluchte leise. „Verflucht, Nadine, ich hatte nicht vor, mich dir wie ein Neandertaler aufzudrängen. Aber anscheinend bin ich zu nichts anderem in der Lage, wenn ich in deiner Nähe bin." Angewidert von sich selbst schüttelte er den Kopf.

„Was … was wolltest du mir denn sagen?" Lieber Himmel, sie konnte kaum atmen, und ihre Stimme klang so schwach und zittrig, dass sie sich am liebsten selbst geschüttelt hätte.

Er lächelte selbstironisch. „Nur, dass ich dich vermisst habe."

Gütiger Gott. Was sollte sie darauf erwidern?

„Ich bin einfach wütend abgehauen und habe Sachen gesagt, die ich nicht so meinte. Jetzt bin ich hier und will versuchen, mich zu entschuldigen." Er fluchte leise und rollte mit den Augen. „Das liegt mir nicht besonders."

„Vermutlich hast du wenig Übung darin."

„Du machst mich verrückt, ist dir das eigentlich bewusst?"

Unwillkürlich musste sie grinsen. „Ich habe dich auch vermisst", gestand sie, obwohl sie eigentlich lügen und sagen wollte, dass er sie keine einzige Sekunde Schlaf gekostet hatte, dass sie sich nicht jede Nacht hin und her geworfen und ihr Liebesspiel im Kopf immer wieder abgespult hatte, dass sie nicht manchmal davon fantasierte, ihn zu lieben und seine Frau zu werden und … Oh, Gott! Sie riss sich zusammen und schüttelte den Kopf. „Es würde niemals gut gehen, Hayden."

„Das kannst du nicht wissen."

„Das Gespräch hatten wir schon einmal, du erinnerst dich?", fragte sie, obwohl sie nichts lieber getan hätte, als ihn ins Haus zu ziehen und sich in seine Arme zu werfen. Innerlich bebte sie, aber sie blieb standhaft.

„Ich finde einfach, wir sollten noch einmal von vorne anfangen. Einen Schritt nach dem anderen nehmen."

Oh, Gott, warum quälte er sie so? „Warum?"

„Warum?", wiederholte er und blickte in den dunklen Himmel, als würde er dort nach den Gründen suchen. „Weil ich ohne dich langsam aber sicher den Verstand verliere. Weil das Haus ohne dich wie ein verdammtes Grab wirkt. Weil … weil ich dich vermisst habe." Er richtete den Blick wieder auf sie, und in seinen blauen Augen lag Aufrichtigkeit und Verzweiflung.

Innerlich begann sie zu schmelzen. „Ich will aber immer noch keine Affäre."

„Darum bitte ich dich auch nicht."

„Was willst du dann?"

Die Frage hing in der kühlen Luft zwischen ihnen, und sie wartete, während ihr das Herz in der Kehle schlug. „Ich will dich kennenlernen, Nadine."

„Vielleicht wirst du mich nicht mögen."

Er lächelte schief. „Das halte ich für wenig wahrscheinlich. Aber ich bin bereit, es zu riskieren."

„Verdammt noch mal, Hayden, warum gehst du nicht einfach?" Die Stimme drohte ihr zu versagen. „Lass mich in Ruhe. Lass mich mein Leben so weiterleben wie bisher."

„Das kann ich nicht." Wieder küsste er sie, und diesmal war es ein zärtlicher, kein fordernder Kuss. Sie gab dem verführerischen Druck seiner Lippen nach und schmiegte sich an ihn, wobei sie mit zunehmender Angst erkannte, dass sie niemals in der Lage sein würde, Nein zu Hayden Monroe zu sagen.

*H*ayden fiel es schwer, sein Versprechen einzuhalten. Nadine hatte immer schon eine Natürlichkeit ausgestrahlt, die er unwiderstehlich sexy fand. Sie trug eine schlichte Jeans, und doch konnte er den Blick nicht von ihrem Hintern losreißen, wenn sie ging. Im Schein des Feuers schimmerten ihre mahagoniroten Haare wie Bronze, und ihre grünen Augen wirkten groß und dunkel über den hohen Wangenknochen. Sie servierte ihm Kaffee und machte sich anschließend daran, die Arbeit an einer glitzernden Jacke abzuschließen, die sie für eine Frau anfertigte, die er nicht kannte.

Er machte es sich auf der uralten Couch bequem, stützte einen Arm auf der Armlehne ab und sah ihr bei der Arbeit zu, während er den Kaffee trank. „Koffeinfrei", hatte sie ihn informiert, als sie ihm die breite glasierte Tasse reichte. Als würde ihn das interessieren. Er war nicht wegen des Kaffees hier.

Sie erzählte ihm, dass sie versuchte als Designerin eine Karriere zu starten … dass sie am regionalen Junior College Kurse in Modedesign besucht hatte, aber auch Fächer wie Mathematik, Buchhaltung und Betriebswirtschaftslehre belegt hatte. Sie hatte nicht vor, ewig Häuser zu putzen. Als sie mit der Jacke fertig war, hielt sie sie hoch, damit er ihr sagte, was er davon hielt.

„Ich bin nicht gerade ein Experte, was Rodeo-Outfits angeht", sagte er trocken, und ihre Augen blitzten amüsiert, während sie tänzelnd auf ihn zukam und die Jacke vor sich hin und her schwang.

„Na klar. Ich wette, du willst auch eine."

„Stimmt." Er lächelte leicht sarkastisch.

„Vielleicht zu Weihnachten, hm?", frotzelte sie, die Wangen leicht gerötet, und fügte gespielt nachdenklich hinzu: „Schwarzer Jeansstoff mit goldenen Strasssteinen. So eine Art Elvis-Look mit …"

Rasch griff er nach ihr, und als er sie auf sich zog, fiel die Jacke zu Boden.

„Hayden, nicht …", protestierte sie kichernd.

„Was nicht?", fragte er an ihrem offenen Mund.

„Ich dachte, das machen wir nicht …"

„Machen wir auch nicht." Er küsste sie, knabberte an ihrer Unterlippe und sandte wohlige Schauer über ihren Rücken. Sie öffnete den Mund, und seine Zunge begann sofort ein Spiel mit ihrer.

Nadine schloss die Augen und erwiderte seinen Kuss. Sie protestierte nicht länger, als er seine Hand an ihren Po legte und sie enger an seine Erektion presste.

„Du bringst mich zwar dazu, Dinge zu tun, die ich in meinem Leben noch nicht getan habe", gestand er ihr, als er den Kuss unterbrach und zu ihr hochsah. Er strich ihr die rote Lockenflut aus dem Gesicht, während sein Blick weiter nach unten zu ihren Brüsten wanderte, die sich an seiner Brust hoben und senkten. „Aber dass ich irgendwelche schrillen Klamotten anziehe, gehört nicht dazu."

„Nicht?", fragte sie neckend.

„Ich kann mir etwas Besseres vorstellen." Sie schauten sich in die Augen, und er ließ seine Hand nach unten gleiten, bis er eine ihrer Brüste umschloss. Nadine stöhnte leise, als er sie drückte, und Lust durchströmte sie wie ein reißender Strom, als er sie durch ihre Kleidung hindurch liebkoste.

Sie schloss die Augen, lehnte sich zurück und überließ sich seinen Liebkosungen.

„Gott, du bist so schön", flüsterte er, zog sie wieder an sich und vergrub sein Gesicht zwischen ihren Brüsten. „Ich will dich. Ich wollte dich vom ersten Moment an, als ich dich in dem alten Pick-up deines Vaters sah. Ich dachte, mit der Zeit würde sich das ändern, aber ich habe mich geirrt. Im Gegenteil. Heute will ich dich mehr als damals, als ich noch ein Kind war."

Ihre Kehle schnürte sich zu. Sie wagte es kaum, ihm zu glauben.

Er hielt sie fest in den Armen. „Es bringt mich um, aber wir werden nach deinen Regeln spielen, Nadine. Ich weiß nicht wie ich das schaffen soll, aber ich werde es auf jeden Fall versuchen."

Spielerisch gab er ihr einen Klaps auf den Po, und schob sie sanft ein wenig von sich. Die Anstrengung, die ihn das kostete, zeigte sich an seinen zusammengepressten Lippen. „Glaubst du wirklich, wir können eine Beziehung ohne Sex miteinander haben?"

„Ich weiß es nicht", gab sie zu.

„Dann werden wir es herausfinden müssen, schätze ich. Aber lass mich dir sagen, es wird die Hölle sein!"

Hayden hielt Wort. Er fing an, regelmäßig bei ihr vorbeizuschauen, und überredete sie dazu, weiter für ihn zu arbeiten. Er wollte, dass sie die Schreiner und sonstigen Handwerker engagierte und die Reparaturen im Sommerhaus überwachte, während er seine Tage in der Mühle verbrachte. Seine Pläne für die Zukunft des Unternehmens besprach er nie mit ihr, und Nadine fragte ihn nicht danach, obwohl Sam die wenigen Male, die sie ihn gesehen hatte, immer wieder davon sprach, dass Hayden alles tun würde, um jeden Angestellten der Firma arbeitslos zu machen.

Zum Glück hatten die Jungs ihm nichts davon erzählt, dass Hayden fast jeden Abend zu Besuch kam, dass er manchmal zum Abendessen blieb oder mit ihnen im Rennboot über den See düste und versprochen hatte, Ski mit ihnen zu fahren, sobald der erste Sturm die Berge mit genug Schnee beladen hatte.

Sie hatten nicht mehr miteinander geschlafen, obwohl sie ein oder zweimal kurz davor gestanden hatten, als die Jungs oben im Bett lagen und sie allein vor dem Kamin saßen. Aber Hayden hatte sich jedes Mal aus ihrer Umarmung befreit und Nadine frustriert ihren Zweifeln überlassen, ob sie noch sehr viel länger in der Lage wäre, sich an ihre eigenen Vorsätze zu halten.

So wie Weihnachten näher rückte, stieg auch die Nachfrage an ihrem ausgefallenen Schmuck. Nadine fuhr ins Stadtzentrum, wo sie im Rexall Drugstore vorbeischaute, um den Bestand ihrer dort ausgelegten Stücke zu überprüfen. Das Geschäft, das an der Ecke Pine und Main lag, besaß den Charme der Jahrhundertwende und wirkte mehr wie ein altmodischer Kaufladen als wie eine moderne Kombination aus Apotheke und Geschäft. Weihnachtslieder spielten leise im Hintergrund, rotes und grünes Lametta schmückte die Gänge, die mehr als sonst mit einem Übermaß an Waren gefüllt waren – Weihnachtskarten, Geschenkpapier, Weihnachtsdekoration und sogar Fruchtkuchen.

Die Vitrine, in der ihr Schmuck auslag, stand in der Nähe des Ladentresens und war beträchtlich leer. Mehr als die Hälfte des ursprünglichen Bestands war bereits verkauft worden, denn an ihren Stücken bestand „großes Interesse", wie ihr die Frau hinter der Theke versicherte.

Ehe sie ging, beschloss Nadine, sich noch eine Tasse Kakao am Tresen im hinteren Bereich des Geschäfts zu gönnen. Sie rutschte auf einen leeren Hocker und stellte ihre Tasche auf dem Boden ab, bevor sie die Frau neben sich als Carlie Surrett erkannte. Ihre Blicke trafen sich im Spiegel über dem Getränkeautomat, und in Nadine breitete sich eine eisige Kälte aus.

„Hallo, Nadine", grüßte Carlie vorsichtig, und Nadine rang sich ein Lächeln ab, nach dem ihr eigentlich nicht war. Carlie war eine schöne Frau mit langen, glatten schwarzen Haaren und dunkelblauen Augen. Einige Jahre hatte sie als Model gearbeitet, dann wurde sie Fotografin und erst vor wenigen Monaten war sie wieder nach Gold Creek zurückgekehrt.

Und sie war der Grund dafür, dass Kevin jetzt tot war.

Dieses Mädchen – diese Frau – hatte Nadines Bruder das Herz gebrochen. Als er herausgefunden hatte, dass seine Liebe nicht erwidert wurde, war er mit seinem Wagen in die Garage seines Apartments gefahren, hatte die Tür verschlossen und den Motor laufen lassen, bis er an einer Kohlenstoffmonoxid-Vergiftung gestorben war.

Nadine brachte eine Begrüßung zustande, und sagte sich, dass sie Carlie nicht die Schuld an Kevins Tod geben durfte. Dennoch konnte sie gegen die Wut in ihrem Herzen nichts machen. Vielleicht würde Kevin heute noch leben, wenn Carlie ihn nur ein weniger freundlich behandelt hätte.

Carlies Mutter Thelma, die hinter dem Tresen bediente, warf Nadine einen Blick zu, klappte ihren Block auf und nahm steif ihre Bestellung entgegen. Kevins Tod stand jetzt schon seit Jahren zwischen den beiden Familien, und niemand war in der Lage oder legte Wert darauf, den Konflikt zu bereinigen.

Der fünfjährige Adam Brooks durchbrach die Anspannung, als er in voller Cowboy-Montur auf den Tresen zustürmte, während seine Mutter Heather und ihre Schwester Rachelle Moore lachend Einkaufstaschen schleppten und offensichtlich ziemlich außer Atem waren, weil sie mit Adam Schritt zu halten versuchten. Heather war eine zierliche Blondine, der man ihre Schwangerschaft allmählich ansah; Rachelle war groß und gertenschlank mit langen rotbraunen Haaren, die ihr bis zur Taille fielen.

„Rachelle!", rief Carlie überrascht und warf Heather einen gespielt bösen Blick zu. „Du *wusstest*, dass sie kommen würde."

„Ich war mir nicht sicher …", erwiderte Heather ausweichend.

„Lügnerin." Rachelle setzte sich auf den Hocker neben Carlie. „Ich habe sie gestern angerufen." Sie verstaute ihre Einkäufe unter dem Tresen und nahm die Speisekarte an der Wand ins Visier.

Adam kletterte auf den Hocker neben seiner Tante und bestellte sich ein Bananen Split, als Heather Nadine entdeckte. „Genau dich habe ich gesucht", erklärte sie, während Rachelle und Carlie anfingen, über alte Zeiten zu plaudern. „Ich brauche deine Hilfe."

„Meine?"

„Ja. Im Atelier ist so viel zu tun, aber der Arzt hat mir gesagt, ich soll kürzer treten." Sie tätschelte ihren leicht gerundeten Bauch. „Deshalb hatte ich gehofft, dass du mir irgendwann nach Weihnachten helfen könntest, es zu putzen und vielleicht auch mal neu zu streichen … Natürlich nur, wenn du Zeit hast."

„Das dürfte kein Problem sein."

„Schön. Und ich habe eine Liste von Leuten für dich … wo ist sie denn?" Heather wühlte in ihrer voluminösen Tasche herum, zerrte ihr Portemonnaie hervor und griff in eins der Fächer. „Ah, hier! All diese Leute haben sich für deinen Schmuck interessiert. Diese Frau hier …", sie tippte mit dem Fingernagel auf den dritten Namen auf der Liste, „... besitzt eine ganze Kette von Boutiquen in der Bay Area. Sie hat einen Laden in der Nähe vom Fisherman's Wharf, einen in Sausalito und noch ein paar irgendwo verteilt in Santa Rosa und Sonoma, glaube ich. Sie stellt ein paar von meinen Bildern aus und war *sehr* an deiner Arbeit interessiert. Ruf sie ... und überhaupt, ruf sie alle einmal an."

Nadine konnte ihr Glück kaum fassen. Sie faltete das Papier zusammen und steckte es in ihre Handtasche. „Danke."

„Nichts zu danken", erwiderte Heather lächelnd.

„Lass mich dich wenigstens zu einem Kaffee einladen."

„Das ist wirklich nicht nötig ..." Heather blickte zu Rachelle, Carlie und Adam, die gerade die Vorteile von Marshmallow-Soße gegenüber Ananas auf einem Eisbecher diskutierten.

„Ich möchte aber gerne."

„Na gut." Heather machte es sich auf einem Hocker bequem, und Nadine fragte sich, wie sie je eifersüchtig auf diese Frau hatte sein können, die in ihrer Schwangerschaft geradezu zu leuchten schien. Ihre blonden Haare schimmerten im Licht, und ihre Augen glitzerten vor Freude. Offensichtlich bekam ihr die Ehe gut, und Turner Brooks war ein guter Mann, stark und leidenschaftlich. Ein Mann, von dem Nadine heute wusste, dass sie ihn nie wirklich geliebt hatte.

Und was ist mit Hayden? Liebst du ihn?

Die Frage tauchte so unerwartet in ihren Gedanken auf, dass ihr fast die Tasse mit dem Kakao aus der Hand gefallen. *Liebe?* Aber nein, die Vorstellung war lächerlich! Sie konnte und würde sich nicht in Hayden verlieben.

„Dein Vater sagt, in der Holzfällerfirma wird darüber geredet, dass es Unruhen in der Mühle gibt. Es geht das Gerücht, dass der Sohn von Garreth sie verkaufen will", sagte Thelma zu Carlie, als sie Adam eine Glasschale mit Bananen, Eis und Sirup zuschob. Entzückt pickte er eine Kirsche aus ihrem Bett von Schlagsahne und schob sie sich in den Mund.

„Ich dachte, du würdest mit mir teilen", beklagte sich seine Tante Rachelle, aber mit einem breiten Grinsen im sommersprossigen Gesicht schüttelte Adam nur den Kopf.

„Die Mühle wird dicht gemacht?", fragte Carlie.

„Das steht noch nicht fest."

„Aber dann wird es mit der Stadt bergab gehen", bemerkte Heather.

Nadine wandte sich an Carlies Mutter. „Vielleicht wird sie ja gar nicht geschlossen."

Thelma betrachtete Nadine mit frostigem Blick. „Du wirst schon sehen. Hayden Monroe war immer ein verwöhnter reicher Junge. Der hat noch nie jemandem etwas Gutes gebracht, das Mädchen, das er heiraten wollte, mit eingeschlossen. Erst bringt er sie bei einem Unfall mit dem Boot fast um, und dann löst er die Verlobung." Sie schnalzte mit der Zunge. „Ein richtiger Schuft ist das." Sie zog ihren Notizblock aus der Tasche und machte die Rechnung für zwei Männer, die am anderen Ende des Tresens saßen.

Nach dem Kaffee mit Heather verabschiedete sich Nadine bei allen und dankte Heather noch einmal für die Liste potentieller Kunden. Als sie die Tür aufschob und nach draußen ging, hörte sie kaum die Melodie von „Silver Bells". Der Kakao schien in ihrem Magen zu gerinnen, wenn sie an Hayden dachte und die Macht, die er jetzt über diese Stadt besaß. Sie war mit den Menschen aufgewachsen, die für ihn arbeiteten. Wenn Hayden die Sägemühle tatsächlich schließen sollte, konnten sie auch gleich den ganzen Ort schließen. Selbst das Abholzungsunternehmen Fitzpatrick wäre davon betroffen.

Und sollte er die Mühle an ein Konkurrenzunternehmen verkaufen, würde es Veränderungen geben, und die Menschen in Gold Creek hielten nicht sonderlich viel von Veränderungen. Immerhin könnte ein neuer Besitzer seine eigenen Vorarbeiter, seine eigenen Arbeiter und seine eigenen Büroangestellten mitbringen. Arbeitsplätze könnten an andere Menschen und an Maschinen verloren gehen.

Es war nicht schwer zu verstehen, warum es den Bewohnern von Gold Creek lieber wäre, wenn alles beim Alten bliebe. Wie ihre Eltern waren auch sie in der Stadt aufgewachsen, die von Holz lebte. Über Generationen hinweg hatte die Abholzung in

Nordkalifornien nachgelassen, aber in Gold Creek war es nach wie vor eine Lebensform.

Und Hayden Monroe hatte die Macht, das zu ändern.

„Sieh es doch einfach mal aus der Perspektive deines Vaters", sagte Thomas Fitzpatrick und blickte durchs Fenster auf den See. Er hatte den Nachmittag im Haus seines eigensinnigen Neffen verbracht und versucht, den Jungen davon zu überzeugen, beim Status Quo zu bleiben. Hayden schien es gleichgültig zu sein, was sein Vater gewollt hatte, und auch das Schicksal des Abholzungsunternehmens Fitzpatrick schien ihn nicht zu interessieren. Er wirkte überraschend verbittert. Seine Gesichtszüge zeigten eine Härte, die Thomas bei ihrem letzten Treffen nicht bemerkt hatte. Als wüsste Hayden etwas, was er nicht wissen sollte.

Thomas geriet langsam ins Schwitzen. Er und Garreth hatten so gut zusammengearbeitet. Sie hatten hier in Gold Creek ein Monopol aufgebaut und es genossen, die Wirtschaft der Stadt zu dominieren und deren bedeutendste Bürger zu sein. Thomas hatte das auf jeden Fall getan. Garreth war eher so etwas wie eine Legende gewesen, was daher kam, dass er in der Großstadt gelebt hatte und bestenfalls ein paar Mal in der Woche hier aufgetaucht war.

Thomas ließ seine Fingergelenke knacken, als Hayden sich in seinem Lehnstuhl zurücklehnte. „Was willst du wirklich?", fragte er und sah seinen Onkel mit einer Eindringlichkeit an, die Thomas, der sonst immer gelassen blieb, veranlasste, sich auf seinem Stuhl zu winden.

„Fürs Erste will ich, dass du die Monroe Sawmill Company leitest, bis ich das nötige Geld zusammen habe, um dir das Unternehmen abzukaufen."

„Und weiterhin Bäume bei Fitzpatrick Logging kaufe?"

„Selbstverständlich. Wir haben Verträge …"

„Ihr hattet vieles, Thomas. Du und Dad." Hayden griff in eine Schublade und zog einen Stapel vergilbter Dokumente heraus. Er warf sie auf den Kaffeetisch zwischen ihnen. „Die Beteiligung an einem Fußballclub, der nie auf die Beine kam, ein Rennpferd, das nie gewann und Pachtverträge für trockene Ölquellen, um nur ein paar zu nennen. Diversifikation … so hattest du es doch genannt, nicht wahr?"

Thomas legte die Hände an den Fingerspitzen zusammen und nickte leicht. Es gelang ihm, seine Verärgerung zu verbergen. „Wir hatten unsere Fehlinvestitionen."

„Ziemlich viele sogar, würde ich sagen. Genau genommen würde ich glatt wetten, dass die Sägemühle und das Abholzungsunternehmen eure einzigen seriösen profitablen Geschäfte sind."

„Ich würde vorschlagen, dass du einem geschenkten Gaul nicht ins Maul schaust."

Hayden lächelte kühl. „Geschenkter Gaul? Für mich sind die Mühlen viel mehr eine Bürde als sonst was."

Thomas kniff die Augen zusammen. „Du warst immer schon sturer, als es dir guttut. Dein Vater wollte nur das Beste für dich."

„Mein Vater hat sich einen Dreck um mich geschert, und das weißt du!", explodierte Hayden. „Ich war nichts weiter für ihn als eins seiner ‚Dinge'."

Thomas schob seinen Stuhl zurück. „Mach nur nichts Dummes."

„Du wirst einer der ersten sein, die es erfahren, wenn ich es mache", erwiderte Hayden. „Bei der Aufsichtsratssitzung."

„Was, wenn ich dir vorher ein Angebot mache?"

Haydens Nasenflügel bebten leicht. „Bring's mir, dann reden wir darüber."

Thomas ging, und Hayden suchte im Arbeitszimmer nach einer Flasche Scotch oder Bourbon. Er brauchte einen Drink. Er griff nach einer verstaubten Flasche und schenkte sich einen ordentlichen Schluck daraus ein. Doch er ließ das volle Glas unberührt und starrte durchs Fenster in die heraufziehende Nacht. Sein Onkel gab ihm zu denken. Er war gewieft und schmierig. Zum ersten Mal fragte sich Hayden, ob es eine so gute Idee wäre, ihm alles zu verkaufen und ihm damit das Monopol in der Stadt komplett zu überlassen – als Besitzer der beiden einzigen Wirtschaftszweige in Gold Creek.

Mehr als je zuvor hätte Thomas dann Macht über Menschen wie Nadine.

Er spürte ein Ziehen im Bauch und fragte sich, was Nadine gerade tat.

Zum Teufel, warum konnte er nicht aufhören, an sie zu denken? Ganz gleich, in welcher Stimmung er war – glücklich, traurig, frustriert, beschwingt, besorgt –, er wollte es mit ihr teilen. Seitdem er wieder in dieser Kleinstadt gelandet war und gesehen hatte, wie sie sich über seine Badewanne beugte und diese schrubbte, als hinge ihr Leben davon ab, war er von ihr fasziniert.

Leo winselte, weil er rauswollte. Gedankenverloren tätschelte Hayden dem alten Hund den Kopf. „Ich weiß", sagte er und nahm seine Jacke vom Haken neben der Haustür. Wenig später fuhr er mit seinem Hund auf der kurvigen Straße entlang, die dem Seeufer folgte. Die Nacht war kühl, die Sterne blinkten hoch über dem Baumkronendach aus Fichten- und Mammutbaumzweigen, aber Hayden bemerkte es kaum. Er war ganz auf die von dem Licht seiner Scheinwerfer beleuchtete Straße konzentriert und hatte nur einen Gedanken: dass er gleich wieder bei Nadine sein würde.

„Okay, okay, wir stellen den Baum auf. Aber heute Abend kommen nur die Lichter dran. Es ist schon spät", erklärte Nadine ihren Jungen. Noch ganz aufgebracht von dem, was sie im Drugstore gehört hatte, war sie auf dem Heimweg spontan an dem Platz vorbeigefahren, wo die Pfadfinder Weihnachtsbäume verkauften, und hatte einen kleinen Baum gekauft, den sie aufs Wagendach geschnallt hatte. Zur allgemeinen Inspektion hatte sie ihn auf der Gartenveranda aufrecht hingestellt. Hershel knurrte den Baum zwar an, aber die Jungs freuten sich. „Der ist super, Mom", erklärte ihr John, „aber du hättest einen größeren kaufen können. Er ist ein bisschen mickrig."

„So schlecht ist er gar nicht. Wenn man ihn ein bisschen begradigt, ein paar Lichter anbringt und jede Menge Weihnachtsschmuck, dann wird er der schönste Baum sein, den wir je hatten", behauptete sie. „Ihr werdet schon sehen. Komm mit, Bobby, du hilfst mir, ihn reinzutragen, und du John, hol mal vom oberen Regalbrett in der Garage den Ständer."

Mit Mühe gelang es ihnen, den Baum in den staubigen Ständer zu zwängen, obwohl die kleine Kiefer sich auch dann noch gefährlich zur Seite neigte.

„Sieht aus, als würde er gleich umfallen", stellte Bobby fest.

Noch immer über den Ständer gebeugt, schüttelte Nadine den Kopf. Kiefernadeln fielen ihr in die Haare, und sie musste an einem herausragenden Zweig vorbei sprechen. „Es wird schon gehen, wenn er erst einmal geschmückt ist."

„Ich weiß ja nicht", sagte John, streckte einen Arm in die Höhe und kniff ein Auge zusammen, um zu sehen, wie schräg der Baum wirklich stand. „Er könnte wirklich umkippen."

„Papperlapapp. Wir drehen ihn einfach so, dass er sich in die Ecke neigt. Kein Mensch wird das merken!" Nadine wischte sich die Hände ab, begutachtete ihr Werk und musste sich eingestehen, dass der Baum ziemlich erbärmlich wirkte.

John steckte die Lichterkette in die Steckdose, um festzustellen, welche der farbigen Birnchen nach einem Jahr in der Garage noch leuchteten, als es an der Haustür klopfte. Hershel, der gerade den Küchenboden nach verkleckerten Speiseresten absuchte, raste bellend durchs Zimmer und hätte den Baum fast umgeworfen.

Bobby sprang auf die Couch und spähte durchs Fenster. „Da ist der Mann vom anderen Seeufer!"

„Mr Monroe?", fragte John, und plötzlich leuchteten seine Augen so hell wie die Lichterkette zu seinen Füßen. „Vielleicht will er uns zu einer Nachtfahrt mit dem Boot einladen!"

„Hershel, still jetzt!", befahl Nadine. „Und ich bezweifle, dass er mit euch beiden heute Nacht eine Tour über den See machen will", fügte sie hinzu, aber innerlich war sie genauso aufgeregt wie ihre Jungs, als sie die Tür öffnete und Hayden auf der

Veranda stehen sah. Er ragte vor ihr auf und sein männlicher Duft wehte mit der Brise herein, die die Vorhänge aufblähte und das Feuer einen Augenblick hell aufglühen ließ.

„Hey, sind Sie mit dem Boot gekommen?", fragte Bobby und hüpfte aufgeregt auf der Couch herum.

Hershel bellte laut.

Nadine schnippte mit den Fingern in Richtung ihres Jüngsten. „Hör auf da herumzuspringen, Bobby, und du ..." Sie drehte sich zu dem Hund um. „... Aus! Auf der Stelle!" Sie brachte ein Lächeln für Hayden zustande, während sie Hershel am Halsband packte. „Willkommen in meinem Zoo." Mit ihrer freien Hand zog sie die Tür ein Stück weiter auf, und Hayden trat ein, wobei er mit dem Fuß die Tür hinter sich zuschob.

Nadine ließ den Hund los, und Hayden flüsterte ihr zu: „Das ist der schönste Zoo, den ich seit Langem gesehen habe." Sie sahen sich in die Augen, und ihr stockte der Atem. Die Zeit schien sich endlos zu dehnen. In diesen wenigen Sekunden hatte Nadine das Gefühl, dass ihre Zukunft in den Händen dieses Mannes lag, so als gäbe es eine tiefe Verbindung zwischen ihnen.

„Sie können uns mit dem Weihnachtsbaum helfen", sagte John und zerstörte den Augenblick. „Er braucht wirklich etwas Hilfe."

Hayden schüttelte den Kopf. „Ich wollte nicht stören ..."

„Das hast du nicht. John hat recht. Du kannst helfen", sagte Nadine schnell.

Hayden runzelte die Stirn. „Ich glaube nicht, dass ich der Richtige bin, den man bei so etwas um Hilfe bitten sollte."

„Aber du bist der Einzige, der hier ist", scherzte sie, aber in seinen Augen war keine Spur von Humor zu entdecken.

„Ich habe noch nie einen Baum aufgestellt."

„Bestimmt hast du das. Als Kind ..." Ihre Stimme verklang, als sie sah, wie seine Augen sich überschatteten.

„Als ich ein Kind war, hat meine Mutter einen Dekorateur damit beauftragt, einen Baum zu schmücken. Eigentlich ging es um einen Look für das ganze Haus, auf ein bestimmtes Thema ausgerichtet, und ich durfte nie etwas anfassen." Er betrachtete den winzigen Baum in der Ecke. „Einmal war alles im viktorianischen Stil mit riesigen Schleifen, künstlichen Kerzen und Spitze, ein anderes Mal etwas sehr Elegantes und Zeitgenössisches, und der Baum war rosa beflockt. Und einmal war er komplett vergoldet und mit roten Glocken behangen. Im ganzen Haus hingen Ketten mit roten Glocken ... am Treppengeländer, auf dem Kaminsims, an der Haustür, im Foyer. Was immer sich einer dieser Künstler einfallen ließ, schmückte unser Haus ... aber es war nie echt und hat nie berührt."

„Ach, kommen Sie!", rief John, überzeugt, dass Hayden ihn auf den Arm nehmen wollte. „Ein rosa Weihnachtsbaum? Und Sie durften ihn nicht mit aufbauen?"

„Es ist nie zu spät zu lernen", sagte Nadine, obwohl ihr die Tränen in die Augen zu steigen drohten. Ihr ganzes Leben hatte sie Hayden dafür beneidet, weil er ein so leichtes Leben hatte. Den „armen kleinen reichen Jungen" hatte sie ihm nie wirklich abgenommen, aber jetzt wünschte sie, sie könnte seinen Kummer vertreiben und ihm sagen, dass sie ihn gern hatte.

Obwohl das Geld in ihrer Familie an allen Ecken und Enden gefehlt hatte, war Weihnachten immer eine Zeit zum Feiern gewesen. Mit Lametta und Kerzen auf dem Kaminsims, sonntäglichen Gottesdiensten in der Kirche, wo ihre Mutter im Chor ein Solo sang, Kakao und Popcorn, wenn sie den Baum mit dem wenigen Schmuck dekorierten, den ihre Mutter über die Jahre gesammelt hatte ... dieselben Sachen, die jetzt wahrscheinlich einen Baum auf einer Farm in Iowa schmückten.

Nadine fragte sich, ob ihre Mutter noch immer dutzendweise Weihnachtsplätzchen backte und Heiligabend nach dem Essen Klavier spielte. Wahrscheinlich würde sie es nie erfahren. Die Pakete und Weihnachtskarten, die sie erhielt, verrieten nie viel über Donnas Leben als Farmersfrau im Mittleren Westen. Ihr Hals schnürte sich zu, und sie berührte Haydens Hand.

„Es ist nie zu spät zu lernen, wie man einen Baum aufstellt", sagte sie erneut und schob ihre Melancholie beiseite. „John wird dir dabei helfen, ihn gerade zu stellen, und Bobby und ich werden etwas Popcorn machen."

Bobby sprang von der Couch und flitzte in die Küche, während John sehr geschäftsmäßig erklärte, was mit dem Baum nicht stimmte, und vorschlug, wie sie ihn am Umkippen hindern konnten. „… das Problem ist", vertraute er Hayden an, „Mom ist eine Frau."

„Das habe ich bemerkt", antwortete Hayden trocken.

„Frauen kennen sich mit Männersachen wie Beilen und Äxten nicht aus, und …"

„Das habe ich gehört, John", rief Nadine aus der Küche. Lächelnd fügte sie hinzu: „Pass lieber auf, was du sagst, sonst wirst du das Feuerholz in Zukunft allein hacken …" Sie zwinkerte Bobby zu und schaltete die Popcornmaschine ein, sodass sie den Rest der Diskussion über das „schwache Geschlecht" zwischen Hayden und John nicht mehr hören konnte. Normalerweise brachte ein solches Gerede sie auf die Palme, aber Hayden war hier, und sie beschloss, sich nicht darüber zu ärgern.

Bobby legte eine Weihnachts-CD in die Stereoanlage, und als Popcorn, Cranberrysaft und Kakao fertig waren, hatten Hayden und John dem kleinen Baum neues Leben eingehaucht. Jetzt stand er nicht nur gerade, sondern zwischen den Zweigen blinkte auch die erste Lichterkette. „Wie sieht er aus?", fragte John stolz.

„Als wären Profis am Werk gewesen."

Hayden schüttelte den Kopf. „Als wären Amateure am Werk gewesen, so wie es sein soll." Sie knabberten Popcorn vor dem Feuer, unterhielten sich darüber, dass die Jungs in zwei Wochen Ferien haben würden, und lachten, als Hershel versuchte, Popcorn aus Bobbys Hand zu stibitzen. „Er weiß, dass du ein leichtes Opfer bist", erklärte Hayden dem Kleinen. „Da musst du aufpassen."

„Bin ich gar nicht!", rief Bobby, und zu Nadines Überraschung packte Hayden den Jungen sanft und plumpste mit ihm auf den Boden. Bobby giggelte, saß schließlich oben und hielt Hayden „fest", bis John sich an dem Spaß beteiligte. Sie rollten über den Teppich, lachten und rangen miteinander.

Nadine sah gleichermaßen entsetzt und bewundernd zu. Sie hatte die Jungs schon öfter miteinander ringen sehen, so wie sie auch ihre beiden Brüder beobachtet hatte, wenn sie miteinander kämpften. Hin und wieder hatte sie sogar ihren Vater dabei gesehen, wie er sich mit Kevin und Ben herumbalgte. Aber Sam hatte sich nie für solche körperlichen Spiele mit den Jungs interessiert. Seinerzeit hatte sie es für einen Segen gehalten, aber als sie jetzt Bobbys gerötetes Gesicht und die funkelnden Augen sah, und beobachtete, wie John Hayden auf den Rücken sprang und lachte, als er ihn nicht umwerfen konnte, da fragte sie sich, ob ihren Söhne nicht ein typisch männlicher Umgang fehlte.

Sie krachten gegen den Couchtisch, und Hayden ließ sich auf den Rücken fallen. „Ihr habt mich besiegt", erklärte er den Jungs atemlos, obwohl Nadine den Verdacht hatte, dass er nicht annähernd so außer Atem war, wie er tat.

„Weiter, weiter!", rief Bobby.

„Jetzt nicht, Sportsfreund. Ich bin geschafft."

„Nie im Leben", sagte John.

„Es reicht, Jungs. Hayden hat recht. Es ist Zeit, ins Bett zu gehen", schaltete Nadine sich ein.

Nach den üblichen Protesten und dem Gezeter übers Zähneputzen und Gesichtwaschen stiegen die beiden in die Koje. Bobby schlief schon fast, als Nadine sich über ihn beugte und ihm einen Kuss gab, und auch John atmete bald tief und gleichmäßig.

„Du kannst dich wirklich glücklich schätzen", sagte Hayden, während er ihr zusah, wie sie die Kleidungsstücke auflas, die überall auf dem Boden verstreut waren, und den kleinen Haufen in einen Wäschekorb warf.

Zusammen gingen sie die Treppe hinunter. „Glücklich? Du meinst wegen der Jungs?", fragte sie und lächelte. „Ich weiß. Ich werde es nie bereuen, Sam geheiratet zu haben, und sei es nur, weil er mir meine Söhne geschenkt hat."

„Man muss kein besonderer Mann sein, um ein Kind zu zeugen. Das Schwierige sind die nächsten zwanzig Jahre." Er half ihr, die Popcorn-Schale und die Gläser in die Küche zu tragen.

„Dann willst du jetzt also Kinder?"

„Nein", sagte er schnell, und hätte ihr genauso gut ein Messer ins Herz stoßen können.

„Du wärst sicher ein wunderbarer Vater."

Er riss den Kopf hoch und sah sie eindringlich an. „Glaubst du?"

„Nach allem, was ich gesehen habe."

„Ich habe mit den Kindern nur gespielt. Das war keine große Sache!"

„Und ich habe nur eine Beobachtung gemacht, Hayden." Sie stellte die Gläser in die Spüle, erst dann ging ihr auf, weshalb er so reagierte, und sie wurde wütend. „Das war kein Wink mit dem Zaunpfahl, wenn es das ist, was du denkst."

„Was soll ich denn denken?"

„Du bist derjenige, der auf einmal vor meiner Haustür stand." Sie drehte sich zu ihm um. „Gab es einen Grund, weshalb du mich sehen wolltest? Ich meine, etwas anderes als nur vorbeischauen und mich beleidigen? Falls du es nicht bemerkt haben solltest, ich bin in den letzten beiden Jahren sehr gut allein zurechtgekommen. Ich sorge für mich und meine Söhne, und ich brauche weder deine Hilfe noch die Hilfe eines anderen Mannes. Wenn du also glaubst, ich bin auf der Suche nach einem Mann, täuschst du dich!" Es platzte ungestümer aus ihr heraus als erwartet. Als sie an ihm vorbei wollte, hielt er sie am Arm fest.

„Es tut mir leid."

Die Worte hingen zwischen ihnen in der Luft wie Eiszapfen, die nicht schmelzen wollten. Sie riss ihren Arm weg. „Dein Mitleid brauche ich auch nicht, Prinz."

„Glaub mir, das hast du auch nicht. Ich empfinde vieles für dich, Nadine … manches davon verstehe ich selbst nicht. Ich respektiere dich, ich mag dich sehr, ich bewundere dich, und manchmal beneide ich dich sogar …"

Sie schnaubte ungläubig. „Du beneidest mich. *Das* ist ein guter Witz."

„Ich meine es ernst. Aber in all den Jahren, die ich dich kenne, habe ich dich noch nie bemitleidet", sagte er fest. „Du weißt, was du willst, du sorgst für dich selbst, du hast keine Angst, für das einzutreten, was du für richtig hältst, und ich wette, wenn du mit dem Rücken zur Wand stehst oder jemand deine Kinder bedroht, wirst du kämpfen wie eine Löwin. Obendrein bist du die sexieste Frau, die mir je begegnet ist."

Nadine nahm an, sie sollte geschmeichelt sein. Sie nahm an, sie sollte Stolz empfinden bei seinen Komplimenten. Aber alles, was sie empfand, war Leere. Sie schlang die Arme um sich und rieb die Gänsehaut weg, die sich auf ihrer Haut gebildet hatte.

„Warum bist du gekommen?", fragte sie schließlich.

An seinem Kiefer zuckte ein Muskel, und die Luft zwischen ihnen war schwer von Emotionen. „Ich bin gekommen, weil ich nicht wegbleiben konnte."

„Du tust so, als wäre das ein Fluch."

Er lächelte schief. „Ist es das nicht?" Er sah ihr in die Augen, und einen Moment lang konnte sie den Blick nicht abwenden. Anstatt zu antworten, sammelte sie rasch die leeren Kartons ein, in denen der Baumschmuck gelegen hatte, und trug sie in die Garage. Hayden folgte ihr und half ihr, die Behälter wieder ins Regal zu schieben.

Als sie auf die Veranda zuging, hielt er sie fest, drehte sie sanft in seinen Armen zu sich um und hob mit einem Finger ihr Kinn an. Der Wind spielte in ihren Haaren, und der Mond tauchte die Dunkelheit in ein silbernes Licht.

„Ich habe mich geirrt", sagte er.

„Inwiefern?"

„Darin, dass ich dich nicht in meinem Leben haben will. Ich verstehe es nicht und werde nicht so tun, als ob, aber du hast etwas, das mich nachts nicht schlafen lässt, etwas, dem ich nicht widerstehen kann." Er neigte den Kopf und streifte ihren Mund mit seinen Lippen.

Sie zitterte und stieß ein leises Keuchen aus, als er sie in die Arme schloss und sein Kuss fordernder wurde. Irgendwo in der Ferne ratterte ein Zug über die Gleise der ältesten Brücke nahe der Stadt, und irgendwo in den hohen Zweigen einer Kiefer ließ eine Eule ihren gedämpften Ruf hören. Nadine schloss die

Augen und ließ Haydens Duft auf sich wirken – Leder, Seife und Moschus. Sie schlang ihm die Arme um den Nacken und wehrte sich nicht, als er sie auf ein weiches Kissen aus Gras zog.

Bereitwillig öffnete sie den Mund, als er seine Zunge zwischen ihre Lippen drängte, und erbebte, kaum dass er mit einer Hand unter ihren Pullover glitt und die Finger auf der nackten Haut ihres Rückens spreizte.

Kurz hob er den Kopf, schaute ihr in die Augen und schluckte schwer. „Wahrscheinlich ist das ein Fehler."

„Nicht unser erster." Sie brachte ein Lächeln zustande.

„Oder unser letzter?"

„Ich hoffe nicht."

Wieder küsste er sie, diesmal noch stürmischer, und sein Körper drängte sich an ihren. Er umfasste ihre Brüste, und Nadine bog sich ihm und seinen sanften Fingern entgegen. Innerlich schien sie förmlich dahinzuschmelzen.

Sein Mund eroberte ihren, und sie klammerte sich an Hayden. In Windeseile hatte er sie von Pullover und BH befreit und widmete sich den harten Spitzen ihrer Brüste. Ein knisterndes Prickeln erfüllte sie, sowie er die Zunge um eine der Knospen kreisen ließ. Sie keuchte auf und bog den Rücken durch. Mit einer Hand berührte er ihren Po und drückte sie an seine harte Männlichkeit. Er rieb sich an ihr, und sie stöhnte auf, als er an ihrer Brustwarze saugte. Ihre Gedanken wirbelten wie verrückt herum in einem Strudel aus Sternenlicht und Regenbogen. Sie dachte nicht mehr, empfand nur noch und konnte nicht genug von dem Gefühl seiner Hände auf ihrer Haut bekommen.

Er war ungeduldig, zog sie aus und half ihr dabei, ihn von seinem Hemd zu befreien. Ohne sie loszulassen, trat er sich die Schuhe von den Füßen und wand sich aus seiner Jeans, bis sie endlich nackt unter dem blassen Mond lagen, ihre Körper in weißes Licht getaucht und eng aneinandergepresst.

Durchs Badezimmerfenster, das einen Spalt weit offen stand, klang die Melodie eines Weihnachtslieds über den Geräuschen des Waldes, und die kühle Luft sorgte für Frostschauer, die jedoch das Feuer ihrer Leidenschaft nur weiter anfachten.

Hayden küsste ihre Augen, ihre Wangen und Lippen, bevor er beginnend bei ihrem Hals ihren ganzen Körper mit Küssen bedeckte. Sie flüsterte seinen Namen, und er setzte seinen Weg weiter nach unten fort, berührte jede Brustspitze mit seiner Zunge und leckte einen heißen Pfad zwischen ihren Brüsten entlang, bis er ihren Bauchnabel erreicht hatte, den er heiß und nachdrücklich küsste.

Stöhnend reckte sich Nadine ihm entgegen, und er umfasste ihre Hüften mit den Händen, küsste sie, knabberte an ihr, verwöhnte sie mit seiner Zunge, während er jede Linie und Kurve ihres Körpers erforschte. Sie krallte die Finger in seine Haare, während er seine Zunge über ihre pulsierende Mitte gleiten ließ, sodass sie glaubte, zu vergehen zu müssen. Die Hitze in ihr wurde zu Lava aus einem Vulkan, der tief in ihrer Seele verborgen war. Als das erste Beben sie schüttelte, schrie sie auf.

„Hayden!", flüsterte sie heiser. „Hayden, bitte …"

Dann kam er zu ihr. Während sie noch unter der Lust bebte, presste er seinen Mund auf ihre Lippen und spreizte ihre Beine mit den Knien. „Lieb mich, Nadine", presste er keuchend hervor. „Mach Liebe mit mir und hör nie damit auf."

„Ja, oh, ja …"

Er stieß in sie hinein, und sie drängte sich ihm entgegen, nahm ihn auf und verschmolz mit ihm, während sie spürte, wie die süße weiß glühende Hitze sich erneut in ihr aufbaute. Sie umschlang ihn und begegnete jedem seiner Stöße mit ihren eigenen hungrigen Bewegungen.

Es ist so richtig, dachte sie, bevor sie sich erneut der Leidenschaft hingab, die nur er in ihr wecken konnte. Sie grub die Finger in seine Schultern, als sein Rhythmus schneller wurde, und ein Schrei entwich ihren Lippen. Und als er zitternd auf sie sank, antwortete er ihr.

„Ich liebe dich", stieß er hervor. „Zum Teufel, Nadine, ich glaube, ich liebe dich."

11. KAPITEL

Er liebte sie?

Als Nadine vier Tage später von Coleville nach Hause fuhr, war sie immer noch damit beschäftigt, diese kleine Information zu verarbeiten, sagte sich jedoch, dass man Worten, die im Sturm der Leidenschaft geflüstert wurden, keinen Glauben schenken sollte. Seitdem hatte er diese drei magischen Worte nie wieder ausgesprochen, und sie wollte sich nichts vormachen und glauben, dass er es ernst gemeint hatte.

Sicher, auch sie hatte mit ihren widersprüchlichen Gefühlen für Hayden gekämpft, aber sie hatte versucht, nicht davon zu träumen, dass das zwischen ihnen etwas mit Liebe zu tun hätte. Anziehung, ja. Lust, auf jeden Fall. Aber Liebe? Sie war nicht einmal sicher, ob dieses romantische Ideal überhaupt existierte. Ihre Eltern hatten ihr Glück nicht gefunden, und sie selbst auch nicht. In ihrem Freundeskreis hatten viele geheiratet und sich wieder scheiden lassen. Nur eine Handvoll war zusammen geblieben, und die waren oft unglücklich. Natürlich gab es ein paar Ausnahmen. Turner und Heather schienen überglücklich und geradezu ekstatisch ineinander verliebt zu sein, und Heathers Schwester Rachelle war wahnsinnig verliebt in ihren Mann Jackson.

Aber ihre Ehen hatten sich noch nicht bewährt, auch wenn man das von ihrer Liebe sicher sagen konnte.

Als sie an der Westseite des Sees durch eine enge Kurve fuhr, nahm sie das Lenkrad etwas fester in die Hand, und dachte an die langen Stunden, die sie mit Hayden verbracht hatte, nachdem sie sich geliebt hatten. Sie waren ins Haus zurückgekehrt, hatten Wein getrunken und sich auf der Couch aneinander gekuschelt, bis das Feuer ausgegangen war.

Am nächsten Abend war er wiedergekommen, hatte mit ihnen zu Abend gegessen und dabei geholfen, den Baum fertig zu schmücken. Hayden hatte John sogar bei seinem Aufsatz über den Schwund der Ozonschicht geholfen. Und wieder waren sie und Hayden rausgegangen, nachdem die Jungen eingeschlafen waren, und hatten sich ihrer Leidenschaft hingegeben.

Sie hatte Hayden jeden Abend gesehen und sich darauf gefreut, ihn an der Haustür zu begrüßen. Manchmal roch er nach Sägemehl und Öl, dann wusste sie, dass er in einer der Mühlen gewesen war. Oder ihm haftete der Duft von Seife an, als wäre er gerade aus der Dusche gekommen.

Er brachte Wein für sie mit und Limonade für die Jungs. Auch hatte er es übernommen, die Kette an Bobbys Fahrrad zu reparieren, wobei er sich zur Freude ihres jüngsten Sohnes schmutzig machte. Hayden Monroe wusste auf jeden Fall, wie er sich den Weg in ihr Herz bahnen konnte.

Sie sagte sich, dass sie unmöglich dabei sein konnte, sich in ihn zu verlieben. Sie würde es nicht so weit kommen lassen. Ihre außer Kontrolle geratenen Gefühle liefen frei herum, und es wurde Zeit, sie wieder einzufangen.

„Was für ein Chaos", flüsterte sie und stellte das Radio an. Sie hatte nie eine Affäre gewollt, mit keinem Mann, und ganz sicher nicht mit Hayden. Und doch steckte sie bis zum Hals in irgendeiner Art von Beziehung mit ihm. Ständig dachte sie an ihn, und dabei versuchte sie sich auf ihre Arbeit zu konzentrieren, so wie auch jetzt auf der Rückfahrt von Coleville.

Elizabeth Wheeler, die Besitzerin von „Beth's Boutique", hatte sie ermutigt. Sie hatte drei weitere Jacken bestellt und dazu zwei Dutzend Ohrringe.

„Die gehen weg wie warme Semmeln. An Teenager genauso wie an Erwachsene", hatte Beth ihr zwei Stunden zuvor erzählt. „Wenn du es nicht vor Weihnachten schaffst, will ich sie im Frühling!"

Nadine lächelte in sich hinein. Es schien, als würde ihr Leben sich zum Guten wenden, trotz der vielen düsteren Prophezeiungen über Hayden Monroe und die grauenhaften Folgen, die seine Entscheidungen für die Stadt haben konnten. Selbst Nadines Vater schien ein wenig glücklicher zu sein. Auch wenn er ihr den Grund für seine beschwingten Schritte auf dem Weg zum Lunch an diesem Tag nicht verraten wollte, hatte Nadine den Verdacht, dass er zum ersten Mal seit Jahren Interesse an einer anderen Frau hatte. Seit ihre Mutter ihn verlassen hatte, war er kaum einmal mit einer Frau ausgegangen, aber seit ein paar Tagen war er definitiv irgendwie verändert, und Nadine glaubte nicht, dass sein Stimmungswandel nur an der weihnachtlichen Atmosphäre lag, oder weil Ben auf dem Weg nach Hause war. Nein, der Glanz in den Augen ihres Vaters konnte nur der Zuneigung einer Frau zuzuschreiben sein. Aber wer war sie?

Die Zeit wird es zeigen, entschied sie, bog in ihre Einfahrt ein und entdeckte Haydens Jeep – und ihn.

Er saß auf dem Kotflügel, hatte die Beine vor sich ausgestreckt und wartete auf sie. Ihr Herz setzte einen Schlag aus, und sie fragte sich flüchtig, ob sie nicht doch eine Chance hätten. Eine Millisekunde lang sah sie sich als Haydens Frau. Sie wohnte in der Villa am anderen Seeufer, war stundenlang mit Hayden zusammen, machte Liebe mit ihm, bekam weitere Kinder ... Die Realität brach den Zauber. Hayden würde nicht in Gold Creek bleiben. Wahrscheinlich würde er die Kette der Sägemühlen verkaufen, und er wollte keine Frau und vor allem keine Kinder; so viel hatte sie begriffen. Als Produkt einer unglücklichen Ehe, dem unrealistische Erwartungen auf die jungen Schultern geladen worden waren, hatte Hayden sehr früh beschlossen, sich einzig auf sich selbst zu verlassen.

Während ihre Seifenblase aus Glück zerplatzte, parkte sie vor der Garage. Mit Hayden musste sie für den Augenblick leben und die Zukunft vergessen.

Sie zwang sich zu einem Lächeln, stieg aus dem Wagen und wurde mit einer festen Umarmung und einem Kuss belohnt, der ihr die Luft nahm und sie zu Wachs in seinen Händen werden ließ.

Sein Körper schmiegte sich vertraut an ihren, und die Erkenntnis, dass sie ihn liebte, traf sie wie der Schlag. Wochenlang hatte sie es geleugnet, ihre Gefühle verborgen, sich eingeredet, dass ihre Emotionen nur Amok liefen, weil sie so lange keinen Mann mehr gehabt hatte. Aber jetzt, während er sie besitzergreifend in den Armen hielt und seine Lippen ihre liebkosten, wusste sie, dass sie ihr Herz an ihn verloren hatte, und sie bezweifelte, es je zurückzubekommen.

Er hob den Kopf und blickte ihr in die Augen. „Gott, ich hatte dich so vermisst", sagte er mit heiserer Stimme, während er sich eine ihrer Locken um einen Finger wickelte.

„Wir haben uns doch heute Morgen gesehen", bemerkte sie und dachte an ihren Abschiedskuss auf der vorderen Veranda.

„Das ist lange her."

„Hmm. Zu lange", gab sie zu. „Ich habe dich auch vermisst."

„Das konnte ich merken." Spielerisch gab er ihr einen Klaps auf den Po, und legte die Hand dann wieder an ihre Hüfte.

„Konntest du das?" Sie schlang die Arme um seinen Hals und leckte sich provokativ über die Lippen. „Wie das?"

Er stöhnte. „Du bist niederträchtig, Frau."

„Und dir gefällt es."

Lachend küsste er sie noch einmal. „Ich hätte fast Lust, dich ins Haus zu tragen, aufs Bett zu werfen und dich stundenlang zu lieben."

„Fast Lust, ah ja", meinte sie gespielt skeptisch.

Seine Augen blitzten auf. „Mir scheint, ich muss es dir beweisen." Er schnappte sie und warf sie sich über die Schulter.

„Hayden, nicht!", rief sie lachend, als ihr das Blut in den Kopf schoss und ihre Haare fast über den Boden schleiften. Jaulend sprang Hershel aufgeregt um sie herum und versuchte, Nadine das Gesicht zu lecken. „Bitte, lass mich runter!"

„Du hast es so gewollt."

„Nein, ich … Hayden, oh, komm schon …"

Er stieg die Treppen zur Veranda hinauf. „Wieviel Zeit haben wir, bevor die Jungs nach Hause kommen?"

„Sie werden jeden Augenblick hier sein."

„Lügnerin."

„Das ist die Wahrheit!"

Er stellte sie wieder auf die Füße, hielt sie jedoch weiterhin fest und küsste sie. Längst völlig außer Atem und mit klopfendem Herzen erwiderte sie seinen Kuss und ließ ihre Zunge spielerisch zwischen seine Lippen gleiten.

„Du forderst es gerade ganz schön heraus."

„Werde ich Ärger bekommen?"

Er lachte leise. „Du bist ein böses Mädchen."

„Nur bei dir."

„Das will ich dir auch raten." Seine stahlblauen Augen blitzten auf, als im selben Moment Rufe und das Geräusch von knirschendem Kies an ihre Ohren drang.

„Siehst du", stichelte sie.

Hershel bellte aufgeregt und flitzte den Weg runter auf die herannahenden Geräusche zu. Seufzend legte sie einen Finger an seine Lippen. „Ich glaube, jetzt sind wir nicht mehr allein."

Spöttisch verzog er den Mund. „Ich bin ein geduldiger Mensch, Nadine. Ich werde warten."

John bog mit seinem alten Fahrrad um die Ecke, und Bobby war mit seinem kleineren Rad gleich hinter ihm. Noch bevor er sein Fahrrad angehalten hatte, sprang John vom Sattel und ließ das Rad in der Einfahrt fallen.

„Was gibt's zu essen?", fragte er, während Hershel bellend hin und her sprang.

„Das ist eine Überraschung."

„Oh-oh." John verzog das Gesicht, und Bobby, der sein Rad an die Garage lehnte, rümpfte die Nase.

„Lasst uns zu McDonald's fahren", schlug Bobby vor.

Nadine schüttelte den Kopf. „Auf keinen Fall. Ich fahre heute Abend nicht noch einmal nach Coleville. Abgesehen davon mögt ihr doch Nudelsalat …"

„Igitt!", rief John. „Ich *hasse* Salat."

„Der ist anders – mit Hühnchen und Käse und …"

„Und ist trotzdem Salat", beharrte John.

„Wie wär's mit Kentucky Fried Chicken?", blieb Bobby, der schon immer ein Fast-Food-Junkie war, beharrlich.

Nadine begann zu schäumen. „Ich habe gesagt, dass wir nicht nach …"

„Ich lade euch ein."

Nadine glaubte, nicht recht gehört zu haben, und drehte sich zu Hayden um. „Aber die beiden müssen ihre Hausaufgaben machen und …"

„Du brauchst mal einen freien Abend. Abgesehen davon habe ich hier mehr als genug Mahlzeiten geschnorrt."

„Komm schon, Mom!", rief Bobby.

„Ja, lasst uns fahren", fiel John mit ein.

Nadine funkelte Hayden wütend an. „Warum habe ich das Gefühl, dass ich hier verschaukelt werde?", fragte sie ihn und wandte sich an ihre Jungs: „Das mit den Hausaufgaben war kein Scherz."

„Die machen wir ja. Okay? Wenn wir zurückkommen!", versprach John.

„Bevor der Fernseher angestellt wird."

John verdrehte die Augen und lief hinter Bobby her ins Haus.

„Sieh das doch mal etwas lockerer mit den Hausaufgaben", meinte Hayden.

„Jetzt willst du mir sagen, wie ich meine Kinder erziehen soll?", fragte sie ihn, obwohl sie nicht verärgert war. „Wie kommt es, dass du ein solcher Experte bist?"

„Ich war selbst mal ein Kind. Ein Kind, von dem erwartet wurde, dass es nur Einser bekam, ein Kind, das der beste Footballspieler, der beste Baseballspieler, der beste Schachspieler und der Anführer des Debattierclubs sein sollte. Meine Eltern wollten – nein, *erwarteten* – von mir, dass ich der Klassenbeste war."

„Und warst du das?

Er lächelte verschmitzt. „Ungefähr bis zur siebten Klasse. Dann wurde ich der schlimmste Teufelsbraten."

„Da waren deine Eltern sicher stolz auf dich", zog sie ihn auf, bevor sie bemerkte, wie Sturmwolken in seinen Augen aufzogen.

„Ich bezweifle, dass das das Wort ist, das mein Vater benutzt hätte, um irgendetwas von dem zu beschreiben, was ich getan habe."

Bevor sie noch etwas sagen konnte, stürmten die Jungs schon wieder aus dem Haus. Sie kletterten alle in Haydens Jeep und fuhren in die Stadt.

Hayden ging mit ihnen in ein kleines Restaurant im Einkaufszentrum neben dem Kino. Zum ersten Mal in ihrem Leben wurden die beiden Jungen ermuntert, frei von der Speisekarte weg zu bestellen, worauf sie Lust hatten, denn Hayden bestand darauf, sie an diesem Abend zu verwöhnen. Nadine versuchte zu protestieren, aber davon wollte er nichts hören, und schließlich bestellten Hayden und John beide ein Steak, Bobby blieb bei einem Hamburger, und Nadine entschied sich für gegrillten Lachs. Die Jungs waren im siebten Himmel.

„Warum können wir das nicht jeden Tag machen?", fragte John, während er sich abmühte, sein Steak zu schneiden.

„Weil es nicht praktisch ist", antwortete Nadine.

Unter dem Tisch legte Hayden seine Hand auf ihre. „Manchmal ist es besser, nicht so praktisch zu sein." Seine Finger passten perfekt zwischen ihre, und sie spürte ein leichtes Prickeln bei seiner Berührung.

„Man sollte immer einen kühlen Kopf bewahren", sagte sie. „Und an die Konsequenzen denken, wenn man etwas tut."

„Wir essen nur", stellte John klar. „Das ist kein Verbrechen."

„Aber das können wir nicht jeden Tag machen, weil wir es uns nicht leisten können."

„Er schon!", sagte Bobby und wies mit der Gabel auf Hayden.

„Richtig", stimmte John ihm zu und sah Hayden an. „Katie Osgood sagt, Sie wären der reichste Mann in Gold Creek. Aber Mike Katcher meint, das wäre Mr Fitzgerald."

Nadine war entsetzt. „John, es gehört sich nicht …"

Hayden hob eine Hand. „Ich weiß nichts über mein Ansehen im Ort, und es ist mir auch wirklich egal. Mein Vater war ein sehr reicher Mann, und ich habe viel von ihm geerbt. Aber das hat für mich keine besondere Bedeutung."

„Das sollte es aber", meinte John. „Geld regiert die Welt. Das sagt mein Vater immer."

Nadine wäre am liebsten im Dielenboden des Restaurants versunken.

„Das stimmt. Dad redet immer von Geld", fügte Bobby hinzu, als die Kellnerin kam. Zum Glück war das Thema damit beendet.

Hayden ließ die Jungs einen Nachtisch bestellen, und das Gespräch blieb weiterhin locker, während John sich über seinen Apfelstrudel mit Eis hermachte und Bobby an einem riesigen sechsschichtigen Stück Schokoladentorte pickte.

Auf Anweisung bedankten sich die Jungs bei Hayden, und er sagte, dass sie ihn mit dem Vornamen ansprechen sollten.

Das geht viel zu schnell, dachte Nadine, als ihr aufging, dass nicht nur ihr Herz gebrochen würde, wenn Hayden fortging. Auch die Jungen würden ihn vermissen. Ihnen zuliebe würde sie dafür sorgen müssen, dass sie sich emotional nicht zu sehr an einen Mann einließen, der bald in sein Leben in der Stadt zurückkehren würde.

Als sie später am Abend Bobby zudeckte, strich sie ihm die Haare aus der Stirn und gab ihm einen Kuss. „Bis morgen früh."

„Mom?"

„Hmm?" Sie stand schon an der Treppe und drehte sich zu ihm um.

„Wirst du Mr Mon… Hayden heiraten?"

Sie erstarrte und konnte nur hoffen, dass Hayden, der unten im Wohnzimmer saß, die Frage ihres Jüngsten nicht gehört hatte. John lehnte sich aus dem oberen Bett und sah seine Mom erwartungsvoll an. Ihre Kehle fühlte sich an wie Schmirgelpapier, weshalb sie nur den Kopf schüttelte.

„Warum nicht?", wollte Bobby wissen.

„Er hat sie noch nicht gefragt, du Dummi."

„Es ist mehr als das. Ich … Hayden … wir … also, wir leben in verschiedenen Welten."

„Aber ihr mögt euch", bemerkte Bobby. „Er kommt oft hierher."

„Sich mögen reicht nicht."

John stützte das Kinn in eine Hand. „Wenn er dich fragen würde, würdest du dann Ja sagen?"

Schwere Frage. „Ich glaube nicht."

„Ach, Mom!", sagte Bobby seufzend. „Wenn du ihn heiraten würdest, könnten wir alles haben, was wir wollen. Neue Rennräder mit einundzwanzig Gängen, ein großes Haus, ein Boot, das richtig schnell ist wie das, was er hat ..."

„Und ein Flugzeug. Wie Mr Fitzpatrick. Katie Osgood sagt ..."

„Es interessiert mich nicht, was Katie Osgood sagt", fuhr sie John an. „Jetzt mach die Augen zu und schlaf; und du auch", fügte sie an Bobby gewandt lächelnd hinzu.

Schnell ging sie die Treppe hinunter. „Probleme?", fragte Hayden, als sie unten war.

„Nichts Ernstes", antwortete sie, während er sie in die Arme zog und ihr einen Kuss auf die Stirn gab. Sie schmiegte sich an ihn und wünschte, sie wüsste, wie sie sich und ihre Kinder vor der großen Leere schützen könnte, die sich unweigerlich in ihrem Leben auftun würde, wenn er die Türen zu der Villa am anderen Seeufer für immer hinter sich schloss.

Alles einfach an Thomas Fitzpatrick verkaufen. Das Angebot war verlockend. Sein Onkel hatte nicht versucht, den Preis zu drücken, was Hayden überraschte, als er das Angebot prüfte. Thomas wollte die Mühlen haben und bot ihm einen angemessenen Preis dafür, wenn nicht sogar einen Spitzenpreis. Der Vertrag war sauber. Hayden musste nichts weiter tun als auf der gepunkteten Linie zu unterschreiben und seine Entscheidung bei der nächsten Aufsichtsratssitzung zu verkünden. Da er die Mehrheitsbeteiligung besaß, konnte niemand widersprechen. Warum also zögerte er?

Wegen Nadine. Wenn er die Mühlen und das Sommerhaus verkaufte, würde er die Tür nach Gold Creek für immer schließen und Nadine und ihren Kindern den Rücken zukehren. Lächelnd dachte er an die Jungs. John war ein richtiger Teufelsbraten. Intelligent und eigensinnig würde er seiner Mutter mit Sicherheit mehr graue Haare bereiten, als sie verdient hatte. Und der Kleine ... er war auf seine Weise schwierig ... ein Kind, das in der Schule zu kämpfen hatte und ständig auf Gedeih und Verderb seinem älteren, stärkeren Bruder ausgeliefert war.

Sie wussten nicht, wieviel Glück sie hatten, entschied er und wünschte, er hätte einen älteren Bruder oder eine Schwester gehabt, mit denen er seine Probleme und dunkelsten Geheimnisse hätte teilen oder sich hätte raufen können, wenn er sauer war.

Das Telefon klingelte, und er nahm beim zweiten Klingeln ab. Fast hätte er den Hörer wieder auf die Gabel geknallt, als er Wynonas Stimme hörte. „Hayden? Gott sei Dank habe ich dich erwischt."

Die Ironie ihrer Worte legte sich wie Blei auf seine Schultern. „Was willst du, Wynona?", fragte er ohne großes Interesse.

„Ich will dich sehen. Wir müssen miteinander reden."

„Rede mit Bradworth."

Er konnte förmlich durch die Leitung spüren, wie sie schäumte. „Es gibt Dinge, über die wir reden müssen. Wichtige Dinge. Dinge, die ich keinem Anwalt anvertrauen möchte."

„Hast du ein schlechtes Gewissen?", spottete er und konnte hören, wie sie nach Luft schnappte. Er empfand keine Reue.

„Ich werde dich besuchen."

„Das wird nichts bringen, Wynona. Ich werde nicht hier sein."

„Aber …"

„Leb wohl", sagte er und legte auf. Das Telefon klingelte sofort wieder, aber er machte sich nicht die Mühe noch einmal abzuheben, sondern lief zwei Stufen auf einmal nehmend die Treppe hinauf und begann das Wochenende zu planen – weg von Gold Creek, weg von den Mühlen, Thomas Fitzpatrick und den Verträgen.

Aber nicht weg von allem. Nadine und ihre Jungs wollte er mitnehmen.

Sam klatschte in die Hände und rief über die Treppe zum Dachboden hinauf: „Los jetzt, Jungs. Hopp-hopp!"

„Scheuch sie nicht so auf", sagte Nadine missbilligend. „Sie hatten heute ihren letzten Schultag und sind ganz aufgedreht."

„Gut. Wir haben viel zu tun." Und ins Gebälk rief er: „Beeilt euch."

„Warum hast du es denn so eilig?", fragte Nadine. Sie wollte nicht misstrauisch klingen, aber Sam riss sich normalerweise nicht darum, die Jungs zu übernehmen. Nicht, dass er ein schlechter Vater wäre, oder gleichgültig. Er war nur sonst einfach nicht so fürsorglich. Mit lautem Getrampel eilten die Jungs die Treppe herunter. Nachdem sie Nadine schnell noch einen Kuss auf die Wange gedrückt hatten, wurden John und Bobby, die Rucksäcke auf den Schultern, durch die Tür nach draußen gescheucht, wo Sams Pick-up stand. Und gerade, als John die Beifahrertür mit einem lauten Quietschen aufriss, tauchte Haydens Jeep in der Einfahrt auf.

„Was zum Teufel?", murmelte Sam. „Ich frage mich, was *der* hier will."

„Er kommt Mom besuchen", teilte Bobby ihm mit und winkte begeistert. „Er kommt die ganze Zeit."

Sam warf Nadine einen schneidenden Blick über die Schulter zu. „Stimmt das?"

„Also …"

„Und er nimmt uns zum Angeln und in seinem Boot und in tolle Restaurants mit", fügte Bobby hinzu.

John, der die veränderte Stimmungslage in der Luft witterte, beteiligte sich nicht an diesem Gespräch.

„Er hat gesagt, dass er uns auch zum Skifahren mitnimmt."

„Bobby, ich glaube nicht, dass Dad alles hören will, wovon Mr Monroe gesprochen hat."

„Aber er hat gesagt, wir sollen ihn Hayden nennen", korrigierte Bobby sie, und Nadine musste die Zähne zusammenbeißen.

Hayden parkte neben Sams Pick-up und stieg aus. Mehr als sieben Zentimeter größer als Sam, mit breiteren Schultern und markanteren Gesichtszügen, wirkte er kräftig und tough. „Hayden, du bist Sam schon begegnet, glaube ich."

„In der Mühle", fügte Sam hinzu und verengte dann leicht die Augen. „Und vor langer Zeit. Bei einem Firmen-Picknick oder so."

Hayden reichte ihm die Hand, aber Sam ignorierte sie.

„Was wollen Sie hier?"

Hayden bot ihm ein geübtes Lächeln. „Ich bin nur gekommen, um Nadine und die Kinder zu besuchen."

Sam nahm eine leicht drohende Haltung ein, und wieder fragte sich Nadine, woher seine Vatergefühle auf einmal kommen mochten. „Dann sagen Sie ihnen besser jetzt Hallo, denn ich werde die Jungs mitnehmen. Übers Wochenende."

Hayden grinste breit, als würde er ein Geheimnis hegen, das er nicht teilen wollte. „Dann wünsche ich euch viel Spaß."

„Den haben wir immer", erklärte Sam steif, als er in seinen Pick-up stieg und davon brauste.

„Was war das denn?", fragte Hayden.

„Das weißt du sehr gut, Hayden Monroe. Ich glaube, so etwas nennt man sein Revier markieren. Die Jungs haben so viel von dir erzählt, und was du alles für sie getan hast, und da haben sich bei ihm die väterlichen Nackenhaare aufgestellt." Sie sah dem davonfahrenden Wagen nach. „Es wurde auch Zeit."

„Also", sagte Hayden und legte seine Hände an ihre Taille, „heißt das, du hast dieses Wochenende frei?"

„Es heißt, dass ich allein bin."

Sein Grinsen wirkte auf einmal richtig verrucht. „Jetzt nicht mehr. Ich werde dich entführen …"

„Wohin?"

„Das ist eine Überraschung."

„Ich mag keine Überraschungen."

„Die wird dir gefallen", versprach er.

„Hayden, ich glaube nicht …"

„Tu mir den Gefallen. Glaub mir, du wirst nicht enttäuscht sein."

Er hatte recht. Als der Jeep drei Stunden später eine letzte Kurve durch die Nadelbäume in den Bergen hinter sich ließ, hielt Nadine den Atem an. Vor ihnen lag, eingebettet in ein Kieferndickicht, eine dreistöckige weitläufige Berghütte, aus deren Fenstern Licht drang.

Innen bestanden die Wände aus rohem Holz, das keine Spur von Lack aufwies und mit der Zeit dunkel geworden war. Sie waren bedeckt mit Requisiten aus dem Wilden Westen, die von Kronleuchtern aus Wagenrädern beleuchtet wurden. „Ich hatte

Angst, du würdest mich irgendwo hinbringen, wo es langweilig ist."

„Ich?" Hayden lachte. „Niemals."

Sie hatten einen Tisch am Erkerfenster, das mit einer Girlande aus Zedernadeln, Kiefern- und Mistelzweigen geschmückt war. Bald schenkte ihnen der Kellner den Wein ein, den Hayden ausgewählt hatte, und nahm ihre Bestellungen auf. Eine Sturmlaterne flackerte auf dem Tisch und spiegelte sich im Fenster. Nadine trank langsam ihren Wein und unterhielt sich mit Hayden, bevor ihr die dicken schweren Schneeflocken hinter dem Fenster auffielen.

„Wenn das so weitergeht, könnte es sein, dass wir die ganze Nacht hier festsitzen", neckte Hayden sie.

„Das glaube ich nicht."

„Wäre es so schlimm?", fragte er, und das Licht der Laterne spiegelte sich in seinen warmen blauen Augen.

„Ich bin Mutter, und habe Verantwortung zu tragen."

„Die Kinder sind bei ihrem Dad, und du hast dein Handy dabei. Falls es ein Problem gibt, wirst du es erfahren."

„Ich glaube, Sie wollen mich verführen, Mr Monroe!", sagte sie scherzhaft, und ihr Herz begann schneller zu schlagen.

„Dessen kannst du dir sicher sein." Ihre Kehle war wie ausgetrocknet, als er sein Glas leicht an ihres stieß und seinen Wein dann in einem Schluck austrank.

Während der diversen Gänge bestehend aus Caesar Salad, französischer Zwiebelsuppe, gefüllter Forelle und Himbeermousse unterhielten sie sich. Hayden erzählte ihr, dass er einen Käufer für die Sägemühlen gefunden hatte und in Erwägung zog, das Angebot anzunehmen. Die Vorstellung, dass er bald gehen könnte, war wie ein Messerstich in ihr Herz. Vielleicht war er schon nicht mehr da, bevor das neue Jahr begann. Eine Kälte breitete sich von ihrem Magen in alle Glieder aus. Natürlich hatte sie die ganze Zeit gewusst, dass er wieder gehen würde, aber sie hatte sich nie erlaubt, an ein genaues Datum zu denken. Es schien alles irgendwo in ferner Zukunft zu liegen, ein unbestimmter Zeitpunkt, um den sie sich Gedanken machen würde, wenn der

Frühling kam … oder vielleicht der Sommer. Aber jetzt? Es gelang ihr, so zu tun, als würde es ihr nichts ausmachen, wenn er davon sprach, die Mühlen zu verkaufen, und als wäre sie erfahren genug, um mit der unvermeidbaren Tatsache fertig zu werden, dass sie bald voneinander getrennt sein würden. Aber die kleine Stichwunde in ihrem Herzen schien mit jedem Atemzug ein wenig mehr aufzureißen.

Sie bemerkte weder, wie die Zeit verstrich, noch hatte sie auf den Schnee geachtet, der sich auf dem Boden um die Hütte ansammelte. Sie war völlig auf Hayden konzentriert, sein markantes Kinn, die Winkel seiner Wangenknochen und die Art, wie er kaum die Lippen bewegte, wenn er sprach.

Als sie ihren Kaffee ausgetrunken hatten, lag der Schnee fünf Zentimeter hoch. „Sieht so aus, als müssten wir hierbleiben", bemerkte Hayden, während er die Rechnung bezahlte und einen Blick nach draußen warf.

„Hat dein Jeep denn keinen Vierradantrieb?"

Sein Grinsen breitete sich langsam von einem Mundwinkel zum anderen aus. „Doch, schon, aber meinst du nicht, es wäre Verschwendung, das Zimmer unbenutzt zu lassen, für das ich bereits bezahlt habe?"

„Ich meine, du hättest mich erst einmal fragen sollen." Sie stand auf, und sie verließen den Tisch.

In der Lobby zog er sie in eine dunkle Ecke. „In Ordnung. Ich frage dich." Er hielt ihren Blick fest. „Willst du die Nacht mit mir verbringen?"

Sie musste schwer schlucken und dachte an all die Gründe, weshalb sie fordern sollte, dass er sie nach Hause fuhr. Wenn sie blieb, würde es ihren Kummer später nur verlängern und den Schmerz lebendig halten, aber sie konnte nicht widerstehen. „Natürlich bleibe ich bei dir", flüsterte sie, wohl wissend, dass er nicht daran dachte, sie könnte damit den Rest ihres Lebens meinen.

Der Raum nahm den größten Teil des oberen Stockwerks ein. Glänzende Holzdielen lugten unter dicken Orientteppichen hervor, und die Einrichtung der Suite war so gearbeitet, dass sie antik wirkte. Das Schlafzimmer war mit einem Queen-Size-Himmelbett ausgestattet, und auf dem Kaminsims in der Ecke stand eine Sturmlaterne.

In einem Kühlerständer war eine Flasche Champagner bereitgestellt, und durch die Glastüren, die auf eine private Terrasse führten, sah Nadine, wie aus einem Whirlpool dichte Dampfwolken stiegen, die sie an den Morgennebel über dem Whitefire Lake erinnerten.

„Ziemlich nobel", bemerkte sie und fuhr mit der Hand über den abgerundeten Bettrahmen.

„Es ist schön hier." Er zündete die Laterne an, bevor er die Beleuchtung im Raum dämpfte.

„Warst du schon einmal hier?" Warum das von Bedeutung war, wusste sie nicht, aber sie wollte nicht eine von vielen Frauen sein, die er bereits hierhergebracht hatte.

Er nickte und beobachtete ihre Reaktion in dem Spiegel über der Kommode. Sie spürte einen stechenden Schmerz im Herzen, hoffte jedoch, dass man es ihr nicht ansah. Im Licht des Feuers wirkten seine Gesichtszüge rauer, männlicher, und wenn sie daran dachte, dass er mit einer anderen Frau … Oh, Gott, sie liebte ihn zu sehr. „Mit wem?", fragte sie, und ihre Stimme klang seltsam erstickt.

Während sich in ihrem Herzen Eiszapfen bildeten, besaß er die Frechheit zu lächeln. „Mit einer Frau."

Sie kämpfte gegen das Bedürfnis an, sofort durch die Tür zu verschwinden, und als er sich hinter sie stellte und die Hände auf ihre Schultern legte, wünschte sie sich, sie hätte die Stärke, sie abzuschütteln. Aber ihre Willenskraft schien unter seiner Berührung zu verfliegen, und unter seinen Fingerspitzen erwärmte sich ihre Haut. „Kenne ich sie?"

„Ich glaube, ihr seid euch einmal begegnet. Vor langer Zeit."

Wynona. Nadine kam sich so dumm vor und ließ die Schultern leicht hängen. Er zog sie näher und flüsterte an ihrem Ohr: „Ich war mit meiner Mutter hier. Damals war ich zehn oder elf, glaube ich."

Erleichterung breitete sich in ihr aus, und als sie seinem Blick im Spiegel begegnete, entdeckte sie die Spur eines Lachens in seinen blauen Augen. „Du bist ein scheußlicher, gemeiner, elender …"

„Prinz", schlug er vor, und sie musste einfach lachen, als er sie in den Armen zu sich drehte.

„Jetzt bist du der König."

Er schüttelte den Kopf. „Nein. Ich bin nur ein ganz normaler Kerl."

„Ganz normale Kerle machen so etwas nicht …" Sie wies in den Raum und auf die Terrasse.

„Sollten sie aber." Er legte seine Lippen auf ihre und zog sie mit sich aufs Bett. Sie gab alle weiteren Einwände auf und überließ sich ihm mit Körper und Seele. Ihre inneren Zweifel und Ängste wurden ebenso abgestreift wie ihre Kleidung. Das alte Bett quietschte, während er ihr Jacke, Pullover und Hose auszog, und als sie nur noch BH und Slip trug, zerrte er sich die eigenen Sachen vom Leib. Seine Schuhe fielen mit einem lauten Geräusch auf den Boden, und ganz schnell folgten seine Hose und sein Hemd. Im Feuerschein wirkte seine Brust wie aus Bronze und seine lockigen schwarzen Haare dunkler denn je. Sein Körper war muskulös und kräftig, und sie fühlte sich an einen indianischen Krieger erinnert. Aber er hatte blaue Augen, eine Hommage an seine angloamerikanischen Vorfahren.

„So sollte es sein", flüsterte er, während er die Arme um sie legte und an ihrem Hals knabberte. Wie flüssiges Feuer floss das Blut durch ihre Venen. Sie fühlte sein krauses Brusthaar an ihrer Brust. Sein Mund fand ihren, und Hayden küsste sie lange und intensiv, ließ seine Zunge über ihre Haut streichen und seine Hände sinnlich über ihren Oberkörper wandern.

Er schob den BH von ihren Brüsten und bedachte die Spitzen mit federleichten Küssen, was dazu führte, dass sie sich unter ihm wand.

„Nicht so schnell", sagte er, wobei sein Atem ihre harten Perlen liebkoste. „Wir haben die ganze Nacht für uns."

Es klang so gut. Während er sie ganz auszog, drückte sie seinen Kopf an ihre Brust. Mit wahrer Wollust ließ sie sich von ihm verwöhnen und erschauerte, als seine Finger ihre Knospen streiften, und er sie mit Lippen und Zunge erregte. Seine Hände streichelten ihren Rücken, pressten sie an sich, sodass sie seine Erektion in voller Länge spüren konnte, die sich tief in ihren Bauch presste.

Er berührte sie überall und ließ ihr Herz so schnell schlagen wie die Flügel eines Kolibris. Liebevoll streichelte er sie in langsamen, gleichmäßigen Zügen, die nur schneller wurden, wenn ihr Körper ein schnelleres Tempo verlangte.

Die Hitze in ihr ballte sich zusammen und das Zimmer schien sich zu drehen, als ihr Körper heftig erbebte. „Hayden", rief sie heiser.

„Ich bin ja hier", versicherte er ihr, als sie sich an ihn klammerte. Er ließ ihrem Körper Zeit, sich wieder zu beruhigen, und erst als sie wieder gleichmäßig atmete, küsste er sie wieder. „Jetzt bin ich an der Reihe, Liebling", sagte er.

Sie versuchte ihn an sich zu ziehen, aber er hob sie auf seine Arme und trug sie ins Freie, wo sie in der kalten Luft eine Gänsehaut bekam. „Bist du verrückt? Was machst du da?", rief sie, als er sie in den Whirlpool setzte und dann selbst hineinstieg. „Hier draußen ist es eiskalt."

„Nicht im Wasser."

„Aber …"

Er küsste sie und verhinderte damit jeden weiteren Protest. Und dort im dampfenden Wasser schob er sanft ihre Knie auseinander und machte seinen Anspruch auf sie geltend, während ihnen Schneeflocken in die Haare fielen.

Als sie sich später in ein Handtuch gewickelt hatte, checkte sie ihr Handy. Es gab weder verpasste Anrufe noch irgendwelche Nachrichten, also konnte sie sich weniger verantwortungslos fühlen. Hayden stellte sich hinter sie, zog ihr das Handtuch weg und drängte sie wieder zum Bett.

In einem Nebel aus Liebe und Champagner verging die Nacht wie im Fluge. Irgendwann vor Morgengrauen schliefen sie ein, und als Nadine schließlich aufwachte, stand die Sonne hoch am Himmel und spiegelte sich in glitzernden fünfzehn Zentimetern Neuschnee. Nur mit seiner Boxershorts bekleidet, stand Hayden am Fenster und betrachtete die Bäume. Als er hörte, wie sie sich bewegte, drehte er sich um und grinste spitzbübisch, als er sie ausgestreckt auf dem Bett liegen sah.

„So möchte ich jeden Morgen aufwachen."

Ihr verräterisches Herz setzte einen Schlag aus, aber sie schenkte ihm keine Beachtung und räkelte sich träge.

Haydens Blick wanderte zu ihren Brüsten, die nur von einem Laken verhüllt waren, und er stöhnte gequält. „Wir werden nie hier wegkommen, wenn du nicht damit aufhörst."

„Womit soll ich aufhören?", neckte sie ihn, und er fluchte leise.

„Du kleine Verführerin."

„Ich?", fragte sie unschuldig, und schon hatte er die wenigen Meter überbrückt und warf sich aufs Bett.

„Ja, du."

Sie lachte, als er sie unter der Bettdecke festhielt und küsste.

„Du bist die aufregendste, impulsivste und unmöglichste Frau, der ich je begegnet bin."

„Darf ich das als Kompliment verstehen?"

„Versteh es, wie du willst." Er gab ihr einen zärtlichen Kuss und stützte dann seinen Kopf in eine Hand. „Wenn du nicht aufstehst, Lady, wirst du ernsthaft Ärger bekommen."

Das war ihr klar, aber sie wollte nicht, dass dieses Glück ein Ende nahm. Sie streichelte seine bartraue Wange und berührte die kleine Narbe an seiner Augenbraue. „Woher kommt die?", fragte sie und sah, wie sein Lächeln erlosch.

„Die habe ich meinem alten Herrn zu verdanken."

„Wie?"

„Wir hatten eine Auseinandersetzung, und als er mich mit Worten nicht erreichen konnte, hat er seine Faust eingesetzt. Nicht an der Stelle … aber er hat mich so hart getroffen, dass ich gefallen und ans Treppengeländer geknallt bin. Ich glaube, damals war ich fünfzehn."

Schmerzhaft zog sich ihr der Magen zusammen. „Worum ging es bei dem Streit?"

Er schnaubte. „Daran kann ich mich nicht einmal mehr erinnern." Hayden lag ausgestreckt auf dem Laken, und so konnte sie die anderen Narben an seinem Körper sehen, Erinnerungen an sauber vernähte Wunden an seinen Beinen.

„Und die hier?"

Als sie eine der Narben mit dem Finger berührte, blickte er kurz nach unten. „Von dem Unfall", sagte er kühl.

„Welchem Unfall?"

„Mit dem Boot. Mit Wynona."

„Oh." Sie zog die Hand zurück, aber er hielt sie fest und schob seufzend seine Finger zwischen ihre.

„Es ist in Ordnung. Das ist lange her. Aber du solltest jetzt besser aufstehen. Ich würde ja gerne das ganze Wochenende hier bleiben, aber leider ruft die Pflicht."

„Die Mühle?"

„Die Mühle", bestätigte er grimmig und griff nach seiner Hose. „Aber bevor wir zurückfahren, sollten wir frühstücken. Speck, Eier, Pfannkuchen … das volle Programm."

Sie schüttelte den Kopf. „Wie wär's mit Kaffee und einer Scheibe Toast?"

„Was immer dein Herz begehrt." Er küsste sie leicht auf die Stirn, bevor er die Bettdecke zurückriss und ihren nackten Körper enthüllte. Verwegen grinsend schlüpfte er wieder aus seiner Hose. „Wenn ich es mir recht überlege …"

Als sie in Gold Creek ankamen, stand die Sonne schon tief am Himmel. Nadine dachte an die Arbeit, die vor ihr lag. Sie hatte Elizabeth weitere Ware versprochen. Zwei der Jacken hatte sie fertig, die dritte so gut wie, aber sie hatte erst etwa ein Dutzend Ohrringe gemacht. Dann musste sie noch einige Weihnachtseinkäufe erledigen und das traditionelle Weihnachtsdinner für ihren Vater, die Jungs und Ben planen. *Und Hayden?* Wäre das möglich?

An einer roten Ampel nahm Hayden ihre Hände zwischen

seine. „Du könntest den Rest des Wochenendes bei mir im Haus verbringen."

Das Angebot war verlockend. „Das geht nicht. Ich habe viel zu tun …"

Er legte eine Hand auf ihr Knie und sah sie an. „Hätte das nicht noch eine Nacht Zeit? Ich werde Feuer machen, wir trinken Eierlikör, und du kannst mir bei meinem Baum helfen. Wie du weißt, bin ich da immer noch Amateur."

„Du machst es mir wirklich schwer."

„Ich bringe dich morgen ganz früh wieder zurück, versprochen."

„Das habe ich schon einmal gehört", sagte sie schmunzelnd.

„Diesmal werde ich aber darauf bestehen."

Sie fuhren bei Nadine vorbei, wo sie Hershel frisches Futter und Wasser gab, nach der Post schaute und den Anrufbeantworter abhörte. Anschließend packte sie einen kleinen Koffer mit Sachen zum Wechseln und ihrem Make-up, und schon waren sie wieder unterwegs. Sie kauften einen Weihnachtsbaum im Ort, einen Ständer, etwas Baumschmuck sowie ein paar Lebensmittel.

Als sie in die Einfahrt zu Haydens Haus einbogen, hatte sich die Dunkelheit über den See gelegt, sodass das Licht aus dem Haus hell durch die hohen Bäume fiel.

„Seltsam", sagte Hayden und nahm das Steuer fester in die Hände, als sie um die letzte Kurve bogen und das Scheinwerferlicht seines Fahrzeugs über den glänzenden Lack eines weißen Jaguars glitt. „Verdammt noch mal!", stieß er hervor, als er auf die Bremse trat und der Jeep schlingernd zum Stehen kam.

„Wer ist das?", fragte Nadine, und ein ungutes Gefühl verdichtete sich zu einem Knoten in ihrem Magen.

„Wynona", antwortete er zähneknirschend.

Nadine erstarrte. *Wynona Galveston ist hier? Trotz verschlossener Tore und in einem abgeschlossenen Haus? Als hätte sie ihren eigenen Schlüssel?*

Wütend marschierte Hayden zur Haustür, als diese auch schon aufgerissen wurde und Wynona erschien, ihr graziler Körper umrahmt vom Licht aus dem Haus.

„Gott sei Dank, dass du da bist", sagte sie und lächelte strahlend. Ihre blonden Haare fingen das Mondlicht ein, als sie auf Hayden zulief und sich ihm in die Arme warf.

Nadine unterdrückte einen kleinen Aufschrei. Am liebsten wäre sie im Erdboden versunken, und sie empfand das dringende Bedürfnis loszulaufen und so weit wie möglich von Hayden wegzukommen. Aber sie behielt einen kühlen Kopf, denn immerhin war es möglich, dass seine Beziehung zu Wynona nicht das war, was es zu sein schien.

Allen Mut zusammennehmend öffnete Nadine die Tür und stieg zögernd aus. Es war kalt; die Luft wurde in winterlichen Böen vom See herübergetragen. Der Mond war teilweise von einer dünnen Wolkenschicht verdeckt, aber sie konnte deutlich sehen, wie Hayden Wynonas Arme langsam von seinem Hals zog.

„… aber du musst mir helfen", sagte Wynona gerade mit Tränen in den Augen.

„Ich muss überhaupt nichts."

„Das bist du mir *schuldig*."

„Ich habe dir bereits gesagt, dass ich dir gar nichts schulde." Seine Stimme klang schneidend. Nadine fühlte sich enttäuscht und betrogen.

„Wie kannst du nur so grausam sein?", fragte Wynona und schluchzte jetzt ungehemmt. „Wenn du nicht wärst …"

„Fang nicht davon an."

„Du hättest mich fast umgebracht", schrie sie und die Tränen rannen ihr über die Wangen.

Nadine drehte sich der Magen um. Sie sollte sich das nicht anhören, aber sie brachte es auch nicht fertig, sich einfach abzuwenden.

„Das habe ich nicht …"

Die Wut brach aus Wynona heraus. „Der Unfall war deine Schuld, Hayden. Es war deine Schuld, dass ich fast gestorben wäre, und verdammt nochmal, es war deine Schuld, dass ich das Baby verloren habe."

12. KAPITEL

*E*in *Baby*?

Fast hätten Nadines Knie unter ihr nachgegeben. Hayden und Wynona hatten ein Baby gezeugt, das bei dem Bootunfall ums Leben gekommen war? Oh, Gott, was tat sie hier? Der Schmerz bohrte sich tief in sie. Sie hatte ihm geglaubt; sie hatte ihn geliebt; sie hatte sich ihm hingegeben. Und Hayden hatte sie nicht einmal für wert erachtet, ihr die Wahrheit zu sagen. „Wie kannst du nur so grausam sein?" Wynona schluchzte hysterisch, und Nadine hatte das Gefühl, als hätte ihr jemand eine eiserne Faust in den Magen gerammt. Haltsuchend lehnte sie sich an eine große Kiefer und wünschte, sie hätte sich nicht wieder auf ihn eingelassen und Wynonas herzergreifendes Flehen nicht gehört. Wenn sie daran dachte, dass sie sich eingebildet hatte, ihn zu lieben, wurde ihr schlecht … einen Mann, der … Stück für Stück starb etwas in ihr.

Hayden fluchte laut. „Verdammt, Wynona, findest du nicht, dass du hier die Fakten ein wenig durcheinanderbringst?"

„Du warst dort, Hayden. Und du hast mich verlassen. Wegen eines billigen kleinen Kleinstadtflittchens. Aua!"

Getroffen hob Nadine den Blick und sah, wie Hayden Wynona an den Schultern gefasst hatte und sie nicht so sanft schüttelte. „Sprich nie wieder von ihr …"

„Ach du lieber Himmel, sag bloß nicht, dass du sie noch immer liebst!" Wynona verengte die Augen, und ihre Tränen schienen zu versiegen. Als Nadine näher kam, trafen sich ihre Blicke, und Wynona schnappte nach Luft. „Du hast immer noch dein kleines rothaariges Mist…"

„Hör auf damit!" Wieder schüttelte Hayden sie.

Wynonas Augen waren eiskalt. „Ganz wie dein Vater, nicht wahr, Hayden? Eine Frau hatte ihm nie gereicht, und wie es aussieht, bist du genauso."

Er ließ sie los, als hätte er sich die Finger an ihr verbrannt. „Verschwinde, Wynona."

Sie rieb sich die Arme und sagte: „Du siehst mich nicht zum

letzten Mal. Du und dein Vater, ihr seid mir etwas schuldig. Und zwar eine Menge. Es gab Versprechungen. Und daran hat sich nichts geändert, nur weil er gestorben ist."

„Ja klar. Ich habe jetzt das Sagen."

„Und du versuchst, mich abzuwimmeln."

„Probier's doch mal bei Bradworth. Vielleicht kannst du ja einen privaten Deal mit ihm aushandeln."

Sie wollte ihn schlagen, aber er war zu schnell. Er hielt ihr Handgelenk fest und schob sie zurück. „Sei nicht dumm, Wynona."

„Du Mistkerl! Du kranker, dreckiger Mistkerl!"

„Schmeicheleien bringen dich auch nicht weiter", sagte er, und sie riss ihre Hand los. Nachdem sie Nadine noch einen vernichtenden Blick zugeworfen hatte, stiefelte sie ins Haus, schnappte sich Handtasche und Pelzmantel und stürmte zum Wagen, wobei der Nerz wie eine Fahne hinter ihr her wehte.

Sie legte den Rückwärtsgang ein, setzte den Jaguar gegen einen Baum und zerschmetterte ein Rücklicht. Metall knirschte und Glas zersplitterte. Dann stellte sie die Gangschaltung auf Drive und raste mit dröhnendem Motor davon, wobei ihre Reifen Kies spuckten und nur ein helles rotes Rücklicht durch die Bäume blinzelte.

Nadine zitterte so stark, dass sie sich kaum bewegen konnte. Sie glaubte sich übergeben zu müssen, während Haydens Vergangenheit sich zu einem hässlichen schmerzvollen Puzzle zusammenfügte.

„Wie heißt es noch von verschmähten Frauen?", fragte Hayden.

Nadine konnte nicht antworten. Ihr Mund war staubtrocken, ihr war übel und der Schmerz in ihrem verletzten Herzen wollte nicht abklingen. „Ich sollte gehen", brachte sie schließlich mit Tränen in den Augen hervor.

„Wegen dem, was Wynona gesagt hat?"

Sie nickte, und Regentropfen fielen vom Himmel, berührten ihre Wangen und platschten auf den Boden. „Da war ein Baby?", flüsterte sie, die Fäuste so fest geballt, dass sich ihre Fingernägel in die Handflächen gruben. Sie betete darum, dass sie es falsch verstanden hatte, aber als sie sah, wie Hayden die Kiefer zusammenpresste, sah sie ihre schlimmsten Befürchtungen bestätigt. Der Boden ihrer Welt schien unter ihren Füßen wegzubrechen.

„Ja, es gab ein Baby, aber es war nicht meins."

„Lüg mich nicht an, Hayden …"

„Ich lüge nicht, verdammt!" Er griff nach ihr und zog ihren stocksteifen Körper näher an seinen. „Du musst mir glauben."

„Aber du hast nie ein Wort davon gesagt", schrie sie, und ihr Vertrauen in ihn riss so schnell wie die Naht in einem uralten Kleid. Wie hatte sie ihm nur vertrauen können, mit ihm schlafen und ihm ihr Herz schenken können, wenn sie so wenig über ihn wusste?

„Dafür gibt es Gründe."

„Gründe? Welche Gründe? Du hast nicht gewollt, dass ich davon weiß, weil ich dann nicht so leicht zu verführen gewesen wäre. Ist es das? Oder hast du versucht, dich besser darzustellen?" Jetzt fiel der eiskalte Regen in Strömen, rann durch die Dachrinnen und bildete Pfützen auf den Wegen. Kalte Tropfen rieselten über Nadines Gesicht und Körper.

„Natürlich nicht!"

„Warum dann?"

Seine Kiefermuskeln arbeiteten, und er schloss die Augen. „Das Baby war von meinem Vater."

Nadine rang nach Luft und innerlich fühlte sie sich genauso aufgewühlt wie der sturmgepeitschte See. „Von deinem Vater?" Sie konnte es nicht glauben. Wollte es nicht glauben. „Aber du warst doch mit ihr verlobt. Komm schon, Hayden, du erwartest doch nicht wirklich von mir, dass ich dir abnehme …"

„Dass mein Vater eine Frau verführen könnte, die halb so alt war wie er? Dass sie sich von seiner Aufmerksamkeit geschmeichelt fühlte, weil sie meine nicht haben konnte? Dass Wynona Galveston mehr Interesse an dem Geld der Monroes hatte als an mir oder meinem Dad?" Er schob sich die nassen Haare aus dem Gesicht. „Was daran ist so schwer zu glauben?"

„Es war nie die Rede davon, dass sie schwanger war. Bei all der Presse über den Unfall. Nicht ein einziges Mal …"

„Ihr Vater ist Arzt. Er hat es vertuscht. Das war ein Teil des Abkommens, das er mit meinem Vater getroffen hat … Es ist so verdammt kompliziert. Komm rein, bevor wir noch bis auf die Haut nass werden. Jetzt kannst du auch die ganze elende Geschichte hören."

„Ich glaube nicht, dass ich …"

Er nahm ihre Hand in seine und sah sie so gequält an, dass sie einfach nicht ablehnen konnte. „Ich muss verrückt sein. Eigentlich sollte ich das alles einfach hinter mir lassen."

„Nein, solltest du nicht." Sanft strich er mit dem Daumen über ihre Hand. „Hör mich einfach an."

Obwohl sie sich sagte, dass sie eine Idiotin erster Güte war, half Nadine ihm, den Wagen zu entladen. „Lass uns erst etwas essen", sagte er, und sie erhob keine Einwände. Sie war sich nicht sicher, ob sie alle Einzelheiten über seine Affäre – oder die seines Vaters – mit einer anderen Frau hören wollte, aber sie wusste, dass es sein musste, wenn sie überhaupt eine Chance für eine gemeinsame Zukunft haben wollten.

Nadine stellte eine Muschelsuppe auf den Herd und erwärmte Brot im Backofen. Sie aßen im Arbeitszimmer vor dem knisternden Feuer, tranken Wein und versuchten, die Anspannung zu ignorieren, die mit jedem Ticken der alten Standuhr zu steigen schien.

„Ich habe sie nie geliebt", begann Hayden und stellte seine leere Schale auf den Kaffeetisch.

„Du musst mir nicht …"

„Meine Mutter hatte sie sorgsam für mich ausgesucht. Sie kam aus der richtigen Familie. Ihr Vater war Arzt, und ihre Mutter hatte ,altes Geld' geerbt. Sie war hübsch und klug, und meine Mutter dachte, sie würde perfekt zu mir passen. Auch ihre Eltern waren von der Idee begeistert. Selbst Wynona war es. Aber ich hatte nicht vor, mich nötigen zu lassen, jemanden zu heiraten, an dem mir nicht wirklich etwas lag. Sie gefiel mir natürlich. Sehr sogar. Was hätte einem an ihr nicht gefallen sollen?

Was ich nicht wusste und auch meine Eltern nicht, war, dass Wynonas Erbe quasi gar nicht existierte. Ihr Vater hatte beachtliche Schulden, die er während seines Studiums angehäuft hatte, und außerdem wettete er gern auf Pferde. Natürlich besaß die Familie immer noch Geld, aber nicht die Art von Vermögen, das meine Mutter erwartet hatte. Und der größte Teil dessen, was vom Vermögen der Galvestons noch übrig war, sollte an ihren Sohn und Wynonas Bruder Gerard gehen. Deshalb war ich der perfekte Fang.

Erinnerst du dich noch an den Mercedes, den ich an dem Tag, an dem wir uns kennengelernt haben, auf dem Parkplatz der Sägemühle zurückgelassen hatte?" Sie nickte, und er fuhr fort. „Nun, das war das Verlobungsgeschenk meines Vaters. Für Wynona und mich. Nur, dass es keine Verlobung gab. Deshalb habe ich das Geschenk nicht angenommen und mein alter Herr war stinksauer."

Nadine konnte sich so lebhaft an diesen Tag erinnern, als wäre es erst vor einer Woche gewesen. Die Begegnung mit Hayden hatte ihr Leben für immer verändert. Sie betrachtete ihn im Schein des Feuers und bemerkte seinen ernsten Gesichtsausdruck. „Als ich kein Interesse an ihr zeigte, war Wynona verzweifelt, und dann ... sprang mein Vater ein. Ich weiß nicht genau, wann sie ihre Affäre begonnen hatten, und habe mir gesagt, dass es gewesen sein muss, *nachdem* ich ihr gesagt hatte, dass ich sie nicht heiraten wollte. Aber ich bin mir nicht so sicher. Sie war schwanger." Er stand auf und ging zum Kamin, wo er ein kleines Holzscheit auflegte und zusah, wie die Flammen das moosige Stück Eiche verzehrten.

„Am Anfang wusste ich nichts von dieser Affäre, und meine Mom genauso wenig. Dad hatte immer eine Schwäche für Frauen gehabt, jüngere, schöne Frauen, und Mom hat immer weggeschaut. Sie zog es vor, seine Treulosigkeit zu ertragen, anstatt sich von ihm scheiden zu lassen und zuzugeben, dass sie ihren Mann nicht halten konnte. Wie sie es mit ihm ausgehalten hat, werde ich wohl nie erfahren. Ich hatte dir doch erzählt, dass ich mit meiner Mutter in der Berghütte war. Sie hat mich mal dorthin mitgenommen, als sie Dad verlassen wollte, nachdem sie erfahren hatte, dass er sie mit seiner Sekretärin betrog. Aber wie immer ist sie wieder zu ihm zurückgekehrt."

Nadine hatte das Gefühl, als würde sie über einen privaten Treppenaufgang in einen dunklen Raum geführt, in dem sie nichts zu suchen hatte. „Ich glaube nicht, dass ich noch mehr hören will …"

„Ich möchte es dir aber erzählen. Während meine Mutter also versuchte, zwischen mir und Wynona zu vermitteln, ging mein Vater bereits mit ihr ins Bett."

„Und sie wurde schwanger."

„Richtig. Und dann brach die Hölle los." Er musterte Nadine, und als er die Zweifel in ihren Augen sah, nahm er eine ihrer Hände zwischen seine. „Glaub mir, Nadine. Ich habe nie mit ihr geschlafen. Das Baby konnte nicht von mir sein."

„In der Zeitung war nie von einem Baby die Rede."

„Da gab es vieles, was nicht erwähnt wurde", sagte er ausdruckslos. „Wie gesagt, ihr Vater war Arzt und hat dafür gesorgt, dass niemand von dieser Schwangerschaft erfuhr. Natürlich wussten ein paar Leute im Krankenhaus davon, aber die haben den Mund gehalten."

„Mein Gott, Hayden. Das ist einfach zu viel." Sie schüttelte den Kopf. „Selbst wenn das Baby nicht von dir war …"

„Das war es nicht", beharrte er, und sah sie fest an.

„Es ist gestorben. Es ist bei dem Unfall gestorben. Dein Halbbruder oder deine Halbschwester."

Hayden nahm sie in die Arme und hielt sie fest. Fast hätte sie geweint – um ein Baby, das keine Chance gehabt hatte zu leben, um Hayden, der einen Vater ertragen musste, der die Bedeutung des Wortes Liebe nie kannte. Und um sich selbst. Sie liebte ihn. Mit ihrem ganzen törichten Herzen liebte sie ihn, und doch gab es so viel, das sie nicht von ihm wusste. Er war in einer völlig anderen Welt als sie aufgewachsen, und zwischen ihren Familien hatte es so viel Leid gegeben.

„Jetzt kannst du auch alles wissen", sagte Hayden und hielt sie weiter fest.

„Es gibt noch mehr?"

„Ich habe das Boot nicht gefahren."

„Aber der Unfallbericht …"

„Schsch." Sein Atem streifte über ihre Haare. „Wynona hat mir vorgeworfen, schuld zu sein, weil wir damals gestritten hatten. Es ging um das Baby. Sie hatte mich gebeten, sie zu heiraten, aber ich wollte nicht. Sie war völlig außer sich und hatte mir gesagt, dass sie sich umbringen würde. Das habe ich ihr zwar nicht wirklich abgenommen, aber sie rannte aus dem Haus und lief zum Dock. Ich bin ihr nachgelaufen und schaffte es gerade noch, ins Boot zu springen, bevor sie ablegen konnte. So schnell sie konnte ist sie losgeprescht, und ich ließ sie fahren. Ich dachte, es würde ihr guttun, etwas Dampf abzulassen, deshalb habe ich nicht versucht, ihr das Ruder zu entreißen. Mit ihrer rücksichtslosen Fahrerei wollte sie mir Angst einjagen, aber ich habe sie nicht davon abgehalten. Das andere Boot sah ich vor ihr und habe sie angeschrien, aber es war zu spät. Der Mann konnte ins Wasser springen, aber wir sind an der Breitseite in das Fischerboot geknallt."

„Aber jeder glaubt … die Polizeiberichte …"

„Sie besagen, ich hätte am Steuer gestanden. Wegen der Versicherung. Niemand außer Familienmitgliedern hätte das Boot fahren dürfen. Es gab ein paar Einschränkungen, weil das Boot so viel PS hatte. Eine Menge anderer Leute haben es getan, aber als der Unfall geschah, glaubte jeder, dass ich am Steuer stand. Ich war zwei Tage bewusstlos, und als ich in der Verfassung war, mit der Polizei reden zu können, hatte mein Vater mir bereits gesagt, was ich aussagen sollte. Natürlich wollte ich nicht, aber er hat mich davon überzeugt, dass es für alle besser wäre, insbesondere für Wynona. Sie war bereits dabei, mir die Schuld an dem Unfall in die Schuhe zu schieben, weil ich der Grund war, weshalb sie überhaupt ins Boot gestiegen war. Und ich hatte Schuldgefühle wegen dem Baby. Ausnahmsweise habe ich meinem Vater einmal geglaubt und mitgespielt, anstatt den Skandal noch schlimmer zu machen." Er seufzte. „Und weil ich so lange meinen Mund gehalten habe, hat mein Vater mich schließlich ausbezahlt." Mit einer Handbewegung deutete er den Raum um ihn herum an. „Hiermit."

Sie wollte ihm glauben, ihm vertrauen, aber sie brauchte Zeit, um seine Geschichte zu verarbeiten und für sich zu entscheiden, was Tatsache und was Fiktion war. Langsam entzog sie sich seiner Umarmung und stellte eine Frage, die sie seit Jahren beschäftigte. „Es hat Gerüchte gegeben, Hayden. Viele Gerüchte." Nachdenklich sah sie ihn an. „Über ein Mädchen namens Trish London und dich."

„Verdammt."

Wieder wurde ihr ganz schlecht. „Du hattest eine Beziehung mit ihr?"

„Ja."

„Und sie wurde nach Portland zu ihrer Schwester geschickt, um dein Baby zu bekommen?"

„Was?" Entsetzt starrte er Nadine an. „Es gab kein Baby. Dad hat ihr natürlich Geld gegeben, aber sie ist weggegangen, weil ihre Mutter nicht in der Lage war, sich um sie zu kümmern. Ihre ältere Schwester hatte ihr angeboten, bei ihr zu wohnen und ihr mit dem College zu helfen. Trish hatte wirklich keine andere Wahl. Hier im Ort hatte man sie längst abgestempelt, deshalb ist sie gegangen. Sie hatte mir mal einen Brief geschrieben. Ja, wir hatten eine Affäre, das will ich nicht leugnen, aber wir waren vorsichtig." Lange sah er sie eindringlich an. „Tatsächlich bist du die einzige Frau, bei der ich nicht vorsichtig war. Bis vor ein paar Wochen habe ich nie Kinder gewollt, und ich habe verdammt gut aufgepasst, keine zu zeugen."

Seine Welt war so anders als ihre. Geld war und würde immer die Antwort für ihn sein. Schon als Kind hatte er gelernt, dass Geld jedes Problem lösen konnte. Nadine nahm seinen Sinneswandel in Bezug auf Familie zwar zur Kenntnis, aber sie war nicht sicher, ob sie ihm glauben sollte. Es gab einfach so viel, was sie noch erfahren musste … „Was will Wynona von dir?"

Angewidert verzog er das Gesicht. „Was glaubst du wohl?"

„Geld."

„Richtig. Der alte Mann hat ihr nicht viel hinterlassen, und sie will mehr. Sie hat vor, seinen Nachlass anzufechten, um zu bekommen, was sie für ihren Anteil hält."

Und so lief wieder alles auf Geld hinaus. Und daran würde sich nichts ändern. Solange Hayden der reiche Junge war, würde Geld sein Leben bestimmen.

Schnell stand sie auf. Er wollte sie festhalten, aber sie entzog sich ihm. Wozu diese Quälerei in die Länge ziehen? Warum nicht einfach jetzt gehen, Schluss machen und sich und ihren Kindern weiteren Kummer ersparen?

„Ich glaube, ich sollte jetzt gehen", sagte sie, und ihr Herz brach in tausend Stücke.

„Du glaubst mir nicht."

Mit den Tränen kämpfend legte sie eine Hand an seine Wange. „Das ist das Problem. Ich glaube dir. Ich glaube, dass du recht hast. Für den Rest deines Lebens wirst du in einer Welt leben, die ich nicht einmal ansatzweise verstehen kann, eine Welt, die von Geld regiert wird. Du hast gesagt, du willst keine Frau und Kinder, und ich habe gesagt, ich will keinen Mann. Für uns gibt es keine Zukunft. Es gibt keinen Grund, diesen Schritt noch weiter hinauszuschieben."

Als er nach ihr greifen wollte, trat sie einen Schritt zurück. „Nicht."

„Nadine, hör zu, ich …"

„Schsch." Sie legte einen Finger an seine Lippen und schüttelte den Kopf. „Es ist vorbei, Hayden. Es hat nie wirklich existiert. Jetzt können wir uns darüber freuen, dass wir unsere Kindheitsfantasien ausgelebt haben, aber wir können nicht erwarten, dass es ewig so weitergeht. Du hast vor, die Mühle zu verkaufen, und was dann?"

Er sagte kein Wort, und plötzlich war ihr kalt, obwohl das Feuer noch immer im Kamin brannte und den Raum erwärmte.

„Glaub mir, es ist besser so." Rasch drehte sie sich um und ging zur Tür, wobei sie im Stillen darum betete, dass er sie festhalten und ihr sagen würde, dass er ohne sie nicht leben konnte. Jeder

Schritt auf dem Weg zur Tür, ohne dass er sie aufhielt, brachte sie fast um.

Schließlich hörte sie, wie er sich in Bewegung setzte, hörte seine Schritte hinter sich. Ihr Herz tat einen Sprung, als sie glaubte, er würde sie nun an sich reißen und ihr sagen, dass er sie nicht gehen ließ.

Stattdessen sagte er: „Ich glaube, du wirst jemanden brauchen, der dich fährt."

Hayden hätte sich treten können, weil er ein so verdammter Schwachkopf gewesen war. Vor achtzehn Stunden war sie gegangen, und langsam drehte er durch. Er hatte das Haus allein dekoriert, und jetzt blickte er verächtlich auf seinen Versuch, so etwas wie eine Weihnachtsatmosphäre zu schaffen. Trotz Lichterketten, Lametta und einem Baum neben dem Kamin war das Haus so kalt wie das Gefühl in ihm. Alle Dekorationen, Lichter und Geschenke der Welt würden die Leere nicht füllen, die er ohne sie und die Jungs empfand. Er hatte sogar Geschenke gekauft, sie eingepackt und unter den Baum gelegt. Für Nadine und ihre Kinder. Aber sie würde sie nicht haben wollen.

Er hatte früh gelernt, dass alles einen Preis hatte, und ihr Preis war der Verlust seiner Freiheit und ein Leben in Gold Creek. Die Sache mit der Freiheit könnte er verkraften, und überrascht stellte er fest, dass er die Sache mit der Familie sogar mit offenen Armen begrüßen würde. Aber Gold Creek und die Sägemühlen? Natürlich konnte er sie noch immer verkaufen, aber der Gedanke lag ihm allmählich schwer im Magen, und er wollte auch nicht zu den „reichen Müßiggängern" gehören. Auf keinen Fall. Es war der Ausweg eines Feiglings, alles an Thomas Fitzpatrick oder irgendeinen anderen Holzbaron zu verkaufen.

Er stieg in seinen Jeep und fuhr in die Stadt. Es war Schnee vorhergesagt worden, und die ersten Flocken fingen an, sich am Boden zu sammeln. Gut. Von ihm aus konnte der ganze See zufrieren, denn kälter konnte es ihm ohnehin nicht werden.

Im „Silver Horseshoe" war am dreiundzwanzigsten Dezember nicht viel los. Ein paar Stammgäste hingen an der Bar herum, mehrere jüngere Männer spielten Billard, und Hayden erkannte ein paar Gesichter. Erik Patton, der in der Mühle arbeitete, kauerte über einem Krug Bier. Ed Foster, der vor kurzem sein Lehramt an der Tyler Highschool aufgegeben hatte und in den Ruhestand getreten war, gönnte sich ebenfalls ein großes Glas, und Patty Osgood Smythe musterte ihn von oben bis unten, als er zum Tresen ging. Es waren auch noch ein paar andere Leute dort, Männer, die eine drohende Haltung einzunehmen schienen, als er auf einem Hocker Platz nahm. Im Spiegel hinter der Bar fing er ein paar böse Blicke auf, und wusste, dass diese Männer und Frauen in Bezug auf ihren Lebensunterhalt von ihm abhängig waren.

Er bestellte ein Bier, knabberte Erdnüsse und überlegte, wie das Leben aussehen würde, wenn er sich ganz in Gold Creek niederließ. Was wäre, wenn er die Vergangenheit begraben, seinen Frieden mit seinem Vater schließen und das Ruder der Sägemühlen selbst in die Hand nähme? Er könnte die Firmenbücher durchgehen und Rückerstattungen leisten, wo es nötig war. Wenn noch andere Leute von seinem Vater betrogen worden waren, konnte er vielleicht etwas für sie tun. Lieber spät als nie.

Hayden war in der Lage die Mühlen zu leiten. Er verfügte über die nötige Ausbildung und hatte Erfahrung. Was ihm fehlte, waren Angestellte, die hinter ihm standen. Das würde Zeit brauchen. Niemand hier vertraute ihm wirklich.

Ein kalter Windstoß fegte herein, als ein neuer Gast die Bar betrat. Hayden warf einen Blick über die Schulter und sah, wie Ben Powell, Nadines älterer Bruder hereinschlenderte. Seine dunklen Haare waren militärisch kurz geschnitten. Mit einem schnellen Blick sah er sich im Raum um, entdeckte Hayden und blieb stehen. „Ich dachte mir schon, dass du wieder da bist", sagte er. Seine Gesichtszüge waren hart und seine braunen Augen kalt. „Ich habe gehört, dass dein Vater gestorben ist."

„So ist es."

„Jetzt hast du also das Sagen, was?"

Hayden nickte. „Lass mich dich auf ein Bier einladen."

Ben verzog den Mund zu einem freudlosen Grinsen, griff in seine Tasche und warf ein paar Dollar auf den polierten Tresen. „Ich will nichts von deinem Geld, Monroe." Und an den Barkeeper gewandt sagte er: „Gib mir eins vom Fass, egal was." Dann beugte er sich näher zu Hayden und sagte: „Nun, ich bin auch zurück. Auf Dauer. Also geh mir einfach aus dem Weg."

„Könnte schwer werden."

Ben verengte die Augen. „Wieso?"

„Weil ich deine Schwester bitten werde, mich zu heiraten."

„Du wirst was?" Ben wich alle Farbe aus dem Gesicht.

„Du hast mich schon richtig verstanden."

Ben reagierte schnell. Mit einem Können, das er sich bei der Army angeeignet hatte, holte er aus und landete eine Rechte in Haydens Gesicht. Haydens Kopf flog zurück, und er spürte, wie ihm das Blut aus der Nase schoss, als er gegen den Tresen stolperte.

Eine Frau schrie auf und alle Augen in der Bar richteten sich auf die beiden Männer, die beide in Angriffsposition gingen.

Denn Hayden war schnell wieder auf den Beinen, und er suchte den Streit. Es würde ihm guttun, auf irgendetwas einzuschlagen, und Bens kantiges Gesicht schien ihm gerade das richtige Ziel zu sein. „Komm schon", spottete er, „Bruder."

„Du verdammter Mistkerl!" Wieder griff Ben ihn an, aber diesmal wich Hayden dem Schlag aus.

Der Barkeeper sprang über den Tresen. „Jetzt reicht es aber. Sie verschwinden jetzt von hier, Mister", wandte er sich an Ben. Aber Hayden winkte ab und griff nach einer Serviette, um den Blutfluss zu stoppen. „Haben Sie noch nie davon gehört, dass Weihnachten das Fest der Nächstenliebe ist?"

„Lass uns raus gehen!", forderte Ben, aber Hayden lachte nur.

„Es ist vorbei", erklärte er dem Barkeeper. „Lassen Sie mich dem Mann einen Drink ausgeben. Ach zum Teufel, eine Runde für alle."

Der Barkeeper zögerte, aber die Gäste in der Bar klatschten Beifall, und zum ersten Mal seit seiner Rückkehr nach Gold Creek empfand Hayden so etwas wie Zugehörigkeit. Ohne Ben aus den Augen zu lassen, begann der Barkeeper die Drinks einzuschenken.

Bens Miene war finster, und wütend kniff er die Augen zusammen. Er griff nach seinem Bierglas und goss es langsam auf dem Boden aus. Ohne sich die Mühe zu machen, sein Wechselgeld zu nehmen, machte er auf dem Absatz kehrt und ging.

„Wer war der Kerl?", fragte der Barkeeper.

„Jemand, der einen Groll gegen mich hegt", antwortete Hayden. „Und es kann nur schlimmer werden." Wenn Ben erst einmal herausgefunden hatte, dass Nadine mit ihm geschlafen hatte, würde der Teufel los sein. Hayden grinste. Ben würde einen ganz passablen Schwager abgeben.

„Du hast was?", brüllte Ben mit rotem Gesicht, die Hände zu Fäusten geballt.

Nadine stand am Esstisch und packte ein Spiel in Geschenkpapier, das sie für John gekauft hatte. Im Ofen backten Weihnachtsplätzchen, und die Außenbeleuchtung blinkte im fallenden Schnee. Abgesehen von Bens schlechter Stimmung und ihrem Liebeskummer wegen Hayden, könnte dieses Weihnachtsfest das Schönste seit sehr, sehr langer Zeit werden. „Ich habe gesagt, dass ich gestern Abend mit Hayden aus war", wiederholte sie entnervt von Bens feurigem Blick. Sie hatte sich gefreut, als sie ihn im Haus vorgefunden hatte, wo er seine Reisetasche im Wohnzimmer in einer Ecke verstaut hatte und auf sie wartete. Aber dann hatte er sie wütend angefahren, statt sie zur Begrüßung in eine feste Umarmung zu ziehen.

„Du hast dich wieder mit ihm eingelassen? Verdammt, was hast du dir dabei gedacht?" Ben baute sich vor dem Kamin auf, und seine Augen sprühten vor Zorn. „Weiß Dad davon?"

„Ja", antwortete sie zuckersüß lächelnd. „Und er hat mir seinen Segen gegeben, genau wie du."

„Aber Monroe ..."

„Hör auf damit, Ben! Du kannst nicht einfach wieder in meinem Leben auftauchen und den großen Bruder spielen. Ich bin eine erwachsene Frau, um Himmels willen! Ich sorge für mich und meine Kinder, und du hast kein Recht, mir zu sagen, was ich zu tun habe, oder mein Urteilsvermögen in Frage zu stellen. Abgesehen davon ...", sie befestigte das Papier mit Tesa und band eine Schleife um das Geschenk, um seinem Blick auszuweichen, „... glaube ich, dass es vorbei ist. Als ich sein Haus verlassen habe, war uns beiden ziemlich klar, dass wir uns nicht wiedersehen werden."

Er öffnete den Mund, um etwas zu sagen, überlegte es sich jedoch anders und lehnte sich mit der Schulter an den Kaminsims. „Gut ... denk einfach daran, was dieser Mistkerl und sein Vater unserer Familie angetan haben."

Sie bedachte ihn mit einem wütenden Blick, der Stahl zum Schmelzen gebracht hätte. „Das habe ich nicht vergessen, Ben, aber es wird Zeit, die Vergangenheit zu begraben, meinst du nicht?"

„Niemals."

„Es ist Weihnachten."

„Davon habe ich gehört", sagte er kryptisch.

„Ich habe akzeptiert, was passiert ist. Es wäre besser, du tätest das auch."

„Warum? Damit du den Penner heiraten kannst?"

Sie nahm die Schultern zurück. „Nein. Mit Hayden ist es aus."

„Du würdest nicht so dumm sein und ihn heiraten, oder?"

„Ihn heiraten?", wiederholte sie, und es zerriss ihr fast das Herz. „Ich glaube nicht, dass du dir deshalb Sorgen machen musst."

Unbehaglich rieb er sich den Nacken. „Er hat dir keinen Antrag gemacht?"

„Das wird nicht geschehen, Ben. Zerbrich dir darüber mal nicht den Kopf." Der Timer am Herd piepste leise, um anzuzeigen, dass die Plätzchen lange genug gebacken hatten. Sie ließ ihr Päckchen liegen, zog das Blech aus dem Ofen und schob ein anderes hinein.

Im ganzen Haus roch es nach Zimt und Muskat und duftenden Kiefern. Im Kamin loderte ein Feuer; in der Ecke daneben verbreitete der Weihnachtsbaum sein warmes Licht, das sich in den Fenstern spiegelte. Alles war perfekt, bis auf dass das Haus so leer schien. Selbst jetzt, wo Ben hier war. Die Jungen waren noch bei Sam, und Hayden ... Gott allein wusste, wo er steckte und was er gerade tat. Sie spähte aus dem Fenster hinüber zu den stecknadelkopfgroßen Lichtern, die aus der Monroe-Villa schienen.

Sie hörte nicht, wie Ben näher kam, und seine Stimme schreckte sie auf. „Sie haben noch mehr Schnee angekündigt. Sieht aus, als hätten wir eine weiße Weihnacht."

Eine einsame weiße Weihnacht, dachte sie. „Hm, ja."

Ben stibitzte eins der heißen Plätzchen vom Blech.

„Nur zu, bedien dich", sagte sie neckend und reichte ihm eine Serviette. „Im Kühlschrank steht Milch. Aber ich kann auch Kaffee machen ..."

Mit einer Handbewegung lehnte er ihr Angebot ab. „Nicht nötig." Als sie wieder durchs Fenster blickte, sagte er: „Du hängst wirklich an diesem Mistkerl, nicht wahr?"

„Ich habe dir gesagt, dass ich ihn nicht mehr wiedersehen werde. Und ihm habe ich das gestern auch gesagt." Als sie sich zu Ben umdrehte, konnte sie sehen, wie der Hauch eines Lächelns seine Lippen umspielte. „Aber falls ich es mir anders überlegen sollte, erwarte ich von dir, dass du es kommentarlos akzeptierst. Und jetzt mach dich nützlich. Ich habe den Jungs neue Räder gekauft, und du kannst sie fahrtüchtig machen. Dann mache ich dir sogar etwas zu essen – etwas anderes als Plätzchen."

„Ich bin nicht besonders hungrig. Noch eins von denen hier ..." Als er nach einem weiteren Plätzchen greifen wollte, bemerkte sie, dass die Fingerknöchel an seiner rechten Hand geschwollen waren. „Was ist passiert?", fragte sie.

„Ich, äh, hatte eine kleine Auseinandersetzung unten im Silver Horseshoe."

„Eine Prügelei? Du bist noch keine vierundzwanzig Stunden in der Stadt und gerätst in eine Schlägerei? Hast du bei der Army denn gar nichts gelernt?"

„Der Typ hat's verdient."

„Ja klar, sicher", sagte sie sarkastisch, während sie in den Ofen schaute. „Wer war der Typ, und was hat er getan?"

Ben sah sie nur an, und da wusste sie Bescheid. Ihr Bruder war in der Stadt aufgetaucht, zufällig Hayden über den Weg gelaufen und hatte prompt versucht, ihn k. o. zu schlagen.

„Du bist Hayden also schon begegnet? Und hast so von unserer Beziehung erfahren?" Ihr wurde ganz schlecht. „Was ist passiert?"

„Er wollte mich zu einem Drink einladen."

„Und du hast ihn geschlagen. Nett von dir, Ben. Wirklich nett."

„Er hat's verdient." Er rieb sich seine verwundete Hand. „Und zwar schon seit Jahren."

Nadine schüttelte den Kopf. Ein Teil von ihr wollte zu Hayden laufen, um sich zu vergewissern, dass alles in Ordnung mit ihm war; der andere hatte das dringende Bedürfnis, ihrem Bruder eins auf sein trotzig vorgeschobenes Kinn zu geben. „Dann hast du es also auf dich genommen, meine Ehre zu verteidigen."

Ben rieb sich den Kiefer, und zum ersten Mal heute wirkte er leicht zerknirscht. „Ich konnte nicht anders, Nadine. Der Mistkerl sagte etwas davon, dass er dich heiraten will."

Bens Worte gingen Nadine nicht mehr aus dem Kopf. Heirat? Hayden redete von Heirat?

Sie schaffte es nicht, ihr aufgeregt flatterndes Herz zu beruhigen und rechnete damit, dass er vor ihrer Tür auftauchte. Aber er kam nicht. Und rief auch nicht an. Allmählich begann sie in Erwägung zu ziehen, dass Ben ihn nicht richtig verstanden hatte, oder dass Hayden ihren Bruder nur hatte provozieren wollen.

Nadine überlegte, ob sie ihn anrufen sollte. Aber sie tat es nicht. Es hatte sich nichts verändert. Obwohl Hayden auf einmal anders über das Thema Kinder dachte, wollte er sich noch immer nicht binden. Das hatte er nie gewollt, und daran würde sich auch in Zukunft nichts ändern. Ungefähr so hatte er sich ausgedrückt.

Sie konnte kaum schlafen, weil sie ständig an Hayden denken musste. Ben verließ das Haus früh am nächsten Morgen, um sich nach einem Apartment umzuschauen, das er mieten konnte, und um ihren Vater zu besuchen.

Nadine hielt sich mit Kochen und Putzen beschäftigt, packte noch ein paar Geschenke ein und gab dem Haus den letzten Schliff. Wenn die Jungs nach Hause kamen, sollte alles perfekt sein. Unzählige Male blickte sie zum See hinaus und ertappte sich dabei, wie sie auf das Motorengeräusch von Haydens Jeep lauschte.

Als das Telefon klingelte, wäre sie vor Nervosität fast an die Decke gesprungen. Sie meldete sich mit einem atemlosen Hallo und war enttäuscht, als Sam ihr mitteilte, dass er etwas später käme. Er sei mit den Kindern auf einer Weihnachtsfeier und würde sie ein wenig später nach Hause bringen.

„Wann?", fragte Nadine.

„Ist das so wichtig? Sie müssen morgen nicht in die Schule."

„Ich weiß, aber …"

„Mach dir keine Sorgen, Nadine. Sie sind bald zu Hause."

Ein paar Stunden später hielt Sam sein Wort. Er brachte die Jungs ins Haus und ließ ihre Rucksäcke mitten im Wohnzimmer auf den Boden fallen. Offenbar hatte er zu viel gefeiert, denn er war ganz rot im Gesicht, und seine Augen waren leicht glasig.

„Hey, Mom, da liegen ja schon Geschenke unter dem Baum!", rief Bobby mit Augen so groß wie Untertassen.

„Ein paar davon sind von mir."

„Sind irgendwelche von Monroe?", fragte Sam mit einem Blick so kühl wie ein Schneesturm im Dezember.

Bobby nahm die bunten Päckchen bereits genauer unter die Lupe. „Der Weihnachtsmann wird doch noch kommen, nicht wahr?"

„Darauf kannst du wetten. Ich habe heute ein paar Plätzchen gebacken, und morgen werden wir beide noch eine ganz besondere Ladung machen."

„Ach, Mom, so was wie den …", setzte John an, aber ein scharfer Blick von Nadine brachte ihn zum Schweigen.

Sam ließ sich Zeit und sah sich finsteren Blickes in dem gemütlichen Raum um. „Die Jungs sagen, dass du mit Monroe ziemlich dicke bist."

„Wir haben uns hin und wieder getroffen."

Er nahm seinen Hut ab und rieb sich den Kopf. „Du weißt hoffentlich, dass ich das nicht gutheiße."

„Das konnte ich mir denken", erwiderte sie gereizt.

„Und sag nicht, dass es mich nichts angeht."

„Was ich mit meinem Leben anfange …"

„Ich rede von den Kindern, verdammt. Sie bekommen zu viel von dem Kerl zu sehen." Sam wurde wütend, und die Drinks, die er offensichtlich intus hatte, zeigten ihre Wirkung. Wild wedelte er mit einem Arm in der Luft herum, um seinen Standpunkt klarzumachen. „Dieser Mistkerl hat vor, die Mühle dicht zu machen …"

„Das würde er nicht tun, Dad", sagte John.

„Was weißt du denn schon davon?"

„Ich mag ihn. Er ist ein guter Mensch."

„Ich sag dir, was er ist", sagte Sam, wobei er etwas schwankte. „Er ist ein nichtsnutziger verwöhnter reicher Scheißkerl, und ich will nicht, dass er meinen Jungs teure Sachen kauft."

„So ist es doch gar nicht, Dad", wandte John ein.

„Du gibst mir Widerworte?" Sam stolperte leicht, als er John am Kragen packte.

„Lass ihn los!" Als wäre ihr Körper ein Schutzwall, stellte Nadine sich vor ihren Sohn. „Wage es nicht, Hand an ihn zu legen", warnte sie Sam.

Aber Sam war plötzlich wütend auf die ganze Welt. „Du lässt den Kindern viel zu viel durchgehen. Geh mir aus dem Weg." Er versuchte, Nadine wegzuschieben, aber sie rührte sich nicht, plötzlich dankbar für seinen betrunkenen Zustand, der ihn unsicher in seinen Bewegungen machte.

„Du solltest lieber gehen."

„Warum?", fragte er und lächelte höhnisch. „Damit du deinen reichen Freund einladen kannst?"

„Es reicht!"

Hasserfüllt verengte Sam die glasigen Augen. „Na, hast du es schon mit ihm getrieben? Das hast du doch immer gewollt. Glaub nicht, ich hätte das nicht gewusst. Jedes Mal, wenn wir miteinander geschlafen haben, hast du an ihn gedacht und dir vorgestellt, dass ich …"

„Hör auf!", schrie sie, marschierte zur Tür und riss sie auf. Kalter Wind wehte herein und die Flammen im Kamin loderten auf. „Geh jetzt, Sam. Geh und schlaf deinen Rausch aus."

„Ich denke, ich werde hierbleiben. Fahren ist viel zu gefährlich für mich."

„Ich werde jemanden anrufen."

„Komm schon, Nadine. Lass mich bleiben. Um der alten Zeiten willen." Sein Grinsen wurde anzüglich, und er wollte auf sie zugehen, stolperte jedoch über den Rand des Teppichs. „Gottverdammt", fluchte er und suchte nach irgendetwas, woran er sich festhalten konnte. Dabei stolperte er wiederum über den Couchtisch, erwischte einen Zweig des Baums und hielt sich daran fest, aber der kleine Weihnachtsbaum war seinem Gewicht nicht gewachsen. Er kippte um und fiel zu Boden, wobei ein paar Zweige im Kamin landeten. Sofort fingen die trockenen Nadeln Feuer und wurden von den Flammen verzehrt.

„Oh, Gott! Sam, pass auf! Jungs, lauft raus, schnell!", rief Nadine, und als ihre Söhne sich nicht rührten, schrie sie: „Jetzt! Lauft rüber zu den Thorntons und sagt ihnen, sie sollen die Feuerwehr anrufen!"

Sam versuchte, sich von dem Baum zu befreien und schrie in einer Mischung aus Panik und Wut. Die Jungs eilten nach draußen, und Hershel jagte ihnen hinterher. Nadine rannte in die Küche und schnappte sich den Feuerlöscher. Aber es war zu spät. Das Feuer war auf den Teppich und die Gardinen übergesprungen. Im Baum loderten hohe Flammen, und obwohl Sam sich hatte befreien können, brannte seine Kleidung. Seine Schreie waren grauenhaft.

Nadine hatte ihn nicht kommen hören, aber plötzlich war Hayden da, und gab lautstark Anweisungen. Er rief ihr zu, sie solle raus und zum See zu laufen, trat mit seinen Stiefeln auf den Baum ein und zerrte Sam, der sich vor Schmerzen wand, aus dem Feuer.

Hastig griff sich Nadine ein Fotoalbum und ihre Handtasche vom Tisch, und half Hayden dann dabei Sam nach draußen und die Anhöhe hinunter zum See zu ziehen. Sie rissen ihm die Kleider vom Leib, bis er nur noch seine Boxershorts trug. Seine Schreie hallten durch die Nacht, während der Schnee auf seiner Haut schmolz.

Verzweifelt sah Nadine sich in der Dunkelheit nach ihren Jungs um, aber sie und der Hund waren verschwunden, und ihr kleines Haus, ihr ganzer Stolz und der einzige Besitz, an dem ihr wirklich etwas lag, hatte sich in ein Inferno verwandelt.

„Alles wird gut", versuchte Hayden Sam zu beruhigen.

„Hilf mir. Gütiger Gott, hilf mir."

„Hilfe ist unterwegs." Hayden griff nach Nadines Hand. „Bleib bei ihm, und gib mir deine Schlüssel."

„Meine was …?", fragte sie, war aber schon dabei, in ihrer Tasche danach zu suchen. Aus der Ferne war das erste Sirenenheulen zu hören.

Hayden nahm ihr die Schlüssel aus der zitternden Hand und rannte zum Haus. Sie schrie ihm nach, bis sie sah, dass er in ihren kleinen Chevy stieg und den Wagen so weit wie möglich vom Brand entfernt zurücksetzte und abstellte.

„Oh, Gott", flüsterte sie und suchte noch immer nach ihren Kindern in der Nacht. „John? Bobby? Bitte, bitte …" Sie würden doch wohl nicht wieder ins Haus gelaufen sein, oder? War es möglich, dass sie auf der Suche nach ihr durch die Hintertür in die Küche gegangen waren?

Panik schnürte ihr die Luft ab, und sie hörte Sam stöhnen. Sie griff nach seiner Hand und versuchte es ihm etwas leichter zu machen, indem sie Schnee an seine Haut hielt, während sie gleichzeitig weiter die Dunkelheit absuchte.

Als das erste Fenster explodierte, kam Hayden zu ihr zurückgelaufen.

„Oh Gott … was ist mit den Jungs?", rief sie.

„Mit ihnen wird alles in Ordnung sein." Er legte die Arme um sie und gab ihr einen Kuss auf die Stirn. „Bleib tapfer", flüsterte er ihr zu, ließ sie wieder los und beugte sich über Sam. „Gleich wird Hilfe da sein." Nadine begriff erst jetzt, wie nahe Sam dem Tod gekommen war. Sie hörte ihre Kinder, die mit den Nachbarn am Ufer angelaufen kamen, und zum Glück war auch Jane Thornton unter ihnen, eine Krankenschwester, die im Bezirkskrankenhaus arbeitete. Sie kümmerte sich sofort um Sam, während Nadine ihre Jungen an sich zog.

Wie flackernde Finger streckten sich die Flammen durch das trockene Dach des Hauses in den schwarzen Nachthimmel, und Nadine konnte die Tränen nicht länger zurückhalten. Alles war weg. Alles, wofür sie gearbeitet hatte, alles, was sie besessen und wert geschätzt hatte.

„Ihr seid jetzt in Sicherheit", flüsterte ihr Hayden ins Ohr.

„Aber das Haus …"

„Kann wieder aufgebaut werden."

„Nein, ich … alles ist darin …"

„Nicht alles", sagte er mit rauer Stimme, und in seinen Augen schimmerten Tränen. „Du hast mich. Und deine Jungs. Für immer."

Sie sah zu ihm hoch und wagte es kaum ihm zu glauben.

Die Sirenen kamen näher. Rauchgestank füllte die Luft. Löschzüge mit Besatzung fuhren in den Hof. Ein Ambulanzwagen kam schlingernd zum Stehen und die Sanitäter beeilten sich, Sam zu helfen. Wenige Minuten später waren sie mit ihm unterwegs ins Krankenhaus, nachdem sie Nadine versichert hatten, dass er durchkommen würde.

Mehr als eine Stunde lang sah sie zu, wie die Feuerwehrleute die Flammen löschten und ihr Holzhaus auf ein tropfendes schwarz verkohltes Skelett reduziert wurde.

Als die Feuerwehr schließlich abrückte, liefen ihr erneut die Tränen über die Wangen. „Es ist zerstört", flüsterte sie. „Alles ist weg."

Hayden hielt sie fester. „Ich war hierhergekommen, um dich zu bitten, meine Frau zu werden, Nadine, und als ich dich im Feuer gesehen habe, als die Möglichkeit bestand, dass ich dich verlieren könnte, da wusste ich … Ich wusste, dass ich ohne dich nicht leben könnte. Heirate mich." Er küsste sie. „Bitte. Sag mir, dass du meine Frau sein wirst."

„Ich …"

„Ich liebe dich", fuhr er fort, und sein Gesicht war ernst und voller Gefühle, die tief in seiner Seele brannten. „Lass das unser erstes Weihnachtsfest als Familie sein."

Nadine lachte und weinte zugleich. Die Erleichterung vermischte sich mit einem unbändigen Glücksgefühl, während der Schnee auf die Überbleibsel des Hauses fiel, in dem sie ihre Kinder zur Welt gebracht hatte, ihre Scheidung durchlitten und mit Hayden Liebe gemacht hatte.

Über seine Schulter hinweg wanderte ihr Blick über den dunklen, ruhig daliegenden Whitefire Lake zu den Lichtern, die in der Ferne glühten. Ihr neues Heim. Mit Hayden.

Ihre Kehle war so zugeschnürt, dass sie kaum sprechen konnte. Sie zog ihre Jungs an sich. „Ich schätze, wir werden neu anfangen", sagte sie, und ihre Augen strahlten, als sie Hayden ansah. „Natürlich werde ich dich heiraten."

EPILOG

Vom Treppenabsatz ihres neuen Heims aus warf Nadine ihren Brautstrauß in die Menge, die sich im Foyer versammelt hatte. Ein Freudenschrei erklang, als Carlie Surrett den Strauß fing.

Zu der hastig geplanten Hochzeit hatten sie die halbe Stadt eingeladen, und in dem Versuch, die alten Risse zu kitten, waren auch die Surrets unter den Gästen. Im Wohnzimmer spielte ein Pianist Liebeslieder auf dem Flügel, und die Gäste standen herum, tanzten, unterhielten sich, lachten und tranken Champagner.

Als Nadine sich zu ihnen gesellte, entdeckte sie Hayden, der einen schwarzen Smoking trug, und seine blauen Augen strahlten wie ein Sommermorgen. „Eine heidnische Tradition scheint zu verlangen, dass wir miteinander tanzen", flüsterte er ihr ins Ohr.

Nadine lächelte ihn an, und so begannen sie im Wohnzimmer inmitten der Zuschauermenge zu tanzen. Die Topfpflanzen und der dreieinhalb Meter hohe Weihnachtsbaum in der Ecke waren mit kleinen Lichtern geschmückt. Nach und nach folgten andere Paare ihrem Beispiel. Heather Brooks, in schimmerndes Hellblau gehüllt, tanzte mit Turner, der in einem schwarzen Anzug im Westernstil steckte, die blonden Haare wie immer ungebändigt. Breit grinsend zwinkerte er Nadine zu. „Ich kriege den nächsten Tanz", sagte er, und Hayden lachte. „Im Leben nicht."

Auch Rachelle und ihr Mann Jackson Moore drehten eine Runde auf dem Parkett, und in Rachelles braunen Augen lag ein Geheimnis, von dem bisher kaum jemand etwas wusste. Im Frühling würden sie und Jackson Eltern werden. Sie strahlte ihren Mann an, und er hielt sie so besitzergreifend in den Armen, dass es schon an ungestüm grenzte.

„Alle sind glücklich", stellte Hayden fest.

„Hm." Sogar ihr Vater, der in einem Sessel in der Ecke saß, plauderte und lachte mit Ellen Little, der Mutter von Heather und Rachelle, und Nadine wurde warm ums Herz.

Nur Ben wirkte etwas fehl am Platz, hatte aber zähneknirschend Hayden als Schwager akzeptiert. Da Hayden beschlossen hatte, in Gold Creek zu bleiben und die Sägemühlen, die er geerbt hatte, nicht wie sein Vater aus der Ferne zu führen, sondern vor Ort als Bürger dieser Stadt, war Ben zu dem Schluss gelangt, dass er doch ganz okay sein könnte.

Auch die Tatsache, dass Hayden den Beruf seiner Frau akzeptierte und bereit war, ihr zu helfen, mit ihrer Karriere als Designerin richtig durchzustarten, hatte Ben davon überzeugt, dass Hayden nicht so übel war.

Selbst John und Bobby amüsierten sich, obwohl John mit Katie Osgood bei weitem zu viel Zeit an der Bowlenschüssel verbrachte.

Als eine andere Musik gespielt wurde, zog Hayden seine Frau durch die Glastüren auf die Gartenterrasse. „Was ist denn?", fragte sie, während er sie weiterzog und durch den Schnee und die dunkle Nacht über einen beleuchteten Pfad zum Seeufer führte. „Bist du verrückt?", rief sie, als er sie auf den Boden zog und ihr Kleid im Schnee ganz nass wurde.

Grinsend schöpfte er eine Handvoll von dem eisigen Seewasser und hielt es seiner Braut an die Lippen. „Trink", forderte er sie auf, „auf dass uns der Sonnengott oder wer auch immer segnen möge."

„Ich glaube, das hat er längst getan." Sie trank das Wasser aus seinen Händen und sah ihm tief in die Augen. „Du wirst Vater."

„Ich werde was …?"

„John und Bobby werden nicht die einzigen Kinder hier sein", erklärte sie und sah, wie er hektisch blinzelte.

„Oh Gott."

„Freust du dich?"

Anstelle einer Antwort, nahm er sie in seine Arme und küsste sie lange und voller Leidenschaft, aber sie befreite sich schließlich kichernd und bot ihm gleichfalls eine Handvoll Seewasser an.

„Nicht so gierig", sagte sie, als seine Lippen ihre Handfläche berührten, und ihr das Wasser durch die Finger tropfte.

„Ich?" Seine blauen Augen schienen von einem inneren Feuer her zu glühen, und er schob seine Finger in ihre Haare und zog ihren Kopf zu sich heran. „Es gibt nur eins auf dieser Welt, von dem ich nie genug bekommen kann", schwor er, die Stimme rau und voller Überzeugung, „und du weißt ganz genau, dass du das bist."

Leidenschaftlich presste er seine Lippen auf ihre, und als Nadine den leisen Ruf einer Eule hörte, war Nadine sicher, dass es die Geister des Sees waren, die dem reichen Jungen aus Gold Creek ihren Segen gaben.

– ENDE –

Lisa Jackson

Zwischen Zweifel und Begierde

Roman

Aus dem Amerikanischen von
Christian Trautmann

PROLOG

Whitefire Lake, Kalifornien
Gegenwart

C arlie Surrett!
Seit elf Jahren war diese Frau Ben Powells Verderben, und er hatte geglaubt – nein, er hatte sich geschworen –, sie nie wieder anzusehen.

„Ja, du bist ein verdammter Narr", sagte er zu sich selbst, während er sich den Schnee vom Kragen wischte. Während er weiter über sein Pech fluchte, riss er die Tür seines gebrauchten Pick-ups auf und griff hinein. Auf dem durchgesessenen Sitz stand ein Sechserpack Bier, und er nahm eines aus dem Karton. Mit finsterer Miene öffnete er die Flasche, indem er den Kronkorken an der verrosteten Stoßstange ansetzte und hart daraufschlug – ein Trick, den er vor Jahren gelernt hatte, als er sich freiwillig zur Army gemeldet hatte. Der Korken flog in eine Schneewehe, und Schaum quoll aus dem Flaschenhals über seine Finger. Ben hob die Flasche an den Mund und trank einen großen Schluck.

Wieso kann ich Carlie nicht vergessen?

Er murmelte Verwünschungen vor sich hin, trat die Tür zu und schaute auf die Trümmer am See, die einmal das Wochenendhaus seiner Schwester gewesen waren. Der einst hübsche kleine Bau war jetzt nur noch ein Haufen verdrehtes Metall, verkohlte Balken und ein absackender, rußbedeckter Kamin. Asche und Trümmerteile. Nichts, was noch zu retten wäre.

Nadine hatte ihn gebeten, es wieder aufzubauen. Er kniff die Augen zum Schutz gegen die Schneewehen zusammen, die über die kalte Asche fegten. Wollte seine Schwester ihm wirklich Arbeit verschaffen, oder war der Job nur ein Almosen für ihren einzigen überlebenden Bruder, einen Mann, der in dieser schäbigen kleinen Stadt von vorn anfangen musste? Nach ihrer Hochzeit heute könnte Nadine sich auf dieser Seite des Sees einen Palast bauen lassen. Wenn sie wollte, konnte sie einen

Schwarm Architekten und Bauunternehmer beschäftigen und auch noch Lakaien einstellen, die der neuen Mrs Hayden Garreth Monroe IV. Luft zufächelten.

Verdammt! Er sollte froh sein. Nadine hatte jahrelang gekämpft. Aber war die Heirat mit Monroe, diesem erstklassigen Mistkerl aus einer reichen Familie, der Durchbruch, den sie verdiente? Warum verkaufte sie nicht gleich ihre Seele an den Teufel?

Und wieso musste sie Carlie zur Hochzeit einladen?

„Elender Mist." Wütend auf sich selbst und auf die Welt im Allgemeinen, ging Ben über den gefrorenen Weg zum Anleger. Dank eines verkapselten Schrapnells, das er sich bei diesem Scharmützel im Nahen Osten eingefangen hatte, tat sein Knie höllisch weh. Außerdem hatte sein Stolz in den vergangenen zehn Jahren gelitten, und angefangen hatte alles in dieser Stadt. Mit Carlie Surrett. Der wunderschönen, verführerischen, heimtückischen Carlie. Es war ihr gelungen, nicht nur Bens Welt in Schutt und Asche zu legen, sondern auch noch seinen Bruder zu zerstören.

Und nun würde er ihr erneut gegenübertreten müssen. Nur weil seine Schwester darauf bestand, dass er die Vergangenheit ruhen ließ. „Vielen Dank, Nadine."

Durch den wirbelnden Schnee warf er einen Blick über das aufgewühlte graue Wasser zum anderen Ufer des Whitefire Lake, wo das einladende Licht hinter den Fenstern von Monroe Manor zu sehen war – Haydens Villa am See. Heimelig stieg Rauch aus dem Schornstein auf, und die Weihnachtsbeleuchtung funkelte im Dämmerlicht des trüben Tages, obwohl Weihnachten längst vorbei war. Ich hoffe, du weißt, was du tust, Nadine, dachte er besorgt. Sie war der einzige noch verbliebene Mensch auf dieser Welt, der ihm wirklich etwas bedeutete. Er hatte seiner Mutter nie verziehen, dass sie die Familie im Stich gelassen hatte, als es hart auf hart kam. Und was seinen Vater betraf … tja, der alte Mann war nie über Kevins Tod hinweggekommen.

Das lenkte Bens Gedanken zurück zu Carlie. Schon wieder Carlie. Seine Miene verfinsterte sich, und er trank einen weiteren großen Schluck aus der Flasche.

Der Nordwind, rau wie der Januar, blies über die kabbelige Wasseroberfläche und fuhr schneidend durch seine Uniformjacke.

Heute war der große Tag – der Tag der Abrechnung oder der Freudentag, an dem jahrzehntelange Fehden ignoriert wurden. Und der Tag des Untergangs, zumindest Bens Meinung nach. Längst sollte er unterwegs zur Hochzeit sein, doch er konnte all den Smalltalk nicht ertragen, den Klatsch und die neugierigen Blicke, die seine Anwesenheit zweifellos zur Folge haben würde. Nein, er würde bis zur letzten Minute warten und dann aus dem Hintergrund zuschauen, wie seine Schwester den größten Fehler ihres Lebens beging.

Er sah auf die Uhr. Die Zeremonie sollte in knapp einer Stunde beginnen. Allein bei dem Gedanken daran, dass er wahrscheinlich Carlie dort treffen würde, zog sich alles in ihm zusammen. Als Nadine ihm erzählt hatte, dass Carlie auf der Gästeliste stand, war er wütend gewesen.

„Hast du den Verstand verloren?", hatte er seine Schwester angefahren. „Es ist schon schlimm genug, dass du Monroe heiratest …" Dann bemerkte er den rebellischen Gesichtsausdruck seiner Schwester und hob kapitulierend die Hand. „Tut mir leid, aber ich konnte den Kerl noch nie leiden, das weißt du. Deshalb werde ich dir nicht plötzlich erzählen, er sei eine wunderbare Wahl …"

„Es reicht", warnte sie ihn.

Aber er konnte nicht aufhören. „Und als wäre das nicht schlimm genug, muss auch noch Carlie Surrett dabei sein?"

„Es wird Zeit, das Kriegsbeil zu begraben, Ben."

„Du hast wirklich den Verstand verloren, Nadine. Erst beschließt du, diesen Kerl zu heiraten, was schon echt unglaublich ist. Aber Carlie einzuladen …"

„Benimm dich bloß", warnte sie ihn mit einem Leuchten in ihren grünen Augen, das ihm verriet, dass sie wieder irgendetwas im Schilde führte.

„Meinetwegen brauchst du dir da keine Sorgen zu machen. Ich bin die Höflichkeit in Person."

„Ja, klar doch. Und ich bin der Papst. Spar dir das für jemanden auf, der es dir abnimmt."

Sie hatte die Unterhaltung dann auf den Wiederaufbau des Wochenendhauses gelenkt. Das Thema Hochzeit war wirkungsvoll abgeschlossen. Auf Gedeih und Verderb würde sie ihren Willen bekommen, und Ben musste sich damit abfinden.

„Zur Hölle", stieß er hervor. Er wollte nicht an Carlie denken. Nicht jetzt. Überhaupt nicht. Er hatte vor, ihr für den Rest seines Lebens aus dem Weg zu gehen. Diese ebenso sture wie schöne Frau bedeutete Ärger, daran gab es nicht den geringsten Zweifel.

Während er sein Bier austrank, versuchte er sich einzureden, dass sie möglicherweise viel zu vernünftig war, um auf Nadines Hochzeit aufzukreuzen. Sie würde doch bestimmt nicht wieder die alten Spekulationen anheizen wollen, oder? Früher war Carlie Surrett eine Frau gewesen, die es ins Rampenlicht zog. Die Fotografen liebten sie, und sie genoss es, den Hauch der Prominenz zu spüren, der zwar flüchtig, aber real gewesen war.

Ben zog ein kleines Fernglas aus der Tasche und hob es an seine Augen. Monroe Manor ragte näher auf als zuvor. Mit dem Schnee auf den Dachtraufen wirkte das dreigeschossige Haus im Cape-Cod-Stil wie eine Winterszene auf einem der legendären Drucke von Currier and Ives.

Wie reizend, dachte er spöttisch. Er hoffte, dass seine dickköpfige Schwester wusste, was sie tat, wenn sie diesem Monroe das Jawort gab.

Gib's auf, Powell! Er heiratet sie, und sie ist glücklich. Und was das Wiedersehen mit Carlie betrifft, so kriegst du das schon hin. Es kann nicht viel schlimmer werden als das, was du im Nahen Osten gesehen hast. Oder?

Grimmig lächelte Ben. Lieber würde er wieder in den Kampf ziehen, als jemals erneut in Carlies aufregende blaue Augen schauen zu müssen.

Mit dem Fernglas suchte er das Seeufer ab, musterte die überfrorenen leeren Anleger, alte Mammutbäume, Baumstümpfe und Felsen, bis das ehemalige Kirchencamp in Sicht kam. Er nahm eine Bewegung wahr und stellte das Fernglas scharf.

Fast wäre sein Herz stehen geblieben. Seine Muskeln spannten sich an, als sie schärfer ins Bild kam: eine langbeinige schöne Frau, die aufs Wasser schaute. Ihr schwarzes Haar war locker geflochten und am Hinterkopf aufgedreht, doch ein paar Strähnen wehten ihr ins Gesicht – ein Gesicht, das für alle Ewigkeit in sein Gedächtnis eingebrannt war. Ihre Erscheinung glich der eines Fotomodels von der Titelseite eines Modemagazins. Sie trug einen langen schwarzen offenen Mantel, unter dem ein durchscheinendes blaues Kleid zu sehen war, das ihr bis zu den Knöcheln reichte und außerdem den Blick freigab auf ihren anmutigen Hals.

Er schloss die Finger fester um das Fernglas, als sie sich umdrehte und in seine Richtung blickte. Ihre kornblumenblauen Augen waren warm wie ein Junitag, die Wangen leicht gerötet von der Kälte, ihre vollen Lippen glänzten. Die Mundwinkel hatte sie nachdenklich ein wenig hinuntergezogen. Ben atmete die frostige Luft ein und wartete auf die Welle des Ekels, doch stattdessen empfand er nur Bedauern über all das, was nicht mehr sein würde.

„Du Narr", stieß er hervor, behielt das Fernglas aber weiterhin oben.

Schlank wie ein Model stand sie auf ihren hochhackigen Schuhen da, und ihr langer Mantel wehte im Wind. Er sah, wie sie erschauerte und den Gürtel festzog, während Schneeflocken auf ihren Wangen schmolzen und sich in ihren ebenholzdunklen Haaren in glitzernde Tropfen verwandelten.

„Na klasse." Er zwang sich, das Fernglas herunterzunehmen. Kein Zweifel. Ihrem Outfit nach zu urteilen, würde sie zur Hochzeit gehen. So viel zu seiner Hoffnung, sie möge genug Verstand oder Anstand genug besitzen, um nicht dort aufzutauchen.

Ob es ihm nun gefiel oder nicht, binnen einer Stunde würde er ihr vor Hunderten von Gästen gegenübertreten müssen. Bei dem Gedanken an seinen Vater und daran, wie der alte Mann auf eine Begegnung mit Carlie Surrett reagieren würde, krampfte sich sein Magen zusammen. Schließlich war sie die Frau, die

George Powells voreingenommener Meinung nach der Familie nichts als Schande und Leid gebracht hatte. Sie war die Frau, der er die Schuld am Tod seines erstgeborenen Sohnes gab.

Es würde eine Szene geben, und dann wäre Nadines Hochzeit ruiniert. „Verdammt." Ben verfluchte die Welt ganz allgemein. Er wusste, was getan werden musste. Auf jeden Fall würde er ihr allein gegenübertreten. Am besten setzte sich mit der berüchtigten Miss Surrett nicht vor einem Publikum aus Hochzeitsgästen auseinander, die das Ganze interessiert verfolgen und hinter seinem Rücken tuscheln würden.

Er versuchte, sich einzureden, dass er sie auf keinen Fall allein sprechen wollte, ihm aber keine andere Wahl bliebe.

Entschlossen marschierte er zurück zu seinem Pick-up und stieg ein. Er legte den Rückwärtsgang ein und sagte sich, dass er nur mit ihr sprechen wollte, um ein paar Dinge klarzustellen, bevor sie auf der Hochzeit erschienen.

Das war er seinem Vater schuldig. Und Kevin. Vor allem aber sich selbst.

Verrückt. Das war sie. Absolut verrückt! Zu Nadine Powells Hochzeit bei Hayden Monroe zu erscheinen, forderte den Ärger geradezu heraus. Sie bettelte förmlich darum.

Carlie erschauerte und rieb sich die Arme, während sie dem schneeverkrusteten Weg entlang dem felsigen Seeufer folgte. Schneeflocken verfingen sich in ihren Wimpern, und ihr Zopf löste sich allmählich auf. Sie sollte endlich zur Hochzeitsfeier gehen und es hinter sich bringen oder einfach auf der Stelle verschwinden. Stattdessen war sie hier draußen, irgendwo in der Wildnis, von Zweifeln geplagt.

Das war alles Rachelles Schuld. Ihre beste Freundin hatte darauf bestanden, dass Carlie die Vergangenheit vergaß und Nadines Friedensangebot annahm. Doch wegen Nadine machte Carlie sich keine Sorgen. Nadine war glücklich und zufrieden mit ihrem Leben, bereit zu vergeben und zu vergessen. Das zeigte schon die Tatsache, dass sie Hayden Monroe heiratete, einen Todfeind der Powells.

Doch bei Ben lag der Fall anders. Vollkommen anders. Carlies Herz zog sich zusammen, als sie an ihn dachte, aber das ignorierte sie. Sie würde ihn heute sehen, sich ihm gegenüber höflich verhalten, und damit wäre die Geschichte erledigt.

Ein eisiger Windstoß fuhr durch ihren dicken Wollmantel, und sie fröstelte. Der Verkehrslärm von der Straße, die um den See führte, drang gedämpft an ihr Ohr. Für einen Moment glaubte sie, ganz in der Nähe den Motor eines Pick-ups zu hören, als hätte noch jemand das offene Tor des alten Kirchencamps entdeckt und wäre auf das längst verlassene Grundstück eingebogen. Albern. Sie war allein.

Ihre Satinpumps rutschten auf dem vereisten Boden weg, deshalb entschied sie sich, lieber umzukehren, in ihren alten Jeep Cherokee zu steigen und zu Nadines Hochzeit zu fahren, wo sie in diesem Moment hingehörte.

Ha! Was für ein Witz! *Wo sie hingehörte!* Genau darin bestand das Problem. Sie wusste überhaupt nicht, wohin sie gehörte. Ganz sicher nicht in die kleine Stadt Gold Creek, Kalifornien, wo sie geboren und aufgewachsen war. Und man musste auch kein Genie sein, um zu begreifen, dass sie definitiv nicht auf Nadines Hochzeit gehörte, wo sie Ben wiedersehen würde.

Ihr Herz stotterte ein wenig, und sie biss sich auf die Unterlippe, als sie ein gefrorenes Spinnennetz zur Seite schob, das von einem tiefhängenden Kiefernzweig baumelte. In Gedanken hatte sie dieses Wiedersehen immer und immer wieder durchgespielt, alberne Fantasien einer längst erkalteten Liebe. Wenn sie überhaupt je existiert hatte.

Eine Nadel blieb im Ärmel ihres Mantels stecken, als sie an einer Reihe Zedern und Fichten vorbeiging, die das Ufer säumten. Carlie blieb stehen und zog sie heraus.

Am Tag von Rachelles Hochzeit war der See blau und ruhig gewesen. In der glatten Oberfläche hatten sich die Berge gespiegelt, die weit über die Baumgrenze aufragten. An diesem Nachmittag jedoch, mit dem Winterwind, der von den Gipfeln blies, war das Wasser zu wütender Gischt aufgepeitscht, und Schaumkronen hoben und senkten sich über der bedrohlich wirkenden Tiefe. Winzige Eispartikel bildeten sich auf dem Wasser, das an das felsige Ufer brandete, und die tiefen Wolken formten sich zu einem dichten Nebel, jenem Nebel, der ein Bestandteil der alten Legenden der Ureinwohner Amerikas war.

Der Anblick des kalten Wassers brachte Erinnerungen zurück. Manche glücklich, andere schmerzlich, und alle reichten bis in ihre Jugend. Hier an diesen Ufern war Carlie zum ersten Mal geküsst worden, hier hatte sie den ersten Schluck Wein getrunken, ihre Unschuld verloren … Sie war jung gewesen und naiv, und sie hatte geglaubt, eines Tages die Welt verändern zu können. Sie hatte an die wahre Liebe geglaubt. Nie hätte sie für möglich gehalten, dass Tragik, Schande und Schmach über sie hereinbrechen könnten.

Närrin! Sie atmete die kalte Luft ein und erinnerte sich daran, wie sie aus Gold Creek geflohen war, einer Provinzstadt voller Kleingeister und Klatschmäuler. Die Geborgenheit ihres Zuhauses existierte nicht mehr, war in Feindseligkeit und Schmerz umgeschlagen. Sie hatte es genossen, in dieser kleinen Gemeinde aufzuwachsen. Doch das war vorbei. Also war sie gegangen, um Abstand zu gewinnen und zu vergessen, dass sie jemals von den Powell-Brüdern gehört hatte.

So schnell sie konnte, war sie in die Großstadt geflohen, in den Lärm, das geschäftige Treiben und das Gewusel Manhattans. Stets hatte sie darauf gehofft, den Schmerz und die Demütigung, die sie in der kalifornischen Kleinstadt erfahren hatte, hinter sich lassen zu können. Dummerweise hatte die Vergangenheit sie nie ganz losgelassen. In New York, Paris, Alaska – überallhin hatten die dunklen Schatten, die Kevins Tod auf ihr Leben geworfen hatte, sie verfolgt und im Unterbewusstsein an ihr genagt.

Der eisige Wind war schneidend, und wieder erschauerte sie. Wenn es etwas gab, das sie in den vergangenen zehn Jahren gelernt hatte, dann, dass sie sich auf niemanden außer auf sich selbst verlassen konnte und sich verdammt noch mal nicht unterkriegen lassen durfte.

Ein Zweig knackte. Carlie wirbelte herum und ließ den Blick hastig über den Boden schweifen. Wahrscheinlich nur ein Tier, aber sie konnte nicht verhindern, dass sich eine Gänsehaut an ihren Armen bildete. Sie spähte in das Dickicht aus Büschen und Bäumen, entdeckte jedoch nichts. Über den Boden schlängelten sich Brombeerranken, und die knorrigen Äste kahler Eichen reckten sich in den grauen Himmel, an dem ein Falke inmitten der Schneeflocken kreiste. Niemand tauchte aus dem Schatten der Bäume auf.

Das war nur deine Einbildung, sagte sie sich. Nur weil du wieder am Whitefire Lake stehst und dich Erinnerungen hingibst, die du längst hättest begraben sollen. Sie drehte sich um und wollte zur offenen Fläche des ehemaligen Zeltplatzes zurückgehen, wo sie ihren Jeep geparkt hatte. In diesem Moment fiel ihr Blick direkt auf den Mann, dem sie aus dem Weg hatte gehen wollen. Hoffnungslos.

Ben Powell.

Das passt, dachte sie. Welche Ironie.

Wie ein Geist der Vergangenheit tauchte er am Seeufer auf. Doch er war aus Fleisch und Blut. Sie gab sich Mühe, nicht erschrocken nach Luft zu schnappen, und hoffte, ein selbstbewusstes Lächeln hinzubekommen.

In seiner tadellosen Militäruniform war Ben Powell weder ein Mann, den man fürchten musste, noch einer, den man lieben konnte. Allerdings sah er so schrecklich gut aus wie auf den Bildern in ihrem Kopf, die sie so lange verbannt hatte.

Seine sinnlichen Lippen waren zu einer schmalen, unnachgiebigen Linie zusammengepresst, und sein Gesicht wirkte nach Jahren in der Armee ernst und markant. Keine Spur mehr von den jungenhaften Zügen, die sie in liebevoller Erinnerung hielt. In seinen Augen lag unverhohlene Feindseligkeit, und Carlie fragte sich, wie um alles in der Welt sie jemals hatte glauben können, ihn zu lieben. Wo waren die Freundlichkeit und der Humor des Jungen, den sie einst insgeheim zu heiraten gehofft hatte?

Er stand stocksteif da, die Uniformmütze akkurat auf seinem Kopf, und starrte sie hasserfüllt an.

„Schick in Schale geworfen, und jetzt weißt du nicht, wohin?"
Seine Stimme war schneidend wie der Wind.

So viel zum Austausch von Nettigkeiten.

„Das Gleiche könnte ich von dir sagen." Sie musterte ihn von den Schultern seiner adretten Uniform bis hinunter zu den polierten Schuhen.

Seine Brust war breit, seine Taille schmal, die Hüften schlank wie eh und je. Er besaß nicht einmal den Anstand, langsam kahl zu werden. Sein Haar war voll und kaffeebraun wie vor vielen Jahren, und mit seinen braunen Augen, in denen silbrige Einsprengsel funkelten, schien er bis in die Tiefen ihrer Seele schauen zu können.

„Ich nehme nicht an, dass du hier bist, um mich zur Hochzeit zu begleiten?", fragte sie, entschlossen, nicht klein beizugeben.

Er schnaubte verächtlich.

„Wohl kaum." Sie schob den Mantelärmel ein Stückchen hoch, um auf ihre Uhr zu schauen. „Wir sollten uns besser auf den Weg machen. Ohnehin sind wir schon spät dran."

„Ich kann es nicht fassen, dass du eingeladen bist."

Unwillkürlich kehrte die Erinnerung an ihre erste Nacht mit ihm zurück. Sie schluckte hart und versuchte, sich auf die Gegenwart zu konzentrieren. Keine Sekunde lang glaubte sie, dass Nadine ihm nichts davon gesagt hatte, sie eingeladen zu haben. Zweifellos hatte Bens Schwester ihn vorgewarnt. Was also wollte er? „Glaub es ruhig. Ich tauche nirgends auf, wo ich nicht erwünscht bin."

„Da habe ich aber eine andere Erinnerung."

Sie spürte, wie sämtliche Farbe aus ihrem Gesicht wich. Trotzdem hob sie das Kinn, um sich nicht anmerken zu lassen, dass sie sich sehr wohl noch an die Party erinnerte, auf der sie einfach aufgekreuzt war, um mit ihm zusammen zu sein. „Hör mal, du musst nicht so tun, als würdest du mich mögen …"

„Werde ich auch nicht."

„Gut, dann sind wir uns ja einig", log sie. Der Stolz legte ihr die Worte in den Mund.

Er presste die Lippen aufeinander.

„Jetzt brauchen wir nur noch die Hochzeit deiner Schwester zu überstehen. Wir müssen nicht einmal miteinander reden, uns ansehen oder gar anfassen. Und hinterher geht jeder wieder seines Weges."

Er rieb sich den Nacken und schien mit sich zu ringen. „Ich bin nicht zufällig hier", gestand er. „Ursprünglich stand ich an Nadines Anleger und habe dich zufällig durch das Fernglas entdeckt." Seine entschlossene Miene veränderte sich nicht. „Du hast recht, ich wusste, dass du zur Hochzeit eingeladen bist. Aber ich fand, ich sollte dich warnen."

„Wovor?"

Er musterte sie eine ganze Weile schweigend, bis sie das Gefühl hatte, nun kenne er jede Pore ihres Gesichts.

„Mein Dad wird nicht begeistert sein von deiner Anwesenheit."

„Dein Dad hat mich nicht eingeladen."

„Du bist nicht erwünscht, Carlie."

Das tat weh, aber solche Dinge war sie gewohnt. „Nicht von dir vielleicht, aber ..."

„Ganz bestimmt nicht."

Alte Wunden rissen wieder auf, doch sie würde sich nicht anmerken lassen, dass er sie immer noch verletzen konnte. Sie schüttelte den Kopf und seufzte. „Ich hatte gehofft, es würde nicht so sein zwischen uns."

„Anders kann es nicht sein."

„Warum nicht?"

„Weil Kevin tot ist, verdammt noch mal. Hast du das etwa schon vergessen?"

„Ich denke jeden Tag daran." Wie stets, wenn sie an seinen älteren Bruder dachte, schnürte es ihr die Kehle zu. „Aber", brachte sie mühsam heraus, „nichts, was ich tun oder sagen könnte, würde ihn zurückbringen. Wir müssen loslassen, alle beide."

Er schien ihr widersprechen zu wollen. Seine Augen verdunkelten sich, und er schaute an ihr vorbei zu den Bergen, die sich in der Ferne erhoben. Sekunden vergingen, in denen sich das

Schweigen zwischen ihnen dehnte. Sie sah, wie es an seiner Schläfe pulsierte, und sein Kiefer mahlte so heftig, dass sie sich fragte, ob seine Zähne dabei heil bleiben würden.

„Ich glaube nicht, dass wir darüber reden sollten", meinte er schließlich, aber er klang jetzt weniger harsch. Auch der vorwurfsvolle Ausdruck in seinen Augen verblasste.

„Soweit ich mich entsinne, warst du der Ansicht, wir sollten über gar nichts reden!"

„Kann sein."

„Gut. Denn wir – oder zumindest ich – müssen zu einer Hochzeit." Die Luft knisterte vor Gereiztheit, und er erwiderte nichts. Erneut herrschte unangenehmes Schweigen, und es fiel ihr schwer, seinem harten, durchdringenden Blick standzuhalten. „Bist du immer so grob?", fragte sie impulsiv. „Oder hat dir die Armee beigebracht, dich wie ein Idiot zu benehmen?"

„Anscheinend bringst du das Beste in mir zum Vorschein."

„Ich kann mich nicht daran erinnern, dich hierher eingeladen zu haben, damit du mich beleidigst. Diesmal bist du der ungebetene Gast, Ben." Damit drehte sie sich um und wollte gehen. Doch er hielt sie am Ellbogen fest und drehte sie mit solcher Heftigkeit um, dass seine Mütze in den Schnee fiel. Eine atemlose Sekunde lang erinnerte sie sich daran, wie er gewesen war: ungestüm, jung, kühn, der Schwarm fast aller Mädchen auf der Tyler High. Und sie, Carlie Surrett, hatte sich geschmeichelt gefühlt, weil sie seine Aufmerksamkeit errungen hatte – auch wenn sie ein klein wenig darum hatte kämpfen müssen.

Er richtete seinen Blick auf ihren Mund. Der Wind schien sich plötzlich vollständig zu legen. Sie waren allein. Zwei Menschen, ein Mann und eine Frau, inmitten wirbelnder Schneeflocken und eisiger Luft. Ganz kurz dachte sie, er wollte sie küssen, und sie bekam unvermittelt trockene Lippen. Wie konnte sie auch nur einen Gedanken an ihre Liebe von damals zulassen? Es war doch alles schon so lange her.

„Es überrascht mich, dass du zurück bist", erklärte er mit rauer Stimme und kniff die Augen zusammen. Sein Atem dampfte in der kalten Luft. „Ich habe gehört, du warst verheiratet."

Kaum merklich straffte sie die Schultern. „Eine Zeit lang, ja."

„Hat nicht gehalten?" Seine Miene verriet Neugier. „Kann mir gar nicht vorstellen, wieso."

„Unüberbrückbare Differenzen", erklärte sie, den Stich ignorierend, den der Gedanke an ihre kurzlebige Ehe ihr gab. „Ich habe an die Monogamie geglaubt. Er hielt das für langweilig."

Ben wirkte skeptisch, doch sie redete sich ein, es sei ihr egal. Was Ben Powell von ihr hielt, spielte keine Rolle. Sie war entschlossen, das Thema zu wechseln. „Und du, Ben? Was machst du wieder hier in Gold Creek? Falls sich die Dinge nicht grundlegend geändert haben, gibt es im Umkreis von Hunderten von Meilen keine Militärbasis."

„Ich bin fertig mit der Armee."

Sie musterte seine Uniformknöpfe und die Orden auf seiner Brust. „So sieht es aber nicht aus."

„Ich erfuhr von der Hochzeit erst, als ich gerade zurück in der Stadt war. Deshalb hatte ich nichts anderes zum Anziehen. Der Koffer mit meinem Smoking ist noch nicht eingetroffen."

Er besaß also immer noch seinen Sinn für Humor, auch wenn der zynisch war. Und in seinen Augen lag, neben Wut, dieser glühende, intensive Ausdruck, der Carlie fast den Atem stocken ließ.

Sie musste sich ins Gedächtnis rufen, dass sie seinem Sexappeal kein zweites Mal erliegen würde. Nie mehr. Energisch riss sie sich von ihm los. „Wir kommen zu spät."

„Du solltest nicht hingehen. Nicht nach allem, was passiert ist."

Sofort fühlte sie sich elend, und der alte Schmerz bohrte sich in ihr Herz.

„Wenn mein Vater dich sieht …" Ben zog die dunklen Brauen zusammen.

„Er wird es schon verkraften", erwiderte sie, obwohl sie nicht sicher war, ob sie George Powells vorwurfsvollem Blick begegnen konnte. „Dies ist Nadines großer Tag. Wenn wir klug sind, werden wir nichts tun, was ihn ruinieren könnte."

Sie wich zurück und wäre beinah gestolpert, nun drehte sie sich um und marschierte zu ihrem Wagen. Als sie in ihren Cherokee stieg, den Zündschlüssel herumdrehte und auf das Gaspedal trat, spürte sie, wie er sie beobachtete. Der Motor überdrehte, sodass sie in einer Wolke aus blauem Qualm von dem kleinen Zeltplatz am See hinunterfuhr, fort von den Geistern der alten Legende und weg von Ben Powell, dem Mann, der sie beinah zerstört hätte.

War es wirklich elf Jahre her? Ein Jahrzehnt voller Schuldgefühle, die sie längst hätte ablegen sollen? Sie schaltete das Enteisungsgebläse an, damit die beschlagene Frontscheibe klar wurde.

„Vergiss ihn", meinte sie sich wütend. Er war damals der Falsche für sie gewesen, und jetzt war er es umso mehr. Mal ganz abgesehen davon, dass sie ihn heute gar nicht mehr wollte. Es hatte eine Weile gedauert, aber inzwischen war sie zu einer selbstbewussten, unabhängigen Frau geworden.

Sie wischte die Scheibe frei, da das alte Gebläse es nicht schnell genug schaffte. Ihre Finger wurden dabei nass und kalt. Ben Powell vergessen, das war leichter gesagt als getan. Schon so viele Jahre hindurch hatte sie das versucht, und es war ihr offenkundig nicht gelungen. Warum sonst sollte es sie interessieren, was er von ihr dachte?

Sie biss die Zähne zusammen und nahm eine Kurve etwas zu schnell. Der Jeep geriet ins Rutschen und schlitterte auf die Gegenfahrbahn. Durch das jahrelange Fahren auf den vereisten Straßen Alaskas fing sie den Wagen mühelos ab und brachte ihn wieder in die rechte Spur. Ihr Herz klopfte, und sie umklammerte das Lenkrad fester, als sie daran dachte, wie sehr sie Ben einst geliebt hatte.

Es war in jenem Sommer gewesen, in dem sie uneingeladen zu dieser Party erschienen war. Eine warme Julinacht, erfüllt von Grillenzirpen und dem Duft von Geißblatt. Sie war jung und unbekümmert gewesen und hatte es kaum erwarten können, all die Erfahrungen zu machen, die das Leben für sie bereithielt.

Wegen Ben Powell. Ben mit seinem respektlosen Lächeln, den intensiven haselnussbraunen Augen und seinen Versprechungen … du lieber Himmel, warum konnte sie ihn nicht vergessen? Warum weckte sein Anblick Erinnerungen in ihr, die sie in einer dunklen Ecke ihres Herzens für immer verschlossen geglaubt hatte?

Als ein alter Fleetwood-Mac-Song über die „Chains of Love", die Fesseln der Liebe, im Radio gespielt wurde, summte sie mit.

Trotz all ihrer Schwüre, diesen Mann zu vergessen, drifteten Carlies Gedanken ab, zurück in die warmen Sommernächte, die ihr Leben für immer verändert hatten …

1. KAPITEL

Whitefire Lake, Kalifornien
Elf Jahre zuvor

*V*ielleicht sollten wir lieber umkehren." Carlie kaute nervös an der Innenseite ihrer Lippe, paddelte jedoch weiter. Normalerweise war sie nicht ängstlich, im Gegenteil, sie neigte eher zur Abenteuerlust. Doch diesmal stellte sie ihre Entscheidung infrage, während sie das Paddel ins Wasser tauchte und über die Schulter zu ihrer Freundin Brenda schaute, die im Heck des kleinen Bootes gleichmäßig paddelte.

Die Dämmerung legte sich allmählich über den See. Wasserläufer und Libellen bewegten sich über die glatte Oberfläche, und Mücken summten in der frühabendlichen Luft.

„Jetzt umkehren? Bist du verrückt?" Brenda schnalzte enttäuscht mit der Zunge. Das Mädchen mit den aufspringenden roten Locken, den Sommersprossen und schokoladenbraunen Augen war neu in Gold Creek, doch Brenda und Carlie hatten schnell Freundschaft geschlossen. „Außerdem war das deine Idee. Schon vergessen?"

„Darf ich meine Meinung ändern?"

„Jetzt nicht mehr." Brenda tauchte ihr Paddel ins Wasser und legte ihre ganze Kraft in den Zug. Das kleine Boot näherte sich dem Ziel, einer verlassenen Blockhütte am südlichen Ufer des Sees.

Das „Bait and Fish" mit seinen erleuchteten Fenstern glitt vorbei. Flackernde Neonschilder priesen die gängigen Biermarken an und hoben sich krass ab vom verwitterten alten Holz. In der Ferne, nahe dem nördlichen Ufer, zogen Schnellboote Wasserskifahrer. Carlie erkannte Brian Fitzpatrick am Steuer eines silbernen Sportbootes, das am Ufer entlangraste und eine große Heckwelle erzeugte, über die ein Wasserskiläufer, wahrscheinlich Brians jüngere Schwester Toni, gekonnt auf einem Ski balancierte.

„Was für ein Leben", meinte Brenda verträumt mit Blick auf das elegante Sportboot.

„Möchtest du etwa einer der Fitzpatricks sein?" Carlie schüttelte den Kopf. „Mit all ihren Problemen?"

„Die haben soooo viel Geld."

„Und soooo viele Probleme. Hast du nicht von der Wurzel allen Übels gehört?"

„Lass mich ein bisschen sündigen."

Carlie lachte und genoss die sanfte Brise, die ihrem Gesicht Luft zufächelte und ihre Haare von den Schultern wehte. Obwohl die Sonne schon golden und pink glühend hinter den Bergen versunken war, hielt sich die heiße und schwüle Julihitze.

Jetzt hatten sie die alte Holzhütte mit ihren verwitterten Dachschindeln und Wänden aus rohen Baumstämmen fast erreicht. Sie lag inmitten eines Kiefernwäldchens. Niemand wusste, wem das etwa ein Hektar große Grundstück gehörte, das von den meisten Leuten in der Stadt „Old Daniel's Place" genannt wurde. Jed Daniels hatte die Hütte kurz vor der Jahrhundertwende für seine Braut gebaut, und nach und nach hatten Generationen seiner Nachkommen sie als Sommerresidenz genutzt. Irgendwann war die Familie zu weit verstreut, die Zahl ihrer Mitglieder zu gering gewesen, um sich weiter um die Hütte zu kümmern. Doch falls sie jemals verkauft worden war, sprach zumindest niemand darüber.

Carlie steuerte das Boot vorsichtig an den Steg aus morschen Pfählen und brüchigen Brettern. Das Haus war unbeleuchtet, doch Musik und Gelächter drangen aus den zugenagelten Fenstern, und sie erkannte einen alten Song der Rolling Stones.

Nervös biss sie sich auf die Unterlippe. Was war nur los mit ihr, dass sie ständig Abenteuer suchte oder „Ärger heraufbeschwor", wie ihr Vater es so oft formulierte?

„Sie ist bloß neugierig, daran ist nichts verkehrt." Thelma, ihre Mutter, hatte ihre Tochter bei mehr als einer Gelegenheit verteidigt. „Sie hat einen schnellen Verstand und langweilt sich deshalb leicht."

„Sie träumt, das macht sie. Glaubt, sie könnte in New York ein heißes Model werden. Da, wo ich herkomme, nennt man das Rosinen im Kopf", hatte Weldon Surrett gemurrt, während er am Küchentisch saß und eine Zigarette rauchte.

„Wo du herkommst, verstand man unter ‚Spaß haben' einen Sechserpack Bier und ein Kartenspiel", neckte ihre Mutter ihn zärtlich, ehe sie ihren Uniformrock zurechtzupfte und ihrem Mann einen Kuss auf die Wange gab. „Wir sehen uns nach meiner Schicht." Thelma hatte Carlie stets in Schutz genommen. Manchmal übertrieb sie und benahm sich wie eine Glucke. Carlie schob das auf die Tatsache, dass ihre Mutter keine weiteren Kinder mehr hatte bekommen können. Ein Jahr nach Carlies Geburt hatte sie sich die Gebärmutter entfernen lassen müssen, und das hatte ihren Wunsch nach einer großen Familie zunichte gemacht. Ihre ganze mütterliche Zuneigung, Liebe und Sorge konzentrierten sich daher auf ihr einziges Kind. Vermutlich hätte Thelma ihre Tochter mit ihren guten Absichten längst erstickt, wenn sie in ihrem Job im Rexall Drugstore nicht genug zu tun hätte.

„Das ist die Hütte?", erkundigte sich Brenda skeptisch und betrachtete das verfallene Gebäude.

„Ja."

„Und bist du dir sicher, dass du richtig gehört hast?"

„Absolut."

„Ben Powell ist hier?" Brenda hob zweifelnd eine Braue.

„Ich habe gehört, wie er mit seinem Bruder geredet hat", erwiderte Carlie, während das Boot leicht neben dem Anleger schaukelte. Sie war Ben und Kevin in der neuen Videothek, die neben dem Supermarkt eröffnet hatte, über den Weg gelaufen. Die beiden Jungen hatten sich darüber gestritten, welchen Film sie ausleihen sollten. Kevin hatte bemerkt, dass Carlie die zwei anstarrte. Bei der Erinnerung an das aufflammende Interesse in Kevins Blick, als er sie angesehen hatte, verspürte sie ein leises Schuldgefühl.

Kevin war älter als Ben und hatte schon ein Jahr auf dem College verbracht, ehe seine Noten einbrachen und der Familie das

Studiengeld ausging. Jetzt arbeitete er in Monroes Sägewerk und war unzufrieden mit seinem Leben. Carlie war mehrmals mit ihm ausgegangen, aber dann hatte sie aufgehört, sich mit ihm zu treffen. Kevin war sieben Jahre älter als sie, er meinte es viel zu ernst und war zu besitzergreifend. Beim dritten Date wusste Carlie, dass ihre Beziehung keine Zukunft hatte. Er fing an, zweimal am Tag anzurufen, verlangte zu erfahren, wo sie gewesen sei, wurde eifersüchtig auf ihre Freunde und die Zeit, die sie ohne ihn verbrachte. Und das nach nur drei Dates!

Offiziell hatte sie nie mit ihm Schluss gemacht, weil sie offiziell nie zusammen waren; sie traf sich einfach nicht mehr mit ihm. Er verbrachte viel Zeit im Buckeye Restaurant and Lounge, wo er Bier trank und sich durch den Tabakqualm Sportübertragungen anschaute. Dabei schwelgte er in Erinnerungen an seine glorreichen Tage als bester Basketballspieler der Tyler High School.

Carlie schüttelte sich bei dem Gedanken an Kevin. Zu oft hatte er sie berühren, küssen, mit ihr allein sein wollen. Es gab nicht eine einzige Gemeinsamkeit zwischen ihnen, und auf seinen jüngeren Bruder Ben und sie traf das vermutlich ebenfalls zu.

Was also machte sie hier? Tauchte uneingeladen bei einer Party auf, nur weil Ben Powell dort sein sollte, Kevins jüngerer Bruder? *Wow, Carlie, du legst es wirklich auf Ärger an!*

Sie vertäute das Boot an einem der stabiler aussehenden Pfähle, ging vorsichtig über die ausgebleichten Bretter und folgte einem von Unkraut überwucherten Pfad, der zur Veranda führte. Ein alter Schaukelstuhl bewegte sich sanft im Wind. Die Stimmen wurden lauter, einige kamen aus dem Haus, andere von der Rückseite. Eine schwere Kette und ein Schloss an der Vordertür deuteten darauf hin, dass sie einen anderen Eingang finden mussten.

„Mir kommen allmählich Zweifel wegen dieser Sache hier", gab Brenda zu. „Es ist ein bisschen unheimlich. Gibt es nicht ein Gesetz, das unbefugtes Betreten und Eindringen verbietet?"

„Ich dachte, du willst nicht umkehren." Doch auch Carlie fühlte sich hin- und hergerissen. Sie dachte an eine andere Party vor knapp einem Jahr, als eine Gruppe Jugendlicher sich im Haus der Fitzpatricks auf der anderen Seite des Sees getroffen hatte. Die Dinge waren außer Kontrolle geraten, und Roy Fitzpatrick, der Goldjunge von Gold Creek, Erbe des Fitzpatrick-Vermögens, war dabei ums Leben gekommen.

Jackson Moore geriet unter Verdacht und wurde festgenommen, doch Carlies beste Freundin Rachelle Tremont gab Jackson das Alibi, das er brauchte, um einer Anklage zu entgehen. Jackson verließ das Gefängnis als freier Mann, aber er zog aus der Stadt fort und ließ Rachelle mit beschädigtem Ruf und gebrochenem Herzen zurück.

Die Nachwirkungen jener Party waren verheerend gewesen. Carlie erinnerte sich daran, durch welche Hölle die Fitzpatricks und Tremonts gegangen waren. Dennoch konnte sie jetzt nicht umkehren. Die Verlockung, Ben zu sehen, war größer als ihre Furcht davor, beim Übertreten irgendeines unbedeutenden Gesetzes ertappt zu werden. Sie verließ die Veranda und nahm einen Weg aus überwucherten Steinplatten zur Rückseite des Hauses.

Warum sie sich so von Ben angezogen fühlte, wusste sie selbst nicht. Von allen Jungen in der Stadt sollte sie gerade ihn meiden, da er Kevins jüngerer Bruder war. Aber sie fand alles an ihm anziehend – sein verwegen gutes Aussehen, sein lässiges, ein wenig spöttisches Lächeln, seine offen zur Schau getragene Geringschätzung allem gegenüber, was mit Geld zu tun hatte.

Ben war kleiner und kompakter als Kevin, aber auch muskulöser, und mit seinen haselnussbraunen Augen schien er direkt in Carlies Seele blicken zu können. Und nun schlich sie hier wie ein Dieb herum, und als sie um die Ecke kam … stieß sie beinah mit ihm zusammen.

Sie erschrak, und Brenda, die dicht hinter ihr gegangen war, taumelte gegen ihren Rücken.

Ben wirkte nicht im Geringsten überrascht. Nackt bis zur Taille und nur mit einer an den Knien aufgerissenen, ausgeblichenen Levi's bekleidet, blieb er stehen, eine Flasche Bier in der Hand. Ein Lächeln breitete sich auf seinem von dunklen Bartstoppeln bedeckten Gesicht aus. „Carlie, richtig? Carlie Surrett?"

Sie nickte. Ihre Kehle war plötzlich wie ausgedörrt, ihr Herz hämmerte.

„Und ich bin Brenda." Ihre Freundin trat aus ihrem Schatten, um sich vorzustellen.

Ben schien amüsiert zu sein. Seine Mundwinkel zuckten, und in seinen Augen flackerte Interesse auf. Er unterbrach den Blickkontakt mit Carlie jedoch nicht eine Sekunde.

Carlie schluckte und warf die Haare zurück. Sie fühlte sich auf einmal unbeholfen und fragte sich, warum sie so blöd gewesen war, ohne Einladung zu dieser Party mitzukommen.

„Kevin ist nicht hier", informierte Ben sie und trank einen großen Schluck aus der Flasche. Fasziniert beobachtete Carlie, wie er schluckte. Schweiß lief ihm den Hals hinunter, und sein Adamsapfel bewegte sich langsam.

„Ich bin nicht wegen Kevin hier."

Er hob eine seiner dunklen Brauen. „Sondern?"

„Aus keinem besonderen Grund", log sie und hörte, wie Brenda scharf die Luft einsog. „Ich hab bloß gehört, dass hier 'ne Party läuft."

Er legte die Hand an das raue Holz der Hütte und strich unruhig mit den Fingerspitzen über die von Hand bearbeiteten Bohlen. Carlie bemerkte seine gebräunten Arme, seine muskulösen Schultern, die unter seiner Haut pulsierenden Venen. „Aha, ihr taucht also uneingeladen bei irgendwelchen Partys auf, was?"

„Ich wusste nicht, dass sie nur für geladene Gäste ist."

Er grinste nur. „Wir versuchen, sie moglichst klein zu halten, um ein Fiasko wie das bei den Fitzpatricks zu vermeiden."

„Niemand weiß, dass wir hier sind."

„Niemand?"

Brenda schüttelte den Kopf.

„Du kannst uns vertrauen", beteuerte Carlie und fragte sich, warum sie das Gefühl hatte, ihn zu ködern.

„Kann ich das?" Er zog die Brauen zusammen. „Kevin scheint der Ansicht zu sein, dass du sein Mädchen bist."

Carlies Nackenhärchen richteten sich auf. „Da irrt Kevin sich."

Ben trank noch einen Schluck Bier. „Wie kommt er dann darauf?"

„Ich finde, es ist keine gute Idee, darüber zu sprechen …"

„Kevin hat die Sache zu ernst genommen", mischte Brenda sich ein. „Außerdem ist er zu alt für sie." Schulterzuckend ging sie an Carlie und Ben vorbei. „Ich lasse euch beide das mal allein klären."

„Da gibt es nichts zu klären", protestierte Carlie. Ihr wurde heiß, und sie begriff, dass es ein Fehler gewesen war, hierher zu kommen. „Tja, vielleicht sollten Brenda und ich lieber verschwinden."

„Ihr seid doch gerade erst angekommen."

„Ich weiß, aber …" Unschlüssig wedelte sie mit der Hand.

„Ihr wart nicht eingeladen."

„Genau."

„Das spielt keine Rolle." Er sah ihr in die Augen, und ihr fiel das Atmen schwer. Die Geräusche der Nacht, das tiefe Quaken von Ochsenfröschen, die irgendwo im Dunkeln verborgen waren, das leise Zirpen Tausender Grillen – plötzlich schien all das verstummt zu sein. Der Duft wilder Rosen überlagerte den Geruch von brennendem Holz und Abgasen.

„Na kommt, sehen wir uns die Party mal an. Deswegen seid ihr doch hier, oder?"

„Brenda und ich wollten nur unsere Plätze im Boot tauschen, da hörten wir die Musik …" Das war natürlich nicht ganz die Wahrheit, nur konnte Carlie schlecht zugeben, dass sie seinetwegen hier war.

„Wollt ihr ein Bier?" Seine Miene blieb neutral, und dennoch hatte sie das Gefühl, dass er sie herausforderte.

„Warum nicht."

Er wandte sich ab und ging barfuß einen staubigen Pfad entlang. Carlie folgte ihm nervös in den Bereich, der einst ein Garten gewesen sein mochte. Vor einer verfallenen Garage war Kies gestreut, und mehrere Limousinen, Pick-ups und Motorräder parkten in der holprigen Zufahrt. Ein Stapel grauen, zum Teil von Brombeerranken überwucherten Brennholzes nahm eine schiefe Wand der Garage ein. Andere Partygäste saßen auf den Stoßstangen, auf der durchhängenden Veranda und gingen durch eine offene Tür ein und aus. Ein rostiges Schloss mit einer Kette lag auf dem Boden.

„Wem gehört dieses Haus?", erkundigte sich Carlie.

„Einem der Typen hier." Ben deutete auf einen pickelgesichtigen, vielleicht neunzehn Jahre alten Jungen, der ein Feuer in einem alten Grill anzufachen versuchte. „Er wohnt in Coleville und behauptet, sein Onkel sei Daniels Erbe, der die Hütte bekommen hat. Er meint, sein Onkel versuche, sie zu verkaufen."

„Und es ist ihm egal, wenn dein Freund hier eine Party veranstaltet?"

Ben grinste. „Was glaubst du denn?"

„Dass der Onkel keine Ahnung hat."

„Schlaues Mädchen."

Ben machte sie mit einigen Gästen bekannt, von denen die meisten nicht älter waren als sie – Kids, die im Sägewerk jobbten, im Holzunternehmen oder in der Eisdiele Dari-Maid. Einige hatten Vollzeitjobs, andere verbrachten ihren Sommer in Gold Creek, bis sie im Herbst aufs College zurückkehrten. Natürlich kannte Carlie einige, aber es gab auch eine Menge Jugendlicher, die sie nie zuvor gesehen hatte.

Brenda hatte sich bereits ein Bier genommen und versuchte, ein Gespräch mit Patty Osgood zu beginnen, der Tochter des Pfarrers. Patty war ein paar Jahre älter als Carlie, doch ihr Ruf war schon so zweifelhaft, dass er ihrem Vater graue Haare bescheren würde, wenn er davon erführe.

Patty saß auf einem Baumstumpf, und ihre langen gebräunten Beine ragten aus Shorts, die kaum ihren Po bedeckten. Die weiße Bluse hatte sie unter ihren Brüsten geknotet. Der Anblick ihres flachen Bauchs und ihres Dekolletés überließen kaum etwas der Fantasie.

Patty war nicht wirklich ein schlimmes Mädchen, aber sie stellte gern den makellosen Körper zur Schau, den der liebe Gott ihr gegeben hatte, ohne sich sonderlich um irgendwelche Konsequenzen zu scheren. Schon mit vielen Jungs aus der Stadt war sie ausgegangen, doch momentan schien sie nur Augen für Ben zu haben.

„Sieh mal einer an", bemerkte Erik Patton, als Ben und Carlie auf ihn zukamen. Er zog an seiner Zigarette und blies den Rauch seitlich aus dem Mund. „Ich dachte, dich würde ich nie wieder auf einer Party antreffen." Betont lässig zupfte er sich einen Tabakkrümel von der Zunge und sah zu seinem Freund Scott McDonald hinüber. Die beiden Jungen waren Freunde von Roy Fitzpatrick gewesen. Sie waren überzeugt, dass Jackson Moore Roy getötet hatte. Die meisten Einwohner von Gold Creek teilten diese Meinung, obwohl gegen Jackson nie Anklage erhoben worden war. Nur wenige Menschen in der Stadt hielten Jackson für unschuldig. Zu dieser kleinen Minderheit gehörte Carlie, und daran störte Erik sich ganz offenkundig. Immerhin hatte er sie in jener schicksalhaften Nacht zum Sommerhaus der Fitzpatricks mitgenommen.

Sie bekam eine Gänsehaut auf den Armen. „Ich wollte nur ..."

„Spar dir das, Surrett", schnitt Erik ihr das Wort ab und hüllte sich in eine Qualmwolke. „Wir waren alle da. Wir wissen, was passiert ist."

„Jackson ist nicht ..."

„Klar, er hat Rachelle dazu gebracht zu behaupten, sie wären die ganze Nacht zusammen gewesen. Aber wir alle wissen doch, dass das ein Haufen Mist ist. Das hat sie nur deshalb gesagt, damit er ein Alibi hat."

„So etwas würde sie nicht tun!"

„Würde sie doch." Er gab einen angewiderten Laut von sich. „Sie hat es mit ihm getrieben, ohne ihn richtig zu kennen. Sie ist eine Schlampe."

„Halt den Mund", befahl Ben, konnte jedoch nicht verhindern, dass Carlie sich auf Erik stürzte.

„Wage es ja nicht …"

Ben hielt sie am Arm fest. „Das reicht", wandte er sich mit ruhiger Autorität an Erik. „Du möchtest dich vielleicht entschuldigen."

„Ich sag bloß, wie es ist."

„Du hast keine Ahnung", konterte Carlie.

Erik warf Ben einen feindseligen Blick zu, besaß jedoch genug Verstand, ein wenig zurückzuweichen. „Vergiss es. Vergiss, dass ich irgendetwas gesagt habe."

„Das ist schon besser." Bens Blick war scharf, und Streit lag in der Luft.

Carlie wagte kaum zu atmen, und sie merkte, dass sämtliche Gespräche verstummt waren. Alle Blicke waren auf die beiden Jungen gerichtet, die aneinandergeraten waren. Am liebsten wäre sie im Boden versunken. „Lass Carlie in Ruhe, Patton", warnte Ben sein Gegenüber so deutlich, dass jeder es mitbekam. „Sie ist mit mir zusammen."

Eric flippte die Zigarette in den Schotter und trat sie mit der Stiefelspitze aus. „Pech für dich, Mann."

Ben lächelte schief, aber selbstsicher. „Das bezweifle ich."

Carlie fühlte, wie Bens Griff an ihrem Arm fester wurde, und ihr Herz schlug schneller.

Scott spuckte in die Buscheichen. In seinen dunklen Augen lag Verachtung. „Du kannst sie gern behalten", murmelte er.

Carlie war es plötzlich peinlich, dass sie damals in Scotts Pick-up zum Ferienhaus der Fitzpatricks am See gefahren war. Sie und Rachelle waren bei ihm mitgefahren, und weil kein Platz mehr frei war, hatte Carlie auf Scotts Schoß gesessen. Sie hatte gekichert und mit ihm geflirtet, ohne zu ahnen, dass das, was in dieser Nacht geschehen würde, sie nahezu mit jedem in der Stadt entzweien würde – einschließlich Erik Patton und Scott McDonald.

Damals war sie naiv gewesen und dumm. Jetzt löste es geradezu körperliches Unbehagen bei ihr aus, dass sie Scott so nah gewesen war.

Eigentlich sollte sie ihre Lektion gelernt haben.

Wieso war sie dann hier und hoffte, Ben Powells Aufmerksamkeit zu erringen? Hatte sie nicht schon genug Probleme mit Kevin?

Ben hielt nach wie vor ihren Arm fest, und ihre Haut kribbelte an dieser Stelle ein wenig. „Du verstehst es wirklich, eine Szene auszulösen", meinte er leise.

„Vielleicht sollte ich lieber gehen."

Er ließ ihren Unterarm los. Seine warmen Finger hinterließen leichte Abdrücke. „Das liegt ganz bei dir." Sie sahen einander in die Augen, und Carlie stockte der Atem.

„Wir ... bleiben noch eine Weile", beschloss sie. Mittlerweile brannte das Feuer und warf einen goldenen Schein auf Bens markantes Gesicht. Irgendwer hatte ein tragbares Radio dabei, drehte am Sendersuchlauf, bis die Klänge von „Night Moves" von Bob Seger die Nacht erfüllten.

„Gut." Ben blieb den ganzen Abend in ihrer Nähe, aber er berührte sie nicht mehr, und das Interesse, das sie in seinen Augen gesehen hatte, schien erloschen, wenn er mit ihr redete.

Sie lauschte der Musik, trank ein Bier, unterhielt sich mit einigen Gästen und wusste stets genau, wo Ben gerade war, mit wem er redete und was er tat. Es war wirklich verrückt, aber sie konnte einfach nichts gegen diese Anziehung tun.

Als es fast Mitternacht war, begann die Party sich allmählich aufzulösen.

„Er ist interessiert", stellte Brenda fest.

„Das glaube ich nicht."

„Eindeutig", widersprach ihre Freundin. „Er hat dich ständig beobachtet, wenn er glaubte, dass du es nicht merkst."

„Im Ernst?" Carlie senkte die Stimme, da Ben eine kleine Gruppe seiner Freunde verließ und auf die beiden Mädchen zukam.

„Soll ich euch mitnehmen?" Er schob einen Arm in den Ärmel seines ausgewaschenen Jeanshemdes, machte sich aber nicht die Mühe, es zuzuknöpfen.

„Wir müssen das Boot zurückbringen", sagte Carlie und schaffte es, ihre Enttäuschung zu verbergen.

„Das passt hinten auf meinen Pick-up." Für die Dauer eines Herzschlags begegnete sein Blick ihrem. „Das ist kein Problem."

„Ich glaube nicht ..."

„Wir würden gerne mitfahren", mischte Brenda sich ein und schaute auf ihre Uhr. „Mit dem Boot schaffen wir es auf keinen Fall mehr bis zur verabredeten Zeit nach Hause."

„Aber ..."

Ben hörte sich keine weiteren Argumente mehr an. Er folgte ihnen zur Rückseite des Hauses, watete in das schenkelhohe Wasser, zog das Boot ans Ufer und schwang es sich über den Kopf. Seewasser tropfte ihm auf den Hals und den Hemdrücken, doch das schien er kaum wahrzunehmen.

„Ich halte das nicht für eine gute Idee", flüsterte Carlie ihrer Freundin zu.

„Du wolltest mit ihm zusammen sein, oder nicht?" Als Carlie nichts darauf erwiderte, stieß Brenda sie an. „Na dann los."

Ben schob das Boot auf die Ladefläche des Pick-ups seines Vaters und sagte sich, er sei ein Idiot. Warum beschwor er diesen Ärger herauf? Warum musste er ausgerechnet Carlie nach Hause bringen?

Weil du nicht anders kannst!

Jetzt verstand er die Faszination seines Bruders für Carlie Surrett. Sie war gertenschlank, mit vollem schwarzen Haar, das ihr bis auf den Rücken hinunterreichte, hatte hohe Wangenknochen, Lippen, die stets feucht schimmerten, und sinnliche blaugrüne Augen, aus denen Intelligenz sprach – all das ließ Ben einfach schwach werden. Kein Wunder, dass Kevin scharf auf sie gewesen war. Aber das war vorbei. Das hatte Kevin selbst gesagt.

Vor zwei Wochen noch hätte Ben ein schlechtes Gewissen gehabt, wenn er Carlie nach Hause gefahren hätte. Aber Kevin hatte erst neulich abends geschworen, er sei über Carlie Surrett hinweg. Sie waren im Silver Horseshoe gewesen und hatten nach Kevins Schichtende im Sägewerk ein paar Bier getrunken.

„Die bedeutet nur Ärger", hatte Kevin gesagt und der Kellnerin signalisiert, dass sie noch eine Runde bringen solle. „Deshalb habe ich mit ihr Schluss gemacht und mir eine andere gesucht."

„Ich dachte, du liebst sie. Du hast bestimmt drei Wochen lang nur von ihr geredet."

Kevin schnaubte. „Ach, wir sind bloß ein paarmal zusammen ausgegangen." Er zog Kleingeld aus seiner Jeanstasche und wich dem forschenden Blick seines Bruders aus. „Außerdem wissen wir beide, dass es so etwas wie Liebe nicht gibt. Alles eine große Lüge. Erfunden von Frauen mit ihren dummen Vorstellungen, die sie aus Büchern und Filmen haben."

„Das glaubst du?" Ben hatte gewusst, dass Kevin im Lauf der Jahre zynisch geworden war, seit er auf dem College nicht mehr Basketball spielen konnte. Aber er hatte nicht für möglich gehalten, dass sein Bruder so desillusioniert und abgestumpft war. Vor einigen Wochen noch war er auf Wolke sieben geschwebt und hatte von Carlie Surrett gesprochen, als wollte er sie heiraten. Und nun fand er, die Liebe sei nur eine Illusion.

„Sieh dir Mom und Dad an", meinte Kevin, als wäre die gescheiterte Beziehung ihrer Eltern der Beweis, der seiner Einstellung zugrunde lag.

Bens Miene verfinsterte sich, und er zupfte am Etikett seiner Flasche. Seine Eltern, Donna und George Powell, hatten sich nach jahrelangen Streitereien getrennt und waren mittlerweile geschieden. Die Auseinandersetzungen hatten vor langer Zeit begonnen, und es war stets um Geld gegangen – um die Art von Geld, das die Monroes und Fitzpatricks besaßen und der Rest der Stadt nicht. Solange Ben sich erinnern konnte, gehörte seine Familie zu den zahlreichen „Habenichtsen". Irgendwann hatte sein Vater die gesamten Familienersparnisse verloren, weil er das Geld in eine schwachsinnige Idee investiert hatte, die H. G. Monroe sich ausgedacht hatte, der reiche und bösartige Besitzer des Sägewerks, in dem George und Kevin arbeiteten. Nachdem sie nichts mehr besaßen, wurde auf vernichtende Weise deutlich, wie unwichtig sie in Gold Creek waren.

„Wer ist das Mädchen?", erkundigte er sich lieber, statt weiter über die Vergangenheit zu grübeln. „Ich meine die, die Carlie Surretts Platz einnimmt."

Kevins Mundwinkel zeigten nach unten. „Keine ersetzt Carlie", erklärte er, als eine dralle Kellnerin in einem Rock, der kaum ihren Hintern bedeckte, zwei weitere Flaschen auf den glänzenden Mahagonitresen stellte. Mit einer schwungvollen Bewegung leerte sie den Aschenbecher und schnappte sich die Dollarnoten, die Kevin ihr zuschob. „Der Rest ist für Sie", sagte er mit einem Lächeln, das Unglück heraufbeschwor.

„Danke, Süßer."

„Gern geschehen."

Die Kellnerin entfernte sich und verschwand durch den Tabakdunst zu einem Tisch in der Ecke. Kevin trank einen großen Schluck aus seiner Flasche. Als wären sie nicht unterbrochen worden, nahm er den Faden wieder auf. „Ich bin mit einem Mädchen namens Tracy zusammen. Tracy Niday aus Coleville. Schon mal von ihr gehört?"

Ben schüttelte den Kopf, und Kevin schien darüber erleichtert zu sein.

„Ist sie nett?"

„Nett? Pfff, nett interessiert mich nicht." Kevins Augen verdunkelten sich eine Spur. „Aber sie ist … unkompliziert. Hat keine großen Träume davon, nach New York zu gehen und da Model zu werden oder so einen Mist. Sie ist zufrieden damit, dass ich sie ausführe und wir Spaß haben."

„Und das war Carlie nicht?"

„Absolut nicht." Kevin wirkte jetzt bitter und griff in die Brusttasche seines Flanellhemdes, um seine Zigaretten herauszuholen. „Carlie hat große Pläne. Sie glaubt, sie wird ein heißes Model oder so was. Will nicht ewig in Gold Creek hängen bleiben … das Mädchen bedeutet einfach nur jede Menge Ärger. Ich bin besser dran ohne sie." Er zündete sich eine Zigarette an, und stieß den Rauch aus seinem Mundwinkel. „Wenn du mich fragst, war sie ganz außer sich wegen dieses Mordes an Roy Fitzpatrick.

Sie und ihre Freundin Rachelle Tremont bedeuten beide nur Ärger. Lohnt sich nicht."

Und das war das Ende dieser Diskussion über Kevins Liebesleben gewesen. Ben hatte nicht geglaubt, dass sein Bruder tatsächlich über Carlie hinweg war, deshalb hatte er sie auch gleich gefragt, als sie an dem Anleger vor der Hütte aus dem Boot stieg. Doch ihre Version der Geschichte ähnelte Kevins genug, um Ben davon zu überzeugen, dass die beiden wirklich nicht mehr zusammen waren.

Er beobachtete, wie sie ihre Hände an ihren Shorts abwischte. „Steigt ein", forderte er die Mädchen auf, während er die Fahrertür öffnete und sich fragte, warum er froh darüber war, dass Kevin nicht mehr an Carlie interessiert war. Die Brüder waren nie mit den gleichen Mädchen zusammen gewesen – es schien ein ungeschriebenes Gesetz zwischen ihnen zu geben, wenn es um Dates ging, und bis jetzt hatten sie sich daran gehalten. Kevin war ein paar Jahre älter als Ben, vermutlich hatte es deshalb keine Konflikte in dieser Hinsicht gegeben. Bis Carlie in ihr Leben trat.

Carlie Surrett war das jüngste Mädchen, mit dem Kevin je zusammen gewesen war, und sie war zweifellos das schönste. Als sie sich auf den alten Beifahrersitz setzte, registrierte Ben ihren wohlgeformten Po und die schmale Taille. Für ihn gab es keinen Zweifel daran, dass sie ein erfolgreiches Model werden würde, und er konnte es ihr nicht verdenken, wenn sie mehr von der Welt sehen wollte als Gold Creek.

Er wollte ja selbst weg aus dieser Stadt.

Ben legte den Gang ein. „Wohin?", fragte er die beiden.

„Zu mir", erwiderte Brenda schnell. „Das ist nicht weit vom alten Kirchenzeltplatz."

„Am besten lotst du mich dorthin", bat Ben, während der alte Ford über die Auffahrt holperte. An einem zerbeulten Briefkasten bog er in südlicher Richtung ab auf die Landstraße, die um den See führte. Carlie wollte das Radio einschalten, doch Ben erklärte: „Das funktioniert schon seit ein paar Monaten nicht mehr." Beim Schalten in den dritten Gang streiften seine Finger ihren Oberschenkel, und in seinem Innern zog sich etwas zusammen.

Carlie fühlte die Berührung seiner Finger, und ihre Haut kribbelte. Sie tat, als schaute sie einfach durch die staubige Frontscheibe, dabei beobachtete sie ihn aus dem Augenwinkel. Beim Fahren blinzelte er ein wenig, und in der dunklen Fahrerkabine wirkten seine Gesichtszüge noch verwegener. Er wirkte sexy und gefährlich.

An dem alten Farmhaus von Brendas Eltern brannte die Außenbeleuchtung. Ben lud das Boot ab und lehnte es auf Brendas Anweisung an die Betonwand eines Schuppens. „Danke fürs Mitnehmen", rief Brenda und lief den betonierten Weg entlang. „Wir telefonieren morgen, Carlie!" Sie stürmte die Treppe hinauf und verschwand im Haus, als Ben sich gerade wieder hinters Steuer setzte.

„Und wohin jetzt?", erkundigte er sich und sah Carlie an, die ans äußerste Ende der Sitzbank gerutscht war, als wollte sie auf keinen Fall riskieren, dass er sie noch einmal berührte.

„Ich wohne in der Stadt. In den Lakeview Apartments in der Cedar Street – einen Block von der Pine Street entfernt."

„Da bin ich schon gewesen." Seine Zähne leuchteten weiß in der Dunkelheit, als er lächelte. Ihr Herz machte einen Hüpfer.

„Dann weißt du ja, dass der Name ‚Lakeview', Seeblick, eine Mogelpackung ist – es gibt weder einen See noch den Ausblick." Sie lehnte sich ein wenig entspannter in die durchgesessenen Polster und kurbelte das Fenster herunter. Frische Luft drang in den Wagen, zerzauste ihre Haare und strich über ihre Wangen.

Als die Lichter von Gold Creek in Sicht kamen, fuhr gerade ein Zug über die alte Bahnbrücke, die über den Highway führte. Sie fuhren an der Dari-Maid-Eisdiele vorbei und bogen an der Ecke Pine Street und Main Street ab. Hier lag der Rexall Drugstore, in dem Carlies Mutter arbeitete, seit sie denken konnte.

Obwohl Carlie nervös war, weil sie mit Ben allein war, hoffte sie, er möge es nicht bemerken. Ihre Handflächen waren feucht, ihre Kehle rau, und ihr Herz klopfte laut. Die Nacht schien sich um sie und Ben zusammenzuziehen.

Er nahm die Kurve ein bisschen zu schnell, sodass die Reifen des Pick-ups quietschten, als er auf den Parkplatz nahe der Wohnung ihrer Eltern einbog. In den Dreißigern erbaut, bestanden die Lakeview Apartments aus drei Wohnkomplexen mit jeweils sechs Einheiten. Die unteren Stockwerkfassaden waren aus Backstein, die obere aus weißer Holzverschalung. Schwarze Läden flankierten die Fenster, und obwohl die Wohnungen nicht sehr groß waren, fand Carlies Mutter, dass sie einen gewissen Charme besaßen, den sie liebte. „Wie zu Hause", hatte Thelma, die im New Yorker Stadtteil Brooklyn aufgewachsen war, mehr als einmal zu ihrer Tochter gesagt. „Solche soliden Häuser findet man heutzutage nicht mehr."

Der Pick-up lief im Leerlauf, und Carlie legte die Hand auf den Türgriff.

„Du musst noch nicht hineingehen", sagte Ben und trommelte mit den Fingern auf dem Lenkrad.

Sie erstarrte. „Es ist schon spät."

„So spät nun auch wieder nicht." Er stellte den Motor aus, und eine unangenehme Stille entstand. Carlie konnte ihren eigenen Herzschlag hören. Sogar das Summen der Außenleuchten, die ein bläuliches Licht auf den löchrigen Asphalt des Parkplatzes warfen, drang bis in den Wagen.

„Morgen früh muss ich arbeiten."

„Ich auch."

Sie sah ihn an und wagte kaum noch zu atmen. An die Fahrertür gelehnt, betrachtete Ben sie ganz unverhohlen, aber konzentriert, als müsste er die Teile eines komplizierten, geheimnisvollen Puzzles zusammenfügen. Er berührte den Zündschlüssel. Die Stille in der Kabine lastete schwer. Carlie schluckte.

Dann streckte er die Hand aus, hob eine Strähne ihres langen schwarzen Haars an und ließ sie wieder fallen. „Warum bist du heute Abend bei der Hütte aufgetaucht?"

„Das habe ich dir doch schon gesagt …"

„Ich weiß, was du gesagt hast, aber ich habe mich eben gefragt, ob es noch einen anderen Grund gab."

„Nein."

„Bist du dir sicher, dass es zwischen dir und meinem Bruder vorbei ist?"

Inzwischen pochte ihr Herz so laut, dass es ihr peinlich war. „Wir waren doch nie richtig zusammen, Ben. Es hat einfach nicht funktioniert", gestand sie aufrichtig.

„Warum nicht?"

„Ich mochte Kevin … ich mag ihn noch immer, aber ihm war die Sache ernster als mir …" Ehe sie begriff, was er vorhatte, schob er die Finger unter ihre Haare, fand ihren Nacken und brachte ihr Gesicht nah vor seines.

„Was bist du eigentlich? Bloß so ein Partygirl?" Sein Atem streifte ihre Lippen.

Du lieber Himmel, sie konnte kaum atmen.

„Nein, aber …"

Er küsste sie, leidenschaftlich, feucht und verheißungsvoll. Carlie konnte nicht verhindern, dass sie leise lustvoll seufzte. Irgendwo im Unterbewusstsein war ihr klar, dass sie mit diesem Kuss vermutlich mehr Probleme heraufbeschwor, als sie bewältigen konnte. Aber sie konnte sich einfach nicht beherrschen und protestierte gar nicht erst, sowie er die Arme um sie legte und sie an sich zog. Seine Brust war steinhart, und sie spürte seine nackte Haut dort, wo sein Hemd nicht zugeknöpft war.

Nachdem er den Kuss beendet hatte und auf seine Seite der Kabine zurückrutscht war, fühlte sich Carlie wie benommen. Er strich sich durch die Haare. „Verdammt." Dann warf er ihr einen aufgewühlten Blick zu. „Du …"

„Ich was?", fragte sie ein wenig gereizt. Schließlich hatte er sie geküsst und nicht umgekehrt.

„Du bist, na ja, jedenfalls nicht so, wie ich erwartet habe."

„Wie bin ich denn?"

„Hm, du bist …"

„Wow?", schlug sie vor, und lockerte die Stimmung damit auf.

„Ja, genau." Seine Finger zitterten ein wenig, als er sie wieder aufs Lenkrad legte. Der Kuss hatte also die gleiche Wirkung auf ihn gehabt wie auf sie. Diese Erkenntnis half ihr, nachdem sie von ihrer eigenen Reaktion völlig überrascht war. Sie hatte schon ein paar Jungs auf der Highschool geküsst, und manche Küsse waren toll gewesen. Doch so zutiefst erschüttert wie jetzt hatte sie sich noch nie gefühlt.

„Ich mache mich lieber auf den Weg." Er berührte die Schlüssel, die noch immer vom Zündschloss baumelten.

„Möchtest du noch mit reinkommen … auf ein Wasser oder einen Kaffee oder sonst irgendetwas?" Junge, das klang vielleicht unreif. Sie kamen gerade von einer feuchtfröhlichen Party und hatten sich ziemlich leidenschaftlich geküsst, und sie bot ihm Kaffee an wie eine Frau mittleren Alters in einem Werbespot.

Zögernd schaute er in ihre Richtung und schien mit sich zu ringen. Dann zog er die Schlüssel ab und steckte sie ein. „Ich glaube nicht, dass das eine gute Idee ist."

„Wahrscheinlich nicht." Sie lachte erleichtert und stieg aus dem Pick-up.

Und was jetzt? überlegte sie, während sie darauf wartete, dass er um den Wagen herumkam und mit ihr zur Haustür ging. Ein wenig unbeholfen schloss sie die Tür auf, und ihre Katze flitzte wie ein grauer Blitz hinein.

„Warst du ausgesperrt, Shadow?", sprach Carlie sie an, froh über diese Ablenkung. „Das passiert, weil du nie kommst, wenn man dich ruft." Mit dem Kater dicht auf ihren Fersen, ging Carlie leise und rasch den Flur entlang zur Küche, wo sie das Licht einschaltete. Shadow sprang auf die Arbeitsfläche und setzte sich auf die Fensterbank.

„Du hast einen Freund", bemerkte Ben.

„Meistens, allerdings ist er ein bisschen flatterhaft."

„Genau wie du?", gab er zurück, und sie spürte, dass sie errötete. Es war ja klar, dass er sie für so flatterhaft hielt wie den verdammten Kater. Schwer zu sagen, was Kevin seinem Bruder erzählt hatte.

„Ich habe viele Eigenschaften", erwiderte sie, öffnete die Kühlschranktür und holte die Milch heraus. Sie schnupperte daran, um sicherzugehen, dass der Inhalt nicht sauer geworden war, dann goss sie eine Pfütze auf einen Unterteller und stellte ihn in die Ecke neben der Hintertür. „Aber flatterhaft bin ich ganz bestimmt nicht." Die Katze sprang von der Fensterbank, trottete zur Untertasse, schnupperte daran und begann gierig, die Milch zu schlabbern.

„Nein?" Ben drehte einen Küchenstuhl um und setzte sich rittlings darauf.

„Wir haben Cola oder Limonade. Ich kann dir auch einen Kaffee machen."

„Wasser ist okay."

Sie schenkte zwei Gläser voll, nahm Eis aus dem Crusher und ließ in jedes Glas zwei Würfel plumpsen.

„Ich will nur sicher sein, dass wir nicht wegen Kevin zusammen sind", erklärte er.

„Was? Das ist doch verrückt!" Um ein Haar hätte sie die Gläser fallen gelassen. War das etwa sein Ernst?

„Manche Mädchen rächen sich an einem Typen, indem sie etwas mit seinem Bruder anfangen."

„Ich will mich an überhaupt niemandem rächen!"

„Einige würden auf diese Weise auch versuchen, den Typen eifersüchtig zu machen."

„Denkst du das wirklich?", erkundigte sie sich perplex.

Ein nüchterner Ausdruck trat in seine Augen. „Ich will es nicht denken."

„Gut, denn allmählich habe ich keine Lust mehr, über deinen Bruder zu reden. Ich habe dir schon erklärt, dass es mir mit ihm nicht ernst war, ob du es nun glaubst oder nicht."

„Ich will nur, dass wir ehrlich zu einander sind."

„Das will ich auch."

Lange betrachtete er sie schweigend, dann nahm er das Glas von ihr entgegen und hob es an. „Cheers."

„Zum Wohl."

„Hoffen wir's." Er ließ jenes lässige Lächeln aufblitzen, das ihren Puls beschleunigte, bevor er das Glas an die Lippen hob.

Carlie wurde klar, dass sie völlig falschgelegen hatte. Sie hatte gehofft, ihre Faszination für ihn würde nachlassen, nachdem sie ihn näher kennengelernt hatte. Stattdessen war sie umso faszinierter, je länger sie mit ihm zusammen war. Und so sehr sie sich auch bemühte, sie konnte diesen einen langen Kuss nicht vergessen.

„Ich habe gehört, du willst die Stadt verlassen", sagte er. Sie vermutete, dass diese Information von Kevin kam. „Und dass du große Pläne als Model hast. L. A. oder New York, richtig?"

Sie errötete. „Es ist nur ein Traum", gab sie zu. „Ich habe für die Schülerzeitung gearbeitet und fotografiert. Nach meinem Abschluss habe ich in Coleville in einem Studio gejobbt und Routinearbeiten gemacht – die Archivierung, Schreibarbeiten, Negative entwickeln, solche Sachen. Der Besitzer des Studios, er heißt Rory, bat mich, für ihn Model zu sitzen. Das habe ich gemacht."

Er wirkte nachdenklich. „Dann hast du noch keinen Vertrag mit einer Agentur für Supermodels?"

Sie zuckte die Schultern. „Noch nicht." Ihr war klar, dass er sie neckte, aber das Funkeln in seinen Augen war nicht gemein, sondern zeigte echtes Interesse.

„Ich kann es dir kaum verübeln, dass du wegwillst", räumte er ein und trank sein Glas aus.

„Tatsächlich?" Sie glaubte ihm nicht. Kevin hatte reagiert, als wäre Gold Creek das Nonplusultra. Sie nahm an, dass er nicht immer dieser Meinung gewesen war. Aber nachdem er sein Basketballstipendium verloren und damit seine Träume hatte begraben müssen, gab er sich notgedrungen mit einem Job im Sägewerk zufrieden. Und jetzt redete er sich Gold Creek schön oder ertränkte seinen Kummer. Zwar hatte sie ihm nie gesagt, wie sie darüber dachte, doch sie fand, dass Kevin zu viele Abende auf dem dritten Hocker am Tresen des Silver Horseshoe Saloon verbrachte. Er spielte nicht einmal mehr in der Stadtliga mit seinen Freunden. Irgendwie hatte sie erwartet, dass sein Bruder seine Ansichten teilte.

„Klar doch. Ich habe auch nicht vor, länger als nötig hierzubleiben."

„Was willst du machen?"

„So viel von der Welt sehen, wie ich kann. Vielleicht zur Armee gehen. Mein Dad findet, ich könnte mich zuerst freiwillig melden, damit nach meiner Entlassung das Militär für meine Ausbildung zahlt."

„Du willst zur Armee?"

„Warum denn nicht?" Er grinste schief. „Da sieht man auch viel von der Welt."

„Ich weiß nicht. Das klingt so … es klingt steif und nach Gefängnis."

„Es wird eine Herausforderung sein."

„Hast du eine Schwäche für Waffen oder so?"

„Ich habe eine Schwäche für Abenteuer", erwiderte er und kaute auf einem Eiswürfel herum.

Plötzlich konnte Carlie ihn sich gut vorstellen, wie er durch einen Dschungel in einem fremden Land schlich, ein Gewehr auf den Rücken gebunden, auf der Suche nach dem Feind. Ben Powell besaß eine gewisse gefährliche Ausstrahlung – ein Teil von ihm schien sich nach riskanten Abenteuern zu sehnen.

„Wir leben in Friedenszeiten", erinnerte sie ihn ziemlich nervös. Sie hasste Waffen, hasste den Krieg und das Militär.

„Irgendwo auf der Welt ist immer was los."

„Und du willst dabei sein."

„Immer noch besser, als in diesem Kaff zu versauern und darauf zu hoffen, dass das Sägewerk bloß nicht schließt und ein Idiot wie H. G. Monroe weiterhin Löhne zahlt, die kaum zum Leben reichen." Seine Züge verhärteten sich. „Ich habe nicht vor, für den Rest meines Lebens bei Bait and Fish zu jobben, und für die Monroes oder Fitzpatricks werde ich ganz sicher nie arbeiten."

„Aber die Army kommt infrage." Carlie gab sich keine Mühe, ihren Spott zurückzuhalten. Ihr Vater arbeitete seit fast dreißig Jahre für Fitzpatrick Logging. Er war Vorarbeiter und verdiente nicht schlecht. Wieder und wieder hatte Weldon Surrett seiner einzigen Tochter erzählt, dass Thomas Fitzpatrick ihm einen Job gegeben habe in Zeiten, in denen es keine Arbeit gab. Fitzpatrick hatte auch in schlechten Tagen den Betrieb weitergeführt, und als er Weldons Einsatz bemerkte, hatte er ihn befördert. Carlie war überzeugt davon, dass ihr Vater sein Leben hergeben würde für Thomas Fitzpatrick, doch sie traute diesem Mann nicht wirklich.

Als Roy, Thomas' ältester Sohn, im letzten Herbst getötet wurde, hatte ihr Vater geweint und seine kleine Familie gezwungen, an der Beerdigung teilzunehmen. Es hatte geregnet, und die Zeremonie war sehr schmerzlich gewesen. Und die Tatsache, dass Carlie sich auf Rachelles Seite gestellt und Jackson Moore gemeinsam mit ihrer Freundin verteidigte hatte, sorgte in der Familie ebenso für Ärger wie in Weldons Job.

Nahezu jeder in der Stadt glaubte, dass Jackson Moore seinen Rivalen umgebracht hatte. Jeder bis auf Rachelle und ihre Freundin Carlie. Der Streit schwelte noch Wochen, nachdem Jackson Moore die Stadt verlassen hatte.

Carlie trank einen Schluck. „Hm, ich finde, so übel ist Thomas Fitzpatrick gar nicht." In Wahrheit aber war ihr dieser Mann bei den wenigen Begegnungen unangenehm gewesen. Thomas, groß und aristokratisch, sah sie jedes Mal durchdringend an, und sein Lächeln schien eine verborgene Bedeutung zu haben, die sie frösteln ließ.

„Dann möchte ich lieber nicht wissen, was du für übel hältst."

Sie wischte einen Kondenstropfen von ihrem Glas. „Vor Jahren hat Fitzpatrick meinem Vater eine Chance gegeben und ihn nach seiner Rückenoperation im Unternehmen behalten. Während der ganzen Zeit hat er Dad seinen Lohn gezahlt."

Ein bitteres Lächeln erschien auf Bens Gesicht. „Oh klar, Fitzpatrick ist ein toller Kerl. Er und Monroe. Zwei Gauner, die sich ähnlich sind." Er stand auf, reichte ihr das Glas und schob die Hände in die Taschen. „Ich sollte mich lieber auf den Weg machen. Großer Tag morgen bei Bait and Fish."

„Du musst noch nicht gehen", wandte sie ein und ärgerte sich darüber, dass sie sich beinah gestritten hätten.

„Es ist schon spät." Er ging zur Tür, und sie folgte ihm. „Danke für das Wasser."

Carlie dachte, er würde sie erneut küssen, und er blickte sie auch für einen Moment auf eine Weise an, die ihren Puls beschleunigte. „Gute Nacht, Carlie", flüsterte er rau.

In der Erwartung seiner Umarmung lehnte sie sich schon nach vorn, doch er öffnete nur die Tür und verschwand einfach. Mit einem Gefühl der Leere blieb Carlie zurück.

Enttäuschung breitete sich in ihr aus, während sie durch das kleine Fenster hinterherschaute. Der Pick-up holperte vom Parkplatz und entschwand in die Nacht. Carlie berührte mit der Fingerspitze ihre Lippen, schloss dabei die Augen und fragte sich, ob sie ihn jemals wiedersehen würde.

„Ich habe gehört, du warst mit Carlie zusammen." Kevin schaute unter der Motorhaube der Corvette hervor und sah seinen Bruder prüfend an. „Neulich abends am See. Ein paar von den Jungs meinten, du hättest sie bei Daniels Hütte getroffen und sie nach Hause gefahren."

„Stört dich das?", fragte Ben und wünschte, er hätte nicht unangekündigt bei Kevins gemietetem Haus haltgemacht. Sein Bruder schraubte gerade an seinem einzigen wertvollen Besitz herum, einer sechs Jahre alten Corvette mit Motorproblemen. Den Wagen zu unterhalten kostete Kevin beinah jeden Dollar, den er im Sägewerk verdiente. Schwarzglänzend und elegant stand der Wagen in der Auffahrt.

„Ob es mich stört?" Kevin warf die Motorhaube zu und lehnte sich gegen den tief liegenden Kotflügel. „Klar stört mich das. Carlie bedeutet nur Ärger, Mann. Das habe ich dir schon gesagt."

„Du hast außerdem gesagt, dass du nicht mehr mit ihr zusammen bist, sondern eine andere hast ... ein Mädchen aus Coleville."

„Tracy", bestätigte Kevin und wischte sich die Hände an einem öligen Lappen ab. „Stimmt."

„Dann ist es doch egal ..."

„Von wegen!" Kevins Gesicht befand sich plötzlich so dicht vor Bens, dass sich ihre Nasenspitzen fast berührten. „Dieses kleine Miststück hat mir nichts als Kummer bereitet. Wenn du schlau bist, hältst du dich von ihr fern." Er öffnete die Wagentür, stieg ein und startete die Corvette. Der PS-starke Motor röhrte, und blauer Qualm stieg aus dem Auspuff, während der Sportwagen für einen Moment im Leerlauf lief. Dann gab es eine Fehlzündung, und der Motor ging wieder aus. „Na klasse", stieß Kevin hervor. „Und was jetzt?"

Ben ignorierte die Frage seines Bruders. „Du hast immer noch etwas für sie übrig."

Kevin wurde sichtlich angespannt, doch sein Mund verzog sich zu einem fiesen Grinsen, als er durch das offene Wagenfenster zu Ben hochschaute. „Auf keinen Fall. Mit der bin ich fertig. Die hatte ich."

Ben ballte die Fäuste und mahlte mit den Backenzähnen, um sich eine bissige Erwiderung zu verkneifen. Schließlich war er nicht hier, um einen Streit mit Kevin anzufangen. Nein, er war vorbeigekommen, um sein Gewissen zu beruhigen und sicherzustellen, dass Kevin nichts mehr für Carlie empfand. Denn seit er sie vor drei Tagen vom See nach Hause gebracht hatte, konnte Ben kaum an etwas anderes denken als an ihr ungezwungenes Lächeln, das glänzende schwarze Haar und die blauen Augen. Tagsüber, wenn er die Regale einräumen und Angelzubehör verkaufen sollte, drehten sich seine Gedanken ständig um sie. Die Nächte waren noch schlimmer, denn seit drei Nächten fand er keinen Schlaf, sondern wälzte sich nur unruhig hin und her bei der Erinnerung daran, wie sich ihr Körper an seinem angefühlt hatte bei diesem einen Kuss.

Leise vor sich hin fluchend stieg Kevin wieder aus dem Wagen, steckte den Kopf ein weiteres Mal unter die Motorhaube und schleuderte wütend den öligen Lappen in eine Werkzeugkiste. Dann zog er seine Zigaretten aus der Hemdtasche. „Wahrscheinlich braucht der Wagen einen komplett neuen Motor", murmelte er zerknirscht. Und dann, als entsinne er sich gerade erst wieder der Anwesenheit seines Bruders, sagte er: „Pass auf – wenn du Carlie Surrett willst, stehe ich dir nicht im Weg. Sie gehört dir. Mir bedeutet sie nichts."

„Bist du dir da sicher?"

Kevin ließ sein Feuerzeug aufschnappen, zündete die Zigarette an und blies den Rauch aus. „Das ist dein Untergang."

Ben war nicht davon überzeugt, dass Kevin schon ganz darüber hinweg war, aber letztlich spielte das keine Rolle. Schließlich hatte Ben seine Karten offen auf den Tisch gelegt. „Woher weißt du eigentlich, dass ich mit ihr am See war?"

Kevin gab einen verächtlichen Laut von sich. Rauch kringelte sich aus seinen Nasenlöchern. „Das hier ist Gold Creek. Schlechte Nachrichten sprechen sich schnell herum."

2. KAPITEL

Ben rief nicht an. Weder am nächsten Tag noch am Tag darauf. Carlie begann zu befürchten, dass sie sich die Leidenschaft in seinem Kuss nur eingebildet hatte.

„Sieh den Tatsachen ins Auge", sagte sie zu ihrem Konterfei, während sie sich in dem ovalen Spiegel über ihrer Kommode betrachtete. „Für ihn war es keine große Sache." Sie bürstete ihre langen Haare, bis sie knisterten, und band sie anschließend zu einem einfachen Zopf zusammen. Shadow lag auf der Fensterbank in ihrem Schlafzimmer, wusch sich das Gesicht und kümmerte sich nicht um Carlies Liebesleben.

„Es sollte mir egal sein", meinte sie mit einem Seitenblick auf den grau getigerten Kater. Shadow tat sein Bestes, Carlie zu ignorieren und fuhr damit fort, sich zu putzen. Verärgert warf Carlie ihre Bürste auf die Kommode. „Du gibst einen lausigen Freund ab, weißt du das?" Sie wünschte, sie hätte jemanden, dem sie sich anvertrauen konnte. Kurz dachte sie an Brenda, verwarf diese Idee aber schnell wieder. Brenda war zu gesellig und konnte ein Geheimnis einfach nicht für sich behalten. Aber Rachelle konnte sie sich anvertrauen, überlegte Carlie.

Oder sie vergaß Ben einfach. Er war doch ganz offensichtlich nicht an ihr interessiert, und sie war nicht der Typ, der einem Jungen hinterherlief. Zumindest nicht, bis sie angefangen hatte, sich für den jüngeren der Powell-Brüder zu interessieren.

Sie schnappte sich ihre Handtasche und machte sich auf den Weg zur Arbeit. Auf Drängen ihrer Mutter nahm sie sich einen Apfel aus dem Obstkorb auf dem Tisch und ging hinaus. Die Morgenluft war bereits heiß, der Tau verdampfte. Sie ließ die Wagenfenster offen und hörte Radio auf den paar Meilen nach Coleville, wo sie einen Ferienjob hatte. Was sie im September machen würde, hatte sie sich bisher noch nicht überlegt.

Sie besaß noch nicht genug Geld, um aufs College zu gehen, deshalb hatte sie sich hier in der Gegend an einem Junior College beworben. Allerdings war sie nicht sicher, ob ein Studium das Richtige für sie wäre.

Das Gleiche gilt für Ben Powell, dachte sie, denn ihre Gedanken schweiften schon wieder zu ihm ab. Warum war sie ihm ausgerechnet in diesem Sommer begegnet, wenn ihr Leben schon verwirrend genug war? Da konnte sie die Ablenkung durch einen Jungen, der ihre Existenz bisher kaum zur Kenntnis genommen hatte, nicht auch noch gebrauchen.

Verärgert darüber, dass sie ihn anscheinend nicht aus ihrem Kopf verbannen konnte, verbrachte sie die nächsten fünf Stunden im Fotostudio und versuchte, sich auf ihre Arbeit zu konzentrieren. Sie entwickelte Negative, half mit, einige der aktuellen Fotos von Rory, ihrem Boss, zu rahmen und räumte das Studio auf. Rory schien von Ordnung und Sauberkeit nicht viel zu halten.

„Ich muss kreativ sein", hatte er einmal geantwortet, als sie ihn auf das Durcheinander ansprach. „Da kann ich mich nicht mit trivialen Dingen aufhalten." Das war natürlich als Scherz gemeint, trotzdem wurde es Carlies Aufgabe, die Unordnung im Studio zu beseitigen, Küche und Bad zu putzen und die Teppiche zu saugen. Sie hielt es einfach nicht aus, in einem Schweinestall zu arbeiten.

Rory nahm das alles anscheinend nicht wahr. Er drängte sie, für ihn Modell zu sitzen, wenn er Werbeaufnahmen für Unternehmen aus der Gegend oder Fotos für sein eigenes Portfolio machte.

Immer wieder redete Rory auf sie ein, sie vergeude ihre Zeit auf der falschen Seite der Kamera.

„Die meisten Mädchen würden dich um das, was du hast, beneiden", erklärte er, während er das Studio für Aufnahmen vorbereitete. Mrs Murdock wollte mit ihrem Sohn und ihrem Bordercollie vorbeikommen. „Die Kamera liebt dich. Sieh dir diese Bilder an." Er wedelte mit den Fotos, die er von Carlie gemacht hatte. Auf ihnen kamen besonders ihre hohen Wangenknochen und die blaugrünen Augen zur Geltung. „Das Gesicht eines Engels mit einem diabolisch frechen Funkeln in den Augen. Ich schwöre dir, in New York wären sie verrückt nach dir."

„Ich würde gern selber fotografieren, nicht Modell stehen", hatte sie erwidert, obwohl es eine reizvolle Vorstellung war zu modeln.

„Dann verbring einfach ein paar Jahre vor der Kamera. Verdien ein bisschen Geld, gib dein Bestes, bevor du alt und grau bist oder, Gott bewahre, dich verliebst." Rory war groß, um die fünfunddreißig, mit aschblondem Pferdeschwanz, der allmählich dünner wurde und graue Strähnen bekam. Sein Gesicht war ständig unrasiert, und er trug niemals eine Krawatte. „Haben wir eigentlich Weihnachtsrequisiten? Diese Bilder sind ein Weihnachtsgeschenk für Mrs Murdocks Mann, obwohl wir erst in – warte mal – sieben Monaten Weihnachten haben."

„Es sind noch fünf", korrigierte Carlie ihn. „Ich schaue oben mal nach." Sie stieg die wackelige Treppe hinauf und öffnete eine Tür. Auf dem Dachboden war es drückend heiß und staubig. Sie wühlte in einigen Kartons und fand ein paar künstliche Stechpalmenzweige, rote Kerzen, die schon benutzt waren, sowie ein Stofftier, das wie ein Rentier aussah. Sogar eine zusammengerollte Hintergrundleinwand, auf der ein verschneiter Wald zu sehen war, entdeckte sie.

Carlie trug den Karton nach unten und blies sich die Haare aus dem Gesicht. „Viel war da nicht", verkündete sie, wenige Sekunden, ehe die Türklingel läutete und Mrs Murdock hereinkam. An der Leine führte sie einen sehr wohlerzogenen Bordercollie. Ihr energiegeladener zweijähriger Sohn trug ein weißes Hemd, eine rot-grün-karierte Weste und schwarze Samtshorts. Rote Kniestrümpfe und schwarze Schuhe vervollständigten sein Outfit.

Mrs Murdock lächelte müde. „Ich weiß, das wird nicht leicht", gab sie zu, während sie ihre Finger anfeuchtete, um ein paar widerspenstige Haare auf dem Kopf ihres Sohnes zu glätten. Abrupt drehte er den Kopf weg und protestierte laut. „Jason ist gerade mitten in der Trotzphase. Aber mein Mann hätte so gern ein Foto von ihm zusammen mit Waldo." In diesem Moment zerrte Jason heftig an Waldos Leine. Der Hund ließ es geduldig über sich ergehen.

Carlie führte die Entourage nach hinten ins Studio, wo Rory gerade das Licht einstellte.

Mrs Murdocks Vorhersage erwies sich als Untertreibung.

Jason zog an seiner Fliege, schrie, bekam einen Wutanfall und misshandelte den Hund. Doch sowohl der Hund als auch Rory blieben bewundernswert ruhig. Gegen Ende des Fotoshootings, etwa zwei Stunden später, war es mit Carlies Geduld vorbei. Und auch Mrs Murdock schaffte es nicht mehr zu lächeln. Selbst Rory war nicht sicher, ob eines der geschossenen Bilder zufriedenstellend war. „Drück mal die Daumen", sagte er, als er zum Feierabend abschloss. „Ich habe keine Lust, das alles noch mal zu veranstalten."

Diese Vorstellung war deprimierend. „Ich bin sicher, dass mindestens ein Foto gut geworden ist", behauptete Carlie und hoffte, aufmunternd genug zu klingen.

„Wenn wir schon den zwanzigsten Dezember hätten, würde ich mir Sorgen machen. So aber haben wir ja noch genug Zeit, um neue Fotos zu schießen."

Carlie stöhnte innerlich bei dem Gedanken. Sie fuhr in ihrem aufgeheizten Kleinwagen nach Hause und fühlte sich erledigt. Schweiß bedeckte ihren Hals und ihre Stirn, und ihr schwarzer Rock und die weiße Bluse waren zerknittert und verschwitzt.

Als sie auf den Parkplatz einbog, trat sie unvermittelt auf die Bremse. Bens Pick-up parkte im Schatten einer Lärche, und er selbst lehnte am Kotflügel, die Arme vor der Brust verschränkt, als hätte er nichts Besseres zu tun.

Er schaute auf und schob ein Streichholz von einem Mundwinkel in den anderen. Seine Lippen zuckten leicht, was man ohne Weiteres für die Andeutung eines Lächelns halten konnte.

Sie stellte den Motor aus und stieg aus dem Wagen.

„Ich dachte mir, dass ich dich hier finden würde", begann er, nahm das Streichholz aus dem Mund und zerbrach es zwischen zwei Fingern.

„Wartest du schon lange?"

Er schüttelte den Kopf und schaute auf seine Uhr. „Ein paar Minuten."

Carlie bekam ihr Herzklopfen nicht unter Kontrolle. Er sah fast genauso aus wie bei der letzten Begegnung. Wieder trug er eine ausgewaschene Jeans, doch diesmal hatte er dazu ein enges weißes T-Shirt an, das seine muskulöse Brust hervorhob. In seinen Augen lag ein sinnlicher Ausdruck. „Ich dachte, du hättest vielleicht Lust auf eine kleine Spazierfahrt. Zum See oder so."

„Und ich dachte, du hättest mich längst vergessen."

Erneut erschien das sexy Lächeln. „Dich vergessen? Geht das überhaupt?"

„Es ist schon eine Weile her, seit ich von dir gehört habe."

„Ich hatte zu tun." Er lehnte sich mit der Hüfte gegen den Kotflügel seines Pick-ups und wartete. „Also, was ist?"

„Ich hole nur schnell meinen Badeanzug."

Die Wohnung war leer. Ben blieb unten, während Carlie in ihr Zimmer stürmte, hastig ihre Arbeitskleidung auszog und den meergrünen Badeanzug heraussuchte.

Sie konnte es nicht fassen, dass Ben tatsächlich auf sie gewartet hatte. Ihr Herz pochte wie verrückt, als sie Shorts und eine ärmellose Bluse über ihren Badeanzug zog. Die Blusenenden knotete sie unter den Brüsten zusammen, bürstete sich schnell die Haare, zog den Lippenstift nach und war in weniger als zehn Minuten wieder unten. Ein wenig atemlos und erhitzt schrieb sie ihren Eltern schnell eine Nachricht und ließ Shadow ins Haus.

Auf dem Parkplatz hielt Ben ihr die Beifahrertür auf. Sie stieg in den von der Sonne aufgeheizten Wagen und fragte sich, warum er dort weitermachen wollte, wo sie aufgehört hatten, obwohl sie doch in den vergangenen Tagen nichts von ihm gehört hatte.

Der Motor des alten Pick-ups sprang dröhnend an, und Ben fädelte den Ford in den Verkehr ein.

„Ist irgendetwas passiert?", erkundigte sie sich.

Er sah angestrengt durch die Frontscheibe, dann griff er an Carlie vorbei ins Handschuhfach und holte eine Sonnenbrille heraus. „Ob etwas passiert ist?" Er setzte sich die Sonnenbrille auf.

„Na ja, ich hatte das Gefühl, du wolltest mich nicht wiedersehen."

„Da hast du dich geirrt." Er klang eine Spur aufgewühlt. Als er an einer roten Ampel anhalten musste, kurbelte er das Fenster hinunter und legte den Ellbogen auf den Rahmen. „Ich wollte nur erst sichergehen, dass ich Kevin nicht in die Quere komme."

„Was hat er denn damit zu tun?", fragte sie verstört.

„Nichts. Aber ich wollte es abklären."

„Was heißt das? Es ist mein Leben", begann sie, nahm sich jedoch zusammen. Es spielte ohnehin keine Rolle. Offenbar hatte Kevin begriffen, wie sie empfand, und jetzt war Ben hier, mit ihr zusammen. Trotzdem ärgerte sie sich.

Während sie aus der Stadt hinausfuhren, drehte Ben am Sendersuchknopf des Radios und fand einen Sender, der ältere und neuere Songs spielte.

„Ich dachte, es funktioniert nicht", bemerkte Carlie.

„Hab's repariert." Kurz sah er zu ihr hinüber, während sie sich dem Sägewerk näherten. Bens Miene verhärtete sich, als sie an dem Gitterzaun vorbeikamen, der den Hof umgab. Tausende Festmeter Holz waren nach Qualität zu hohen Stapeln aufgeschichtet, und Berge von Baumstämmen warteten auf ihre Weiterverarbeitung. Lastwagen, viele mit dem Logo von Fitzpatrick Logging, durchquerten die breite Einfahrt, und Männer mit Sicherheitshelmen winkten den Fahrern zu.

Kräne ragten über den aufgestapelten Baumstämmen auf, und Gabelstapler transportierten gehobelte Bretter aus den Lagerhallen. Es war gerade Schichtwechsel, deshalb kamen und gingen Männer durch das Tor, lachend und rauchend. Sie riefen ihren Kollegen etwas zu und klopften sich das Sägemehl von T-Shirts und Jeans.

Kevins elegante Corvette stand zwischen staubigen Pick-ups und Kombis.

„Warum arbeitest du eigentlich nicht im Sägewerk?", erkundigte sich Carlie und spürte seine Anspannung, als sie an den Arbeitern vorbeifuhren.

„Meinst du nicht, zwei Powells, die sich vor H. G. III verneigen, sind genug?"

„Es ist gute Arbeit."

„Mir ist der Job bei Bait and Fish lieber."

Sie bemerkte, wie er das Lenkrad fester umklammerte, beinah als wollte er es von der Säule reißen.

„Du magst die Monroes nicht besonders, was?"

„Ich versuche, nicht an sie zu denken."

Ihm wurde bewusst, wie skeptisch sie ihn betrachtete. „Okay, pass auf. Mir gefällt die Art nicht, wie die Monroes ihr Unternehmen führen. Er lebt in einer Villa in einer teuren Gegend in San Francisco, schickt seinen Sohn auf eine Privatschule, fliegt ein- oder zweimal die Woche in einem Firmenhubschrauber in Gold Creek ein, verteilt aufmunternde Worte und Schulterklopfen und verschwindet wieder zu seinem Country Club mit Golfplatz. Wie so ein verdammter König auf Staatsbesuch."

„Er ist reich."

„Sein Reichtum, seine Jacht, all das ist bezahlt mit dem Schweiß der Männer, die er für sich schuften lässt."

„So läuft es nun mal."

„Fitzpatrick besitzt wenigstens den Mumm, in Gold Creek zu bleiben", entgegnete Ben und bog in einen alten Forstweg ein, der vom See weg führte und sich in Serpentinen die bewaldeten Hügel hinaufschraubte.

„Ich dachte, wir wollen schwimmen gehen."

„Machen wir auch."

„Wenn mein Orientierungssinn noch stimmt, sollten wir dann aber auf die untergehende Sonne zufahren statt in die entgegengesetzte Richtung."

Er lachte, und die Anspannung, die ihn erfasst hatte, seit sie am Sägewerk vorbeigekommen waren, verflog. Sacht berührte er ihren Handrücken. „Vertrau mir."

Ein Schauer überlief sie, und Carlie erkannte, dass sie ihm ihr Leben anvertrauen würde.

Langsam glitten sie an Tannen und Ahornbäumen vorbei, durch deren dichtes Astwerk nur wenig vom schwindenden Sonnenlicht drang. Getrocknetes Unkraut strich am Unterbo-

den des Pick-ups entlang, während sie den steilen Weg hinauf-
fuhren. Der Senderempfang ließ nach, und Ben schaltete das
Radio ganz aus, als der Wald endete und in eine kahle, abgeholzte
Fläche überging. Hier sah die Gegend aus, als hätte ein Riese
mächtige Schneisen in den alten Baumbestand geschlagen. Dort,
wo der Wald abgeholzt war, machte sich neue Vegetation breit.
Junges Gras und junge Büsche begannen, den felsigen Boden
zwischen den verrottenden Baumstümpfen zu überwuchern.
Ein Stück weiter gab es Zeichen der Wiederaufforstung in Gestalt kleiner Tannen und Kiefern, die gepflanzt worden waren,
um neues Nutzholz für die nächste Generation von Holzfällern
und Sägewerkarbeitern zu gewinnen.

„Der Lebenssaft von Gold Creek", bemerkte Ben trocken.

Es war die Wahrheit, ob er es nun höhnisch meinte oder
nicht. Seit Generationen war Gold Creek von seinen riesigen
Nutzwaldflächen abhängig. Obwohl der optimistisch klingende
Name der Stadt aus der Zeit des Goldrausches herrührte, als
ein paar Goldschürfer glänzende Klümpchen des kostbaren
Metalls am Grund des Flusses entdeckt hatten, der in den Whitefire Lake mündete, war Holz das wahre Gold der Gegend.
Männer wie Monroe und Fitzpatrick verdankten ihr Vermögen
dem Wald.

Ben fuhr, bis der Weg endete, und parkte an einem holprigen,
überwucherten Platz. Er hatte einst als Standort für die Maschinen gedient, mit denen die Holzstämme hinauf zum Transport-
weg gezogen worden waren, und als Parkplatz für die Holz-
lastwagen, die das kostbare Nutzholz zu Monroes Sägewerk
gebracht hatten.

Ben nahm einen Rucksack und hängte ihn sich über die Schulter. „Komm", sagte er und stieg aus. Sie folgten einem Pfad, der
von Brombeerranken und Büschen gesäumt war. Der Weg führte
wieder durch den Wald, und Carlie mühte sich die Steigung hinauf. Als sie im Schatten alter Bäume gingen, die nie eine Säge
berührt hatte, war sie außer Atem. Vögel flatterten durch die
Wipfel, und sie hörten das Gezeter von Eichhörnchen, ohne sie
zu Gesicht zu bekommen. Die Erde roch kühl, und in weiter

Ferne vernahm Carlie das Rauschen des Wassers, das über die Felsen rann.

„Kommen wir an einen Fluss?", wollte sie wissen.

„Nicht irgendein Fluss. Gold Creek."

„Hier oben?"

„Irgendwo muss er ja entspringen." Sie stiegen weiter bergan, bis Carlies Beine anfingen zu schmerzen. „Fürs Bergsteigen bin ich nicht richtig angezogen", bemerkte sie. Ihre Tennisschuhe scheuerten an den Fersen.

„Es ist nicht mehr weit." Er nahm ihre Hand und half ihr zwischen den Bäumen hindurch. Sie versuchte, nicht allzu sehr an seine Finger zu denken, die mit ihren verschränkt waren.

„Was genau ist denn dort?"

„Ein Platz, von dem ich im Angelladen gehört habe."

„Du nimmst mich doch wohl nicht mit zum Angeln?", scherzte sie, doch Ben antwortete nicht, sondern hielt nur weiter ihre Hand. Sie wanderten noch einmal zwanzig Minuten, ehe der Wald lichter wurde. Schließlich erreichten sie ein Hochplateau mit unzähligen Wildblumen, die im sonnenbeschienenen Gras wuchsen. Schmetterlinge flatterten im nachlassenden Sonnenlicht, Bienen summten.

Noch immer hielt Ben ihre Hand und führte sie durch das kniehohe Gras zu der Quelle. Das klare Wasser stürzte über Felsen eine kleine Schlucht hinunter ins Tal.

„Das ist Gold Creek", sagte er.

„Ich dachte, der Fluss entspringt erst aus dem Whitefire Lake."

„Technisch gesehen stimmt das wohl", räumte er ein. „Und wenn man auf die Karte schaut, findet man für diesen Bach hier sicher einen anderen Namen. Aber da dieses Wasser in den See mündet und dort zum Gold Creek wird, würde ich sagen, dass hier alles beginnt." Er beugte sich herunter und hielt die Hand unter den klaren Wasserstrahl.

„Warum hast du mich hier hinaufgebracht?"

Er richtete sich auf, ließ das Wasser von seinen Händen tropfen und berührte Carlies Wange. Seine Finger waren kühl und nass, seine Augen spiegelten die einsetzende Dämmerung wider. „Ich wollte mit dir allein sein", gestand er mit dem Anflug eines Lächelns. „Keine Brenda, kein Kevin, keine Eltern. Nur du und ich."

„Weshalb?" Vor innerer Anspannung wagte sie kaum zu atmen.

„Neulich Abend haben wir falsch angefangen, finde ich."

Sie schluckte. „Ich habe schon geglaubt, dass zwischen uns überhaupt nichts angefangen hat."

„Albernes Mädchen", flüsterte er und legte ihr sanft die Hand in den Nacken, um sie an sich zu ziehen. Seine Lippen fanden ihre zu einem Kuss, in dem all das Staunen, die Jugend und die Verheißung auf die Zukunft lagen.

Carlie bekam weiche Knie, und sie protestierte nicht, als er sie behutsam in das trockene Gras neben dem Wasser hinunterzog.

Sie schlang ihre Arme um seinen Nacken und öffnete auf den sanften Druck seiner Zunge ihren Mund. Aus ihrem tiefsten Innern stieg eine Wärme auf, die sich überall in ihrem Körper ausbreitete und ihr ein Kribbeln auf der Haut verursachte. Ben begann ein aufregendes Spiel mit seiner Zunge.

Ist das hier falsch? fragte sie sich. Doch es war ihr egal. Nichts, was sich so wundervoll anfühlte, sollte verboten sein.

„Carlie", flüsterte er, als er den Kuss unterbrach, um ihr in die Augen zu sehen. „Ist es das, was du willst?"

„Ich will nur mit dir zusammen sein", erwiderte sie, ohne über die Worte nachzudenken, nur darauf bedacht, ihm zu versichern, wie viel ihr dieser Moment bedeutete. Sie berührte seine Wange, strich über seinen Nacken und zog seinen Kopf zu sich herunter.

Ihre Lippen waren feucht und begierig, sobald er sie erneut küsste, und als er den Knoten in ihrer Bluse fand und löste, hinderte sie ihn nicht.

Irgendwo im Unterbewusstsein war ihr klar, dass sie Nein sagen sollte – dass sie innehalten sollte, bevor sie die Kontrolle verlor. Doch es gelang ihr nicht. Ihre Bluse war nun offen, und seine Hand schloss sich um eine ihrer Brüste. Er streichelte sie durch den hauchdünnen Stoff ihres Badeanzugs, liebkoste sie, massierte die sanfte Wölbung, bis sich die Brustwarze aufrichtete.

Halte ihn auf. Halte ihn jetzt auf, meldete sich eine Stimme in ihrem Innern, doch sie ignorierte diese Warnung weiterhin und küsste ihn noch leidenschaftlicher als zuvor. Sie fühlte die kühle Luft an ihren Schultern, als er den Träger ihres Badeanzugs hinunterschob. Und noch ehe sie etwas sagen konnte, lagen seine heißen Lippen auf ihrer Brust.

Ein leises Stöhnen entrang sich ihrer Kehle, sowie er das Oberteil des Badeanzugs ganz hinunterschob und ihre Brüste vollkommen nackt waren. „So wunderschön", raunte Ben und betrachtete sie im Licht der letzten Sonnenstrahlen. Carlie spürte seinen heißen Atem, als er eine ihrer aufgerichteten Brustwarzen in den Mund nahm und daran zu saugen begann.

„Ben", flüsterte sie, und ihre Stimme schwebte in der Brise davon.

„Sag mir jetzt nicht, dass ich aufhören soll."

„Das kann ich nicht", murmelte sie und schloss die Augen, um die Zärtlichkeit seiner starken Hände auf ihrer Haut noch intensiver zu spüren, die Wärme seines Mundes, während er fest an ihrer Brustwarze saugte. Unwillkürlich hob Carlie die Hüften aus dem weichen getrockneten Gras, da heftige Begierde sie durchflutete. Ben ließ eine Hand nach unten gleiten und massierte ihren Po.

Irgendwo in der Ferne tutete ein Zug, das Echo hallte von den Bergen wider.

Ben erstarrte. Abrupt löste er sich von Carlie und sah ihr in die Augen. Dann rollte er sich fluchend von ihr hinunter und blieb, alle viere von sich gestreckt, auf dem Rücken liegen. „Zieh dich wieder an", sagte er, während er einen Arm über seine Augen legte.

Seine harschen Worte trafen sie wie eine Ohrfeige. Carlie fühlte sich wie eine Närrin. Sie zog die Badeanzugträger hoch und knöpfte ihre Bluse zu. „Stimmt ... stimmt etwas nicht?"

Er seufzte, strich sich die Haare aus der Stirn und schaute zum dämmrigen Himmel hinauf. „Ich hatte gar nicht vor, mit dir hier raufzufahren, um dich zu verführen." Mit ernster Miene sah er sie an. „Na ja, verdammt, vielleicht doch."

Es gelang ihr, ein wenig die Schultern zu straffen. „Du hättest mich nicht zu irgendetwas gezwungen, zu dem ich nicht bereit gewesen wäre."

Der Ausdruck in seinen Augen war unergründlich. „Du kennst mich nicht, Carlie."

„Ich kenne dich gut genug."

„Ach, ist ja auch egal." Er rollte herum, nahm die Tasche, die er ins Gras hatte fallen lassen, und griff nach Carlies Hand. „Wir sollten lieber wieder zurückkehren. Es wird dunkel, und ich traue mir selbst nicht, wenn ich mit dir allein bin."

„Aber ich dachte, das ist genau das, was du wolltest."

„Begreifst du denn nicht? Ich weiß gar nicht, was ich will. Und ich war drauf und dran, etwas zu tun, was vielleicht alles zerstört hätte. Mann, was für ein Mist!"

Mit glühenden Wangen strich sie ihre Kleidung wieder glatt, wandte sich von ihm ab und ging bis zum Rand der Klippe. Sie schaute über die Baumwipfel und betrachtete das glitzernde Wasser.

Als sie Ben näher kommen hörte, und er von hinten die Arme um sie legte, versteifte sie sich.

„He, es tut mir leid. Es ging einfach ein bisschen zu schnell für mich", flüsterte er.

„Ich war nicht diejenige …"

„Ja, ich weiß. Glaub mir, ich nehme die ganze Schuld auf mich."

Seufzend lehnte sie sich an ihn und legte die Arme über seine. „Keine Schuld", sagte sie. „Es ist einfach passiert."

„Und es wird immer wieder passieren, wenn wir nicht unseren Verstand benutzen." Sekundenlang herrschte Schweigen, und Carlie spürte seinen Atem an ihren Haaren.

„Siehst du den See?", wollte er wissen, als versuchte er, das Thema zu wechseln.

„Ja."

„Jetzt schau nach Süden. Dort drüben." Er drehte sie ein
Stück. „Die Stadt."

Die ersten Lichter funkelten im Tal, über dem sich der Himmel verdunkelte.

„Wenn du genau hinsiehst, kannst du die Eisenbahnbrücke
erkennen, das Rathaus und das Sägewerk. Mit einem Fernglas
geht das noch besser."

Sie folgte seinem Blick und erkannte die Eisenbahnschienen,
die das Tal durchschnitten. Die Pfahlbrücke überspannte den
Gold Creek kurz vor der Stadt.

„Ich dachte, du wärst noch nicht hier oben gewesen", bemerkte sie, sobald sich ihr Herzschlag wieder beruhigt hatte und
sie ihrer Stimme wieder trauen konnte.

„Ich gebe nur das wieder, was ich von einigen Leuten im Laden gehört habe. Na komm, wir machen uns lieber auf den Rückweg." Er wühlte in seinem Rucksack, holte eine Taschenlampe
heraus und ging den Pfad bergab voran.

Die Nacht senkte sich über den Wald, und als sie Bens Pick-
up erreichten, gab nur noch der Strahl der Taschenlampe ein
wenig Licht. Carlie hörte Fledermäuse in den Bäumen, fühlte
den Luftzug ihres Flügelschlags, wenn sie tief flogen, doch sie
hatte keine Angst. Vermutlich, weil sie mit Ben zusammen war.

Dummchen, schalt sie sich im Stillen, aber sie vertraute ihm
nun mal. Dennoch war es ein Schock zu erkennen, dass sie sich
am Ende noch in ihn verlieben würde, falls sie ihre Emotionen
nicht in den Griff bekam.

3. KAPITEL

*K*omm schon. Es passiert schließlich nicht jeden Tag, dass ich den Nachmittag frei bekomme", drängelte Carlie.

Rachelle, die sich in einem alten Liegestuhl auf der Veranda ihrer Mutter räkelte, ließ die Zeitschrift sinken.

„Ich gebe dir eine Portion Pommes und eine Cola aus", versuchte Carlie, sie zu überreden.

„Und wenn ich lieber Limonade hätte?"

„Was auch immer!" Carlie blies ihre Haare aus der Stirn und wartete, bis die Freundin ihrer Mutter Bescheid gesagt hatte. Rachelle fand einen Weg, ihre kleine Schwester Heather diesmal nicht mitschleppen zu müssen, und mit heruntergelassenen Fenstern fuhren sie in die Stadt. Dennoch klebte Carlies T-Shirt ihr am Rücken, als sie nahe dem Rexall Drugstore parkten.

Kids auf Skateboards sausten über den Gehsteig, Mütter schoben Kinderwagen und rückten Sonnenhüte zurecht. Vom Gehsteig und der Straße stieg Hitze auf.

Im Laden drehten sich unablässig Ventilatoren an der Decke, konnten die Temperatur jedoch kaum spürbar senken. Carlie fächelte sich mit der Hand Luft zu, während sie und Rachelle Modeschmuck in einer Glasvitrine betrachteten.

„Du triffst dich mit Ben Powell?", wiederholte Rachelle und sah ihre Freundin an, als hätte sie nicht richtig gehört. „Aber ich dachte ..."

„Ich weiß. Du dachtest, ich wäre mit Kevin zusammen. War ich auch für ein paar Wochen. Wir sind ein paarmal zusammen ausgegangen, aber es hat nicht funktioniert. Ich dachte, das hätte ich dir erzählt."

„Ben hast du mit keinem Wort erwähnt."

„Ich kannte Ben gar nicht richtig." Carlie blieb vor einem Ständer mit Sonnenbrillen stehen und probierte eine mit gelben Gläsern aus.

„Steht dir nicht", bemerkte Rachelle.

„Ich weiß." Nachdem sie die Brille zurückgelegt hatte, richtete sie ihre Aufmerksamkeit wieder auf die Vitrine mit dem Modeschmuck. Sie befühlte ein Paar Ohrringe in Türkis und Silber, hielt eine der großen Kreolen an ihr Ohr und betrachtete sich kritisch im Spiegel. „Ich habe ihn erst neulich auf einer Party kennengelernt. Und dann sind wir einmal … in die Berge gefahren."

„Bist du jetzt mit ihm zusammen?"

Im Spiegel sah Carlie, wie ihre Augen sich verdunkelten. „Er hat nicht mehr angerufen. Es ist schon fast eine Woche her."

Rachelle warf ihre kastanienbraunen Haare über die Schulter, während sie den Schmuck im Angebot betrachtete. „Dann wart ihr also tatsächlich zusammen."

„Nicht wirklich", erwiderte Carlie. Ihre Zeit mit Ben in den Bergen war kein richtiges Date gewesen, und doch erinnerte sie sich an jede einzelne Sekunde so intensiv, dass es sogar jetzt noch ein wenig kribbelte. Sie war entschlossen, Ben wiederzutreffen. Schon immer war sie ein bisschen „jungsverrückt" gewesen, wie ihre Mutter das nannte, aber so kühn war sie vorher noch nie gewesen. Für gewöhnlich warfen die Jungen ein Auge auf sie, wie im Fall von Bens älterem Bruder Kevin. Diesmal jedoch schien es, als müsste sie die Initiative ergreifen und sich ein bisschen dahinterklemmen. Dieser Gedanke war beunruhigend, denn sie fühlte sich nicht wohl in dieser Rolle. Andererseits waren die Zeiten längst vorbei, in denen die Mädchen neben dem Telefon hockten und still beteten, es möge endlich klingeln. Der Frauenbewegung sei Dank. Es war also gar nichts dabei, auf die traditionelle Rollenverteilung zu pfeifen und die Sache anzugehen. Oder?

Rachelle und Carlie gingen durch einen Bereich mit Taschenbüchern und Zeitschriften und setzten sich schließlich auf die Hocker am hinteren Tresen. Die Speisekarte über der Getränkemaschine bestand aus einer großen Tafel mit austauschbaren Buchstaben und Zahlen und flackernder Hintergrundbeleuchtung.

Carlie winkte ihrer Mom zu, schaute kurz auf die Tafel, bestellte aber ohnehin das Übliche, nämlich eine Chocolate-Coke und eine große Portion Pommes frites.

„Ich nehme das Gleiche", sagte Rachelle, „aber mit Cherry-Coke."

„Du begehst einen Fehler", neckte Carlie sie, und Rachelle schüttelte sich bei dem Gedanken an die Mischung von Cola und Schokolade.

„Ich dachte, du müsstest heute arbeiten", meinte Thelma zu ihrer Tochter, während sie die Bestellungen notierte, das Blatt anschließend vom Block riss und an das Drehrad für den Koch hängte.

„Es gab nicht viel zu tun im Studio, deshalb hat Rory mir ein paar Stunden freigegeben."

„Fährst du nach Hause? Du könntest das Abendessen machen ..."

„Oh, ich habe schon etwas vor. Ich treffe mich mit ein paar Freunden am See." Sie registrierte die kleinen Falten um die Augen ihrer Mutter und erkannte das Zeichen ihrer Gereiztheit, daher fügte sie rasch hinzu: „Aber ich kann natürlich vorher zu Hause vorbeischauen."

„Würdest du das tun?"

„Na klar."

Thelma machte sich daran, für eine Schar Jungs, die höchsten zwölf Jahre alt waren, Milchshakes zuzubereiten. Die Shake-Maschine heulte laut.

„Was ist denn so Besonderes an Ben?", wollte Rachelle wissen.

„Alles."

„Ach, komm schon. Sei mal ein bisschen konkreter."

„Ich wünschte, das ginge." Carlie konnte sich ihre Faszination selbst nicht erklären. „Vor einigen Wochen ist er mir zum ersten Mal aufgefallen. Natürlich hatte ich ihn vorher schon mal gesehen, ihm aber nie große Aufmerksamkeit geschenkt." Sie errötete leicht. „Na ja, ich bin nicht allzu schüchtern ..."

„Allerdings."

„Deshalb habe ich mir etwas einfallen lassen, um ihn kennenzulernen." Sie erzählte eine kurze Version ihres ungebetenen Erscheinens auf der Party am See. Rachelles gute Laune schien abrupt nachzulassen, als müsste sie unwillkürlich an die Fitz-patrick-Party denken.

„Ich dachte, du hättest deine Lektion gelernt."

Carlie grinste. „Anscheinend nicht."

„Dein Interesse an Ben hat also nichts damit zu tun, dass er und Kevin Brüder sind?"

„Glaub mir, ich wünschte, sie wären es nicht."

Thelma stellte zwei Gläser, die von der hohen Luftfeuchtigkeit beschlagen waren, vor die beiden. „Die Fritten sind auch gleich fertig", verkündete sie augenzwinkernd. Carlie spielte mit ihrem Strohhalm, bis ihre Mutter wieder außer Hörweite war. „Ich weiß, es ist irgendwie … seltsam, dass ich mich für Ben interessiere."

„Verrückt wäre der bessere Ausdruck."

„Aber ich kann nun mal nicht aufhören, an ihn zu denken."

„Du?" Rachelle grinste, und Carlie wusste genau, was sie dachte.

Während Rachelle kaum ausging und stattdessen die meiste Zeit die Nase in ein Buch steckte, hatte Carlie schon mit den meisten Jungen des Schwimmteams und der Basketballmannschaft etwas gehabt. Nichts Ernstes natürlich. Nie war sie mit einem der Jungen länger als zwei Monate zusammen gewesen. Genau hier hatte ja das Problem mit Kevin gelegen. Er hatte angefangen, über die Zukunft zu sprechen, ihre gemeinsame Zukunft hier in Gold Creek. Als sie ihm von ihren Träumen erzählt hatte, etwas von der Welt sehen zu wollen, hatte er geschmollt und gemeint, ihr Absturz sei schon so gut wie sicher. Sie solle doch bitte realistisch sein und erkennen, dass das Beste, was sie zu erwarten hätte, ein kleines Häuschen in Gold Creek sei, ein guter Ehemann, der im Sägewerk arbeitete, und dazu ein paar Kinder.

Nein danke. Sie war noch längst nicht bereit, eine Familie zu gründen. Es gab Orte auf dieser Erde, die sie sehen, Leute, die sie kennenlernen wollte. Danach würde sie vielleicht eines Tages zurückkehren. Sie hatte doch noch den Rest ihres Lebens Zeit, um zu heiraten und eine Familie zu gründen …

Carlie rührte mit dem Strohhalm in ihrem Getränk. In diesem Moment stellte Thelma zwei Plastikkörbe mit Pommes frites auf den Tresen. „Ich sollte das lieber nicht laut erwähnen", meinte sie, „aber ernährungstechnisch sind die eine Katastrophe."

Grinsend zog Carlie eine heiße Fritte aus dem Korb und tauchte sie in ein winziges Schälchen mit Ketchup. „Deshalb sind sie ja so köstlich."

Ihre Mutter zwinkerte ihr erneut zu. „Denk ans Abendessen."

„Mach ich."

Thelma plauderte mit Rachelle und Carlie, bis die nächsten Gäste hereinkamen. „Tja, sieht so aus, als riefe die Pflicht." Freundlich lächelnd zückte sie ihren Bestellblock und bot zwei Männern Kaffee an, die aussahen, als kämen sie gerade von der Frühschicht im Sägewerk.

Carlie wusste, warum ihre Träume, Gold Creek zu verlassen, ihr so wichtig waren. Immer wieder hatte ihre Mutter ihr eingebläut, nicht den gleichen Fehler zu machen wie sie. „Ich bereue nichts, versteh mich da nicht falsch", hatte sie eines Abends zu ihrer Tochter gesagt, während sie sich den schmerzenden Rücken rieb und Tabletten aus dem Medizinschrank nahm. Thelma Perkins hatte einst davon geträumt, Tänzerin zu werden, sich dann aber in Weldon Surrett verliebt und ihn geheiratet. Sie wurde schwanger mit Carlie und hängte ihre Ballettschuhe für immer an den Nagel.

Rachelle kaute auf einer Fritte. „Findest du nicht, dass es ein großer Fehler ist, sich mit Brüdern einzulassen?"

„Erstens war ich gar nicht richtig mit Kevin zusammen, und zweitens …" Carlie fischte die Kirsche aus ihrem Drink und ließ sie ins Glas ihrer Freundin plumpsen. „Na ja, und es sollte eigentlich kein Problem sein."

„Es ist ja schon ein Problem, wenn du zum Beispiel mit dem besten Freund des Typen ausgehst, mit dem du vorher etwas hattest. Wenn sie verwandt sind, muss es noch ärger sein."

„Aha, du kennst dich also plötzlich aus auf diesem Gebiet?"

Traurig lächelte Rachelle. „Ich weiß nur, dass ich niemanden, der mir etwas bedeutet, mit Heather teilen möchte."

„Heather ist nicht der Typ, der teilt."

„Ich auch nicht", erwiderte Rachelle, und Carlie fragte sich, ob Rachelle an Jackson Moore dachte, den einzigen Jungen, der ihr jemals etwas bedeutet hatte. „So wie ich die Sache sehe, wird es deinetwegen unweigerlich Streit zwischen den beiden Brüdern geben."

Im Stillen gestand Carlie sich ein, dass ihre Freundin da vermutlich recht hatte. Sie hatte sich deshalb selbst schon ein wenig Sorgen gemacht, die Gedanken an dieses Thema jedoch wieder verdrängt. „Ich habe Kevin bereits vor Wochen gesagt, dass es vorbei ist."

„Hat er dir geglaubt?"

„Er brauchte eine Weile, um es einzusehen, aber ja, dann hat er die Botschaft verstanden. Er ist jetzt mit einer anderen zusammen, einem Mädchen aus Coleville."

„Hat Ben dir das erzählt?" Rachelle wischte sich die Finger an einer Papierserviette ab.

„Nein, das habe ich von Brenda gehört."

„Oh ja, die Quelle aller Wahrheiten", spottete Rachelle.

„Allen Klatsches, meinst du wohl", entgegnete Carlie, und dann aßen sie ihre Fritten auf und tranken ihre Coke.

Was sie für Ben empfand, hatte nichts mit seinem Bruder zu tun. Das redete Carlie sich zumindest ein, als sie sich später die Haare zu einem Pferdeschwanz zusammenband und ihrem Spiegelbild eine Grimasse zog. Sie wusch sich die Hände und begann, wie versprochen, das Abendessen zuzubereiten. Aber sie war nicht bei der Sache.

Seit sie mit Ben in den Bergen gewesen war, hatte sie kaum an etwas anderes gedacht. Kein anderer Junge hatte sie jemals berühren dürfen – nicht so –, und sie erinnerte sich noch genau daran, wie seine Finger sich auf ihrer Haut angefühlt hatten, sein Atem in ihrem Haar. Und wie er ihre Brüste gestreichelt hatte …

„Ach, hör schon auf!", schalt sie sich, was Shadow veranlasste, sein Nickerchen auf einem der Küchenstühle zu unterbrechen und aufzuschauen.

Carlie widmete sich nun ganz der vor ihr liegenden Aufgabe. Das Hühnchen war gegart, und sie sollte einen Kartoffelsalat dazu machen. Nicht allzu schwierig.

Sie schnitt die schon gekochten Eier und gab sie in die Schüssel mit den gehackten Zwiebeln und den gewürfelten Kartoffeln, dann machte sie sich an die Zubereitung des Dressings.

Vielleicht sollte sie Ben einfach vergessen. Schließlich hatte er nicht angerufen. Wahrscheinlich war er an einem Mädchen, mit dem schon sein Bruder etwas gehabt hatte, nicht interessiert. Außerdem hatte sie gar keine Zeit, sich mit einem Jungen aus Gold Creek einzulassen … *Oh, wem wollte sie denn da etwas vormachen?* Sie steckte mit ihren Gefühlen längst zu tief in dieser Geschichte.

Vor sich hin murmelnd gab sie Salz, Pfeffer und Paprika in ihr Dressing aus Mayonnaise und Sahne. Sie probierte es und rümpfte die Nase. Es schmeckte nicht wie die Salatsauce ihrer Mutter, aber es musste genügen. Nachdem sie die Schüssel mit Plastikfolie abgedeckt und in den Kühlschrank gestellt hatte, lief sie nach oben, um sich umzuziehen.

Für Ben.

Der sie nicht einmal sehen wollte.

Wie dem auch sei, Carlie war nun mal impulsiv und glaubte daran, dass man sich holen musste, was man haben wollte. Und im Augenblick wollte sie – ob es falsch war oder nicht – nun einmal Ben Powell. Trotz aller Ratschläge, die Finger von dieser Sache zu lassen, würde sie alles tun, was nötig war, damit er auf sie aufmerksam wurde.

In dem Bewusstsein, dass sie damit unter Umständen Ärger heraufbeschwor, fuhr sie zu Bait and Fish. Der kleine Laden lag an der Südseite des Sees. Erbaut in den Zwanzigern, hatte das Geschäft eine Holzveranda und eine Überdachung, unter der sich zwei altmodische Tanksäulen befanden. Ausgeblichene Metallschilder an der Außenwand machten Werbung für Nehi-Limonade und Camel-Zigaretten. Daneben hing ein Thermometer.

Das war's also. Jetzt oder nie, dachte Carlie, als sie Bens Pick-up auf dem Schotterparkplatz entdeckte. Ihre Hände am Lenkrad schwitzten plötzlich. Sie parkte ihren Wagen, wischte sich die Hände an den Shorts ab und sagte sich, dass es schließlich kein gesetzliches Verbot gab, sich irgendwo eine Limonade zu kaufen. Seit schätzungsweise einem halben Jahr war sie nicht mehr im Bait and Fish gewesen. Sie steckte die Autoschlüssel ein, ging die Eingangsstufen hinauf und öffnete die Fliegentür.

Als sie eintrat, läutete eine Glocke. Der Laden bestand aus drei großen, ineinander übergehenden Räumen. An der Kasse stand Tina Sedgewick, eine agile Frau, die auf die sechzig zuging.

Aus dem Augenwinkel bemerkte Carlie Ben. Er stand oben auf einer Leiter und machte sich an den Drähten eines alten Ventilators zu schaffen. Als die Tür aufging, schaute er in ihre Richtung, und auf seinem Gesicht erschien ein Lächeln. Als hätte er auf sie gewartet! Auf einmal kam sie sich dumm vor, aber es gab kein Zurück mehr.

„Na so was. Hallo Fremde", begrüßte Tina sie. Sie hatte auf einem Hocker hinter dem Tresen gesessen und an einer Stickerei gearbeitet. Tina hatte blau getöntes Haar und ein vom Wetter gegerbtes Gesicht, und sie arbeitete schon länger im Bait and Fish, als sie mit dem Besitzer Eli Sedgewick verheiratet war. Und das war sie laut Carlies Mutter seit etwa vierzig Jahren.

„Wie geht es Ihnen, Mrs Sedgewick?"

„Ich kann nicht klagen, obwohl ich es weiß Gott manchmal möchte." Sie legte ihre Stickarbeit zur Seite und plauderte weiter. Sie erkundigte sich nach Carlies Familie, ihrem Job in Coleville und ihren Plänen nach dem Sommer. Carlie versuchte, sich auf die Unterhaltung zu konzentrieren, spürte jedoch Bens Blicke im Nacken.

„Ich nehme nicht an, dass deine Ma bei dir ist, oder?" Tina spähte aus dem Fenster zum Parkplatz, als erwartete sie, Thelma auftauchen zu sehen.

„Mom arbeitet."

334

Tina seufzte und schnalzte mit der Zunge. „Arbeit, Arbeit, Arbeit, das ist alles, was die Leute heutzutage machen. Richte ihr bitte aus, sie soll uns ruhig mal ab und zu besuchen. Eli, he, sieh mal, wer vorbeigekommen ist."

Eli Sedgewick lehnte sich gerade über einen Glasschaukasten mit Angelausrüstung und diskutierte mit einem älteren Mann, den Carlie nicht kannte, vernehmlich die Vorzüge von Gray Hackles, einer Art Fliegenköder.

Zwei andere Männer saßen um einen kleinen Kanonenofen in der Ecke und erzählten sich Anglergeschichten.

Eli, an dessen Anglerhut lauter verschiedene Fliegenköder befestigt waren, richtete sich auf, blinzelte durch die dicken Brillengläser und grinste, als er Carlie erkannte. „Na, hallo Mädchen, das wurde aber auch Zeit, dass du dich mal wieder blicken lässt. Ist dein Pa schon in Rente?"

„Noch nicht."

Der Kunde stellte Eli eine Frage, und der widmete sich wieder seinem ernsten Gespräch.

Carlie ging zu den Kühlschränken im hinteren Teil des Ladens, musterte die verschiedenen Erfrischungsgetränke und entschied sich für ein Ginger Ale. Auf dem Weg zur Kasse blieb sie bei Bens Leiter stehen. „Bist du jetzt Elektriker?", sprach sie ihn an, während Schmetterlinge in ihrem Bauch flatterten.

„Eher das Mädchen für alles."

„Oder Glücksritter?"

Geschmeidig sprang er von der Leiter und klopfte sich die Hände ab. „Auf jeden Fall." Sein Lächeln ließ ihr Herz höher schlagen. Er klappte die Leiter zusammen und rief in die Köderabteilung: „Sie können es jetzt probieren, Mr Sedgewick."

„Was? Oh, ach ja …" Sedgewick verschwand durch eine offene Tür und betätigte den betreffenden Schalter. Der Ventilator begann, sich langsam zu drehen.

„Was habe ich gesagt?", meinte Ben, sichtlich mit sich zufrieden.

„Ich werde nie mehr an dir zweifeln", kam es von hinten zurück.

Sein Grinsen wurde breiter. „Daran werde ich Sie noch erinnern." Dann wandte er sich an Carlie. „Bist du meinetwegen hergekommen?"

„Nein, ich … wollte mir bloß eine Limonade kaufen." Zum Beweis knackte sie die Dose.

„Ach komm schon, Carlie. Du bist seit Monaten nicht mehr im Laden gewesen", entgegnete er, und sie konnte nicht widersprechen, da er vermutlich ihre Unterhaltung mit den Sedgewicks gehört hatte.

„Bilde dir bloß nichts ein", erwiderte sie und warf die Haare zurück.

„Ich sage ja nur, wie es für mich aussieht." Er trug die Leiter zurück zum Vorratsschrank und stellte sie hinein. Verlegen fragte sich Carlie, ob das Gespräch damit schon beendet sei und ob ihre Beziehung, so unbedeutend sie bisher auch sein mochte, ebenfalls vorbei sei.

Sie bezahlte ihre Limonade und ging hinaus. Es war ziemlich dumm von ihr gewesen, überhaupt herzukommen. Das hatte sie vorher gewusst, und trotzdem hatte sie sich unwiderstehlich angezogen gefühlt wie von einem starken Magneten, der sie ins Bait and Fish geleitet hatte.

„Idiotin", murmelte sie vor sich hin, als sie in ihren heißen Wagen stieg. Wütend schob sie den Schlüssel ins Zündschloss und startete den Motor.

„He, warte!" Ben kam aus dem Laden. Hinter ihm fiel die Fliegentür zu.

„Worauf?" Durch das heruntergelassene Wagenfenster musterte sie ihn und fragte sich, wieso sie nicht einfach losfuhr und ihn in einer Staubwolke stehen ließ.

„Ich wollte dich nicht in Verlegenheit bringen."

„Na ja, hast du aber." Sie wollte einfach nur weg von ihm. Genug war genug. Schließlich konnte sie ihm nicht ewig hinterherlaufen und sich zum Narren machen.

„Es tut mir leid." Er blieb neben ihrem Wagen stehen und beugte sich zu ihrem Fenster hinunter, um ihr in die Augen sehen zu können. „Ich bin froh, dass du vorbeigekommen bist."

„Ich nicht."

„Carlie", sagte er, und seine Stimme war wie eine Liebkosung in der sanften Brise. „Können wir nicht noch mal von vorn beginnen?"

Sie schluckte hart. Sie wollte diese Seite an ihm nicht sehen, jedenfalls nicht, nachdem sie sich gerade lächerlich gemacht hatte. „Vielleicht sollten wir die Sache einfach beenden. Das wäre einfacher."

„Aber es würde nicht so viel Spaß machen", konterte er, und die silbernen Flecken in seinen Augen traten deutlicher hervor. „Ich wollte dich anrufen ..."

„Hast du aber nicht", unterbrach sie ihn und war gespannt, welche Ausreden er sich würde einfallen lassen.

„Ich arbeite momentan in zwei Jobs, und außerdem ... na ja, ich war mir nicht sicher, ob das eine gute Idee ist." Die sinnliche Anziehung zwischen ihnen musste er nicht erst erwähnen, denn sie war auch jetzt zu spüren. Er stützte beide Unterarme auf den Fensterrahmen und strich mit den Fingern über ihren Arm, was sofort ihren Puls beschleunigte. „Ich bin wirklich froh, dass du vorbeigekommen bist."

Solche Plattitüden wollte sie nicht hören. Nicht jetzt. „Ich bin auf dem Weg zum See und sollte besser fahren."

Er schaute auf seine Uhr. „Ich habe erst um sieben Feierabend. Wie lange bleibst du denn am See?"

„Bis Viertel vor sieben."

Er hob fragend die Brauen. „Und keine Viertelstunde länger?"

„Ich bin mir nicht sicher, ob das eine gute Idee ist", wiederholte sie seine Worte mit unverhohlenem Spott. Dann legte sie seufzend und mit einem kurzen Schulterzucken den Gang ein. „Ich muss zum Abendessen zu Hause sein."

„Wirklich?" Er glaubte ihr nicht. Sein dreistes Grinsen verriet ihr, dass er ihre Lüge durchschaut hatte. Trotzdem hielt er es ihr nicht vor. Noch nicht. Stattdessen richtete er sich auf und schlug mit der flachen Hand auf den Fensterrahmen. „Nun, dann muss ich dich eben ein andermal erwischen." Damit machte er auf dem

Absatz kehrt und lief die zwei Stufen zum Eingang des Ladens hinauf.

Carlie blieb genervt zurück und fragte sich, warum sie ihn nicht einfach vergessen konnte. Er bedeutete nur Ärger, daran bestand nicht der geringste Zweifel. Sie sollte auf Rachelle hören und ihn abschreiben.

Hastig fuhr sie vom Parkplatz und wirbelte dabei den Schotter auf. Wütend malte sie sich aus, wie Ben über sie lachte. Was sollte das auch, ihm wie ein liebeskranker Welpe hinterherzudackeln?

Er spielte nur mit ihr, und das brauchte sie nun wirklich nicht. Na schön, er hatte sie geküsst. Große Sache. Viele Jungen hatten sie geküsst, und sie hatte hinterher nicht davon fantasiert, als wären Sonne, Mond und Sterne an einer simplen Berührung der Lippen beteiligt gewesen. Allerdings hatte sie auch keinem der anderen Jungen gestattet, ihr die Bluse auszuziehen und die Träger ihres Badeanzugs herunterzustreifen. Keiner hatte je seine Lippen um ihre Brustwarzen geschlossen und … „Vergiss es!", ermahnte sie sich und trat aufs Gaspedal. An der Grenze des Tempolimits jagte sie den Wagen über die Straße, die sich am See entlangschlängelte. Beim öffentlichen Anleger parkte sie. „Vergiss ihn endlich."

Mit Handtuch und Strandtasche machte sie sich auf den Weg durch den Wald zum See. Dort würde sie sich abkühlen, eine Weile mit Freunden plaudern und *vor* sieben nach Hause fahren. Sie musste Ben wirklich aus ihrem Kopf verbannen. Alles andere wäre emotionaler Selbstmord.

„Sie ist ein hübsches Ding, was?", bemerkte Mrs Sedgewick, als Ben zurück in den Laden kam. Er erwiderte nichts darauf, doch das Lächeln der alten Dame entging ihm nicht. Warum war alles so kompliziert mit Carlie? Ja, sie war tatsächlich hübsch. Und ja, er war interessiert. Er würde gern mit ihr zusammen sein. Obwohl all seine Instinkte ihn warnten, ihr möglichst aus dem Weg zu gehen, bekam er sie nicht aus seinen Gedanken.

Kevin hatte ihn ebenfalls gewarnt, aber Ben schien es nicht lassen zu können. Es war ein Fehler gewesen, sie zu küssen, ein schwerer Fehler, der ihm nachhaltig zu schaffen machte.

Auch ohne Carlie hatte er schon genug Probleme. Seit der Scheidung war sein Vater nicht mehr derselbe, und Bens Schwester Nadine schien entschlossen, mit Sam Warne vor den Altar zu treten, ihrem langjährigen Freund. Und Kevin, nun, er war gebrochen. Seit er sein Basketballstipendium verloren hatte, war er nicht mehr derselbe.

Ben musste einen klaren Kopf behalten. Er war der letzte Powell, der noch bei vollem Verstand war.

„Warum nimmst du dir nicht für den Rest des Tages frei?", schlug Tina vor. „Heute Nachmittag ist nicht viel Betrieb."

„Im Ernst?" Ben war überrascht.

„Na klar!", bekräftigte Eli, der gerade ein paar Säcke Hundefutter zurechtrückte. „Ist nichts los heute."

Mehr Ermutigung bedurfte es schon nicht mehr. Wegen seines Jobs im Wald unter der Woche und der Arbeit bei Bait and Fish blieb ihm fast keine Freizeit mehr. Deshalb kam er auch bei Carlie Surrett nicht weiter. Eigentlich wäre es besser, sie zu meiden wie die Pest, doch als er den Laden verließ und Tina zum Abschied winkte, wusste er, dass er Carlie zum See folgen würde. „Wie diese dummen Lemminge", dachte er, während er in seinem alten Pick-up den Strand ansteuerte, an dem sich die meisten Jugendlichen aufhielten.

Als er ihren Wagen auf dem Parkplatz entdeckte, grinste er in sich hinein. Er steckte seine Schlüssel in die Tasche und hätte um ein Haar gepfiffen. Vor morgen Mittag musste er nicht zurück im Laden sein. Eine Badehose hatte er nicht dabei, die abgeschnittene Jeans, die immer im Wagen lag, musste reichen. Tja, Miss Surrett, dachte er und stieg aus dem heißen Innenraum, das wird eine Überraschung für dich.

Auf der Oberfläche des Sees spiegelten sich der Wald und die umliegenden Berge. Sportboote zogen Wasserskifahrer und erzeugten Wellen auf der glatten Wasseroberfläche, kleine Kähne mit Anglern dümpelten vor sich hin.

Carlie ignorierte eine Gruppe Kids, die um eine Kühlbox und ein Radio saßen, und ging zum Ende des Stegs. Dort zog sie ihre Sandalen aus, setzte sich an den Rand und tauchte einen Zeh ins kalte Wasser. Warum geriet sie wegen Ben Powell in ein Gefühlschaos? Sobald sie genug Geld gespart hatte, würde sie Gold Creek verlassen. Irgendwelche Komplikationen – romantische oder sonstige – konnte sie da nicht gebrauchen. Sie schloss die Augen, stützte sich mit den Händen auf die warmen Holzplanken des Stegs und legte den Kopf in den Nacken.

Sie hatte gerade ein wenig Ruhe gefunden, als sie hinter sich jemand bemerkte. Als sie sich umdrehen wollte, legten sich schon zwei Hände besitzergreifend auf ihre Schultern. Die Daumen berührten ihren Rücken, während die Fingerspitzen schon auf dem Ansatz ihrer Brüste lagen.

„Ich hätte nicht gedacht, dass du so schnell hier bist", sagte sie und erhielt ein tiefes leises Lachen zur Antwort. Sie öffnete die Augen und erkannte das attraktive Gesicht eines Mannes … nur war es nicht Bens. Der Geruch von Zigaretten und Bier schlug ihr entgegen. Erschrocken erkannte sie, dass es sich um Kevin handelte.

„Erwartest du jemanden?", erkundigte er sich grinsend.

Sie rutschte weg von ihm. „Was machst du hier?"

„Ich war mit ein paar Freunden hier, da habe ich dich gesehen und mir gedacht, ich sag mal Hallo." Er rieb sich das Kinn. „Wir müssen reden."

Sie wollte nicht misstrauisch sein, immerhin war er Bens Bruder, und vor nicht allzu langer Zeit war sie noch mit ihm ausgegangen. Es gab keinen Grund, ihm bösen Absichten zu unterstellen. „Worüber willst du reden?", fragte sie deshalb.

„Über uns."

Ihre Kehle zog sich zusammen. „Da gibt es nichts mehr zu bereden."

„Du fehlst mir, Carlie", erklärte er.

„Ich dachte, du bist mit jemand anderem zusammen."

„Es hat nicht funktioniert zwischen uns." Er fuhr sich durch die braunen Haare und sah finster aufs Wasser.

Die Sache wurde langsam kompliziert, und Carlie fühlte sich ein wenig schuldig. „Sieh mal, Kevin, ich bin mit einem anderen zusammen …"

„Ben, ich weiß." Seine Miene verhärtete sich, und ein kalter Ausdruck trat in seine Augen. „Verdammt, und ob ich das weiß."

„Mir ist nicht klar, was du von mir willst." Sie schlang sich das Handtuch um die Schultern und stand auf. Groß und einschüchternd stand er vor ihr, aber er machte ihr keine Angst. Kevin war kein schlechter Mensch, nur durcheinander.

„Das weiß ich auch nicht so genau. Ich sehe ein, dass es zwischen uns nicht geklappt hat, und daran bin ich wohl genauso schuld wie du. Aber ich weiß nicht, ob ich damit klarkomme, dass du Bens Mädchen bist. Ich habe dich geliebt, Carlie. Mehr als ich jemals einen Menschen auf dieser Welt lieben könnte."

Ihr Herz zog sich ein wenig zusammen. „Nein, hast du nicht, und ich bin niemandes Mädchen."

Als er die Hand nach ihr ausstreckte, wich sie zurück. „Bitte, nicht …"

Er presste die Lippen zusammen. „Du bist mit niemandem zusammen? Natürlich, du willst ja allein klarkommen, raus in die große weite Welt." Als sie darauf nichts erwiderte, sah er sie verletzt und wütend an. „Wem willst du denn etwas vormachen, Carlie? Du hast genauso wenige Chancen, aus diesem Nest herauszukommen wie wir anderen. Du sitzt fest in Gold Creek, genau wie alle hier."

Angesichts seines Zorns zitterte sie ein wenig, machte einen Schritt zurück und wäre beinah vom Steg gefallen. Sie hatte Mühe, ihr Gleichgewicht nicht zu verlieren.

„Kevin!" Bens Stimme war vom Parkplatz zu hören. Carlie wäre am liebsten im Boden versunken.

Kevin verzog das Gesicht, als sein jüngerer Bruder angelaufen kam. „Großer Fehler, Carlie", sagte er und zog ihr das Handtuch weg, um ihren Körper zu betrachten. „Wenn du wirklich hier herauskommen willst, solltest du mit niemandem etwas Festes anfangen. Schon gar nicht mit Ben. Der wird dir das Herz brechen." Mit diesem Ratschlag ließ er das Handtuch fallen und ging über den Anleger zurück. „Sie gehört dir", raunte er seinem Bruder im Vorbeigehen zu.

„Ich gehöre niemandem!", rief Carlie, doch ihre Wangen glühten vor Verlegenheit.

„Carlie …"

Noch während sie sich abwandte und kopfüber ins kalte Wasser sprang, hörte sie Bens Stimme. Diese verdammten Powell-Jungen, alle beide. Für wen hielten die sich eigentlich, hier um sie zu streiten wie zwei Tiger um ein saftiges Stück Fleisch? Warum konnte sie nicht alle beide einfach vergessen? Kevin machte nichts als Schwierigkeiten, und alle hatten sie davor gewarnt, dass es mit Ben nur in einer Katastrophe münden konnte. Die Warnzeichen waren unübersehbar.

Das Wasser fühlte sich angenehm auf ihrer Haut an, und sie tauchte eine Weile, um sich so weit weg wie möglich von den beiden Powell-Brüdern zu entfernen. Wer braucht die? dachte sie, während ihre Lungen allmählich anfingen zu brennen. Sie tauchte auf und sog tief die Luft ein. Am Steg sah sie Ben, der seine Schuhe auszog.

Ein Schauer der Erwartung überlief sie, als er in ihre Richtung schaute und sein T-Shirt auszog. Gebannt verfolgte sie, wie er ins Wasser sprang und auf sie zuschwamm. Ihr blieben zwei Möglichkeiten: ihm entgegenschwimmen oder versuchen, ans andere Ufer zu gelangen. Sie schätzte die Entfernung ab und das Tempo, in dem er durchs Wasser pflügte, und ihr wurde klar, dass sie keine Chance hatte, die ferne andere Seite zu erreichen. Aber das hieß nicht, dass sie es ihm deshalb leicht machen musste.

Erneut tauchte sie und schwamm auf die Mitte des Sees zu, allerdings eher in Richtung des Anwesens der Fitzpatricks. Schon nach einer Minute brannten ihre Lungen, doch sie schwamm weiter und tauchte nur auf, wenn es gar nicht mehr anders ging.

Sie stellte fest, dass Ben immer noch unbeirrt auf sie zusteuerte. Obwohl sie ihr Tempo beschleunigte, schwamm er kurze Zeit später neben ihr. Seine Hand glitt über ihre nasse Haut, bevor er ihre Arme festhielt.

„Was machst du?", protestierte sie.

„Das." Verlangend küsste er sie. Er schmeckte nach Salz und klarem Wasser. Carlie musste auf der Stelle treten, um nicht unterzugehen.

Sie schwamm ein Stück weg von ihm. „Es gefällt mir nicht, dass du die Zustimmung deines großen Bruders einholst, um …"

Beinah grob zog er sie an sich. „Kevin hat nichts mit uns zu tun." Erneut küsste er sie und schlang die Arme um sie. Sein Körper fühlte sich heiß und nass an, und ihr Herz begann, noch schneller zu schlagen.

„Wir werden hier draußen ertrinken."

Er hob den Kopf und ließ ein verwegenes Lächeln aufblitzen, bei dem sie dahinschmolz. „Ich passe schon auf dich auf", versprach er. „Komm mit." Sanft zog er an ihrer Hand, ehe er sie losließ und Richtung Anleger schwamm. Nach kurzem Zögern folgte sie ihm, fühlte die kleinen Wellen auf ihrem Gesicht und wusste, dass sie dabei war, sich in ihn zu verlieben.

Nicht jetzt! schrie ihr Verstand. Sie hatte doch Pläne für ihr Leben, und zu denen passte es nicht, sich an einen heimatverbundenen Jungen zu ketten. Aber er war anders, und das änderte ihre Sichtweise. Er wollte etwas von der Welt sehen, das hatte er zumindest gesagt. Vielleicht konnten sie zusammen die Kleinstadt hinter sich lassen.

Als sie den Anleger erreichten, war Carlie erschöpft. Ben half ihr auf die von Wind und Sonne ausgeblichenen Planken. Atemlos saßen sie nebeneinander, ohne sich zu berühren, und lauschten den Grillen, den Fröschen und dem leisen Plätschern der Wellen.

„Hör zu, Ben", meinte sie, als sie wieder sprechen konnte. „Es gefällt mir nicht, wenn du mit anderen über mich sprichst. Das gilt ganz besonders für Kevin."

„Ich habe nicht mit ihm über uns gesprochen."

„Er scheint zu glauben, dass wir miteinander gehen oder so was." Sie erwähnte nicht, dass Kevin behauptet hatte, er habe sie geliebt.

„Tun wir das denn?"

Die Frage stand unbeantwortet zwischen ihnen, während Carlie mit den Zehen durchs Wasser fuhr. „Sag du es mir", erwiderte sie schließlich.

Er lächelte, und dann vertrieb er all ihre Zweifel, indem er Carlie ein weiteres Mal küsste. Ihre Frage beantwortete er jedoch nie.

„Diese Powell-Jungs bedeuten nur Ärger", verkündete Weldon Surrett seiner Tochter, während er sein Jagdgewehr reinigte. Sie saßen auf der hinteren Terrasse. Er trank ein Bier, sie eine Limonade. Die Sonne war schon untergegangen, und ein paar Sterne funkelten am Himmel. Die Lichter von Gold Creek ließen die dicken Wolken glühen, die von Westen heraufzogen. „Am besten, du gehst ihnen aus dem Weg."

„Wer behauptet, dass sie Ärger bedeuten?"

„Jeder. Na ja, ihr Vater, George, ist in Ordnung. Hat sein Leben lang im Sägewerk gearbeitet. Aber Kevin meckert nur herum und kommt zu spät zur Arbeit. Hat den Ruf eines Unruhestifters. Ich wette, sein Bruder ist ganz genauso." Er zündete sich eine Zigarette an und ließ sie zwischen seinen Lippen baumeln.

„Du arbeitest nicht im Sägewerk, und nur weil zwei Leute miteinander verwandt sind, heißt das doch noch lange nicht, dass sie gleich sind. Nimm nur mal dich und Onkel Sid als Beispiel." Sie verspürte das Bedürfnis, Ben zu verteidigen. Seit der vergangenen Woche waren sie zusammen, und heute Abend wollten sie sich einen neuen Actionfilm in Coleville anschauen. Offenbar war ihr Vater der Ansicht, sie und Ben stünden sich zu nahe.

„Die Hälfte der Leute in dieser Stadt arbeitet für Monroes Sägewerk, und unsere Lastwagen fahren den ganzen Tag Baumstämme dorthin. Die Fahrer sehen und hören Sachen, und so spricht es sich herum. Kevin ist ein notorischer Nörgler, war er schon immer. Seine Einstellung hat ihn schon mehrmals fast den Job gekostet. Der einzige Grund, weshalb er noch dort arbeitet, ist, dass Monroe anscheinend George gut leiden kann. Ich habe mir Sorgen gemacht, als du mit Kevin angebandelt hast, und war erleichtert, als es schnell wieder vorbei war."

„Da war nichts, Dad. Wir sind bloß ein paarmal miteinander ausgegangen."

Er zog kräftig an seiner Zigarette und ließ den Rauch aus der Nase strömen. „Aber jetzt bist du mit dem anderen Jungen zusammen, und der ist bestimmt genauso." Nachdem er einen großen Schluck aus seinem Glas genommen hatte, rief er über die Schulter: „Thelma, wie wär's mit noch einem Bier?"

„Wie wär's, wenn du es dir selbst holst und mir beim Abwasch hilfst?"

„Ich hole dir eins." Carlie war froh, einer weiteren Lektion ihres Vaters entfliehen zu können. Sie öffnete die Schiebetür und ging in die Küche zum Kühlschrank. „Lass den Abwasch, Mom, ich kümmere mich darum."

Ihre Mutter lächelte. „Du saugst morgen, und ich erledige den Abwasch."

„Abgemacht." Carlie öffnete eine Dose Bier und ging damit wieder nach draußen.

„Danke", sagte ihr Vater und drückte seine Zigarette aus. Er goss etwas von dem Bier ins Glas, trank einen Schluck und stellte es auf den Tisch zurück. „Noch mal zu den Powell-Jungen …"

„Dad, bitte."

„Es ist einfach keine gute Idee, sich mit zwei Brüdern einzulassen …" Er nahm sein Gewehr und fuhr mit den Fingern den Lauf entlang.

„Ich habe dir doch schon erklärt, dass Ben und Kevin ganz verschieden sind."

Ihr Vater öffnete die Remington, klappte sie wieder zu, legte an und zielte, wobei er ein Auge zukniff. Mit einem zufriedenen Brummen legte er das Gewehr auf den kleinen Tisch. „Sei vorsichtig, Schätzchen. Jungs sind besitzergreifend, und sich mit Brüdern einzulassen, bedeutet …"

„Ärger heraufbeschwören, ich weiß. Glaub mir, ich hab's verstanden. Du hast es mir schließlich schon tausendmal erklärt."

In der Ferne grollte ein Gewitter.

„Gut, dann hast du ja vielleicht etwas gelernt. Sieht aus, als könnte es regnen." Er rieb sich den Nacken. „Übrigens habe ich Thomas Fitzpatrick heute gesehen, und er hat sich nach dir erkundigt."

Carlie fühlte sich unbehaglich. „Er ist nach wie vor sauer, weil ich auf Rachelles und Jacksons Seite stand."

„Nein, er machte keinen wütenden Eindruck", meinte Weldon nachdenklich und schaute über das Verandageländer. „Er fragte nur, was du nach dem Sommer vorhast."

Ein kleiner kalter Schauer lief ihr den Rücken hinunter. Sie versuchte, es zu ignorieren. „Ich glaube, er will dir einen Job anbieten", fuhr Weldon hoffnungsvoll fort. „Du könntest für ihn arbeiten und auf das Community College gehen. Gib endlich diese verrückte Idee auf, nach New York zu ziehen."

„Der würde mich nicht einstellen."

„Oh, ich denke doch", widersprach Weldon. Und dann, als käme ihm plötzlich ein unangenehmer Gedanke, verdüsterte sich seine Miene, und er schnappte sich sein Bier. „Manchmal hat er ein besonderes Interesse an einem jungen Menschen aus unserer Stadt. Dann hilft er ihm mit einem Job und einem Darlehen fürs College. So was in der Art."

„Er hilft *ihm*?"

„Oder ihr", sagte Weldon.

„Hat er auf diese Weise schon mal ein Mädchen unterstützt?", fragte sie, ohne dass ihr Unbehagen nachgelassen hätte, denn sie erinnerte sich an Mr Fitzpatricks Blicke bei Firmenpicknicks oder in der Kirche.

„Ich weiß es nicht." Er nahm seine Zigarettenpackung, stellte fest, dass sie leer war, und zerknüllte sie in seiner großen Hand. Dann öffnete er seine Kautabakdose. „Wenn ich es mir recht überlege, habe ich wohl noch nie gehört, dass er das mit einem Mädchen gemacht hat."

„Warum sollte er dann mir helfen wollen?"

„Möglicherweise, weil du meine Tochter bist." Ihr Vater betrachtete seine Kautabakdose. „Wer weiß? Ich sage ja nur, dass wir es uns nicht leisten können, einem geschenkten Gaul ins

Maul zu schauen." Er schob den Tabak in den Mund und rieb sich nachdenklich die Lippe. „Du hast bei ihm nicht gerade gepunktet dadurch, dass du für Jackson Moore Partei ergriffen hast. Andererseits ist Thomas vermutlich der Ansicht, dass man die Vergangenheit irgendwann ruhen lassen muss."

Carlie war nicht überzeugt. Thomas Fitzpatricks Gedächtnis war gut und reichte weit zurück. Nur sehr wenige Menschen stellten sich ihm entgegen, und obwohl sie ihn als den Arbeitgeber ihres Vaters respektierte, hatte er etwas Beunruhigendes an sich. Davon hatte sie Ben natürlich noch nichts erzählt, als das Thema zur Sprache kam, denn Fitzpatrick war gut zu ihrer Familie gewesen. Trotzdem fühlte sie sich weiterhin unbehaglich in seiner Nähe. Er sah sie stets einen Tick zu lange an, wenn er glaubte, sie bekäme es nicht mit, und sein Blick war mehr als einmal auf ihre Brüste gerichtet gewesen.

„Tja, ich werde mal die Nachrichten anschauen", verkündete ihr Vater, nahm sein Gewehr und ging ins Haus. Carlie blieb noch draußen und beobachtete, wie der Abendhimmel schwarz wurde. Sie erschauerte, obwohl die Wärme des Tages noch zu spüren war.

4. KAPITEL

*D*u machst was?" Ben glaubte, seinen Ohren nicht trauen zu können.

„Ich heirate Sam", erwiderte Nadine mit trotziger Miene, als wollte sie ihn herausfordern, etwas dagegen zu sagen. Dann richtete sie ihre Aufmerksamkeit wieder auf den Abwasch.

„Warum?"

Sie antwortete nicht, sondern tauchte weiter Teller in die Seifenlauge, wischte sie ab und stellte sie in das Abtropfgestell. Sie und Ben wohnten nach wie vor mit ihrem Vater in dem kleinen Haus am Fluss. Kevin war inzwischen ausgezogen, und ihre Mutter … Ben wollte nicht an Donna Powell denken, daran, wie sie die Familie wegen Hayden Garreth Monroe III. verlassen hatte und an dessen Plan, sich die Ersparnisse der Powells unter den Nagel zu reißen.

Hass stieg in ihm auf, und er sah an Nadine vorbei zur Fliegentür. Draußen, im Schatten eines Ahornbaumes, lag Bonanza, der beige Labradorhund seines Vaters. Entlang der Veranda blühte Flaschenputzergras. Der Garten, einst der ganze Stolz ihrer Mutter, war verwildert und vertrocknet. Am Himmel bildeten sich Wolken, und die Luft war schwül.

Früher waren die Powells eine glückliche Familie gewesen. Ben erinnerte sich daran, wie seine Mutter in dem Haus, das sie in der Stadt besaßen, Klavier gespielt und gesungen hatte. Die Nachmittage hatte sie in der Bibliothek verbracht, um sich etwas dazuzuverdienen. Doch nachdem George das Haus verkauft hatte und sie hier an den Fluss gezogen waren, in dieses armselige gemietete Haus, hatte sie immer mehr gearbeitet.

Das Geld vom Verkauf des Stadthauses, die Versicherungen für den Ruhestand der Eltern und die Ausbildung der Kinder waren in die Pläne des allmächtigen Hayden Garreth Monroe III. investiert worden: Selbst Monroes reicher Schwager Thomas Fitzpatrick hatte sich daran beteiligt und sein Geld in Ölquellen gesteckt, aus denen letztendlich nur wertloser Sand sprudelte. Alles Geld, das die Familie je angespart hatte, war verloren. Kevins Träume starben einen qualvollen Tod, und er verlor sein Stipendium.

Kevin hatte das Gefühl gehabt, ihm bliebe nichts anderes übrig, als das College zu verlassen und in die Fußstapfen seines Vaters zu treten, indem er für Garreth Monroe arbeitete. Alles, was je schiefging für die Powells, stand in Verbindung mit den Monroes. Trotzdem hatte Nadine sich in den Erben des Monroe-Vermögens verliebt – Hayden Garreth Monroe IV. Die Beziehung scheiterte natürlich, und Ben war froh darüber. Allerdings wäre es eine hübsche Ironie des Schicksals gewesen, wenn Nadine den Kerl geheiratet und sie alle etwas von ihrem Geld zurückbekommen hätten.

Garreth verlobte sich mit einer Frau aus seinen Kreisen. Ben hatte gehofft, dass Nadine über diesen Idioten hinwegkam – aber musste sie deshalb gleich Sam Warne heiraten? Einen Jungen, den sie nicht liebte? Das war keine Lösung, sondern pure Verzweiflung. „Ich fasse es nicht", erklärte er, während sie sich die Hände mit einem Küchenhandtuch abtrocknete.

„Na und?" Sie hängte das feuchte Handtuch über den Herdgriff.

„Gibt es schon einen Termin?"

„Noch nicht."

„Gut." Ben zog sich mit dem Fuß einen Stuhl heran und setzte sich. Seine Schwester hatte ihm den Rücken zugewandt, und an ihren steifen Bewegungen erkannte er ihre Anspannung. „Du kannst den Typen doch nicht nur deshalb heiraten, weil Monroe nicht an dir interessiert ist."

Sie presste die Lippen zusammen, und als sie ihn ansah, funkelten ihre grünen Augen vor selbstgerechtem Zorn. „Wir haben alle unsere Methoden, einen Ausweg zu suchen, nicht wahr, Ben?"

Er antwortete nicht.

„Warst du nicht heute im Rekrutierungsbüro?"

„Woher weißt du das?" Plötzlich befand er sich in der Defensive. Das war das Problem bei Diskussionen mit Nadine: Sie besaß die schon beinah unheimliche Gabe, den Spieß unverhofft umzudrehen.

„Man muss nicht gerade Sherlock Holmes sein, um darauf zu kommen. Der Anwerber rief heute an, um den Termin am …" Sie fuhr mit dem Zeigefinger die Spalten des Kalenders an der Wand neben dem Telefon entlang. „Mal sehen … Freitag zu bestätigen, und zwar um …"

„Ich weiß, wann der Termin ist."

„Gut. Dann weißt du auch, wann man seine Nase lieber wieder in die eigenen Angelegenheiten stecken sollte. Meinetwegen kannst du über mich urteilen, so viel du willst, aber ich laufe wenigstens nicht weg zur Army oder lasse mich mit einer Frau ein, in die mein älterer Bruder verliebt ist."

Ben stutzte. „Kevin ist doch gar nicht mehr an Carlie interessiert."

Nadine schnaubte skeptisch.

„Er ist mit einem Mädchen aus Coleville zusammen …"

„Tracy Niday. Ja, ich weiß." Sie setzte sich auf den Sessel neben Ben und arrangierte die Salz- und Pfefferstreuer um den Serviettenhalter. „Die haben Schluss gemacht, und wenn du mich fragst, ist er noch immer ziemlich heftig in Carlie verliebt. So wie ich das sehe, war sein Interesse an Tracy nur so ein Rache-Ding, weil Carlie ihn verletzt hat."

„Das deckt sich nicht mit dem, was er mir erzählt hat", blieb Ben stur bei seinem Standpunkt. Er wollte einfach nicht glauben, dass Kevin sich emotional noch nicht von Carlie gelöst hatte. Nicht, wenn er, Ben, jetzt mit ihr zusammen war.

Nadine sah ihn an und lächelte traurig, als hielte sie ihn für den dümmsten Kerl, der je auf Erden gewandelt ist. „Du musst zwischen den Zeilen lesen. Das ist hart für dich, ich weiß, weil du es gern schwarz und weiß magst, ohne Zwischentöne und Grauzonen. Schablonenhaft fast. Aber so funktioniert die Welt nicht."

„Und deshalb heiratest du Sam? Wegen irgendeiner Grauzone?"

Sie errötete und schaute auf ihre Hände. „Es scheint mir das Richtige zu sein."

„Ist das nicht deine Rache an Hayden Monroe?"

„Es ist vorbei zwischen mir und Hayden."

Ben klemmte die Hände unter die Achseln und lehnte sich in seinem Sessel zurück. „Sag mir, dass du Sam liebst."

Sie machte den Mund auf, schloss ihn wieder und seufzte. „Ich bin mir nicht sicher, ob ich überhaupt noch an die Liebe glaube."

„Lügnerin. Du liebst diesen Idioten Monroe immer noch. Gib's zu."

„Er spielt in meinem Leben keine Rolle mehr", erwiderte sie, und ihre Stimme war ein wenig heiser.

„Dann ist Sam also nur zweite Wahl."

„Sam hat sich immer um mich gekümmert", erklärte sie knapp, verschränkte ihre Finger und kaute auf ihrer Unterlippe.

„Du findest dich ab, Nadine."

Sie richtete ihre unruhigen grünen Augen auf ihn. „Es ist meine Entscheidung, nicht wahr? Mach dir meinetwegen keine Sorgen. Ich habe aus meinen Fehlern gelernt. Außerdem glaube ich, dass du deine eigenen Kämpfe auszufechten hast."

Der Park war nahezu leer wegen des drohenden Gewitters. Die Picknicktische waren frei, die Grillstellen kalt, der Spielplatz verwaist.

Zwischen einigen Tannen lag Carlie mit Ben unbeobachtet auf einer Decke und aß ihr Baguette mit Frischkäse, Pute und Sprossen. Sie hatten sich zu einem Picknick entschlossen, und ein paar Gewitterwolken vermochten sie nicht zur Änderung ihres Plans zu bewegen.

Ben war allerdings schon den ganzen Nachmittag sehr still. Er lächelte selten und wirkte bedrückt.

„Irgendetwas macht dir zu schaffen", bemerkte sie, während sie den Enten am Seeufer Brotstücke zuwarf. Laut quakend und mit den Flügeln schlagend versuchten zwei, die Köstlichkeiten zu erwischen.

„Mir geht's gut."

„Du bist ein schlechter Lügner." Sie warf das letzte Stück Brot einer braunen Stockente zu, die bis an die Decke herangewatschelt war, und sah Ben an. Seine Miene wirkte angespannt, so sehr, dass sich die Haut über seinen Wangenknochen straffte. Auf den Ellbogen gestützt lag er auf der Decke und grübelte seit über einer Stunde vor sich hin. „Was ist los?"

„Ich überlege, mich freiwillig zur Armee zu melden."

Sie glaubte, nicht richtig gehört zu haben. „Wie bitte?"

„Heute habe ich mit einem Anwerber gesprochen."

Ihre Welt drohte aus den Fugen zu geraten. „Aber warum?"

Er mied ihren Blick und nahm stattdessen eine Coke aus der kleinen Kühlbox. „Manchmal passieren Dinge einfach."

„Was denn für Dinge?"

„Nadine wird Sam Warne heiraten."

„Na und?"

„Es ist ein Riesenfehler."

„Aber doch nicht deine Angelegenheit."

„Das hat sie auch gesagt", räumte er ein und drehte den Flaschendeckel ab. „Ich kann es aber nicht einfach ignorieren. Tatsache ist, dass sie damit ihr Leben ruiniert."

„Das weißt du doch gar nicht."

„Sie liebt ihn nicht", erklärte er und leerte die Flasche anschließend beinah in einem Zug.

Carlie löste ihren Zopf und schüttelte die Haare aus, während sie über Ben nachdachte. Er glaubte also an die Liebe, wollte jedoch nicht wahrhaben, dass Menschen aus vielen anderen Gründen heirateten: Druck von der Familie, sexuelle Erfüllung, Schwangerschaft. Es war kein Gesetz, dass zwei Leute sich lieben mussten, um Ehepapiere zu unterschreiben. Und für die meisten Ehen, die Carlie kannte, war bestimmt nicht Liebe der Hauptgrund gewesen.

Nadine, soweit Carlie das überhaupt beurteilen konnte, war eine vernünftige Person, die wusste, was sie wollte. Wenn sie die Absicht hatte, Sam Warne zu heiraten, dann gab es sicherlich gute Gründe dafür. Trotzdem wollte Carlie den genauen Grund für Bens Besorgnis kennen, deshalb beschloss sie, den Advocatus Diaboli zu spielen. „Was glaubst du, warum sie Sam heiraten will?"

„Weil sie den Idioten nicht haben kann, den sie in Wirklichkeit liebt." Er rollte die leere Flasche in den Händen und schaute aufs Wasser hinaus. Ein Reiher flog über den See und drehte anmutig ab, als der Donner über den Bergen grollte.

„Den Mann, den sie liebt?"

„Weißt du das nicht mehr? Ich dachte, jeder in der Stadt wüsste über diesen alten Skandal Bescheid. Nadine und Hayden Monroe Junior waren vor nicht allzu langer Zeit ein Paar. Er langweilte sich mit seiner High-Society-Freundin Wynona Galveston und fing deshalb etwas mit Nadine an. Dann, als er sich entscheiden sollte, kehrte er in Wynonas wartende Arme zurück und nahm sie mit auf eine Bootsfahrt, bei der sie beinah ums Leben kam. O ja, Hayden Monroe ist ein echt toller Hecht." Ben klang bitter und fixierte mit zusammengekniffenen Augen das entfernte Ufer. „Gut, dass wir den los sind."

„Und was hast du nun gegen Sam?"

Ben gab einen verächtlichen Laut von sich. „Er ist in Ordnung, nur ein bisschen zu … normal für Nadine. Und du musst zugeben, dass er mit Hayden Monroes Sportboot und vielem Geld nicht mithalten kann."

„Vielleicht klappt es ja doch gut mit den beiden." Sie setzte sich auf und rutschte an ihn heran, sodass ihre Schulter seine berührte. Dann zog sie die Knie an die Brust und legte das Kinn auf die Arme. „Du kannst nicht alle Probleme dieser Welt lösen, weißt du?"

Immerhin lächelte er schief. „Aber ich kann es versuchen."

„Willst du deshalb zur Army?", erkundigte sie sich. Sie versuchte, den Stich in ihrem Herzen zu ignorieren, den sie bei der Vorstellung verspürte, wie Ben in irgendeinem fremden Land durch einen schwülen Dschungel schlich oder durch endlose Weiten heißen Wüstensandes im Feindesland marschierte. Oder wie er sich von einer steilen Felswand herunterließ, hinein in feindliches Territorium. Ihr Magen zog sich zusammen, und sie rief sich ins Gedächtnis, dass sie momentan in Friedenszeiten lebten. Wenn Ben jetzt zur Army ging, standen die Chancen gut, dass er in den Staaten stationiert wurde oder auf einer Militärbasis in Europa.

„Ich melde mich freiwillig, weil ich nicht hierbleiben kann. In Gold Creek passiert einfach nichts. Hier gibt es nur eine Menge zerplatzter Träume und vage Versprechen." Der Wind frischte vom See her auf, zerzauste Bens Haare und trug den Geruch des Wassers herüber. „Ich glaube nicht, dass ich tatenlos zusehen kann, wie die nächste Generation der Fitzpatricks und Monroes das Land ausbeutet und mit dem Schweiß ihrer Arbeiter ein Vermögen verdient." Er legte den Kopf schief und sah Carlie an. „Außerdem hast du doch selbst nicht vor, hierzubleiben."

Dem konnte sie kaum widersprechen. Die Wahrheit aber lautete, dass in den wenigen Wochen, die sie mit Ben zusammen war, erste Zweifel an ihrer Entscheidung gekommen waren. Inzwischen sagte sie sich schon mal, dass eine Kleinstadt in Kalifornien gar kein so schlechter Ort zum Leben war. Sie hatte sogar davon fantasiert, zu bleiben und Ben zu heiraten. Wäre das so schlimm? Wer brauchte Abenteuer? Wen interessierten ferne Orte, die Hektik Manhattans, das romantische Paris, die Exotik der Karibik? Was hatte die Welt ihr zu bieten, das sie nicht in Gold Creek finden konnte?

Bevor ihre Gedanken schlicht mit ihr durchgehen konnten, zog sie die Bremse. Sie war drauf und dran, ihr Leben, ihre Träume, ihre Einstellung zu ändern. Nur wegen Ben. Plötzlich schnürte es ihr die Kehle zu, als sie in seine haselnussbraunen Augen sah und begriff, dass sie tatsächlich nur allzu gern auf ihre Träume pfeifen würde, wenn sie mit ihm vor den Altar treten und seine Braut werden könnte.

Als könnte er ihre Gedanken lesen, näherte er sich ihrem Gesicht, sodass sie seinen warmen Atem spürte. „Du verkörperst den einzigen Zweifel, den ich habe", gestand er mit tiefer, rauer Stimme. „Wenn es dich nicht gäbe, hätte ich vermutlich längst unterschrieben."

Ihr Herz flog ihm zu, als die ersten Tropfen fielen. „Du musst das nicht sagen …"

„Schsch." Er legte ihr den Zeigefinger auf die Lippen. „Mir ist klar, dass ich nichts sagen oder tun muss. Aber ich sage dir, wie ich empfinde."

Ihr Hals war plötzlich trocken wie ein Sommerwind.

„Und ich habe noch nie so für jemanden empfunden wie für dich. Wenn ich mit dir zusammen bin, will ich nie wieder weg. Und wenn ich von dir getrennt bin, kann ich nicht aufhören, an dich zu denken." Er betrachtete die Konturen ihres Gesichts, und seine Finger fanden ihre. „Ich verstehe es selbst nicht, und ich wollte es ganz bestimmt auch nicht, aber ich fürchte, ich bin dabei, mich in dich zu verlieben, Carlie Surrett. Könnte ich das irgendwie verhindern, würde ich das vermutlich tun."

„Ben ..."

Er drückte den Finger fester auf ihre Lippen, und sie küsste die weiche Fingerspitze. Regen tröpfelte aus dem dunkler werdenden Himmel. Ben zeichnete die Konturen ihres Mundes nach und stieß gegen ihre Zähne, bis sie ihm Einlass gewähre. Ohne den Blickkontakt zu unterbrechen, glitt er mit dem Finger ein kleines Stück zwischen ihre geöffneten Lippen, strich über ihre Zähne und über ihre Zungenspitze.

Leise stöhnte Carlie auf, als er den Finger zurückzog. Er schloss sie in die Arme, und seine Lippen verschmolzen mit ihren. Sein Kuss war so besitzergreifend und leidenschaftlich, dass es ihr den Atem raubte. Die Gedanken schwirrten ihr durch den Kopf, doch all ihre Zweifel verschwanden. Für sie zählte nur noch das Hier und Jetzt, dieser einsame Platz am See – und Ben. Seine Hände weckten magische Gefühle in ihr, während er sie unter ihr Shirt gleiten ließ und ihr sanft über den Rücken streichelte.

Tief in ihr loderten Feuer der Begierde auf, und eine sinnliche Wärme durchflutete sie.

Er küsste ihre Lider, ihre Lippen, ihren Hals und strich mit der Zunge über ihre Halsbeuge. Ein Beben überlief sie.

Ben wanderte mit den Fingern hinauf zu ihren vollen Brüsten. Carlie reckte sich ihm entgegen und sehnte sich nach mehr. Er streifte ihr das T-Shirt über den Kopf und zog sie mit sich hinunter ins Gras, sodass sie auf ihm zu liegen kam. Durch die Spitze ihres BHs hindurch saugte er an ihrer Brustwarze und drückte Carlie an sich.

Sie bog den Rücken durch und wollte ihn all die Liebe spüren lassen, die sie in sich hatte, deshalb klammerte sie sich an seine Schultern. Er hielt inne, um den Fetzen Kleidung loszuwerden, den er noch trug, ehe er ihre Schultern küsste, das Tal zwischen ihren Brüsten, sie mit seiner Zunge und seinen Zähnen auf äußerst erotische Weise liebkoste, während ein feiner Nieselregen Carlies Rücken benetzte.

Sanft drehte er sie auf den Rücken und bettete sie auf die Picknickdecke, ehe er den Mund auf ihren flachen Bauch presste. „Liebe mich", flüsterte er, und statt zu antworten, wand sie sich.

Sie dachte nicht an die Konsequenzen dessen, was sie gleich tun würden, überlegte nicht, wie leichtfertig sie ihre Jungfräulichkeit an ihn verschenkte, noch zweifelte sie daran, dass diese bevorstehende körperliche Vereinigung zwischen ihnen etwas anderes als Schicksal sein konnte.

Sie küsste ihn und bewunderte seinen sehnigen Körper, nachdem sie ihm vom T-Shirt befreit hatte. Schon bald waren sie nackt in der Dunkelheit, vor Blicken geschützt durch die Bäume. Leise liebkosten sie einander. Ihre Zungen trafen sich zu einem erregenden Spiel, und als Carlie seine flachen Brustwarzen reizte, spürte sie, wie er hart wurde.

Es gab kein Zurück mehr. Während es donnerte und Blitze am Himmel zuckten, schaute Ben ihr in die Augen, und mit der Entschlossenheit eines Mannes, der Anspruch auf die Frau seines Herzens erhob, drang er geschmeidig in sie ein.

Carlie riss den Mund auf, doch es kam kein Laut heraus. Und während Ben sich in einem sanften, gleichmäßigen Rhythmus zu bewegen begann, immer wieder tief in sie glitt, um sich gleich darauf fast ganz aus ihr zurückzuziehen, verwandelte sich der Schmerz in Lust und Begierde. Stöhnend grub sie ihre Finger in seine muskulösen Schultern und passte sich seinen Bewegungen an. Als ein Blitz am Himmel zuckte, drängte sie sich Ben erschauernd entgegen. Sein Körper war nass von Schweiß und Regen. „Carlie ... wunderschöne, wundervolle Carlie", rief er keuchend, das Gesicht an ihren Hals gepresst.

Nur ganz allmählich kehrte sie auf die Erde zurück. Sie klammerte sich weiter an Ben, während Wind und Regen an ihnen rüttelten. Als er den Kopf hob, lächelte er Carlie an. Sanft strich er ihr die nassen Haare aus dem Gesicht. „Du weißt doch immer alles und hast auf alles eine Antwort. Dann verrate mir, was wir jetzt tun?"

Sie lachte leise und wischte sich einen Regentropfen von der Nasenspitze. Mit einer rauen Stimme, die ihr selbst fremd war, flüsterte sie: „Na ja, Soldat, wie wäre es mit einer Zugabe?"

Sie rannten zum Pick-up. Ihre Kleidung war voller Erde, ihre Haare tropfnass, doch ihr Lachen schallte hinauf zu den dunklen Wolken, welche die Frechheit besaßen, den Mond zu blockieren.

Carlie schmiegte sich eng an Ben, als er das Radio einschaltete und von dem leeren Parkplatz fuhr. Stephen Stills sang „Love the One You're With", während die Scheibenwischer Regentropfen von der Frontscheibe wischten. Auf dem Rückweg in die Stadt rollte Bens Pick-up durch Pfützen, und der Himmel wurde schwarz. Nur ein gelegentlich entgegenkommendes Scheinwerferpaar erhellte für einen kurzen Moment das Wageninnere und gab Carlie die Gelegenheit, Bens attraktives Gesicht zu betrachten. Würde er wirklich sein Leben verpfänden, indem er sich freiwillig zur Army meldete und Gold Creek verließ? Die Vorstellung gab ihr einen Stich, obwohl sie wusste, wie dumm das war, denn schließlich hatte sie doch selbst die Absicht, sobald wie möglich den Staub dieser Kleinstadt von ihren Stiefeln zu klopfen.

Doch jetzt, nachdem sie miteinander geschlafen hatten und Carlie wusste, wie es war, sich einem einzigen Menschen ganz hinzugeben, fragte sie sich, ob sie noch mutig genug war für ihren Aufbruch in die große weite Welt. Was, wenn Ben nicht ging? Was, wenn er hierblieb und für Thomas Fitzpatrick arbeitete oder für Hayden Monroe, Schicht für Schicht, Tag für Tag, Jahr um Jahr?

Ihre Kehle war wie zugeschnürt. Sie konnte ihn niemals darum bitten, seine Träume aufzugeben und für immer hierzubleiben.

Und wenn du nun schwanger wirst? fragte eine innere Stimme. Sie hatte nicht geplant, mit Ben zu schlafen, daher waren sie auch beide nicht entsprechend vorbereitet gewesen. Die Chancen waren eher gering, trotzdem gab es Mädchen, die gleich beim allerersten Mal schwanger wurden.

Das erste Mal.

Sie biss sich auf die Unterlippe und fragte sich, ob vielleicht doch ein Baby in ihr wuchs. Bens Kind. Du liebe Zeit. Sie war hin- und hergerissen zwischen Ehrfurcht vor dem Wunder des Lebens und dem Wissen, dass weder sie noch Ben emotional schon so weit waren, ein Kind großzuziehen.

Sie fuhren auf die Lichter der Stadt zu, über der die dunklen Wolken hingen. Hatte Carlie sich nicht geschworen, nie und nimmer ihr Leben in Gold Creek zu verbringen, sondern etwas von der Welt zu sehen, bevor sie eine Familie gründete? Und dass sie nicht die gleichen Fehler machen würde wie ihre Eltern? Trotzdem war ein Teil von ihr bereit, all die glamourösen Pläne einer Zukunft voller Abenteuer und Fantasien aufzugeben, wenn sie wüsste, dass Ben Powell sie dafür ewig lieben würde.

Sie fuhren die Main Street entlang und hielten an einer roten Ampel. Ben sah Carlie an und bemerkte offenbar ihre Verwirrtheit. „Bereust du, was wir getan haben?", erkundigte er sich und berührte ihre Hand.

„Nein", versicherte sie ihm. „Du?"

Er lachte und küsste sie auf die Wange. „Was denkst du?"

Die Ampel sprang auf Grün, und Ben fuhr über die Kreuzung. In diesem Moment fingen hinter ihm Sirenen an zu heulen.

Zwei Polizeiwagen holten mit Blaulicht und heulenden Sirenen auf.

„Na klasse", sagte Ben und fuhr rechts heran, doch die Streifenwagen rasten vorbei. „Vermutlich ein Unfall", bemerkte er, und Carlie lief ein kleiner Schauer der Angst über den Rücken. Die Polizeiwagen bogen an der Ecke Spruce von der Main Street ab. Ben gab wieder Gas. „Das ist Kevins Straße." Er sagte das mit einem Schulterzucken, obwohl seine Miene Besorgnis ausdrückte.

Natürlich war alles in Ordnung mit Kevin. Nur weil er in der Spruce Street wohnte, musste man ja nicht gleich annehmen, dass die Polizei hinter ihm her war.

Aber Ben bog nicht in die Seitenstraße ab, die zum Lakeview-Apartment-Komplex führte. Stattdessen fuhr er in die Straße, in der sein Bruder wohnte, und im nächsten Moment erstarrte Carlie. „Was ... um Himmels willen!"

Die Streifenwagen standen vor dem Haus, in dem Kevin zusammen mit einem Mitbewohner lebte. Das Blaulicht leuchtete in der Nacht. Ein Feuerwehr- und ein Krankenwagen mussten schon kurz vorher eingetroffen sein. Mehrere Feuerwehrleute und Polizisten standen im Garten, einige sprachen in Funkgeräte, andere hatten sich um Kevins Corvette in der Garage versammelt.

Nachbarn kamen aus ihren Häusern, und die ganze Szene schien sich in Zeitlupe abzuspielen.

Ben riss den Schlüssel aus dem Zündschloss, noch bevor der Wagen vollständig zum Stehen gekommen war. Carlie folgte ihm. „Was ist hier los?", verlangte er von dem ersten Polizisten zu erfahren, den er erreichte.

„Bleib zurück, Junge!"

„Mein Bruder wohnt hier!", schrie Ben den Officer an, der ihn zurückzuhalten versuchte.

„Wer ist dein Bruder?"

„Kevin Powell. Er ..." Ben verstummte angesichts der grimmigen Miene, und Carlie blieb die Luft weg. Das Blut rauschte ihr in den Ohren.

„Dein Bruder ist tot, mein Junge", sagte der Officer mitfühlend. „Deine Schwester hat ihn gefunden. Man hat ihn ins County General gebracht, aber es war zu spät."

„Oh nein", flüsterte Carlie, und ihre Knie drohten nachzugeben. Das alles war ein Albtraum. Genau, das war es – nur ein Traum. Sie nahm alles wie aus weiter Ferne wahr.

„Nein, Sie irren sich!" Ben riss sich von dem Polizisten los. „Kevin ... er ist hier. Er wohnt hier!"

„Mein Junge, ich sage dir ..."

„Sie lügen!", fuhr Ben ihn an.

Carlie wurde übel. Sie streckte die Hand nach Ben aus, doch er wich zurück.

„Kevin ist okay, Carlie! Er ist okay!", schrie er. „Er ist okay!"

„Es tut mir leid, mein Junge. Vielleicht sollte ich dich nach Hause bringen lassen ..."

„Vergessen Sie's! Kevin ist okay! Er ist okay!", wiederholte Ben, gezeichnet von Wut und Ungläubigkeit. Er war angespannt und bereit zur körperlichen Auseinandersetzung. Der Regen wurde stärker. „Ich verstehe nicht, warum Sie mich anlügen!"

„Sieh mal, Junge, wenn du mir nicht glaubst ..."

„Was ist hier los?", mischte sich ein älterer Polizist ein.

Carlie musste sich zusammennehmen, damit ihre Knie nicht nachgaben. „Es hat eine Art Missverständnis gegeben", erklärte sie mit brüchiger Stimme. Kevin konnte unmöglich tot sein. „Das ist Ben Powell, Kevins Bruder, und ..."

„Dann gibt es jetzt etwas für dich zu tun", schnitt der ältere Polizist ihr, an Ben gewandt, das Wort ab. „Deine Schwester kommt nicht gut damit klar, und dein Vater wurde mit Brustschmerzen ins Krankenhaus gebracht. Ich weiß, es ist schwer, aber du musst dich den Tatsachen stellen."

Carlies Beine ließen sie im Stich. Deputy Zalinski fing sie auf, ehe sie auf den schlammigen Boden fallen konnte.

„Sie irren sich", wiederholte Ben und wich vor den beiden Polizisten zurück. Seine Haare waren triefnass vom Regen, der ihm von der Nase und vom Kinn tropfte. „Sie irren sich. Kevin geht es gut."

„Reiß dich zusammen, Powell", ermahnte der Officer ihn ruhig. „Wir können dich zum Krankenhaus bringen ..."

„Auf keinen Fall!"

„Ben", sagte Carlie, ging zu ihm und berührte ihn am Arm. Ihre Lippen bebten, und Tränen traten ihr in die Augen. „Komm ..."

„Lass mich los", fuhr er sie an und riss sich los. In seinen dunklen Augen las sie den unausgesprochenen Vorwurf. Carlies Herz verhärtete sich, als sie den hasserfüllten Zug um seinen Mund bemerkte.

„Wir untersuchen das als möglichen Selbstmord", erklärte der Officer. „Aber wir wissen noch gar nichts Genaues. Es scheint möglicherweise Alkohol im Spiel gewesen zu sein ..."

„Nein! Mann, das ist verrückt ...", schrie Ben, doch der Zorn wich deutlich nackter Angst. „Nein!", kreischte er mit geballten Fäusten, das Gesicht zum Himmel gerichtet. „Nein! Nein! Nein!"

Tränen rannen über Carlies Wangen. Erneut streckte sie die Hand nach Ben aus, doch er wich zurück und stolperte dabei fast über den Bordstein. Dann drehte er sich um und rannte im Licht der Straßenlaternen durch die Nacht davon, weg von ihr, immer schneller, während es unablässig regnete. Zuerst dachte Carlie daran, ihm hinterherzulaufen, doch Zalinski hielt sie fest.

„Gib ihm Zeit, damit fertigzuwerden."

„Aber ich ..."

„Er braucht jetzt Zeit. Anscheinend hat er einen ziemlichen Schock."

Aber ich liebe ihn, dachte sie verzweifelt, während der Officer sie mit starker Hand festhielt und Ben um die Ecke verschwand.

„Er wird schon klarkommen", versicherte der Polizist ihr. „Er braucht nur ein bisschen Zeit. Lassen wir ihn ein paar Minuten allein. Keine Sorge, ich schicke einen Streifenwagen hinterher."

Carlie war so benommen, dass sie kein Wort mehr herausbrachte.

Der Officer winkte einem der Sanitäter zu. „He, Joe, hast du mal eine Decke und einen Becher Kaffee?"

„Kommt sofort."

Carlie nahm den Wortwechsel kaum wahr. Sie starrte immer noch die Spruce Street entlang, in der die Nachbarn zusammenstanden, flüsterten und die Köpfe schüttelten.

Jemand legte ihr eine Decke um die Schultern und drückte ihr einen Pappbecher mit warmem Kaffee in die Hand. Am liebsten wäre sie Ben hinterhergelaufen, um ihn in den Armen zu halten, ihn zu küssen, erneut mit ihm zu schlafen und ihm zu versichern, dass alles gut werden würde. Aber er wollte weder ihre Lügen hören noch wollte er ihre tröstende Berührung.

Carlie erschauerte und schluchzte auf vor tiefem, durchdringendem Schmerz. Wegen Kevin. Wegen der Powell-Familie. Vor allem aber wegen Ben.

5. KAPITEL

Gold Creek, Kalifornien
Gegenwart

Carlie parkte ihren Jeep zwischen zwei anderen Wagen und sagte sich, dass sie diese Trauung einfach irgendwie hinter sich bringen müsse. Danach konnte sie wieder verschwinden. Sie würde zuschauen, wie Nadine Powell Warne zu Mrs Hayden Monroe wurde, dem Paar gratulieren und sich aus dem Staub machen.

Nur würde sie Ben wiedersehen müssen! Ben, den Unmöglichen. Ben, den Grausamen. Ben, den Schrecklichen. Sie könnte ihm Tausende Namen geben. Aber das würde nichts an der Tatsache ändern, dass sie so tun musste, als wäre er ihr gleichgültig, als wäre die Vergangenheit für sie erledigt und sie zufrieden mit ihrem Leben ohne ihn. Und genau das war sie ja auch, erinnerte sie sich.

Welche Ironie, dass sie beide nun zurück in Gold Creek waren, nachdem sie die vergangenen Jahre woanders verbracht hatten. Carlie hoffte, dass Ben nur auf einen kurzen Besuch hier war und nach der Hochzeit in seinen alten Pick-up steigen und davonfahren würde.

Auch sie selbst würde am liebsten gleich wieder abreisen, doch die Gesundheit ihres Vaters war nicht mehr so gut wie früher. Der Arzt vermutete, er könnte eine Reihe kleinerer Schlaganfälle erlitten haben. Seit einiger Zeit konnte er nicht mehr arbeiten, möglicherweise für immer. Carlies Mutter war krank vor Sorge. Da Carlie ihr einziges Kind war, hatte sie angeboten zu bleiben, bis sich alles beruhigt hatte und die Dinge geklärt waren.

Außerdem hatte sie einen Job gefunden. Nein, mehr als das. Ihr ehemaliger Chef Rory Jaeger nannte es eine „Karrierechance". Zuerst hatte er über sie gespottet, als sie ihn wegen eines Teilzeitjobs angesprochen hatte. War sie nicht Model in New York gewesen? Hatte sie nicht Paris gesehen? Was wollte sie in seinem kleinen Unternehmen? Sie erklärte, sie brauche zwar keine Arbeit, jedenfalls nicht dringend, aber sie suche ein Studio, um ihre Fotos zu entwickeln. *Außerdem einen Ort, an dem sie sesshaft werden konnte.*

Rorys Interesse erwachte, und sie wurden sich einig. Gegen eine kleine Summe konnte sie über die Hälfte des Ladens verfügen. Ohnehin stand Rory kurz davor, sich zur Ruhe zu setzen, und sie besiegelten das Geschäft per Handschlag. Damit war auch Carlies Schicksal besiegelt – sie musste mindestens für ein Jahr in Gold Creek bleiben, wahrscheinlich länger, bis sie ihren Anteil wieder an Rory oder jemand anderen verkaufen durfte, das allerdings nur mit Rorys Zustimmung.

Der Vertrag wurde notariell beglaubigt, und innerhalb einer Woche würde sie Mitbesitzerin des Ladens sein. Sollte sie ein zusätzliches Einkommen benötigen, konnte sie nach San Francisco fahren und mit der dortigen Modelagentur sprechen. Oder sie würde ihre alte Agentur in New York anrufen, um Constance, der Besitzerin, ihre Telefonnummer und Adresse zu geben. Es wäre ein vager Versuch, wieder als Model zu arbeiten. Sie hatte seit Jahren nicht mehr vor der Kamera gestanden, und eigentlich wollte sie keine Karriere wiederbeleben, die kaum je in Gang gekommen war. Andererseits war sie darauf angewiesen, sich sämtliche Optionen offenzuhalten.

Also saß sie für eine Weile wieder in Gold Creek fest, und deshalb musste sie für Begegnungen mit Ben gewappnet sein. In einer kleinen Stadt wie dieser war es unvermeidlich, dass man sich über den Weg lief.

Sie schloss ihren Jeep ab und ging auf eines der höchsten Häuser zu, die am Ufer des Whitefire Lake erbaut worden waren. Trotz seiner Größe wirkte das Haus gemütlich. In der einsetzenden Dämmerung sah Monroe Manor aus wie auf einer altmodischen Weihnachtskarte. Auf den Dachgauben lag dick der Schnee, goldener Lichtschein fiel aus den Fenstern, und vom Kamin stieg Rauch auf. Eiszapfen hingen wie Kristalltränen von den Dachtraufen zwischen Haus und Garage. Zwei Hunde – der eine schwarz und weiß, der andere ein beiger Labrador – trotteten zwischen den Bäumen über das riesige Grundstück.

Jetzt oder nie, dachte sie und überlegte, was sie zu George Powell sagen sollte. Ehe ihr erneut Zweifel kommen konnten, drückte sie die Türklingel und betete, sie möge im Haus sein, bevor Ben hier eintraf.

Schon hörte sie den Motor seines Pick-ups. In diesem Moment ging die Tür auf, und ein Junge von sieben oder acht Jahren mit rotblondem Haar, Sommersprossen und kecken braunen Augen stand vor ihr. Er trug einen schwarzen Anzug und ein weißes Hemd, und er streckte die Hand auf eine Art aus, als hätte er diese Geste Hunderte Male geübt. „Hallo, ich bin Bobby."

Ah, Nadines jüngerer Sohn. „Freut mich, dich kennenzulernen. Ich bin Carlie." Sie schüttelte ihm fest die Hand.

Er rümpfte nachdenklich die Nase. „Sie sind das Model, stimmt's?"

„Ich war mal Model, aber das ist schon eine Weile her", erwiderte Carlie lachend.

„Wow! Warte, bis ich Katie Osgood davon erzählt habe. Sie meinte, Sie würden nicht auftauchen, und dass …"

„Robert!" Eine kleine blonde Frau, in der Carlie Bens und Nadines Tante Velma erkannte, kam zu ihrer Rettung. „Wir freuen uns, dass du kommen konntest", begrüßte sie Carlie lächelnd und warf Bobby einen warnenden Blick zu.

„Danke."

Bobby entsann sich wieder seiner Manieren. „Äh, darf ich Ihren Mantel nehmen?", bot er an.

„Gern." Carlie zog den Mantel aus und beobachtete, wie der Junge geschickt darauf achtete, ihn nicht auf dem Boden schleifen zu lassen, als er ihn nach oben trug. Über die Schulter schaute er noch einmal zu ihnen hinunter. „Sie müssen noch im Buch unterschreiben."

„Die Gästeliste", erklärte Velma. „Sobald du eine Minute Zeit findest. Aber jetzt komm erst mal rein." Sie berührte Carlies Arm. „Die Trauung beginnt in etwa zehn Minuten, also solltest du dir lieber rasch einen Platz suchen."

Die Türglocke läutete, und Nervosität erfasste Carlie, denn

der nächste Gast würde vermutlich Ben sein. Statt auf die zweite Runde ihrer Diskussion zu warten, ging sie durch die Eingangshalle zum Wohnzimmer, wo vor dem Kamin Klappstühle aufgestellt waren. Leise Musik schwebte aus versteckten Lautsprechern durch die großen Räume. Blumen und Bänder schmückten die Wände sowie das Treppengeländer, und der Duft von Nelken, Rosen und Flieder vermischte sich mit dem Geruch des brennenden Kaminfeuers.

Carlie erkannte mehr als nur ein paar Leute. Obwohl sie getrennt lebten und trotz der Gerüchte einer bevorstehenden Scheidung saß Thomas Fitzpatrick bei seiner Frau June und ihrer gemeinsamen Tochter Toni. Als Carlie hereinkam, sah Thomas in ihre Richtung. Sein Mund unter dem Schnurrbart verzog sich zu einem Lächeln des Wiedererkennens, doch es erstarb rasch wieder. Sie erinnerte sich an die vielen Male in ihrer Kindheit, bei denen sie ihm begegnet war – und wie unbehaglich sie sich seinetwegen stets gefühlt hatte.

Auch Reverend Osgood und seine Familie hatten schon ihre Plätze eingenommen, außerdem erfasste Carlie mit einem Blick die Nelsons, die Pattons, die McDonalds und die Sedgewicks.

„Das wurde aber auch Zeit", rief jemand von der Treppe. Carlies beste Freundin Rachelle kam auf sie zugeeilt. Ihr mahagonifarbenes Haar war gelockt und reichte ihr bis zur Mitte des Rückens. „Ich habe mir schon Sorgen gemacht, du könntest dich drücken", neckte Rachelle sie. „Anscheinend habe ich diese Wette verloren."

„Du hast darauf gewettet, ob ich komme oder nicht?"

Die Freundin zwinkerte. „Ich konnte nicht widerstehen. Na du weißt schon, da war der Pott. Heather, Turner, Jackson und ich …"

„Das will ich gar nicht hören!", unterbrach Carlie sie, obwohl allein schon das Geplänkel mit ihrer Freundin sie entspannte. „Ich hoffe, du hast ordentlich verloren – Tausende Dollar. Du hättest es verdient. Diese Hochzeit hätte ich mir nämlich auf gar keinen Fall entgehen lassen."

„Oh, klar doch. Vergiss nicht, dass ich dich kenne. Ich kann mir gut vorstellen, wie gern du hierherkommen wolltest." Grinsend nahm Rachelle Carlies Hand. „Du liebe Zeit, die ist ja eiskalt!"

„Ich habe noch einen kleinen Spaziergang am See gemacht."

Rachelle musterte sie misstrauisch. „Musstest du erst deinen Mut sammeln?"

„Ja, so etwas in der Art."

„Glaubst du, du kommst damit zurecht, Ben wiederzusehen?"

Betont lässig zuckte Carlie die Schultern. „Tja, da ich hier bin, bleibt mir wohl kaum etwas anderes übrig, oder?"

„Es wird dich nicht umbringen", prophezeite Rachelle und lächelte dabei wissend. „Es könnte sogar ganz lustig werden."

„Lustig? Na klar, ungefähr so lustig, als würde mir der Zahnarzt sämtliche Zähne ziehen."

„Du wirst vielleicht überrascht sein."

„Rechne lieber nicht damit." Doch Carlie war schon viel lockerer als zu dem Zeitpunkt, an dem sie beschlossen hatte, zur Hochzeit zu erscheinen. Sie war mit Rachelle befreundet, seit sie denken konnte. „Freunde fürs Leben", hatten sie sich einst geschworen, und bis heute standen sie sich trotz der Entfernung und Jahre der Trennung nah wie Schwestern.

„Komm mit", drängte die Freundin sie. „Heather und Turner haben uns Plätze ziemlich weit vorne freigehalten."

Rachelle zog sie hinter sich her, und kurz darauf stand Carlie vor einem Klappstuhl beim Kamin. Sie sah Ben nicht hereinkommen, aber sie spürte den Moment, seine Gegenwart, sofort, als würde sie ihn über die Schwelle treten sehen. Ihre Nackenhärchen richteten sich auf, und sie glaubte sogar, seinen Blick spüren zu können. Ihr wurde abwechselnd kalt und heiß. Sie unterdrückte den Impuls, einen Blick über die Schulter zu werfen. Stattdessen setzte sie sich und verfolgte den Beginn der Trauungszeremonie.

Reverend Osgood stand vor dem Feuer, während Nadines älterer Sohn John die Braut übergab. Gerührt beobachtete Carlie, wie Nadine Powell Warne und Hayden Monroe IV. einander in die Augen sahen und das Eheversprechen gaben.

Zu lieben und zu achten ... jetzt und für alle Zeit ... Carlie nahm nur Bruchstücke des traditionellen Eheversprechens auf und erinnerte sich an ihren eigenen Hochzeitstag, der inzwischen weit zurücklag. Sie und Paul hatten vor dem Friedensrichter gestanden, und die ganze Trauung hatte höchstens zehn Minuten gedauert. Kalt, steif, ohne Gefühl.

Genau wie ihre kurze Ehe.

Sie konzentrierte sich wieder auf den Prediger. „Sie dürfen die Braut nun küssen."

Reverend Osgood musste sich nicht wiederholen. Verwegen grinsend schloss Hayden Nadine in seine Arme und küsste sie so leidenschaftlich und voller Liebe, dass Carlie zutiefst gerührt war.

Nur ein Mann hatte sie jemals mit einer solchen Inbrunst geküsst, die Hayden offenbar für seine Braut empfand. Und dieser Mann stand irgendwo im hinteren Teil des Raumes, von wo er die Zeremonie mit müden Augen verfolgte.

Hayden hielt die Braut auf Armeslänge von sich, zwinkerte ihr zu, und dann gingen die beiden durch den Gang an den mit Schleifen geschmückten Stühlen vorbei, um sich unter ihre Gäste zu mischen, während der Pianist zu spielen begann.

„Ist eine Hochzeit nicht toll?", meinte Heather seufzend. Ihre blonden Haare fielen in Wellen nach außen. Ihr glänzendes hellblaues Kleid verbarg nicht ihre erneute Schwangerschaft. Sie tupfte sich die Augen mit einem Taschentuch ab. „Das ist so romantisch", schwärmte sie.

Turner, ihr Mann, betrachtete sie tadelnd. „Frauen sind immer so emotional."

Heather verdrehte die Augen. „Und Männer sind stoisch."

„Ja genau", erwiderte Turner, verschränkte jedoch seine Finger mit ihren, während ihr Sohn Adam zu der mehrstöckigen Torte und der Bowle rannte.

Jackson lachte auf dem Weg durch den Salon. „Das weckt Erinnerungen, was?", flüsterte er seiner Frau zu, doch Carlie hörte es und begriff, dass er von diesem Raum sprach, in dem er und Rachelle Zuflucht gefunden hatten, um ihre erste Nacht miteinander zu verbringen. Damals hatte Jackson sich hier vor der Verhaftung durch den Sheriff versteckt, der ihn dann am nächsten Morgen verhörte.

„Großartige Erinnerungen", bestätigte Rachelle und errötete leicht, obwohl ein freches Funkeln in ihren Augen aufblitzte. „Ich frage mich nur, warum Deputy Zalinski nicht eingeladen war."

„Du bist wirklich schlimm, Mrs Moore", neckte Jackson sie und führte sie weg von der Menge.

„Absolut", erwiderte sie, und Carlie ging auf die Treppe zu, wo Nadine und Hayden für „spontane" Fotos posierten. Carlie wollte ein wenig allein sein. Velma fotografierte, während Nadines Söhne John und Bobby in die Eingangshalle gerannt kamen.

Bobby zupfte am Rock seiner Mutter. „Katie Osgood will Champagner stibitzen", berichtete er mit großen Augen.

„Ach tatsächlich?", meinte Hayden. „Nun, darum werden wir uns mal kümmern müssen."

„Dieses Mädchen macht nur Ärger", bemerkte Velma.

John zerrte an seiner Fliege. „Petze!", fuhr er seinen jüngeren Bruder an.

„Aber es stimmt doch!"

„Und es stimmt, dass du ein Blödmann bist."

„Später, Jungs", versuchte Nadine die beiden zu besänftigen. In diesem Moment entdeckte Hayden ein neun- oder zehnjähriges Mädchen am Champagnerspringbrunnen, das rasch hinauslief, als es sich ertappt fühlte.

John, Nadines älterer Sohn, kannte Carlie noch nicht. „Du bist …"

„John, das ist Carlie Surrett", stellte Nadine sie vor. „Wir freuen uns wirklich sehr, dass du kommen konntest", wandte sie sich an Carlie.

„Danke", sagte Carlie und schüttelte John die Hand. „Freut mich, dich kennenzulernen."

„Sie ist Model", erklärte Bobby.

John verzog das Gesicht und schaute zu seiner Mutter auf. „Hat sie für die Badeanzug-Ausgabe von ‚Sports Illustrated' posiert?"

„Schön wär's", erwiderte Carlie, und John grinste.

„Vergib ihnen", meinte Nadine, nachdem ihre beiden Jungen zu einer Gruppe Gleichaltriger gestoßen waren.

„Kein Problem."

„Sie sind ziemlich beeindruckt von dir."

„Ach, wenn die wüssten", erwiderte Carlie und dachte an die Einsamkeit, die sie in New York empfunden hatte. „Glaub mir, mein Leben verläuft nicht annähernd so glamourös, wie es vielleicht scheint."

Nadine und Hayden wurden fortgerufen, und Carlie blieb allein zurück. Sie fragte sich, wo Ben wohl sei. Sofort aber entschied sie, dass das keine Rolle spiele, und schlenderte zum Springbrunnen, um sich ein Glas Champagner zu holen. Nur noch eine kleine Weile, sagte sie sich, während sie einen Schluck trank und sich auf eine Fensterbank neben der Treppe setzte. Bald wäre diese Prüfung überstanden.

Ben versuchte, sich von Carlies Anblick loszureißen. Es gab schließlich keinen Grund, sich selbst zu quälen. Wen kümmerte es, dass sie mit ihrem Erscheinen hier irgendein Statement abgeben wollte?

Na ja, seinen Vater zum Beispiel. George hatte seine Tochter nicht hergeben wollen. Einmal sei genug, fand er. Er gab jedem einzelnen Mitglied der Monroes die Schuld am Verlust seiner Ersparnisse. Obwohl Hayden Garreth Monroe III. und Thomas Fitzpatrick allein verantwortlich waren für diese Machenschaften, war für George jeder, der mit diesen beiden reichen Männern zu tun hatte, ein potenzieller Betrüger. Dazu gehörte auch Nadines neuer Ehemann, den er für einen verwöhnten Playboy mit zu viel Geld und zu geringem Verstand hielt.

Äußerlich regungslos hatte George der Trauung beigewohnt. Als er Carlie entdeckte, presste er die Lippen zu einer schmalen

Linie zusammen, doch er sagte nichts. Er blieb gerade lange genug, um Hayden die Hand zu schütteln und seine Tochter zu umarmen. Dann bat er seine neue Freundin Ellen Tremont Little, ihn in die Stadt zurückzufahren. Sie hatte die ganze Zeit neben ihm gesessen und war der einzige Mensch, der ihm gelegentlich ein Lächeln entlocken konnte.

Nadine trotzte der Ablehnung ihres Vaters. Sie wollte sich von niemandem ihren großen Tag vermiesen lassen. Für einen Moment ging sie nach oben, hielt am Treppenabsatz inne und warf zur Überraschung aller Gäste ihren Brautstrauß in die Menge, die sich am Fuß der Treppe versammelt hatte.

Die Mädchen kreischten mit gereckten Armen, doch der Strauß landete direkt in Carlies Schoß. Sie hatte auf der Fensterbank gesessen und hinausgeschaut, als der Brautstrauß an allen erhobenen Fingern vorbei zu ihr geflogen war. Vor Schreck ließ sie die Blumen beinah fallen und wurde rot.

Wie passend, dachte Ben, und seine Miene verhärtete sich ein wenig. Hatte Carlie nicht schon immer im Mittelpunkt der Aufmerksamkeit gestanden? Selbst heute, auf Nadines Hochzeit, gelang es ihr, allen die Show zu stehlen. Er wäre glatt zu ihr gegangen mit der passenden Bemerkung, aber er wollte Nadine nicht mit einer Szene die Feier ruinieren. Also hielt er sich zurück und schaute nur finster zu der Frau hinüber, die er in all den Jahren nie ganz hatte vergessen können.

Er lehnte am Rahmen des Bogendurchgangs zwischen Wohnzimmer und Eingangshalle, um auf Distanz zu bleiben zu Carlie. Nur so hatte er eine Chance, die gefährlichen Emotionen unter Kontrolle zu halten, die stets erwachten, sobald er nur an sie dachte. Er nahm sich ein Glas Champagner von einem Tablett, das ein Kellner vorbeitrug, und leerte es in einem Zug. Von innerer Unruhe geplagt musste er weitergehen. Er betrat das Wohnzimmer und registrierte, dass der Teppich zusammengerollt und die Klappstühle weggeräumt worden waren. Nadine und Hayden tanzten zum ersten Mal als Mann und Frau. Ben hielt es nicht aus, er brauchte frische Luft. Abrupt kehrte er Braut und Bräutigam den Rücken zu, eilte zur Haustür und hinaus.

Carlie sah ihn das Haus verlassen und atmete auf. Vielleicht würde sie sich jetzt wirklich ein wenig entspannen können. Unwillkürlich lockerte sie ihren Griff um den Brautstrauß.

Vom Stutzflügel in der einen Ecke des Wohnzimmers war der Hochzeitswalzer bis in die Flure hinein zu hören. Nadine und Hayden schienen über das alte Eichenparkett zu schweben. Die Gäste, allesamt aus Gold Creek, in Anzügen oder Smokings, Seidenkleidern oder solchen aus schlichter Baumwolle, unterhielten sich, schauten den Frischvermählten zu, lachten und tranken Champagner aus dem nie versiegenden Springbrunnen.

Hayden und Nadine tanzten in vollkommenem Einklang. Er flüsterte der Braut irgendetwas ins Ohr, und Nadine warf den Kopf amüsiert in den Nacken. Ihre grünen Augen leuchteten, ihr rotes Haar glänzte im Schein der winzigen Lämpchen.

Carlie beobachtete die beiden und sah, wie Hayden Nadines Stirn küsste, während er sie über das Parkett führte. Andere Paare gesellten sich zu ihnen auf die Tanzfläche.

Heather und Turner tanzten vorbei. Sie sahen aus wie ein Cowboy und eine Lady. Er im schwarzen Anzug im Westernstil inklusive polierter Stiefel, sie in weich fallender heller Seide. Anmutig bewegten sie sich vorbei an den Grünpflanzen, die mit Tausenden winziger Lichter dekoriert waren. Hinter ihnen ragte der vier Meter hohe Weihnachtsbaum auf, obwohl die Feiertage längst vorbei waren.

Als sich die Tanzfläche noch weiter füllte, verschwanden Hayden und Nadine durch die Terrassentür. Niemand außer Carlie schien das mitzubekommen.

Endlich konnte sie nach Hause gehen. Sie hatte ihre Pflicht erfüllt. In einem der Kleiderschränke im oberen Stockwerk fand sie ihren Mantel, und nachdem sie sich rasch von Rachelle und Heather verabschiedet hatte, steuerte sie auf die Haustür zu.

„Carlie?" Thomas Fitzpatrick bahnte sich zwischen den Gästen hindurch den Weg zu ihr. Sofort spannten sich ihre Muskeln an, obwohl er keineswegs bedrohlich wirkte. Ein distinguiert aussehender Mann mit aristokratischen Zügen, silbergrauen

Haaren und einem gepflegten Schnurrbart. Als er auf sie zukam, lächelte er selbstbewusst und auf jene anzügliche Weise wie damals.

Sie traute ihm nach wie vor nicht über den Weg. Schließlich hatte sie erlebt, was sein Hass anrichten konnte – auch in seiner eigenen Verwandtschaft. Hatte er nicht versucht, Jackson Moore, seinen unehelichen Sohn, für den Tod Roys, seines Lieblingskindes, verantwortlich zu machen? Er hatte seine Söhne aufeinander gehetzt, ohne Jackson anzuerkennen, und zugelassen, dass er die Schuld für einen Mord auf sich nahm, den er nicht begangen hatte. Nein, Thomas Fitzpatrick war beileibe kein Heiliger, doch nur sehr wenige Menschen besaßen den Mut, ihm die Stirn zu bieten. Zu denen gehörte Carlie.

„Opfern Sie mir ein paar Minuten Ihrer Zeit?", bat er und berührte ihren Arm mit der Vertraulichkeit eines Lieblingsonkels.

„Ich wollte gerade gehen."

„Bitte, es wird nicht lange dauern. Es geht um Ihren Vater."

Sie erschrak. Was war mit Dad? Thomas würde ihn doch jetzt nicht entlassen, wo er sich gerade erholte. Trotzdem beschlich sie Furcht, als sie dem reichsten Mann von Gold Creek in die Küche folgte. Hier hielten sich nur einige Leute vom Partyservice auf, um die Platten zu befüllen.

„Ich weiß, dass es momentan schwierig ist für Thelma und Weldon", begann Thomas' mit Sorgenfalten auf der Stirn.

Carlie lehnte sich an eine der Arbeitsflächen. „Es ist hart. Dad fällt zu Hause die Decke auf den Kopf."

„Verständlich." Thomas Schlangenlächeln erschien, dessen Kälte Carlie bis in die Knochen spürte. „Er war mir für viele Jahre ein wertvoller Mitarbeiter."

Jetzt kommt es, dachte sie und hielt sich vorsorglich an der Arbeitsplatte fest.

„Es fällt mir nicht leicht, verstehen Sie mich bitte, und ich bin bereit, alles zu tun, um zu helfen. Aber ich kann seine Stelle nicht ewig unbesetzt lassen."

Gütiger Himmel.

„Ich bezweifle auch, dass Weldon das erwartet. Der Mann, der seinen Platz vorübergehend eingenommen hat, würde gern bleiben. Genau genommen fordert er eine gewisse Arbeitsplatz- sicherheit, und das ist ein durchaus nachvollziehbares Ansinnen, schließlich muss er eine Familie ernähren."

„Meinen Sie nicht, Sie sollten das mit meinem Vater bespre- chen?", entgegnete sie und konnte ihre Gereiztheit nicht ganz verbergen. Ihre Eltern waren nicht reich, auch sie brauchten die Arbeitsplatzgarantie, die Fitzpatrick Logging ihnen immer gege- ben hatte. Auf keinen Fall würden sie mit dem geringen Einkom- men und dem Trinkgeld, das ihre Mutter am Erfrischungsstand im Drugstore verdiente, ihre Rechnungen bezahlen können.

„Ich werde mich morgen mit Weldon unterhalten", stimmte Fitzpatrick ihr zu und strich sich mit einem seiner langen Finger über die Enden seines Schnurrbartes. „Sie müssen verstehen, dass es mir sehr schwerfällt, eine solche Entscheidung zu treffen. Ihr Vater könnte natürlich auch in Rente gehen …"

„Aber nicht mit vollen Bezügen."

Thomas seufzte. Die Sache schien ihm wirklich unangenehm zu sein. „Leider nein."

„Was soll er also tun?" Allmählich wurde sie richtig wütend.

„Sobald es ihm wieder besser geht, werde ich eine neue Arbeit für ihn finden – eine anständige Arbeit – in der Firma. Allerdings wird er nicht mehr die gleiche Verantwortung haben wie als Vorarbeiter."

„Oder das gleiche Gehalt."

Unter seinem teuren Anzug zuckte Thomas die Schultern. „Ich würde sie unterstützen."

Sie glaubte ihm kein Wort und verhehlte ihre Zweifel nicht. „Meine Eltern sind an Ihrer Wohltätigkeit nicht interessiert, Mr Fitzpatrick."

„Natürlich nicht." Ein zögerndes Lächeln erschien auf seinem Gesicht. „Der Grund, weshalb ich das alles hier zur Sprache bringe, ist der Jahresbericht des Unternehmens, der in einigen Monaten fällig ist. Wir haben die Fotos immer von Rory Jaeger machen lassen."

Bildete sie es sich nur ein, oder war da ein gewisser süffisanter Ausdruck in seinen kühlen blauen Augen? Sie erschauerte beinah, denn sie war überzeugt davon, dass er inzwischen jedes intime Detail aus ihrem Leben kannte.

„Ich habe vor langer Zeit für ihn gearbeitet."

„Soweit ich weiß, werden Sie wieder für ihn arbeiten."

Er wusste es also! Carlie fragte sich, ob es irgendetwas gab in Gold Creek, das Thomas Fitzpatrick nicht früher oder später zu Ohren kam. „Könnte sein, wenn alles klappt."

„Gut. Das habe ich gehofft. Ich möchte Sie bitten, die Fotos für den diesjährigen Bericht zu machen. Wir brauchen Fotos von den Holzfällerlagern, den Bäumen aus der Wiederaufforstung und Bilder von anderen Bereichen unseres Unternehmens – Ölquellen und solche Dinge."

„Haben Sie schon mit Rory darüber gesprochen?"

„Er bestand darauf, Ihnen den Auftrag zu geben, und angesichts der Situation Ihres Vaters hielt ich das auch für eine gute Idee."

Als hätte er jemals etwas Nobles getan. Es reizte sie, ihm zu sagen, er solle sich sein Unternehmen sonst wo hinstecken. Aber dafür war sie zu vernünftig. Und abgesehen davon befand sie sich nicht in der Position, einfach einen Job ablehnen zu können. Ganz egal, um welchen Auftrag es sich handelte.

„Was meinen Sie?"

Sie zögerte, dann sah sie ihm in die Augen. „Ich rufe Sie an, sobald ich meinen Laden eröffnet habe."

„Ich freue mich schon darauf", erwiderte Thomas freundlich und gab ihr seine Visitenkarte. Länger als nötig ließ er seinen Blick auf Carlie ruhen, und sie musste schlucken. Bildete sie sich das vielleicht nur ein? Er legte ihr die Hand auf die Schulter, als wollte er den Stoff ihres Kleides fühlen. Es war eine intime Berührung, deshalb trat sie einen Schritt zurück. „Richten Sie Ihrem Vater meine besten Grüße aus."

Er ging zurück ins Wohnzimmer zu seiner Frau und seiner Tochter. June versteifte sich, als er sie am Ellbogen berührte, und Toni sah ihn nicht einmal an.

Reichtum ist nicht gleichbedeutend mit Glück, dachte Carlie und tippte mit der Karte auf die Arbeitsfläche, froh, dass das Gespräch mit ihm vorbei war. Thomas Fitzpatrick mochte zwar einer der reichsten Leute in Gold Creek sein, aber er hatte bereits einen Sohn begraben. Sein zweiter lieferte sich den Rechtsstreit seines Lebens, und der dritte Sohn – der uneheliche – sprach nicht mit ihm. Blieb noch Antoinette „Toni" Fitzpatrick, hübsch und zierlich, mit dunkelblonden Haaren, blauen Augen und einer arroganten Art, die sie wohl nie ablegen würde.

Es hieß, Toni sei noch schlimmer als alle seine anderen Kinder zusammen.

Ja, man konnte Thomas getrost einen unglücklichen Mann nennen. Carlie steckte seine Visitenkarte ein und ging zur Hintertür hinaus.

Draußen war die Nacht still, und es schneite nach wie vor. Tausende kleiner Lichter erhellten den Pavillon und das Bootshaus und erzeugten ein Glitzern auf dem See. Irgendwo rief leise eine Eule.

Hier war es friedlich und ruhig. Wenn sie wollte, konnte sie all ihre Probleme mit ihrer Familie vergessen. Mit den Powells. Mit Thomas Fitzpatrick. Mit Ben. Ihre Miene verdüsterte sich bei dem Gedanken an ihn – attraktiv und ein bisschen steif in seiner Uniform. Ein Mann, der die Welt in schwarz und weiß teilte, falsch oder richtig, gut oder böse. Dazwischen gab es nichts für Ben Powell.

Sie drehte sich um in der Absicht, durch den überdachten Gang zu verschwinden, als sie ihn auf der anderen Seite des Pavillons entdeckte. Schnee sammelte sich auf seinen Schultern und in seinen Haaren.

„Du kannst dich einfach nicht losreißen, was?", meinte er, ohne seine Feindseligkeit zu verbergen.

„Ich wollte gerade gehen."

„Nach deiner kleinen Plauderei mit Fitzpatrick."

Sie warf einen Blick zurück zum Haus. Das Licht aus dem Küchenfenster bildete Vierecke im Schnee. Drinnen waren die Mitarbeiter vom Partyservice damit beschäftigt, die Tabletts zu beladen. Carlie konnte ihre Bewegungen so genau verfolgen, als befände sie sich noch in dem Raum. Offenbar hatte Ben sie zusammen mit Fitzpatrick gesehen. „Wir hatten geschäftliche Dinge zu besprechen."

Der Zug um seine Mundwinkel verriet Anspannung. „Der Typ bedeutet Ärger, Carlie."

„Ach, bist du jetzt fertig damit, mich zu beleidigen, und warnst mich stattdessen?"

Er zuckte die Schultern, als kümmere es ihn im Grunde nicht, doch seine Miene sagte etwas anderes.

„Tja, dasselbe könnte man von dir behaupten", konterte sie.

Mit einer Hand stützte er sich gegen eine Eiche mit winterlich kahlen Ästen und wischte den Schnee von der Rinde. „Ich fand nur, du solltest es wissen."

„Gewarnt ist gewappnet – ist das nicht ein altes Army-Sprichwort?"

„Nimm es, wie du willst", erwiderte er gereizt und kam ihr plötzlich bedrohlich nah. „Außerdem kann es dir egal sein, denn es hatte ganz den Anschein, als würdest du Thomas Fitzpatrick um den Finger wickeln."

„Ich kenne ihn gar nicht."

„Lange wird das aber nicht mehr auf sich warten lassen", prophezeite er in harschem Ton. „Ich habe ihn beobachtet, als er bei dir stand. Der hat Witterung aufgenommen, und ein Mann wie er bekommt für gewöhnlich auch das, was er will."

„Du bist verrückt." Thomas Fitzpatrick? An ihr interessiert? Absurde Vorstellung. Oder etwa nicht? Ihre Haut kribbelte.

„Pass einfach auf."

„Du meinst das ernst", stellte sie erstaunt fest.

„Absolut, und du solltest lieber aufwachen oder aufhören so zu tun, als wüsstest du nicht, was läuft."

„Er ist ein verheirateter Mann und alt genug …"

„… um dein Vater zu sein. Ich weiß. Na und? Er will dich, Miss Surrett. Die Frage lautet also: Schnappst du nach dem Köder oder nicht? Schickes Haus, all diese Unternehmen, mehr Geld, als du zählen kannst. Wie ist es, Carlie?"

„Du bist unglaublich."

„Sag mir das in ein paar Wochen. So wie ich die Sache sehe, wird Fitzpatrick sich bis dahin erneut an dich herangemacht haben."

Sie hob die Hand, als wollte sie ihn ohrfeigen, doch er hielt ihr Handgelenk fest. Seine Augen funkelten. „Denk nicht mal dran!"

„Du Mistkerl."

Ein sarkastisches Grinsen zeigte sich auf seinem Gesicht. „Jetzt kommen wir voran." Er ließ ihre Hand los.

Benommen entschied Carlie, den Kampf mit ihm auszutragen. Offenbar konnten sie nicht beide in dieser kleinen Stadt leben und sich aus dem Weg gehen. Abwägend musterte sie ihn. „Du musst mich nicht gleich hassen, Ben." Ihre Worte schienen über den See zu hallen. „Das gehört nicht zu den Regeln."

Ben verzog das Gesicht und sah sie scharf an. „Ich ..." Mit finsterer Miene, als sei er plötzlich zornig auf die ganze Welt, wich er zurück.

„Du was? Hasst mich?" Fast hätte sie gelacht. Doch innerlich war sie aufgewühlt von dem Gedanken, sie könnten – endlich – doch höflich miteinander umgehen. „Du hast eine merkwürdige Art, das zu zeigen." Sie schob die Hände in die Taschen und ging durch die winzigen Schneewehen zu ihren Füßen näher auf ihn zu. „Es wäre viel einfacher, wenn wir irgendwie miteinander auskommen würden."

„Das bezweifle ich."

„Du verachtest mich lieber."

Er fuhr sich durch die Haare und schob die Uniformmütze auf seinem Kopf gerade. „Es macht die Dinge einfacher."

„Das glaubst du doch selbst nicht", erwiderte sie und fühlte sich auf einmal mutig. Da lag Zorn in seinem Blick, aber auch noch etwas anderes. Zweifel? Leidenschaft? Erinnerte er sich an die Liebe damals zwischen ihnen? Sie fragte sich, was er von ihr halten würde, wenn er die Wahrheit wüsste – die ganze schmerzliche Wahrheit.

„Ich denke, dass es keine Rolle spielt."

„Wie lange wirst du in Gold Creek bleiben?"

Er wollte schwindeln und ihr antworten, dass er den nächsten Bus aus der Stadt nehmen würde. Aber eine solche Lüge würde sich irgendwann rächen. „Das weiß ich nicht."

„Ein paar Tage?" Sie trat noch näher. Zu nah. Er nahm den Duft ihres Parfüms in der kalten Luft wahr. „Eine Woche?" Ihr Gesicht vor seinem forderte ihn förmlich heraus, sie anzulügen. „Einen Monat?" Jetzt stand sie so nah vor ihm, dass er sah, wie sich die Weihnachtslichter in ihren Augen spiegelten.

„Warum ist das wichtig?"

„Ich habe mich nur gefragt, wie oft ich dir über den Weg laufen werde, und wie ich mich dann verhalten soll. Wie eine Fremde? Oder wie jemand, den du nur flüchtig kennst? Wie eine Freundin? Nein, das wäre nicht richtig, oder? Wir würden gegen die Regeln verstoßen." Ihre Nasenflügel bebten leicht. „Ich weiß", fuhr sie fort und strich sich die Strähnen aus dem Gesicht, die sich aus ihrem Zopf gelöst hatten. „Ich werde mich wie eine verlassene Exgeliebte aufführen. Du weißt schon, wie ein Mädchen, das seine Träume und Hoffnungen mit einem Jungen verband, den es liebte, nur um dann feststellen zu müssen, dass es ihm gar nichts bedeutet. Ja, genau, das ist es. Wie jemand, dem man zu Unrecht etwas vorgeworfen hat und der nicht die Chance hatte, sich zu verteidigen." Es gab noch mehr, was sie loswerden wollte, doch jeder Gedanke in dieser Richtung war gefährlich, machte sie verletzlich. Und das konnte sie sich momentan nicht erlauben.

Unwillkürlich mahlte er mit den Backenzähnen, und während Carlie ihn mit diesen blauen Augen anschaute, musste er sich zusammenreißen, um sie nicht zu berühren, sie an den Armen zu packen, um sie zu schütteln, auf dass sie zur Vernunft käme. Es kostete ihn Mühe, sie nicht zu küssen, lang und stürmisch, damit sie endlich den Mund hielt. Stattdessen drückte seine Miene Gleichgültigkeit aus, wie er es als Soldat gelernt hatte. „Du kannst dich ganz so verhalten, wie du willst", sagte er schließlich harsch und registrierte, wie sie blass wurde. „Du kannst tun, was du willst, denn es ist mir wirklich egal."

6. KAPITEL

Thomas Fitzpatrick schwenkte den Drink in seiner Hand, während er am Fenster in seinem Büro stand. Er nahm einen großen Schluck Scotch, und der Alkohol brannte vom Hals bis hinunter in den Magen. Es war Vormittag, Viertel nach zehn, zu früh für einen Drink, es sei denn zu besonderen Anlässen. Ein Geburtstag, Jubiläum, ein außergewöhnlich gutes Geschäft. Oder der Tag, an dem ein Mann seine Scheidungspapiere erhielt. Aus dem Augenwinkel betrachtete er die sauber getippten Dokumente irgendeines Spitzenanwalts aus San Francisco. James T. Bennington. Ein Tiger. Der Beste. June wollte Blut sehen.

Er trank sein Glas aus und schenkte sich gleich einen neuen Drink ein. Bei zwei Drinks war sein Limit. Er setzte sich an den Schreibtisch und sah auf die Scheidungspapiere. Damit war die Sache amtlich. Seine Frau hatte tatsächlich die Scheidung eingereicht. Sie besaß mehr Mut – und Stolz –, als er ihr je zugetraut hätte.

Die Scheidungspapiere zugestellt zu bekommen, war demütigend gewesen, wenn auch nicht überraschend. Seine Versöhnungsversuche mit June waren halbherzig gewesen. Sie hatten gerade eine Eheberatung absolviert und herauszufinden versucht, was sie mit dem Rest ihres Lebens anfangen wollten. All die Zeit und das Geld waren verschwendet. June wollte nicht mehr. Sie war der Geschäfte ihres Mannes und seiner Frauengeschichten überdrüssig.

Als Jackson Moore in die Stadt zurückgekommen war und herausgefunden hatte, dass Thomas sein Vater war, hatte es einen riesigen Aufruhr gegeben. Die Hölle war losgebrochen. Natürlich kannte June die Wahrheit, doch diese war stets ein gut gehütetes Geheimnis gewesen. Der Junge war im Ungewissen gelassen worden, und Thomas hatte seine lockere Affäre mit Sandra Moore, Jacksons aufreizender Mutter mit der freizügigen Moral, fortgesetzt. Er lächelte bei dem Gedanken an sie. Von allen seinen Geliebten hatte Sandra sein Herz am meisten berührt.

June hatte die Kraft gefunden, auszuziehen und die gemeinsame Tochter Toni mitzunehmen. Obwohl Toni alt genug war, um allein zurechtzukommen, wohnte sie noch zu Hause, hier in Gold Creek. Thomas' Baby, sein kleines Mädchen. Seine Prinzessin.

Thomas seufzte. Er konnte es seiner Frau wirklich nicht verübeln. Die Liebe zwischen ihnen war längst erloschen. Sandra Moore war weder seine erste Geliebte noch sie seine letzte gewesen.

Es hatte viele andere Frauen gegeben. Vollbusige schöne Frauen, die er auf Geschäftsreisen kennenlernte. Junge Frauen, die ein Interesse an ihm vorgaben, in Wahrheit jedoch eher von seinem Reichtum beeindruckt waren.

Den zweiten Drink trank er langsam und stellte das Glas auf den Tisch, während er tiefer in den Sessel rutschte. Das alte Leder knarrte.

Er dachte an Carlie Surrett. Himmel, die hatte sich in eine echte Schönheit verwandelt. Seine Finger bewegten sich an dem beschlagenen Glas langsam auf und ab. Schon vor Jahren war sie ihm aufgefallen, aber er zog die Grenze bei Mädchen im Teenageralter. Wenn er sich richtig erinnerte, war sie weggezogen wegen des Skandals mit dem älteren Powell-Sohn, Ken oder Conrad … nein, Kevin. So hieß er. Der hatte Selbstmord begangen – das nahm man zumindest an –, weil er Carlie liebte und sie mit ihm Schluss gemacht und dann etwas mit seinem jüngeren Bruder angefangen hatte. Das war dieser arrogante Junge, der später zur Army gegangen war. Es hatte Gerüchte wegen einer Schwangerschaft gegeben, doch niemand hatte etwas mit Sicherheit sagen können. Jedenfalls war Carlie nicht mit einem Kind im Schlepptau in die Stadt zurückgekommen.

An seinem Schnurrbart zupfend dachte er lange und gründlich nach, wie stets, wenn es um etwas ging, was er unbedingt haben wollte. Ohne dass ihm klar war, was er da tat, stand er auf, ging zur Bar und warf zwei Eiswürfel in sein Glas. Als er sein Spiegelbild erblickte, verdüsterte sich seine Miene. Das Alter schlich sich allmählich heran. Vor Jahren hatte er Roy nicht verlieren wollen, und jetzt wollte er nicht den Schmerz und die finanzielle Belastung einer Scheidung erdulden müssen. Er hatte gehofft, Jackson hätte ihm inzwischen verziehen, und insgeheim war er sogar davon ausgegangen, irgendwie an Turner Brooks' Ranch heranzukommen. Er hatte sogar versucht, seinem Neffen Hayden das Sägewerk abzujagen. Nichts hatte funktioniert. Anscheinend hatte er das glückliche Händchen verloren, das er einst besessen hatte.

Und nun wollte er Carlie. Sie war alt genug, und er würde schon bald Single sein. Nichts stand ihm im Weg. Es sei denn, sie war mit jemand anderem zusammen; das musste er noch herausfinden. Es würde nicht schwer sein, alles über sie in Erfahrung zu bringen.

Carlies Vater Weldon arbeitete für ihn als Vorarbeiter im Holzunternehmen. Guter Mann. Verlässlicher Arbeiter. Der Firma treu ergeben. Carlie war Weldons einzige Tochter, und er hatte es nicht gutgeheißen, als sie in die Großstadt aufbrach. Weldon hatte gemurrt, sie baue Luftschlösser, aber Thomas wusste, dass der Mann in erster Linie gekränkt war, weil seine einzige Tochter in die Großstadt verschwand.

Gerüchten zufolge war sie kurz verheiratet gewesen, aber auch dafür gab es keine Bestätigung. Bisher wusste Thomas nicht viel über sie, nur dass sie und Rachelle Tremont auf Jackson Moores Seite gestanden hatten, als es um den Mord an Thomas' ältestem Sohn Roy ging. Wie immer dachte er mit Trauer im Herzen an Roy. Wie er diesen Jungen geliebt hatte. Darin war er sich mit June einig. Er war so klug gewesen, so sportlich, und Thomas war überzeugt, dass es nichts gab, was Roy nicht hätte erreichen können.

Als Roy noch gelebt hatte, war June ein anderer Mensch gewesen. Seither war sie nur noch ein Schatten ihrer selbst. Und sie hatte bei Thomas' Affären nicht mehr weggesehen.

Nach Roys Tod hatte die ganze Familie begonnen auseinanderzufallen. Brian ... verdammt, Brian war nicht annähernd so wie Roy gewesen war, und dann hatte er auch noch dieses Flittchen Laura Chandler geheiratet, die ihn in die Ehefalle gelockt hatte. Jahre später stellte sich heraus, dass tatsächlich sie Roy umgebracht hatte.

Carlie Surrett hatte also recht gehabt, und zähneknirschend bewunderte Thomas ihre Prinzipien. Unter anderem. Mindestens ebenso sehr bewunderte er ihre langen Beine, die blauen Augen, ihr vollkommenes Gesicht. Kein Wunder, dass sie Model gewesen war. Sofort verspürte er ein rastloses Ziehen zwischen den Beinen, etwas, das er seit Langem nicht mehr empfunden hatte, und in seiner Fantasie verführte er Carlie auf seidenen Laken.

Es spielte keine Rolle, dass sie nicht einmal halb so alt war wie er. Sie war erwachsen, eine wundervolle Frau, und sie war Single, soweit er wusste. Es hieß, sie sei nicht wohlhabend, und ihr Vater arbeitete ja auch noch im Sägewerk, um über die Runden zu kommen.

Er faltete die akkurat getippten Unterlagen zusammen und verstaute sie in seiner Schreibtischschublade. Er beschloss, alles über Carlie und ihre Familie herauszufinden. Ihre Stärken und, noch wichtiger, Schwächen in Erfahrung zu bringen. Dann drückte er den Knopf seiner Gegensprechanlage und wies seine Sekretärin Melanie an, ihn mit Robert Sands zu verbinden, einem gerissenen Privatdetektiv. Für die richtige Geldsumme würde Sands jeden Stein umdrehen und jeden Dreck finden, den es bei den Surretts gab – Finanzen, uneheliche Kinder, Affären und andere Leichen, die man lieber im Keller ließ.

Zum ersten Mal an diesem Vormittag lächelte Thomas Fitzpatrick.

„Wir schicken einen Trupp vorbei, der den Schutt auf der Baustelle am See wegräumt." Ralph Katcher, Bens Vorarbeiter, griff in die Gesäßtasche seiner Jeans, holte die Blechdose mit dem Kautabak hervor und legte ein Bein auf den Tritt des Wohnwagens, in dem Ben das Büro seiner neuen Firma untergebracht hatte. Seit Nadines Hochzeit waren fast zwei Wochen vergangen – vierzehn Tage, seit er Carlie zuletzt gesehen hatte –, und seitdem hatte Ben sich in Arbeit vergraben, indem er sein Bauunternehmen in Schwung brachte. „Die Hardesty-Brüder suchen Arbeit, die kriegen hin, was noch zu tun ist.“

„So viel ist es nicht mehr.“ Ben stand auf und streckte sich. Seit Stunden hatte er hinter seinem alten Schreibtisch gesessen, und nun schmerzte sein Nacken. Er nahm die Kaffeekanne von der Wärmeplatte. „Nicht viel außer dem Schornstein. Ich war neulich erst da.“

„Überlass es Lyle und Lee. Glaub mir, die machen aus allem etwas. Außerdem arbeiten die Hardestys billig. Die besten Schrotthändler in der Gegend.“

„Alles klar. Noch Kaffee?“

Ralph schüttelte den Kopf und lachte in sich hinein. „Ich passe und gehe gleich lieber ein Bier trinken. Außerdem sieht die Brühe mittlerweile tödlich aus.“

„Ist sie auch“, meinte Ben, goss sie in einen angeschlagenen Becher und trank einen Schluck. Er verzog das Gesicht wegen des bitteren Geschmacks, stellte den Becher auf das Durcheinander aus Papieren auf seinem Schreibtisch und nahm wieder seinen Stift in die Hand. Ralph einzustellen war die beste Entscheidung gewesen, die Ben seit seiner Rückkehr nach Gold Creek getroffen hatte. Er arbeitete hart und war froh über den Job, weil er für eine Exfrau und einen Sohn zahlte. Außerdem hatte er Ben auf mehrere mögliche Aufträge aufmerksam gemacht.

Ralph zupfte etwas Tabak aus der Dose und schob ihn in den Mund.

Mit dem Stift zeigte Ben auf die Blechdose. „Das Zeug wird dich umbringen.“

„Stimmt, aber wenn es das nicht ist, dann irgendetwas anderes“, konterte Ralph und grinste, was braune Flecken auf seinen ansonsten sehr weißen Zähnen offenbarte.

„Da hast du wohl recht.“

„Was ist mit dem Haus in der Bitner Street? Mrs Hunters Haus.“

„Da haben wir grünes Licht. Ich verschaffe mir heute einen Überblick und sag dir dann Bescheid, was gemacht werden muss. Sie scheint zu wissen, was sie will.“

„Kleinigkeit für dich."

Ben bewegte den Kopf hin und her, was ein beunruhigendes Knacken im Nacken verursachte. „Ich werde morgen mit Fitzpatrick reden. Im Holzfällercamp liegen Reparaturarbeiten an." Ben widerstrebte es, den alten Thomas um Aufträge anzugehen. Seit er ihn auf Nadines Hochzeit mit Carlie gesehen hatte … der Stift knirschte zwischen seinen Fingern.

„Es wäre schön, ein bisschen mehr Geld aus diesem alten Geizhals herauszuquetschen." Ralph war etwas über ein Jahr ohne Arbeit gewesen, seit eine Rückenverletzung ihn seinen Job bei einer großen Baufirma gekostet hatte, die zum Teil Thomas Fitzpatrick gehörte. Seither hatte die Firma noch mehr Leute entlassen. Ralph konnte nicht zurück an seinen alten Arbeitsplatz, weil der gar nicht mehr existierte – die Firma war pleite. Seitdem hatte Ralph verschiedene Tätigkeiten ausgeübt. Er hatte als Zimmermann gearbeitet, Holz gehackt, sogar ganz allgemeine Gartenarbeit, bis er Ben bei einem Bier im Silver Horseshoe vorgestellt worden war. Sie wurden sich einig, und seitdem arbeitete Ralph für Ben. Er war froh über den Job, und Ben war überzeugt, in dem stämmigen Mann mit Bauch und Koteletten den besten Vorarbeiter weit und breit gefunden zu haben. Mehr konnte man nicht verlangen.

Ralph schnappte sich seine staubige Mets-Baseballkappe vom Regal neben der Tür und warf sich die Jeansjacke über die Schulter. „Tja, sieht aus, als bekämen wir zu tun."

„Das war der Plan."

„Du wirst von mir keine Beschwerden hören." Ralph trat aus dem Wohnwagen und lief zu seinem Pick-up.

Ben trank einen weiteren Schluck von seinem bitteren Kaffee, ehe er den Rest des üblen Gebräus ins Klo schüttete. Morgen früh würde er neuen kochen.

Er streckte sich so sehr, dass sein Rücken knackte, und dachte daran, Feierabend zu machen. Aber dann setzte er sich doch wieder in den durchgesessenen Drehstuhl an den Metallschreibtisch. Er sah ein paar Unterlagen durch und fragte sich, wann er den Zeitpunkt für gekommen halten würde, eine Sekretärin einzustellen. Jetzt jedenfalls noch nicht. Er nahm einen Umschlag und ließ den Scheck, der darin steckte, auf das Chaos auf seinem Schreibtisch fallen. Fünfzigtausend. Mehr Geld, als er je in seinem Leben gesehen hatte. Und er musste nicht einmal den Empfang bestätigen. Alles nur, weil er jetzt mit Hayden Monroe IV. verwandt war. Eigentlich sollte er es nicht annehmen, sondern das Stück Papier in einen neuen Umschlag stecken und zurückschicken. Nur war er zu vernünftig, um den Wert nicht zu erkennen. Immerhin handelte es sich um ein Friedensangebot vom Ehemann seiner Schwester.

„Ich will die Dinge aus der Vergangenheit, die zwischen uns stehen, aus dem Weg räumen", hatte Hayden zu ihm gesagt, als sie nach langen Flitterwochen von den Bahamas zurückgekommen waren.

„Das hatte nichts mit mir zu tun", hatte Ben erwidert.

Mit angespannter Miene hatte Hayden erklärt: „Das war meine Idee, nicht Nadines. Sie weiß nicht einmal davon."

„Sprich darüber mit meinem Vater, nicht mit mir."

Hayden sah ihn mit einem Blick an, der Stahl durchschneiden konnte. „Das habe ich, Powell. Nun ist es eine Sache zwischen dir und mir. Betrachte dieses Geld als Vorschuss oder als Darlehen oder als verdammtes Geschenk, es ist mir egal. Hauptsache, du baust Nadines Wochenendhaus wieder so auf, wie sie es möchte. Du kannst deinen Profit abziehen und mir den Rest irgendwann zurückzahlen." Haydens Ton ließ keinen Widerspruch mehr zu, und seine Nasenflügel – die Nase hatte Ben ihm Wochen zuvor beinah gebrochen – bebten vor Empörung.

Das Angebot war großzügig, und Ben konnte es kaum ausschlagen, also willigte er ein. Aber er ließ einen ordentlichen Vertrag aufsetzen, damit dokumentiert war, dass er Geld von Monroe geliehen hatte und diese Schuld innerhalb von vier Jahren begleichen würde.

Ben war in dem Glauben aufgewachsen, dass man sich alles in diesem Leben erarbeiten musste, deshalb würde er Hayden Monroes Geld nicht einfach annehmen, nur damit sein Schwager ein besseres Gewissen hatte. Dies war ein Geschäft. Und es barg die Chance, das Wochenendhaus seiner Schwester wiederaufzubauen, daher spielte auch Familienloyalität eine Rolle. Wie dem auch sei, je eher er die Schuld beglich, umso besser würde er sich fühlen.

Zufrieden füllte er den Einzahlungsbeleg für diesen neuen Auftrag aus und verstaute die Unterlagen in seiner Aktentasche. Sein Vater hatte ihn einen Narren genannt und Haydens Investition „Blutgeld". Vielleicht hatte George recht. Doch das war unwichtig. Dieses eine Mal würde Ben die Gans, die goldene Eier legt, nicht verjagen.

Ben hatte bescheiden begonnen. Diesen alten Wohnwagen hatte er von Fitzpatrick Logging für einen Spottpreis bekommen und im Gewerbegebiet aufgestellt. Das verwilderte Grundstück hatte er von einem Mann gekauft, der in Seattle wohnte und sich in der Gegend um Gold Creek irgendwann zur Ruhe setzen wollte. Wegen des Wirtschaftsabschwungs in Kalifornien hatte der Grundstücksbesitzer seine Pläne geändert und erleichtert an Ben verkauft. Sobald das Grundstück abbezahlt war, wollte Ben ein Bürogebäude errichten, aber das lag noch in ferner Zukunft. Zuerst brauchte er mehr Aufträge als den Wiederaufbau des Häuschens am See für seine Schwester oder die Renovierung des alten viktorianischen Hauses in der Bitner Street.

Bens Angebot für diese Arbeit hatte unter denen seiner Konkurrenten gelegen, denn er war hungriger und wollte eigenes Geld verdienen, statt Almosen von seinem Schwager zu erhalten. Mrs Hunter, die Hausbesitzerin, wollte das Gebäude modernisieren lassen, um es verkaufen zu können. Sie war eine schlitzohrige Person. Ihre Erdgeschosswohnung stand leer, und sie hoffte, Ben würde sie mieten. „Wir können etwas aushandeln", hatte sie vorgeschlagen. „Sie wohnen mietfrei und gewähren mir dafür einen Preisnachlass." Dazu hatte sie freundlich gelächelt und mit dem Kopf gewackelt, sodass ihre blaugrauen Locken wippten. Ben hatte jedoch abgelehnt, da er lieber ein wenig Distanz wahrte zu seinen Auftraggebern.

So leicht ließ Dora Hunter sich jedoch nicht abwimmeln. „Überlegen Sie es sich", hatte sie bei ihrer letzten Begegnung gebeten. „Es könnte sehr praktisch sein, und vielleicht mache ich Ihnen ein Angebot, das auszuschlagen ziemlich dumm wäre."

Ben erkannte, dass sich hinter der großmütterlichen Fassade mit den Apfelbäckchen und der randlosen Brille eine gerissene Geschäftsfrau mit einem ausgeprägten Willen verbarg. Mit ihren achtundsiebzig Jahren hatte Mrs Hunter kein Interesse mehr daran, sich mit den Problemen herumzuschlagen, die der Besitz und die Verwaltung eines Wohnhauses mit sich brachten. Sie wollte sich lieber in Palm Springs niederlassen, wo sie näher bei ihrer Tochter und ihrem nichtsnutzigen Schwiegersohn wäre. Sie vertraute sich Ben an, als sie den Vertrag für die Renovierung machten. „Er ist ein Taugenichts, aber Sonja liebt ihn, also ist es völlig egal, was ich von ihm halte. Außerdem sind da noch die Enkelkinder …" Sie schnalzte mit der Zunge. „Kaum zu glauben, dass dieser Kerl imstande gewesen sein soll, diese wundervollen Jungs zu zeugen. So …" Sie legte den Stift hin und schüttelte Ben die Hand. „Sieht aus, als wären wir uns einig, Mr Powell."

„Ben." Ihr Griff war erstaunlich fest.

„Nur wenn Sie mich Dora nennen."

„Abgemacht."

So kam Bens erster echter Auftrag zustande, und das fühlte sich sehr gut an, auch wenn er dabei nicht gerade viel verdienen würde. Er bekam die Chance, sich zu bewähren, und wenn Mrs Hunter – Dora – mit der Qualität seiner Arbeit zufrieden war, würde sich das herumsprechen. In einer Kleinstadt wie Gold Creek war Mundpropaganda wertvoller als teure Werbeanzeigen.

Die Hunter-Apartments und Nadines Wochenendhaus waren nur der Anfang seines Plans. Ben rechnete sich gute Möglichkeiten in Gold Creek, Coleville und den umliegenden Gemeinden aus. Er wollte sich auf das Renovieren von Häusern spezialisieren statt auf Neubauten. Viele Häuser in Gold Creek hatten Charme und Geschichte, entbehrten jedoch jeglichen modernen Komforts. Die meisten kommerziellen Gebäude im

Stadtzentrum waren Anfang des letzten Jahrhunderts gebaut worden. Sie waren zwar attraktiv und nett anzusehen, benötigten aber neue Stromleitungen, moderne Sanitärinstallationen, Wärmedämmungen, neue Heizungen und Klimaanlagen oder allgemeine Verschönerungen.

Ben war entschlossen, Arbeit zu finden, selbst wenn er dafür seinen Stolz überwinden und seine Dienste Fitzpatrick Loggings anbieten musste. Allerdings wurmte ihn diese Vorstellung schwer.

Er schloss den Wohnwagen hinter sich ab. In der Army hatte er das Bauhandwerk gelernt und später genügend Collegekurse belegt, um seinen Abschluss als Bauingenieur zu machen.

Jetzt brauchte er nur noch ein paar große Aufträge, um das Unternehmen richtig in Gang zu bringen. Hayden Monroe hatte für den ersten gesorgt. Dora Hunter für den zweiten. Es war nur eine Frage der Zeit, dann konnte er sich selbst ein Haus kaufen in der Stadt, eine Frau finden und vielleicht eine Familie gründen ... Gedanken an Carlie drangen in diese behaglichen kleinen Träume, und er sah wütend zum Himmel hinauf. Warum konnte er sie nicht vergessen? Seit dem Tag von Nadines Hochzeit, als er sie am See durch das Fernglas gesehen hatte, konnte er nicht mehr aufhören, an sie zu denken. Sie war ständig in seinem Kopf, morgens, mittags und abends.

Am schlimmsten sind die Nächte, dachte er auf dem Weg über den Schotterplatz zu seinem Pick-up. In der vergangenen Woche hatte er sich abwechselnd schlaflos umhergewälzt oder kalt geduscht. Ob er es sich nun eingestehen wollte oder nicht, Carlie Surrett hatte sich erneut in sein Herz geschlichen.

Aber nicht für lange. Sie war definitiv nicht die Art von Frau, mit der er den Rest seines Lebens verbringen wollte. Ein temperamentvolles New-York-Model, eine welterfahrene Fotografin, eine Künstlerin. Nein, die Frau, der er einen Heiratsantrag machen würde, musste schlichter sein, geboren und aufgewachsen in dieser kleinen Stadt. Ihr Ehrgeiz sollte sich darauf beschränken, ein paar Kinder zu haben und das Leben zu genießen. Ihm war bewusst, dass es ein antiquiertes Bild der amerikanischen Familie war, aber genau solch eine Familie wünschte er sich, seit er die Army verlassen hatte.

Für Carlie war einfach kein Platz in seinem Leben.

Außerdem war sie nun einmal die letzte Frau, die er begehren sollte. Er musste sich bloß an diese grauenhafte Nacht zurückerinnern, in der Kevin ums Leben gekommen war …

„Nicht", warnte er sich und bemerkte die ersten dicken Regentropfen.

Leise fluchend warf er seine Aktentasche auf den Sitz des alten Pick-ups und startete gerade den Motor, als er den Hund entdeckte. Es war ein staubiger schwarzer Schäferhund, der ein Stück vom Wohnwagen entfernt lag. Ben zögerte, denn er ahnte, dass das nur für zusätzlichen Ärger sorgen würde. Trotzdem stieg er aus, während der Motor weiter im Leerlauf lief, und pfiff leise.

Die Ohren des Hundes richteten sich auf, und dann knurrte er.

Ben sank auf ein Knie redete mit sanfter Stimme auf das Tier ein.

Der Hund fletschte die Zähne.

„So gewinnt man aber keine Freunde", sagte Ben.

Der Hund reagierte nicht.

„Na komm schon, Junge." Vorsichtig näherte Ben sich und beobachtete den Schäferhund, immer bereit, schnell zurückzuweichen, sollte sich der Hund auf ihn stürzen. „Na, was haben wir denn hier?", fragte er, während der Hund weiterhin knurrte. Der Schäferhund versuchte aufzustehen, stolperte, und Ben sah Blut, eine klebrige rote Lache unter dem Bauch des Tieres. Mit erstaunlicher Geschwindigkeit griff der Hund an und schnappte nach Ben, sodass er zurückspringen musste. Und jetzt? Er konnte das Tier ja schlecht sterbend hier liegen lassen.

In dem Bewusstsein, vermutlich einen Fehler zu begehen, stieg er in den Wagen, fand seine Lederhandschuhe, ein Seil und eine dicke Lederjacke. Dann warf er eine alte Decke auf die Ladefläche und näherte sich erneut dem Hund, während er eine Schlinge in das Seil machte.

„Na schön, mal sehen, was du hast, mein Junge", sagte er.

Wieder griff das Tier an, doch diesmal war Ben vorbereitet. Er wich den scharfen Zähnen aus, stülpte dem Hund die Schlinge über den Kopf und rief laut: „Aus!"

Das Tier erstarrte.

„Sitz!"

Der Hund blieb, wo er war.

„Das ist schon besser." Ben improvisierte mit dem Seil einen Maulkorb. Dabei biss ihn der Hund in den Ärmel. „Du bist ein Mistkerl", meinte er stöhnend, genoss den kleinen Kampf jedoch auch. „Ich werde gewinnen. Ob es dir passt oder nicht, ich bringe dich zum Tierarzt, der dich nähen wird, damit du den nächsten Trottel beißen kannst, der sich um dich kümmern will."

Vorsichtig trug er den zappelnden, knurrenden Hund zum Pick-up und legte ihn auf die Decke. „Ruhig!", befahl Ben, aber das war unnötig. Der Hund war zu schwach, um aufzustehen oder vom Wagen zu springen. Ben setzte sich hinters Lenkrad, schaltete die Scheibenwischer ein, legte den Gang ein und fuhr in die Stadt. Er hoffte, dass sich Dr. Vance' Tierarztpraxis nach wie vor am westlichen Ende der Stadt befand.

Was war eigentlich los mit ihm? Seit er zurück in Gold Creek war, schien er sich auf einer Art Kollisionskurs mit dem Schicksal zu befinden. Zuerst der Kampf mit Hayden Monroe, dann der Schlamassel mit Carlie und nun der Hund. Ein weiteres Problem, das er nicht brauchte.

Carlie rieb sich den verspannten Nacken. Sie hatte einen langen Tag in der Dunkelkammer hinter sich und konnte es kaum erwarten, nach Hause zu kommen, eine heiße Dusche zu nehmen und es sich mit einem guten Buch sowie einem Glas Wein gemütlich zu machen.

Kurz bevor sie das Studio verlassen hatte, hatte sie Thomas Fitzpatrick angerufen und sich einverstanden erklärt, die Fotos für den Jahresbericht des Holzunternehmens zu machen. Allerdings fühlte es sich an, als hätte sie gerade dem Teufel ihre Seele verkauft. Dabei bot der Mann ihr doch wirklich nur einen Job an und hatte keine größere Sünde begangen. Wie versprochen hatte er ihren Vater aufgesucht und Weldon die Nachricht überbracht, dass seine Stelle neu besetzt werden würde. Ihr Vater, immer schon ein stolzer Mann, war deswegen nicht zusammengebrochen. Tatsächlich war er dankbar gewesen, dass Fitzpatrick ihm versprach, einen anderen Posten für ihn zu finden, sobald Weldon fit genug wäre, vier oder fünf Stunden täglich im Unternehmen zu arbeiten. „Sie können so viele Stunden arbeiten, wie Sie wollen", versicherte Thomas ihm und klopfte ihm dabei auf den Rücken. „Die Firma ist ohne Sie nicht mehr dieselbe."

Ihr Vater hatte die Neuigkeit äußerlich tapfer aufgenommen, doch Fitzpatricks einstudiertes Lächeln und sein Charme hatten Carlie beunruhigt. Sie erinnerte sich daran, dass er einst vorgehabt hatte, in der Politik Karriere zu machen, und sie hatte nicht mehr Vertrauen zu ihm als zu einer Königskobra. Er war ein aalglatter Typ. Und dann war da noch der Skandal um Jackson.

Warum also machte sie Geschäfte mit ihm? Des Geldes wegen. Schlicht und einfach. Für den Fall, dass der Mistkerl ihren Vater angelogen hatte.

Was Bens Andeutungen bezüglich Thomas Fitzpatrick betraf, so lag er einfach falsch. Sie hatte sich mehrmals mit ihm unterhalten, stets wachsam und auf der Hut, doch jedes Mal hatte er sich wie ein Gentleman benommen. Ben hatte sich also geirrt.

Er hatte bei vielen Dingen falsch gelegen. Düster fragte sie sich, ob er eigentlich geahnt hatte, dass er beinah Vater geworden wäre … Rasch verdrängte sie diese schmerzlichen Gedanken wieder.

Sie fuhr zur Wohnung ihrer Eltern und brachte ein Lächeln zustande, als sie die Tür öffnete. „Hallo! Ich dachte, ich schaue mal vorbei …" Sofort spürte sie, dass etwas nicht stimmte, und verstummte.

„Carlie?" Die Stimme ihrer Mutter bebte leicht, als sie mit schnellen Schritten die Treppe herunterkam. Ihre Miene wirkte angespannt, und sie sah aus, als hätte sie geweint.

„Was ist los?", wollte Carlie mit pochendem Herzen wissen.

„Dem Himmel sei Dank, du bist da." Thelmas Stimme brach nun endgültig, und sie blinzelte heftig gegen die aufsteigenden Tränen an. „Dein Vater ist im Krankenhaus."

„Im Krankenhaus?", flüsterte Carlie voller Furcht.

„Er fühlte sich wieder benommen. Du weißt schon, es war nicht das erste Mal, und er konnte sich nicht gut bewegen, deshalb rief ich sofort den Krankenwagen, und der brachte ihn ins County General ... O Carlie, es war schrecklich. Ich bin für einige Stunden bei ihm geblieben, aber dann hat der Arzt mich nach Hause geschickt, weil ich ohnehin nichts mehr tun konnte. Ich wollte ihn nicht allein lassen ..." Erneut brach ihre Stimme, und Carlie drückte ihre Mutter fest an sich.

„Alles wird gut", flüsterte Carlie und hoffte auf das Beste. Aber sie wusste, wie hohl ihre Worte klangen.

„Sie meinen, es könnte ein Schlaganfall gewesen sein – ein größerer. Gütiger Himmel, ich kann mir deinen Vater nicht behindert vorstellen. Das würde ihn ganz sicher umbringen."

„Ach komm schon, Mom, so darfst du nicht denken", versuchte Carlie, sie zu trösten. Insgeheim aber dachte sie entsetzt: ein Schlaganfall?

Thelma schniefte und versuchte ein Lächeln, was ihr kläglich misslang. „Ich habe versucht, dich anzurufen, aber da warst du schon weg."

„Was hat der Doktor gesagt? Was genau?"

„Eine ganze Menge Sachen, die ich nicht verstanden habe." Mit dem Handrücken wischte Thelma sich die Tränen aus den Augen. „Zusammengefasst hat er gesagt, dass dein Vater nicht mehr in unmittelbarer Gefahr schwebt, was immer das heißen mag."

„Na ja, das klingt doch schon mal ermutigend."

„Da bin ich mir nicht so sicher." Noch immer völlig aufgelöst knetete Thelma ihre Hände und ging mit Carlie in die Küche. „Sie haben noch mehr Tests gemacht und den armen Weldon richtig geschafft mit all dem Blutabnehmen und den Untersuchungen." Sie verstummte und sah aus dem Fenster, hinaus in den verregneten Winterabend. „Jetzt können wir nur noch beten."

Carlies Mut sank. Ihr Vater konnte doch nicht ernsthaft krank sein, oder? Er war stets so stark und agil gewesen, ein echter Kerl eben. Und nun war er schwach und krank?

„Komm schon, Mom", sagte sie benommen. „Schauen wir mal, wie es ihm geht, und dann spreche ich mit den Ärzten. Wenn wir dann zu dem Schluss kommen, dass wir ihn allein lassen können, lade ich dich zum Essen ein."

„Das musst du nicht …"

„Sei nicht albern, Mom. Ich will es. Jetzt hol deinen Mantel."

Thelma widersprach nicht, und Carlie scheuchte sie hinaus zum Jeep. Die Fahrt zum Krankenhaus dauerte weniger als dreißig Minuten, und während der gesamten Zeit dachte Carlie an ihren Vater und flehte ihn stumm an, doch bitte durchzuhalten und so stark zu sein, wie er es einst war.

Sie hatte sich stets auf ihren Vater verlassen. Wann immer sie in Schwierigkeiten geraten war, hatte sie sich an ihn gewandt und auf seinen Rat gehört. Er hatte einen freundlichen, ausgeprägten Charakter, war nicht übermäßig gebildet, verfügte aber stattdessen über reichlich Lebenserfahrung, und sie bewunderte ihn. Selbst wenn sie stritten, was in ihrer Teenagerzeit nicht gerade selten vorgekommen war, hatten sie nie den Respekt voreinander verloren.

Nicht ihre Mutter, sondern er war verletzt gewesen, als sie Gold Creek den Rücken kehrte. Er hatte ihr in jenen ersten Monaten, als sie in Manhattan hungerte, Schecks geschickt, ein „kleines Extra, um über die Runden zu kommen". Und das, obwohl er verstimmt war wegen ihrer Entscheidung, nach New York zu ziehen. Die Idee, dass sie als Model arbeiten wollte, hatte ihm nie behagt – für ihn hieß das nur, dass seine Tochter sich leicht bekleidet fotografieren ließ. In gewisser Weise fühlte er sich persönlich getroffen. Trotzdem war er weiterhin für Carlie da gewesen, wenn sie sich an seiner starken Schulter ausweinen wollte. Umso erstaunter hatte er ihre beginnende Unabhängigkeit zur Kenntnis genommen.

Ihre Liebe zu Ben hatte er nicht gutgeheißen. Schon vor Jahren hatte er sie vor den beiden Powell-Jungen gewarnt. Sie hatte ihn ignorierte, doch als sich gezeigt hatte, wie recht er gehabt hatte, war er nie darauf herumgeritten. Selbstverständlich hatte er nicht gewusst, dass sie schwanger war, als sie Gold Creek verließ. Dieses kleine Geheimnis gehörte ihr ganz allein.

Ihr Vater war gekränkt gewesen, als sie spontan geheiratet hatte. Doch er hatte sich wirklich Mühe gegeben, seinen neuen Schwiegersohn zu mögen, obwohl er ihm erst einmal vorher begegnet war und Paul sich übellaunig benommen hatte. Als die Ehe scheiterte, verlor er kein Wort darüber, dass er es ihr prophezeit hatte.

O Dad, dachte sie jetzt verzweifelt, bitte stirb nicht. Sie brauchte ihren Vater immer noch. In den vergangenen Monaten hatte sie sich eingeredet, sie sei nach Gold Creek zurückgekehrt, um ihm beizustehen. Dabei war sie diejenige gewesen, die Hilfe brauchte bei der Beantwortung der Frage, was sie mit dem Rest ihres Lebens anfangen sollte.

Nur eines war sicher. Es wurde Zeit, mit dem Weglaufen aufzuhören. Zeit, sich der Vergangenheit zu stellen. Zeit, sich zu versöhnen. Zeit, ein neues Leben zu beginnen. Zeit, ihrem Vater zu sagen, dass sie ihn liebte, und sich den ungeklärten Dingen in ihrem Leben zu widmen. Besonders dieser einen Sache, die ihr nach wie vor mit ungeminderter Kraft zu schaffen machte: ihren Gefühlen für Ben.

Nur konnte sie gerade jetzt, wo ihr Vater mit dem Tod rang, nicht an ihn denken. Sie parkte den Cherokee in der Nähe des Eingangs der Notaufnahme, stieg aus und lief gemeinsam mit ihrer Mutter mit hochgezogenen Schultern durch den Regen und versuchte, den Pfützen auf dem Asphalt des Parkplatzes auszuweichen.

Im dritten Stock, in einem Doppelzimmer, lag Weldon Surrett mit aschfarbenem Gesicht im Bett. Er schlief und atmete dabei mühsam. Seine linke Seite sei gelähmt, hatte der behandelnde Arzt erklärt, mit dem Carlie zuvor gesprochen hatte.

„Dad?", flüsterte Carlie, und er öffnete blinzelnd die Augen. Offensichtlich brauchte er einen Moment, bis er sie erkannte, doch dann lächelte er. „Wie geht es dir?"

„Prima", erwiderte er, obwohl er gleich husten musste und seine Stimme belegt klang.

„Du hast uns beiden einen ziemlichen Schreck eingejagt."

Er lachte in sich hinein und hustete erneut. „Das hält euch auf Trab."

„Na klar." Sie nahm seine Hand und hielt sie fest zwischen ihren Händen. Sein Griff war schwach, aber er war immer noch der Mann, der sie mit tiefer Stimme singend hochgehoben und herumwirbelt hatte, wenn er abends von der Arbeit gekommen war. Er hatte dann nach Rauch und frischer Luft gerochen und sie gedrängt, mitzusingen, während ihre Mutter kopfschüttelnd bemerkt hatte, sie seien beide albern.

„Ich nehme nicht an, dass du mir ein Bier mitgebracht hast?"

„Diesmal nicht."

„Was zu rauchen?", fragte er hoffnungsvoll.

„Der Doktor würde mich umbringen. Außerdem dachte ich, du hast es vor Jahren aufgegeben."

„Ohne Rauchen ist es nicht mehr das Gleiche", erwiderte er. „Aber ich begnüge mich auch mit Kautabak, falls du welchen dabei hast."

„Als trüge ich ständig eine Dose Tabak mit mir herum", gab sie lächelnd zurück.

„Heute wäre das nicht schlecht gewesen", brachte er mühsam hervor.

„Nicht reden", ermahnte sie ihn und hielt weiter seine Hand. „Schlaf wieder. Wir bleiben noch ein bisschen bei dir."

„Tut mir leid, dass ich momentan lausige Gesellschaft bin."

Es schnürte Carlie die Kehle zu. „Du bist sehr angenehme Gesellschaft, Dad. Warst du immer."

Er drückte ihre Finger, ehe er erneut die Augen schloss. Carlie kämpfte gegen die Tränen. „Ich hab dich lieb", flüsterte sie, und er drückte ein weiteres Mal ihre Hand, ließ die Augen aber zu.

Sie warteten, bis er eingeschlafen war, dann fand Carlie, es sei an der Zeit, noch einmal in Ruhe mit dem Arzt zu sprechen. Wie sich herausstellte, hatte ihr Vater tatsächlich einen „leichteren" Schlaganfall gehabt, der jedoch stärker gewesen war als die kleineren vorangegangenen. Die Ärzte hofften jedoch, dass er nach einer Ruhephase, neuen Medikamenten und intensiver Physiotherapie weitgehend wiederhergestellt sein würde. Doch nachdem sie ihren Vater so geschwächt gesehen hatte, glaubte sie nicht mehr daran. Und das machte ihr schreckliche Angst.

Ben saß am Computer – ein Luxus, den er sich gegönnt hatte – und arbeitete mit den Entwürfen, die Nadine angefertigt hatte. Anfangs hatte sie das Wochenendhaus so wiederaufbauen lassen wollen, wie es gewesen war. Aber in ihrer Meinung, dass Nadine etwas Moderneres brauchte, waren Hayden und Ben sich zum ersten Mal seit Jahren einig gewesen. Zwei Badezimmer statt nur einem, außerdem mehrere Schlafzimmer. Der Dachboden würde bleiben, aber darüber hinaus bekäme sie eine große Küche und einen Kamin, der gleichzeitig als Raumteiler fungierte und von beiden Räumen – der Küche mit dem anschließenden Esszimmer sowie dem Wohnzimmer – zu sehen war.

„Anscheinend bin ich überstimmt", hatte sie nur gemeint und dabei leicht gereizt geklungen.

„Es ist einfach praktischer so", hatte Ben erklärt.

„Aber mir gefiel es so, wie es war."

„Mir auch." Hayden hatte seiner Frau den Arm um die Taille gelegt und sie auf die Wange geküsst. „Der Grundriss bleibt mehr oder weniger, es wird nur ein wenig moderner."

„Du bekommst sogar einen Wäscheraum, wenn du willst", hatte Ben angeboten.

„Und ein Nähzimmer mit Platz für deine Maschine und deinen Tisch …"

„Okay, okay! Ihr habt mich überzeugt", hatte sie ohne das geringste Lächeln verkündet. „Aber ich zeichne die Zimmeraufteilung."

Und deshalb brütete Ben nun über ihren Zeichnungen. Er glich die Größe der Zimmer an, zeichnete Stützbalken ein, das sanitäre System, die Elektrik und berücksichtigte dabei das Gefälle des Grundstücks sowie den üblichen Grundwasserpegel, außerdem noch eine Million anderer Dinge, die bedacht werden mussten, bevor die Gemeinde Nadines Pläne genehmigen würde.

Gegen Mittag war er steif vom vielen Sitzen, deshalb fuhr er in die Stadt zum Buckeye Restaurant and Lounge. Das Lokal hatte sich in den Jahren, in denen er fort gewesen war, nicht verändert. Die Sitzbänke waren immer noch mit glatt gescheuertem Kunstleder bezogen.

„Ben Powell!" Tracy Niday in ihrem Gingankleid mit brauner Schürze legte die in Kunststoff eingeschweißte Speisekarte vor ihn auf den Tisch. Natürlich hatte er gewusst, dass Tracy in der Stadt war; Nadine und sein Vater hatten ihm geschrieben, als er seinen Militärdienst geleistet hatte. Nur schwer hatte sie Kevins Tod verwinden können, und drei Wochen nach diesem tragischen Ereignis hatte sie die Bombe platzen lassen: Sie war schwanger von Kevin. Ben hatte Gold Creek schon verlassen, als Tracy seinem Vater die Neuigkeit mitteilte.

Acht Monate nach Kevins Begräbnis hatte sie einen gesunden Jungen zur Welt gebracht. George hatte ihr ein wenig unter die Arme gegriffen, da ihre eigene Familie sie praktisch fallen lassen hatte. Inzwischen lief es für sie deutlich besser, zumindest hatte Nadine es Ben so erzählt. In der Woche arbeitete Tracy bei der Bank, und an den Wochenenden absolvierte sie ein oder zwei Schichten im Buckeye.

Sie kam an seinen Tisch zurück, drehte den Kaffeebecher um und schenkte ihm aus einer bauchigen Glaskanne ein. „Randy würde dich gern kennenlernen", sagte sie, nachdem sie die Kanne auf den Tisch gestellt und ihren Block gezückt hatte.

Randy war ihr Sohn. Sein Neffe. Sofort bekam er ein schlechtes Gewissen. „Na klar. Jederzeit."

„Meinst du das ernst?"

„Ruf mich einfach an." Er zog seine Visitenkarte aus der Brieftasche und gab sie ihr. „Ich würde Kevins Sohn auch gern kennenlernen."

Eine Sekunde lang glaubte er, sie würde anfangen zu weinen. Ihre braunen Augen glänzten, und sie räusperte sich, ehe sie seine Bestellung entgegennahm und dann zu den Gästen am nächsten Tisch weiterzog.

Tracy hatte nie geheiratet, obwohl sie laut Nadine mehrere ernste Beziehungen gehabt hatte. In den vergangenen zehn Jahren hatte sie sich vor allem um ihren Jungen gekümmert und an ihrer Karriere gearbeitet. Sie war hübsch, eine von diesen Frauen, die mit zunehmendem Alter immer besser aussahen.

Sie kam wieder an Bens Tisch, unterhielt sich mit ihm, lachte und scherzte, lächelte ein bisschen mehr als bei den anderen Gästen, während sie ihm ein Schinkensandwich, Kartoffelsalat und eine knackige Gewürzgurke servierte.

„Mach dich nicht so rar", meinte sie, als er den letzten Schluck aus dem Becher trank, den nachzufüllen sie nicht müde wurde.

„Werde ich nicht." Er ließ ein anständiges Trinkgeld auf dem Tisch liegen und winkte zum Abschied. Draußen versuchte eine schwache Wintersonne, die Wolken zu durchbrechen, und die Pfützen vom letzten Schauer schimmerten im blassen Licht. Ben stieg in seinen Pick-up und fuhr zum Tierarzt, wo man ihm mitteilte, der Schäferhund befinde sich, obwohl dehydriert und mangelernährt, auf dem Weg der Besserung. Die Bauchwunde war vermutlich das Ergebnis eines Kampfes mit einem anderen Hund oder einem Wildtier. Der Hund hatte zwar viel Blut verloren, aber er würde durchkommen.

„Ich habe herumtelefoniert", sagte Dr. Vance und putzte seine Brille mit dem Aufschlag seines Kittels. „Bei keinem der Tierheime oder Tierärzte in der Gegend haben sich besorgte Besitzer gemeldet. Ich habe sogar mit der Polizei gesprochen. Der Hund hat ein Halsband, aber keine Marke, also ist seine Herkunft nicht festzustellen." Der Arzt tätschelte den Kopf des benommenen Tieres. „Ich nehme aber an, es handelt sich um ein reinrassiges

Tier, das jemandem gehört hat. Er ist kastriert und hat innerhalb des letzten Jahres eine Zahnreinigung bekommen. Und sehen Sie sich das hier an." Er zeigte Ben eine Pfote des Hundes. „Die Krallen wurden geschnitten, ganz ordentlich, also müssen wir uns wegen Tollwut wohl keine Sorgen machen. Trotzdem würde ich ihn impfen lassen."

„Falls ich mich dazu entschließe, ihn zu behalten."

Der rundliche Tierarzt grinste, wodurch ein Goldzahn zum Vorschein kam, der im Licht der Deckenbeleuchtung funkelte. „Sie haben hier schon eine ziemliche Arztrechnung in den Hund investiert." Erneut tätschelte er den Kopf des Tieres, und der Hund gähnte. „Außerdem braucht jeder Junggeselle einen Hund. Damit man jemanden hat, der auf einen wartet, wenn man nach Hause kommt, und jemanden zum Reden. Glauben Sie mir, ein Hund ist besser als eine Ehefrau. Dieser Schäferhund gibt jedenfalls keine Widerworte."

„Das habe ich gehört", rief Lorna, die Gattin und Sprechstundenhilfe des Doktors aus dem hinteren Zimmer.

„Hast du mal wieder gelauscht?", gab er zurück.

„Deine Meckerei ist ja kaum zu überhören."

Dr. Vance verdrehte die Augen und formte mit den Lippen lautlos das Wort „Frauen", als sagte das alles.

Ben stimmte zu, den Hund impfen zu lassen, und bezahlte die Rechnung. Er musste seine Geduld zusammennehmen, um nicht beleidigt zu sein, als der Hund ihn anknurrte. „Na schön, Attila", sagte er und führte das Tier hinaus zu seinem Pick-up. „Wenn du mich während der Fahrt anknurrst, schmeiße ich dich auf der Stelle raus." Der Hund schnaubte, als Ben ihn auf die Sitzbank hievte. Aber er fletschte weder die Zähne noch versuchte er, Ben zu beißen, was schon ein erheblicher Fortschritt war, verglichen mit ihrer ersten Begegnung.

„Nur damit das klar ist", sagte er, als könnte das Tier ihn verstehen. „Ich will keinen Hund."

Ben setzte sich ans Steuer und dachte an Dr. Vance' weise Worte über die Ehe. Vance scherzte wahrscheinlich nur, denn er war schon ewig verheiratet.

Ben war längst zu der Einsicht gelangt, dass er eine Frau brauchte – allerdings nicht Carlie Surrett. Dennoch zog sich in ihm alles zusammen bei dem Gedanken an ihre klaren blauen Augen, die vollen schwarzen Haare und das intelligente Lächeln.

Er begehrte sie. So einfach war das. Er konnte versuchen, es vor sich selbst zu leugnen, sooft er wollte. An der Wahrheit änderte es nichts. „Verdammt", murmelte er und schlug auf das Armaturenbrett. Der Hund knurrte missbilligend, was Ben ignorierte.

Sein gemietetes Haus lag etwas außerhalb der Stadt. Drinnen bot er dem Hund Wasser und Futter an und legte ihm eine Decke in den Wäscheraum. Er musste sich mit einem der Männer treffen, die den Schutt auf Nadines Baustelle beseitigten, anschließend hatte er bei der Hunter-Villa zu tun. Er würde sich später überlegen, was er mit dem Hund anfangen sollte.

Was Carlie anging – da hatte er nicht die leiseste Ahnung, wie es weitergehen würde.

Carlie war todmüde. In den vergangenen Nächten hatte sie etliche Stunden im Krankenhaus zugebracht, entweder bei ihrem Vater oder im Gespräch mit den Ärzten, die ihn behandelten. Weldon Surrett hatte zwar einen leichten Schlaganfall erlitten, aber er würde sich erholen. Seine Aussprache hatte sich bereits verbessert, und den linken Arm sowie die Hand konnte er teilweise wieder benutzen. Er war frustriert und griesgrämig, aber wenn er seinen Lebensstil änderte, indem er cholesterinhaltiges Essen mied, auf Zigaretten verzichtete und sich bewegte, war die Prognose ermutigend.

Allerdings lag monatelange Physiotherapie vor ihm. Man würde ihn aus dem Krankenhaus entlassen, aber irgendeine anstrengende Arbeit würde er noch sehr lange nicht verrichten können.

Für eine Umschulung zu einer Schreibtischtätigkeit war er zu alt, und selbst wenn er jünger gewesen wäre, hätte er im Innendienst zwischen Papierkram, Akten und Zahlenkolonnen niemals glücklich werden können.

Es sah ganz danach aus, als müsse er in Frührente gehen, so wie Thomas Fitzpatrick es bereits vorgeschlagen hatte. Dann konnte er nur darauf hoffen, dass die im Lauf der Jahre angesammelten Ersparnisse für ihn und seine Frau einigermaßen reichen würden. Natürlich würde Thelma weiterhin arbeiten, und Carlie hatte ebenfalls vor, den beiden zu helfen, obwohl ihr Vater gegen diesen Vorschlag gewesen war. Er würde schließlich eine Rente erhalten, aber diese Zahlungen würden noch einige Jahre auf sich warten lassen.

„Wir schaffen das schon", hatte er ihr vom Krankenbett aus versichert.

„Aber ich kann helfen …"

„Das ist mein Problem, Carlie, und ich werde es lösen. Wehe, du erwähnst irgendetwas davon deiner Mutter gegenüber oder regst sie auf. Wir haben schon früher schwere Zeiten überstanden, das kriegen wir auch diesmal hin."

Carlie hatte seine Entschlossenheit erkannt und das Thema widerstrebend fallen gelassen. Jede weitere Diskussion hätte ihn unweigerlich wütender gemacht und aufgeregt, und die Gefahr eines weiteren Schlaganfalls wäre zu groß gewesen.

Jetzt knurrte ihr Magen, als sie durch den Flur zu ihrer Wohnung ging und dabei feststellte, dass die Fußleisten von den Wänden gerissen worden waren. Mrs Hunter, Carlies Vermieterin, hatte sie darüber informiert, dass sie das alte Gebäude renovieren lassen wollte in der Hoffnung, es dadurch leichter verkaufen zu können. Sie hatte Carlie sogar angeboten, das alte viktorianische Haus auf dem Hügel zu kaufen.

Zu dem Zeitpunkt war Carlie sich jedoch noch nicht sicher gewesen, ob sie in Gold Creek bleiben wollte. Wegen der Krankheit ihres Vaters stand für sie jetzt fest, dass sie zumindest für eine Weile nicht mehr weggehen würde. Sie hatte viel von der Welt gesehen und war überrascht gewesen von dem Glücksgefühl heimzukommen, als sie wieder in die gemütliche kleine Stadt gekommen war. Eine Stadt, die sie ohne einen Blick zurück damals verlassen hatte.

„Na, hallo!" Mrs Hunter öffnete ihre Wohnungstür und trat hinaus in den Flur. Sie war mit einem Regenmantel bekleidet und hatte einen geblümten Schirm in Rot und Pink dabei. „Ich dachte, Sie wären meine Mitfahrgelegenheit in die Stadt", erklärte sie und spähte aus einem der hohen Bleiglasfenster, die die Haustür flankierten. „Heute Abend gibt es kaltes Buffet, wissen Sie."

„Amüsieren Sie sich gut."

„Ja, das hoffe ich. Letztes Mal war das Essen zerkocht und schmeckte nach Schuhleder. Aber die Gesellschaft ist meistens angenehm. Hoffen wir nur, dass Leo Phelps seine Harmonika nicht herausholt. Ich werde nie verstehen, wieso sie den nach dem Essen musizieren lassen, wenn alle anderen Gäste Karten oder Bingo spielen wollen." Sie zog eine Plastikhaube aus dem Ungetüm von einer Umhängetasche und setzte sie auf ihre frische graue Dauerwelle. „Oh, da sind sie. Übrigens sind die Handwerker noch hier. Wahrscheinlich machen sie gerade Feierabend. Falls Ihnen in Ihrer Wohnung also ein attraktiver Mann über den Weg läuft …" Statt den Satz zu beenden, lachte sie.

„Dann weiß ich, was ich zu tun habe", scherzte Carlie, während Mrs Hunter auf die Veranda hinaustrat und die Tür hinter sich schloss.

Lächelnd sammelte Carlie ihre Post ein und ging die Treppe hinauf. Sie wohnte im dritten Stock, dem „Krähennest", wie Mrs Hunter es nannte. Carlie liebte die kleine Wohnung. Das Turmzimmer, in dem ihr Schreibtisch stand, bot beinah einen kompletten Rundumblick, und die alten Holzfußböden sowie die von Hand geschnitzten hölzernen Fensterrahmen hatten einen Charme, der modernen Wohnungen einfach fehlte. Die Finger über das abgenutzte Geländer gleiten lassend, stieg sie die steile Treppe hinauf und sagte sich, dass dieser tägliche Aufstieg sie fit halten würde. Es hatte auch Nachteile, hier zu wohnen – die Heizung war uralt, die Fenster klapperten, und sie hatte schon mehr als eine Maus als Mitbewohnerin begrüßen dürfen. Trotzdem fühlte sie sich wohl in ihren kleinen Räumen hoch oben unter den Dachrinnen des alten Hauses.

Auf dem Treppenabsatz stieg sie über ein Elektrokabel, das über den Flur in ihre Wohnung führte. „Hallo?", rief sie beim Eintreten, um den Handwerker nicht zu erschrecken.

In der Nähe eines der Fenster, die Arme vor der Brust verschränkt, stand Ben.

Carlie blieb wie angewurzelt stehen.

Um die Hüfte trug er einen tief hängenden Werkzeuggürtel, und die aufgekrempelten Ärmel gaben den Blick frei auf gebräunte Haut mit feinen dunklen Härchen darauf.

„Tja, Carlie", sagte er mit einem unverschämten Lächeln, das ihr Herz berührte. „Ich habe mich schon gefragt, wann du auftauchen wirst."

Carlie traute ihren Augen nicht. Ben? Ben war der Handwerker, der im Haus ein- und ausgehen würde, mit eigenem Schlüssel, nach eigenen Regeln und mit seiner verdammten Arroganz? Plötzlich fühlte sie sich verunsichert und als sei ihre Privatsphäre verletzt worden. Die Tatsache, dass er in ihrer Wohnung war, ihrem Refugium, brachte sie auf die Palme. So wie er sie behandelt hatte, war er die letzte Person, die sie in ihren vier Wänden umherstolzieren sehen wollte. Sollten die Fenster ruhig weiterklappern. Sollte der Wasserhahn nur weitertropfen. Sollte das Dach doch undicht sein. Hauptsache, Ben Powell kam nicht ins Haus.

„Was machst du hier?", verlangte sie zu erfahren, als er den Schraubenzieher am Rahmen des alten Schiebefensters ansetzte und an den Seilscheiben in ihren alten Gehäusen herumspielte.

„Wonach sieht es denn aus?"

Sie knirschte frustriert mit den Zähnen. „Ich weiß, dass hier Renovierungsarbeiten anliegen. Nur verstehe ich nicht, weshalb ausgerechnet du die durchführen musst!"

„Weil ich den Auftrag bekommen habe." Er verzog ein wenig das Gesicht, als das Band durch seine Finger glitt und das Fenster hinuntersauste. Mit einem Ächzen schob er die alte Scheibe wieder hoch und zog die Schraube fest.

Ihr fiel die leere Atelierwohnung im ersten Stock ein, die Mrs Hunter gern vermieten wollte. „Aber du wohnst hier nicht auch noch, oder?", fragte sie alarmiert. Mrs Hunter hatte irgendwann erwähnt, dass sie die Miete gern mit Arbeiten am Haus verrechnen würde. O nein! Ben konnte unmöglich hier wohnen! Dieses Haus war ihre ganz private Zuflucht! Die würde sie ganz sicher nicht mit dem Mann teilen, der die Fähigkeit besaß, ihr wehzutun.

„Ich würde morgen einziehen, wenn es nach deiner Vermieterin ginge." Er schob den Schraubenzieher in den Werkzeuggürtel, und in seinen Augen lag ein gewisses Funkeln. „Bisher habe ich allerdings widerstanden."

„Sie kann sehr überzeugend sein." Carlie warf ihre Handtasche auf das Sofa.

„Ach ja?", gab er skeptisch zurück.

„Sehr."

„Dann gehe ich ihr lieber mal aus dem Weg."

„So wie du das mit allen Frauen machst", stichelte sie, und prompt verschwand sein Grinsen, und er sah sie scharf an.

„Nur dann, wenn ich glaube, dass sie Ärger bedeuten." Er griff in seine offene Werkzeugkiste, nahm einen Hobel heraus und drehte sich wieder zur Fensterbank um, als beabsichtigte er, das verflixte Fenster gleich heute Abend zu reparieren.

„Und das schließt nicht die gesamte weibliche Bevölkerung mit ein?" Carlie legte es auf einen Streit an und konnte offensichtlich ihre Zunge nicht mehr im Zaum halten. Es war eine lange Woche gewesen, die vor allem geprägt war von ihrer Sorge um ihre Eltern. Außerdem hatte sie viel an Ben gedacht, und ihr war klar geworden, dass sie am liebsten einfach noch mal von vorn beginnen würde.

„Nicht ganz." Demonstrativ sah er sie an, und sie errötete. Er kam ihr heute so viel wirklicher vor. Das letzte Mal, auf Nadines Hochzeit, hatte er seine Uniform getragen und unnahbar und distanziert gewirkt. Ein Soldat auf dreitägigem Urlaub. Doch heute, in einer ausgewaschenen Jeans, war er viel menschlicher und dadurch umso gefährlicher. Die Knie der Hose waren schon abgeschabt, über seinem knackigen Po war sie fadenscheinig. Um die Hüften trug Ben einen Werkzeuggürtel, die Ärmel seines Arbeitshemd waren hochgekrempelt.

„Du willst mich offenbar nicht hierhaben", bemerkte er und hobelte am Fensterrahmen herum. Sägespäne fielen auf den Boden.

„Stimmt genau."

„Sieh mal, es ist bloß ein Auftrag, ja?" Seine Miene war düster, als fühlte er sich unbehaglich.

„In meinem Haus."

„Finde dich damit ab, Lady." Er klinkte seinen Werkzeuggürtel auf, der mit einem Poltern zu Boden fiel. Für einen Moment wandte Carlie den Blick ab. Offenbar ertrug sie es nicht, ihn auch nur ein einziges Kleidungsstück ablegen zu sehen, ohne sich an die Zeit zu erinnern, als sie mit ihm im Sommer nackt auf einer Wiese voller Wildblumen gelegen hatte.

Nur durfte sie sich derartige Erinnerungen und Emotionen nicht gestatten – dem waren ihre Nerven nicht gewachsen. Es war unmöglich, sich in Bens Gegenwart aufhalten, solange die Vergangenheit nicht geklärt war und sie von Neuem beginnen konnten. Sie war nicht in der Stimmung, die alten Bruchstücke ihres Lebens aufzusammeln und wieder zusammenzufügen, aber ihr blieb keine andere Wahl. Nicht, wenn sie gezwungen war, Ben täglich zu sehen.

„Wird dieser Auftrag lange dauern?"

„Fragst du, ob ich dir in den nächsten zwei Wochen im Weg sein werde?" Prüfend rieb er mit dem Finger über das frisch geglättete Holz. „Das ist durchaus möglich."

„Ich bin nicht gerade begeistert."

„Ich auch nicht." Er wandte sich wieder ihr zu, und als ihre Blicke sich trafen, fiel ihr plötzlich das Atmen schwer. Dieser verdammte Kerl, er hatte kein Recht, so sexy auszusehen. „Könnte nicht einer von deinen Mitarbeitern …"

„Bis jetzt bin ich mein einziger Mitarbeiter." Er legte den Hobel zurück in den Werkzeugkasten. „Stört es dich so sehr, dass ich hier in deiner Wohnung bin?"

„Ich fühle mich unbehaglich."

„Warum?"

„Warum?" Sie lehnte sich mit der Hüfte gegen die Rücken-lehne der Couch. „Tja, da gibt es wohl eine Million Gründe", gestand sie.

„Nenn mir einen."

„Du bist ein arroganter Mistkerl."

Er grinste. „Nenn mir zwei."

„Seit du in der Stadt bist, hast du alles darangesetzt, mich zu beleidigen." Sie verschränkte die Arme vor der Brust. „Ich kann alle möglichen Vorwürfe in deinen Augen lesen, nur verstehe ich sie nicht", fügte sie hinzu.

„Ich werfe dir gar nichts vor."

„Von wegen! Sobald wir zusammen sind, deutest du an, ich sei so eine Art Kriminelle – dass ich etwas Schreckliches und Falsches getan habe und wer weiß, was noch." Sie atmete tief ein und stellte endlich die Frage, die sie seit vielen Jahren verfolgte. „Was habe ich getan, was dich so sehr verletzt hat?"

„Du hast mich nicht verletzt."

„Aber irgendetwas habe ich getan. Du bist damals Hals über Kopf aus der Stadt geflohen."

„Mein Bruder war tot, verdammt noch mal!" Ben trat den Werkzeuggürtel quer durchs Zimmer, sodass er gegen einen Polsterschemel krachte. „Tot! Und du … du …"

„Ich was?" Ihre Lungen schienen sich zusammenzuziehen angesichts dieser schmerzlichen Erinnerungen.

„Dir war es egal."

„Oh Ben …"

Er hob die Hand, damit Carlie nicht weiterredete. „Vergiss es einfach. Lass uns noch einmal ganz bei Null anfangen. Du hast nichts getan. Einverstanden? Absolut nichts!" Doch ein Muskel zuckte neben seinem linken Auge, und seine Nackenmuskeln spannten sich an.

„Falsch." Sie schüttelte den Kopf und dachte angestrengt nach. Dazu musste sie den tiefen Schmerz der Vergangenheit an sich heranlassen. Über ein Jahrzehnt lang hatte sie ihn unterdrückt und verdrängt, doch jetzt kam alles an die Oberfläche, besonders ein alter Verdacht. „Es war wegen Kevin", sprach sie endlich die Worte aus, die sie so lange nicht hatte wahrhaben wollen. „Du hast mir die Schuld an dem gegeben, was mit ihm passiert ist."

Ben sagte nichts, aber er sah aus, als hätte sie ihn gerade mit einer bitteren Wahrheit konfrontiert, vor der er nicht mehr weglaufen konnte.

Sie entfernte sich von der Couch, hob den Werkzeuggürtel auf und ging auf Ben zu. Ihre Schritte wurden von dem dicken ausgetretenen Orientteppich gedämpft. Ben beobachtete sie unverwandt, und Carlie blieb erst stehen, als ihre Schuhspitzen die seiner abgetragenen Turnschuhe berührten. Dann ließ sie den Werkzeuggürtel vor seinen Füßen fallen. „Du hast mir die Schuld gegeben, obwohl ich nicht weiß, wieso. Es gab nichts, was ich hätte tun können. Wir beide hätten nichts tun können. Wir hätten Kevin nicht davon abbringen können, in dieser Garage den Motor seines Wagens laufen zu lassen."

Die Atmosphäre war kühl und angespannt. Regen prasselte gegen die Fensterscheiben und tropfte von der Fensterbank ins Haus. Ben kniff die Augen zusammen, und er schien tief bekümmert zu sein.

„Ob es nun ein Unfall war oder Selbstmord, es war jedenfalls nicht unsere Schuld", betonte sie und wünschte, sie könnte ihn berühren und seinen Schmerz auslöschen.

„Das weißt du nicht."

Es tat ihr in der Seele weh. All die Jahre, in denen die Vergangenheit zwischen ihnen gestanden hatte, all die Missverständnisse, der Hass und das Misstrauen. „Was hätten wir denn tun sollen?"

„Ich hätte für ihn da sein können. Ich wusste, dass er Probleme hatte", meinte Ben schroff und schluckte. Er sah sie mit einem solchen Hass an, dass sie erschauerte.

„Hast du für möglich gehalten, dass er sich das Leben nimmt?"

„Nein."

„Ich auch nicht."

Ben gab einen verächtlichen Laut von sich. „Ich bin davon ausgegangen, dass er noch in dich verliebt war, und es war mir egal. Nadine hat mich sogar gewarnt. Trotzdem bin ich mit dir ausgegangen und habe damit geprahlt. Ich habe ihm sogar gesagt, dass ich mir vorstellen könnte, dich zu heiraten", gestand er voller Selbstverachtung.

„Mich heiraten?", flüsterte sie perplex und traurig.

„Ich habe daran gedacht. Er hat versucht, es mir auszureden, und behauptet, du seist nicht der Typ Frau für die Ehe, weil du zu neugierig darauf seist, die Welt zu entdecken." Er knallte das Fenster zu, und plötzlich war es ganz still im Zimmer.

„Ben, das wusste ich nicht …"

„Du wusstest eine ganze Menge", unterbrach er sie und grinste spöttisch. Sein Blick war finster. Ben fasste Carlie an den Schultern und sah sie mit einem verzweifelten Ausdruck in den Augen an. „Er hat dich geliebt, Carlie. Wir hätten es beide wissen müssen, aber das wollten wir nicht. Wir waren viel zu sehr mit uns beschäftigt, um einen Gedanken an jemand anderen zu verschwenden. Ich habe es mir schöngeredet – er war jetzt mit Tracy zusammen, also war es in Ordnung für mich, mich mit dem Mädchen zu treffen, das er nicht vergessen konnte."

„Du verdrehst das alles", warf sie ihm vor. Doch sie erinnerte sich noch genau an den Tag auf dem Anleger, als Kevin sie überrascht und ihr seine Liebe gestanden hatte. Sie hatte es sich leicht gemacht und verdrängt, wie verletzt er gewesen war.

„Tue ich das?", fuhr Ben sie an. Sein Gesicht war vor Zorn gerötet, und er ballte die Fäuste. „Warum hast du mir nichts von den Briefen erzählt?"

„Briefe?", wiederholte sie. „Was für Briefe?"

Er lächelte kalt. „Du weißt schon, welche ich meine. Diejenigen, die Kevin dir geschrieben hat."

„Ich habe keine …"

„Lügnerin!" Seine starken Finger gruben sich in ihre Oberarme. „Wir haben einige Briefe gefunden, die er nicht mehr abgeschickt hat, und die waren ziemlich eindeutig, was eure Beziehung anging."

„Es gab doch gar keine Beziehung!", protestierte sie. „Ich hatte mit ihm Schluss gemacht, wenn man das überhaupt so nennen kann. Es gab nicht einmal einen Grund, die Sache offiziell zu beenden. Wir haben uns nur ein paarmal getroffen, und dann erklärte ich ihm, ich könnte nicht mehr mit ihm ausgehen."

„Aber diese Treffen waren … intensiv, oder?" Sein Griff um ihre Arme war unnachgiebig fest.

„Ich weiß nicht, worauf du hinauswillst, Ben."

„Ich weiß von dem Baby."

Ihr Herz schien stehen zu bleiben, und sie wagte kaum noch zu atmen. „Welches Baby?"

„Das Baby, das du nicht bekommen wolltest. Kevins Baby."

„Kevins Baby? Wovon redest du überhaupt? Ich hatte nie ein Baby …" Ihre Stimme brach angesichts des aufsteigenden Schmerzes.

„Weil du es nicht wolltest", zischte er voller Hass.

„O Ben, wenn du nur wüsstest …"

„Ich weiß es jetzt. Du warst zu selbstsüchtig …"

„He, jetzt mach aber mal halblang!" Sie stieß ihn gegen die Brust. „Du kennst mich nicht, Ben Powell. Kein bisschen. Du bist nämlich nicht lange genug geblieben, um etwas über mich herauszufinden."

„Ich weiß, dass du das Baby loswerden wolltest."

„Ich wollte überhaupt kein Baby loswerden", erwiderte sie und fühlte sich plötzlich elend. Zugleich stieg Zorn in ihr auf. „Du verdrehst alles. Glaubst du wirklich, ich wäre schwanger von Kevin gewesen und hätte eine Abtreibung machen lassen?"

Entsetzt über seinen Vorwurf, beobachtete sie sein Mienenspiel genau. O ja, er meinte es anscheinend ernst. Er glaubte diesen Haufen absurder Lügen tatsächlich. Er sagte nichts mehr, doch die Verachtung war deutlich zu spüren, und etwas in Carlie starb. Wenn sie ihn doch nur berühren könnte, seine Hand nehmen, ihm erklären … doch es hätte wohl keinen Sinn.

Bei dem Gedanken an die vergeudeten Jahre gaben beinah ihre Knie nach. All die Lügen. All der Schmerz. Sie lehnte sich benommen gegen die Wand und schüttelte den Kopf. „Ich habe nicht … ich war nie … Kevin und ich … so weit ist es nie zwischen uns gekommen."

„Lüg mich nicht an, Carlie. Es ist zu spät."

„Du solltest es eigentlich wissen", sagte sie, und der Zorn brachte ihre Kraft zurück. „Gerade du solltest die Wahrheit doch kennen!", erklärte sie mit Tränen in den Augen und erhobenem Kinn. Ihr Herz brach. Es war nicht Kevins Baby, das sie vor vielen Jahren gewollt hatte, sondern Bens. Sie hatte auf ein Wunder gehofft, darauf, schwanger zu werden, obwohl sie nur ein einziges Mal miteinander geschlafen hatten. Damals hatte sie sich verzweifelt danach gesehnt, ein Kind von ihm zu bekommen. Und als ihre Periode ausblieb, kannte ihre Freude keine Grenzen. Doch die Begeisterung hielt nicht lange an. Ja, das Ergebnis des zu Hause durchgeführten Schwangerschaftstests war positiv, doch wenige Wochen darauf erlitt sie eine Fehlgeburt. Allein. Der Arzt bewahrte ihr Geheimnis, und sie hatte sich nie elender gefühlt in ihrem Leben.

Eine Träne rann ihre Wange hinunter, doch Carlie schniefte heftig, bevor noch weitere Beweise der Trauer zu sehen waren. „Erinnerst du dich nicht?" Ihr Stolz kehrte zurück, und sie straffte die Schultern. „Ich konnte nicht schwanger sein von Kevin, weil ich zu dem Zeitpunkt noch Jungfrau war."

Er hatte sich nach seinem Werkzeugkasten gebückt und erstarrte nun.

„Diese Nacht damals am See. Im Regen. Das war die Nacht, in der ich meine Unschuld verloren habe." Sie war zugleich wütend und verletzt. „Ich habe sie nicht Kevin geschenkt, sondern seinem Bruder." *Und ich wurde schwanger. Von dir. Ich trug unser Baby unter dem Herzen.*

Er starrte sie ungläubig an, und sie schüttelte den Kopf. „Ich habe keine Ahnung, warum du diese alberne Geschichte glauben willst …"

Sein Gesicht hatte jegliche Farbe verloren. „Du warst …"

„Tja, zu schade, dass du darauf nicht geachtet hast", sagte sie bitter. „Dann hättest du dir eine Menge Zeit und den Hass auf mich sparen können. Was du geglaubt hast, war so offenkundig eine Lüge!"

„Ich denke nicht …"

„Es ist mir egal, was du denkst", schnitt sie ihm das Wort ab. „Du kannst jetzt glauben, was du willst. Tatsache ist, dass ich meine Jungfräulichkeit an dich verloren habe, und wenn ich das Glück gehabt hätte, schwanger zu werden, wäre das Kind von dir gewesen." *Es war dein Kind.*

„Aber …"

„Kevin hat mich nie auch nur angerührt."

Er presste die Lippen fest aufeinander.

„Ich kann es nicht fassen, dass eine Lüge und deine Schuldgefühle deinem Bruder gegenüber zu diesem jahrelangen Hass auf mich geführt haben. Warum hast du nicht mit mir darüber gesprochen, Ben? Warum hast du es mich nicht erklären lassen, statt dich als Richter aufzuschwingen?" Innerlich bebend deutete sie zur Tür. „Du hast schon immer falsch gelegen, was mich betraf. Du hast dich damals geirrt, und du irrst dich heute. Ich denke, es ist besser, wenn du jetzt gehst. Dies ist meine Wohnung, und ich will dich hier nicht sehen."

„Das glaube ich dir nicht."

Sie lächelte bitter. „Dann bist du ein Narr."

Er verzog den Mund, und sie rechnete schon damit, dass er sie einfach packen und schütteln würde, doch stattdessen murmelte er nur etwas vor sich hin. Dann nahm er seine Werkzeugkiste und marschierte an Carlie vorbei. Er knallte die Tür so heftig hinter sich zu, dass die alten Balken des Hauses ächzten und die von der Decke hängende Lampe schaukelte.

Carlie ließ sich aufs Sofa fallen. *Ben hatte geglaubt, sie wäre von Kevin schwanger gewesen und hätte dann das Baby abgetrieben.* Sie schlug die Hände vors Gesicht und hielt die Tränen nicht länger zurück. Wie hatte er nur annehmen können, dass sie so herzlos war? Bebend legte sie sich eine alte Decke um die Schultern. Du lieber Himmel, was für ein Schlamassel! Eine Kälte kroch in ihr hoch, die aus ihrem Innern kam und sich nicht stoppen ließ. Sie hatte Ben geliebt und geglaubt, er liebe sie auch. Und doch hatte er aufgrund solch bösartiger Lügen an ihr gezweifelt. Bis heute kannte er die Wahrheit nicht. Wahrscheinlich würde er sie nie erfahren.

Blieb die Frage, warum er diese schrecklichen Lügen geglaubt hatte.

Weil sein Bruder gestorben war und er sich schuldig fühlte. Nur war es einfach nicht richtig, Kevins verzerrten Darstellungen in dessen Briefen zu glauben. Er hätte Carlie wenigstens selbst darauf ansprechen müssen.

Sie schloss die Augen und erinnerte sich an den Schmerz und die Schuldgefühle damals. Irgendwie hatte sie sich für Kevins

Tod verantwortlich gefühlt, weil sie ihn nicht geliebt und nie etwas für ihn empfunden hatte, zumindest nichts, was auch nur annähernd seinen Liebesschwüren gleichgekommen wäre. Aus einem einzigen Grund: Sie hatte sich in seinen jüngeren Bruder verliebt.

Obwohl Kevin keinen Abschiedsbrief hinterlassen hatte, herrschte in der Stadt die Ansicht, dass er sich umgebracht hatte. Er war seit Jahren unglücklich gewesen und nicht zurechtgekommen. Ein Tropfen hatte das Fass zum Überlaufen gebracht und dazu geführt, dass er sich in der Garage seines kleinen Hauses verbarrikadiert und die Corvette bei geschlossenem Tor laufen lassen hatte.

Carlie war bei der Beerdigung gewesen in der Hoffnung, mit Ben sprechen zu können. Aber die Powells waren zu den anderen Trauergästen auf Abstand gegangen, und die eisigen Blicke, die Carlie erntete, schreckten sie von ihrem Vorhaben ab, der trauernden Familie zu kondolieren. Donna war aus dem Mittleren Westen gekommen, um ihren Sohn zu begraben, und George, blass und matt, hatte seine Wünsche klar zum Ausdruck gebracht: Die Familie wollte in Ruhe gelassen werden, ganz besonders von Carlie Surrett.

Carlie wollte nicht stören, sie wollte einfach nur mit Ben sprechen. Sie sah ihn im Bestattungsinstitut und dann wieder am Grab, aber er schaute nicht einmal in ihre Richtung. Er stand still und gerade da wie der Soldat, der er bald sein würde, und sein Blick war in die Ferne gerichtet, während Reverend Osgood den letzten Segen über dem Sarg sprach.

Die gesamte Stadt war geschockt von Kevins Tod. Gold Creek war eine kleine Gemeinde, und der Verlust eines ihrer Bürger traf stets alle. Freunde, Familie und Bekannte waren gekommen, um zu kondolieren. Noch Wochen nach Kevins Beerdigung sprachen die Leute bedrückt vom tragischen Verlust, der die Familie getroffen hatte.

Carlie versuchte vor und nach der Beerdigung, Ben zu sehen, aber er reagierte nicht auf ihre Anrufe, schickte ihre Briefe zurück, ungeöffnet. Verzweifelt beschloss sie sogar, zum Haus der

Powells am Stadtrand zu fahren, wo Ben angeblich mit seinem Vater zusammenwohnte, und einfach zu verlangen, dass er mit ihr redete.

Rachelle wollte es ihr ausreden. Brenda riet ihr, einfach mehr Zeit verstreichen zu lassen. Ihre Eltern sagten ihr, die Powells sollten in ihrer Trauer ungestört bleiben.

Also wartete Carlie, sammelte ihren Mut und überlegte, was sie Ben sagen konnte. Als sie sich mutig und bereit fühlte, ihm zu gestehen, dass sie Eltern werden würden, war er schon weg. Sie hörte, er sei zur Army gegangen. „Das meint jedenfalls Patty Osgood", erklärte ihre Freundin Brenda drei Wochen nach der Beerdigung. Sie saßen am Tresen im Drugstore und tranken Limonade. Brenda rührte mit ihrem Strohhalm die Eiswürfel in ihrem Glas um. „Normalerweise nehme ich nicht alles so ernst, was Patty von sich gibt, wenn du verstehst, was ich meine. Sie hört ständig allen möglichen Klatsch in der Kirche. Aber wenn ich du wäre, würde ich ihn vergessen."

Er ist der Vater meines Kindes, hätte Carlie am liebsten geschrien und legte unwillkürlich eine schützende Hand auf ihren Bauch.

Das Gerücht, Ben habe sich freiwillig zum Militärdienst gemeldet, erwies sich als wahr. Carlie blieb mit gebrochenem Herzen zurück und mit der vagen Hoffnung, dass Ben vielleicht eines Tages anrufen oder schreiben würde.

Am Tag, nachdem sie erfahren hatte, dass er fort war, fingen die Krämpfe an. Es folgte eine Blutung, nur ein paar Tropfen anfangs. In dieser Nacht verlor sie das Baby, und ihre romantischen Träume von Ben erwiesen sich als törichte Sehnsüchte eines Mädchens. Sie hörte nie wieder von ihm.

„Lieber Gott", flüsterte sie jetzt und wollte einfach keine weiteren Tränen über die Vergangenheit vergießen. Sie konnte ohnehin nichts mehr ändern. „Hör auf damit, Carlie! Reiß dich endlich zusammen!" Wütend darüber, dass ihre Emotionen sie übermannt hatten, setzte sie sich auf und ging in die Küche, wo sie eine Flasche Wein fand. Sie goss sich ein Glas Chablis ein.

Kein gutes Zeichen, sagte sie zu sich selbst, bevor sie kostete und den kühlen Wein die Kehle hinabrinnen ließ. Überhaupt kein gutes Zeichen, allein zu trinken. Aber das war ihr egal, zumindest heute Abend. Sie würde nicht weiter hier im Dunkeln sitzen und über Ben Powell oder seine lächerlichen Vorwürfe weinen. Sollte er doch denken, was er wollte. Es spielte keine Rolle.

Wieso glaubte sie sich selbst nicht?

Ihr Magen rumorte, obwohl es gerade erst fünf Uhr war, und ihr fiel ein, dass sie das Mittagessen ausgelassen hatte. Im Fotoatelier hatte viel Betrieb geherrscht, und in der Mittagspause war sie zum Krankenhaus gefahren, um ihren Vater zu besuchen. Später hatte sie dann auch keine Zeit mehr gefunden, sich noch etwas zu essen zu besorgen.

Eigentlich fehlte ihr auch der Appetit. Ohne große Begeisterung bereitete sie sich ein kleines Abendessen zu aus Crackern, Käse und Apfelstücken. Ohne etwas zu schmecken, trank sie ihren Wein und nahm das nicht sehr aufregende Mahl zu sich. Sie merkte nicht einmal, wie die Zeit verging, während sie den Abend damit verschwendete, über Ben nachzudenken – den Mann, der geschworen hatte, er habe sie nie gewollt. Weder damals noch heute.

Geirrt? Er hatte sich geirrt, was Carlie betraf? Mehr als ein Jahrzehnt lang? Ben fuhr durch die vom Regen ausgewaschenen Straßen und fluchte leise. Natürlich konnte er ihr nicht trauen. Vermutlich log sie wieder, doch der Kummer in ihren klaren blauen Augen hatte ihn beinah überzeugt. Sie mochte zwar die Unwahrheit sagen, aber sie glaubte ihre eigenen Lügen!

„Verdammt", murmelte er und starrte mit zusammengekniffenen Augen durch den Regen, der auf die Windschutzscheibe prasselte. War er wirklich so dumm gewesen, nicht zu merken, dass Carlie ihm in jener Nacht damals ihre Jungfräulichkeit geschenkt hatte? Hatte er sich selbst etwas vorgemacht und sie völlig unnötig zehn Jahre lang gehasst? Damals war er selbst nicht allzu erfahren gewesen, außerdem so gefangen von seiner Leidenschaft, dass er gar nicht mehr hatte klar denken können. Damals hatte Carlie nichts gesagt, und er hatte nicht gefragt.

Später, als er die Briefe in Kevins Haus gefunden und zwischen den Zeilen gelesen hatte, dass Carlie schwanger gewesen war, hatte er den Verrat wie ein glühendes Schwert im Herzen gespürt. Die Vorstellung, sie könnte mit Kevin geschlafen haben, hatte ihm so heftige Übelkeit verursacht, dass er sich hatte übergeben müssen. Er hatte das, was zwischen ihm und Carlie gewesen war, für etwas ganz Besonderes gehalten. Doch plötzlich war es ihm nur noch schmutzig, inzestuös und hässlich vorgekommen. Seine gerade erblühende Liebe für sie hatte sich in Hass verwandelt – den seine Familie zu schüren geholfen hatte.

Warum also glaubte er ihr inzwischen halbwegs und zweifelte an sich selbst? Weil er sie wollte. Obwohl er seinen Hass auf sie bekannt hatte, konnte er nichts tun gegen die Erinnerung. Daran, wie sie ihren Körper an seinen geschmiegt hatte, an die Art, wie sie die Lippen vorschob, wenn sie stöhnte, an ihre zarte Halsbeuge, wenn er sie in den Armen hielt. Er umklammerte das Lenkrad fester und überfuhr beinah eine rote Ampel. Im letzten Moment trat er auf die Bremse. Hinter ihm hupte jemand wütend.

„Mist", fluchte er vor sich hin.

Ein weiteres ungeduldiges Hupen machte ihn darauf aufmerksam, dass die Ampellichter längst wieder umgesprungen waren. Er trat aufs Gaspedal, sodass die Hinterreifen auf dem nassen Asphalt durchdrehten. An der nächsten Ecke fuhr er an eine Tankstelle und stellte den Motor aus.

Er stieg aus dem Wagen und winkte dem Angestellten zu, Joe Knapp, mit dem er zur Schule gegangen war. Joe war Kapitän des Footballteams gewesen, doch nach der Schule, als sein Bein bei der Arbeit für Fitzpatrick Logging zerquetscht worden war, hatten sich seine Träume von einer Footballkarriere erledigt. Es war so ähnlich wie bei Kevin. Nur dass Joe überlebt und ein Mädchen aus der Stadt geheiratet hatte, Mary Beth Carter, und nun mit Frau und Kindern glücklich zu sein schien.

In düstere Gedanken versunken schob Ben den Stutzen in die Tanköffnung und lauschte dem Gluckern des Treibstoffs, der aus der Zapfsäule in seinen Tank floss.

Er konnte Carlie nicht trauen. Unmöglich, auch wenn er es vielleicht gern wollte. So wie er sie idiotischerweise immer noch küssen und mit ihr schlafen wollte.

Dieser Gedanke erschreckte ihn so sehr, dass er nicht aufpasste und das Benzin beinah überfloss.

Du gerätst langsam ein bisschen neben die Spur, schalt er sich und hängte den Stutzen zurück an die Säule. Die Gedanken an Carlie verfolgten ihn wie ein Schatten, als er das Gebäude der kleinen Tankstelle betrat, die sich an der Ecke Hearst und Pine befand, seit er denken konnte. Sie hatte den Besitzer gewechselt, doch es roch immer noch nach Schmierfett, altem Zigarettenqualm und Öl.

„Schön, dich mal wieder hier zu sehen", begrüßte Joe ihn, als er Bens Kreditkarte mit seinen ölverschmierten Fingern entgegennahm. „Ich dachte, du hättest Gold Creek für immer Adiós gesagt."

„Hatte ich auch."

Grinsend zog Joe Bens Karte durch das Lesegerät. „Dann bist du jetzt der verlorene Sohn?"

„Nein, bloß das schwarze Schaf."

Joe lachte, und Ben unterschrieb den Beleg. Anschließend redeten sie über Football. Das Übliche. Ob die 49er in der nächsten Saison wohl den Super Bowl gewinnen konnten oder ob L. A. die besseren Chancen hatte. Als wäre das irgendwie von Bedeutung.

Später, als Ben aus der Tankstellenausfahrt in die Straße einbog und durch die Stadt fuhr, konnte er sich an keine Einzelheit der Unterhaltung mehr erinnern. Ladenzeilen wechselten mit Häusern, die an die westlichen Hügel grenzten, doch er nahm auch keine der landschaftlichen Sehenswürdigkeiten wahr, die ein Teil seiner Heimatstadt waren.

Alles nur wegen Carlie. Diese Frau! Warum bekam er sie nicht aus seinen Gedanken?

Ben mochte klare Verhältnisse und verlässliche Strukturen. Deshalb hatte er sich bei der Army wohlgefühlt und sich hochgedient. Genau deshalb hatte er auch vorgehabt, nach Gold Creek zurückzukehren, um dort sein eigenes Unternehmen aufzubauen und mit einer vernünftigen Frau aus der Kleinstadt eine Familie zu gründen. Seine Zukunft hatte klar umrissen vor ihm gelegen.

Bis er Carlie wiedergesehen hatte.

Und bis er ihre Version der Geschichte gehört hatte. Ihre Lügen. Oder ihre Wahrheit?

„Verdammt", brummte er nicht zum ersten Mal, als er in die Einfahrt seines kleines Hauses einbog, das nicht weit vor der Stadtgrenze Gold Creeks lag. Ben hatte es von einer älteren Dame gemietet, Mrs Trover, die in dem Seniorenheim Rosewood Terrace wohnte, auf demselben Gang wie sein Vater.

Ben hatte versprochen, das Haus in Schuss zu halten, einschließlich kleinerer und größerer Reparaturen, die er von der monatlichen Miete abziehen konnte. Es war kein großes Haus, nur zwei Schlafzimmer, ein Wohnzimmer, Bad, Küche, Wäscheraum und ein Keller, der im Winter unter Wasser stand. Aber es war zu seinem Zuhause geworden, und wenn die Zeit reif war, konnte er das Haus vermutlich von Mrs Trover kaufen, zusammen mit den Nebengebäuden und einem halben Hektar Land.

Er stellte den Motor aus und blieb noch einen Moment im Wagen sitzen. Das Häuschen brauchte mehr als nur ein paar kleinere Renovierungsarbeiten. Es sah ganz nach harter Arbeit aus, schlicht und ergreifend. Selbst umfassend renoviert wäre es noch kein Schmuckstück, und Ben konnte sich schwer vorstellen, wie Carlie hier mit einem winzigen Badezimmer wohnen sollte und einer Küche, die so klein war, dass nur eine Person darin arbeiten konnte. Er rieb sich das Kinn und fragte sich, wieso er sich Carlie ständig in seiner Zukunft vorzustellen versuchte. Sie war die absolut falsche Frau für ihn. Kevin hatte ihm das schon vor langer Zeit gesagt.

Er hätte auf seinen Bruder hören sollen. Vielleicht wäre Kevin dann noch am Leben, und Ben würde sich nicht mit schrecklichen Schuldgefühlen plagen, weil er sich in die Freundin seines Bruders verliebt hatte.

Er verdrängte jeden Gedanken an Carlie und alle Gefühle, die sie in ihm auslöste, nahm den Sack Hundefutter, den er gekauft hatte, und schleppte ihn zur Hintertür. „Liebling, ich bin zu Hause", rief er, während er die Tür aufschloss.

Attila knurrte irgendwo im dunklen Innern des Hauses.

„Na, wenigstens hat sich an deinem freundlichen Wesen nichts verändert."

Ein Bellen aus tiefer Kehle folgte.

„Komm raus und erledige dein Geschäft", forderte Ben den Hund auf und ließ die Tür auf. Das Tier folgte ihm durch die Küche, jetzt still, aber mit gesträubtem Nackenfell. „Geh schon. Du musst mir nicht nachlaufen." Er schnitt den Sack auf, schüttete das Trockenfutter in einen Napf und stellte diesen auf den Küchenfußboden.

Attila schaute Ben nur an.

„Na los, hau rein." Ben wartete, und der Hund näherte sich langsam dem Futter, als rechnete er mit einem Tritt oder damit, vergiftet zu werden. „Sei ruhig ein bisschen seltsam, wenn du willst."

Der Schäferhund legte den Kopf schief, dann rannte er nach draußen. Kurz darauf war er wieder da und steckte die Schnauze in den Futternapf.

„Das ist schon besser." Ben nahm sich ein Bier aus dem Kühlschrank und ging ins Wohnzimmer. Dort schaltete er per Fernbedienung den Fernseher an und ließ sich in einen Sessel fallen. Direkt daneben, in einer Ecke, stand ein alter Schreibtisch mit Rolltüren. Das Lämpchen des Anrufbeantworters blinkte. „Hoffentlich sind das ein Dutzend neuer Kunden, die mich anbetteln, für sie zu arbeiten", sagte er mit Blick auf den Hund.

Er drückte die Wiedergabetaste, und die erste Nachricht war zu hören.

„Hier spricht Bill von General Drywall. Wir können nächsten Dienstag am Haus in der Bitner-Street arbeiten. Falls ich nichts mehr von Ihnen höre, schicke ich ein paar Leute."

Es klickte, und die nächste Nachricht folgte.

„Ben?", fragte eine weibliche Stimme. „Hier ist Tracy. Ich habe dich heute im Restaurant gesehen, und ich ... wir, Randy und ich ... haben uns gefragt, ob du vielleicht Lust hättest, heute zum Abendessen zu uns zu kommen. Es gibt nichts Besonderes, aber wir würden dich gern sehen." Sie machte eine Pause und fragte dann: „Wie wäre es um sieben? Wenn ich bis sechs nichts von dir höre, gehe ich davon aus, dass du andere Pläne hast. Es war schön, dich heute zu sehen. Ich hoffe, du kannst es einrichten."

Er schaute auf seine Uhr. Viertel vor sechs. Warum sollte er nicht mit Tracy zu Abend essen? Eine typische Kleinstadtfrau, die mit ihrem Leben hier zufrieden war. Einem Leben, das sie mit ihrem Sohn zusammen verbrachte. Kevins Sohn.

Erneut tauchte Carlies Gesicht vor seinem geistigen Auge auf, und er kam sich vor wie ein Verräter. Aber das war verrückt. Selbst wenn sie die Wahrheit gesagt hatte über ihre Beziehung mit Kevin, hatte sie ihn, Ben, doch aus ihrem Haus geworfen. Zähneknirschend griff er nach dem Telefon.

Er schuldete Carlie Surrett rein gar nichts!

„Dies ist dein Onkel Ben", erklärte Tracy dem kleinen rothaarigen Jungen mit den Sommersprossen im Gesicht. Sein Haar war glatt und fiel ihm auf eine Weise in die Stirn, die Ben an Kevin vor vielen Jahren erinnerte.

Randy rümpfte die Nase. „Onkel Ben? Du meinst, wie der Typ auf der Reispackung?"

Ben lachte und hielt ihm die Hand hin. „Nicht ganz", erwiderte er und schüttelte Randy die Hand.

„Ärgere Ben nicht", meinte Tracy tadelnd zu ihrem Sohn. Die zwei lebten in einer hübschen Wohnung in Coleville, die so modern war wie Carlies rustikal. Weißer Teppichboden, weiße Wände, weiße Geräte und weiße Möbel, einzige Farbtupfer waren Kissen in Mauve und Blau.

„Er ärgert mich gar nicht", sagte Ben. „In welche Klasse gehst du?"

„Vierte."

„In die geht Nadines ältester Sohn auch", meinte Tracy und drehte sich wieder zur Spüle um. „Aber die beiden sehen sich nicht oft, seit wir nicht mehr in Gold Creek wohnen."

„Redet ihr etwa über John Warne?", wollte Randy wissen.

„Das weißt du genau."

„Der ist ein Depp."

Tracy war das sichtlich unangenehm. „Das ist nicht sehr nett …"

„He, es ist die Wahrheit", sagte Randy. „Und es ist mir egal, ob er mein Cousin ist, weil er nämlich blöd ist."

„Du kennst ihn doch gar nicht richtig."

„Na ja, aber ich kenne Katie Osgood. Die sehe ich in der Sonntagsschule, und sie erzählt mir alles über John – zum Beispiel, dass er der größte Schwachkopf in der ganzen Schule ist. Der muss dauernd ins Büro des Rektors."

„Das reicht jetzt, Randy", ermahnte ihn seine Mutter und setzte ein gezwungenes Lächeln auf. „Warum zeigst du Ben nicht deine Baseballkartensammlung?"

„Die interessiert ihn doch bestimmt nicht …"

„Und ob die mich interessiert", versicherte Ben dem Jungen, darum bemüht, die Spannungen zwischen Mutter und Sohn aufzulösen.

Mit hängendem Kopf führte Randy Ben über einen kurzen Flur in ein kleines Zimmer, dessen Wände mit Postern von Baseballspielern beklebt waren. Innerhalb weniger Minuten hatte er mehrere Alben aufgeklappt und erzählte Ben alles über die verschiedenen Spieler. Er war besonders stolz auf ein paar alte Karten von Mickey Mantle und Whitey Ford. „Du weißt schon, diese alten berühmten Typen", erklärte er Ben, wobei sein Gesicht sich aufhellte. „Mein Dad hatte diese Karten, als er ein Kind war. Grandpa hat sie für mich aufbewahrt."

Bens Herz zog sich zusammen. Dieser Junge war Kevins unehelicher Sohn, und George Powell hatte ihn akzeptiert. Ben verbrachte eine halbe Stunde mit Randy und den Karten, bis Tracy aus der Küche rief: „Wie wäre es mit etwas zu trinken?"

„Ich nehme eine Coke", gab Randy zurück.

„Ich meinte eigentlich Ben", erwiderte sie und wischte sich die Hände ab, als sie im Türrahmen erschien. „Aber ich hole dir auch etwas. Übrigens ist es schon sieben." Sie sah Ben an, während Randy den kleinen Fernseher einschaltete. „Um diese Zeit kommt eine Sportsendung, die er sich immer anschaut. Komm mit in die Küche."

Während Randy es sich inmitten der um ihn herum verteilten Baseballkarten auf seinem Bett gemütlich machte, die Augen gebannt auf den kleinen Bildschirm geheftet, folgte Ben Tracy in die Küche. Sie war eine hübsche Frau, doch als er den Hüftschwung unter ihrem schwarzen Kleid beobachtete, empfand er nichts.

„Okay, die Auswahl ist nicht besonders groß, aber ich habe Bier und Wein da … und eine Flasche irischen Whiskey, glaube ich."

„Ich nehme ein Bier", sagte er und wurde plötzlich ein wenig verlegen. Die Wohnung war sauber und ordentlich, nicht einmal eine Zeitschrift lag herum, und auf dem Couchtisch stand ein Foto von Kevin in einem Goldrahmen. Ben erinnerte sich daran, dass dieses Bild nur wenige Wochen vor dem Tod seines Bruders aufgenommen worden war. Er betrachtete es und empfand jene Mischung aus Schmerz und Zorn, die er stets in sich fühlte, sobald er an seinen älteren Bruder erinnert wurde.

„Setz dich an die Bar", lud Tracy ihn ein und stellte ein leeres Glas und eine Flasche auf den Tresen, der die Küche von der Essecke trennte. Sie hielt eine vereiste Colaflasche hoch. „Die bringe ich rasch seiner Königlichen Hoheit und bin gleich wieder da."

Er trank von seinem Bier und beobachtete, wie sie in der Küche hantierte. Tracy arbeitete effizient, lächelte und lachte viel. Doch in ihren braunen Augen las er, dass sie mit ihrem fröhlichen Auftreten vermutlich nur tiefere, dunklere Gefühle überspielte. Ihr Lächeln wirkte ein bisschen gezwungen, und sie strahlte eine gewisse Härte aus, die ihm zu denken gab.

Sie aßen an dem kleinen Tisch neben der Schiebetür, und das Essen war köstlich. Es gab Steak, gebackene Kartoffeln und dazu mit Käse überbackenen Broccoli. Tracy schenkte Ben und sich ein Glas Wein ein und achtete darauf, dass Randys Manieren tadellos waren. Ben hatte den Eindruck, das Kind sei stundenlang darauf vorbereitet worden. „Keine Ellbogen", ermahnte sie den Jungen, als Randy den Arm auf den Tisch legte. „Und was habe ich über deine Kappe gesagt?" Sie deutete auf die Giants-Baseballkappe auf seinem Kopf. „Ach Randy, das weißt du doch! Bitte … benutz das Buttermesser. Dafür ist es schließlich da."

Als Randy endlich darum bat, aufstehen zu dürfen, atmete Ben im Stillen erleichtert auf.

„Er ist wirklich ein guter Junge", sagte Tracy, als Randy den Flur entlanglief.

„Klar ist er das."

„Lauter gute Zensuren, und er ist Werfer in seiner Baseballmannschaft. Mit der hat er letztes Jahr die Meisterschaft gewonnen." Sie lächelte voller Stolz, und Ben hatte den unguten Verdacht, dass sie ihm den Jungen schmackhaft zu machen versuchte. „Er singt auch im Schulchor. Letztes Jahr hatte er die Hauptrolle in einem kleinem Theaterstück. Es war nichts Großes, nur eine Aufführung der Drittklässler, aber er war derjenige, den sie ausgesucht haben. Wahrscheinlich wegen seiner Stimme, und weil er ziemlich pfiffig ist. Ich war in diesem Jahr schon fünfmal in der Schule und habe darum gebeten, ihn eine Klasse überspringen zu lassen. Er langweilt sich im Unterricht."

Ben lehnte sich zurück. „Hast du schon mal an eine Privatschule gedacht?"

Sie seufzte. „Das tue ich dauernd. Aber die kostet Geld, und als alleinerziehende Mutter habe ich nicht viel übrig am Monatsende." Sie nahm ihren Teller und bedeutete Ben, sitzen zu bleiben, als er seinen Teller zur Spüle tragen wollte. „Lass nur, ich mach das schon."

„Das kann ich doch übernehmen."

„Aber du hast den ganzen Tag gearbeitet."

„Du etwa nicht?"

Sie schien ein wenig nervös zu werden. „Lass es mich machen, ja? Es ist schon lange her, dass ich einen Mann verwöhnen durfte."

Alarmglocken schrillten in seinem Kopf, doch er achtete nicht auf sie. Tracy wollte sicher nur nett sein. Kein Grund zur Sorge. Sie stapelte das schmutzige Geschirr in die Spüle und schnitt ein Stück Schokoladenkuchen für Ben und sich ab.

„Würde Randy nicht auch eines wollen?", erkundigte er sich, nachdem sie sich wieder an den Tisch gesetzt hatte.

„Er ist im Training. Keine Süßigkeiten."

„Aber ..."

Sie schüttelte den Kopf und aß einen Bissen. „Baseball fängt in ein paar Wochen wieder an, und das Probetraining steht an. Da muss er in Form sein. Er kann von Glück sagen, dass ich ihm heute Abend eine Cola genehmige."

„Randy ist erst zehn."

„Das spielt keine Rolle", entgegnete sie, und die unterschwellige Härte, die er den ganzen Abend bereits gespürt hatte, wurde in ihrem Blick erkennbar. „Gerade du solltest das verstehen. Es ist wie beim Militär. Randy will dieses Jahr wieder ein erstklassiger Werfer sein, und ich habe ihm meine Unterstützung zugesichert, aber nur, wenn er hart für dieses Ziel arbeitet. Kein Junkfood. Viel Schlaf. Sport. Und er muss seine Schulnoten halten."

„Außerdem noch im Chor singen und einen höheren Mathekurs belegen", fügte Ben hinzu und konnte seinen Sarkasmus nicht verbergen.

„Warum nicht? Er kann das alles schaffen."

„Wann hat er die Gelegenheit, ein Kind zu sein?"

Sie setzte sich auf die Couch und runzelte die Stirn, während er sich in einen Sessel in der Wohnzimmerecke setzte. „Er *ist* ein kleines Kind. Ein diszipliniertes kleines Kind."

„Aber wann baut er Forts, spielt im Wald, fährt Fahrrad und geht schwimmen ..."

„Wenn er trainiert, schwimmt er an den Wochenenden im Schwimmbad in Coleville. Und Wald gibt's hier nicht. Fahrradfahren ist gefährlich wegen des Straßenverkehrs. Abgesehen davon haben wir einen Hometrainer in meinem Zimmer. Wenn er trainieren will …"

„Ich rede nicht vom Sport oder vom Training, sondern von Freizeit", erklärte Ben und litt im Stillen mit dem Jungen, auf dem bereits so viel Druck lastete.

Tracy schien dagegen argumentieren zu wollen, überlegte es sich jedoch anders und kickte ihre Highheels fort. Sie winkelte die Beine an und trank von ihrem Wein. „Ich nehme an, es sieht aus, als stünde Randy unter einem ziemlich strengen Regiment." Seufzend fuhr sie sich durch die Haare. „Ein Grund dafür liegt darin, dass es für mich einfacher ist, wenn er einen festen Zeitplan hat. Ich muss zwei Jobs machen und habe wenig Freizeit, deshalb bin ich darauf angewiesen, dass andere Leute Randy mitnehmen, zum Training etwa. Ich will nicht, dass er zu viel Zeit allein verbringt, das ist nicht gut – also ermutige ich ihn, überall mitzumachen und mit Gleichaltrigen zusammen zu sein."

„Und zu gewinnen."

Sie lächelte. „Weil er es kann, Ben. Er hat so viel Talent." Ihre Augen glänzten für einen Moment. Sie befeuchtete sich die Lippen. „Genau wie Kevin", sagte sie leise.

Ben überlief es kalt. Auf einmal begriff er, warum Tracy nie geheiratet hatte – niemand konnte dem Vergleich mit seinem Bruder standhalten. Sie hatte keinem anderen Mann eine Chance gegeben. Und über die Jahre war Kevin zu einem Mythos geworden, dem Mythos eines vollkommenen Mannes.

„Kevin war bloß ein ganz normaler Student, Tracy."

„Er hatte ein Basketball-Stipendium."

„Das wurde ihm nicht mehr zuerkannt, als seine Noten sich verschlechterten."

„Er hatte einfach ein bisschen Pech", entgegnete sie schnell. „Wie wäre es mit einer Tasse Kaffee?"

„Das geht leider nicht." Er stand auf, froh, einen Grund zum Aufbruch zu haben. „Ich muss noch eine Million Anrufe erledigen, bevor es zu spät wird. Aber danke."

„Jederzeit", meinte sie, und es schien ihr ernst zu sein. Sie ging auf ihn zu und berührte sanft seinen Arm. „Die Tür ist immer offen für dich. Dein Besuch tut Randy unheimlich gut. Er braucht … einen Mann. Warte, ich hole ihn, er wird sicher Gute Nacht sagen wollen."

Sie lief den Flur hinunter und schob Randy kurz darauf in Bens Richtung.

Der Junge leckte sich nervös über die Lippen. „Freut mich, dass wir uns kennengelernt haben …" Er sah zu seiner Mutter und rang offensichtlich mit den Worten, ehe er hinzufügte: „Onkel Ben."

„Hat mich auch gefreut. Vielleicht sehen wir uns ja mal beim Baseball." Ben nahm die Hand des Jungen in seine Hände.

Seine trotzige Miene hellte sich auf. „Im Ernst?"

„Bestimmt. Kann ich meinen Hund mitbringen?"

„Du hast einen Hund?" Randy machte große Augen und wirkte überhaupt nicht mehr gequält. „Was denn für einen?"

„Einen bösartigen."

„Ehrlich?"

„Ich nenne ihn Attila."

Tracy presste die Lippen aufeinander.

„Ich habe ihn vor ein paar Tagen mit aufgeschlitztem Bauch entdeckt, als ich gerade in mein Auto steigen wollte."

Randy kam aus dem Staunen gar nicht mehr heraus. „Wow!"

„Es ist ein Deutscher Schäferhund, ein dunkler, langhaariger."

„Cool!" Randy strahlte übers ganze Gesicht.

„Du bist allergisch gegen Hunde", erinnerte seine Mutter ihn sanft und schob ihn wieder zurück ins Zimmer. „Und ich auch – zumindest gegen Hunde, die haaren." Sie begleitete Ben hinaus auf die Vorderveranda, und er hatte den Eindruck, dass Tracy etwas von ihm erwartete. Etwas, was er ihr nicht geben konnte.

„Danke für das Essen. Es war toll."

„Das könnten wir wiederholen", schlug sie vor und lächelte zufrieden.

„Ich melde mich." Angesichts des hoffnungsvollen Ausdrucks in ihren Augen hatte er ein schlechtes Gewissen.

„Gute Nacht, Ben", sagte sie, als er schon über den Parkplatz ging. „Ruf mich an."

Er machte sich nicht die Mühe, sich umzudrehen und sie anzulügen. Er hatte nicht die Absicht, etwas mit Tracy anzufangen. Ob es ihr nun selbst bewusst war oder nicht, er konnte sich des Verdachts nicht erwehren, dass Tracy hoffte, er werde den Platz seines toten Bruders an ihrer Seite einnehmen.

„Was für ein Schlamassel", murmelte er, nachdem er in seinen Pick-up gestiegen war. Gedankenverloren ließ er die Kupplung kommen. Erneut dachte er an Carlie. Wunderschöne Carlie. Verführerische Carlie. Lügnerin.

Der alte Dodge setzte sich in Bewegung, und Ben schaltete die Scheibenwischer ein. Frauen, dachte er unfreundlich. Warum bedeuteten die nur ständig so viel Ärger?

*A*ls du damals die Stadt verlassen hast, dachtest du, Carlie wäre schwanger von Kevin?" Nadine war perplex. Sie hob einen schweren Koffer aus ihrem neuen Mercedes – der Wagen war ein Hochzeitsgeschenk ihres Mannes – und warf die Haube zu.

„So stand es in den Briefen."

„Nie und nimmer." Empört schüttelte sie den Kopf und schloss die Haustür auf. „Manchmal verstehe ich dich nicht, Ben. Komm rein. Ich glaube, wir müssen uns unterhalten. Aber eins nach dem anderen. Bring bitte das übrige Gepäck mit, ja?" Sie warf ihm den Schlüssel zu, und er fand zwei weitere Taschen auf dem Rücksitz des Wagens. „Hayden fährt ihn später in die Garage – da sind noch Sachen von der Hochzeit drin, die er vorher ausräumen muss."

Ben nahm die Taschen, schloss den eleganten Wagen ab und ging wieder ins Haus. Der Weihnachtsbaum stand immer noch in der Ecke, doch einige der Lichterketten an der Treppe waren abgenommen worden. Die Blumen begannen mittlerweile zu verwelken.

Nadine seufzte vernehmlich auf dem Weg ins Wohnzimmer, ließ ihren großen Koffer fallen und kickte die Schuhe fort. „Oh, das ist schon besser. Ich habe meine aktuellen Lagerbestände mitgeschleppt. Heather Brooks hat mich mit einigen Kunsthändlern zusammengebracht, die ihr Geschäftsfeld auf Schmuck und Jacken ausweiten … du weißt schon, ‚tragbare Kunst'. Und jetzt befürchte ich mehr Bestellungen, als ich bewältigen kann." Sie führte ihn in die Küche, wo sie die Kühlschranktür öffnete und hineinschaute. „Wie wär's mit Apfelsaft?"

„Lieber nicht", antwortete er spöttisch.

„Davon kriegst du aber vielleicht bessere Laune."

„Das bezweifle ich."

„Eine Cola?" Sie wartete nicht erst auf eine Antwort, sondern nahm einfach zwei Dosen heraus und reichte ihm eine. Dann setzte sie sich auf einen der Küchenstühle, riss die Dose auf und legte ein Bein auf den freien Stuhl neben sich. „Jetzt noch mal von vorn. Du dachtest also, Carlie wäre schwanger, und zwar von Kevin, richtig?"

War sie taub? „Darüber haben wir doch schon gesprochen."

„Aber wieso, Ben?"

„Wegen der Briefe."

„Die Briefe?", wiederholte sie, dann fiel es ihr wieder ein. „Oh, wir reden hier über die Briefe, die du in Kevins Schlafzimmer gefunden hast."

„Ganz genau." Es behagte ihm ganz und gar nicht, über dieses Thema zu sprechen. Doch es gab keinen anderen Weg, um an die Wahrheit heranzukommen. Ben hatte über eine Stunde in seinem Pick-up gesessen und auf Nadine gewartet. Und in dieser Zeit hatte er darüber gegrübelt, was stimmte und was nicht.

„Ist das dein Ernst?" Sie besaß tatsächlich die Nerven zu lachen.

„Ein Witz jedenfalls nicht."

„Und ob es das ist!" Sie verdrehte die Augen und trank einen langen Schluck. „Du dachtest wirklich …"

„Ja, dachte ich. Was ist daran so verdammt lustig?"

„Es ist traurig, um ehrlich zu sein." In ihre grünen Augen trat ein ernster Ausdruck. „Ich glaube, du hast einfach zu viel hineininterpretiert."

„Was meinst du damit?" Erstaunt registrierte er, wie Hoffnung in ihm erwachte.

Sie massierte ihren Fuß. „Ich habe diese Briefe gelesen, und ja, Kevin liebte Carlie … das war deutlich. Es hat ihn schwer getroffen, als du dich mit ihr getroffen hast. Er fühlte sich von euch beiden hintergangen."

Der alte Schmerz meldete sich, aber damit hatte Ben schon gerechnet. Nadine war nicht für ihre Zurückhaltung bekannt. Wenn man ihr eine Frage stellte, bekam man eine unverblümte Antwort.

Sie redete immer noch. „… doch die Schwangerschaft, von der er schrieb, muss sich auf Tracy bezogen haben." Nadine streckte die Hand aus und berührte seinen Handrücken. „Erinnerst du dich nicht mehr? Tracy war schwanger, nicht Carlie. Und die Abtreibung, von der du in den Briefen gelesen hast, war bloß Kevins Wunschdenken." Sie verzog den Mund. „Er wollte das Baby nicht. Wir reden hier über Randy. Tracy war sehr mutig, das Kind zu bekommen und alleine großzuziehen. Kevin war tot, und die Gerüchte in der Stadt brodelten. Doch sie hat es gewagt, und Randy ist ein toller Junge. Mit seinen Noten lässt er sogar John und Bobby dumm dastehen", fügte sie hinzu. „Nicht, dass ich an den beiden etwas würde ändern wollen. Aber die zwei sind deutlich … aufmüpfiger."

„Genau wie ihre Mutter", neckte Ben sie, obwohl ihm nach Scherzen überhaupt nicht zumute war. War er wirklich so blind gewesen? All die Jahre? „Diese Briefe waren an Carlie adressiert."

„Aber sie wurden nie abgeschickt. Sie waren nur eine Methode von Kevin, um Dampf abzulassen und es sich von der Seele zu schreiben. Vielleicht hoffte er, eines Tages den Mut zu finden, sie abzuschicken. Wer weiß. Aber in deinem Kopf hast du alles durcheinanderbekommen." Sie trank einen großen Schluck von ihrer Cola und lehnte sich zurück.

War das möglich? War er so dumm gewesen? So vorschnell mit seinem Urteil? Hatte er Carlie zu Unrecht beschuldigt? Er verfiel in brütendes Schweigen, und seine Gedanken waren wie Dämonen in seinem Kopf, die ständig in schmerzlichen Erinnerungen herumstocherten.

„Sieh mal, es war für uns alle eine schwere Zeit", meinte Nadine. „Aber falls du Carlie nur wegen dieser Briefe verachtet hast, dann vergiss es. Es ist einfach nicht fair."

„Das hat sie auch gesagt", räumte er ein und erinnerte sich an ihre Wut.

„Oh." Nadine stieß die Luft leise pfeifend zwischen den Zähnen aus. „Du bist nicht wirklich zu ihr gegangen und hast ihr alle möglichen abscheulichen Dinge vorgeworfen, oder?" Als er nicht antwortete, verdrehte sie erneut die Augen. „Um Himmels willen, Ben, warum nur? Anfangs wollte auch ich ihr die Schuld geben. Sie war ein leichtes Ziel, aber Tatsache ist nun einmal, dass Kevin sich das Leben genommen hat. Es ist eine verdammte Schande. Ich vermisse ihn immer noch. Aber genau das ist passiert."

In diesem Moment kamen Hayden und die Jungen nach Hause. Die Hintertür flog auf, und zwei Hunde mit dreckigen Pfoten stürmten in die Küche und verbreiteten einen Wirbel aus regennassem Fell.

„Hershel, Leo, raus!", befahl Nadine, doch das kümmerte die Tiere nicht weiter. Sie rannten durch die Küche und in den Flur, der zur Eingangshalle führte. „Das gefällt mir an diesem Haus – dass ich hier absolut das Sagen habe", meinte sie und schickte leise Verwünschungen hinterher.

John und Bobby kamen ebenfalls zur Hintertür hereingepoltert und beschimpften sich die ganze Zeit gegenseitig aus vollem Hals.

„Idiot!"

„Baby!"

„Wenigstens habe ich Katie Osgood nicht geküsst", rief Bobby und warf Nadine einen überlegenen Blick zu.

„Du hast was …?"

„Äh, Mom, sie hat mich geküsst", verteidigte John sich und wurde dabei knallrot.

„So viel zu Ruhe und Frieden", bemerkte Nadine, schnappte sich Bobby, der zu fliehen versuchte, und gab ihm einen Kuss auf die Wange. Er lachte laut. „Das kriegst du dafür, Mister, dass du deiner Mom nicht mal Hallo gesagt hast."

Er grinste und schmiegte sich an ihre Wange. „Hallo."

„Und du …" Sie wandte sich an John, doch der lief rückwärts aus dem Raum.

„Ich bin zu alt für diese Küsserei", verkündete er und war im nächsten Moment im Flur verschwunden.

„Ja, weil du schon genug geküsst hast für heute", rief Bobby.

„Ich nicht. Ich hatte noch nicht annähernd genug Küsse!" Hayden gab seiner Frau einen Kuss auf den Kopf. „Je älter ich werde, desto mehr halte ich von Küssereien."

„Du bist unverbesserlich."

„Und du bist unwiderstehlich." Er gab ihr noch einen Kuss, dann sah er Ben an. „Hallo. Ich nehme an, du bist mit den Bauzeichnungen gekommen." Anscheinend hoffte er darauf, endlich zu erfahren, welche Fortschritte die Pläne für Nadines Wochenendhaus machten.

„Nein, er hat nur schlechte Stimmung mitgebracht", gab Nadine zurück. „Aber ich schätze, ich kann ihn dazu bringen, zum Abendessen zu bleiben."

„Abendessen mit deinem wilden Haufen? Auf keinen Fall."

„Ach, komm schon …"

„Nicht heute", lehnte Ben ab, trank seine Cola aus und stand auf.

„Gibt es noch so viel, worüber du nachdenken musst?", wollte Nadine wissen.

„Zu viel", gestand er. Dann verließ er das Haus durch die Hintertür und ging zu seinem alten Pick-up.

Irgendwie musste er die Wahrheit herausfinden. War er so blauäugig gewesen, so unsensibel, nicht zu merken, dass Carlie noch Jungfrau gewesen war? Hatte er einfach angenommen, sie besäße schon eine gewisse Erfahrung, und dabei ihre Naivität ganz übersehen?

Er kam sich vor wie ein Narr. Es war einzigartig und leidenschaftlich gewesen, mit Carlie zu schlafen. Selbst Kevins Tod hatte dieser wundervollen Erinnerung nichts anhaben können.

Nie wieder hatte Ben sich so lebendig gefühlt, wenn er mit einer Frau zusammen gewesen war. Er hatte das auf den Tod seines Bruders geschoben. Jetzt wusste er es besser. Nie wieder hatte er sich diese Gefühle erlaubt wie in jener regnerischen Nacht, die für ihn noch immer wie ein Wunder war.

Du Narr, schalt er sich, während er durch den Nieselregen nach Hause fuhr.

Er hatte ja nicht einmal gemerkt, dass sie Jungfrau war. Er war so auf sein eigenes Vergnügen konzentriert gewesen, dass er bei ihr gar nicht auf Anzeichen für Unbehagen oder gar Schmerz geachtet hatte.

So ein Mist. Er fühlte sich wie der letzte Idiot. Einer, der eine Frau zu Unrecht viele Jahre lang beschuldigt hatte. *Für wen hast du dich eigentlich gehalten, Powell?*

An Carlies Gefühle hatte er nie gedacht. Nach Kevins Tod hatte er kaltherzig ihre Anrufe und Briefe ignoriert. Er wollte ihre Version der Geschichte einfach nicht hören. Stattdessen hatte er ihr die Schuld an Kevins Tod gegeben und sie verachtet. Und sein Schritt in die Army war nur eine Flucht vor Carlie – so schnell und so weit er konnte.

Der Pick-up rumpelte über die holprige Auffahrt seines kleinen gemieteten Hauses. Ein Haus, das er eines Tages mit einer Frau zu teilen hoffte.

Er fragte sich, ob Carlie diese Frau sein würde. Sofort verwarf er diesen Gedanken wieder. Sie wäre ja verrückt, wenn sie ihm jemals wieder vertraute.

Thomas Fitzpatricks Büro war bescheiden eingerichtet. Die Büroräume der Fitzpatrick Aktiengesellschaft waren zwar vornehm, aber nicht pompös. Sie lagen im dritten Stock eines der ältesten Gebäude der Stadt, dem ursprünglichen Gold Creek Hotel.

Carlie saß in einem Sessel neben dem Fenster, und Thomas sprach mit seiner wohlklingenden, durch jahrelanges öffentliches Reden geschulte Stimme.

„… wünsche ich keine Studioaufnahmen oder offenkundig gestellte Bilder. Ich will die Männer in Aktion zeigen. Den amerikanischen Arbeiter von seiner besten Seite." Thomas Fitzpatrick lehnte sich in seinem Ledersessel zurück, sichtlich zufrieden mit seiner Wortwahl. Die Hände unter dem Kinn zu einem Spitzdach geformt, beobachtete er Carlie, die auf der anderen Seite des Schreibtisches saß. Seine Miene war nachdenklich, und das beunruhigte sie mehr, als ihr lieb war.

Sie wusste selbst nicht genau, weshalb sie sich wie ein kleiner Vogel mit gebrochenem Flügel fühlte, der die Aufmerksamkeit des Katers aus der Nachbarschaft auf sich gezogen hatte. Sie schüttelte dieses Gefühl ab. Er war ein Mann, ein reicher Mann, aber über sie besaß er keine Macht.

Carlie hoffte, dass ihr Lächeln nicht so spröde wirkte, wie es sich anfühlte. „Kein Posieren für die Kamera?"

„Ganz genau", bestätigte er und lächelte unter dem gestutzten Schnurrbart. „Wohlgemerkt, ich will nichts, was auch nur annähernd gefährlich oder unangenehm wirkt. Ich will die Holzfirma zeigen als einen faszinierenden, aber sicheren Arbeitsplatz. Es muss deutlich werden, dass uns, der Fitzpatrick AG, neben dem Gewinn auch Umweltbewusstsein und Arbeitsbedingungen am Herzen liegen." Er hob die Brauen, als erwartete er ihren Kommentar.

„Geht das überhaupt?"

Seine Lippen zuckten. „Ich denke, Sie können es möglich machen, Miss Surrett."

Schon wollte sie erwidern, sie sei Fotografin und könne nicht unbedingt Wunder vollbringen. Doch dann entschied sie, dass Vorsicht hier besser war als Nachsicht. „Ich werde es versuchen", versprach sie und kam sich wie eine Verräterin vor.

„Gut. Und jetzt erzählen Sie mir, wie es Ihrem Vater geht." Er besaß immerhin so viel Anstand, ehrlich besorgt dreinzuschauen.

„Besser. Er müsste in ein paar Tagen nach Hause kommen."

Thomas seufzte schwer. „Wenn er wieder auf den Beinen ist, soll er mich bitte anrufen. Ich habe bereits mit den Firmenanwälten über die Möglichkeit eines vorzeitigen Ruhestands gesprochen. Aber natürlich möchte ich mich zuerst mit Weldon darüber unterhalten."

„Das ist eine gute Idee", erwiderte sie steif.

„Er weiß, dass wir hier freie Schreibtischjobs haben, nur …"

„Er will Ihre Wohltätigkeit nicht, Mr Fitzpatrick. Und Ihr Mitleid auch nicht." Carlie fand, sie sollte die Gesundheit ihres Vaters nicht mit dem Mann diskutieren, der Weldon seiner Träume beraubte. Deshalb hängte sie sich ihre Handtasche um und stand auf. „Ich kann Anfang nächster Woche in der Verwaltung der Firma mit den Fotos beginnen."

„Perfekt. Melden Sie sich einfach bei Marge, unserer Sekretärin. Sie wird Brian über alles informieren."

Schon im Gehen begriffen, stoppte seine Stimme sie noch einmal. „Da wären noch einige andere Dinge."

Anspannung erfasste sie, doch sie nahm sich zusammen und drehte sich langsam zu ihm um.

„Meine Tochter Toni, Sie kennen sie, glaube ich."

„Wir sind uns begegnet."

Thomas' Miene verdüsterte sich. „Möglicherweise wird sie bald heiraten, innerhalb der nächsten Monate, und da brauchten wir vielleicht einen Fotografen für die Hochzeit. Ich habe mich gefragt, ob Sie interessiert wären."

Eigentlich wollte sie Nein sagen. Am liebsten hätte sie ihm gestanden, dass sie es ohnehin schon bereue, für ihn zu arbeiten und im Grunde mit den Fitzpatricks und ihrem Geld nichts zu tun haben wollte. Aber das ging nicht. Sie war zu vernünftig, und ehe ihr Vater nicht wieder zu Hause war und wenigstens eine gewisse Aussicht bestand, das Krankenhaus und die Arztrechnungen zu bezahlen, konnte Carlie es sich gar nicht leisten, irgendwelche Aufträge abzulehnen. „Ich wäre sehr interessiert", sagte sie daher. „Toni soll mich anrufen."

„Das werde ich ihr ausrichten. Nun zu einem anderen Punkt." Er lehnte sich nach vorn und stützte die Ellbogen auf den Schreibtisch. „Es handelt sich um eine persönlichere Angelegenheit. Ich hatte gehofft, dass Sie in Ihrem vollen Terminkalender Zeit für ein Abendessen finden. Mit mir."

Unsicher, ob sie richtig gehört hatte, zögerte sie einen kurzen Moment. „Ich glaube nicht, dass das eine so gute Idee wäre."

Sein Grinsen war voller Selbstironie. „Ich möchte nicht, dass Sie einen falschen Eindruck bekommen, Miss Surrett. Es wäre ein rein geschäftliches Essen. Schließlich bin ich immer noch verheiratet." Ein dunkler Schatten huschte in seine Augen und verschwand gleich wieder.

„Solange wir uns da einig sind."

„Absolut. Wie wäre es mit Freitag in einer Woche? Um sieben?"

Carlie fühlte sich unwohl. Natürlich war sie es gewohnt, Einladungen von Männern jeglichen Alters zu bekommen. Besonders während ihrer Zeit als Model hatte sie sich kaum vor ihnen retten können. Nur durfte sie Fitzpatrick keinen Korb geben. „Ich schaue mal in meinen Kalender."

„Gut. Ich rufe Sie an", sagte er, während sie aus seinem Büro in das Heiligtum seiner Sekretärin Melanie Patton trat. Melanie schaute kaum auf, als die Besucherin vorbeirauschte, hinaus in die Empfangshalle, hinter deren Tresen eine junge Frau telefonierte. Der Fahrstuhl brachte Carlie die drei Stockwerke nach unten ins Foyer des eleganten alten Hotels.

Thomas Fitzpatrick hatte der Stadt wirklich etwas Gutes getan, indem er das älteste Gebäude von Gold Creek vor der Abrissbirne gerettet und Geld für die Restaurierung gespendet hatte. Damit hatte das sandfarbene Backsteingebäude seinen ursprünglichen Charme zurückbekommen. Dicke Orientteppiche bedeckten die glänzend polierten Fußböden, und drei Etagen über der Lobby erzeugte ein Oberlicht aus Buntglas bei Sonnenschein ein Farbenspiel auf Wänden und Fußböden.

Allerdings änderte die wundervolle Atmosphäre des Hotels nichts an Carlies Abneigung gegen Thomas Fitzpatrick. Er war zu glatt, beinah aalglatt, und sie hegte den Verdacht, dass seinem ganzen Handeln nur eine einzige Absicht zugrunde lag: die Vermehrung seines Reichtums.

Carlie aß mit ihrer Mutter im Drugstore zu Mittag und nutzte den Rest ihrer Pause für einen Besuch bei ihrem Vater. Den Nachmittag verbrachte sie im Atelier. Als sie endlich die Aufnahmen von vierjährigen Drillingen im Kasten hatte, ging es auf sieben Uhr zu, und sie war erschöpft.

Die letzte Person, mit der sie sich jetzt auseinandersetzen wollte, war Ben Powell. Doch als sie auf den Parkplatz zu ihrem Haus einbog, erkannte sie seinen Pick-up zwischen zwei Fichten. „Na fabelhaft", murmelte sie und dachte an das Desaster des Vorabends. Sie war müde und gereizt und wollte nicht mit ihm sprechen.

Hoffentlich arbeitete er gerade in einer anderen Wohnung. Doch so viel Glück hatte sie nicht.

Als sie die Tür zu ihrer Wohnung öffnete, lag er auf ihrem alten Sofa. Er hatte die Schuhe ausgezogen und den Kopf auf die gepolsterte Lehne gebettet, als gehörte er dorthin. Als hätte sie ihn eingeladen. Als wollte sie etwas von ihm.

„Ich hab schon fast nicht mehr mit dir gerechnet", meinte er in lässigem Ton.

„Was machst du hier?"

Sein Lächeln war sexy. „Auf dich warten."

„Damit du mich wieder beleidigen kannst?", fuhr sie ihn an, und der alte Ärger stieg sofort wieder in ihr auf. „Vergiss es. Ich bin müde und möchte kein abendliches Ritual daraus machen, dich aus meiner Wohnung zu werfen. Also, warum verstehst du den Wink mit dem Zaunpfahl nicht einfach, bevor ich unhöflich werde?"

„Wir müssen reden."

„Reden? Das bezweifle ich. Wir haben gestern Abend schon genug geredet. Mehr als genug, wenn du mich fragst."

„Da irrst du dich." Er schwang die Füße auf den Boden, stand auf und betrachtete für einen Moment seine Fingernägel. „Wir haben uns noch viel mehr zu sagen."

Sie wartete.

„Na schön, dann fange ich an. Es tut mir leid, Carlie", begann er, nachdem er einen Moment gefürchtet hatte, die Worte würden in seinem Hals stecken bleiben.

„Es tut dir leid?" Sie glaubte, nicht richtig zu hören. Ben bat sie um Verzeihung? Nach all der Zeit? Kaum zu glauben.

„Dass ich voreilige Schlüsse gezogen habe." Seine Miene war ernst. „Ich habe viele Fehler gemacht, und für die gibt es keine Entschuldigung. Ich könnte anführen, dass ich noch so jung war, verwirrt und naiv genug, diese Lügen zu glauben. Aber die Wahrheit ist, dass ich wahrscheinlich das Schlimmste von dir annehmen wollte. Du warst ein leichtes Ziel. Bei dir konnte ich etwas von meinen Schuldgefühlen abladen."

Schon wieder brannten heiße Tränen in ihren Augen. „Du glaubst mir?", flüsterte sie.

„Eigentlich will ich es nicht. Um ehrlich zu sein, hätte ich dich lieber weiterhin für eine kaltherzige Lügnerin gehalten."

„Warum?"

„Weil das einfacher war", gestand er. „Weniger kompliziert." Er ging zu ihr und berührte ihre Schulter. Rasch wich Carlie zurück, ging hinüber zum Fenster und schaute hinaus in die einsetzende Dunkelheit.

„Die vergangenen vierundzwanzig Stunden habe ich damit verbracht, in mich hineinzuhorchen. Ich wollte in dir eine Frau sehen, die nichts als Ärger macht. Wollte mir einreden, du seist die letzte Frau auf der Welt für mich, und dass ich dumm wäre, wenn ich zurückkommen würde." Er zögerte eine Minute, dann stieß er einen langen Seufzer aus. „Aber das funktionierte alles nicht. Wir müssen die Dinge zwischen uns erst klären. Könnte sein, dass ich dir gegenüber nicht ganz fair war."

„Oh ja, könnte durchaus sein."

Er wurde wieder ernst. „Wie gesagt, ich bin hier, um mich zu entschuldigen."

Sie wusste, es wäre besser, ihn hinauszuwerfen. Doch ein Teil von ihr, ein sehr kleiner und entschlossener Teil, wollte hören, was er zu sagen hatte. Jahrelang hatte sie davon fantasiert, wie er vor ihr zu Kreuze kroch, sie um Vergebung bat. Aber das waren Mädchenträume gewesen. „Ich will deine Entschuldigungen nicht", erklärte sie. „Es ist zu viel Zeit vergangen, zu viele Jahre." Sie hob die Hände und ließ sie wieder sinken. „Es war zu schmerzhaft. Ich will nur noch in Ruhe gelassen werden."

Ganz langsam schüttelte er den Kopf, ohne den Blickkontakt zu unterbrechen. „Das glaube ich dir nicht."

„Dann bist du ein Narr."

Ein großspuriges Lächeln erschien auf seinem Gesicht. „Man hat mich schon schlimmer beschimpft."

„Darauf wette ich." Sie schluckte hart, und ihr Puls beschleunigte sich, als er näher kam, mit diesem silbrigen Glimmen in den Augen. Die Art, wie er sie ansah, verwandelte ihr Blut in warmen Honig. Sie musste sich ins Gedächtnis rufen, dass er gefährlich war. Es würde ihr nur unerträglichen Herzschmerz bereiten, wenn sie noch mehr Zeit mit ihm verbrachte. Bis heute hatte er die grässlichsten Lügen über sie geglaubt. „Du ... du musst gehen.“

„Noch nicht.“

„Bitte, Ben, tu uns beiden einen Gefallen.“

„Gleich.“

„Du musst gehen ...“ Ihre Kehle war so trocken, dass sie kaum noch sprechen konnte. „Bitte, Ben“, flüsterte sie. „Wenn du wirklich etwas wiedergutmachen willst, dann gehst du einfach und kommst nie wieder zurück.“

„Wenn ich das doch nur könnte“, entgegnete er, und im nächsten Moment hatte er die Arme um sie gelegt. Kurz zögerte er, als fürchtete auch er sich vor dem nächsten Schritt, während seine Lippen ihren schon ganz nah waren.

„Tu das nicht.“

„Ich muss.“

Sie hielt den Atem an und glaubte sterben zu müssen, während tief in ihrer Seele Begehren und Widerwillen miteinander im Kampf lagen.

„Ich wollte das schon tun, seit ich dich vor der Hochzeit am See gesehen habe“, gestand er, ehe er sie leidenschaftlich küsste, so wild und ungebändigt, als habe er sich das jahrelang versagt.

Carlie sagte sich, sie solle sich wehren, doch seine sanften Lippen, das Spiel seiner Zunge an ihren Zähnen, seine harten Muskeln und die Art, wie wunderbar ihr Körper sich an seinen schmiegte – all das bewirkte, dass sie einfach nachgab.

Natürlich war ihr klar, dass es falsch war und sie sich verwundbar machte. Sie konnte Ben unmöglich wieder in ihr Herz und ihr Leben lassen. Doch lösen konnte sie sich auch nicht von ihm, und je stürmischer er sie küsste, je fordernder seine Zunge und seine Hände wurden, desto leiser wurde die warnende Stimme in ihr.

Carlie schwebte davon in sinnlichen Erinnerungen. Der Winterwind fegte nicht mehr ums Haus und rüttelte an den Fenstern. Nein, eine sanfte Sommerbrise wehte und führte den Duft von Flieder und Geißblatt mit sich. Und sie war wieder das junge, verliebte Mädchen. Sie schlang ihm die Arme um den Nacken und hielt ihn nicht auf, sowie er seine starken Hände ihr um die Taille legte und sie an sich presste, sodass sie sein Verlangen deutlich spüren konnte.

Nach Atem ringend löste er sich schließlich von ihr. „So war es immer zwischen uns." Er presste leicht die Stirn an ihre. „Ich verstehe das nicht."

„Ich auch nicht." Ihre Sinne wurden wieder klar, und sie befreite sich aus seiner Umarmung. „Aber es muss aufhören."

„Warum?"

„Weil es falsch ist, Ben. Das wissen wir beide. Du benutzt mich, wenn es dir gerade passt. Und wenn nicht, beleidigst du mich und machst mir ungerechtfertigte Vorwürfe."

Sie wich einen Schritt zurück, doch sofort schlang er wieder die Arme um sie, diesmal fester, und presste sie an sich. „Carlie, hör auf …"

„Hör du auf!", schnitt sie ihm das Wort ab. Sie wollte nicht zu diesen Frauen gehören, die bei einem Mann schwach werden, egal, wie er sie behandelte. „Vor einigen Tagen hast du mir noch vorgeworfen … ach, es lohnt sich gar nicht, daran zu denken. Lass mich einfach los."

Ben weigerte sich. Seine Miene drückte Entschlossenheit aus. „Ich bin hergekommen, um die Dinge zu klären."

„Sie sind geklärt. Wir wissen beide, dass wir nicht zueinander passen."

„Wir wissen, dass wir jung waren und ungestüm, wir konnten nicht voneinander lassen."

„Du dachtest, ich hätte mit deinem Bruder geschlafen", erinnerte sie ihn und hatte dabei Mühe, ruhig zu sprechen. „Du glaubtest, ich wäre von ihm schwanger gewesen und hätte das Baby abgetrieben. Du hast mir zugetraut, ich hätte ihn benutzt, um an dich heranzukommen, und du hast mich beschuldigt, er hätte sich meinetwegen umgebracht. Um Himmels willen, Ben", flüsterte sie, während Tränen ihre Augen füllten. „Du hast mir für alles, was in deinem Leben schiefging, die Schuld gegeben."

Es drängte sie, ihm die Wahrheit zu sagen, dass nämlich er, nicht

Kevin, beinah Vater geworden wäre. Doch dieses Geheimnis konnte sie ihm nicht anvertrauen. Zumindest noch nicht. Wahrscheinlich nie. „Aber ich war nicht schuldig, genauso wenig wie du. Also hör auf, dich selbst zu quälen und mich dazu."

Ihm war nichts anzumerken, nicht die leiseste Regung, doch seine verhärteten Züge verrieten ihr, dass sie endlich zu ihm durchgedrungen war. Er schien einen inneren Kampf auszutragen mit sich, und über dem einen Auge zuckte ein winziger Muskel. „Ich weiß, dass ich Fehler gemacht habe. Große Fehler. Ich will bloß die Chance, mit dir zusammen noch einmal von vorn anzufangen. Wir können nicht so tun, als hätte die Vergangenheit nie stattgefunden. Es wäre töricht zu glauben, dass sie nicht für den Rest unseres Lebens einen Einfluss auf uns hat. Aber ich will versuchen … einen Weg zu finden, wie wir Freunde werden können."

„Freunde?", wiederholte sie und weigerte sich zu weinen, trotz des Schmerzes. „O Ben, dafür sind wir doch schon viel zu weit gegangen. Wir werden niemals Freunde sein."

„Dann eben Liebende."

„Dafür ist es zu spät", sagte sie, obwohl ihr Herz schneller schlug bei der Erinnerung an frühere Zeiten.

„Weißt du denn nicht, dass es nie zu spät ist, Carlie?" Er zog sie näher an sich und küsste sie hart und fordernd.

Irgendetwas erwachte in ihr, obwohl sie dagegen ankämpfte. Auf keinen Fall durfte sie sich wieder in Ben verlieben. Nie! Als er den Kopf hob, glänzten seine Augen, und sein Atem streifte ihre Haare. „Ich wünschte, ich würde nicht so empfinden", flüsterte er mit rauer Stimme.

„Mir geht es genauso."

„Du streitest es nicht ab, Carlie." Erneut küsste er sie.

Sie wollte ihn aufhalten, um ihr Herz zu schützen, doch jeder Gedanke an Protest verflog, als er ihre Haare um seine Finger wickelte und Carlie mit sich hinunter auf die Couch zog. Sie schlang ihm die Arme um den Nacken und schmiegte sich an seinen schlanken, muskulösen Körper, als seien sie füreinander geschaffen. Er versprach ihr nichts, redete nicht von Liebe, doch er küsste sie mit einer solchen Leidenschaft, dass Carlie mit heißer Lust reagierte.

Er fand den Reißverschluss auf der Rückseite ihres Kleides und zog ihn auf. Mit einem leisen Sirren ging er auf. Sie spürte die kühle Luft an ihrem Rücken, doch gleich darauf liebkoste er schon ihre Haut und seine Hände brachten die Wärme zurück.

Noch immer küsste er sie, und seine Zunge glitt durch ihre geöffneten Lippen. Sein Kuss war sanft und stark zugleich. Carlie wurde von ihren Gefühlen mitgerissen, altbekannten und vollkommen neuen, und sie stöhnte leise auf.

Zusammen glitten sie zu Boden auf den weichen Orientteppich, und Carlie schloss die Augen. Ihre innere Stimme protestierte vehement. *Das ist falsch, falsch und gefährlich. Halte ihn auf, solange du noch kannst!*

Doch sie konnte es gar nicht. Oder wollte es nicht. Sie verdrängte die schrecklichen Zweifel und gab sich diesem Wunder hin, mit ihm zusammen zu sein. Seine starken Hände glitten begierig über ihre Haut, und langsam zog er den oberen Teil ihres Kleides herunter. Darunter kam ein Spitzenmieder mit hauchzartem BH zum Vorschein.

„Oh Carlie", murmelte Ben und küsste sie auf die Wange, dann auf den Hals. Mit seinen Lippen und seiner Zunge hinterließ er eine feuchte Spur auf ihrem Schlüsselbein, die sich kühl anfühlte, sobald die Luft darauf traf. „Du bist so unglaublich schön." Sie spürte seinen Atem zwischen ihren Brüsten, während er mit dem Mund den hauchdünnen Stoff über ihren Brustwarzen umspielte. „Du hast mir gefehlt."

Sie bog sich ihm entgegen, und er begann, an einer ihrer Brustknospen zu saugen. Unter seiner drängenden Berührung richtete sie sich hart auf.

Ihr Inneres schien sich in flüssige Glut zu verwandeln. Sie grub ihre Finger in Bens Haare, um seinen Kopf dort zu halten, wo er war, und ihm mehr von sich darzubieten.

Tu es nicht! Carlie, denk doch nach! rief ihre innere Stimme verzweifelt, als er die schmalen Spitzenträger von ihren Schultern streifte.

Er liebt dich nicht. Er mag dich nicht einmal. Du bescherst dir selbst nur größeres Leid, als du dir vorstellen kannst.

Stöhnend nahm sie wahr, wie BH und Mieder verschwanden. Nun war sie nackt bis zur Taille und seinen zärtlichen Händen ebenso wie seinem erfahrenen Mund ausgeliefert. Langsam wanderte er mit seinen Lippen über ihre Haut und ließ dabei mit jeder neuen intimen Berührung kleine heiße Flammen der Begierde auflodern. „Ben", flüsterte sie.

Mit einer Hand streifte er ihr das Kleid ab, während er weiter ihre Knospen verwöhnte.

Carlie wand sich vor Lust und versuchte, seine Hemdknöpfe aufzubekommen. Ihr Verstand war vernebelt, ihr Herz pochte, und tief in ihr schrie das Verlangen danach, gestillt zu werden.

Er benutzt dich! Er spielt mit dir! Denk an das, was schon passiert ist. O Carlie, denk nach, bevor es zu spät ist!

Ben schob die Hand weiter nach unten, unter das elastische Band ihres Slips.

Erinnere dich an das Baby! Um Himmels willen, erinnere dich an das Baby!

„Ben, nein!", stieß sie hervor. Sämtliche Alarmglocken schrillten gleichzeitig in ihrem Kopf.

Er erstarrte, jeder Muskel schien angespannt zu sein.

„Wir … wir können das nicht. *Ich* kann es nicht!" Wie aus dem Nichts stiegen ihr Tränen in die Augen, als er sie ansah. „Es ist … es geht zu schnell." Sie kam sich blöd vor, wie sie so halb nackt unter ihm lag. „Viel zu schnell." Sein Hemd war offen, und seine Brust hob und senkte sich mit jedem Atemzug. Ein feiner Schweißfilm glänzte auf seiner Haut.

Langsam sank er neben ihr auf die Seite. Sie beobachtete ihn, während er mehrmals tief durchatmete, um den Kopf wieder klar zu bekommen. „Zu schnell?", wiederholte er, sobald er seine Stimme wiedergefunden hatte. „Es ist elf Jahre her!" Seufzend schaute er zur Decke. „Was willst du eigentlich von mir, Carlie? Blumen und Romantik? Champagner und Spaziergänge im Mondschein, Diamanten und Versprechungen – das ganze Programm?"

„Ich …" Hastig zog sie sich wieder an. „Ich will keinen Fehler machen."

„Da habe ich Neuigkeiten für dich, mein Liebling." Er rollte sich auf die Seite und bedachte sie mit einem spöttischen Lächeln. „Wir sind längst über unseren ersten, zweiten oder dritten Fehler hinaus. Wenn du mich fragst, stecken wir bis zum Hals drin."

Auch wenn seine Wahrheit zynisch klang, konnte Carlie ihm da kaum widersprechen. Nur war sie kein junges Mädchen mehr, sondern eine Frau, die entschlossen war, ihr Schicksal selbst in die Hand zu nehmen. Ben machte es ihr schwer – verdammt schwer. „Okay, ich will jedenfalls keine weiteren Fehler machen, zumindest keinen, der mich dann für den Rest meines Lebens verfolgt."

„Zum Beispiel, mit mir zu schlafen?"

Sie schluckte hart, ihre Kehle war wie zugeschnürt. „Ja." Ihre Stimme war kaum ein Flüstern.

„Ich habe den Eindruck, als hätten wir diese Brücke bereits überquert", erinnerte er sie und sah sie mit seinen braunen Augen durchdringend an.

„Nicht in unserer jüngeren gemeinsamen Geschichte."

Er stieß einen verächtlichen Laut aus. „Es bei dir langsam angehen zu lassen, ist, als wollte man einen Zug in voller Fahrt anhalten."

Sie verspürte das Bedürfnis, laut loszuschreien, und es fiel ihr schwer, sich zu beherrschen. „Ich gebe dir ja gar nicht die Schuld. Schließlich bin ich erwachsen und trage selbst Verantwortung. Ich müsste wissen, was ich tue … Aber ich finde einfach, wir sollten vorsichtig sein."

Lange schaute er sie schweigend an, ließ den Blick über ihren Körper gleiten. Sie lag ausgestreckt auf dem dicken Orientteppich, nur wenige Zentimeter von Ben entfernt, und sie merkte, dass sie vor Verlegenheit errötete. Er berührte ihre Wange und strich ihr die Haare aus dem Gesicht. „Na schön, Carlie, du hast gewonnen. Ich bin nicht vorbeigekommen, um dich zu verführen. Ich wollte mich nur entschuldigen und dich wieder kennenlernen – wenn auch nicht unbedingt im biblischen Sinn." Mit einem sinnlichen Funkeln in den Augen fügte er hinzu: „Obwohl das ganz nett gewesen wäre."

„Vergiss es, Powell", gab sie zurück, endlich wieder in der Lage zu lachen. Sie stützte sich auf den Ellbogen und warf die Haare zurück. „Wahrscheinlich ist das derselbe alte Spruch, den Frauen überall auf der Welt zu hören bekommen haben, während du in der Army gewesen bist."

„Da hatte ich keine Zeit für Frauen."

Sie schüttelte den Kopf. „Ich kenne die Geschichten, die man sich über Soldaten erzählt. Du wirst mir nicht weismachen können, dass du nie ein Date hattest …"

„Oh, ich hatte ein paar", räumte er ein. „Na ja, mehr als nur ein paar. Aber nichts, was länger als zwei Wochen gedauert hätte." Angesichts ihrer skeptischen Miene zuckte er die Schultern. „Das stimmt. Ich war ziemlich engagiert und viel unterwegs. Sobald es für eine Frau zu ernst wurde, habe ich aufgehört, mich mit ihr zu treffen."

„Dann hast du Millionen Herzen überall auf der Welt gebrochen."

„Nicht ganz eine Million." Er stand auf und zog Carlie hoch. „Komm, ich lade dich zum Essen ein, und dabei erzähle ich dir meine Lebensgeschichte."

„Du musst nicht …"

„Ich will aber." Seine Finger schlossen sich um ihre. „Was kann es schon schaden?"

Darauf gab sie lieber keine Antwort.

Er wählte ein Restaurant in Coleville, das Blue Lobster, das auf Meeresfrüchte spezialisiert war. Rohe Holzwände, an denen Schwarz-Weiß-Fotografien von Fischdampferbesatzungen und Walfangschiffen hingen, dazu Fischernetze über einigen der Tischnischen. In den Netzen befanden sich getrocknete Seesterne und Seepferdchen. Bunte Glasschwimmer, wie Angler sie benutzen, vervollständigten das Dekor.

Eine Kellnerin führte sie zu einer ruhigen Tischnische in der Nähe eines Kamins. Kerzen in Windlichtern und frische Blumen schmückten den lackierten Tisch, der aus dem Lukendeckel eines kleineren Bootes gebaut war.

Ben bestellte eine Platte mit Meeresfrüchten als ersten Gang sowie Wein für Carlie und ein Bier für sich.

Als die Getränke und die Vorspeisen kamen, stieß er mit Carlie an. „Auf einen Neuanfang."

„Prost", erwiderte sie und musste lachen, da sie sich daran erinnerte, wie sie Ben vor vielen Jahren ihre intimsten Geheimnisse anvertraut hatte. Sie hatte ihm ihre Träume erzählt, ihre Ängste geschildert, und sie hatte mit ihm geschlafen, ohne die geringste Sorge über ihre Zukunft.

Das Kerzenlicht flackerte und warf einen goldenen Schein auf Bens Gesicht. Unwillkürlich fragte sie sich, wie es wohl wäre, sich erneut in ihn zu verlieben. Verschwunden war inzwischen jede Ähnlichkeit mit dem Jungen, für den sie einst geschwärmt hatte. Ihr gegenüber saß ein Mann mit kleinen Fältchen um die Augen, einem Bein, das manchmal schmerzte, und einem jahrelangen Militärdienst der ihn geprägt hatte. Ein Mann, der Kämpfe in Wüsten und Dschungeln und Städten der Dritten Welt miterlebt hatte. Während Carlie in New York oder Paris gelebt hatte, war er im Nahen Osten, in Afrika und in Mittelamerika gewesen.

Sie hatten sich in völlig verschiedenen Welten bewegt.

Carlie trank von ihrem Wein, studierte die Speisekarte und wählte schließlich gebackenen Heilbutt mit Reis. Ben entschied sich für Steak und Garnelen.

„Du wolltest mir von deinem Liebesleben erzählen", erinnerte sie ihn, nachdem die Hauptgerichte serviert worden waren und die Kellnerin sich entfernt hatte.

„Mit Liebe hatte das alles nichts zu tun", versicherte er ihr.

„Keine besondere Frau?"

Er sah ihr auf eine Weise in die Augen, die ihr eine Gänsehaut bescherte. „Keine besondere Frau", bestätigte er.

Carlie hatte Mühe zu schlucken.

„Was ist mit dir?" Er brach ein Stück Knoblauchbrot ab. „Du bist geschieden, oder? Wer war denn der glückliche Kerl, der mit dir vor den Altar getreten ist?"

Ein alter Schmerz erwachte in ihr, und das Essen verlor plötzlich jeden Geschmack. Carlie wollte nicht über ihre gescheiterte Ehe sprechen. In all den Jahren hatte sie diese Erfahrung kaum jemandem gegenüber je erwähnt. Natürlich kannten ihre Eltern die Geschichte weitgehend, und Rachelle hatte sich aus verschiedenen Unterhaltungen ihren Reim machen können. Doch jetzt, wo sie dem einzigen Mann gegenübersaß, den sie je geliebt hatte, war sie unsicher, ob sie darüber reden konnte. „Hm, normalerweise spreche ich nicht darüber."

„Warum nicht?"

„Es ist … Geschichte."

Ben presste die Lippen aufeinander. „Du liebst ihn immer noch."

„Oh nein! Ich meine … genau darin lag das Problem." Es gab doch keine bessere Gelegenheit, ehrlich zu sein, als jetzt. Sie hatte sich vorgenommen, jedem Mann gegenüber aufrichtig zu sein, mit dem sie sich einließ, und ihm alles zu erzählen, was ihr im Leben widerfahren war. Nur hatte sie nicht erwartet, eine Beziehung mit Ben anzufangen. Jenem Mann, der ihr einst das Herz gebrochen hatte. „Ich habe Paul nicht so geliebt, wie ich es hätte tun sollen."

„Paul war dein Mann."

„Ja, Paul Durant. Er war ein Schauspieler am Beginn seiner Karriere, und ich hatte gerade als Model angefangen. Wir waren beide noch völlig unbekannt, als wir zusammenkamen. Ich glaube, ich war empfänglich dafür, weil ich die Enttäuschung mit dir hinter mir hatte", gab sie zu und registrierte Bens zuckenden Mundwinkel. „Er sah nicht allzu gut aus, aber irgendwie süß. Blond und drahtig …" Sie lächelte traurig und schob den Fisch, den sie kaum angerührt hatte, in den Reis. „Tja, ehe ich Zeit zum Nachdenken hatte, beschlossen wir schon zu heiraten."

„Warum?"

Das war eine durchaus vernünftige Frage. „Du kennst ja das alte Sprichwort, dass zwei so billig leben können wie einer? Also, wir brauchten beide einen Mitbewohner, weil Manhattan so teuer war. Außerdem mochten wir uns sehr. Wir redeten uns ein, dass wir uns liebten."

„Aber das stimmte nicht?"

Sie legte die Gabel hin und sah ihn direkt an. „Ich war nur ein einziges Mal verliebt, Ben, und es ging nicht gut aus für mich." Seine Miene verhärtete sich, doch schließlich hatte er gefragt, also musste er auch die Antwort aushalten. „Ich bezweifle, dass Leidenschaft allein die treibende Kraft sein sollte, wenn zwei Leute beabsichtigen, für den Rest ihres Lebens zusammenzubleiben", fuhr sie fort. „Ich wollte einfach ... nicht allein sein und mein Leben mit jemandem verbringen. Mit jemandem, den ich mochte und der für mich etwas empfand."

„Klingt perfekt", meinte er sarkastisch.

„War es aber nicht." Sie leerte ihr Glas Wein in einem einzigen langen Zug. „Ich bekam mehr Angebote als er. Während er immer noch in einem italienischen Restaurant um die Ecke kellnerte, erhielt ich mehr Aufträge, als ich schaffen konnte, und verdiente viel mehr Geld. Er ging zu einem Vorsprechen nach dem anderen und erhielt doch nur wenige kleine Rollen."

„Eifersucht und Geld trennten euch demnach?"

Sie fuhr mit der Fingerspitze über den Rand ihres Weinglases. Irgendwie kam es ihr vor wie Verrat, ihm noch mehr zu erzählen. „Im Großen und Ganzen ja."

„Und im Detail?"

„Er hat sich in eine andere verliebt. Meine beste – und einzige – Freundin in New York. Vielleicht hast du von ihr gehört. Sie macht sich langsam einen Namen am Broadway und anderen Theatern. Angela Rivers." Dabei verschwieg sie, dass sie Paul und Angela zusammen im Bett erwischt hatte. Ihr Liebesspiel war so leidenschaftlich gewesen, dass die beiden gar nicht gehört hatten, dass sie hereingekommen war. Carlie war geschockt gewesen und verlegen. Sie hatte sich prompt übergeben müssen.

Pauls größte Angst damals war, dass Carlie schwanger sein könnte und er dadurch für immer an sie gebunden wäre. Das Schicksal hatte ihm das erspart. Wenig später erklärte er ihr, die

Ehe sei ein großer Fehler gewesen. Er liebe Angela und wolle die Scheidung. Gleich am nächsten Morgen fixierte er das schriftlich, und Carlie wehrte sich nicht dagegen. Sie wollte nur noch, dass es vorbei war.

Anschließend leckte sie ihre Wunden und gab ihr Leben in Manhattan auf. Stattdessen nahm sie wieder an Fotografiekursen teil und hielt sich in verschiedenen Städten auf. Die letzten Jahre dieser Phase verbrachte sie in Alaska, wo sie Naturfotos machte und malerische Orte auf die Kamera bannte. Außerdem hatte sie einen Blick dafür entwickelt, Einheimische zu fotografieren. Die Bilder verkaufte sie an die Landesregierung und veröffentlichte sie in einem Buch über den rauen Norden Amerikas.

Zu Paul brach sie alle Verbindungen ab. Sie wusste nichts mehr über sein Leben. Genauso hatten sie es beide gewollt.

„Es tut mir leid", sagte Ben, obwohl sein Blick seine Worte Lügen strafte.

„Mir nicht. Es ist vorbei. Vermutlich hatte es nie richtig angefangen. Es war besser so."

„Inwiefern?"

„Ich habe meine albernen Träume von der Großstadt begraben", erklärte sie.

„New York gefiel dir nicht?!

„Ich habe es geliebt, aber damals war ich jünger und hatte andere Vorstellungen von dem, was ich vom Leben erwartete."

Die Kellnerin kam mit Dessert und Kaffee, und während Carlie in ihrer Erdbeermousse herumstocherte, verschlang Ben ein Riesenstück Apfelkuchen. Er dachte über Carlies Ehe mit dem Schauspieler nach. Offenbar hatte sie diese Beziehung schöngefärbt und Ben längst nicht alles erzählt. Aber das machte ihm nichts aus. Jeder durfte ein paar Geheimnisse haben. Was ihm jedoch zu schaffen machte, war die Traurigkeit in ihren Augen, wenn sie von dem Mann erzählte, den sie geheiratet hatte. Und Ben war machtlos gegen einen Anflug von Eifersucht.

Es hatte eine Zeit in seinem Leben gegeben, da hatte er gehofft, Carlie eines Tages zu heiraten. Er hatte davon geträumt, jede

Nacht mit ihr zu schlafen und morgens neben ihr aufzuwachen und sie sicher in den Armen zu halten. Nach Kevins Tod hatte er sich eingeredet, sie wäre nicht die richtige Frau für ihn. Eine Intrigantin, die Männer benutzte und vor nichts haltmachen würde, um zu bekommen, was sie wollte. Sie war zu schön, zu flatterhaft, zu sehr an Glanz und Glamour interessiert.

Er bezahlte die Rechnung und führte Carlie hinaus zu seinem Pick-up.

Auf dem Heimweg schaltete er das Radio ein und sagte sich, dass Carlie nach wie vor eine Frau war, der man besser aus dem Weg ging. Es stimmte, er hatte ihr in der Vergangenheit Unrecht getan. Doch obwohl sie jetzt zu wissen schien, was sie vom Leben erwartete, hegte er den Verdacht, dass sie sich immer noch sehr von ihren Launen leiten ließ, unnötige Risiken einging und die Bedeutung der Worte „Disziplin" und „Struktur" nicht kannte. Ihre Wohnung zum Beispiel hatte durchaus Charme, doch eigentlich war sie nur ein Mix aus Antiquitäten und modernen Möbeln. Ihre Kleidung bestand sowohl aus topmodernen Designersachen als auch aus Jeans und ausgewaschenen Blümchenkleidern aus den Siebzigern. Sie war selbstbewusst und faszinierend, aber sie war keine Frau für ihn.

Warum hast du dann versucht, mit ihr zu schlafen? fragte eine unnachgiebige innere Stimme ihn, und er starrte finster vor sich hin. Er sollte sie meiden wie die sprichwörtliche Pest. Doch trotz aller vernünftigen Argumente ließ sie ihn nicht los.

Er schaltete einen Gang runter und schaute dabei kurz zu ihr hinüber. Sie war die schönste Frau, der er je begegnet war, doch ihr Aussehen machte nur einen Teil der Faszination aus. Sie war kultiviert und sexy, gleichzeitig aber war ihr Lächeln ungekünstelt, und aus ihren Augen sprachen Humor und Intelligenz.

Junge, dich hat es schwer erwischt!

Leise fluchend bog er in die Auffahrt zu Mrs Hunters Haus ein und ließ den Motor des Pick-ups laufen.

„Danke für das Abendessen", sagte Carlie und legte die Hand auf den Türgriff. Sie schien es eilig zu haben, von Ben wegzukommen. Er hingegen verspürte das überwältigende Verlangen, sie in die Arme zu schließen und mit ihr zu schlafen. Für den Rest seines Lebens.

„Ich habe es genossen", gestand er, was ihr ein flüchtiges Lächeln entlockte. In ihren Augen aber lag ein dunkler Schatten. Ben dachte daran, dass er sie vermutlich tiefer verletzt hatte, als er ahnte. Sie war rätselhaft und geheimnisvoll schön wie eh.

„Das nächste Mal zahle ich", sagte sie und öffnete die Tür.

„Carlie?"

„Hm?"

Er konnte einfach nicht anders. Ohne länger darüber nachzudenken, legte er die Arme um sie und zog sie an sich. Seine Lippen fanden ihre, und obwohl er sich vornahm, nicht zu stürmisch zu sein, sie zärtlich zu küssen, konnte er seine Leidenschaft nicht länger zügeln.

Sofort schlang sie ihm die Arme um den Nacken und erwiderte den Kuss mit einem Feuer, das sie beide erfasste. Die Fenster beschlugen von innen, während ihre Zungen sich fanden. Das Pochen in seiner Jeans begann zu schmerzen, und er fürchtete, den Verstand zu verlieren.

Er legte ihr die Hand auf den Rücken, um sie noch näher an sich zu ziehen, und hob sie auf seinen Schoß.

Atemlos sah Carlie ihn an. „Immer schön langsam, Soldat."

„Du machst mich verrückt", flüsterte er frustriert und ließ sie rau aufstöhnend wieder los.

„Das könnte ich auch von dir behaupten."

„Ach ja?" Er strich ihr mit den Fingern durch die Haare, und sein Atem streifte ihr Gesicht.

„Ben, wir haben Zeit. Wir sind keine Kinder mehr." Erneut sah er diesen schmerzlichen Ausdruck in ihren Augen. Sie schien kurz davor zu stehen, ihm etwas Entscheidendes zu erzählen. Aber dann erschien ein gezwungenes Lächeln auf ihren Lippen, und sie küsste ihn scheu und kurz auf die Wange.

„Wie viel Zeit haben wir denn?"

„So viel du willst." Sie stieg aus dem Wagen und ließ Ben mit einer Erektion zurück, die einfach nicht nachlassen wollte.

Er setzte sich bequemer hin und schaute ihr hinterher, wie sie das Haus betrat und die Tür hinter sich schloss. Innerhalb weniger Minuten gingen die Lichter in ihrer Wohnung an, und Carlie erschien hinter einem der Turmfenster.

Sie öffnete einen der Fensterflügel und streckte den Kopf heraus. Ben ließ sein Fenster hinunter und beobachtete fasziniert, wie ihre schwarzen Haare im Wind wehten. „Fahr nach Hause", rief sie, und ihr Lachen klang unbeschwert. Irgendwie war es ihr gelungen, die Traurigkeit zu verbannen.

„Und wenn ich mich weigere?"

„Wirst du erfrieren."

Jetzt lachte er. „Höchst unwahrscheinlich, Lady, solange ich in deiner Nähe bin!"

Er kurbelte das Fenster wieder hoch und legte den Gang ein. Auf dem gesamten Heimweg in seinem alten Pick-up sagte er sich, dass Carlie nicht die Sorte Frau sei, die er wollte. Doch als er die Hintertür seines Hauses öffnete und sein Hund bellend und knurrend in den Garten hinausrannte, war er immer noch nicht davon überzeugt.

Ob es ihm nun gefiel oder nicht, er begehrte Carlie Surrett.

9. KAPITEL

Tracy betrachtete ihr Gesicht im Spiegel über dem Waschbecken und musterte kritisch die kleinen Fältchen um ihre Augen. Ob sie es nun wahrhaben wollte oder nicht, sie wurde jedenfalls nicht jünger.

„He, Mom, ich hau ab!", rief Randy aus seinem Zimmer.

„Hast du dein Essensgeld?"

„Ja, und meine Hausarbeit auch."

„Ich wünsche dir einen schönen Tag", rief sie.

„Ich werde einen *spektakulären* Tag haben", scherzte er, eine der neuen Vokabeln benutzend, die er gestern Abend gelernt hatte.

„Gut." Sie lächelte bei dem Gedanken an Randy, dem einzigen Lichtblick in ihrem ansonsten elenden Leben. Dann verdrängte sie diese Grübelei, denn sie wollte sich nicht selbst bemitleiden. Sie und ihr Sohn waren gesund, sie verdiente inzwischen besser, sodass sie nicht mehr jeden Cent umdrehen musste … und Ben Powell war wieder in der Stadt. Er war immer noch Single.

Randy erschien im Türrahmen, gab ihr einen Kuss auf die Wange und lief los, wobei er den Rucksack an einem Arm baumeln ließ. Ihr Herz zog sich zusammen, als sie ihm in den Flur folgte und ihm hinterherschaute, wie er zur Bushaltestelle lief, wo sich bereits an die zwanzig Kinder aus dem Wohnkomplex versammelt hatten.

Vielleicht war es ein Fehler gewesen, nicht zu heiraten. Randy hatte seinen Vater nie kennengelernt, und die Männer, mit denen Tracy zusammen gewesen war – für gewöhnlich solche, die sie im Buckeye Restaurant and Lounge kennenlernte –, hatten nie auch nur das geringste Interesse an ihrem Jungen gezeigt. Einige hatte es gegeben – Red Langford und Terry Knapp –, die sich benommen hatten, als sei Randy etwas ganz Besonderes. Nur waren das keine Typen, die zur Ehe taugten. Red war fast fünfzehn Jahre älter als sie und arbeitete als Fahrer bei Fitzpatrick Logging. Er hatte einen festen Job, aber auch Kinder aus erster Ehe, die beinah erwachsen waren. Terry war etwa in Tracys Alter, doch er verbrachte seine Abende am Wochenende am liebsten am Tresen im Buckeye Restaurant and Lounge, wo er rauchte und auf den Großbildschirm schaute, bis der Laden zumachte. Mehr als einmal schon hatte die Polizei ihn erwischt, wie er alkoholisiert Auto fuhr.

Nein, auch der war nichts für die Ehe.

Aber allmählich wurden die Aussichten besser. Seit Ben wieder in Gold Creek aufgetaucht war. Tracy lächelte vor sich hin und schloss die Tür. Sie beendete ihr Make-up, trug extra viel Lippenstift auf und ging nach unten, um zu ihrem Job in der Bank zu fahren. Wochentags arbeitete sie als Kassiererin bei der Bank of The Greater Bay in Coleville, und an einigen Abenden der Woche im Buckeye. Manchmal legte sie an den Samstagen auch eine Extraschicht ein, weil mittags so viel Betrieb herrschte. Normalerweise war sie morgens und am Spätnachmittag für Randy da. Wenn sie die Spätschicht im Buckeye übernahm, ließ sie einen Babysitter kommen.

Ihr blieb keine Zeit für Männer, aber für Ben plante sie Zeit ein. Das einzige Problem bestand nur darin, dass auch Carlie Surrett zur gleichen Zeit wie er nach Gold Creek zurückgekommen war. Rasch machte das Gerücht die Runde, die Romanze von einst sei zwischen den beiden wieder erblüht.

Tracys Miene verfinsterte sich, während sie den Kopf neigte, um einen tropfenförmigen Ohrring an ihrem Ohrläppchen zu befestigen. Sie dachte nicht gern an Carlie, die Frau, die alles hatte, was Tracy im Leben fehlte. Sie sah fantastisch aus, während Tracy bloß hübsch war. Carlie war sogar ein bisschen berühmt geworden, während Tracy wegen ihres unehelichen Sohnes eine Weile in Verruf geraten war und sich gegen Idioten hatte wehren müssen, die annahmen, sie wäre leicht zu haben. Tracy beneidete Carlie auch um deren Unabhängigkeit. Carlie konnte tun und lassen was sie wollte, gehen, wohin sie wollte und wann, ohne Rücksicht auf ein Kind nehmen zu müssen.

Auf dem Weg zur Bank erinnerte Tracy sich daran, wie Carlie sich damals mit bemerkenswerter Entschlossenheit die beiden Powell-Jungen geschnappt hatte. Aber Tracy war älter und schlauer geworden, und inzwischen hatte sie ein Ass im Ärmel: ihren Sohn. Ben mit seinen hohen Moralvorstellung konnte das Kind seines Bruders schlecht ignorieren. Das ließ sein Gewissen niemals zu.

Abgesehen davon hatte Tracy stets Zeit für Bens Vater gefunden. George liebte Randy und zog Tracy oft damit auf, sie solle doch mit dem richtigen Mann eine Familie gründen. George ahnte nicht, dass Ben dieser Mann war. Mit ein bisschen Druck würde George auf ihrer Seite sein. Er hatte Carlie nie gemocht und gab ihr noch immer die Schuld an Kevins Tod.

Dann war da noch das kleine Geheimnis, das Tracy kannte. Carlies Geheimnis, von dem niemand in ganz Gold Creek wusste. Sie lächelte vor sich hin bei der Erinnerung an den Tag, als sie Carlie beim Frauenarzt in Coleville getroffen hatte. Sie hatte eine Zeitschrift im Wartezimmer gelesen und war durch eine Grünpflanze verdeckt gewesen. Carlie war aus dem Untersuchungszimmer gestürmt, weiß wie eine Wand, die Augen gerötet und voller Panik. Eine Arzthelferin war ihr hinterhergerannt. „Miss Surrett, bitte. Der Arzt ist der Meinung, Sie sollten noch einen Termin vereinbaren. Nächste Woche ..."

Carlie war verschwunden, und Tracy, die sich nichts anmerken ließ, wurde ins Behandlungszimmer gebeten. Ihr blieben noch ein paar Minuten bis zu ihrem Termin mit Dr. Dodd, also wollte sie die Toilette aufsuchen. Dabei bemerkte sie, dass Carlies Patientenakte anscheinend auf dem Tischchen neben der Waage vergessen worden war, als die Arzthelferin dem aufgewühlten Mädchen nachgelaufen war.

Tracy hatte nicht im Geringsten ein schlechtes Gewissen, als sie den Bericht las und dabei erfuhr, dass Carlie schwanger gewesen war und das Baby verloren hatte. Kurz hatte sie sich Sorgen gemacht, das Baby könnte genau wie ihres von Kevin gewesen sein. Aber dann verwarf sie diese Idee wieder. Es kam zeitlich nicht hin. Und Kevin war tot.

Das Baby musste also von Ben sein.

Wahrscheinlich hatte er nie erfahren, wie nah er daran gewesen war, Vater zu werden. Tracy fragte sich, wie er reagieren würde, falls er es je herausfände. Sie lächelte ein wenig boshaft und war dankbar, dass Carlie das Kind nicht hatte austragen können.

Also war Tracy wegen Carlie nicht allzu besorgt. Nur ein wenig. Sie stieg in ihren kleinen Pontiac und startete den Motor, während sie vor sich hin summte. Wenn Ben heute Abend nicht anrief, dann musste sie eben einen Vorwand finden, um sich bei ihm zu melden. So einfach war das.

Carlie wappnete sich. Ihr Vater war nach Hause entlassen worden und laut Aussage ihrer Mutter grantig und gereizt. Er hatte es satt, eingesperrt zu sein. Als sie die Tür öffnete, hörte sie die beiden schon im Esszimmer streiten.

„Ich werde selbst mit ihm sprechen", polterte ihr Vater. „Fitzpatrick kann mir nicht einfach den Teppich unter den Füßen wegziehen. Nicht nach all den Jahren, die ich für seine Firma geschuftet habe. Verdammt noch mal, wo sind meine Zigaretten?"

Carlie ging durchs Wohnzimmer.

„Der Arzt hat dir gesagt …"

„Ich weiß, was der mir gesagt hat, und ich habe versprochen, weniger zu rauchen. Aber ich mache keinen Nikotinentzug."

„Weldon, du rauchst seit fast zwei Wochen nicht mehr. Warum jetzt wieder damit anfangen und …"

„Hallo", rief Carlie fröhlich und betrat schwungvoll den Raum. Der Esszimmertisch war an die Wand geschoben worden, und am Fenster stand nun ein Krankenhausbett.

Ihr Vater, halb liegend, sah zornig seine Frau an.

„Du hast nicht ernsthaft vor zu rauchen, oder?", fragte Carlies Mom ängstlich.

„Und ob ich das vorhabe."

„Dad …"

„Fang du nicht auch noch an. Frauen!" Wütend vor sich hin murmelnd, griff Weldon in die Nachttischschublade, fand jedoch nichts. Mit grimmiger Miene knallte er die Schublade wieder zu. „Und wo zur Hölle ist mein Kautabak?"

„Weldon …", mahnte Thelma.

„Verdammt!"

Carlie setzte sich ans Fußende des Bettes. „He, Dad, nun mal langsam, ja?"

„Mal langsam, bleib ruhig. Was weißt du denn schon", brummte er. Seine Gesichtsfarbe hatte sich wieder normalisiert, und er sprach schon viel klarer. Seine halbseitige Gesichtslähmung hatte sich ebenfalls verbessert, obwohl der eine Mundwinkel noch ein wenig hing.

„Lass mich das mit Fitzpatrick übernehmen", bot Carlie an und strich den alten Quilt glatt.

„Das ist meine Angelegenheit, Mädchen."

„Ich weiß, aber ich bin sowieso in der Firma, um Fotos zu machen."

„Du hältst dich da heraus." Sein Ton duldete keinen Widerspruch, und seine Augen, die tiefer als sonst in den Höhlen lagen, blickten sie scharf an. „Das ist mein Ernst."

„Mach dir wegen Thomas Fitzpatrick keine Sorgen."

„Ich bin nicht besorgt wegen dieses alten Bussards, aber ich will meinen Job wiederhaben." Empört stieß er die Luft aus. „Dieser Mistkerl besitzt auch noch die Frechheit, uns zur Verlobungsfeier seiner Tochter einzuladen." Weldon sah aufgebracht zu seiner Frau. „Wir gehen da nicht hin. Jedenfalls nicht, ehe ich meinen Job wiederhabe!"

Thelma schürzte die Lippen. „Sei nicht so vorschnell."

„Ich bin verdammt noch mal genau das, was ich sein will. Und jetzt hätte ich gern eine Zigarette." Er fing an zu husten und legte sich zurück auf die Kissen. „Alt werden ist die Hölle, Carlie-Mädchen."

„Du bist nicht alt, Dad."

Er lächelte. „Wie heißt es doch gleich – nicht das Alter ist entscheidend, sondern die Laufleistung. Es ist jedenfalls Mist."

Carlie hielt die Hand ihres Vaters, die von der vielen Arbeit rau geworden war. Sie wollte Klartext mit ihm reden über seinen Job und seine Gesundheit, wollte ihn anflehen, auf sich aufzupassen, sich wegen der finanziellen Situation keine Sorgen zu machen. Doch sie verkniff sich die Argumente, die ihr bereits auf der Zunge lagen, als sie das kaum merkliche Kopfschütteln ihrer Mutter bemerkte. Es war besser, das Thema vorerst fallen zu lassen.

„Was hast du heute gemacht?", erkundigte Thelma sich und lenkte die Unterhaltung damit in eine ganz neue Richtung.

Carlie verbrachte die nächste Stunde damit, von ihrer Arbeit zu erzählen. Dabei vermied sie es, die Holzfirma zu erwähnen oder Bens Namen zu nennen. Je weniger ihre Familie über ihre heikle Beziehung zu ihm wusste, desto besser. Sie blieb eine weitere Dreiviertelstunde bei ihren Eltern und fühlte sich deprimiert, als sie ging. Ihr Vater hatte sich jedem Versuch, seine Laune aufzuheitern, widersetzt, und ihre Mutter war seinetwegen offensichtlich besorgt.

„In einigen Tagen wird es ihm schon besser gehen", meinte Thelma hoffnungsvoll, als sie Carlie die Verandatür aufhielt. „Der Physiotherapeut findet, sein Zustand verbessere sich schneller, als alle erwartet haben."

„Das ist sein eiserner Wille", erwiderte Carlie.

„Wir müssen ihm einfach ein bisschen Zeit geben, sich an seine Situation zu gewöhnen. Das ist alles neu für ihn. Außerdem ist er besorgt, dass wir uns vielleicht eine billigere Bleibe suchen müssen, mit nur einer Etage." Thelma seufzte und lehnte sich an den Türrahmen. „Dabei stehen wir gar nicht so schlecht da, wie er meint. Wir haben immer gespart und können auf ein finanzielles Polster zurückgreifen. Dummerweise glaubt dein Vater hartnäckig, es wäre zu klein. Was nicht stimmt." Thelma brachte ein Lächeln zustande. „Es wird bald alles wieder besser."

„Ich komme morgen wieder vorbei", versprach Carlie, und dann lief sie, den Pfützen ausweichend, durch den Regen zu ihrem Jeep. Sie legte den Rückwärtsgang ein, wendete und versuchte, sich nicht von der depressiven Stimmung ihres Vaters herunterziehen zu lassen. Es waren Zeiten wie diese, in denen sie wünschte, sie hätte einen Bruder oder eine Schwester, mit der sie die Last teilen konnte. In diesem Punkt beneidete sie Rachelle und Heather. Obwohl die sich als Kinder wie Katz und Hund gezankt hatten, bestand doch eine tiefe Bindung zwischen ihnen. Und als die Familie auseinandergebrochen war, hatten die beiden Schwestern sich zusammengetan.

Carlie starrte durch die Regentropfen, die sich auf der Frontscheibe gesammelt hatten, und schaltete die Scheibenwischer ein. Ben hatte wenigstens Nadine, eine Schwester, die so stur war wie er dickköpfig. Obwohl Kevin tot war und die Familie zerbrochen, waren Bruder und Schwester befreundet geblieben und hielten fest zusammen.

Nadines Hochzeit mit Hayden Monroe war eine Belastungsprobe für die Beziehung zwischen den Geschwistern gewesen, doch nun hatte es den Anschein, als akzeptiere Ben zähneknirschend seinen neuen Schwager.

Carlie blies sich die Haare aus der Stirn. Jetzt war sie in Gedanken schon wieder bei Ben. Obwohl sie wusste, dass es besser wäre, ihm aus dem Weg zu gehen, um nicht doch irgendwann wieder verletzt zu werden, fand sie ständig Gründe, um mit ihm zusammen zu sein.

Er hatte sie angerufen und ins Kino eingeladen. Sie hatte die Einladung angenommen. Der Film war zwar langweilig gewesen, aber sie hatten trotzdem viel gelacht. Zweimal in der vergangenen Woche hatten sie sich zum Lunch in Coleville getroffen. Und dann waren sie sich bei Fitzpatrick Logging über den Weg gelaufen, wo Ben eines der Firmengebäude renovierte. Thomas hatte sie gebeten, erst Fotos davon zu machen, nachdem Bens Leute den Büros ein „Facelifting" verpasst hätten.

Seit dem Abend, an dem Ben bei ihr zu Hause aufgetaucht war, hatten sie sich nicht mehr geküsst, ja nicht einmal berührt. Auch war er kein weiteres Mal überraschend bei ihr erschienen. Stattdessen war sie einigen seiner Mitarbeiter begegnet. Subunternehmern, die für die Modernisierung der sanitären Leitungen und der Elektrik beauftragt worden waren, und anderen, die für Malerarbeiten und die Aufarbeitung der Fußböden zuständig waren. Ben selbst war jedoch nicht mehr gekommen, und ihre Enttäuschung darüber überraschte Carlie.

„Genauso hast du es doch gewollt", sagte sie sich, als sie nach Hause kam und ihre Wohnungstür aufschloss. Sie zog ihren Mantel aus und ließ ihre Handtasche auf den Fußboden fallen, ehe sie ihre Post durchsah. Rechnungen und Werbung für Investmentgelegenheiten. Ein per Hand adressierter Umschlag mit Fitzpatricks Absender.

Darin befand sich die persönliche Einladung an sie zu Toni Fitzpatricks Verlobungsfeier am Wochenende um den vierzehnten Februar herum, dem Valentinstag.

Wunderbar. Eine weitere Erinnerung an die Liebe und Romantik. Sie warf die Einladung auf den Küchentresen und betrachtete die Regentropfen am Fenster über der Spüle. War Ben auch eingeladen? Und wenn ja, würde er hingehen? Auch wenn er für Fitzpatrick arbeitete, hieß das noch lange nicht, dass zwischen Ben Powell und Thomas Fitzpatrick, der praktisch über Gold Creek herrschte, alles eitel Sonnenschein war.

Die Zeit würde es ans Licht bringen.

Ben schob die fertige Bauzeichnung über den Küchentisch. „Voilà."

Während seine Leute Bauschutt beseitigt und die Baustelle für Nadines Ferienhaus vorbereitet hatten, die abblätternde Farbe vom alten Hunter-Haus gekratzt oder die Elektrik, Isolierung und das Dach der Büros von Fitzpatrick Logging überprüft hatten, war er Stunde um Stunde am Computer beschäftigt gewesen. Endlich hatte er sich mit seinem fertigen Entwurf ein weiteres Mal mit einem befreundeten Architekten getroffen, um sicherzustellen, dass das Gebäude sowohl statisch als auch optisch ansprechend sein würde. Erst danach hatte er seine Pläne ein letztes Mal überarbeitet.

Jetzt entrollte Nadine die Zeichnungen langsam. Ihre grünen Augen funkelten. Während sie die Vorderansicht ihres neuen Wochenendhauses betrachtete, schüttelte sie den Kopf. „Das ist ein bisschen aufwendiger, als mir vorschwebte."

„Hayden wollte unbedingt mitreden."

Sie seufzte, lächelte jedoch beim Durchblättern der großen Bögen. „Drei Schlafzimmer *und* ein Loft, dazu das Wohnzimmer und ein kleines Nähzimmer. Und was ist das? Vier, nein, drei Badezimmer."

„Ein Zugeständnis an dich."

„Das ursprüngliche Haus hatte nur eines."

„Erhöht den Wiederverkaufswert."

Sie presste die Lippen zusammen. „Ich verkaufe aber nicht. Niemals."

Ben lachte. „Warum willst du dieses Wochenendhaus, Nadine? Du bist jetzt verheiratet und lebst in einer Villa." Mit einer Armbewegung deutete er auf die Küche von Monroe Manor, die Größe und Weitläufigkeit des Hauses andeutend. „Und dann lässt du ein altes Ferienhaus auf der anderen Seite des Sees wieder aufbauen? Ich sage das nur ungern, Schwesterherz, aber es ergibt wenig Sinn."

Gereizt wedelte sie mit dem Stift zwischen ihren Fingern hin und her. „Dieses Wochenendhaus war die einzige Sicherheit, die ich meinen Jungen geben konnte. Und nun, wo Sam nach wie vor keine Arbeit hat …" Sie hielt inne bei dem Gedanken an ihren Exmann, der noch immer an den Verbrennungen an Händen und Oberarmen litt. Er hatte damals unbeabsichtigt das Feuer selbst verschuldet, das Nadines zuhause zerstörte, und sich dabei die Verletzungen zugezogen. „Ich will dafür sorgen, dass John und Bobby und wer auch immer …", sie tätschelte ihren noch flachen Bauch, als liebkoste sie das darin wachsende Baby, „… nicht um ihre Ausbildung gebracht werden."

„Das würde Hayden niemals zulassen", sagte Ben, den Schwager unterstützend, den er doch eigentlich hassen wollte.

„Das glaube ich auch nicht, aber ich will nicht von jemandem abhängig sein."

„Der Mann ist Multimillionär, Nadine, und falls du nicht irgendeinen schrecklichen Ehevertrag unterschrieben hast, sehe ich nicht, wie du jemals mittellos werden solltest."

„Ich habe überhaupt nichts unterschrieben."

„Na bitte."

Nadines grüne Augen bewölkten sich angesichts der Erinnerungen. „Ich will nur nicht, dass das, was mir und dir und Kevin widerfahren ist, den Jungen passiert."

„Das wird es nicht", versicherte Ben ihr. Obwohl er Hayden Monroe lange Zeit nicht über den Weg getraut hatte, wusste er, dass dieser Mann Nadine und ihre Söhne liebte. So ungern er es zugab, aber Monroe schien ein sehr guter Ehemann und Stiefvater zu sein. Die Kinder und Nadine hätten sich nichts Besseres wünschen können. Zähneknirschend musste Ben einräumen, dass Hayden ein toller Kerl war. „Außerdem habe ich irgendwo gehört, dass dein kleines Schmuck- und Bekleidungsunternehmen wirklich gut anläuft."

„Ich sollte dich daran erinnern, dass es sich mitnichten um ein ‚kleines Unternehmen' oder gar eine Art von Hobby handelt. Mir liegen mehr Bestellungen vor, als ich bewältigen kann, sodass ich schon in Erwägung ziehen muss, Mitarbeiter einzustellen."

„Ehrlich?"

„Ehrlich." Zufrieden lächelnd betrachtete sie die Zeichnungen, während Ben sich einen Kaffee einschenkte. Sie machte ein paar Anmerkungen mit Rotstift und kaute nachdenklich auf der Innenseite ihrer Lippe. „Du bist wirklich brillant. Ich finde kaum etwas auszusetzen an diesen Bauplänen", meinte sie schließlich.

Ben verschluckte sich fast an seinem Kaffee. Lob von seiner jüngeren Schwester kam eher selten vor. „Gut."

„Füg noch ein Dachfenster im Loft ein und einen Deckenventilator, erweitere die hintere Veranda um einen halben Meter und ändere die Badewanne in eine Dusche für die Jungs um."

„Sonst noch was?"

„Das wär's fürs Erste."

„Dem Himmel sei Dank."

Sie wollte die Pläne wieder aufrollen, aber er sagte: „Behalte sie, ich habe noch Kopien. Ich werde deine Änderungswünsche einfügen, eine Kopie an die Gemeinde schicken und klären, ob alle Genehmigungen vorliegen, und dann fangen wir mit der Ausschachtung an, also …"

„Ich weiß. Falls ich noch weitere Änderungswünsche habe, sollte ich sie besser jetzt äußern."

„Ganz genau." Ben trank den restlichen Kaffee aus und stellte die leere Tasse in die Spüle. Dann wandte er sich zum Gehen.

Nadine scheuchte ihren schwarz-weißen Schäferhund vom Läufer vor der Tür. „Beweg dich, Hershel." Der Hund stellte die Ohren auf, ohne sich zu rühren. Sie machte die Tür auf, und da verstand Hershel endlich. Er lief nach draußen und gesellte sich zu dem grau-gelben Labrador, der neben den Rhododendren Wache hielt. „Hast du eine Einladung zur großen Feier erhalten?", erkundigte Nadine sich.

„Falls du damit die extravagante Party der Fitzpatricks meinst, lautet die Antwort Ja. Aber ich weiß nicht, ob ich Lust habe hinzugehen."

„Komm schon, Ben. Sei kein Spielverderber. Er gehört jetzt praktisch zur Familie", meinte Nadine, wobei ihre Augen zu leuchten schienen. „Außerdem kannst du Carlie mitbringen. Ich habe gehört, dass ihr euch wieder trefft."

„Diese Kleinstadt."

„Ist es denn ein Geheimnis?"

Er musterte seine Schwester. „Ich behalte solche Dinge eben gern für mich."

Sie lachte und winkte, als er in seinen Pick-up stieg. „Dann hättest du nicht nach Gold Creek zurückkehren dürfen."

„Was du nicht sagst", brummte Ben und trat ein bisschen fester als beabsichtigt aufs Gaspedal. Allein die Erwähnung von Carlies Namen legte seine Nerven bloß. Es stimmte, er traf sich mit ihr, und er versuchte alles, um die Finger von ihr zu lassen. Nur kämpfte er in dieser Hinsicht eine verlorene Schlacht, denn es brachte ihn um den Verstand.

Er nahm sich vor, auf direktem Weg nach Hause zu fahren, doch dann fand er wieder einen Vorwand, um beim Hunter-Haus vorbeizuschauen. Diesmal wollte er in Erfahrung bringen, ob die Elektriker da gewesen waren.

Als er die Stufen zur Eingangstür hinaufstieg, bemerkte er, dass Mrs Hunter zwischen den Vorhängen hindurchspähte. Im Flur kam sie ihm dann mit glänzenden Augen entgegen. Sie trug eine der Latzhosen ihres verstorbenen Mannes, dazu ein ausgewaschenes rotes Flanellhemd.

„Gute Neuigkeiten. Ich muss die kleine Wohnung nicht mehr an Sie vermieten."

„Anscheinend ist Ihnen zu Ohren gekommen, dass ich einen Hund bei mir aufgenommen habe", erwiderte er augenzwinkernd.

„Ach du meine Güte, nein. Ich liebe Tiere. Aber Sie sind mit Ihrer Arbeit hier noch nicht einmal fertig, und es sieht trotzdem so aus, als hätte ich einen Käufer für das Haus gefunden." Sie strahlte übers ganze Gesicht.

„Offenbar haben die vielen Umbauarbeiten und Renovierungen schon Wirkung gezeigt."

„Na ja, ein Vertrag ist noch nicht unterschrieben, aber wenn Thomas Fitzpatrick etwas zusagt, dann setzt er es für gewöhnlich auch in die Tat um."

„Fitzpatrick?" Ben bekam sofort ein ungutes Gefühl. „Er ist der Käufer?"

„Wenn alles wie geplant läuft." Sie hob ein Paar Gummistiefel hoch, die sie neben der Tür hatte stehen lassen. „Wünschen Sie mir Glück."

„Mach ich." Ben stieg die Treppe hinauf und sagte sich, dass es keine Rolle spiele, wer das Haus kaufte. Mrs Hunter wollte das alte Haus verkaufen, und Fitzpatrick hatte das Geld. Sie arbeiteten einen Vertrag aus. Was machte es, wenn Fitzpatrick überall in der Stadt seine Finger im Spiel hatte? Wen kümmerte es schon, dass er Carlies neuer Vermieter werden würde?

Mit Bens guter Laune war es dennoch vorbei. Entsprechend genervt klopfte er an Carlies Tür. Dabei waren seine Empfindungen in dieser Angelegenheit völlig irrational, das war ihm klar. Nur weil Fitzpatrick zusammen mit H. G. Monroe III. an dem Betrug beteiligt gewesen war, der die Powells beinah in den Ruin getrieben hätte, musste Ben doch nicht weiterhin einen Groll gegen ihn hegen. Andererseits – warum denn nicht?

Carlie öffnete ihm und lächelte bei seinem Anblick. „Ich wusste nicht, dass du mich besuchen wolltest."

„Will ich auch gar nicht. Ich dachte, wir gehen vielleicht aus."

„Bist du dir sicher? Ich könnte uns etwas kochen ..."

„Ich werde kochen", entschied er, denn er konnte nicht schnell genug von hier wegkommen. Unwillkürlich fragte er sich, ob Fitzpatrick schon einen Schlüssel hatte. Wahrscheinlich noch nicht. Dennoch wollte er Carlie aus diesem Haus heraushaben.

Sie sah ihn perplex an. „Du willst den Küchenchef spielen?", neckte sie ihn.

„Lass dich überraschen."

„Es wird hoffentlich nicht irgendeines von diesen Army-Gerichten geben, oder? Wie nennt man das noch gleich ... irgendwas auf Dachschindeln." Ihre Augen erinnerten ihn an tropische Gewässer, in denen sich die Sonne spiegelte.

Unwillkürlich musste er lachen. „Glaub mir, du wirst es lieben."

„Ich hole nur rasch meine Jacke."

Er folgte ihr in die Wohnung und fragte sich, warum er sich dort gleich so heimisch fühlte. Er betrachtete das Sammelsurium aus Antiquitäten und modernen Kunstwerken. Die Korkpinnwand war voller angehefteter Zettel. Und überall Fotos, an die Wand gelehnt, an den Wänden, in einem alten Bücherregal. Ganz unterschiedliche Aufnahmen, die er noch nie gesehen hatte. „Was hat das zu bedeuten?"

„Das ist meine Arbeit. Ich hatte sie im Atelier aufbewahrt, fand aber, dass ich hier auch ein paar brauche. Um was vorzeigen zu können, du weißt schon."

Während sie zu dem Schrank neben dem Bett ging, schaute er sich einen Stapel Schwarz-Weiß-Fotografien der Ureinwohner in Alaska an. Eines zeigte ein Kajak mit einem einsamen Paddler auf dem weiten Meer, auftauchende Wale ...

„Bist du bereit?", fragte sie.

„Noch nicht ganz." Die Bilder faszinierten ihn. „Ich kenne mich mit Fotografie nicht besonders gut aus, aber die hier gefallen mir."

„Ja, wirklich?"

Ihr Lächeln berührte ihn. „Vielleicht sollten wir jetzt doch lieber gehen ..."

Das Telefon klingelte, doch Carlie ignorierte es. „Der Anrufbeantworter ist eingeschaltet", erklärte sie und zog ihre Jacke an. Nach mehrmaligem Klingeln und einer kurzen Pause war eine schrille Frauenstimme zu hören.

„Carlie? Bist du da? Hier spricht Constance. Komm schon, ich weiß, dass du wahrscheinlich gerade in dieser verdammten Dunkelkammer arbeitest ... Pass auf, ich weiß ja, dass du deine Karriere nicht wieder aufnehmen willst, aber Cosmos Jeans macht eine Retrospektive und sucht im Moment die Frauen, die damals für ihre ‚Out of this World'-Anzeigen gemodelt haben. Sie bezahlen dafür, und wenn du an ein Comeback denkst, wäre dies möglicherweise der perfekte Zeitpunkt. Na ja, überleg es dir. Meine Nummer hast du ja. Ich kann es kaum erwarten, von dir zu hören."

Es folgte ein lautes Klicken, und Ben registrierte Carlies nahezu reglose Miene. „Gehen wir lieber, bevor sie noch mal anruft." Sie nahm ihre Handtasche und öffnete die Tür.

„Deine Agentin?", erkundigte er sich.

„Besitzerin der Agentur, für die ich gearbeitet habe." Sie schloss die Tür hinter sich ab und eilte die Treppe hinunter.

„In New York?"

„Ja, aber sie hat auch Büros in L. A., London und Paris."

„Große Nummer."

„Ich mache es nicht."

„Hört sich aber nach einer guten Gelegenheit ein." Er konnte einen leicht spöttischen Unterton nicht verbergen.

„Ist es auch. Ich will sie nur nicht."

„Das war früher anders."

„Vor langer Zeit." Sie traten hinaus. Der Abend war klar und kühl, und eine leichte Brise fuhr in Carlies Haar. Sie wollte nicht an Constance denken oder an New York. Oder an die Tatsache, dass sie das Geld aus einem Model-Auftrag sehr gut gebrauchen konnte. Sie wurde älter, und das hieß, allzu viele solcher Chancen würden sich für sie nicht mehr ergeben. Und dennoch … sie war heimgekehrt, weil sie mit dem Leben auf der Überholspur abgeschlossen hatte.

Oder etwa nicht?

Ben startete den Wagen, und Carlie schaute aus dem Fenster. Er schwieg und schien auf der Fahrt in die Stadt in seine eigenen Gedanken vertieft zu sein. Sie wusste nicht, was sie heute Abend von ihm zu erwarten hatte, und es war ihr auch egal. Aus dem Augenwinkel warf sie ihm einen Blick zu. Auch unabhängig von Constance' Anruf versprach dieser Abend spannend zu werden, einfach deshalb, weil sie mit Ben zusammen war. Sie wagte es, darüber nachzudenken, wie es wohl wäre, sich wieder in ihn zu verlieben.

Lass es! Sie durfte gar nicht erst anfangen, über etwas so Törichtes zu fantasieren. Sie durfte sich nicht verlieben. Schon gar nicht in Ben.

„Du schummelst", meinte sie und kämpfte mit ihren Stäbchen. Sie saßen an einem kleinen Tisch in seinem Haus vor weißen Kartons und Tüten aus dem Chinarestaurant.

„Warum?"

„Ich habe deutlich gehört, wie du gesagt hast ‚Ich koche' und nicht ‚Ich bestelle etwas zu essen'. Das ist ein großer Unterschied, Powell." Sie wedelte mit einem der Stäbchen vor seiner Nase herum.

„Nächstes Mal", versprach er.

„Darauf werde ich dich festnageln." Sie wollte ihren Teller wegschieben, und sofort begann der schwarze Schäferhund, der neben ihr saß, zu bellen und mit dem Schwanz zu wedeln, in der Hoffnung auf einen Happen. „Der mag Chop Suey?"

„Er mag alles außer mir."

Wie aufs Stichwort legte der Hund seinen Kopf in ihren Schoß. Carlie kraulte ihn hinter den Ohren, und er gähnte, wobei er rosafarbenes Zahnfleisch und scharfe weiße Zähne entblößte. „Tja, ich schätze, er erkennt einen gutmütigen Trottel, wenn er ihn sieht", meinte sie und gab der Bestie ein Stück Ingwer-Hühnchen.

Ben grinste. Es war schon seltsam, wie wohl er sich mit Carlie in seinem Zuhause fühlte, fast so, als gehörte sie hierher. Er hatte damit gerechnet, dass sie die Nase rümpfen würde über die Möbel in seinem schlichten Zuhause. Eine einzige Ledercouch, die er gebraucht gekauft hatte, ein Schreibtisch, ein Tisch und Stühle von einem Garagenflohmarkt. Kein Teppich, der die Atmosphäre behaglicher machte, keine Sofakissen, kein Läufer und keine Bilder an den Wänden.

Doch es schien sie überhaupt nicht zu stören, und das überraschte ihn. Obwohl sie in bescheidenen Verhältnissen aufgewachsen war, hatte sie stets davon geträumt, aus Gold Creek wegzukommen, hinein in den Glamour Manhattans. Sie hatte Model werden wollen und sogar die Schauspielerei in Betracht gezogen. Sie hatte geglaubt, womöglich in Hollywood zu landen, daher amüsierte es ihn umso mehr, sie hier in Jeans auf seiner Couch sitzen zu sehen. Während er ein Feuer im Kamin anzündete, schwenkte sie den Wein in ihrem Glas. Er malte sich aus, wie problemlos sie in sein Leben passen würde, in seinen Alltag.

„Warum hast du die Army verlassen?", erkundigte sie sich, als er vor den knisternd in Flammen aufgehenden Holzscheiten kniete.

„Es wurde Zeit."

„Weil du verwundet warst."

Er seufzte und wischte sich das Sägemehl von den Händen. „Ich habe mich freiwillig gemeldet, um von hier wegzukommen, so wie du nach New York gegangen bist. Kevin war tot, meine Familie auseinandergebrochen – ich brauchte Abstand zu allem. Ich wollte Ordnung, Disziplin und vermutlich Abenteuer." Sein Blick verdüsterte sich. „Anfangs hat es mir gefallen. Ich fühlte mich verpflichtet und patriotisch, und wohl auch wichtig. Aber dann, ich weiß auch nicht. Ich wurde älter und erlebte, wie einige meiner Freunde getötet wurden. Plötzlich schien mir alles so sinnlos zu sein. Als ich verwundet wurde, bot man mir die Entlassung an. Ich nahm an. Es schien Zeit für etwas Neues zu sein." Er gab einen spöttischen Laut von sich. „Zeit, endlich erwachsen zu werden."

„Und etwas Neues wolltest du in Gold Creek probieren?"

„Es ist mein Zuhause." Er richtete sich auf und nahm sein Bier vom Kaminsims. „Außerdem kann man nicht ewig davonlaufen."

„Redest du von dir selbst, oder gibst du mir gerade einen Rat?"

„Von beidem ein wenig, nehme ich an." Er trank sein Bier aus und ging zu ihr. Sie war nicht klein, aber sie war zart, und wie sie da auf der Couch saß, mit angewinkelten Beinen, die Augen groß und leuchtend, das schwarze Haar glänzend, fand er sie unwiderstehlich. Eine ganze Weile hatte er die Finger von ihr gelassen, seit die Leidenschaft in ihrer Wohnung mit ihnen durchgegangen war. Doch beim Anblick ihres wunderschönen Gesichts, ihres einladenden Lächelns, konnte er einfach nicht anders.

Mit zwei schnellen Schritten war er bei ihr und schloss sie in die Arme. Sein Mund lag auf ihrem, und er schmeckte den Wein auf ihren Lippen, hörte ein leises Stöhnen. Ihre Haut duftete nach Lavendel und fühlte sich an wie warme Seide. Heiß pulsierte es in seinem Körper, und sein Verstand ließ keinen Protest zu. Die Vergangenheit kümmerte ihn nicht mehr, und er wollte nicht mehr daran denken, dass er sich jahrelang eingeredet hatte, man könne ihr nicht trauen. Es war ihm egal, welche Konsequenzen es haben würde, wenn er mit ihr schlief. Jetzt gab es nur noch die heiße Begierde, die ihn durchströmte und sein Handeln bestimmte.

Carlie senkte die Lider und konzentrierte sich darauf, Ben zu spüren. Seine Lippen, seine Hände, seine Zunge. Ihr Blut schien sich in flüssige Lava zu verwandeln, als er ihre Bluse aufknöpfte. Sie wusste, dass sie aufhören sollte. Es war gefährlich, mit ihm zu schlafen. Doch ihr Herz überzeugte sie davon, dieses Risiko einzugehen. Der Geruch von brennendem Holz, das Gefühl seiner Hände auf ihrer Haut, der Duft des Weines, die betörenden sinnlichen Zärtlichkeiten, all das war stärker als ihre Zweifel.

Sie schlang ihm die Arme um den Nacken und küsste ihn voller Verlangen. Ihre Zungen fanden sich und umspielten einander hungrig. Ben küsste ihren Hals und den Ausschnitt, den ihre geöffnete Bluse bot, küsste das Tal zwischen ihren Brüsten und glitt mit der Zunge über ihren Spitzen-BH.

Carlie bog sich ihm entgegen, und er umfasste mit beiden Händen ihre Taille, hielt Carlie fest an sich gedrückt, sodass sie die Wölbung in seiner Jeans deutlich spüren konnte.

„Du machst mich ganz verrückt", flüsterte er, und sie fühlte seinen Atem an ihrer Brust.

Nur mit Mühe konnte sie sprechen, und ihre Stimme war kaum wiederzuerkennen. „Bitte", flehte sie, „bitte, Ben, hör nicht auf."

„Niemals." Er streifte ihr die Bluse von den Schultern und zog ihr den BH aus, sodass der flackernde Schein des Feuers ihre Haut in ein goldenes Licht tauchte. Beinah andächtig betrachtete er ihre harten Brustknospen. „So unglaublich", murmelte er und strich mit dem Daumen über eine der aufgerichteten empfindlichen Knospen. Dann beugte er sich hinunter und begann, vorsichtig daran zu saugen. Carlie fuhr ihm mit gespreizten Fingern in die Haare.

Ben umfasste ihren Po mit beiden Händen und massierte ihn sanft.

In fieberhafter Ungeduld knöpfte Carlie sein Hemd auf. Das Blut rauschte in ihren Ohren, während er ihr die Jeans abstreifte und sich selbst auszog. Er hielt nur lange genug inne, um aus seiner Tasche ein in Folie eingeschweißtes Kondom zu nehmen.

„Ich habe davon geträumt, wieder mit dir zusammen zu sein", gestand er und stützte sich über ihr auf. Danach senkte er den Kopf, um sie zu küssen, und ließ die Zunge abwechselnd um ihre Brustspitzen kreisen.

„Ich auch", erwiderte sie, und ihre Kehle war auf einmal wie zugeschnürt.

„Im Ernst?"

„Ja", stöhnte sie.

Erneut küsste er sie stürmisch, und nach kurzem Zögern, drang er in sie ein. Nicht ungestüm wie ein Teenager, sondern mit langsamen, tiefen Bewegungen, die ihr den Atem raubten.

Carlie klammerte sich an ihn, stellte sich auf seinen intimen Rhythmus ein und schaute ihm dabei unverwandt in die Augen. Seine Pupillen waren geweitet, seine Haut glänzte von Schweiß. Allmählich steigerte er das Tempo und nahm Carlie mit auf eine sinnliche Achterbahnfahrt, die schneller und schneller wurde.

„Carlie!", schrie er, als hätte er etwas gefunden, das er vor langer Zeit verloren hatte. „Oh Carlie!"

In einem grellen Lichtblitz schien die Welt hinter ihren Lidern zu explodieren. Ihre Muskeln zogen sich zusammen, und sie spürte, wie ein Beben Ben durchlief. Alles fühlte sich ein wenig unwirklich an, nachdem er sich sacht auf sie herabsinken ließ und sie die Arme um seinen muskulösen Rücken schlang. Ich liebe dich, dachte sie unglücklich, denn ihn zu lieben war die Last ihres Lebens. *Gott möge mir verzeihen, aber ich liebe Ben!*

Niemals würde sie ihm das sagen. Doch während sie jetzt, in diesen Minuten, eng umschlungen dalagen und das Feuer leise zischte, erkannte sie mit schmerzlicher Klarheit, dass sie nie einen anderen Mann lieben würde.

*E*ine Affäre. Carlie dachte darüber nach und streckte sich in den zerwühlten Laken aus. Eigentlich hielt sie nichts von Affären. Wenn ihr das Glück der Ehe vorenthalten bliebe, wollte sie lieber weiterhin Single sein.

Ben war schon aufgestanden. Sie hörte ihn in der Küche und atmete den Duft frischen Kaffees ein. Während sie sich behaglich dehnte, ließ sie noch einmal das Liebesspiel der vergangenen Nacht Revue passieren. Zuerst hatten sie es im Wohnzimmer vor dem Kamin getan, später in diesem kleinen Schlafzimmer, in das gerade ein Doppelbett und eine Kommode passte. Schlicht. Zweckmäßig. Perfekt.

Sie schaute aus dem Fenster, an dessen dünnen Scheiben sich eine Eisschicht gebildet hatte. Das Gras im Garten war weiß gefroren, über den Bergen im Westen ging diesig die Wintersonne auf. Carlie fand Bens dunkelblauen Frotteebademantel, schlüpfte hinein und band ihn zu. Die Ärmel musste sie aufkrempeln. Barfuß ging sie ins Wohnzimmer.

„Guten Morgen, du schlafende Schönheit", begrüßte er sie.

Er sah so gut aus. Sein Haar war noch feucht vom Duschen, und ein wissendes kleines Lächeln lag auf seinen Lippen. Ja, es war ganz leicht, sich in ihn zu verlieben. „Ich fühle mich nicht besonders schön."

„Aber du bist es. Kaffee?"

„Wie wäre es zuerst mit einer Dusche?"

„Sie gehört ganz dir", sagte er, und sie schlug den Weg zum Badezimmer ein.

Sie hatte gerade den Kopf unter den heißen Wasserstrahl gesteckt, als sie hörte, wie die Tür geöffnet und der Duschvorhang aufgezogen wurde. „Ich habe gelogen." Ben stand nackt vor ihr. „Die Dusche gehört nicht allein dir. Du musst sie teilen." Er kam herein und nahm Carlie in die Arme. Während heißes Wasser auf ihren Rücken prasselte und sich das Bad allmählich mit Dampf füllte, liebte er sie ein weiteres Mal.

Er berührte ihre Brüste, von denen das Wasser abperlte, küsste ihre Augenlider und streichelte sie mit geschickten Fingern. Carlie stöhnte vor Lust und sog scharf die Luft ein, als sie eins mit Ben wurde.

Sie klammerte sich an seinen nassen, rutschigen Körper, während Welle um Welle sinnlichen Verlangens sie durchflutete und ihr einen Schrei entlockte. Nachdem er selbst gekommen war, hielt er sie fest an sich gedrückt, bis das Wasser, das an ihnen herunterlief, kalt wurde.

Er küsste sie, bis sie anfing, mit den Zähnen zu klappern. Danach zog er den Vorhang auf. „Wie wäre es jetzt mit Kaffee?", schlug er vor.

„Klingt himmlisch."

Innerhalb weniger Minuten hatte sie sich abgetrocknet und angezogen. Kurz darauf saß sie mit einem Becher Kaffee vor dem Feuer und wärmte ihre Füße. Ben und Carlie aßen Toast und Rührei, und genossen es, nicht arbeiten zu müssen, weil Wochenende war.

„Rory arbeitet auch samstags", erklärte sie, als er nach ihren Arbeitszeiten fragte.

„Dummerweise habe ich eine Sieben-Tage-Woche." Doch statt aufzubrechen, blieb er in Ruhe sitzen und rieb sich den verspannten Rücken. „Was ist mit dem Anruf der Agentur?", erkundigte er sich.

„Was soll damit sein?"

„Gerätst du nicht in Versuchung, noch einmal zu modeln? Im Rampenlicht zu stehen und zu beweisen, dass du es noch immer draufhast?"

Sie schüttelte den Kopf. „Nein, ich glaube nicht."

„Aber so ganz sicher bist du dir nicht?"

„Eigentlich schon, nur habe ich das früher auch schon manchmal gedacht." Sie sah ihm in die Augen. „Ich habe keine Pläne, nach New York zurückzukehren, Ben, aber ich kann die Zukunft nicht vorhersagen."

Sie saßen zusammen auf der Couch, als das Telefon mehrmals klingelte. Ben hob nicht ab, sondern hörte die Nachrichten mit, während sie aufgenommen wurden. Sein Vorarbeiter

Ralph Katcher rief an, danach seine Schwester, die noch in letzter Minute ein paar Änderungen an den Bauplänen wünschte. Ben und Carlie blieben auf dem Sofa sitzen, tranken Kaffee, redeten und lachten. Ab und zu warfen sie einen Tennisball für den Hund.

Carlie ermahnte sich, mit dem Träumen aufzuhören. Doch sie fühlte sich, als hätte sie plötzlich aufgehört, ständig davonzulaufen und sei endlich nach Hause gekommen. Sie erlaubte sich den Gedanken, dass es möglicherweise doch eine Zukunft für sie und Ben gab – und wenn keine Ehe, dann eben eine dauerhafte, feste Beziehung.

Lange hatte sie sich dagegen gewehrt, doch an eine feste Beziehung im Zusammenhang mit Ben zu denken, erschien ihr nicht so abwegig zu sein. Aber eines nach dem anderen, Mädchen, ermahnte sie sich. Sei nicht gleich wieder so voreilig. Vergiss nicht, was du ihm gerade gesagt hast. Wer weiß schon, was die Zukunft bereithält.

Wieder klingelte das Telefon. Ben schmiegte sein Gesicht an ihr Ohr. „Vielleicht sollten wir von hier verschwinden. Wir könnten ein Picknick machen."

„Wir haben Februar."

„Na und?"

„Wir würden erfrieren."

„Mir fallen schon Methoden ein, um uns warm zu halten."

Der Anrufbeantworter sprang an, und nachdem Bens Ansage zu hören war, vernahmen sie die Stimme einer Frau.

„Ben? Hier spricht Tracy …"

Carlies Mut sank von einer Sekunde auf die andere, und nervöse Anspannung erfasste Ben.

„Ich hatte gehofft, dich zu Hause zu erreichen."

Sie klang sehr enttäuscht.

„Wie dem auch sei, ich habe gestern eine Nachricht hinterlassen … vielleicht hast du sie nicht erhalten. Jedenfalls habe ich mir gedacht, wir könnten etwas zusammen unternehmen. Randy redet dauernd von dir, seit du hier warst. Ich könnte uns etwas zu essen kochen … oder so. Er absolviert heute Vormittag ein

Probetraining im Park, also wenn du … ach, schon gut." Es folgte eine vielsagende Pause. Ben war die Nervosität anzumerken. Dann war Tracys Stimme wieder zu hören. „Na ja, Randy vermisst dich." Die Anruferin legte auf, und das Klicken schien durch das kleine Haus zu hallen.

Carlie sah Ben an. Der amüsierte Ausdruck war aus seinen Augen verschwunden. Genervt fuhr er sich durch die Haare.

„Tracy Niday", vermutete Carlie.

„Verdammt."

In ihren Ohren rauschte es. „Du triffst dich mit ihr?" Als sie die Antwort in seinen Augen las, zerplatzten Carlies Träume von einer Sekunde zur anderen. Ihr Herz brach. Du lieber Himmel, was hatte sie denn erwartet? Dass er in sie, Carlie, verliebt war? Dass er nichts mit einer anderen hatte, nur weil sie miteinander geschlafen hatten? Völlig benommen stellte sie ihren Kaffeebecher auf den Tisch und stand auf. „Ich … ich gehe dann mal lieber", sagte sie leise und hörte ihre eigene Stimme wie aus weiter Ferne. In ihr breitete sich bittere Enttäuschung aus.

Starke Finger umschlossen ihr Handgelenk. „Lass es mich erklären."

„Das musst du nicht."

„Selbstverständlich muss ich das." Er zog sie wieder herunter, neben sich auf das Sofa. „Ich treffe mich nicht mit Tracy. Und ich habe nichts mit ihr, falls es das ist, was du denkst. Ich habe sie nur ein paarmal gesehen."

Oh, Himmel!

„Irgendwann hat sie mich im Buckeye bedient und mich zum Abendessen bei sich zu Hause eingeladen. Ist schon ein paar Wochen her."

„Und seitdem hast du sie nicht mehr gesehen?"

Schuldbewusst rieb er sich das Kinn. „Nein, aber ich habe es vor." Er sah ihr ins Gesicht und bemerkte offenbar ihre Enttäuschung. „Es geht um Randy. Kevins Sohn. Er, na ja, er braucht einen Mann in seinem Leben. Du weißt schon, zum

Footballspielen, um über Baseball zu reden, sein Fahrrad zu reparieren …"

„… als Vater", fügte sie mit tonloser Stimme hinzu. *Randy ist Bens Neffe. Der arme Junge hat keinen Vater. Er braucht einfach einen Mann. Aber warum muss Tracy dabei sein?* Carlie verachtete sich für ihre Eifersucht. Dadurch fühlte sie sich kleinmütig. Tracy war eine alleinerziehende Mutter, die über die Runden zu kommen versuchte. Also bitte! Trotzdem verspürte Carlie den Wunsch, Ben mit aller Kraft zu halten. Nur war er kein Mann, auf den eine Frau Besitzansprüche erheben konnte. Genau aus diesem Grund liebte sie ihn ja. Wow, diese erschreckende Tatsache hatte sie sich noch nie eingestanden!

„Ich bin nicht Randys Vater", versicherte Ben ihr.

„Aber Kevin war sein Vater", flüsterte Carlie, und plötzlich wurde ihr alles klar. Sie würde Ben niemals haben können, jedenfalls nicht, solange Tracy an ihm interessiert war. Vielleicht stimmte es sogar und Tracy wollte sich nur dem Jungen zuliebe mit Ben verabreden. Doch Carlies weibliche Intuition sagte ihr, dass Tracy ihn für sich wollte. Und das konnte Carlie ihr nicht einmal verübeln. Empfand sie nicht das Gleiche?

„Ja, genau."

„Deshalb musst du dich um den Jungen kümmern."

„So sehe ich das", gab er zu und blickte mit finsterer Miene ins Feuer.

Carlie fand nicht den Mut, ihn darum zu bitten, sich von seinem Neffen fernzuhalten. Sie bezweifelte nicht, dass der Junge eine Vaterfigur brauchte, und Ben war nun einmal die naheliegende Wahl. Sie sah ihn mit Tracys Augen: stark, gut aussehend, verantwortungsbewusst und sexy. Er war frisch aus der Army entlassen, hatte ein Unternehmen gegründet und ein neues Leben begonnen. Ben war die perfekte Partie.

Carlies Herz zog sich zusammen. „Ich muss jetzt wirklich los", verkündete sie und befreite sich aus seinem Griff, indem sie aufsprang.

„Du bist wütend."

„Nur durcheinander."

Er stand ebenfalls auf und legte die Arme um sie, als befürchtete er, sie könnte verschwinden. „Ich empfinde nichts für Tracy, das weißt du. Sie ist nur zufällig Randys Mutter."

Ihre Stimme versagte für einen Moment, und Tränen brannten in ihren Augen. „Ich verstehe", brachte sie mühsam heraus.

„Tust du das wirklich?"

„Ja. Wir sind keine Teenager mehr. Viel ist in der Zwischenzeit passiert. Ich muss dich wohl teilen."

Er hielt sie auf Armeslänge von sich. „Auf keinen Fall", widersprach er heftig, ehe er sie wieder an sich zog und leidenschaftlich küsste.

Carlie konnte die Tränen nicht länger zurückhalten. Lautlos weinte sie. Er verstand nicht – nicht so, wie sie. Er war naiv genug zu glauben, dass sie ein Liebespaar sein konnten, obwohl er zum Abendessen zu Tracy ging und mit ihrem Sohn Ball spielte. Gedanken, die sie nie zuvor gehabt hatte, plagten sie nun, und sie fühlte sich schuldig, weil sie Ben ganz für sich allein haben wollte. Sie musste ihn gehen lassen. Kevins Junge brauchte ihn. Wahrscheinlich mehr als Carlie.

Langsam löste sie sich von ihm und ging zur Tür. Hinter sich hörte sie das Klimpern seiner Schlüssel. „Ich fahre dich", bot er an. „Es sei denn, du möchtest per Anhalter zurück in die Stadt."

Ihr gelang ein kurzes, von Bitterkeit getränktes Lachen. Ben pfiff den Hund zu sich. Attila rannte hinaus zum Wagen.

„Er liebt es mitzufahren", erklärte Ben. „Ich hoffe, du hast nichts dagegen."

„Absolut nicht", antwortete sie und hoffte, Ben würde ihr nicht ansehen, dass er ihr das Herz gebrochen hatte. Sie kraulte den Hund hinter den Ohren und hielt ihm anschließend die Tür auf. Attila drängte sich ans Fenster, um den Kopf hinausstrecken zu können, deshalb saß Carlie dicht neben Ben. Starr hielt sie den Blick nach vorn durch die Frontscheibe gerichtet. Sie fröstelte innerlich, obwohl die Sonne schien. Ben kramte im Handschuhfach nach seiner Sonnenbrille.

Als sie am Park vorbeikamen, sah Ben zum Baseballfeld hinüber. „Randy ist schon da", bemerkte er. „Ich sollte wirklich kurz anhalten ..." Ohne auf ihre Antwort zu warten, bog er in eine Seitenstraße, von wo aus er einen guten Blick auf den Platz hatte, und hielt am Straßenrand. „Es dauert nur eine Minute."

„Ist okay", sagte sie mit erzwungenem Lächeln.

„Bist du dir sicher?"

„Absolut. Lass dir Zeit. Ich warte."

Ben sah nicht überzeugt aus, steckte jedoch die Autoschlüssel ein und stieg aus dem Wagen. Attila, bereit für ein Abenteuer, sprang ebenfalls hinaus und rannte los. Die Hände in den Taschen, ging Ben über das taufeuchte Gras auf eine Gruppe von Männern und Jungen zu, die sich bereits einen Ball zuwarfen. Sein dunkles Haar glänzte im Sonnenlicht. Traurig beobachtete Carlie, wie ein Lächeln auf seinem Gesicht erschien, als er seinen Neffen entdeckte.

Ben war unwiderruflich mit Randy verbunden, ob ihm das nun klar war oder nicht, und deshalb war er auch mit Tracy verbunden. Carlie kam sich dumm vor wegen der Eifersucht, die sich in ihr zusammenzuballte. Randy brauchte ihn. Mehr als sie.

Sie schluckte schwer und beobachtete Ben. Er hob sich von den anderen ab, die Trainingsanzüge, Baseballkappen und Clubjacken trugen. In seiner ausgewaschenen Jeans, der abgetragenen Lederjacke, dem T-Shirt und mit der Pilotensonnenbrille sah er eher aus wie ein Stuntman für einen Hollywoodfilm, nicht wie ein Vater.

Carlie musste einfach hinsehen. Ein magerer Junge mit braunen Haaren und einer Oakland-A's-Kappe rannte auf Ben zu. Ben neckte den Jungen und nahm ihm die Mütze ab, um ihm durchs Haar zu wuscheln. Der Junge tanzte um ihn herum und tollte ausgelassen mit Attila, der bellte und sprang wie ein Welpe. Carlie spürte einen Stich bei dem Gedanken, dass dies ihr Sohn sein könnte – sie und Ben hätten jetzt ein Kind in diesem Alter haben sollen, einen Sohn oder eine Tochter.

Andere Kids kamen angerannt, um sich den Hund anzusehen. In Jogginghosen und Sweatshirts, mit Baseballkappen auf dem

Kopf und großen Fanghandschuhen lachten sie und schubsten sich spielerisch. Ihre Gesichter waren gerötet, und sie wirkten energiegeladen.

Carlie fühlte sich innerlich wie taub. Hier gehörte Ben hin. Er drehte sich zum Pick-up um und winkte, während er sich von der Gruppe absetzte. Sie hob die Hand, doch da war er schon dabei, dem Jungen beim Ausfüllen eines Formulars zu helfen. Sie setzten sich an einen Tisch, vor dem Mütter Kaffee tranken und auf die Bewerbungsformulare aufpassten.

Eine Mutter bot Ben lächelnd Kaffee an, eine andere erklärte ihm geschäftig die Formulare. Andere Jungen hatten schon ihre Bälle geworfen und gefangen, während Kampfrichter in Windjacken und Baseballcaps sie von den abgenutzten Zuschauerbänken aus beobachteten.

Tracy war auch da, ebenfalls mit Baseballkappe auf dem Kopf. Sie hielt sich in Bens Nähe und lächelte ihm zu. Die Erkenntnis, dass sie, Carlie, hier die Außenseiterin war, traf sie mit voller Wucht. *Sie* war diejenige, die nicht hierher gehörte. Das war schmerzlich. Warum konnte sie das nicht endlich begreifen?

Ben sagte etwas zu Tracy, und sie lachte. Dann gab Randy seinem Onkel einen Ball, den sie sich gegenseitig zuwarfen. Ben ging dabei in die Hocke wie ein Fänger, und Randy spielte den Werfer.

Ach, wäre ihr Kind doch am Leben geblieben! Carlie wurde klar, dass sie verschwinden musste, ehe ihre Emotionen sie überwältigten. Sie sprang aus dem Wagen und lief über das feuchte Gras, um Ben zu erklären, dass sie zu Fuß nach Hause gehen konnte. Es war nicht weit, und die Bewegung würde ihr guttun. Ben konnte mit seinem Neffen hierbleiben – wohin er gehörte –, und sie musste sich nicht länger selbst quälen.

Randy machte sich gerade bereit, um für die Kampfrichter zu schlagen. Carlie war nah genug, um Ben mit dem Jungen reden zu hören.

„Denk dran – Blick auf den Ball", ermahnte Ben den Jungen mit so ernster Miene, als handelte es sich um seinen eigenen Sohn. „Ziel auf die Platte, und lass dich vom Werfer nicht einschüchtern." Ben nahm die Sonnenbrille ab und zwinkerte dem Jungen zu.

„Mach ich."

„Du schaffst es", feuerte Tracy ihn an und zupfte das Trikot des Jungen zurecht. „Du bist der Beste, Schätzchen."

Bildete Carlie es sich nur ein, oder wurde Randys Haltung ein wenig starr, als er zu der kurzen Linie vor dem Schlagmal ging?

„Er muss es gut machen", vertraute Tracy Ben an. Sie war so nervös, dass sie an ihren lackierten Nägeln kaute. „Jerry Tienman ist hier, und das ist der Trainer, den ich für Randy will."

„Will Randy ihn auch?"

„Selbstverständlich. Tienman ist der beste Trainer der Liga, und letztes Jahr kam über die Hälfte seines Teams in die Auswahlmannschaft ..." Sie verstummte, als sie Carlie näher kommen sah. Kleine Fältchen bildeten sich zwischen ihren Augenbrauen.

„Ich wollte nicht stören", begann Carlie, wobei sie gezwungen lächelte. „Aber ich muss los."

Ben schaute zum Schlagmal. „Es dauert nur noch ein paar Minuten."

„Randy wäre wirklich enttäuscht, wenn du jetzt gehen würdest", mischte Tracy sich ein. Carlie fühlte sich wie ein Schuft.

„Ehrlich, bleib hier. Das ist okay. Ich nehme die Abkürzung durch den Park. Es ist nicht weit."

Ben presste die Lippen zusammen. „Warte doch noch, ja?"

„Im Ernst ..."

Er schaute ihr in die Augen, und für einen Moment schien die Zeit stillzustehen. Die Jungen, Tracy, der Hund und das, was auf dem Schlagmal passierte – alles trat in den Hintergrund. „Bitte, nur ein paar Minuten."

„Ja, klar", gab Carlie nach, um keine Szene heraufzubeschwören. In dieser Sekunde wurde ihr klar, dass sie sich mit dem zweiten Platz in seinem Leben würde abfinden müssen, sollte es überhaupt je zu einer Beziehung zwischen ihnen kommen. Ob es ihm nun bewusst war oder nicht, er hing an seinem Neffen. Das konnte sie in seinen Augen lesen.

Tracy musterte sie kritisch, dann lehnte sie sich gegen den Maschendrahtzaun. „Na komm schon, Schlagmann!", rief sie, und erneut wirkte Randy sofort angespannt.

Der Werfer, ein großer schlaksiger Junge, holte aus und warf. Der Ball flog über die Platte, und Randy schlug ihn über den Fangzaun.

„Das ist gut", sprach Ben ihm weiter Mut zu.

„Komm schon, Liebling!"

Randy warf seiner Mutter einen ernsten Blick über die Schulter zu, nahm die richtige Fußstellung ein und fixierte den Werfer.

Der Junge auf der anderen Seite holte aus und warf erneut. Diesmal landete der Ball mit einem leisen Aufprall im Handschuh des Fängers. Randy hatte sich nicht einmal bewegt, geschweige denn geschlagen.

„Komm schon", sagte Ben leise.

„Der war goldrichtig", meinte Tracy genervt. „Du kannst das, Randy!"

Der nächste Wurf war hoch, deutlich über Randys Kopf hinweg, und er holte aus wie wild.

„Nein!", schrie Tracy.

„He, Lady, halten Sie sich ein bisschen zurück", wandte sich einer der Trainer an sie. „Lassen Sie den Jungen doch sein Ding machen."

„Das ist mein Sohn."

„Dann entspannen Sie sich mal."

Tracy sah aus, als wollte sie den Kerl in der Luft zerreißen, doch Ben legte ihr die Hand auf den Arm. „Er hat recht, Tracy."

Es folgten drei weitere Würfe, und dreimal verfehlte Randy den Ball. Carlie wünschte, sie könnte verschwinden.

„Ich kann es nicht fassen", meinte Tracy kopfschüttelnd. „Ich weiß nicht, was mit ihm los ist! Normalerweise ist er so gut."

„Er ist auch gut", versicherte Ben ihr. „Sein Timing stimmt nur noch nicht ganz."

„Aber wir waren auf dem Übungsplatz, da habe ich mit ihm trainiert. O Mann, wenn er es nicht in Tienmans Team schafft, wird er schrecklich enttäuscht sein."

„Ach ja?", fragte Ben. „Oder bist du diejenige, die enttäuscht ist?"

„Er wird enttäuscht sein. Er will der Beste sein."

„Nächster. Nummer siebenundachtzig", rief der Trainer, und Randy warf Helm und Schläger hin. Sein Gesicht war vor Wut verzerrt, und er fluchte vor sich hin.

„Schätzchen, was ist denn passiert?", wollte Tracy von ihm wissen.

„Ich hab's vermasselt!" Der Junge trat in den Staub. Es schien, als hätte er sich am liebsten weinend auf den Boden geworfen.

„Du hast deine Sache ordentlich gemacht", sagte Ben und klopfte ihm auf den Rücken. „Der Werfer war wirklich gut. Sein Curveball …"

„… war scheiße. Und ich auch!"

„Rede nicht so, Randall", ermahnte Tracy ihn und wurde rot. „Reiß dich zusammen. Du musst gleich werfen."

„Hab keine Lust mehr."

„Ach, nun komm schon, Schatz. Du weißt doch, dass du es liebst."

„Nein, *du* liebst es!" Er warf den Handschuh auf den Boden und stapfte davon. Tracy rannte ihm hinterher, gefolgt von Attila, der das alles für ein Spiel hielt. Mehrere Kinder schauten ihnen nach. „Was für ein Idiot", meinte einer der Jungen, der auf einem Kaugummi kaute.

„Heulsuse."

„Er hat einfach einen schwierigen Tag", wandte Ben sich an die Kids.

„Na und, was geht Sie das an?"

„Er ist mein Neffe."

„Tja, dann ist Ihr Neffe eben ein Idiot."

„Halt die Klappe, Billy", fuhr ein großer unrasierter Mann den Jungen an. „Mach dich warm. Du bist gleich an der Reihe."

Murrend schlenderten Billy und seine Freunde davon.

„Ich glaube, ich bleibe lieber noch", sagte Ben zu Carlie und warf einen Blick hinter die Tribüne, wo Tracy ihrem Sohn offenbar die Leviten las.

„Natürlich", erwiderte Carlie. Der Junge brauchte ihn, so einfach war das.

„Tracy hat die verrückte Vorstellung, dass Randy in allem, was er anfängt, der Beste sein muss."

Carlie brachte ein kleines Lächeln zustande, obwohl ihr eher nach weinen zumute war. „Du wirst das schon wieder in Ordnung bringen. Ich gehe zu Fuß nach Hause." Als er protestieren wollte, legte sie ihre Hand an seine Wange. „Geh nur, ich komme schon klar. Wir sehen uns später."

„Nimm wenigstens Attila mit. Ich hole ihn dann nachher ab." Ben pfiff nach dem Hund, gab Carlie einen flüchtigen Kuss auf die Wange und trabte davon. Sobald er Randy erreicht hatte, legte er ihm den Arm um die schmalen Schultern. Randy versuchte, sich loszumachen, doch Ben ließ ihn nicht gehen. Tracy warf einen Blick über die Schulter in Carlies Richtung, und auf ihrem Gesicht lag ein zufriedener, triumphierender Ausdruck.

Wut packte Carlie, doch sie biss die Zähne zusammen und machte sich auf den Weg durch den Park. Attila lief voraus, erschreckte Vögel und jagte verirrten Bällen nach. Carlie nahm kaum etwas davon wahr. Sie dachte an Ben und ihre eine gemeinsame Nacht. Es würde ihre letzte gewesen sein. Genau wie damals. Sie war zu selbstsüchtig, um ihn mit Tracy und ihrem Sohn zu teilen, und Ben gehörte nun mal zu dem Jungen.

Als sie gerade die Main Street überquert hatte, hörte sie eine Hupe hinter sich. Bens Pick-up hielt am Bordstein, und er beugte sich über den Beifahrersitz, um ihr die Tür zu öffnen. „Dich den Rest des Weges mitzunehmen, ist das Mindeste, was ich tun kann."

Ohne zu widersprechen, stieg sie zusammen mit Attila in den Wagen. „Wie ist es mit Randy gelaufen?"

„Er hat es nicht geschafft."

„Nein?"

„Niemand, nicht einmal der liebe Gott persönlich, hätte ihn dazu überreden können, das Probetraining zu beenden. Wenn du mich fragst, dann war das ein klarer Fall von Auflehnung. Er hat es einfach satt, von seiner Mutter derartig angetrieben zu werden."

„Was wirst du dagegen unternehmen?"

„Da kann ich gar nichts machen. Es ist Randys Angelegenheit."

„Was ist mit Tracy?"

„Die ist stinksauer", räumte er ein und bog langsam um eine Ecke. „Sie darf aber nicht vergessen, dass Randy noch ein Kind ist. Er ist kein Supermann und auch keine Miniaturausgabe von Kevin."

„Sie will, dass du die Vaterrolle für ihn übernimmst."

„Das kann ich nicht." Ben schaute aus dem Fenster. „Ich werde sein Onkel sein. Von mir aus der beste Onkel der Welt. Er kann mich jederzeit anrufen, und ich werde ihm immer helfen, wenn es mir möglich ist. Aber der Vater des Jungen kann ich nicht sein."

Er parkte unter einer Fichte und begleitete Carlie die Treppe hinauf. „Sehen wir uns heute Abend? So sehr mir die Idee auch missfällt, sollte ich wohl besser auf Toni Fitzpatricks Verlobungsparty aufkreuzen."

„Ich, hm, wir sehen uns dort. Ich habe meiner Mutter versprochen, sie und Dad mitzunehmen, und da sie Dad schon schwer überreden musste, will ich den Plan lieber nicht ändern."

Er zögerte. „Hör mal, es tut mir leid wegen Randy ..."

„Das muss es nicht", unterbrach sie ihn. „Das Leben ist eben viel komplizierter als früher."

Ein Lächeln erschien auf seinem Gesicht, doch es erreichte nur knapp einen seiner Mundwinkel. „Dann sehen wir uns also dort."

„Ja ... ja, das wäre schön."

Er zögerte. „Ich glaube, die ganze Stadt wird da sein. Beim Probetraining haben die Leute schon darüber geredet. Sogar Tracy."

Carlies Muskeln spannten sich an. „Sie ist auch eingeladen?"

„Ihr Vater hat vierzig Jahre für Fitzpatrick gearbeitet. Anscheinend kennt sie ihn und Toni."

Enttäuschung breitete sich in ihr aus, doch Ben schloss sie in die Arme. „Tja, ich muss wohl bis morgen warten, um mit dir allein zu sein", sagte er sinnlich lächelnd.

„Allerdings." Ihr war klar, dass es besser gewesen wäre, einfach mit Nein zu antworten, aber das gelang ihr nicht. Nicht, wenn er sie berührte. Dann fiel es ihr wieder ein. „Oh nein, das geht ja auch nicht. Ob du es glaubst oder nicht, ich habe eine Verabredung zum Abendessen mit Thomas Fitzpatrick."

Er zeigte keinerlei Reaktion, stand nur perplex da, als hätte sie ihn gerade geohrfeigt. „Eine Verabredung zum Abendessen?" In seiner Stimme schwang tiefes Misstrauen mit.

„Ja. Er hat mich vor einigen Wochen gefragt, und da habe ich ihm einen Korb gegeben. Aber er bestand darauf, dass wir über die Fotos für die Unternehmensbroschüre reden müssten ..."

„Beim Abendessen?"

„He, das war nicht meine Idee."

„Aber du bist darauf eingegangen."

„Ja, stimmt", gab sie zu und wurde plötzlich wütend. All die angestauten Emotionen brachen auf einmal hervor. „So wie du dich vielleicht mal mit einem potenziellen Kunden zum Essen triffst. Es ist keine große Sache."

„Mit Fitzpatrick ist alles eine große Sache! Weißt du eigentlich, dass er die Absicht hat, dieses Haus zu kaufen?"

„Dieses Haus?" Sie drehte sich zu ihrer Wohnung um. „Dieses Haus", wiederholte sie betroffen mit leiser Stimme.

„Allerdings. Auf einmal hat es den Anschein, als hätte der gute alte Tom ein Interesse an dieser Immobilie." Er steckte die Hände unter die Achseln. „Ich habe mich gefragt, ob das vielleicht etwas mit dir zu tun hat."

„Selbstverständlich nicht!"

Sein skeptischer Blick verriet ihr, dass er ihr nicht glaubte.

„Was ist das überhaupt für eine Phobie mit dir und diesem Mann?", ging sie zum Angriff über.

„Er ist aalglatt, und man kann ihm nicht trauen. Er denkt immer nur an sich selbst."

„Das weiß ich. Mach dir meinetwegen keine Sorgen. Ich kann auf mich selbst aufpassen."

„Vielleicht will ich das ja gar nicht." Seine Augen verdunkelten sich. „Vielleicht will lieber ich auf dich aufpassen."

Für einen Moment war sie gerührt von seinen Worten, und der Ärger löste sich auf. Es wäre so leicht, so verdammt einfach, ihm zu vertrauen. „Ich will aber nicht, dass irgendwer auf mich aufpasst. Schließlich bin ich kein Kind mehr. Ich treffe meine eigenen Entscheidungen, und dazu gehört, dass ich mich mit Fitzpatrick zum Abendessen treffe und mir anhöre, was er zu sagen hat."

Die Haut über seinen Wangenknochen straffte sich. Er sah aus, als wollte er ein paar üble Flüche ausstoßen, doch er beherrschte sich, machte auf dem Absatz kehrt und stieg die Treppe hinunter.

„Na fabelhaft", murmelte Carlie. „Einfach klasse." Sie knallte die Tür zu und fragte sich, warum sie sich über Ben Gedanken machte. Seine Launen wechselten ständig, und jetzt wollte er sie auch noch kontrollieren.

Du machst dir Gedanken über sein Verhalten, weil du ihn liebst.

Dann bist du ziemlich blöd, Carlie Surrett, sagte sie sich, während sie sich auf die Couch fallen ließ und sich fragte, ob es ein Fehler gewesen sei, nach Gold Creek zurückzukommen. Vielleicht wäre es besser gewesen fortzubleiben.

Du kannst nicht ewig davonlaufen. Und das würde sie auch nicht. Ben Powell hin oder her.

Toni Fitzpatricks Verlobungsparty war das gesellschaftliche Ereignis des Jahres. Winzige Lichter funkelten in einem regelrechten Wald aus Topfbäumchen, und rote, weiße und silberne Bänder hingen vom Kronleuchter im Speisesaal des Coleville Country Clubs. Silberne Ballons trieben träge unter der hohen Decke, die sich über zwei Etagen erstreckte. Eine Eisskulptur in der Form von zwei einander zugeneigten Schwänen erhob sich auf einem Tisch, der beladen war mit Platten voller Obst, Kaviar und Häppchen. Champagner sprudelte aus einem dreistufigen Springbrunnen, und hinter Wärmebehältern mit Roastbeef, Truthahn und Schinken warteten Servicekräfte darauf, die Gäste zu bedienen. An einem weiteren Buffet wurden Hummer,

Garnelen und Lachs angeboten, und ein Dessertwagen hielt Schokolade, Trüffeltorte und Himbeermousse bereit.

„Wie will er das überbieten?", fragte Weldon, der mit seinem Gehstock über den Balkon humpelte und auf die Party herunterschaute. Eine geschwungene Treppe führte hinauf in dieses Stockwerk. Unten spielte ein Streicherquartett Liebeslieder, während Kellner zwischen Küche und Saal hin- und hereilten. „Wenn das Mädchen heiratet, meine ich. Wie kann er denn das hier noch toppen?"

„Der findet schon einen Weg", prophezeite Carlie und hielt unter den juwelenbehangenen Gästen Ausschau nach Ben.

„Ja, der findet immer einen Weg", pflichtete Thelma ihr bei. Sie benutzten den Fahrstuhl, um wieder nach unten zu gelangen.

„Er wird das Ritz mieten müssen", brummte Weldon. Die Fahrstuhltüren öffneten sich. Murrend machte Carlies Vater sich mit seinem Stock auf den Weg zur Bar.

„Meinst du, er sollte etwas trinken?", fragte Carlie.

„Ich weiß nicht." Thelma hob ratlos die Hände. „Aber seit er die Zigaretten und den Kautabak aufgegeben hat, ist es schwer auszuhalten mit ihm. Da werde ich ihm garantiert nicht sagen, dass er nichts trinken darf. Jedenfalls nicht heute Abend."

„Na schön, dann lassen wir ihn ein bisschen über die Stränge schlagen", stimmte Carlie lächelnd zu.

Obwohl sie zwei Stunden im Schönheitssalon verbracht hatte und trotz ihres schimmernden grünen Kleides sah Thelma müde aus. Die Arbeit am Erfrischungsstand und die Abende, an denen sie sich um ihren Mann kümmerte, hatten Spuren in ihrem hübschen Gesicht hinterlassen. Wenn sie nicht zur Arbeit musste, fuhr sie Weldon zum Krankenhaus, damit er seine Physiotherapie bekam. Carlie half, wann immer sie konnte, doch die Belastung blieb hoch.

„Na komm, trink ein Glas Champagner", forderte Carlie ihre Mutter auf. „Ich fahre, also kannst du dich ruhig ein bisschen amüsieren. Sieh mal, alle deine Freundinnen sind auch da. Los, es ist schließlich eine Party."

„Amüsieren ..." Ihre Mutter schien protestieren zu wollen, doch dann besann sie sich eines Besseren. „Also gut, ich mach's wirklich." Vergnügt lächelnd verschwand sie und steuerte auf den Champagnerbrunnen zu.

Carlie entdeckte Leute, die sie schon ihr Leben lang kannte. Sie unterhielt sich mit alten Klassenkameraden und Freunden. Doch immer wieder ließ sie den Blick durch die Menge schweifen in der Hoffnung, Ben irgendwo zu entdecken. Sie gestattete sich ein Glas Champagner, während sie sich unter die Gäste mischte.

„Freut mich, dass Sie es geschafft haben." Thomas Fitzpatricks Stimme war ein sanftes Flüstern hinter ihr.

„Ich lasse mir doch nicht das gesellschaftliche Ereignis des Jahres entgehen", erwiderte sie, und drehte sich zu ihm um. Seine Frau June stand zehn Meter weit entfernt und hatte ihnen den Rücken zugekehrt, während sie mit einem älteren Mann und einer mageren, violett gekleideten Frau mit Wespentaille plauderte. Bei der Frau handelte es sich um eine Reporterin vom „Gold Creek Clarion".

„Oh, das ist noch nicht das gesellschaftliche Ereignis des Jahres", versicherte Thomas ihr stolz. „Warten Sie ab, bis Sie die Hochzeit erleben. Das wird etwas. Oh, da kommen sie." Ganz leicht berührte er Carlies Oberarm und zeigte nach oben zur Treppe, wo Toni, in einem schimmernden silbernen Kleid, sich mit einem großen blonden Mann um die dreißig unterhielt. An ihrem Finger trug sie einen großen funkelnden Diamantring.

„Das ist Phil", erklärte Thomas, auf seinen zukünftigen Schwiegersohn deutend. „Phil Larkin, Anwalt, Börsenmakler und begabter Finanzjongleur."

„Sie mögen ihn?"

„Ich könnte nicht zufriedener sein, wenn ich ihn selbst ausgesucht hätte, was ich, genau betrachtet, auch getan habe. Vergangenes Jahr habe ich die beiden miteinander bekannt gemacht. Phils Vater – Sie erinnern sich an Kent Larkin? – war in den Sechzigern Senator, und Phil ist sehr ehrgeizig. Er könnte in Kents Fußstapfen treten."

„Ja, vermutlich", stimmte sie zu und versuchte, ein wenig Abstand zwischen ihn und sich zu bringen. Thomas ließ ihren Arm los, ganz beiläufig, als wäre ihm gar nicht bewusst gewesen, dass er sie noch festhielt.

Thomas hatte sich schon immer für Politik interessiert. Kurz vor Roys Tod hatte er überlegt, selbst zu kandidieren. Wenn nun die Träume seines zukünftigen Schwiegersohns Wirklichkeit wurden, bot sich Thomas die unverhoffte Möglichkeit, hinter den Kulissen Einfluss zu nehmen und seine Ideen einzubringen. Jetzt hing alles von Phil ab und davon, wie sehr er seinem zukünftigen Schwiegervater gefallen wollte.

„Wann ist denn die Hochzeit?", erkundigte Carlie sich, um Small Talk bemüht.

„Um Weihnachten herum, wenn alles wie geplant läuft." Seine Lippen wurden ein wenig schmaler, während er seine Tochter beobachtete. Mit einer Geste, die etwas Rebellisches hatte, warf Toni die blonden Locken über die Schulter zurück und ging schmollend ohne Phil die Treppe hinunter. Mit vor Verlegenheit gerötetem Gesicht beeilte ihr Bräutigam sich, sie einzuholen. Toni schien das nicht zu kümmern. Lächelnd mischte sie sich unter die Gäste und schien den Mann ihrer Träume einfach zu ignorieren.

Eine eisige Windbö wehte herein, und Carlie drehte sich um. Eine der Doppeltüren zur Terrasse wurde gerade geöffnet. Ben kam in seinem Smoking herein, und sofort schlug Carlies Herz schneller. Sein Haar war leicht zerzaust vom Wind, seine Miene war düster. Als wüsste er genau, wo Carlie sich befand, schaute er direkt in ihre Richtung, nahm sich einen Drink von einem Tablett neben der Tür und trank einen langen Schluck. Für einen Moment richtete er den Blick auf Carlies Gesprächspartner, und seine Miene wurde richtiggehend finster, als er sich den Weg zwischen den Gästen hindurch bahnte.

Er war also eifersüchtig. Carlie wusste nicht, ob sie deshalb wütend sein oder sich geschmeichelt fühlen sollte. Sie wollte sich bei Thomas entschuldigen und Ben entgegengehen, doch schon wurde er von einer zierlichen Frau mit glatten braunen Haaren und einem hautengen weißen Kleid aufgehalten. Tracy. Anspannung erfasste Carlie. Sie registrierte kaum, dass Thomas ihr etwas zuflüsterte.

Tracy hakte sich bei Ben unter und sah ihn strahlend an.

Ben beugte sich hinunter, um ihr etwas ins Ohr zu flüstern. Tracy warf den Kopf in den Nacken und lachte unbeschwert. Sie himmelte ihn förmlich an.

Carlies Herz schien sich in Stein zu verwandeln. Sie nahm sich vor, ruhig zu bleiben, schließlich unterhielt Ben sich nur mit Tracy. Es gab keinen vernünftigen Grund, eifersüchtig zu sein. Wenn überhaupt, sollte sie Tracy eher bewundern. Sie hatte das Stigma einer unverheirateten Mutter überwunden und gab sich Mühe, ihr Kind zu erziehen. Doch Carlie sah nur, dass Tracy bereits unauflöslich mit Ben verbunden war. Irgendwie musste sie lernen, mit Tracy klarzukommen, sonst würde es für sie und Ben keine Zukunft geben.

Statt weiter zu beobachten, wie Tracy ihren Schwager anhimmelte, richtete Carlie ihre Aufmerksamkeit wieder auf Thomas. Sein Tonfall hatte sich geändert, und sie fragte sich, ob ihm bewusst war, dass sie vorübergehend nicht mehr zugehört hatte. Er berührte sie wie nebenbei an der Hand, und Carlie brachte ein gezwungenes Lächeln zustande.

„Sind Sie befreundet?", erkundigte er sich, als sie sich erneut zu Ben und Tracy umdrehte, die sich immer noch unterhielten.

„Ich kenne Ben schon ziemlich lange", erwiderte sie ausweichend.

„Eigentlich meinte ich Tracy."

„Oh." Ihre Wangen wurden warm. „Nein, die kenne ich kaum."

„Gute Frau. Verantwortungsbewusst. Kümmert sich um ihren Jungen und macht zwei Jobs." In Thomas' Stimme schwang aufrichtige Bewunderung mit.

„Ja, sie ist … fleißig."

„Hm, genau wie ihr Vater, einer meiner besten Angestellten. Ich kenne Tracy schon, seit sie ein kleines Kind war." Wieder lächelte er. „Genau wie Sie." Er nahm einen Schluck von seinem Drink.

In diesem Moment steuerte eine Gruppe von Männern auf Fitzpatrick zu, und Carlie nutzte die Gelegenheit, um sich von ihm loszueisen. „Tja, ich sollte lieber mal nach Mom und Dad schauen", erklärte sie und ging.

Als sie an einer der riesigen Säulen vorbeikam, auf denen das Dach ruhte, hielt eine starke Männerhand sie auf.

„Carlie." Bens Stimme war ein raues Flüstern. Aufgebracht sah er sie an, sein Nacken war gerötet, die Lippen schmal und blass. „Na, amüsierst du dich gut?"

„Gut genug", entgegnete sie, verärgert über seinen Zorn.

„Mit Fitzpatrick?"

„Er hat mich in die Enge getrieben."

„Und du hast es dir gern gefallen lassen."

„Bist du verrückt?", fuhr sie ihn an, achtete jedoch darauf, leise zu sprechen. „Ich war nur höflich."

Mit zusammengekniffenen Augen musterte er sie, als würde ihm erst jetzt klar, dass man sie belauschen könnte. Er nahm ihre Hand und führte Carlie rasch durch eine Gruppe von Männern, die sich um einen Flügel nahe dem Eingang versammelt hatten. Die Männer waren in eine lebhafte Debatte über Steuern und Politik vertieft. Sie unterhielten sich lautstark und übertönten die sanften Klänge der Band, die „I Will Always Love You" spielte.

Ben öffnete die Tür und zog Carlie mit nach draußen, wo sie den schneidenden Februarwind durch ihr dünnes Kleid hindurch spürte.

Die Tür fiel mit einem Klick zu. „Wie oft soll ich dich noch vor ihm warnen?", fragte er knurrend.

„Beruhige dich", konterte sie. „Ich bin keine sechzehnjährige Jungfrau, die man ganz leicht manipulieren und benutzen kann."

Seine breiten muskulösen Schultern zeichneten sich unter seinem Jackett ab. „Fitzpatrick will etwas von dir."

„Was denn, zum Beispiel?"

„Dreimal darfst du raten." Da sie darauf nichts erwiderte, erklärte er: „Fitzpatrick ist auf der Suche nach einer Geliebten. Und du scheinst ganz oben auf seiner Liste zu stehen."

„Ach, komm schon!", protestierte sie. Doch sie erinnerte sich an die Berührungen und sinnlichen Blicke, die Thomas ihr zugeworfen hatte.

„Der Kerl hatte sein ganzes Leben lang Affären. Man muss kein Genie sein, um darauf zu kommen. Jackson Moore ist Beweis genug. Und nun hat Fitzpatricks Frau die Scheidung eingereicht, zumindest kursieren derartige Gerüchte in der Firma. Der gute alte Tom ist also bald frei."

„Ich bin nicht interessiert."

„Er ist ein reicher Mann, Carlie."

„Dafür sollte ich dich ohrfeigen."

„Ein mächtiger Mann noch dazu."

„Jetzt hör schon auf …"

„Er könnte dir alles geben, was du dir je erträumt hast."

Gekränkt machte sie auf dem Absatz kehrt. „Ich muss mir diese Beleidigungen nicht länger anhören!" Sie versuchte, an ihm vorbeizukommen und an den Messingtürgriff zu gelangen, doch Ben hielt sie fest. Noch ehe sie etwas sagen konnte, zog er sie heftig an sich, presste seine Lippen auf ihre und küsste sie mit jener Mischung aus Wut und Leidenschaft, die in ihm tobte. Seine Lippen waren heiß und fordernd, sein Körper schlank und fest.

Noch immer aufgebracht, riss Carlie sich los. „Du schleppst mich hier nach draußen, beleidigst mich und glaubst anschließend, du könntest mit einem Kuss alles wiedergutmachen!"

„Nein, nichts ist wieder gut."

„Da hast du verdammt recht. Ich mag es nicht, so grob behandelt zu werden, weder von dir noch von jemand anders. Also benimm dich nicht wie ein Neandertaler!"

Seine Augen funkelten, doch er ließ sie wieder los. „Ach, verdammt, Carlie. Ich wollte dich nicht beleidigen." Tief atmete er die Winterluft ein. „Ich wollte dich nur vor Fitzpatrick warnen."

„Du musst mich nicht bemuttern."

„Das tue ich auch nicht …"

„Und einen Babysitter brauche ich schon gar nicht."

„Carlie …"

„Sei still. Ich brauche nicht einmal einen älteren Bruder, Ben. Tatsächlich kann ich sehr gut auf mich selbst aufpassen."

„Ach wirklich?" Plötzlich klang seine Stimme tief und sexy. „Vielleicht will ich ja auch nicht wahrhaben, dass du so unabhängig bist. Vielleicht will ich glauben, dass du einen Mann brauchst."

„Oh, bewirbst du dich um die Stelle?" Ihr Zorn verflog allmählich.

„Das würde ich gern."

Sie stellte sich auf die Zehenspitzen und hauchte ihm einen flüchtigen Kuss auf die Lippen. „Ich bin schon ein großes Mädchen."

Sein Grinsen war siegessicher und sinnlich. „Das habe ich auch schon bemerkt." Er küsste sie, und legte seinen starken Hände an ihrer Taille. „Verschwinden wir von dieser Party."

„Hm, das geht nicht", entgegnete sie mit echtem Bedauern. „Ich habe Mom und Dad versprochen, dass ich sie nach Hause fahre."

„Später?"

Sie wollte Ja sagen, ihn bitten, zu ihrer Wohnung zu kommen, doch sie beherrschte sich. Zu gut entsann sie sich des Streits, den sie wegen Tracy, ihrer gemeinsamen Vergangenheit und Thomas Fitzpatrick gehabt hatten. „Bald", versprach sie ihm, schloss die Augen und atmete seinen Duft ein, eine Mischung aus Seife, Champagner und seinem Eau de Toilette mit einem Hauch Moschus.

Erneut küssten sie sich, und in Carlies Kopf begann sich alles zu drehen. Heißes Verlangen durchströmte sie, und sie senkte die Lider. Sie fragte sich, was die Zukunft wohl bereithielte. Doch in diesem Moment verdrängte sie alle Zweifel, um sich ganz dem Zauber ihrer Liebe zu Ben hinzugeben.

Langsam öffnete sie die Augen wieder und erkannte durch die beschlagenen Scheiben der Terrassentüren eine Frau in Weiß. Es war Tracy Niday, die hinausspähte und deren Miene eine neue Entschlossenheit verriet. Ein kalter Schauer überlief Carlie.

Sie löste sich aus Bens Umarmung, doch er stöhnte und zog sie wieder an sich, um sie ein weiteres Mal leidenschaftlich zu küssen. Carlie gab nach, und als sie noch einmal hinausschaute, war Tracy verschwunden.

„Können wir das nicht die ganze Nacht machen?"

„Nicht hier."

„Komm mit zu mir", bat er.

„Das werde ich, aber nicht heute Abend", erwiderte sie voller Bedauern.

„Ich werde dich daran erinnern."

„Mach das."

Ben nahm Carlie bei der Hand, und gemeinsam gingen sie zurück ins Haus. Tracy trank Champagner und flirtete mit einigen Männern an der Bar. Dennoch war Carlie davon überzeugt, dass ihre Widersacherin genau registrierte, als sie und Ben wieder hereinkamen.

Im Stillen tadelte Carlie sich für ihre Kleinlichkeit und richtete ihre Aufmerksamkeit wieder ganz auf die Feier. Sie sprach mit alten Freunden, verzichtete auf weiteren Champagner und hielt die meiste Zeit Bens Hand. In seinen Augen lag ein Glitzern, als er sie um einen Tanz bat, und es gelang ihr nicht, Nein zu sagen. Andere Paare, auch Hayden und Nadine, tanzten ebenfalls. Nadine strahlte. Die roten Haare hatte sie hochgebunden, und ihr schwarzes, mit Strass besetztes Kleid funkelte im Licht. Die Frischvermählten lachten und redeten, während sie tanzten, und als sie an Ben und Carlie vorbeikamen, zwinkerte Nadine wie bei einem Insiderwitz.

„Was hatte das denn zu bedeuten?", fragte Carlie.

„Ach, das war nur der schräge Humor meiner Schwester."

„Und das heißt?"

„Gar nichts." Er hielt sie fester und sah ihr in die Augen. „Tanz einfach mit mir, Lady. Und vergiss alles andere."

Das tat sie. In Bens wärmende Umarmung geschmiegt, lauschte sie der Musik, dem Pochen seines Herzens, den gedämpften Stimmen um sie herum und dem Klirren der Gläser. Alles war so vollkommen, so romantisch …

„Ich will dich nie wiedersehen!" Toni Fitzpatricks Stimme hallte schrill durch den Raum.

Die Band hörte auf zu spielen, ein Instrument nach dem anderen verstummte. Die Unterhaltungen erstarben. Carlie und Ben hielten in ihrem Tanz inne und drehten sich um, genau wie alle anderen auf der Tanzfläche. Sie schauten zur Eisskulptur und dem Paar davor: Toni und Phil, für die diese verschwenderische Party gegeben wurde.

Zitternd vor Wut zerrte Toni ihren Verlobungsring vom Finger und schleuderte ihn quer durch den Raum. „Nie mehr!", wiederholte sie, was entsetzte Mienen und erschrockenes Flüstern unter den Gästen zur Folge hatte.

„Toni, bitte …", sagte Phil, dessen Gesicht so rot war wie die Hummerschwänze, die auf der anderen Seite des Raumes serviert wurden.

„Verschwinde! Verschwinde einfach von hier!", schrie Toni, ehe ihr anscheinend wieder einfiel, wo sie sich befand. Mit tränenüberströmtem Gesicht rannte sie die Treppe hinauf. Geschmeidig wie eine Raubkatze rannte Thomas ihr hinterher.

„Es tut mir leid", wandte Phil sich an die Gäste. June Fitzpatrick war weiß wie die Wand. Hektisch gab sie dem Bandleader ein Zeichen, woraufhin er sich räusperte und eine Liebesballade anstimmte. Die Band setzte ein und spielte eine sanfte Melodie zu all den geflüsterten Spekulationen über den Grund dieser heftigen Auseinandersetzung.

„Ich frage mich, was das zu bedeuten hatte", sagte Carlie, während Phil den Ring aufhob und die Treppe hinaufeilte.

„Offenbar hat Toni kalte Füße bekommen." Ben schloss sie erneut in die Arme. „Mich überrascht das nicht sehr. Sie ist ziemlich rebellisch, und Phil Larkin ist einfach zu brav für sie. Ein Anwalt und Börsenmakler? Langweilige Kombination."

„Jackson ist auch Anwalt."

„Jackson verhandelt interessante Fälle. Ich habe gelesen, wie er kürzlich eine Öl-Erbin rausgehauen hat. Der Staatsanwalt musste einen Rückzieher machen."

„Alexandra Stillwell", sagte Carlie und erinnerte sich an eine Unterhaltung mit Rachelle. „Der Staatsanwalt hat geglaubt, sie hätte ihren Vater umgebracht. Aber Jackson fand Beweise dafür, dass sie es nicht getan haben konnte." Sie sah ihn skeptisch an. „Kommt dir das bekannt vor?"

„Und wie."

Carlies Mutter entdeckte sie. „Ist das zu fassen?", meinte Thelma, während sie zur Treppe deutete. „Von der eigenen Verlobungsfeier verschwinden? Diese Toni war schon immer ziemlich wild. Sie hat die Schule geschwänzt, im Drugstore herumgehangen und Zigaretten geraucht." Thelma schnalzte mit der Zunge. „Dein Vater ist reif fürs ..." Sie sah zu Ben und nahm sofort eine steifere Haltung ein.

„Die Party ist ohnehin vorbei", sagte Carlie. „Mom, ich glaube, du erinnerst dich an Ben."

„Ich habe schon gehört, dass Carlie sich mit Ihnen trifft." In Thelmas Ton schwang die alte Abneigung mit. „Ich würde ja gern sagen, dass ich das gutheiße, denn man soll die Vergangenheit ruhen lassen. Nur erinnere ich mich ..."

„Mom, bitte", unterbrach Carlie sie. Zu spät wurde ihr klar, dass die Zunge ihrer Mutter vom Champagner gelöst war.

Thelmas Miene verdüsterte sich. „Ich will bloß nicht erleben, wie du schon wieder verletzt wirst", erklärte sie, und Ben schob die Hände in die Taschen.

„Mrs Surrett", begann er, „ich weiß, dass ich Fehler gemacht habe, was Carlie betrifft. Ich will Sie nicht mit Entschuldigungen beleidigen. Aber ich kann Ihnen versichern, dass ich den gleichen Fehler nicht zweimal begehen werde."

„Das hoffe ich stark", entgegnete Thelma und ging zum Fahrstuhl, wo ihr Mann auf sie wartete.

„Ich muss los", wandte Carlie sich an Ben.

„Ich auch." Ben straffte die Schultern. „Wenn ich schon dabei bin, die Dinge wieder in Ordnung zu bringen, kann ich es auch gleich überall tun." Mit ihr zusammen ging er zum Fahrstuhl und trat Weldon gegenüber, der ihn finster ansah. Carlie fand, Ben sehe sah aus wie ein gefangener Soldat, der ins Hauptquartier des Feindes geführt wurde. Sie spürte seine Anspannung deutlich. Er bot ihrem Vater die Hand, der sie nach kurzem Zögern nahm. „Mr Surrett."

„Powell." Weldons Mund war eine schmale Linie.

Nach einigen Minuten belanglosen Plauderns, während der Ben sich nach der Gesundheit Weldons erkundigte, meinte Carlies Vater: „Ich kann dir ebenso gut erzählen, dass ich meiner Tochter davon abgeraten habe, sich weiterhin mit dir zu treffen. Den Rat habe ich ihr schon vor zehn Jahren gegeben, und er hat heute noch Gültigkeit."

„Ich hoffe, Ihnen beweisen zu können, dass Sie ihr diesen Rat zu Unrecht geben."

„Das wird dir nicht gelingen, Junge", erwiderte Weldon und bedeutete seiner Frau, den Fahrstuhlknopf zu drücken. „Es liegt einfach nicht in deiner Natur."

„Vielleicht überrasche ich Sie."

„Wäre schön." Eine leise Glocke kündigte den Fahrstuhl an. Die Türen öffneten sich, und Thelma schob ihren Mann in die Kabine.

„Bis später", wandte Carlie sich an Ben.

„Wann denn?" Ben hielt Carlie am Arm fest, während ihre Mutter ungeduldig auf den Knopf drückte, der die Fahrstuhltüren offen hielt.

„Ruf mich an."

Ben ließ sie los, und Carlie verschwand in der Kabine. Während die Türen langsam zuglitten, sah Carlie noch, wie Ben auf die Treppe zusteuerte und auf dem Weg von Tracy Niday abgefangen wurde. Dann waren die Türen geschlossen.

Doch was sie beobachtet hatte, gab ihr einen Stich.

„Ich habe ihn schon vorher mit ihr gesehen", meinte Thelma, als der Fahrstuhl sich in Bewegung setzte.

Weldon pflichtete ihr bei. „Ich auch. Die wird stets ein Teil seines Lebens sein, Schätzchen." Er ergriff die Hand seiner Tochter. „Wegen ihres Jungen."

Der Fahrstuhl hielt im Erdgeschoss. Carlie hatte das entmutigende Gefühl, dass ihr Vater völlig recht hatte. Solange Randy eine Vaterfigur brauchte, würde Tracy ein Auge auf Ben werfen.

11. KAPITEL

*B*en beobachtete den Bagger, der große Brocken matschiger Erde aus der Baugrube holte. Sie hatten Glück, das Wetter war umgeschlagen, und es sah aus, als könnte das Fundament für Nadines Wochenendhaus innerhalb der nächsten zwei Wochen gegossen werden.

Alles in allem lief es gut. Die Arbeit am Hunter-Haus würde Mitte März fertig sein, und dieses Wochenendhaus würde ihn bis in den Sommer beschäftigen. Mit den Projekten in der Holzfirma würden seine Subunternehmer den Frühling über zu tun haben.

Warum also war er so unruhig? Die Antwort lag auf der Hand. *Carlie.* Die Frau, von der er nicht wusste, ob er sie lieben oder hassen sollte. Als sie nach Gold Creek zurückgekommen war, hatte er fest geglaubt, sie benutze andere Menschen nur, sei auf eine gute Partie aus und ansonsten kalt und herzlos. Doch im Lauf der Wochen und nach ihren emotionsgeladenen Gesprächen über die Vergangenheit hatte er begonnen, sie in neuem Licht zu sehen. Inzwischen erkannte er, dass er damals einen Fehler gemacht hatte. Und dann hatte er mit ihr geschlafen, was ihn völlig aus der Bahn geworfen hatte, denn es war genauso tief und überwältigend gewesen wie vor elf Jahren. Er hatte gedacht, er könnte sich nie wieder so sehr auf eine Frau einlassen. Doch das hatte sich als Irrtum erwiesen. Er war fähig dazu, glücklich zu sein. Allerdings nur mit Carlie.

Verdammt! Mit seinem Arbeitsstiefel trat er gegen einen kleinen Stein und fragte sich, was er nun machen sollte.

Er sollte ihr trauen, die Vergangenheit hinter sich lassen und gemeinsam mit ihr ganz von vorn anfangen. Genau das wollte er auch. Gestern Abend, als er sie in den Armen gehalten und sie auf der Veranda des Country Club geküsst hatte, hätte er sie beinah in die Dunkelheit des Gartens gezerrt, um mit ihr zu schlafen. Am liebsten immer und immer wieder. Sie war in seinem Blut, in seinem Kopf und, wie es schien, auch in seinem Herzen.

Er stand kurz davor, wieder den gleichen Fehler zu machen wie schon einmal. Offenbar war das sein Schicksal.

Warum traf sie sich zum Essen mit Thomas Fitzpatrick?

Weil er an ihr interessiert war, und zwar schon seit dem Tag, an dem sie nach Gold Creek zurückgekehrt war. Ben war nicht entgangen, wie Fitzpatrick Carlie auf der Tanzfläche beobachtet hatte. Mit seinen Blicken war er jeder ihrer Bewegungen gefolgt, während er vorgegeben hatte, sich interessiert mit jemand anderem zu unterhalten.

Ben biss die Zähne so hart zusammen, dass es wehtat. „So ein Mist!"

„Ben! He, Ben!" Ralph Katcher stapfte durch den Matsch. „Sieht ganz gut aus hier, was?" Er blieb vor Ben stehen und stopfte sich Kautabak in den Mund.

„Ja, schon besser", räumte Ben ein.

„Kann man wohl sagen. Viel besser sogar. Weißt du, ich glaube, du wirst am Ende noch ein solider Bürger von Gold Creek mit Sitz in der Handelskammer. Gemeinsam mit Thomas Fitzpatrick!"

„Das wär's noch", entgegnete Ben. Sie teilten sich einen Becher Kaffee aus seiner Thermoskanne, anschließend fuhr Ben los, um auf seinen anderen Baustellen nach dem Rechten zu sehen.

Die Arbeit am Hunter-Haus ging gut voran. Er blieb dort eine Weile – eigentlich länger als nötig –, in der Hoffnung, dass Carlie auftauchte. Als sie nicht kam, machte er sich auf den Weg zu den Büros der Holzfirma. Nicht zum ersten Mal musste er sich innerlich beruhigen, indem er sich immer wieder sagte, dass Thomas Fitzpatricks Geld so gut sei wie das anderer Leute. Dennoch empfand er es als belastend, Geschäfte mit Fitzpatrick zu machen. Er hatte dem Holzunternehmer nie verziehen, dass er an dem Betrug beteiligt gewesen war, der Bens Vater um seine Ersparnisse gebracht hatte. Und er traute ihm heute noch genauso wenig. Besonders, was Carlie betraf.

Wahrscheinlich hatte er es sich nur eingebildet, aber er glaubte den Blick verstanden zu haben, mit dem Thomas sie auf Nadines

Hochzeit angesehen hatte. Er kannte diese unausgesprochene Botschaft in Fitzpatricks Augen. Gestern Abend, vor seiner Familie und allen Gästen der Verlobungsparty, war er wieder kaum von ihrer Seite gewichen. Später hatte Fitzpatrick sie beide beobachtet, während sie mit Ben getanzt hatte. Und dann war da noch das plötzliche Interesse an dem Wohnhaus, in dem Carlie lebte. Warum wollte Fitzpatrick dieses Gebäude?

Der reiche Holzunternehmer bedachte sie außerdem mit vielen Aufträgen, was an und für sich keine große Sache war. Doch die Tatsache, dass Fitzpatrick sie in so vielen Bereichen an sich band, beunruhigte Ben zutiefst. Und dann noch diese Sache mit ihrem Vater. Da spielte Fitzpatrick den großen Wohltäter und lockte den kranken alten Mann mit einer Rente und Ruhestandsvergünstigungen.

Ben gefiel das alles nicht. Es hatte einen Beigeschmack. Doch ihm waren die Hände gebunden. Wenn Carlie darauf bestand, unabhängig und selbstständig zu sein, musste sie ihre eigene Erfahrung mit Fitzpatrick machen.

Mürrisch nahm er sich vor, die Sache zu vergessen, doch deshalb wurde seine Stimmung noch lange nicht besser.

Er fuhr nach Hause, zog sich rasch um, und nachdem er Attila gefüttert und fünfzehn Minuten lang mit ihm Frisbee gespielt hatte, ließ er den Hund im Garten und stieg wieder in seinen Pick-up. Doch er zögerte, bevor er den Zündschlüssel umdrehte. Er freute sich nicht gerade auf den vor ihm liegenden Abend. Tracy hatte ihn angerufen und ihn eingeladen. Ben hatte es nicht über sich gebracht, einfach abzulehnen. Sie hatte ihn regelrecht beschwatzt und erklärt, Randy würde ihn wirklich gern wiedersehen nach dem Desaster beim Probetraining für die Little League. Also hatte Ben sich seinen Schuldgefühlen gebeugt und erklärt, er würde beide ins Restaurant und ins Kino einladen. Er hatte Tracy den Triumph angehört und das Gefühl gehabt, in die Falle getappt zu sein.

Er holte Mutter und Sohn um sechs ab, und sie fuhren zum „Burger Den", wo es Triple-Cheeseburger gab und pikante Pommes frites. Randy bestellte einen großen Milkshake. Seine

Mutter konnte sich zwar ein paar Sticheleien zu seinem Training nicht verkneifen, aber zu Bens Erleichterung genehmigte sie ihm das Getränk. Er wollte nicht schon wieder eine Diskussion über Kindererziehung. Randy war ihr Kind, und sie hatte das Recht, es so zu erziehen, wie sie es für richtig hielt, solange sie ihm keinen Schaden zufügte.

Sie lachten und redeten, und Ben fragte sich, warum er vorher ein solches Unbehagen verspürt hatte. Tracy zeigte sich von ihrer charmantesten Seite, und häufig erschien ein sinnliches Lächeln auf ihren vollen Lippen.

Trotzdem konnte Ben nicht aufhören, an Carlie zu denken. Um welches Thema die Unterhaltung sich auch drehte, immer wieder drifteten seine Gedanken ab zu Carlie, und er fragte sich, wo sie wohl steckte. Heute Abend sollte sie sich mit Fitzpatrick zu einem Geschäftsessen treffen. Allein bei der Vorstellung zog sich alles in Ben zusammen.

„Ist etwas?", erkundigte Tracy sich und holte ihn damit zurück in die Gegenwart.

„Nein, nichts."

„Nichts?"

„Nichts Besonderes." Er grinste Randy an. „Beeil dich, Sportsfreund. Der Film fängt in zwanzig Minuten an."

Sie sahen sich einen Action- und Abenteuerfilm an, in dem Teenagerstars mitspielten, die Randy aus dem Fernsehen kannte. Der Junge aß Popcorn aus einem riesigen Becher und verfolgte gebannt den Film. Ben bemühte sich, Interesse an der dünnen Handlung zu zeigen, doch seine Gedanken drifteten zu Carlie ab. Immer wieder zu Carlie. Er kam sich wie ein Verräter vor, weil er mit Kevins kleiner Familie unterwegs war. Aber es gab nun einmal keinen Ausweg aus diesen emotionalen Dilemma – zumindest keinen leichten. Er schaute zu Randy hinüber, und der Junge drehte den Kopf und lächelte. Es war Kevins Lächeln.

Tracy berührte Bens Arm, und er zuckte vor Schreck zusammen.

„Wo bist du?", flüsterte sie.

„Hier."

„Mir scheint, dass du in Gedanken weit weg bist."

„Ich habe viel um die Ohren."

„Das Unternehmen?", fragte sie hoffnungsvoll.

„Ja, auch, zum Großteil."

„Und sonst?"

Selbst in der Dunkelheit konnte er ihre Besorgnis und Enttäuschung erkennen. „Nichts Wichtiges", log er und schaute auf seine Uhr.

Als er Tracy und Randy vor ihrer Wohnung absetzte, bedankte der Junge sich bei Ben für den tollen Abend.

„War mir ein Vergnügen."

Randy schaute zu seiner Mom. „Kommst du nicht mehr mit rein?", fragte er Ben.

„Diesmal nicht."

„Aber du kommst doch wieder?"

Ben hatte den Eindruck, als sei Randy auf diese Fragen vorbereitet worden. Trotzdem lächelte er und wuschelte dem Jungen durch die Haare. „Na klar."

„Wann?", wollte Tracy wissen.

„Das weiß ich noch nicht genau."

„Wir hätten morgen Zeit", meinte sie leichthin, obwohl Ben einen Hauch von Verzweiflung herauszuhören glaubte.

„Morgen kann ich nicht."

Sie wartete voller Hoffnung.

„Ich rufe an." Er kam sich mies vor angesichts ihres skeptischen Blicks.

„Na gut. Randy, geh schon mal rein, ich komme sofort nach", wandte sie sich an den Jungen. „Ich muss mit Onkel Ben kurz allein sprechen." Sie gab ihrem Sohn den Schlüssel. Nervosität erfasste Ben, während er zuschaute, wie Randy ins Haus huschte.

„Er ist ein guter Junge", meinte er. „Aber ich nehme an, das habe ich dir schon gesagt."

„Er denkt viel an dich."

„Nicht zu viel, hoffe ich."

Sie fuhr mit dem Finger über die Stoßstange des Pick-ups. „Du bist das Beste, was Randy … und mir … seit Langem passiert ist."

„Das bezweifle ich."

„Oh doch. Randy verehrt dich regelrecht, Ben, und ich weiß auch warum." Ehe er wusste, wie ihm geschah, legte sie ihm die Hände auf die Schultern, stellte sich auf die Zehenspitzen und küsste ihn auf sehr verführerische Weise. Ben wich zurück, genau in dem Moment, als er ihre Zungenspitze an seinen Zähnen spürte.

„Tracy, nein …" Seine Hände lagen auf ihrer Taille, um Tracy auf Abstand zu halten, doch vorher strich sie ihm noch mit der Zunge über die Lippen.

„Warum nicht, Ben?", fragte sie ein wenig trotzig. „Es könnte richtig gut werden mit uns beiden."

„Ich kann nicht."

„Natürlich kannst du."

„Ich bin schon mit jemandem zusammen", erklärte er und schob sie diesmal entschlossen weg.

Sie sah ihn perplex an, aber nur kurz. Auf der Verlobungsfeier hätte sie schon blind sein müssen, um ihn und Carlie zu übersehen. Außerdem war Carlie bei Randys Vorspielen für die Little League gewesen. Sicher verstand sie.

„Ich … ich fürchte, ich habe mich zum Narren gemacht."

„Unsinn", versicherte er ihr.

„In letzter Zeit war ich so einsam", gestand sie, als brächen die angestauten Gefühle sich plötzlich Bahn. Tränen stiegen ihr in die Augen, und sie blinzelte. „Ich bin mit vielen Männern ausgegangen, aber die … na ja, die konnten Kevin nie das Wasser reichen. Tja, und dann bist du nach Gold Creek zurückgekehrt, und du bist so … ach, Mist, es tut mir leid." Sie schniefte laut. „Bitte gib Randy nicht die Schuld an alldem. Er mag dich wirklich, und nur weil seine Mutter das unheimliche Talent besitzt, sich zum Narren zu machen …"

„Ach Unsinn, das hast du nicht", versicherte Ben ihr und nahm sie ein wenig widerstrebend in den Arm. „Es war ein Fehler. Ich hätte es dir sagen sollen."

„Nein, ist schon gut. Wirklich. Bitte besuch Randy trotzdem weiter." Sie atmete tief durch und wandte für einen Moment den Blick ab. „Ich habe dich mit Carlie gesehen, und, na ja ... ich hoffe, du wirst am Ende nicht verletzt."

„Darum brauchst du dir keine Sorgen zu machen."

„Tue ich aber. Du bedeutest mir etwas, Ben." Sie blinzelte mehrmals rasch hintereinander, als wollte sie gleich in Tränen ausbrechen. „Ich weiß einfach ein paar Dinge über Carlie, die du vielleicht nicht weißt."

„Ich bin an Klatsch und Tratsch nicht interessiert", erwiderte er ausweichend, war jedoch mehr als nur ein bisschen beunruhigt. Tracys Miene ließ darauf schließen, dass ihr kleines Geheimnis um Carlie ein hässliches war, was immer es auch sein mochte.

„Es ist kein Klatsch."

„Ehrlich, ich bin nicht interessiert." Tracy musterte ihn und versuchte offenbar seine Reaktion abzuschätzen. Ben fühlte sich, als hätte ihm jemand eine Schlinge um den Hals gelegt. Tracy lächelte zwar, aber es war kein freundliches Lächeln mehr. Er wich zurück, drehte sich um und ging zu seinem Wagen zurück. Schnell. Bevor er etwas zu hören bekam, was er gar nicht wissen wollte.

„Es ist in gewisser Hinsicht privat", rief sie und fügte rasch hinzu: „Aber ich finde, du solltest es wissen, weil es dich betrifft."

Die Schlinge zog sich weiter zu, er fühlte es deutlich. Endlich lag seine Hand auf dem Türgriff.

„Wusstest du, dass sie schwanger war, als Kevin starb?"

Ben erstarrte. Er konnte kaum atmen.

„Das ist unmöglich", stieß er leise hervor und erinnerte sich daran, mit welcher Verzweiflung Carlie ihn davon zu überzeugen versucht hatte, dass sie beim ersten Mal mit ihm noch Jungfrau gewesen sei.

„Ich habe ihre Krankenakte gesehen. Beim Frauenarzt in Coleville", erklärte Tracy, und als er sich umdrehte, bemerkte er das Glitzern in ihren Augen. Ihr machte das Spaß! „Ja, tatsächlich. Carlie hat definitiv ein Kind erwartet."

Ben fasste sie an den Oberarmene. Seine Finger gruben sich in ihr Fleisch. „Du lügst. Ich habe keine Ahnung, warum, aber …"

„Es ist keine Lüge, Ben. Denk doch mal nach! Was hätte ich denn davon, dich anzulügen? Ich bin weder Krankenschwester noch Arzt, aber ich kann eine Krankenakte lesen, wenn sie vor mir liegt. Und Carlie war nun mal schwanger."

„Was ist passiert?", wollte er wissen und hielt sie weiter fest.

„Sie hat das Baby verloren. Eine Fehlgeburt, nehme ich an. Möglicherweise hat sie eine Abtreibung machen lassen. Mir blieb nicht viel Zeit, um die Akte zu lesen …"

„Du verdammte Lügnerin!" Er ließ sie unvermittelt los, als verbrenne sie ihm die Finger.

„Oh nein, ich glaube, da beleidigst du die Falsche. Das solltest du wohl eher zu Carlie sagen. Schließlich hättest du ein Recht darauf gehabt, von deinem Kind zu erfahren."

„Mein Kind?" Seine Stimme war nur noch ein Flüstern. „Mein Kind?"

„Natürlich." Sie hob die Schultern. „Was dachtest du denn, wessen Kind?", fragte sie leichthin, doch dann dämmerte es ihr, und sie erbleichte. „Oh nein, nicht Kevins …"

Er verabschiedete sich nicht mehr, sondern machte auf dem Absatz kehrt, riss die Fahrertür seines Pick-ups auf und setzte sich hinter das Steuer. *Sein Baby? Seins? Carlie war von ihm schwanger gewesen?* Tausend Gedanken gleichzeitig rasten ihm durch den Kopf, sodass er prompt Kopfschmerzen bekam. Dabei hatte sie ihm doch geschworen, niemals schwanger gewesen zu sein! Wer log denn nun? Tracy oder Carlie?

Er legte den Gang ein und brauste mit quietschenden Reifen los. Tracy blieb auf dem Parkplatz vor ihrem Wohnhaus zurück. Aus dem Augenwinkel sah Ben, wie der Vorhang in Randys Zimmer sich bewegte. Wahrscheinlich hatte der Junge die ganze Szene zwischen Ben und Tracy mitbekommen. Was dachte er jetzt? Ben konnte es nur ahnen. Beim Abbiegen auf die Straße verlangsamte er, dann gab er Gas. Er konnte sich nicht für Tracy und Randy verantwortlich fühlen … jedenfalls nicht *zu* verantwortlich. Sie waren Randys ganzes Leben lang ohne ihn zurechtgekommen, da brauchten sie ihn jetzt auch nicht.

In halsbrecherischem Tempo fuhr er zu Carlie, doch als er dort ankam, musste er warten. Sie war ja mit Thomas Fitzpatrick ausgegangen, fiel ihm ein. Voller Ungeduld rammte er den Schlüssel ins Schloss und lief die Treppe hinauf. Es war höchste Zeit für eine klare Aussprache.

Carlie begriff, dass sie einen Riesenfehler begangen hatte, als Thomas Fitzpatrick darauf bestanden hatte, mit dem Firmenhubschrauber zum Abendessen zu fliegen.

„Das ist nicht Ihr Ernst", hatte sie gesagt, als er mit ihr zum Gelände der Holzfirma gefahren war, wo auf der Hubschrauberlandefläche schon der Pilot darauf wartete, sie zu einem Hotel in San Francisco zu fliegen.

„Es ist mein voller Ernst", bestätigte er, und ihr Mut sank, als sie an Bord ging und zwei Flaschen Champagner in einem Eiskübel entdeckte. Gleich nach dem Start bot Thomas ihr von dem Champagner an, aber sie lehnte ab. Ben hatte recht gehabt, und sie wünschte, sie könnte die Pläne, die schon für einer Woche gefasst worden waren, noch ändern.

Die Aussicht vom Hubschrauber war allerdings toll. Der Vollmond erhellte den dunklen Abendhimmel, und die Lichter der Stadt erhellten den Horizont. Sie landeten sanft, und Thomas führte Carlie ins Hotel und dort hinunter in einen privaten Dining Room mit Blick auf die Golden Gate Bridge.

Die Leinentischdecke war von einem dunklen Violett, die Servietten schneeweiß. Eine kleine Vase enthielt eine einzelne Rose. „Was genau erwarten Sie eigentlich von mir?", fragte sie, als er für sie beide die Bestellung aufgab.

„Das habe ich Ihnen doch schon erklärt. Sie sollen Fotos für das Unternehmen machen. Ich habe die ersten Abzüge gesehen, und die sind gut. Dann wäre da noch Tonis Hochzeit, falls sie tatsächlich stattfindet. Wer weiß das schon nach dem gestrigen Abend?" Er seufzte dramatisch und schüttelte den Kopf.

„Es war ganz und gar nicht nötig, den ganzen Weg hierher zu fliegen, um über Hochzeitsfotos zu sprechen", entgegnete sie und trank einen Schluck Wein.

Er schien darüber nachzudenken. „Nun, ich habe Ihnen ein Geständnis zu machen", räumte er ein und wirkte sogar ein wenig verlegen. „Ich wollte mit Ihnen allein sein."

„Mit mir?"

„Meine Frau lässt sich von mir scheiden", gestand er.

„Also …"

„Also dachte ich, ich könnte ruhig einen Abend mit einer wunderschönen Frau verbringen, ohne mich schuldig zu fühlen."

„Mr Fitzpatrick …"

„Nennen Sie mich bitte Thomas." Er ergriff ihre Hand, und Carlie dachte unwillkürlich daran, wie anders seine glatten Finger sich im Vergleich zu Bens anfühlten.

„Nur damit wir uns verstehen, *Thomas*, ich mag es nicht, manipuliert zu werden."

„Habe ich Sie manipuliert?"

„Nicht, wenn das hier ein Geschäftsessen ist und nichts anderes. Denn wenn es das ist, gibt es nicht den geringsten Grund, weshalb wir über Ihre Ehe sprechen sollten."

„Die Scheidung wird noch diesen Monat rechtskräftig."

„Das tut mir leid", erwiderte sie, während der Kellner warme Brötchen brachte, dazu delikaten Salat, garniert mit winzigem Spargel. Dezent zog der Kellner sich wieder zurück.

„Das muss Ihnen nicht leidtun. Wahrscheinlich ist es am besten so. Wir haben uns seit Jahren auseinandergelebt … seit Roys Tod. Als dann noch Jackson vor einigen Monaten herausgefunden hat, dass ich sein Vater bin, hat sich die ganze Sache zugespitzt." Thomas' Miene verdüsterte sich, als hinge er unerfreulichen Erinnerungen nach. Für einen kurzen Moment empfand Carlie sogar Mitleid mit diesem Mann, der stets so damit beschäftigt gewesen war, andere zu kontrollieren und zu instrumentalisieren, dass er sein eigenes Glück dabei völlig aus den Augen verloren hatte. „Damit konnte June nicht fertigwerden.

Der Skandal, wissen Sie. Seitdem ging alles bergab. Der Vorfall gestern Abend kam nicht ganz unerwartet. Toni macht gerade viel durch. Just als sie hoffte, heiraten zu können, bestanden ihre Eltern auf einem Ehevertrag."

Carlie stocherte in ihrem Salat herum und wusste nicht, was sie sagen sollte.

„Aber reden wir doch über Sie, Carlie. Sie sind erwachsen geworden. Ich muss zugeben, dass ich vor Jahren wütend auf Sie war."

„Weil Sie unbedingt wollten, dass Jackson für Roys Tod verantwortlich gemacht wird."

Thomas seufzte. „Nein, das wollte ich nicht. Ich glaubte einfach, so wäre es gewesen. Ich hätte die besten Anwälte engagiert, um dafür zu sorgen, dass er eine milde Strafe bekommt. Aber ich war fest davon überzeugt, dass er Roy umgebracht hat, ob vorsätzlich oder versehentlich. Unabhängig davon, ob er nun mein Sohn ist, habe ich erwartet, dass er sich dafür verantworten müsse."

„Nur war er unschuldig."

„Zum Glück", ergänzte Thomas, doch die Falten um seine Augen vertieften sich, und Carlie erinnerte sich daran, dass Brians Frau Laura versehentlich Roy getötet hatte.

Der Kellner räumte die Salatteller ab und kehrte mit dem Hauptmenü zurück: ein Wachtelpaar auf einem Bett aus Wildreis. Carlie sprach kaum und aß noch weniger. Hierherzukommen war ein Fehler gewesen. Sie hätte auf Ben hören sollen.

Ben. Allein der Gedanke an ihn weckte Sehnsucht in ihr.

„Ich ziehe in Erwägung, Mrs Hunters Apartmenthaus zu kaufen."

„Ach ja?" Sie gab sich Mühe, überrascht zu klingen.

„Ich möchte etwas von der einzigartigen Architektur Gold Creeks erhalten."

„Es ist ein wunderschönes Haus."

„Ich dachte mir, dass Sie es vielleicht für mich verwalten möchten."

„Wie bitte?"

Er lächelte. Es war ein einstudiertes, aristokratisches Lächeln, das keinerlei Wärme ausstrahlte. „Wenn Sie diese Wohneinheiten verwalten – zusammen mit der Atelierwohnung sind es fünf Einheiten, richtig?"

„Ja."

„Ich könnte Ihnen einen Mietnachlass gewähren für die Arbeit. Vielleicht möchten Ihre Eltern auch dort einziehen."

„Moment mal ..." Das alles ging viel zu schnell.

„Ich versuche doch nur, Ihrem Vater zu helfen. Ich habe mit den Anwälten gesprochen, den Buchhaltern und den Steuerberatern. Es gibt wohl eine Möglichkeit für Ihren Vater, noch eine Weile Erwerbsunfähigkeitsrente zu beziehen und sich für die Büroarbeit umschulen zu lassen. Bis dahin ist er im Rentenalter und kann dann die kompletten Bezüge erhalten."

Carlie wartete darauf, den Haken an der Sache zu hören. „Haben Sie ... haben Sie schon mit meinem Vater darüber gesprochen?"

„Gerade erst heute Nachmittag."

„Und?" Sie hielt den Atem an.

„Er schien erfreut zu sein. Offenbar zieht er es sogar wirklich in Erwägung, in dem Mietshaus zu wohnen, um näher bei Ihnen zu sein."

„Falls ich überhaupt bleibe", erinnerte sie ihn und legte ihre Gabel aus der Hand. „Hören Sie, Mr ... Thomas. Ich weiß wirklich zu schätzen, was Sie für meine Familie zu tun versuchen, und wahrscheinlich sind Sie überzeugt davon, mir einen Gefallen zu tun, indem Sie Pläne für mich schmieden. Aber leider kann ich Ihr Angebot nicht annehmen."

„Sie kennen es ja noch nicht einmal."

„Ich habe genug gehört. Mein Leben möchte ich auf meine Art führen."

„Selbstverständlich." Er sah ein wenig beleidigt aus. „Ich habe wirklich nur zu helfen versucht."

„Danke nochmals, aber ich werde keine Hilfe benötigen."

Seine Nasenflügel bebten leicht, und wenn in diesem Augenblick der Kellner nicht erschienen wäre, um das Geschirr abzuräumen, hätte Thomas Fitzpatrick vermutlich etwas nicht besonders Nettes von sich gegeben. Das Dessert beendeten sie überwiegend schweigend, und anschließend half er ihr in den Mantel. Dabei strich er mit seinen Fingern über ihren Arm. Sie schüttelte ihn unmerklich ab und sagte sich, dass sie sich das nur eingebildet habe. Doch als er sie sacht auf den Nacken küsste, wirbelte sie erschrocken zu ihm herum. „Ich bin nicht interessiert, Mr Fitzpatrick."

Glücklicherweise verfolgte er die Sache nicht weiter. Trotzdem schien der Rückflug nach Gold Creek im Helikopter eine Ewigkeit zu dauern. Carlie nahm weder den Mond und die Sterne noch die Lichter der Stadt wahr. Als sie endlich landeten, musste sie sich bremsen, um nicht einfach aus dem Hubschrauber zu springen und zu flüchten.

Thomas Fitzpatrick führte sie zu seinem weißen Cadillac, und sie nahm in äußerst angespannter Haltung auf dem Lederrücksitz Platz.

Ben hatte völlig recht gehabt. Nie hätte sie einem Treffen mit Fitzpatrick zustimmen dürfen, das auch nur im Entferntesten an ein Date erinnerte. Sie starrte aus dem Fenster, lauschte der Radiomusik und war dankbar dafür, dass der Holzunternehmer ihr kein Gespräch aufnötigte. Carlie wollte nur noch nach Hause.

Nach Hause? Wie würde es sein, wenn das alte Haus, in dem sie wohnte, Fitzpatrick gehörte? Noch etwas, was sie an diesen Mann binden würde. Könnte sie sich jemals wieder sicher fühlen, wenn sie wüsste, dass er sowohl einen Haustürschlüssel als auch einen zu ihrer Wohnung besäße?

Vorsichtig schaute sie in seine Richtung. Sie hatte keine Angst vor ihm, zumindest nicht davor, dass er ihr körperlich etwas antun könnte. Doch mächtige Männer spielten ihre Macht oft auf andere, subtilere Weise aus. Der Job ihres Vaters war bereits zum Thema geworden. Und jetzt hatte sie auch noch die fotografische Gestaltung der Firmenbroschüre für ihn angenommen. Wenn ihm ihre Arbeit nicht gefiel, würde er sie das spüren lassen. Er verfügte über Mittel und die Macht, um in einer Stadt von der

Größe Gold Creeks ihren Ruf zu ruinieren. Dann wäre es vorbei mit Aufträgen.

Es gab natürlich noch immer das Atelier. Die treuen Privatkunden würden gar nicht wissen, dass Fitzpatrick unzufrieden mit ihr war. Aber die größeren Kunden, Firmenvorstände, die vielleicht eine Fotografin engagieren wollten, würden möglicherweise zögern, sobald sich herumgesprochen hatte, dass die Fitzpatrick AG nicht glücklich über die Zusammenarbeit war.

Pech. Sie würde trotzdem nicht nachgeben, und sie fürchtete sich vor niemandem. Das galt auch für Thomas Fitzpatrick. Falls nötig, konnte sie immer noch Constance anrufen wegen des Model-Jobs für Cosmos Jeans.

Als sie vor ihrer Wohnung hielten, machte er Anstalten, mit auszusteigen, doch Carlie lehnte ab. „Das brauchen Sie nicht. Ich habe nachgedacht und entschieden, dass es wohl keine gute Idee ist, für Sie zu arbeiten."

„Aber …"

„Dieser Abend hat mir eines bewiesen. Ich brauche Sie nicht, Mr Fitzpatrick, und ich werde mich nicht dazu manipulieren lassen, alles zu tun, was Sie wollen."

„Es war keineswegs meine Absicht anzudeuten …"

„Haben Sie aber. Und zwar schon seit meiner Rückkehr nach Gold Creek. Tut mir leid, dass es so schlecht um Ihr Privatleben steht, aber daran kann ich auch nichts ändern. Ich bin jedenfalls Ihre unterschwelligen Drohungen oder Versprechungen oder wie auch immer Sie das nennen wollen, was meinen Dad angeht, leid. Tun Sie, was Sie tun müssen. Klären Sie das mit ihm. Was mich betrifft, so bin ich fertig mit Ihnen. Dieses Abendessen war absolut nicht geschäftlich, sondern eine geplante Verführung."

Sie dachte, er würde widersprechen, aber das tat er nicht. „Wenn Sie gekränkt sind …"

„Das bin ich, Mr Fitzpatrick, aber wenn Sie die Wahrheit hören wollen: Ich bin eher von mir selbst angewidert als von Ihnen. Ich hätte es besser wissen müssen. Gute Nacht." Ehe er etwas erwidern konnte, stieg sie aus dem Wagen, warf die Tür zu und marschierte zu ihrer Haustür. Carlie hatte mit dem Thema Fitzpatrick abgeschlossen.

Morgen würde sie Constance anrufen und den Cosmos-Job annehmen. Vielleicht könnte sie auch wieder nach New York ziehen, sobald es ihrem Vater besser ging.

Du würdest fliehen. Vor deiner Familie. Vor Fitzpatrick. Vor Ben. Na und? Es war schließlich ihr Leben. Sie war nicht gezwungen, den Rest ihrer Zeit in Gold Creek zu verbringen.

Und was Ben betraf, so war er ohne sie besser dran. Ihr Herz zog sich zusammen, doch sie kämpfte gegen den Wunsch an, sich gehenzulassen und in Tränen auszubrechen. Sie hatte jetzt die volle Verantwortung für ihr Leben und keine Zeit mehr für weiteren Schmerz oder gebrochene Versprechen.

Ben wartete auf sie. Als Carlie ihre Wohnung betrat, lehnte er am Fenster, die Arme vor der Brust verschränkt und die Augen zu schmalen Schlitzen zusammengekniffen. Er war wie ein Tiger, bereit zum Sprung.

„Was machst du …"

„Schließ die Tür", befahl er mit fester Stimme.

Sie warf die Tür zu, ging jedoch keinen Schritt weiter. „Was hat das alles zu bedeuten?"

„Zunächst einmal – du hast gerade einen Anruf erhalten."

Sie schaute zum Anrufbeantworter und bemerkte das rote Blinklicht.

„Deine Freundin Constance. Sie scheint zu glauben, dass du nach New York zurückgehst für diesen Werbeauftrag."

Aha, so würde das also laufen. Bens Miene drückte Spott und Verachtung aus. Er hatte es ganz offensichtlich auf einen Streit angelegt. „Du bist nicht hier, um mich über den Inhalt meines Anrufbeantworters zu informieren."

„Nein." Er betrachtete sie eine Weile. „Geht's zurück in die Großstadt?"

„Es ist ein Job, mehr nicht."

Ein kühles Lächeln umspielte seine Mundwinkel.

„Was ist los, Ben? Was ist passiert, dass du glaubtest, in meine Wohnung eindringen und schon wieder komische Andeutungen machen zu müssen? Nur zu deiner Information: ich kann sehr gut darauf verzichten. Und zwar nicht nur heute Abend, sondern für immer."

„Es gibt noch einen anderen Grund." Ein kaltes Funkeln trat in seine Augen.

Carlie schluckte. „Welchen?", fragte sie, obwohl sie es eigentlich gar nicht wissen wollte. Ben war zu kalt, voll stillem Zorn.

Er stieß sich von der Wand ab, kam auf sie zu und sah ihr ins Gesicht. Seine Haut wirkte straff vor Anspannung, und ein Wangenmuskel zuckte. „Erzähl mir von dem Baby."

„Welches Baby? Ich habe dir doch schon …"

„Du hast mich angelogen!", schnitt er ihr das Wort ab. „Ich will alles über *unser* Baby wissen!"

„Um Himmels willen", flüsterte sie. „Wie … wie hast du das herausgefunden?"

„Es stimmt also." Seine Stimme schien in dem kleinen Raum widerzuhallen und tief in Carlies Herz zu schneiden.

Sie nickte, da sie kein Wort herausbrachte. Der Schmerz und die Enttäuschung in seinem Blick trafen sie bis ins Mark.

„Du hast es mir nicht erzählt", sagte er. „Konntest du dir nicht denken, dass ich es wissen will? Fandest du nicht, ich hätte ein Recht darauf?"

„Ich habe es versucht! Immer und immer wieder!"

„Ach ja? Oder hast du es einfach abgetrieben und gehofft, ich würde es nie erfahren?"

„Nein!"

„Du lügst!"

„Nein! Um Himmels willen, nein!", schrie sie. Wut mischte sich in ihren Kummer. „Ich wollte das Baby mehr als alles auf der Welt! Und weißt du auch, warum? Weil es ein Teil von dir war. Das Einzige, was mir von dir geblieben war."

Seine Miene verriet, dass sie ihr nach wie vor nicht glaubte, doch das war ihr egal. „Ich habe von meiner Schwangerschaft erst erfahren kurz bevor du zur Army gegangen bist. Ich habe versucht, es dir zu sagen, dich anzurufen, dir zu schreiben. Aber du hast meine Anrufe nicht entgegengenommen und meine Briefe ungeöffnet zurückgeschickt. Ich wusste nicht, wem ich mich anvertrauen sollte, wem ich überhaupt trauen konnte. Hast du es schon vergessen, Ben? Kevin war gerade gestorben, und alles war ein einziges Durcheinander."

Sie zitterte angesichts dieser alten Erinnerungen. „Dann warst du auf einmal fort ... und das Baby auch."

Er bewegte sich nicht, sondern stand nur da. Ohne dass er etwas sagte, sah sie, dass er sie verurteilte.

„Dann stimmt es, du hast es ..."

„Nein! Es war eine Fehlgeburt." Sie spürte seinen warmen Atem an ihrer Wange. „Verdammt, Ben, ich hätte alles getan, *alles*, um das Baby zu behalten. Einen Teil von dir! Aber ich habe versagt." Ihre Stimme brach. „Als du fortgingst, wusste ich kaum, dass ich schwanger war. Es war eher so eine Ahnung. Dann bestätigte der Arzt den Verdacht, und in der darauffolgenden Woche ... nun, da war schon alles vorbei."

„Du hättest mich darüber informieren müssen."

„Du hast mir ja keine Chance gegeben. Und irgendwann war es zu spät."

Erneut zuckte ein Wangenmuskel in seinem Gesicht. „War es in unserer gemeinsamen Nacht neulich auch zu spät?"

„Ja", antwortete sie entschieden. „Nach all den Vorwürfen, die ich mir seit meiner Rückkehr in die Stadt anhören musste, hielt ich es für keine gute Idee, dir von dem Baby zu erzählen."

„Du wolltest es mir nie sagen?"

„Ich hoffte, es nie tun zu müssen. Oder zumindest so lange nicht, bis ich sicher wäre, dass wir beide irgendwie damit umgehen können." Tränen brannten in ihren Augen. „Ich bin mir allerdings nicht sicher, ob das je der Fall sein wird."

„Ich auch nicht", erwiderte er, und ohne ein weiteres Wort ging er zur Tür hinaus und verschwand aus Carlies Leben.

12. KAPITEL

Carlie schaute auf das lebhafte Geschehen in der Straße unter ihr. Autos, Lastwagen und Taxis verstopften die Kreuzung. Fußgänger eilten mit gesenkten Köpfen und aufgespannten Schirmen durch den Schneeregen. Der Lärm der Stadt verstummte nie. Hupen ertönten, Leute riefen, Motoren brummten zwanzig Stockwerke unter ihr.

New York. Weit weg von Gold Creek.

„Okay, das ist es", befand Constance und beendete das Telefonat. Sie war eine kleine Frau mit großer Stimme. Jetzt klappte sie die Mappe auf ihrem Schreibtisch zu und schwang mit ihrem Sessel zu Carlie herum. „Der Fotograf ist zufrieden mit den Aufnahmen – na ja, so zufrieden, wie Dino sein kann. Es sieht aus, als laufe die Cosmos-Werbekampagne gut an."

„Gut", sagte Carlie und bemühte sich um einen begeisterten Ton.

„Also, kann ich dich weiterhin vermitteln?"

Carlie hatte diese Frage erwartet. Constance versuchte sie seit Jahren zu überreden, ihre Modelkarriere wiederaufzunehmen. „Ich glaube nicht."

„Warum denn nicht, um Himmels willen? Du bist doch durch mit deinem Selbstfindungstrip in Alaska, oder?"

„Ja."

„Das wurde auch Zeit." Constance lehnte sich in ihrem Sessel zurück, bis das Leder knarrte. „Dann kehrst du also zurück in diese kleine Stadt in Kalifornien."

„Ich muss, und sei es nur, um noch ein paar Dinge zu klären …" Dabei dachte sie an ihren Vater, das Atelier in Coleville und natürlich an Ben.

„Da gibt's auch noch einen Mann, oder?" Constance schüttelte langsam den Kopf und wartete nicht auf eine Antwort. „Es dreht sich immer um einen Mann."

„Ich finde einfach, es ist Zeit, als Globetrotterin aufzuhören."

„Ja, sicher, Schätzchen. Klar findest du das."

Die Gegensprechanlage summte, und Constance nahm den Hörer ab. Nach kurzer einseitiger Unterhaltung legte sie den Hörer zurück auf die Gabel und warf Carlie einen Hab-ich-dir-doch-gesagt-Blick zu. „Dieser Mann, der angeblich nicht existiert?", nahm sie das Gespräch zwischen ihnen wieder auf, als wären sie nie unterbrochen worden. „Der wartet draußen am Empfang, wo er eine große Szene macht und Nina eine Todesangst einjagt."

Ben? Ben war hier? In New York City?

„Du solltest besser nach vorn gehen, denn so zornig, wie der ist, wird er noch an dir interessiert sein. Nina meinte, man könnte ihn als Model verpflichten."

„Das würde ich ihm lieber nicht vorschlagen", entgegnete Carlie, schnappte sich ihre Handtasche und warf den Mantel über ihren Arm. Sie eilte hinaus und über den kurzen Flur in den Empfangsbereich, wo Ben nach wie vor mit der zierlichen rotblonden Rezeptionistin stritt.

Bei seinem Anblick schien Carlies Herz für einen Moment auszusetzen.

Ben stutzte, als er sie sah, dann ging er auf sie zu und hielt sie am Arm fest. „Wir verschwinden von hier."

„Warte mal eine Minute …"

„Jetzt, Carlie."

Sie blieb einfach stehen. „Du kannst mich nicht herumschubsen, Ben. Hast du das immer noch nicht begriffen? Ich weiß nicht, warum du hier bist und was du willst, aber du kannst nicht an meinem Arbeitsplatz aufkreuzen – oder bei mir zu Hause, wenn wir schon dabei sind – und mir Befehle erteilen, als wäre ich ein Army-Rekrut oder so was!"

Nina und zwei langbeinige Models, die im Wartebereich der Agentur saßen, verfolgten die Szene gebannt. Die Models hatten ihre Zeitschriften sinken lassen, und Nina ignorierte das beharrlich klingelnde Telefon.

Selbst Constance beobachtete sie von der Tür ihres Büros.

„Ich dachte, es wäre ganz gut, wenn wir uns ungestört unterhalten können."

„Warum?"

Er warf einen kurzen Blick auf die anderen Frauen im Raum, ehe er Carlie ins Gesicht schaute. „Weil ich dich verdammt noch mal fragen will, ob du mich heiraten möchtest."

Die Frauen hinter ihm schnappten hörbar nach Luft, und selbst das Telefongeklingel setzte ein paar Sekunden aus.

„Was?"

„Du hast mich richtig verstanden. Und jetzt lass uns gehen."

„Du ... du willst heiraten?"

„Ja, und zwar auf der Stelle, wenn das möglich wäre."

„Oh Ben, wir können nicht ..."

„Carlie, es tut mir leid. Alles. Ich habe mich geirrt."

„Aber ..."

„Und ich will dich heiraten."

Inzwischen hatte das Telefon wieder angefangen zu klingeln, doch alle Blicke waren weiterhin auf die beiden gerichtet. Carlie wurde immer verlegener. „Aber letzte Woche erst ..."

„Ich war ein Idiot." Er sah ihr fest in die Augen. „Seit der vergangenen Woche ist viel passiert. Das Fazit ist jedenfalls, dass ich den Rest meines Lebens nicht ohne dich verbringen will."

„Hast du den Verstand verloren? Ich denke nicht ..."

„Gut, denk nicht", flüsterte er, zog sie unvermittelt an sich und küsste sie leidenschaftlich. Er schmeckte nach Brandy und Regen und sehr männlich. Und er hielt sie so fest in den Armen, als wollte er sie nie wieder loslassen. Der Kuss ließ exakt jene Leidenschaft und Begierde zwischen auflodern, die stets da gewesen waren, und als er Carlie endlich freigab, konnte sie kaum atmen.

„Na los, raus hier! Verschwindet", rief Constance den Flur hinunter. „Der Mann meint das ernst. Und ihr anderen: Ab an die Arbeit!"

Carlie erinnerte sich später kaum an die Fahrt mit dem Fahrstuhl hinunter in die Lobby des Bürogebäudes. Irgendwie führte Ben sie hinaus, wo sie gegen eisigen Graupelschauer und Wind ankämpften. Zwei Blocks weiter öffnete er die Tür zur einer überfüllten Bar. Sie fanden einen kleinen Tisch im hinteren Teil, und Ben bestellte Irish Coffee für sie beide.

„Okay", sagte Carlie. Noch immer pochte ihr Herz nach seinem Antrag. „Fang noch mal von vorn an. Warum bist du hergekommen?"

„Deinetwegen."

„Das Letzte, was ich von dir gehört habe, war, dass du mich nie wiedersehen wolltest."

„Ich habe nachgedacht und einige Dinge für mich geklärt."

„Vielleicht solltest du mir auch einiges davon erklären", schlug sie vor und gab sich Mühe, ruhig zu bleiben. Sie konnte Ben nicht heiraten. Er war zu launenhaft, seine Stimmungsumschwünge zu heftig. Sicher, sie liebte ihn, aber das hieß nicht, dass sie mit ihm leben konnte. Oder?

„Bei unserer letzten Begegnung war ich wütend und aufgewühlt", räumte er ein. „Tracy hatte mir gerade von dem Baby erzählt …"

„Tracy?", wiederholte Carlie entsetzt.

Der Kellner brachte die Getränke und verschwand wieder.

„Anscheinend hat sie dich in der Frauenklinik in Coleville gesehen und dort die Geschichte mit der Schwangerschaft herausgefunden."

„Du lieber Himmel", flüsterte sie. „Sieh mal, Ben, mir ist vollkommen klar, dass ich es dir hätte sagen müssen. Aber es gab nie den richtigen Zeitpunkt."

„Ist schon in Ordnung." Er nahm ihre Hand und hielt sie zwischen seinen. „Ich habe sehr viel nachgedacht in der vergangenen Woche. Ich habe mit Nadine gesprochen. Wir haben Kevins alte Briefe in einem Koffer gefunden, den sie auf dem Dachboden aufbewahrt hat. Ich habe sie noch einmal gelesen und bin dabei rückblickend ein wenig schlauer geworden. Mir ist plötzlich klar geworden, dass Kevin sich tatsächlich wegen einer Frau umgebracht hat. Aber diese Frau warst nicht du. Es war Tracy."

„Weißt du das sicher?"

„Ich habe mit ihr darüber gesprochen", gestand er und wurde

nachdenklich. „Sie hat mir erzählt, Kevin habe eine Abtreibung von ihr verlangt, als sie feststellt hatte, dass sie schwanger war. Sie hat sich geweigert und ihn gedrängt, sie zu heiraten. Gleichzeitig hatte er Probleme im Sägewerk bekommen, und zwar mehr, als wir geahnt haben. Wahrscheinlich wäre er rausgeflogen. All das, zusammen mit der Tatsache, dass er die Trennung von dir noch nicht ganz verwunden hatte und ich auf einmal mit dir zusammen war, hielt er nicht mehr aus. Ja, er hat sich umgebracht, Carlie, aber es war nicht deine Schuld."

„Was ist mit Randy?" Ihre Kehle war wie zugeschnürt.

„Randy wird immer ein Teil meines Lebens sein. Das habe ich Tracy auch gesagt. Wenn das Kind mich braucht, werde ich da sein. Und selbst wenn er meint, mich nicht zu brauchen. In einem Punkt hat Tracy recht. Der Junge muss eine Vaterfigur haben." Er trank von seinem Irish Coffee. „Und die werde ich sein."

Das Herz schwoll ihr in der Brust.

„Aber das heißt nicht, dass ich keine eigenen Kinder will – unsere Kinder. Mindestens drei."

„Drei?"

„Oder vier. So können sich nie zwei gegen einen zusammentun."

„Das hast du dir alles schon sehr schön ausgedacht, was?", sagte sie mit leiser Stimme.

„Ehrlich gesagt nein. Es sind nur so ein paar Ideen. Ich finde, wir sollten uns gemeinsam Gedanken darüber machen."

„Ist es dein Ernst, dass wir heiraten sollten?" Sie konnte es nach wie vor nicht glauben.

Grinsend griff er in die Innentasche seiner Jacke und zog eine kleine Schachtel hervor.

„Was …?"

Er reichte ihr das Kästchen, und sie öffnete es. Darin lag ein funkelnder Diamant. „Ich würde ja gern behaupten, dass ich den schon vor elf Jahren gekauft und die ganze Zeit behalten habe. Tatsächlich wollte ich einen Ring kaufen, an dem Abend als Kevin … tja, jedenfalls kam es nicht mehr dazu."

Ihre Hände zitterten. Ben nahm den Ring von dem Samtkissen und schob ihn Carlie auf den Finger. „Willst du mich heiraten?"

Sie bekam kaum einen Ton heraus. „Natürlich werde ich dich heiraten, Ben. Seit ich denken kann, warte ich auf diesen Tag, an dem du mich das fragst …"

EPILOG

Dezember

Carlie hörte einen leisen Schrei und vergrub sich tiefer unter der Decke, ehe sie doch aus dem Schlaf schreckte. „Soll ich sie nehmen?" Ben klang erschöpft.

„Ich bin schon wach." Sie küsste ihren Mann und fühlte, wie die Milch in ihre Brüste schoss. „Ich komme", murmelte sie und stolperte beinah über Attila, der am Fußende des Bettes lag.

Das Wochenendhaus roch noch neu, nach Holz und Farbe. Carlie nahm das Baby und schmiegte seinen kleinen Körper an ihren. Dann ging sie die Treppe hinunter und betätigte den Schalter für die funkelnden kleinen Lämpchen am Weihnachtsbaum.

In einem alten Schaukelstuhl am Fenster legte sie ihre Tochter an die Brust und betrachtete lächelnd das winzige Gesicht mit den himmelblauen Augen und den dunklen Löckchen.

„Ja, so ist es gut", flüsterte sie und küsste sanft Marys auf den Kopf. Vom Fenster aus konnte sie über den See schauen. In der Morgendämmerung hob sich der Nebel auf dem Wasser. Carlie empfand eine unbeschreibliche Ruhe.

Nadine, die vollauf beschäftigt war mit ihren Zwillingsmädchen und vorpubertären Jungen, hatte schließlich erkannt, dass sie kein zweites Zuhause brauchte. Sie hatte darauf bestanden, ihnen das Wochenendhaus als Hochzeitsgeschenk zu überlassen. Ben hatte abgelehnt, aber schließlich hatten sie eine Einigung gefunden, sodass Ben und Carlie es sich leisten konnten, hier zu wohnen.

Es ist alles gut jetzt, dachte Carlie und strich über eine von Marys daunenweichen Locken. Sie alle waren inzwischen Eltern. Turner und Heather hatten einen zweiten kleinen Jungen bekommen, der seinem älteren Bruder Adam wie aus dem Gesicht geschnitten war, und Rachelle und Jackson waren stolze Eltern eines Sohnes geworden. Eine ganz neue Generation wuchs in Gold Creek heran.

Einige Paare ließen sich scheiden, andere heirateten. Bens Vater George hatte Ellen Tremont Little geheiratet, und Wunder über Wunder, Thomas Fitzpatrick bändelte mit Tracy Niday an. Carlie hegte jedoch nicht allzu große Hoffnung, dass aus dieser Affäre mehr werden würde.

„He, ihr zwei, wie wär's mit einem Spaziergang?"

„Jetzt? Ich bin noch im Bademantel", protestierte Carlie, während sie zu ihrem Mann hinaufschaute, der am oberen Treppenabsatz stand. Ben trug schon Jeans und seine Lederjacke. In den Händen hielt er Marys Schneeanzug und Carlies langen schwarzen Mantel. „Draußen friert es."

„Ach, kein Problem."

Sie fragte sich, was er vorhabe, und stillte ihre Tochter zu Ende. Dann zog sie die Kleine um und hüllte sie in den Schneeanzug. Ben und Attila warteten bereits auf der Veranda. „Ich trage sie", sagte Ben, nahm seiner Frau das Baby ab und ging auf den See zu.

Die Sonne ging gerade über den Bergen im Osten auf, und Nebelschwaden tanzten auf der glatten Wasseroberfläche. „Was ist denn los?"

„Ich erfülle nur eine alte Tradition." Am Ufer bückte er sich und schöpfte etwas Wasser mit der Hand.

„Das ist nicht dein Ernst."

„Und ob." Er nahm ein Champagnerglas aus der Jackentasche, füllte Wasser aus dem See hinein und hielt das Glas an Carlies Lippen. „Ich glaube, wir sind gesegnet vom Gott des Mondes …"

„Der Sonne", verbesserte sie ihn.

„Was auch immer. Trink. Aber nicht zu viel."

Sie trank, und dann nahm Ben auch einen Schluck, ehe er seinen Finger eintauchte und ein paar Tropfen auf die Stirn seiner Tochter tröpfeln ließ.

„He, Moment mal …"

„Ich taufe sie."

„Ich bezweifle, dass Reverend Osgood das gutheißen würde."

„Bestimmt nicht", räumte Ben ein und gab seiner Tochter einen Kuss auf die Wange. „Aber da ist nun mal vieles, wofür wir dankbar sein müssen. Unser Töchterlein, der neue Job deines Vaters bei Fish and Bait, das Haus …"

„Und dass wir einander haben."

Seufzend lächelte er. „Ja, allerdings." Er legte ihr den Arm um die Schultern und hielt sie fest. Die kleine Mary gähnte und schloss die Augen wieder.

Carlie legte den Kopf an Bens Schulter und beobachtete die aufgehende Sonne, die den Nebel über dem Wasser in wunderbare weiße Wolken verwandelte – die Geister des Whitefire Lake.

Sie machte die Augen zu und bildete sich ein, die Trommeln der amerikanischen Ureinwohner zu hören. Doch es war nur Bens gleichmäßiger Herzschlag.

– ENDE –

Lesen Sie auch von Lisa Jackson:

2 Romane in einem Band/ Deutsche Erstver- öffentlichungen

Lisa Jackson
Was nur die
Nacht weiß/
Flammende Lügen

Was nur die Nacht weiß:

Kaum ist Rachelle in ihren Heimatort am Whitefire Lake zurückgekehrt, trifft sie auf Jackson Moore, ihre große Liebe. Noch immer spürt sie dieses knisternde Prickeln in seiner Nähe, aber die Vergangenheit steht zwischen ihnen: Jackson wurde des Mordes verdächtigt! Dennoch erliegt Rachelle erneut ihrer Leidenschaft. Dabei weiß sie, eine gemeinsame Zukunft mit Jackson ist erst möglich, wenn sie herausfinden, was damals wirklich geschah!

Band-Nr. 25856
9,99 € (D)
ISBN: 978-3-95649-206-8
eBook: 978-3-95649-460-4
512 Seiten

Flammende Lügen:

„Ich habe keine andere Wahl!" Vor sechs Jahren hat Heather den attraktiven Turner Brooks das letzte Mal gesehen – als er ihr das Herz brach und sie ihm eine gewaltige Lüge erzählte. Doch jetzt bleibt Heather kein anderer Ausweg; sie muss Turner auf seiner Ranch am Whitefire Lake besuchen, um ihm alles zu beichten. Denn nur Turner kann ihr helfen, das Kostbarste in ihrem Leben zu retten: Ihren Sohn …

Linda Castillo
Tiefschwarze Nacht/
Heißkalte Rache

Tiefschwarze Nacht:

Aus dem strömenden Regen taucht eine Gestalt auf. Nick Tyson. Der Junge, der Sara ihren ersten Kuss gegeben hat. Nur dass Nick rein gar nichts Jungenhaftes mehr an sich hat. Sara ist nach Cape Darkwood zurückgekehrt, um den Mord an ihren Eltern aufzuklären. Und die Albträume zum Verstummen zu bringen. Ist Nick Teil dieser furchteinflößenden Vergangenheit – oder der Mann, mit dem sie einer sicheren Zukunft entgegen schauen kann?

Band-Nr. 25854
9,99 € (D)
ISBN: 978-3-95649-204-4
eBook: 978-3-95649-456-7
416 Seiten

Heißkalte Rache:

Nach einem dramatischen Vorfall, bei dem sein bester Freund getötet wurde, hat Bo Ruskin sich geschworen, nie wieder eine Waffe in die Hand zu nehmen. Doch nun braucht ausgerechnet Rachael seine Hilfe – die Witwe seines Freundes und die Frau, die sein Herz schneller schlagen lässt. Er muss sie nicht nur vor dem russischen Gangsterboss beschützen, der es auf ihr Leben abgesehen hat. Sondern auch vor der Wahrheit über das, was in jener Nacht geschah, in der ihr Mann starb.